KB269141

우리 古典詩歌 바로 읽기

金甲起 著

책머리에

　'용맹정진勇猛精進'을 구호삼아 '대적할 자, 그 누구냐!'고 호기를 부리던 학창 시절의 응원가는 지금도 괜히 어깨를 으쓱하게 한다. 실로 이순耳順을 넘기고도 무얼 하잖다고 용맹도 아니면서, 그렇다고 제대론 정진도 못한 채 바쁘게 산 건 맞다. 남다른 사랑은 못돼도 관심은 있었으나, 제대로 가족조차 챙기지 못한 채 성실을 빌미로 어쭙잖이 정년을 맞았다. 이제야말로 돌아보니 성전의 말씀대로 "스승 된 자의 심판이 가장 두렵다."는 말뜻이 새삼스럽게 느껴진다. 만 26세라는 훈장이기엔 너무 어린 나이로 고 3을 가르쳤는가 하면, 만 34라는 철딱서니로 교수가 되어 마음에 새기고 새긴 다짐이 '언제나 불민不敏한 듯 나대지 밀며, 어눌語訥한 듯 나불대지 아니함'이었다. 무엇을 안다고 내로란 척 할 것인가. 언제나 배우는 자세로, 혹은 교학상장教學相長의 실천에 성실하고자 한 다짐은 옳았다. 20대와 30대에 학연이 맺어진 어쩔 수 없이 친구 같은 제자들이 스승의 날 어김없이 찾아주는 고마움은 여간한 행복이 아니다. 그들을 위해서라도 노력하는 선생의 모습을 보이고자 적잖이 논저랍시고 출판공해도 끼쳤다. 이젠 좀 정말 그만하라는 치임致任을 맞자니, 거듭한 고사苦辭에도 오랜 역사와 전통이라는 학과 고별강연을 더 이상 고집만 부릴 수 없어 마련키로 하고, 그러자니 하찮은 이 책자라도 하나씩 드려야 예가 되겠기에 또 헤픈 업을 짓고 있다.

　40년이라는 짧지 않은 세월, 초등학생 과제물 준비처럼 보채며 어설프게 쓴 60여 편 남짓한 논문 중 유관 단행본에 실린 것을 제외한 나머지에서 12편을 묶었다. 연대별로는 80 년대 2편, 90년대 7편, 2천 년대 10편, 2천 십 년대 2편이다. 그 중 학계에 처음으로 소개한 연구 대상자가 4인[老峯 金克己·退堂 柳命天·樊癌 蔡齊恭·任圭]이고, 주로 한·중 원류론적 비교론이 8편으로 많은 편이다. 특히 두시杜詩를 비롯한 중국 작가들과의 비교론이 많은 것은 한문화 권에서 향유된 우리 시가이기에 그 원류를 알아야 작품에 대한 정확한 해석과 바른 이해가 가능할 뿐만 아니라, 진정한 우리 문학의 특징을 발견할 수 있으리란 충정에서다. 아울러 자하紫霞 신위申緯의 「분여록焚餘錄」 소재 시와 『경수당집警修堂集』 - 물론 『신자하시집申紫霞詩集』 포함, - 소재 작품 비교도 마음뿐, 조히 많은 시간이 필요했다. 추사秋史 김정희金正喜 관련 논고 2편도 탈고치 못한 아쉬움이 적지 않다. 편목 역시 국문시가와 한시 관련 논고를 분리할까 했으나, 범박하게 작가의 생존 연대순으로 묶었다.

언제나 그랬지만, 기껏 요만한 것도 스스로의 역량은 전혀 아니고, 이미 유명을 달리하신 무애无涯 양주동梁杜東·석전石田 이병주李丙疇 은사님, 권우卷宇 홍찬유洪贊裕·용전龍田 김철희金喆熙 선생님, 그리고 소석素石 이종찬李鍾燦·송준호宋寯鎬 선생님의 훈목 때문임을 밝혀 삼가 사례를 올립니다.

끝으로 영리를 불고하고 정으로만 미안한 청을 거절치 못하는 지식과 교양의 윤석원 사장님께 감사드리며, 특히 유능한 윤예미 편집장게 감사와 미안한 마음 드립니다.

2011. 7. 30.

一步 金甲起

목차

新羅人의 願望空間
-願往生歌 바로 읽기-

山水詩人 金克己의 시세계
-田家樂事의 美學-

白樂天의 詩文學 受容攷
-白雲·退堂의 「三魔詩」를 중심으로-

冲庵 金淨의 文學思想
-「十一箴」을 中心으로-

松江·孤山 시조문학의 원류

穆陵文苑의 學唐과 詩的變移
-思庵 朴淳을 중심으로-

詩品格論으로서의 正宗·大家論

退堂 柳命天論

正名主義와 新華夷論
-채제공의 『含忍錄』을 중심으로-

茶山의 杜詩受容考
-＜三吏＞를 中心으로-

紫霞 申緯의 詩學
―由蘇入杜論과 관련하여―

申紫霞의 「象山四十詠」攷

申紫霞 詩의 몇 가지 특징

秋史의 「送紫霞入燕十首并序」攷
−秋史의 近世文學史的 位相 定立을 위하여−

韓·中 戰爭詩攷
-安·史亂과 壬·丁倭亂을 중심으로-

僧將의 戰爭詩攷
-全生安樂國, 그 反常의 美學-

大圓禪師의 詩世界

生態論的 詩學
-「성북동 비둘기」를 위하여-

文化空間으로서의 寺刹

우리
古典詩歌
바로 읽기

우리 古典詩歌 바로 읽기

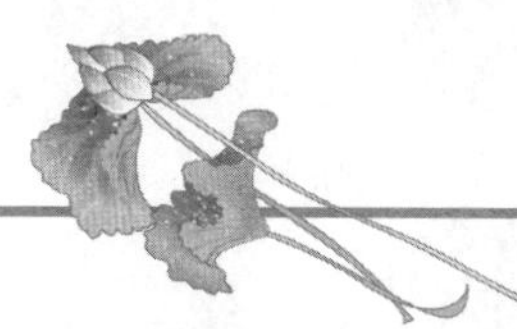

慕賢 모티프

-「讚耆婆郎歌」와「蜀相」을 中心으로-

Ⅰ. 문제의 제기

부다페스트의 소녀여, 네가 한 행동은

네 혼자 한 것 같지가 않다.

한강에서의 소녀의 죽음도

동포의 가슴에도 짙은 빛깔의 아픔으로 젖어든다.

기억의 慣한 강물은 오늘도 내일도

동포의 눈시울에 흐를 것인가.

흐를 것인가, 영웅들은 쓰러지고 두 달의 투쟁 끝에

너를 겨눈 같은 총부리 앞에

네 아저씨와 네 오빠가 무릎을 꾼 지금

인류의 양심에서 흐를 것인가.

- 김춘수 · 「부다페스트에서의 소녀의 죽음」 부분

태평을 구가하는 깨인 지식인으로서의 시인의 사명이 '민족어의 완성' 및 '민족문화의 고양高揚'이라면, 위기에 처한 조국의 현실 앞에서는 '혼란으로부터의 국민 계도' 나아가 '정의로운 민족혼을 일깨움'이 또 다른 신지식인으로서의 크나큰 임무임이 분명하다. 그런 점에서 김춘수의 「부다페스트에서의 소녀의 죽음」은 옛 공산 쏘비에트 치하에서 '자유와 정의'를 위해 고결하게 순국한 열세 살 난 항가리 소녀의 뜨거운 피를 다뉴브강으로부터 우리네 한강에로 이어온 불멸의 시 정신으로 근대시사에 각인되어 있다.

담론의 화소를 7세기 중·후반으로 거스르면, 문물의 성찬을 구가하던 대륙의 성당盛唐이 안·사安史의 난에 이어 위글과 토번족의 내침으로 국보國步가 기울어 갈 때 우국충정의 시인 두보杜甫가, 반도에선 통일삼국의 백여 년 번영과 안일이 점차 쇠미의 나락으로 침몰해 가던 신라 경덕왕景德王 대의 충담사忠談師가 있어 민족혼의 계도라는 위대한 사명을 다하고자 했음은 두루 아는 바다.

본고는 어석語釋에 얽매여, 이른바 언어의 그물망에[言筌]1에 빠져 바로 읽히지 못하는 「찬기파랑가讚耆婆郎歌」의 보편적 해독을 위해 시대심상을 대변한 작시 동기를 통해 접근하며, 두시 「촉상蜀相」과 작시 배경·구조·주제 및 사상적 특징을 대비하므로 시가문학의 보편심상을 읽고자 한다.

---

1 嚴羽 ; "시의 원리는 … 이치의 길에 걸려들지 아니하고, 말의 통발에 떨어지지 않는 것이 가장 上乘이 되니, 唐나라 사람의 시가 왕왕 이에 가까웠다(詩之理 … 不涉理路 不落言筌 爲最上乘 唐人之詩 往往近之矣.)." 〈滄浪詩話〉 참조.

Ⅱ. 作詩 배경

1. 「찬기파랑가」의 경우

문학 작품이 '시대 심상의 반영'이며, 작가와 작품의 관계가 '그 나무에 그 열매'임을 부정하지 않는다면, '시대·작가·작품'의 관계는 별개일 수 없으며, 그것이 당시대의 보편심상이기에 또 작품 이해[독자]와 무관할 수 없음은 지극히 당연한 논리이다.

범박한 논법으로 김춘수의 「부다페스트에서의 소녀의 죽음」이 일제로부터 어렵게 찾은 국토와 주권을 공산주의로부터 수호하고, '자유와 정의'가 살아 숨쉬는 '해방 공간' 회복이란 염원을 위해 민족 계도의 차원에서 노래된 선지자의 외침이었듯이, 충담사와 두보 역시 미륵신앙에 투철한 영복승榮服僧으로, 혹은 남다른 우국충정으로 위기에 처한 조국의 현실을 직시하며 '국민 계도' 및 '정의로운 민족혼'을 일깨우기 위한 방편, 또는 그럴 능력이 있는 '위대한 지도자'를 향가와 한시의 시식에 담아 그리움[慕賢]으로 승화한 작품들임에 분명하다. 물론 '모현'이란 주제어의 개념적 외연은 부적절한 대로 단순히 '현자賢者를 그리워하기'보다는 '난세를 구제할 능력과, 인망을 지닌 시대적 영웅'이란 포괄적 의미로 사용하고자 한다[2].

「찬기파랑가」의 작시 배경을 효율적으로 살피기 위해 몇 가지 가닥을 설정할 필요가 있다. 『삼국유사』(이하『유사』) 소재 향가 14수 중 5수[3]가 경덕왕 재위 24년 내에 지어졌다는 사실이 새삼스럽거나, 그렇

---

[2] 임기중 ; 「향가와 한국인의 정서」에서 향가에 나타난 신라인의 그리움의 정서를 6가지 유형으로 나누고, 득오가 죽지랑을, 충담이 기파랑을 기린 것과 같 은 것은 존경하는 인물에 대한 그리움이라 했다. 『한국문학의 이삭』. 아세아문화사. 1998. 25~29.

기 때문에 더 많은 주목을 요할 까닭은 못 된다. 그러나 몇 가지 특이한 사실마저 간과할 수는 없을 것이다. 예컨대,

작품명	형식	작자	창작 연대	창작 동기	비고
도솔가	4구체	월명사	왕19년(760)	二日竝現	日怪滅
제망매가	10구체		이른 시기	亡妹營齋	두솔천 歸去
안민가	〃	충담사	왕24년(765)	五嶽三山神出現	국란 豫防
찬기파랑가	〃		이른 시기	慕賢意識	國亂豫占.王沒
도천수관음가	〃	희명	?	5歲兒 失明	得明

이상 경덕왕 대에 지어진 위 5 작품 중 희명의 「도천수관음가」야 천수천안千手千眼의 구족具足한 관음보살을 향한 기복신앙으로 실행된 독립 편목이지만, 월명과 충담 두 국선의 작품들은 예사롭지 않은, 적어도 일연의 의도적 편찬에 의한 포치임을 읽게 된다. 일찍이 최철 교수가 이점에 착안하여 정론을 진술한 바4 있어 부연은 생략할 일이지만, 경덕왕 대의 어떤 정치·사회사적 현상들이 왕으로 하여금 연승緣僧 월명과 영복승 충담을 기다려 「도솔가」5와 「안민가」6를 지어야 했으며, 더욱 상찬의 대상이었던 '기파'란 인물의 '존상의 필요'는 무엇인

---

3 도표의 5수 외에 사학자 이기백은 그의 『신라정치사회사연구』(일조각. 1990. pp. 224~226)에서 신충의 「원가」의 창작 연대도 경덕왕 22년 이후로 봐야한다는 새로운 주장을 제기했다. 물론 『유사』의 기술물 외의 신 학론은 일 정 검증을 거쳐야겠지만, 사실로 확정된다면 6 수인 셈이다.

4 최철 ; 「찬기파랑가」, 『향가고려가요연구』, 이우출판사, 1985. pp115~123 참조

5 『유사』의 관련 기술물 중 "今俗謂此爲散花歌 誤矣, 宜云兜率歌."라 했듯이 '산화'는 부처 맞이 불교의식인 '散花功德'의 준말로 노래 이름이 될 수 없고, 더욱 이 작품은 유가의 현실적 治道 이념을 도솔천의 미륵 신능을 통해 국난 극복을 목적한 祈福佛教 儀式의 呪歌이므로 「도솔가」로 명명함이 옳다.

6 참고에 이받고자 「안민가」 원가를 제시하면 다음과 같다. "君은 어비여 臣은 도〈살 어시여 민은 얼흔 아히고 흐샬디 민이 도솔 알고다 구믈ㅅ다히 살손 物生 이흘 머기 다스라 에짜홀 브리곡 어듸갈뎌 홀디 나라악 디니디 알고다 아으 君다히 신다히 민다이 흐늘돈 나라악 太平흐니잇다," 〈遺事 · 2. 景德王 忠談師 表訓大德〉

가. 뿐만 아니라 「안민가」보다 이른 시기에 지어진 노래가 왜 기술물도 없이 나중 지어진 「안민가」의 뒤에 첨기되었는가? 더구나 무관한 듯한 혜공왕 출생담은 또 「안민가」 및 「찬기파랑가」와 정녕 무관할 것인가? 등의 문제가 관련 어휘 풀이 못지않게 설왕설래 되어왔음이 사실이다.

문제의 실마리를 풀기 위해 경덕왕대의 정치·사회사는 관심사의 1순위라 할 것이다. 물론 김승찬은 "왕도의 실현을 바라는 사회적 요구가 비등하던 경덕왕 대를 '병든 사회'라 규정"하였으나, 한편 "신라 극성기에 달하던 때로 제반 제도·관직을 중국식으로 개편하는 등… 9주·5 소경·117 군·203 현을 완비하였으며, 당나라의 제반 문화를 수입하여 신라문화의 황금기를 이루었고, 불교 중흥에도 노력하여 황룡사의 종·굴불사를 비롯하여 영흥·원연·불국사를 세우고, 대외관계로는 당나라와 친교가 있었다.[7]"는 등 다소 시각의 차이가 있으나, 국가 안위와 관련해 지어진 「도솔가」와 「안민가」의 창작 동인이 된 '한 하늘에 두 대의 태양이 뜸二日並現'과 '오아 삼산五嶽三山의 여러 신들의 출현'이란 담론이 기-워드는 결국 사회 심상의 반영이란 설화적 상싱 화소로 읽을 일이다. 이른바 『시경』이래 '제왕의 상징인 해가 둘이 나타났다' 함은 친당 외교정책 및 급진적인 당제唐制 개편에 이어, 재래의 지명까지 중국식으로 바꾸는가 하면, 3살짜리 왕자 건운乾運(혜공왕)의 때 이른 세자 책봉 등이 자칫 필요 이상의 왕권 강화 수단으로

---

7 이홍식편 ;『국사대사전』·一, 백년사, 1972. p.66 및 불교학자이자, 『신라불교문학 연구』의 저자인 김운학은 위 저서에서 "불후의 향가문학이 있었던 것 같이 석굴암 불상과 같은 稀世의 예술이 나타났고, 만불산과 같은 神巧와 萬波息笛같은 奇緣이 신라 불교의 훌륭과 예술문화의 복된 징조를 예시해 준 것이다. 이것은 신라불교가 한창 성하고 향가문학에 있어서도 거의 절정에 달한 신라 통일 경덕왕 전후에서 신라 예술문화가 더욱 고조되어 나타난 것을 보아도…"라고 예술문화의 절정기라 하였다.

인식될 여지가 있는 데다, 동왕 16년 일체 내·외관 월급제 폐지, 동 17년 관리 중 휴가 60일 이상 자 일괄 해직 등 강경 개혁 드라이브는 김량상·김사인·만종 등의 반왕당파, 곧 새로운 왕권 도전 세력을 양산케 하였음의 상징이요, 나아가 여러 신들의 출현이란 사태의 확대, 내지 악화의 상징으로 읽을 수 있다. 실제로 혜공왕 즉위로부터 비롯된 숱한 모반 사건[8] 끝에 결국은 백관의 명칭 복구, 끝내 재위 15년 만에 이찬 지정志貞의 모반에 의해 살해되고, 드디어 내물왕의 10대 손인 김양상이 37대 선덕왕으로 즉위한 역사적 사실이 증명하는 바와 무관하지 않다.

국가의 안위가 이러할 때 주석지신이 절실하고, 선지자는 '지극한 덕과 정성으로 지성을 감응케 하거나,'[9] '천지귀신을 감동케 하여'[10] 기우는 국보를 지켜왔으니, 경덕왕과 더불어 도타운 미륵신심의 도반道伴이었던 월명과 충담의 '지극한 덕과 정성'은 끝내 경덕왕의 요청에 의해 미륵의 신능神能을 불러들일[感應] 주력가인 두 향가 작품을 짓게 되었고, 실제로 경덕왕 당대에는 무탈히 국보가 유지되었으니, 이른바 신라인의 신심이 벌충된 셈이다.

한편, 찬상의 대상인 기파에 대한 다양한 유추 역시 본 시가의 성격을 그 작시 배경이 무색하리만큼 각인각론이다[11]. 분명한 것은 기파는 랑郎이고, 본가는 그 랑을 찬양한 노래며, 충담사는 국선國仙이라는 사실이다. 통일삼한의 주체로 선망의 대상이었던 화랑[12], − 지금은 그

---

8 혜공왕 4년 일길찬 大恭·아찬 大廉 모반 복주

　　〃　　6년 대아찬 金融 모반 복주

　　〃　　11년 이찬 金隱居·이찬 廉相·시중 正門 모반 사형

　　〃　　15년 이찬 志貞 모반하여 혜공왕 죽임. 金良相 宣德王으로 즉위

9『유사』·五.「月明師 兜率歌」"… 知明之至德與至誠 能昭假于至聖也 如此…" 참조

10 仝上 ; "新羅人尙鄕歌者 尙矣. 盖詩頌之類歟. 故往往能感動鬼神者 非一" 참조

기세가 위미해졌기에 더욱 아쉬운, 그들의 우국충정이 절실한 때, 항차 기파는 전 신라인은 물론, 자연 물상[달]까지 존상해 마지않는 고매한 인품과, 서리마저 범접하지 못할 지조는 물론, 올곧은 화랑의 장[花判]이었기에 그에 대한 그리움은 왕과 충담의 것만이 아닌 바로 시대 심상, 그것이었던 것이다.

워낙 기파라는 인명의 유래는 불교의 여러 경전에 나타나거니와, 특히 인도의 불전 「왕사성 비극」에 등장하는 기파는 온갖 악행을 저지른 아우 아자타샤투Ajathsattu를 참회의 길로 인도하는 선인이자, 임금에게는 충신이요, 만인의 선량한 벗으로 묘사되어 있다. 한편 『능엄경』의 여러 소疏[13]에는 장수천신長壽天神으로 기술되었으니, 양주동의 '길보·기보'설의 근거인 셈이다. 뿐만 아니라 의왕醫王 Jiva[能活·固活]의 명호이기도 하니[14] 화랑장으로, 혹은 병든 시대 심상을 치유할 지도자로서의 능력과 추앙을 한 몸에 받는 인품이기에 '백성을 편안하게 다스려야[理安民] 할 왕도王道 실현'을 위해서도 정녕 필요한 호국의 영

---

11 지헌영 ; 생산신·창조신. 「善陵에 내하여」. 『동방학지』 12. 연세대 국학연구원. 1971
　　금기창 ; 우주신, 곧 하느님. 「충담의 향가 二篇에 대하여」, 『국어국문학』 57, 국어국문학회. 1982
　　김선기 ; 당대의 시중 金耆, 「'찌이빠(기파가) 노래' 신라노래-셋-」, 『현대문학』 147호, 1967
　　김종우 ; 표훈대덕, 『향가문학연구』, 이우출판사, 1994
　　양주동·홍기문·김상억·김준영 등 대부분 학자들은 논저를 통해 화랑으로 인식함.
12 화랑은 불교의 미륵사상에 의해 지상의 이상국가를 건설하고자 진흥왕이 창설한 청년 단체로 평소에는 산천을 주유하며 시를 짓고 고매한 뜻을 갈무렸기에 風月主라 했으며, 용맹정진으로 무장된 그들에 의해 삼국통일의 성업도 완수됐다. 기파는 물론 죽지와 같은 모현의 인물과, 월명 충담 같은 우수한 향가 작가의 배출이 다 이에 말미암는다 할 것이다.
13 耆婆 此云長壽天神 携子謁之 求長壽也. 〈능엄경〉 권2
　　耆婆 此言命 西國風俗 皆事長命天神. 〈능엄경〉 권2
　　王言 我生三歲 慈母携我 謁耆婆天. 〈능엄경〉 권2
14 양주동 ; 『古歌研究』四, 찬기파랑가, p.319, 박문서관, 1946.

웅이건만 '알천 시냇가15 조약돌밭에 지니셨던 고매한 이상의 넋만 있을 뿐' 가고 오지 않는다.

이처럼 기파에 대한 애틋한 그리움의 노래가 「안민가」와 '혜공왕 출생담'의 틈새에 편목된 일연선사의 편찬 의도에 대해서는 최철 교수의 상기 논문, 곧 "혜공왕 출생담을 「찬기파랑가」의 배경 설화로 규정"하였고, 이는 학계의 일반론으로 수용된 듯하다. 이른바 기복 내지 기자설화라 하겠다.

2. 「촉상」의 경우

촉蜀나라 재상이라면 성당의 시성 두보가 "제잘공명 큰 이름 천하에 드리웠다諸葛大名垂宇宙"〈杜諺·三. 詠懷古跡 五首·5〉고 찬양한 촉한의 초대 재상 제갈량(181~234)을 이름이니, 역시 두보가 그의 사당을 참배하며(上元 2년, 760. 49세) 한 번 가고 오지 않는 현상賢相이자, 명장인 제갈량에 대한 그리움을 노래한 칠언율시, 워낙은 「촉상묘蜀相廟」의 통용 시제로 이해된다.

제갈 성씨에 량亮이란 본명보다는 공명孔明이란 자로 잘 알려진 그는 호족 출신으로 어려서 부친과 사별하고 형주의 숙부 현玄에게서 자랐다 하며, 후한 말기 전란을 피해 출사하지 않고 남양에서 궁경躬耕할 때부터, 인망이 높아 와룡선생으로 불렸다 한다. 이때 위魏의 조조에게 쫓겨 형주에 와 있던 유비劉備 현덕玄德의 삼고초려三顧草廬의 예를 받고 초빙되어 천하삼분지계天下三分之計를 진언하고 수어지교水魚之交를

맺었다. 이후 오吳의 손권孫權과 연합하여 남하하는 조조의 대군을 적벽대전에서 크게 물리치므로 촉한의 기틀을 마련하는 등 혁혁한 공을 세우다가, 221년(章武 元年) 후한의 멸망을 계기로 유비가 제위에 오르자, 재상이 되어 어린 후주 유선劉禪을 보필하며, 민치民治를 꾀하는 일방, 운남雲南으로 진출하여 국기를 다지며 중원을 평정코자 하였으나, 워낙 강대한 위와의 국력의 차를 감당하지 못하고, 위나라 사마의司馬懿와의 오장원五丈原 전투에서 병사했다. 출병에 앞서 2세 유선에게 올린 「전·후출사표」는 우국충정의 사표이자, 천고의 명문으로 읽는 이로 하여금 심금을 울리고야 마는, 그러므로 더욱 그 '이름이 우주에 드리우는 명성'을 입었으니. 이는 물론 유비의 촉한이 한 왕실의 정통이라는 자신의 정명주의 때문이요, 이점이 바로 후대의 선지식인 두보가 국가의 안위를 접할 때마다 공명을 애타게 그리워한16 이유이다.

「촉상」의 작시 배경이야말로 조국 대당제국의 존폐라는 보다 절실한 현실적 위기였던 안·사의 란(755~763) 중에 두보가 성도[금관성] 외곽에 있는 사당을 찾아가 "봄풀은 해미다 다시 돋아나건만, 왕손은 한번 가고 돌아올 줄 모른다.春草年年綠 王孫歸不歸"는 인생무상의 정조를 노정한 작품이다.

안·사의 난, 비록 취향정의 아쉬운 하상곡霓裳曲이 저룡猪龍을 볼러 들였다17하나, 중원의 그 찬란한 문물의 성지를 가시덤불로 만들어 버리다 못해, 피비린내로 물 드려18 성당의 천보 성세를 중당의 길로 내

---

16 『杜諺·三』「詠懷古跡 五首·5」의 "제갈공명 큰 이름 천하에 드리웠는데 주석지신의 유상은 엄숙하고 드높구나. 삼분의 차지는 꾀에 비겨 모자라서, 만고에 혼자 우모처럼 하늘을 날아, 백중의 사이로 이윤과 여상을 봐야했지. 지휘대로 했던들 소하와 조삼이 무색했으리. 옮기는 나라의 운수 돌리기 못내 어려워, 군무의 수고롬에 몸 바칠 다짐했었네.(諸葛大名垂宇宙 宗臣遺像肅清高. 三分割據紆籌策 萬古雲宵一羽毛. 伯仲之間見伊呂 指揮若定失蕭曹. 運移漢祚終難復 志決身殲軍務勞)"는 좋은 예다.

닫게 한 중국사의 일대 비극이었다.

현실 정치에 싫증난 현종으로부터 전권을 위임받은 재상 이림보는 명문귀족들의 세를 꺾고자 이민족, 혹은 서민 출신들을 변방 절도사로 중용하는 등 국사를 전횡하더니 현종과 양귀비의 총애를 받던 역시 북적 안록산을 평로·하동·범양 세 지역 절도사의 중책을 맡기는 파격적 대우를 했고, 안록산 역시 득의만만했다. 그러던 중 권신 이림보가 죽고 양국충이 재상이 되자, 전도가 불안해진 안록산은 양국충 토벌을 명분으로 변방 부족에서 가려 뽑은 친위대 8천여기를 앞세우고, 15만 대군으로 범양을 출발(755, 11, 9), 낙양을 향해 진군했다. 전쟁의 경험도 없고, 사치와 향락으로 해이해진 관군은 대항 한번 제대로 못한 채, 불과 1달여 만에 낙양은 함락되고 만다. 이에 방자해진 안록산은 대연무황제大燕武皇帝를 참칭하며 장안 공략에 나서자, 현종은 연추문을 빠져 촉으로 피난하고, 안진경顏眞卿 등 몇몇 의군의 활동이 눈부셨음은 우리의 임란 때와 다를 바 없었다. 지덕 2년 정월 비록 중서시랑 엄장嚴莊이 안경서와 환관 이저아李猪兒를 회유하여 안록산을 제거하긴(759) 했지만, 반군은 아직 수장 사사명史思明의 수중에 있었고, 안경서마저 죽인 그는 대연황제를 참칭하며 장안 공략을 획책하기에 이르렀다. 그러나 반군 내에서 일어난 자중지란으로 아들 사조

---

17 高麗 李仁老의 시에 "무궁화 꽃 나직이 어우러져 핀 벽산 봉우리 아래, 아침술에 막 취해 발그레한 귀비의 얼굴. 예상곡에 맞춘 춤 마쳤으나 남은 흥이 모자란데, 하루아침 천둥 비가(난리) 돼지용(안록산)을 보냈구나(槿花低映碧山峰 卯酒初酣白玉容. 舞罷霓裳歡未足 一朝雷雨送猪龍)〈過漁陽〉

18 杜詩「哀王孫」의 "…허리에 찬 옥패는 푸른 산호인데, 가엾어라, 왕손이 길에서 울다니, 물어도 이름대기를 꺼리며, 다만 곤고로우니 종이나 시켜달란다. 하마 백 여일을 가시덤불에 숨어살아, 몸에는 성한 살결이라곤 없다오 … 어제 밤 피비린내 나는 동풍이 불어 닥쳐, 동으로부터 오랑캐 무리 장안에 득실댄다오(腰下寶玦靑珊瑚 可憐王孫泣路隅. 問之不肯道姓名 但道困苦乞爲奴. 已經百日竄荊棘 身上無有完肌膚…昨夜東風吹血腥 東來橐駝滿舊都)〈杜諺·八·哀王孫〉 참조

의史朝義가 아비를 죽이고(761) 스스로 목숨을 끊으므로(763) 7년 3개월에 걸친 안·사란은 끝났지만, 그간의 참상은 두보의 수많은 영사시가 증명하는 바와 같다. 특히 그의 「삼리·삼별三吏·三別」19은 이 난으로 신음하는 대당제국의 실록이다. 여기서 잠깐 낙원과 낙원 상실 모티프의 객관적 공감을 위해 대당 개원 전성기의 시대상을 보자.

憶昔開元全盛日	돌이켜 보면 개원 전성기 시대에는
小邑猶藏萬家室	자그만 마을도 일만 가구가 번성했었다.
稻米流脂粟米白	쌀알은 자르르 기름기 흐르고 좁쌀도 하얀 것이
公私倉廩俱豊實。	관이나 사가의 창고마다 철철 넘쳐났었지.
… 中 略 …	… 중　략 …
齊紈魯縞車班班	거리마다 바리바리 제와 노의 비단 실은 수레요
男耕女桑不相失	남정네 밭갈이 아낙네 길쌈 때를 넘기지 않았죠.
宮中聖人奏雲門	궁중의 임금님도 태고적 운문악을 연주하시고
天下朋友皆膠漆	천하 벗님네들 우정이야 아교처럼 끈끈했지.
百餘年間無災變	한 백년 전란이라곤 없었으니
叔孫禮樂蕭何律。	숙손의 예악과 소하의 율법으로 다스려졌지요.

〈杜諺·三. 憶昔 1단〉

신선 세계란 이상경일 뿐 있지도 않지만, 구해서 얻어지는 것도 아니다. 그러므로 여기가 바로 이생의 지상 낙원인 것이다. 그것도 개원 초기의 사회심상이요, 아직 천보 연간의 장엄·화려함이 아니다. 이

---

19 김갑기 ;『漢詩文學史論』「茶山詩에 나타난 杜詩攷」-「三吏」를 중심으로 -, 1998,
　　〃　 ;　　　 〃　　「茶山詩에 나타난 杜詩攷」-「三別」를 중심으로 -,『낯선 고전시가 찾아서 읽기.』. 이화문화출판사, 2003

같은 낙원이 안·사의 난으로 여지없이 망가지고, 대당 천하가 인간
나락으로 추락하였으니, 「삼별三別」 중 「수노별垂老別」 의

四隣未寧靜	천하가 온통 난리판이라 안녕치 못하니
垂老不得安	늙은인들 어찌 편안하리오.
子孫陣亡盡	아들 손자 모두 전쟁터에 끌려가 죽었으니
焉用身獨完	어찌 이 한 몸 성하길 바라리까.
投杖出門去	지팡일랑 팽개치고 출정 길에 오르니
同行爲辛酸	함께 가는 모두들 측은해 하누만.
… 中 略 …	… 중　략 …
老妻臥路啼	늙은 할멈 길바닥에 엎어져 통곡하는데
歲暮衣裳單	한 겨울 섣달에 홑옷이라오.
熟知是死別	뉘 알기나 하랴, 이 이별 사별인 줄을
且復傷其寒	도리어 아내의 추위를 안쓰러워 한다오.
此行必不歸	이 출정 분명 돌아 못 올 길임을 알고
還聞勸加餐	지어미는 정성껏 더운 진지 권하구요.
土門壁甚堅	지아비는 토성의 문이 매우 견고해서
杏園度亦難	반군의 침입이 결코 쉽지는 않으리라며.
勢異鄴城下	전세가 지난 업성의 패전 때와는 달라
縱死時猶寬	비록 죽는대도 시간의 여유는 있다나.
… 中 略 …	… 중　략 …
萬國盡征戍	온 나라가 모두 전쟁판이라
烽火被岡巒	봉화 불이 천지의 산하를 뒤덮었고.
積屍草木腥	쌓인 시체로 초목은 온통 피비린내뿐인데
流血川原丹	핏물로 내와 언덕 붉게 물들었으니.

何鄕爲樂土　　　어디인들 낙원이 있다고
安敢尙盤桓　　　어찌 감히 주저하리요.
棄絶蓬室去　　　정든 땅 초가삼간 떠나려 하니
塌然摧肺肝。　　의연히 애간장 끊어질듯 하여라.

〈杜諺·四〉

는 그 한 예에 불과하다.[20] 젖과 꿀이 흐르던 장안, "거리마다 비단 실은 수레와, 기름기 좌르르 흐르는 오곡 실은 수레가 넘쳐나던 지상낙원"이 아비귀환의 죽살이 터[死生地]로 변했다. 아들 손자 모조리 전쟁터에 끌려가 죽고, 홀로 남은 늙은이가 가엾은 할멈을 둔 채 지팡이 대신 창과 칼을 잡고 출정한단다. 강산을 적신 피와 문드러진 시체로 물든 피비린내, 여기가 곧 지옥인데 "어찌 늙었다고 혼자 살아남아 있겠느냐[垂老別]"는 분만, 설령 안진경 같은 의군이 있고, 곽자의郭子儀·이필李泌 같은 승장과 책사가 있다 하나, 왜 아니 제갈량의 충성과 지략과 전술이 아쉽지 않겠는가!

　이런 전란의 와중에 마침 성도에 도착한(건원 2년, 759) 두보는 「춘망春望」「애왕손哀王孫」「애강두哀江頭」 등 많은 우시연민의 시를 지었고, 익년 봄 본고의 「촉상」을 지었으니, 그 작시 동기는 이를 바 없이 국란 수습, 곧 제갈량 같은 명장현신의 힘을 빌어 당우지치唐虞至治의 재림, 이른바 "임금을 요와 순의 윗자리로 치켜 받들고, 다시금 풍속을 순속케 하려는致君堯舜上 再使風俗淳"〈杜諺 19·奉贈韋左丞丈 22韻〉 두보 특유

---

20 두보가 안·사란의 전적지 동관성을 지나며 목도한 참상의 일단은 "… 이슥한 밤 전쟁터를 지나자니, 싸늘한 달이 하얀 해골을 비추는데, 예전 동관 길몫을 지키던 백만의 군사, 어찌 그리도 졸지에 패산해서, 진 땅의 반이나 되는 수많은 백성을, 참혹하게 죽여 귓것이 되게 했단 말인가(… 夜深經戰場 寒月照白骨. 潼關百萬師 往者散何卒. 遂令半秦民 殘害爲異物. …)"와 같이 처절했다. 〈杜諺·一, 北征〉

의 충정 때문이니, 「찬기파랑가」와 전혀 다르지 않다.

Ⅲ. 작품 분석

1. 「찬기파랑가」의 보편적 담론

향가는 신라인의 그리움이란 원형심상을 잘 담아낸 노래 문학이다. 그 중 효소왕대 득오의 작으로 전하는 「모죽지랑가」[21] 역시 이상적 인간형[화랑 죽지]에 대한 그리움의 정조를 노래한 순수 서정시가이기에 「찬기파랑가」와 무관하지 않다.

본고 「찬기파랑가」에 대한 필자의 과문한 최근 정보는 이임수의 논고[22]다. 그렇다. 시의 언어는 언제나 낯설다. 그러나 복잡 미묘한 현대인의 다양한 정서 표출도 아니고, 특히 '말은 다 했으나, 뜻은 오히려 남음이 있다言盡而意猶餘는 표의문자에 의한 한시도 아니며, 더욱 '그리워하고 찬양하는 시어'의 모호성이란 그것이 어학적이건, 문학적이건 보편적 담론의 문법에 맞아야 할 것이다. 그런 점에서 이교수의 "지나친 추단은 오히려 작품의 이해에 제약이 된다."는 머리말, 이른바 언어의 그물망에 빠지지 않기를 바라는 충언은 유의하다.

---

21 『유사·2』; 문무왕대를 전후해 김유신과 더불어 삼국통일에 크게 이바지했던 죽지랑 역시 득오를 비롯한 일반 화랑들에게 미륵의 현신처럼 추앙된 인물로 그 노래 말은 "간 봄 그리매 모든것사 우리 시름 아름 나토샤온 즈싀 샬쭘 디니져 눈 돌칠 스이예 맛보옵디 지소리 郎여 그릴모 슥미 녀올길 다봇 굴허혜 잘밤 이시리"와 같고, 모티프는 慕賢의 정조이다.

22 관련 설화는 홍기삼의 『향가설화문학』「경덕왕 충담사 표훈대덕」조이고, pp.165~167, 219. 1997, 민음사. 작품은 이임수의 「찬기파랑가」다. pp.205~223. 임기중편 『새로 읽는 향가문학』1998. 아세아문화사.

상대 기술물, 특히 향가와 같이 향찰로 기술된 고시가 작품은 그 정확한 시어 풀이가 바른 작품 이해의 관건이므로, 적확한 논증과 다양한 용례를 요한다. 그러나 그 못지않게 중요한 것은 "온 나라 사람들이 듣고 알지 못하는 사람이 없을"만큼 보편적 담론이었고[23], 또 그러했을 노래문학 그 이상이 아니다. 다소 장황한 대로 원문[24]에 대한 양주동·이임수의 풀이를 대비하며, 이설과 함께 그 보편적 담론을 재구해 보자.

열치매	울오이치매
나토얀 ᄃ리	나토얀 ᄃ라리
힌구름 조초 ᄠᅥ가ᄂᆞᆫ 안디하	힌구름 조추 ᄠᅥ가ᄂᆞᆫ 어ᄂᆞ히
새프른 나리여히	몰이 가ᄅᆞᆫ ᄂᆞ리여히
耆郎이 즈ᄉᆡ 이슈라	기랑이 즈ᄉᆡ이시 숲야
일로 나리ㅅ 지벽히	수모나릿 지벽히
郎이 디니다샤오	낭야 니니다샤온
ᄆᆞᅀᆞ미 ᄀᆞᆺ홀 좇누아져	ᄆᆞᅀᆞ미 ᄀᆞᆺ홀 좇누아져
아으 잣ㅅ가지 노파	아야, 잣ㅅ가지 노포
서리 몯누올 花判여.	서리(눈이) 모ᄃᆞ나올 화반여.
〈양주동〉	〈이임수〉

---

23 『遺事 · 五』「月明師 兜率歌」, "…朝野莫不聞知…." 참조

24 咽嗚爾處米 露曉邪隱月羅理 白雲音逐于浮去隱安支下 沙是八陵隱汀理也中耆郎矣兒 史是史藪邪 逸烏川理叱磧惡希 郎也指以支如賜烏隱 心未際叱肹逐內 良齊阿耶 栢史 叱枝次高支好 雪是毛冬乃乎花判也. 〈遺事 · 二 · 景德王 忠談師 表訓大德〉

이상의 어석 중 ① 咽嗚爾處米, ② 浮去隱安支下, ③ 沙是八陵隱
汀理也中, ④ 皃史是史藪邪, ⑤ 逸烏川理叱, 등의 어휘 외에도 대동
소이한 이견들이 있으나, 노랫말 큰 뜻을 해칠 정도는 아니라고 판단
되지만, 특히 ①~⑤는 전혀 작시 배경, 혹은 노랫말 본뜻과 괴리된,
이른바 보편 문법의 궤를 넘는 듯하다. 찬찬히 노랫말 행간을 읽자면

    ㉠ 뭉게구름 두둥실 떠 흐르는 맑은 밤하늘,

    ㉡ 휘영청 밝은 달,

    ㉢ 새파란 물가 조약돌을 배경으로,

퍼소녀는 그 자갈밭에 원대한 이상, ― 그것이 조국의 안위든, 분열된
국론의 재결합이든, ― 을 지니고 숙고에 빠지곤 하던 찬양의 주체를
세워 놓고, 자기 대신 달로 하여금 "나도 그리워 그 분 가 계신 서방천
으로 가고 있다"고 말하게 하고[25], 이어 달과 함께 잣나무를 빌어 "서
리조차 아랑곳하지 않던 고매한 인품"이었음을 합창[26]하는 가장 고급
한 수사법을 사용했다. 필자의 독법에 동의한다면,

① '咽嗚爾處米'는 '늣겨곰 ㅂ라매'(김완진), '울오이치매'로 읽기보다
   는 '열치매'로 읽어야 2~3구의 '나타난 달'과 '흰 구름 좇아…'와 조

---

25 김운학은 「鄕歌에 나타난 佛敎思想」 '미륵하생설사상'에서 "화랑은 미륵의 이상국가를
찾는 무리이며, 그 승화된 정신은 이미 兜率天의 彌勒處에 가 안주하고 있기 때문에 달
을 이끌어 그를 높게 칭찬하고 있다는 것, 또 저 신성시되는 창공의 달의 경지로는 기
파랑의 정신을 따를 수 없는 그 숭고한 곳, 이것은 아무래도 기파랑을 미륵과 같이 보
았기 때문에서 왔을 것이다"라고 결론하고 있다.

26 양주동 박사는 「사뇌가」의 우수성을 논한 글에서 "忠談師의 「讚耆婆郎歌」의 저 劈空
撰出의 高邁한 '託意'와 希臘 唱劇의 三部樂을 연상케 하는 그 탁월한 構成"법이라고
극찬한 바 있다. 〈국학연구논고〉

응 구조가 맞다함은 상식의 문제다. '훈주음종訓主音從'의 통계적 논리로 '울다 지친 달'로 만들어 버리면 찬가가 아닌 조가弔歌일 뿐이며, 더욱 양주동의 어석은 완벽하다.

② '浮去隱安支下' 역시 'ᄠᅥ간 언자레'(김완진), 'ᄠᅥ가는 어ᄂᆞ히'보다는 'ᄠᅥ가ᄂᆞᆫ 안디하'가 시적 문법에 맞는 이유는 기왕에 'ᄆᆞᅀᆞ미 ᄀᆞᇫ ᄉᆞᆯ 좃ᄂᆞ라져'(김완진), 'ᄆᆞᅀᆞ미 ᄀᆞᆺ홀 좇누아져'(이임수)라고 달의 답사로 보았다면 응당 문사여야 하기 때문이다.

③ '沙是八陵隱汀理也中'도 '몰이 가ᄅᆞᆫ 믈서리여히'(김완진), '몰이 가ᄅᆞᆫ ᄂᆞ리여히'(이임수)로 읽는 논법이 의아하기만 하다. '몰이(沙是)·믈서리(汀理)'는 '새ᄑᆞᄅᆞᆫ 나리'의 어석상 완벽한 논고와 용례를 부정하고 '모래가 가른 물 사이'라는 시적 문법이 가능하겠는지 의아스럽다. '모래가 갈라놓은 시내'보다는 '새ᄑᆞᄅᆞᆫ 나리'라야 '고매한 인품'에 비유될 '잣 가지'와도 시적 이미지가 무리 없이 조응되고, 시적 정서는 더욱 엄숙·장엄해 진다 할 것이다.

④ '皃史是史藪邪' 역시 '즈ᅀᅵ 을시 수프리야'(김완진), '즈ᅀᅵ이시 숲야'(이임수)라는 독법은 기랑의 '고매한 넋'과 '달밤의 음침한 숲'이 어떻게 시적 상관성, 말하자면 시적 유추가 가능할지 실로 암담하다. '즈ᅀᅵ 이슈라(즛[모양]이 있어라)'라는 영탄이 있어야 그 '지니셨던 마음의 끝'을 좇고, '아으'라는 영탄과 함께 '달이 가야할 방향'이 설 것이다.

⑤ '逸烏川理叱'의 경우는 퍽 시사적이다. 양주동은 '일로', 곧 '이제로부터'라는 부사로, 김완진은 구체적 제시를 약한 채 고유명사 지명 '逸烏'로, 이임수는 현지답사 등 노고 끝에 '수모내'로 확정했다.(주16참조) 그러나 문면상 '逸烏'가 지명이라면 4구 첫 어절에 쓰여 '逸烏 새파란 ~'이 되어야 논법이 맞다. 옛 노래 바로 읽기라는 명제

상 더 많은 상고가 요구되는 중요 과제라 하겠다. 편의상 양주동·
이임수의 현대어 풀이를 예시하여 참고에 이받는다.

열치매	울어지침에
나타난	달이 나타난 달이
흰 구름 좇아 떠가는 것 아니냐	흰구름 좇아 떠가는 어디쯤
새파란 나리[내]에	모래 가른 나루터에
耆郎의 즛[모양]이 있어라	기랑의 모습같은 숲이여
이로 나리 조약[小石]에	수모냇가 조약돌에
랑이 지니시던	낭이 지니시던
마음의 끝을 좇과저	마음 한끝이라도 따르렵니다
아으, 잣[栢] 가지가 높아	아아, 잣나무 가지 높아
서리를 모를 花반이여.	서리 모르실 화랑이시여!
〈양주동·古歌研究〉	〈이임수·앞의 논문〉

2. 「촉상」의 서정적 담론

두보의 시에 명시 아님이 없지만, 특히 「촉상」은 그 수용미학적 가
치는 물론, 언해 역시 명번역으로 알려진 수작임은 두루 아는 사실이
다. 이병주는 "두시에 제갈량을 노래한 시가 많음은 제갈량과 같은 재
상이자, 장군이 나타나서 조국의 안녕을 회복시켜 달라는 소원의 안
표"[27]라 했으니, 이미 언급한 작시 배경 그대로요, 「찬기파랑가」의 창
작 동기와 무관하지 않다. 「촉상」의 전문은,

---

[27] 李丙疇 ;『詩聖杜甫』「第七話, 50代 전반의 杜詩」 p.133 참조

丞相祠堂何處尋	승상의 사당을 어디 가 찾으리오.
錦官城外栢森森	금관성 밖 잣나무 빽빽한 숲 속에 있지요
映堦碧草自春色	버텅에 비친 푸른 풀은 절로 봄빛이 되었고
隔葉黃鸝空好音	잎을 사이한 꾀꼬리는 속절없이 좋은 소리로다
三顧頻煩天下計	세 번 돌아봄을 번거롭게 한 것은 천하를 위한 계책이었고
兩朝開濟老臣心	두 왕조를 열고 구제하렴은 늙은 신하의 충성심이었죠.
出師未捷身先死	군사를 내어 이기지 못하고 몸이 먼저 죽으니
長使英雄淚滿襟。	길이 영웅들로 하여금 눈물이 옷깃을 젖게 합니다.

〈杜諺·六. 蜀相〉

와 같다. 청나라 구조오仇兆鰲의 말대로 "전 4구는 무상한 자연의 봄이 베푼 사당의 전경이며, 후 4구는 승상의 신하로서의 충성은 물론, 정통 한 왕실이 재건이리는 징명주의를 읽게 하는 이른바 전경후정前景後情이란 율시 작법 그대로다.

기련 첫 어절부터 '승상丞相'이라고 직필한 것은 제갈량을 그만큼 정통명신, 곧 한실의 정통왕조로 촉한 제갈량에 대한 존상28이랬다. 기련의 1구는 자문이고, 2구는 자답이니, 작시 원리상 「찬기파랑가」의 문답처럼 완벽할 수야 없는 우동偶同이라지만, 흥미로운 유사점이다. 이는 물론, 경련에 이어질 제갈량의 무한한 공업을 부각시킴과 동시에, 어쩌면 점점 잊혀 가는 세인을 향한 경각일지도 모른다.

함련의 실경묘사는 경이면서 정인 점이 두시의 특징이다. 자연의

---

28 仇兆鰲 ;『杜詩詳注』·九, p.109 "上四句 祠堂之景, 下四句 丞相之事" 및 "直書丞相 尊正統名臣也" 참조

봄이 왔다고 무심한 봄풀과 꾀꼬리는 속절없이[自·空] 꽃다히 피고, 교태로운 노랫소리를 뽐내나, 인간의, 아니 조국의 봄은 오지 않았다 함이니. 이상화의 「빼앗긴 들에도 봄은 오는가」와는 1,200여 년 시차에도 불구하고 선지자들의 우국충정과 사명은 일반인 듯하다.

한편 구조오의 말대로 '사당의 황량한 모습을 묘사 한 것'이자, '자연의 물사를 보고 느껴움일 뿐, 사람의 마음은 말 밖에 있다.'[29] 함은 시 읽기의 정도를 훈수한 정평이다. 조수명曹樹銘 역시 "이 시는 빽빽한 잣나무에서 시상을 일으켜 풀은 꽃다히 봄빛을 띠고, 새는 좋은 소리로 화답하나, 저들이 내 마음의 슬픔을 알까?"[30]라 했다. 이른바 자연의 절서는 어김없이 돌아오건만, 무상한 인간사는 엇가기만 한다. 어찌 천하를 바로 잡아 억조창생을 살려낼 장상將相은 한 번 가고 아니 오는 것이며, 선주先主를 도와 나라를 열고, 2세를 보필해 한의 정통왕조를 세우려는 늙은 신하의 충정을 알아주지 않는단 말인가.[31]

조수명도 '天下計'는 "한 왕실의 정통을 잇고자 한 원대한 뜻을 이루고자 함이었지, 사사로운 안일을 구함이 아니었다." 하고, '노신심老臣心'은 "곧장 광무光武의 중흥과, 고조高祖의 홍업을 회복하려 함"이라 했다. 고로 이 양구의 침지비장沈摯悲壯[32]은 결련의 통곡을 유도하는 가늠대이기에 충분하다. 저 기련의 '하처재何處在'는 정작 결련의 '신선사身先死·루만금淚滿襟'을 위한 복선이었으니, 식자인의 옷깃을 무던히도 적셔온 천고의 명대우名對偶다. 그러니 비단 제갈량의 눈물만도, 두보의 눈물만도 아닌, 천고의 영웅들의 눈물이다. 그러므로 '

---

29 〃 ; "草自春色.鳥空好音 此寫祠廟荒凉, 而感物思人之意 即在言外" 참조.〈仝上〉

30 曹樹銘 ;『杜臆增校』「0二七0, 蜀相」, pp.175~176, "此詩起興於森栢, 而草芳春色, 鳥報好音, 鳥知予心之悲?." 참조

31 仇兆鰲 ; "天下計 見匡時雄略, 老臣心 見報國苦衷" 참조.〈仝上〉

32 〃 ; 仝上

하늘은 어찌 영웅들에게 재주만 주고, 수는 주지 않는단 말인가'라는 두보의 넋두리는 또 말 밖에 있다. 이른바 말은 끝났으나, 무궁한 뜻은 애연히 귀에 쟁쟁 남아 있다.[33]함이 정작 이런 시구를 두고 이르는 말이다.

Ⅳ. 「찬기파랑가」·「촉상」의 대비

「찬기파랑가」가 향찰로 표기된 신라 10구체 향가이고, 「촉상」이 한자로 기술된 당대의 칠언율시라는 양 민족 간 문화의 생래적 차이점을 제외하면, ① 창작 연대의 유사성, ② 국란이란 정치·사회사적 동질성, ③ 문답식 구성이란 수사적 공통점, ④ 국란 타개를 염원한 현자에 대한 추모의 정이란 주제의 동질성 등 많은 공통점을 지녔다 할 것이다. 각 항을 좀 너 부연하자면, 8세기 중반의 신라는 난만한 불교문화, 풍요로운 물질문명 속에 꽃피운 향가문학의 절정기였고, 대륙 역시 성당 시문학이 이(李白)·두(杜甫)를 비롯한 2~3 천여 기라성들이 쟁명했으며, 일본 또한 와까[和歌]라는 새로운 노래문학을 향유하던 동양 삼국은 이른바 지상 낙원이었다. 그러나 워낙 오랜 문치는 무지한 영웅을 기르는 법이어서 대륙과 반도는 잘 먹여 기른 돼지용[猪龍]들의 작란의 터가 되었으니, 큰 역사의 줄기 속에서 760~765년 언저리는 동시대인 것이다.

정치·사회사적 배경 역시 개혁[왕당파] : 보수[반왕당파]건, 기득권[안

---

33 曹樹銘 ; 仝上, "出師未捷·身先死 所以流千古英雄之淚也, 蓋不止爲諸葛悲之, 而千古 英雄有才無命也. 皆揷于此 言有盡 而意無窮也" 참조

록산] : 신진[양국충]이건 그 반란의 빌미는 언제나 소아적 논리였음을 역사는 명증해 있다.

구조적 공통점으로서의 문답식 수사법은 두 작품의 문예미를 승화시켜 수용미학의 원천이 되었다 하겠다. '문사' '답사' '결사', 굳이 '辭'라기 보다 '詞'가 적의할 듯한 3부악은 송찬류 시가의 멋이자, 불가불 수용미학적 장치임을 양주동은 진작 갈파했다. 「촉상」의 기련 '어디가 찾으리오.'라는 문사와 '금관성 밖 빽빽한 잣나무 숲 속에 있죠.'라는 답사 역시 그 수사적 요량은 범상치 않다. 기파의 기상이 그렇듯, 공명의 기상을 받고 자란 잣나무이기에 '삼삼森森'임은 물론, 그러므로 '기파 = 공명 = 잣나무'는 평면적 구조요, '푸른 풀'과 '노란 꾀꼬리'는 '무상[自·然]'의 시간 개념일 뿐이나, 무상할 수 없는 '천하 경영의 웅지'와 '노신의 충절'이 안타까워 '신선사身先死' '루만금涙滿襟'이란 통곡을 미리 장치한 조형 구조이기에 천고의 명작으로 수용되어 왔다.

나아가 문면 밖에서 살펴본 두 작품의 사상적 기저 역시 판이할 듯, 전혀 동일하다. 유가의 봉유수관奉儒守官을 평생의 신조로 살아온 두보야 이를 바 없이 "致君堯舜上 再使風俗淳"이란 삼대일월, 곧 지치 지향이지만, 충담사 역시 「안민가」의 "君은 어비여 臣은 두 ᄉ샬 어ᅀᅵ여 민은 얼흔 아히고… 아으 군다히 신다히 민다이 ᄒ늘ᄃᆞᆫ 나라악 太平ᄒ니잇다"와 같은 지치 지향적 정치철학으로, 「찬기파랑가」에서도 미래의 중생제도주 미륵을 통한 이상경, 곧 지치주의를 구현하고자 했음을 읽을 수 있다. 이를 도식화하면,

구분	찬기파랑가	촉 상	비고
창작 연대	760 ~765	760	
창작 배경	정치사회적 혼란	안·사란에 의한 국란	

형 식	10구체	칠언율시	
구 성	문답식	문답식	
주 제	모현 의식	모현 의식	
사상적 배경	유가 및 미륵사상에 의한 지치 지향	유가적 지치지향	

와 같다. 그러므로 위 두 작품은 선지식인들의 우국충정이 낳은 현자에 대한 추모의 정과 함께, 재림에 의한 지치 지향적 송찬류의 노래문학이다. 따라서 '언어의 그물망'에 빠지기보다 노래문학의 보편적 문법 및 그 심상 이해로 낯선 고전시가와의 친숙한 만남을 기대한다.

Ⅴ. 문제의 정리

선지자인 시인의 사명은 조국이 평화로울 때는 '민족어의 완성'과 '민족 문화의 고양'을, 난세에 저하였을 때는 '혼란으로부터의 국민계도' 및 "정의로운 민족혼의 일깨움'이라 전제하고, 그런 차원에서 신라 경덕왕 때의 난세와, 당대 안·사란을 '구제할 능력과 인망을 지닌 시대적 영웅을 추모하고 그리워함'을 주제로 한 충담사의 「찬기파랑가」와 두보의 「촉상」의 창작 배경·구성법·주제·사상적 배경 등의 유사점을 통해 노래 문학의 보편적 심상을 바로 읽고자 했다. 이를 요약 정리하면,

1 **창작 연대의 동시대성** ; 역사의 큰 흐름 속에서의 8세기 중반은 대륙과 반도가 같은 정치·사회적 난세를 맞았고, 따라서 두 작품은 동시대에 창작되었다 할 수 있으며(760년대),

2 **창작 배경** ; 통삼 후의 안일과 사치가 부른 신라 경덕왕 대의 정치·사회적 혼란은 대륙의 지치·천보 연간의 태평·사치가 초래한 안·사란을 초래한 경우와 동일하며,

3 **작품의 구성** ; 「찬기파랑가」가 문·답·합창이란 3부의 거대한 코러스라면 – 물론 한시 작법의 특수성이 고려되어야겠지만, – 이 점은 분명 노래문학으로서의 「찬기파랑가」가 「촉상」보다 우수한 점이다. 「촉상」은 결련의 비장미를 장치한 고도의 문답식 유사성을 수사법으로 썼으며,

4 **몇몇 난해 어구**, 예컨대 ① 咽嗚爾處米, ② 浮去隱安支下, ③ 沙是八陵隱汀理也中, ④ 兒史是史藪邪, ⑤ 逸烏川理叱, 등의 어석 역시 용례도 없는 필요 이상의 추단은 자칫 '언어의 그물망[言筌]에 빠져 옛 시가문학 바로 읽기에 극히 우려되는 바임을 전제하고, 양주동, 김완진, 이임수의 각론을 대비 논고 후 노래문학의 보편심상을 필자의 견해로 제시했다.

5 **주제** 역시 난세를 구제할 능력과 인망을 지닌 시대적 영웅을 추모하고 그리워함이란 모현 의식으로 충담사는 기파를, – 그는 충담을 위시한 시대의 영웅일 뿐만 아니라, 자연물[달]까지 숭배하는 미륵 같은 존재로 신격화 된, – 두보는 천하구제[漢室의 재건] 및 선·후주[유비·유선]에 대한 충성과 민치에 전념했던 제갈량을 추모하고, 그들의 재림, 그러므로 요순의 순속한 이상세계의 건설을 바라는 원망顧望, 혹은 그리움의 노래로 동일하며,

6 **사상적 배경** 역시 동일 작가의 「안민가」야 이를 바 없이 유가의 현실정치론으로 직서되었거니와, 「찬기파랑가」 역시 비록 불교의 미륵신앙에 바탕했으나, 미래의 이상 사회 지향이란 점에서 유가의 지치주의 정치논리와 다를 바 없는[不二法門] 일치점 등으로 요약되는 보편 심상의 노래 문학이라 결론했다.

〈2004. 한국사상과 문화 제5집〉

우리 古典詩歌 바로 읽기

新羅人의 願望空間
-「願往生歌」 바로 읽기-

Ⅰ. 문제의 제기

아미타계·천당·삼산(봉래·방장·영주)은 유한한 인간의 상상체계가 설정한 이상향으로서의 원망공간이다. 따라서 수도자에겐 궁극적인 안주처이다. 한편 신라인의 정토 신앙이 구축한 전생안락국全生安樂國[1]으로서의 국토 인식, 혹은 야훼가 노아와 아브라함에게 점지한 '꿀과 젖이 흐르는 땅' 가나안,[2] 그리고 도연명이 신명으로 설정한 도화원 등은 원망공간의 현세화, 이른바 대중적 이상향으로 미화되어 문학 작품의 모티프로 승화되어 온, 그러나 이제는 전설처럼 우리들 망각의 그물망에 아련한 낭만적 향수로 전해있을 뿐이다.

민족 고유의, 그리고 최초의 정형시가로 신라인의 꿈과 신념, 사랑과 하염을 불가불 시대사상이자, 지도이념이었던 불교의 심원한 사상

---

1 靑梅禪師 ; "學本爲修道 道本爲全生 全生安樂國 何必轉千經"·〈靑梅集·下, 置卷〉 참조
2 구·신약성서 ; 창세기편 참조

과, 강렬한 신심의 메아리로 전해온 향가, 그것이 국풍격國風格으로 향유되었음에 주목하며, 우리는 신라 불교와 민풍의 정도를 가늠해 왔다. 본고는 향가 25수 중 특히 「원왕생가」 바로 읽기를 위해 연구사를 정리하며, 이제껏 쟁점으로 남아 있는 몇몇 과제를 점검하고, 그 대안을 제시하고자 한다.

Ⅱ. 연구사 정리

「처용가」만큼이나 심도 있게 논의되어 온 「원왕생가」(이하 본가라 칭함)의 그 숱한 쟁점은 대략 1.작자의 문제, 2.설화와 노래의 관계, 3. 감응의 주체, 4.달의 상징성 및 역할, 5.노랫말 풀이 등으로 요약된다.

■ **작자의 문제** ; 기실 본가의 중심 논제처럼 다뤄온, 그러나 논자마다 나름대로의 논증으로 탁견을 제시하는 등 이제껏 확정되지 못한 채, 1)광덕 설[3], 2)광덕의 처 설[4], 3)엄장 설[5], 4)원효 설[6], 5)불승 설[7], 6)민중 설[8] 등으로 다양하더니 급기야는 "선결적이지만 지엽적인 작자 규명 문제에서 벗어나, 향가 연구의 본질인 서사 문맥

---

3 김동욱, 황패강, 임기중, 박노준, 성기옥, 양희철 등 제학자들은 심도있는 논증(지면상 출전은 참고문헌으로 대신함)으로 광덕을 작자로 확정하였다.

4 양주동의 『고가연구』이래 김준우, 정익섭 등

5 장진호 ; 「원왕생가 작가고」『대구어문논총』5호, 대구어문학회, 1987

6 김사엽은 본가와 원효대사의 관계를 밝히며 원효의 작으로 추정하엿다.

7 성기옥은 본가의 생성배경을 논의하며 불승의 작으로 논증하였다.

8 김승찬, 최철, 박기석 등은 그들의 논저를 통해 본가의 설화 문면 중 '誓有'자의 자의적 관념, 혹은 그 용례 운운하며, 일반 민중에서 두루 불려지던 노래로 단정하였다.

내에서의 노래의 위상·기능 및 의의를 규명하는데 의미가 있다.”
며 '감응'구조 분석 및 '노래의 위상 정립'이 연구의 본질인 양 비켜
가기도 했다.[9]
물론 본가의 작자 문제는『삼국유사』소재「광덕·엄장」조의 단문
“개십구응신지일덕상유가운蓋十九應身之一德嘗有歌云”의 끊어 읽기에 불
외하다. 본고의 Ⅲ·1.설화와 주인공에서 상론키로 한다.

2 설화와 노래의 관계 ; 다른 작품들이 설화의 문맥 속에 기술되어진
데 비해 본가는 기술 물 끝에 소개되므로 단순한 첨기일 뿐 서사
문맥과는 긴밀한 연관성이 없다는 견해[10]와, 그렇지 아니하다는
양론으로 나뉘어져 있다. 이 역시 바로읽기 작업의 일환으로 설화
및 본가의 사상적 배경이라 할『불설아미타경』과 대비 분석을 통
해 밝혀질 것이다.

3 감응의 주체 ;『유사』소재 기술 물 중 본가와 그 구조 및 사상적
배경을 같이하는 「노힐부득努肹不得·달달박박怛怛朴朴」조는 「탑상
편」에 실렸으나, 유독 「감통편」에 실린 본가의 감응의 주체, 이른
바 '무엇이 누구의 마음에 느끼어 감응되었는가'의 문제다. 근자에
'시성詩性과 향찰식 사고로『유사』소재 향가 14수를 해석한 양희철
의 경우만 해도 그는 광덕·엄장의 마음에 광덕 처의 마음이 감통
되어 안양왕생安養往生한 것으로 결론지으므로[11] 본가의 본질을 곡

---

9 김문태 ;「원왕생가」와 감통편의 '감·응' 구조,『국어국문학』120호, 1997
10 김열규(향가의 일반적 연구), 임기중(신라가요와 기술물의 연구), 황패강(원왕생가의
연구), 성기옥(원왕생가의 생성배경 연구) 등 제연구업적 참조.
11 양희철 ;『삼국유사 향가연구』제4장 문어의 향가 Ⅲ.원왕생가, pp.449~450, 태학사,
1997. 참조

해한 듯하다. 이 문제는 관음보살의 33응신 중 19응신 거사부처신 居士婦女身으로 상정되는 그 신능과 함께 역시 본고의 Ⅲ·1에서 상론키로 한다.

4 **달의 상징성 및 역할** ; 문학 작품의 소재로서의 달은 시경「월출장 月出章」이래 은유, 또는 상징의 매체로 다양한 뉴앙스를 전해왔다. 특히 본가의 달에 대한 기존 연구물들은 1)아미타불의 사자설[12], 2)보살설[13], 3)신불의 광명설[14], 등으로 요약된다. 필자는 미타신 앙을 배경으로 한 본가에서의 달과 순수 서정시가로 분류되어지는 「찬기파랑가」의 달은 무관한가? 그리고 불자의 작이 아닌 「정읍사」 및 두시杜詩「월야月夜」의 달 이미지를 상호 대비하며 기존 학설의 가능성을 검증하기로 한다.

5 **노랫말의 보편적 독해** ; 오꾸라[小倉進平]이래 문화적 자존의 결실 이었던 양주동의 『고가연구古歌硏究』는 어석에 관한한 금자탑을 이 루었고, 이후 차자 문학의 한계를 극복하려는 부단한 노력의 결과 전반적인 원전 독해에는 크게 난제가 없어 보인다. 그러나 부분적 인 어구 풀이는 본가에서도 아직 적지 아니한 견해의 차이, 그러므 로 노랫말의 본질을 왜곡시키는 바 있음을 읽게 된다. Ⅲ·3에서 재론이 필요한 몇 어휘만 골라 적시하며, 양주동설 : 김완진설을 대비하되 필요한 학설과 필자의 견해를 함께 제시하며, 이른바 노 랫말의 보편적 결론을 유도하고자 한다.

---

12 김동욱 ;『한국가요의 연구』, 을유문화사, 1961
13 송재갑 ;「신라가요의 수사론」『한국문학연구』3집, 동국대학교 한국문학연구소, 1981
14 황패강 ;「원왕생가의 연구」『삼국유사와 문학적 가치해명』, 새문사, 1974

Ⅲ. 바로 읽기 —쟁점과 대안

1. 설화와 노래의 관계 —작자와 사상적 배경

1) 「광덕·엄장」조의 퍼소나는 일연인가? 설화 내의 등장인물인가? 설화의 문면은 바로 읽혔으며, 그렇다면 작자는 누구인가? 나아가 퍼소나가 설화와 노래를 통해 전달하고자 하는 메시지의 중심 모티프는 무엇인가?

2) 설화와 무관한 노래, 혹은 노래와 관련 없는 설화가 일도 연장으로 편목 되었다면 저술자의 과실이거나, 저술자의 의도를 곡해한 독자의 오독일 터이다.

이상은 본가의 작자·주제·사상적 배경, 그리고 설화와 노래의 위상 등을 밝혀 줄 중심 요소들이다. 이를 위해 설화와 『불설아미타경』의 요약 대비, 그리고 노래와의 상관관계를 확인할 필요가 있다.

아래 대비표의 중심 화소는 설화의 3, 4와 『아미타경』의 2 정종분이다. 특히 정종분의 2·1)은 삼악도三惡道[15]가 없는 이상경으로서의 원망공간이요, 2·2)는 정심호념正心護念으로 발원하는 선남·선녀 누구나 "극락에 태어나려고 염불하는 중생이 내 이름[아미타불]을 7번만 불러도 극락에 태어나기를 원하는"법장비구[아미타불의 전신]의 48대원 중 18번 원에 힘입은 광덕·엄장의 수행업이 설화의 3, 4인 셈이다. 그러므로 그들의 서승西昇은 수행자의 갈성竭誠[광덕] 및 결기회책潔己悔責 [엄장]한 자증自證과 타증他證[거사부녀신인 분황사비 및 원효의 안내와 아미타

---

15 『불설아미타경』 정종분, " …저 부처의 나라에는 三惡道가 없으니(삼악도는 새 가지 나쁜 길이니 지옥·아귀·축생이다. … " 참조

불의 다짐 깊은 원력에 의해]으로 성취된 것이다. 여기 분황사비[광덕의 처]와 원효의 역할, 그리고 노래의 결구 9·10행의 바른 이해는 본가의 작자 및 바로 읽기의 실마리를 제시할 것이다.

설화	아미타경
1. 때(문무왕)와 두 사문沙門 소개 　•광덕 : 분황(황룡)사 서문 : 아내와 신발 삼는 일을 업으로 한 재가승 　•엄장 : 남악 : 대종도경大種刀耕 2. 광덕의 서승西昇 : 일영·천악·광명. 3. 엄장의 확인 → 장례 → 동거 → 욕통정 　→ 서승의 비결 유시~ 　　; 매야단신정좌每夜端身正坐, 　　일성념아미타불호一聲念阿彌陀佛號, 　　작십육관作十六觀 4. 엄장의 수도 　→ 원효의 정관법+결기회책潔己悔責 5. 광덕처의 신분 ; 분황사비	1. 서분 ; 부처께서 설법하실 때 많은 하늘 대중이 있었다 2. 정종분 　1) 극락세계와 아미타불 　　•극락세계의 아름다움과 공덕장엄함 　　•무량무변아승지겁의 상징 아미타불 　2) 극락왕생의 비결 　　•염불왕생분 ;서원을 세워 정심호념 　　•자증自證·타증他證 　　•권행勸行 3. 유통분 ; 일체의 천인·아수라들이 설법을 듣고 가다.

　노힐부득에 비유되는 광덕의 경우는 이미 그의 대승적 수행 자세가 법장비구의 48대원과 『아미타경』의 설법대로 삼념[三念 : 念佛·念法·念僧]을 수지하였으니 '비록 서방으로 가지 않고자 하나, 어찌 아니 가리오.雖欲勿西 奚往'그대로요, 그러므로 끝내 아미타불·관세음보살·대세지보살 등 극락 성중聖衆의 영접으로 왕생의 원을 이루었다. 따라서 아내로 설정된 분황사비는 기실 일연에 의해 구도자를 위한, 특히 엄장의 구도를 위해 등장된 인물, 이른바 관세음보살의 33응신 중 19번째 응신인 거사부녀신일 뿐, 감응의 주체도,[16] 노래의 작자도 아니다. 그러나 달달박박에 비유되는 엄장의 경우는 여인과 원효의 회유

로以小入大[소승적 수행에서 깨우쳐 큰 법문에 드는]케 하므로 소·대, 귀·천, 승·속없이 극락왕생할 수 있고, 그러므로 불국정토화 하려던 신라인의 불심으로, 타락하는 고려 불교를 중흥하고자 하는 일연의 의지의 표출로 수용할 수 있다.[17] 따라서 본가의 작자는 이상적 수도자인 광덕의 서원의 표출이요, 그 사상적 배경은 불교, 특히『아미타경』의 정토신앙이며, 결구의 "이 몸 끼쳐두고 48대원 이루실가?"는 "훌륭한 공덕과 지극일념으로 왕생을 원하는 나를 두고, 어찌 당신의 48대원, 특히 그 18번[앞에서 설명] 및 19번의 여러 가지 훌륭한 공덕을 닦아서 극락에 태어나려는 이는 "내가 대중과 함께 영접하여 극락으로 인도하기를 원하며"와 20번 "나의 명호를 듣고 극락세계를 희구하여 갖가지 공덕을 쌓는 이는 반드시 극락에 와서 태어나기를 원하며[18]라는 3대원을 이루었다."고 하겠느냐는 신념에 찬 반문, 그러니 상대 시가 및 향가의 전통적 결구법인 일종 위하형으로 볼 수 있다.[19] 이 점 또한 본가의 작자는 광덕임을 증명하는 예라 할 수 있다. 한편 '설화와 노래의 긴밀성' 운운도 별무소득한, 어쩌면 일연의 주도면밀한 결구법임을 알겠다.

---

16 양희철은 그의 역저『삼국유사 향가연구』에서 광덕과 엄장이 감응된 주체를 광덕의 처로 단정하고 있다. 그러나 설화상의 여인은 저 「노힐부득 달달 박박」조의 여인과 같이 수도자의 의지 시험, 혹은 구도자의 안내자일 뿐 그 감응의 주체는 대세지보살, 혹은 주재불인 아미타불로 보아야 할 줄 안다.

17 임기중은『신라가요와 기술물 연구』제3장 2절, 2, 기술물의 화소에서 '순수한 불교적 감동에 의한 전교담'의 유형으로 진술한 바 있음.

18 위 48대원은 妙注의 「아미타경과 정토신앙」(아미타경언해의 국어학적 연구. 김영배, 법보사 1997) p.132를 참조하였음.

19 이 같은 결구법의 가능성에 대하여 일찍이 황패강은 그의 「원왕생가 연구」에서 언급한 바 있고, 이후 윤영옥·김문태 등도 유사한 논조를 보이고 있는 듯하다.

2. 달(月)과 등장인물의 관계

참[盈]의 원융함과 빔[虛]의 허허로움, 그것이 밤의 고요를 사이하여 펼치는 정조는 가히 천千의 뉴앙스로 동양 서정의 상징처럼 인식되어 왔다. 「정읍사」의 달, 두시 「월야」의 달, 그리고 본가를 위시한 「찬기파랑가」「처용가」「혜성가」등 향가의 달은 그 상징성이 사뭇 다르다. 예컨대,

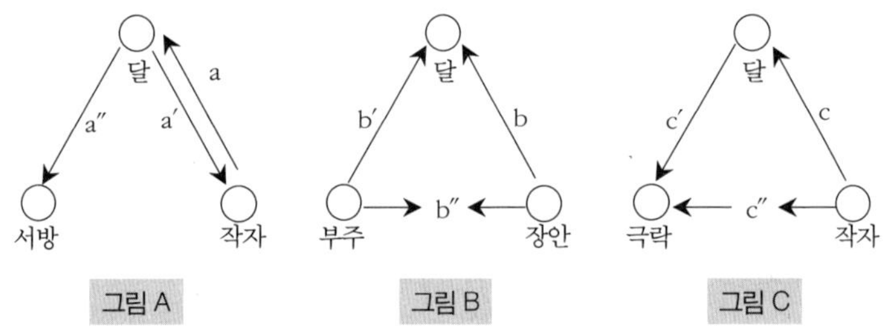

「찬기파랑가」의 달(그림A)은 화랑장 기파의 '고매한 인품을 작자[忠談]와 함께 추모하는 인격체로서의 상징물이다. 물론 시적 자아의 a "열치매 나토얀 달이 흰구름 조차 떠가난 안디하."라는 유도에 의해 '무슨 소리냐'는 듯 a′ "기파의 넋을 추모해 서방으로 간다."는 답사를 얻고, 끝내는 a″ "아! 잦가지 높아 서리 못누울 화반여"로 공명하는 삼부악,20 이른바 문사·답사·합창으로 영탄케 한 인격적 매체로서의 달이다.

한편, 두시「월야」의 달[그림B]은 부주와 장안이라는 천리, 아니 만

---

20 양주동 ;「신라가요의 불교문학적 우수성」『국문학논문집』, 민중서관, 1977

리[안록산 난 중이었으므로 더욱] 아득한 공간을 사랑의 열정으로 "오늘 밤 부주의 달을, 규중에서 다만 홀로 바라보고 있겠지今夜鄜州月 閨中只獨看"라고 일원화시킨 두보는 장안에서 부주에 비추고 있을 달을 바라며 아내를 그리고〈b〉, 아내는 부주에서 장안에 비출 달을 우러러 님을 만나〈b'〉 끝내 님과 함께 "언제나 휘장을 마주하고 이 눈물 자국을 말린다뇨.何時依虛幌 雙照淚痕乾"〈b"〉라며 애태우는 에로의 상징이요, 본가에서의 달(그림 C)은 시적 자아의 구도의 매체로서, 더 구체적으로는 아미타불에게 자신의 '서원[원왕생] 및 정심념호'하는 10여년 수행사실을 사뢰어줄 것을 간구하는 영원한 중매자[혹은 使者]로서의 상징체이다. 곧 당위적 문사 c "달님이시여, 이제 또 서쪽으로 가십니까?"로 시상을 일으켜[가시거든 사바세계의 소견문사를 이르시다가] c' "다짐 깊으신 존에게 두 손 모두우고 원왕생 원왕생 그리워하는 사람 있다고 사뢰어 주십시오."로 간구하였다. 그 내용은 곧 '단신정좌 · 정심념호'이다. 이에 대한 아미타불의 감응이 이른바 c"[← ←, 성중의 영접으로 서승함]라는 삼각 구도로 형성되었다. 그러므로 본가에서의 달의 이미지는 물론, 논자에 따라 다양하지만 김동욱의,

달은 다른 사뇌가 중에도 수삼 차 나오지만 서방과 관념적인 동조를 하고 있는 것은 이 노래가 처음이다. … 이 사바에 비쳐지는 달은 서방의 使者로서 … 이리하여 달은 아미타선도의 화신으로 느껴질 수도 있을 것이다[21].

와 황패강의,

---

21 김동욱 ;『국문학개설』, 민중서관, 1962

무량수불의 메시지를 가지고 예토에 왔다가, 광덕의 메시지를 가지고 되
돌아가며 … **22**

등은 설화 문맥상 아미타불과 구도자를 연계시켜 주는 중재자(달을 주
체로 보면 사자요, 구도자를 주체로 보면 아미타불의 권속신, 이른바 종교적 상징
체이다.)로 볼 일이다. 그러므로 본가의 배경설화와 노랫말의 보편적
논리에도 적의할 뿐만 아니라, 김열규·신동욱편『삼국유사와 문예적
가치 해명』의 자료편 본가의 소주 1)·3)의 "달님은 이 세상에서 일어
나고 있는 일들을 아미타불에 보고할 사명을 띠고 가는 것"이라던가,
"아미타불을 찾아뵙고 이 세상에 대한 보고를 드리는 것이 달의 서방
행의 목적인 바 보고할 때 내 말씀 잊지 말고 해주십시오. 하는 부탁의
말로 보고 있다."와도 일치한다. 물론 양희철의 대세지보살설**23** 역시
심도 있는 논증이 돋보이나 보처불 또한 아미타불의 권속보살로 사료
될 때 그 신능, 혹은 역할이 크게 다르지 아니한 줄 알겠다.

3. 노랫말의 보편적 풀이

지면상, 그리고 두루 아는 설화 전문을 인용할 필요는 없겠거니와,
문면 중 1) 大種刀耕과, 2) 盖十九應身之一德嘗有歌云은 논제의 성
격상 노랫말 풀이에 앞서 짚고 넘어갈 필요가 있다.

1) **大種刀耕** ; 선인의 저술 중 차자표기도, 필사본도 아닌 자구에 대

---

22 황패강 ; Ibid 참조
23 양희철 ;『삼국유사 향가연구』제4장 문어의 향가 Ⅲ. 원왕생가 D. 해석 1. 염불과 달,
　　pp.479~480

해 명확한 확증도 없이 오각誤刻 운운하는 편의적 단정은 신중할 이유가 충분하다. 본 자구에 대해 육당이 '火種力耕'으로 수정 해석한 이래,

* 농사일에 힘썼다.(권상노 ; 삼국유사, 동서문화사)
* 화전에 씨를 심고 쇠붙이로 갈았다. (이가원 ; 삼국유사신역. 태학사)
* 산을 갈아 농사를 짓고, (황패강 ; Ibid, Ⅰ -36)

등으로 숙고 없이 수용되었는가 하면, 화종도경, 대종역경으로 부분 수정한 견해도 있어왔다. 그러나 설화의 문면에 따르자면 아내와 더불어 신 삼는 일로 생업을 삼던 광덕이 재가승인데 비해 비록 마음의 염착染着, 특히 사음邪婬을 못 떨친 엄장이라지만, 그러나 적어도 출가승에게 수도가 아닌 농사일에 몰두케 한다는 문법은 논리에 맞지 아니하다. 이에 대해 엄장이란 명호의 의미 '엄격 장대'로 풀이하고, 그 출처를 불교적 어의에서 논증해낸 양희철의 현로와 견해에 공감되는 바 크다. 곧 "대종은 사계四界인 땅·물·불·바람을 일컬으며, 이들은 일체의 색법色法에 주편周遍하므로 대大라 이름하고, 능히 색법을 지을 수 있기 때문에 종種이라 한다."하고, 도경은 '칼같이 일구다.' 곧 "철저하게 탐구하다."로 풀이하고 있다. 이른바 출가승으로 산사에서 엄숙 장엄한 다짐으로 수도 정진함을 비유한 표현으로 읽는 것이 삶에 찌들지 아니한 구도자의 본래의 모습이라 하겠다.

2) **盖十九應身之一德嘗有歌云** : 광덕 처의 신분과 작자 규명의 관건이 되어온 문제의 난해처다. 곧 분황사비라는 천한 신분이었지만, 본디는 사바세계를 두루 다니며 필요에 따라 33신으로 응화하

여 중생을 구제한다는 관세음보살이다. 때로는 居士·長子·宰官· 바라문으로, 또는 비구·비구니·동남·동녀, 부녀로, 혹은 용·천· 건달파·아수라, … 등으로 응신하여 더러는 시험하고 계도하는 보살행의 주체이다. 그중 19응신은 33응신 중 19번째 응신인 '부녀'로 응화한 관세음보살 중의 하나이다. 따라서 十九應身之一에서 끊어 읽는 것이 문맥상으로도 그러려니와, 한문 문장의 심상적 흐름과 리듬상으로도 순리롭다. 그러므로 德은 有의 주체요, 歌가 보어로 본가는 광덕의 지음이요, 그러므로 시적 자아가 아미타불의 사자인 달에게 호소하는 결구로 읽을 때 구성상 무리 없는 설화 작품으로 승화된다고 본다.

3) **쟁점 노래말** ; 무문자無文字 시대에 외래문자의 수용 자세에는 적극적 자세와 소극적 자세가 있다. 전자는 냉철한 비판과 자국문화화하려는 재창조적 의지와 노력 하에서 수용함이요, 후자는 무비판적으로 수용 향유함이다. 고구려 백제에 비해 적극적 수용 자세를 보였던 신라인은 그러므로 미래불교를 현실·호국불교로, 문자도 그 음과 훈을 빌어 자국의 언어 현실에 맞도록 재창작하였으니 이두吏讀가 그것이요, 특히 실사 허사 일체를 이두화한 향찰식 표기로 그들 정서를 노래한 것이 향가임은 두루 아는 바다. 그러나 말로도 다 표현하기 부족한 것이 델리케이트한 인간 정서인데 항차 노랫말의 완벽한 차자표기는 물론, 그 독해 역시 천년 간극이 아니더라도 용이한 일일 수 없다.

이제 다양한 제설을 매거할 수도 없거니와, 대체로 양주동설 : 김완진설을 대비하므로 큰 줄기는 정리될 줄 안다.

月下 伊底亦

西方 念丁 去賜里遣

無量壽佛前乃

惱叱古音 多可支 白遣賜立

誓音 深史隱 尊衣希 仰支

兩手 集刀花乎 白良

願往生 願往生

慕人 有如 白遣賜立

阿邪 此身 遺也 置遣

四十八大願 成遣賜去

〈삼국유사·五, 광덕·엄장〉

둘하 이뎨	두라리
서방꼬장 가샤리고	서방꼬장 가사리꼬
무량수불전에	무량수불전의
닏곰다다 숣고샤셔	ㅈㅈ곰 함죽 숣고쇼셔
다짐 기프샨 尊어해 울워리	다딤 기프신 ᄆᆞᄅ옷 ᄇᆞ라 울워리
두 손 모도호 숧바	두 손 모도 고초 숧바
願往生 願往生	願往生 願往生
그릴 사람 잇다 숣고샤셔	그리리 잇다 숣고시셔
아으 이 몸 기텨두고	아야 이 모ᄆᆞ 기텨두고
四十八大願 일고샬까.	四十八大願 일고실가.
〈양주동 역〉	〈김완진 역〉

① 伊底亦 ; 이제 또.

양 ; 이뎨

김 ; 엇뎨역

※ 伊(음차) + 底(음차) + 亦(훈차) → 이제 또.

　양주동의 '이뎨'는 이(伊 ; 음차)+뎌(底 ; 음차) + ㅣ[亦 ; 약음차 ; (ㅣ+ㅓ)+
ㄱ]의 논리이다. 필자는 '伊底 亦'으로 끊어 읽는 것이 보다 시적 자아
의 심층 심상표출에 적의하지 않을까 한다. 곧 아미타불이신 법장보
살의 발원에 의하면 '정법正法을 훼손한 자·오악五惡을 저지른 자' 외
의 모든 중생을 왕생케 하고자 했고, 수도자는 정심념호正心念護 1번, 2
번 … 7번으로 왕생정토할 수 있다고 했다. 그러나 광덕은 일심으로
기구하며 짐짓 서방의 상징인 양 분황사 서쪽 마을에 터잡아[德隱居芬
皇西里] 10여년 서원했으나 무심히 뜨고 지는 달, 그러니 "오늘도 그냥
또 그렇게 가시렵니까? 언제쯤에나 이 지성을 사뢰어 아미타불의 응
허應許하심을 전해주시렵니까?"라는 당위적 반문형으로 위하적 결구
와 수미쌍관을 논리화한 것으로 보고자 한다.

② 西方念丁 ; 서방(정토에)까지, 서쪽(으로) 너머.

양 ; 西方싀장

김 ; 西方싀장

※ 西(음차) + 方(훈차 ; 곳 = 쪽(으로)) + 念(약음차 ; 녀+ㅁ)

　　+ 底(약음차 ㄷ+ㅕ)

두 분 선학의 일치된 견해에 동의하며, 양희철의 '서방 넘뎌'설에 기왕의 사족을 제의하렴이다. 씨는 음만자 逾과 음반자 丁의, 그 중에서도 반절하자의 대칭반자 '뎌'라 하고, 이를 다시 '디다(落)'의 어간 '디'에 행동전제법 '-어'가 결합되어 '뎌'로 읽어 '넘뎌(넘으며)'가 된다 하였다. 이어 '월越'을 쓰지 않고 '逾'을 쓴 것은 '생각하며'라는 뜻을 동시에 내재키 위한 장치[24]로 보고 있다. 그럴 경우 '넘뎌'는 '너머 지며'로 풀이되어야 하고, 그렇다면 '西方+너머 지고'의 호응은 '西 쪽으로〔西(음차)+方(훈차;곳 = 쪽)〕'만 못할 뿐 아니라, 불국토의 철저한 미타신앙을 가진 대중의 신앙심상이 '달은 서방 아미타불에게 사바세계의 일상을 보고하는 것으로 인식한다.'고 할 때 '서방 넘뎌'보다는 '서쪽(으로) 너머'가 노랫말의 보편적 논리일까 한다.

③ 惱叱古音 ; 뇟곰→닏곰.

얏 ; 닐(러)곰(닏곰)
김 ; ㅈ곰
※ 惱(음차 ; 뇌) + 叱(약음차 ; ㅈ→ㄷ) + 古(음차 ; 고) + 音(약음차 ; ㅁ)

본가의 어석 풀이 중 가장 난해 처로 많은 이설들이 있어 왔다. 그러나 '鄕言云報言也'라는 할주가 있어 어법적 이설에 비해 뜻풀이는 대동소이한 편이다. 필자는 '惱(뇌)+叱(ㅈ→ㄷ)+곰(강조접사) → 뇟곰', 혹은 '니르다'의 어간 축소형 '닐+ㄷ+곰 → 닏곰'에 다음 행위의 연발 상태를 이어주는 '~다가'첨가형으로 보고자 한다. 물론 김완진은 뒷말

'白遺賜立'과 관련하여 '왜 하필이면 말하다가 말씀드리소서 인가'라고 이의를 제기했으나, 본구의 '惱叱古音'은 '사바세계의 물태'를, 그리고 '白遺賜立'은 자신의 정진상을 사뢰어 달라는 간구로 요해된다.

④ 多可攴 ; ~다가(다갑).

양 ; 다가

김 ; 함즉

※多(음차) + 可(음차) + 攴(양 ; 허자·김 ; 지정사·양 ; 연결어미 ㅂ)

양주동과 김완진은 多(음차)+可(음차)까지는 같이 읽고, 攴(攴)에 대해서는 견해를 달리했다. 양주동은 "하등 음가를 가지지 않는, 단순한 구두점 대신의 허자"로[25], 김완진은 자신의 가정임을 전제하며 음·훈독을 하지 않는 지정사로 문법적 기능만 갖는다고 했다.[26] 그러나 양희철은 '多(음만자)+可(음만자)+攴(음반자 ; ㅂ)→다갑'으로 풀이하고 'ㅂ'을 중세국어 및 돌궐어에서보이는 연결어미 b/p라고[27] 했다. 필자는 기언급한 바 '~다가' 자체를 연발형 연결어미로 보았기에 'ㅂ'의 연결어미적 용례를 예시할 자료를 확보하지 못해 결론을 유보할 수밖에 없다.

---

25 양주동 ;『고가연구』九, 원왕생가, p.509 참조, 박문서관, 1942

26 김완진 ;『삼국유사와 문예적 가치해명』자료편 IV-16참조, 새문사, 1982

27 양희철 ; 앞의 책 p.468 참조.

⑤ 尊衣希 仰攴 ; 존에게 우러러.

　양 ; 尊어히 울워리
　김 ; ᄆᆞᄅ읫 ᄇᆞ라 울워러
　※ 尊(음차) + 衣(음차) + 希(음차) + 仰(훈차) + 攴(허자·ㅂ)

　어석상의 차이는 있으나 의미상의 차이는 별무하다. 김완진은 부처님(尊)의 『註解千字文』의 훈인 'ᄆᆞᄅ'+옷(강세첨사)으로, '仰'을 'ᄇᆞ라다+우러르다'는 2중 의미로 보았다. 한편 '衣希'를 양은 처소격으로, 김은 목적격으로 보고 있으나, 여격이어야 한다는 황패강의 견해에 동의한다. 양희철은 '攴'을 예의 'ㅂ' 즉 연결어미 첨가형 '울욻'으로 읽고 있다. 그 밖에도 유사한 이설들이 있으나, 노랫말로서의 보편적 풀이는 '존어히 울워러→존에게 우러러'로 보고자 한다. '尊' 역시 無量壽佛·願往生 등 한자어가 쓰인 이상 딱히 'ᄆᆞᄅ'로 읽어야 할 이유를 느끼지 못한다.

⑥ 集刀花乎 ; 모두옵고.

　양 ; 모도호
　김 ; 모도 고조
　※ 集(훈차) + 刀(음차) + 花(약음차 ; ㅎ) + 乎(약음차 ; ㄴ)

　'集刀'의 읽기는 '모도'로 확정된 듯하다. 그러나 '花乎'의 읽기는 '곳오·고초·곳호·굴호…' 등 다양한 편이다. 특히 김완진은 "고조다는 중세국어 '고초다'에 해당하는 것으로 '곧추세우다·곧게하다'는 의미를 갖는다.[28]"며 '모도 고조'로 읽고 있다. 이에 황패강은 "花를 굳이 義借寫音하여 '直'의 뜻을 표기했다고 보기는 어렵다[29]"며 花를 관념 어로 독립시켜 散花供養으로 유추하며 '호'는 'ㅎ(爲)+ㄴ(삽입모음)' 첨 가어로 보고 있다. 그러나 본가는 우선 산화공덕, 혹은 찬불의 노래이 기보다는 정심념호, 이른바 염불왕생기원가이며, 더욱 '두 손 모으고' 꽃을 뿌린다는 모순어법하며, 특히 공손히 두 손 모으고 尊을 향한 예 도의 '모도호'형이 노랫말의 순리상 적의할 뿐만 아니라, 이어지는 '삶 아(白良)'와도 조화롭다 할 것이다.

이상의 쟁점어휘 외에도 부분적인 이견들이 있으나, 노랫말의 본의 를 해칠 정도는 아닌 듯하여 여러 이견을 종합 정리하며 노래 바로 읽 기의 실제 및 그 문예적 평설을 제시하고자 한다,

Ⅳ. 작품 읽기의 실제와 평설

들하 이제 쏘	달님이시여, 이제 또
西 쪽 넘뎌 가샤리고	서쪽(으로) 너머 가시렵니까?
無量壽佛前이	無量壽佛前에
뇔곰다가 숣고샤셔	(사바의 일들)뇌이시다가 사뢰어 주소서
다짐 기프샨 尊의히 우러러	다짐 깊으신 尊에게 우러러
두손 모도호 슬바	두 손 모도옵고 사뢰어

---

28 김완진 ; 앞의 자료편 참조
29 황패강 ; 앞의 글 Ⅰ-16 참조

<table>
<tr><td>

願往生 願往生

그릴 사람 잇다 숢고샤셔

아으 이몸 기텨 두고

四十八大願 일고샬까.

〈재구편〉

</td><td>

願往生 願往生

그리워하는 사람 있다고 사뢰어 주소서

아~, 이 몸 (속세에) 남겨 두고

(당신의)四十八大願 이루었다 하시릿까!

〈현대역〉

</td></tr>
</table>

위 재구편은 필자의 주관으로 이제까지의 연구 결과에다 나름대로
의 견해로 다시 읽은 것이요, 현대 역은 그 풀이인 셈이다. 차자 문학
의 한계를 인정하며, 전반적 문법에 동의한다면 이상의 논의점들, 곧
바로 읽기를 바탕으로 작품에 대한 문학적 평설의 의미는 못지 아니
중요한 작업이리라.

대체로 신라가요 연구는 오꾸라, 양주동, 김완진, 등의 노랫말 풀이
시대를 거쳐, 임기중의 가요와 기술물에 대한 총체적인 사상, 구조,
발상법 등 유형분석에 이어 김운학, 최철, 임기중, 이재선, 송재갑, 그
리고 설화를 중심으로 한 홍기삼 등의 문학적 연구와 그 결실을 보게
되었다. 그러나 워낙 노랫말이 확정되지 아니한 문학론의 한계성 또
한 부정할 수 없다.

본가의 경우『불설아미타경』 2.정종분, 1)에 상정된 극락세계의 찬
란함과 그 공덕장중함[30]은 유한한 인간의 원망공간이기에 충분했고,

---

30 극락의 장엄한 모습은 대체로 다음 6가지로 묘사되어 있다.
　1) **아름답고 장엄한 땅** ; 7겹의 4색 난간, 7겹의 4색 구슬 그물, 7겹의 4색 보석가로수.
　2) **아름답고 장엄한 연못** ; 7보 연못, 8색 공덕수, 금모래, 4색 보석 계단, 7보 장식 누각,
연못에는 청·황·적·백색 연꽃과, 그 향이 가득함. 3)**하늘 음악과 꽃비** ; 하늘 음악과
황금빛 대지에 매일 6차례의 만다라꽃비가 내림. 4) **진리를 노래하는 갖가지 새** ; 학, 공
작, 가릉빙가 등 새들이 하루 6차례씩 노래함. 5) **삼악도가 없는 터** ; 지옥 축생 아귀의
삼악도가 없다. 6) **바람이 하늘 음악 연주** ; 하늘 바람이 보배 가로수, 보배 방울 그물을
흔들어 백 천 가지 악기를 한꺼번에 연주하듯 함.

다짐 깊으신 아미타불의 48대원은 불교리 홍포와 신심의 촉매이기에 족했다. 이점 어쩌면 불교 중흥을 위한 전교담으로 본「원왕생가」와 그 기술물「광덕 엄장조」는 일연 선사의『유사』편찬 의도에 성공적 화소였을 것이다.[31] 본가의 바른 읽기와 그 이해를 위해 이점이 간과되어서는 아니 될 것이다.

우선 설화의 두 주인공 광덕과 엄장은 재가승이건 출가승이건 자증에 의한 서승西昇이 불가한(물론 광덕의 원력이 엄장에 비해 승하긴 했지만) 중생이다. 다만 남다른 원력을 가졌기에 분황사비로 응신한 관세음보살의 도움이 있었고, 결국 이상적 수도자인 광덕의 왕생일념을 노래화한「원왕생가」는 그러므로 아미타불도 감응되어 왕생극락했다. 여기까지가 설화 제 1단락인 셈이다.

그러나 엄장 같은 범부적 수행자[身出心不出]도 결기회책潔己悔責하고 일도 정진하므로 자신의 성도는 물론, 나아가 아미타불의 서원까지 이루게 하므로 다짐 깊은 아미타불에의 신심과 불법의 원융을 구족케 함, 이것이 제 2단락이다.

한편 노래의 구조는 아래와 같이 도식화 할 수 있다.

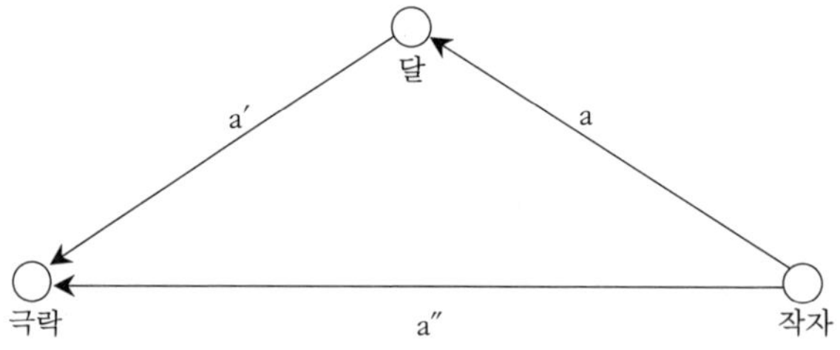

---

31 앞의 주 17)과 관련한 임기중의 본가 해석 참조

a. '돈호와 반문' ; '달님이시여, 또 서쪽으로 너머 가시렵니까?'라는 당위적, 그러나 '또' 일자—亦의 수미쌍관을 마련하고는,

b. '청원請願의 사辭' ; (가시거던 사바 속세의 소견문사를 이르시다가) "다짐 깊은 무량수불 전에 두 손 모와 '원왕생 원왕생'하고 그리워하는 저에 대해서도 사뢰어 주십사"라고 간구하고,

c. '위하성 설의'; "나를 이 속세에 버려두고 당신의 48대원을 이룰 수 있겠느냐"고 그 모순논리를 노정하므로 적어도 심상적 위하형에 다름 아닌 결구로 a의 '돈호와 반문,' 특히 '亦·또'의 가정적 풀이의 그 논증을 확보한 셈이다. 그러므로 광덕이 일영日影과 아름다운 천악, 찬란한 광명을 타고 서승한 본 감응편은 기실 엄장을 위시한 일상의 세속적 범부(비록 엄장처럼 음욕조차 떨치지 못한)에게 까지도 회유, 정진케 한 신라 불교의 중흥, 이른바 혼탁한 고려의 불국정토화를 희구한 일연선사의 진솔한 소망이 재구한 정녕 질박 무구한 불교 서정시가인 것이다. 그 사詞는 맑고淸 구句는 아름다우며[麗] 고매한 뜻[其意其高]이 서렸다함이 그것이다.

V. 문제의 정리

「원왕생가」는 신라인의 정토신앙이 빚어 놓은 불교적 서정 시가로, 원망공간인 극락정토에 가 다시 태어나기를 그 motif로 하고 있다. 그러나 차자 문학의 한계로 동일 모티프를 구축하고 있는 어구 풀이에 — 그것이 물론 주제의 틀을 흐트릴 정도는 아니지만 — 다소의 견해차가 있어 본고는 그 바로 읽기를 시도한 단편적 논고이다. 그 쟁점과 대안

을 요약하면 아래와 같다.

1 **설화와 노래의 관계** ; 노래와 설화의 관계는 무관한가? 결론적으로 무관할 수 없음을 입론했다. 곧 2단으로 구성된 설화를 통해 1)작자, 2)배경 사상, 3)저술자의 편찬태도를 살폈다. 먼저 작자를 확정하기 위해 배경 사상인『불설아미타경』과 설화의 구조를 대비하며 작자는 광덕임을 밝혔다. 여기 등장하는 3인 중 작자인 광덕은 비록 재가승이나 단신정좌·정심념호하는 1등 수도자요, 엄장은 출가승이나 수도의 기본인 색정을 못 떨친 중생으로 묘사되었다. 그러나 분황사비로 응화하여 광덕의 처가 된 19응신의 하나인 관세음보살의 인도, 혹은 회유로 회개 정진하면 누구나 성도할 수 있음을 일연은 노래와 기술물을 통해 널리 알림, 그것이 바로 신라 불국정토의 고려 불교화를 꾀한 선사의『유사』편찬의 이유였다고 결론하였다.

2 **달과 등장인물의 관계** ; 달의 상징성은 워낙 다양하고 미묘하다. 같은 신라가요인「찬기파랑가」의 달과 본가의 달이 전자는 작자와 함께 화랑장 기파의 고매한 인품을 사모하는 인격체로, 본가에서는 아미타불의 사자, 혹은 중재자로 인식되었고, 두시「월야」의 달은 머나먼 천만리 길에도 사랑이 무늬지는 열정의 달임을 보았다.

3 **노래말의 보편적 독해** ; 노랫말이 지나치게 시적이거나, 더욱 사변적일 이유는 없다. 특히 기원형일수록 간결, 절실한 메시지 전달로 족하리라는 보편적 논리 하에서 본고는 출발했다.

먼저 설화의 '대종도경'은 양희철의 견해를 수용했으며, 작자와 관

련한 문구는 "盖十九應身之一, 德嘗有歌云"으로 끊어 읽었다. 한편 어구 풀이에서,

1) 伊底亦은 '伊底 亦'으로 끊어 읽고 '이제 또'로 풀이하는 것과 10행 걸어 '일고 샬까'라는 위하성 설의와 수미쌍관식 결구법에 적의할 것으로 결론했다.

2) 西方念丁 역시 양주동, 김완진의 어석 '西方 스장'에 동의하되 양희철의 '西方 넘녀'라는 논리를 수정 긍정하기 위해 '方'의 훈 '곳 = 쪽'에 주목하며 '서쪽(으로) 너머'로 읽었다.

3) 惱叱古音 역시 양주동의 '닐(닏)곰'에 동의하되 惱叱(닇)+古(고)+音(ㅁ ; 강세첨사)로 보고 뒷말 행위의 연발 상태를 이어주는 '~다가' 첨가형이라 했다.

4) 多可支에서 多可는 양·김·양 모두 '다가'로 일치했으나, '支'에 대해서만은 '구두점 대신의 허자(양주동), 지정사(김완진), 연결어미 ㅂ(양희철)'등 이견이 있음을 제시하였다.

5) 尊衣希 仰支에서 양주동은 '존어히 울워리'로 읽고 '어히'를 처소격으로, 김완진은 목적격 'ᄆ른옷 ᄇ라 울워러'로, 양희철은 'ᄆ른 옷 ᄇ라 울 '으로 읽고 있으나, '~에게'라는 여격형으 로, 그리고 '尊' 역시 '無量壽佛·願往生' 등 한자어가 쓰인 이상 굳이 'ᄆ른'로 읽어야 할 필요를 느끼지 않는다.

6) 集刀花乎 역시 '集刀'는 '모도'로 일치하나 '花乎'는 혹 '호'(양주동)로, 혹은 '초'(김완진)로, 혹은 '곳 + 호'로 읽고 '곳'은 '散花供養'으로, '호'는 'ᄒ+ㅗ'의 축약형으로 보고 있다. 그러나 본가는 산화공덕가도, 찬불가도 아닌 예의 기원가이기에 양주동의 'ᄒ+ㄴ(상대존대삽입모음)'의 축약형 '호'로 봄 이 아미타불을 향한 본가의 어기語氣에 부합함을 입론하였다.

▉ **4 작품 읽기의 실제와 평설** ; 이상 몇몇 쟁점과 대안을 바탕으로 본가 바로읽기를 위하여 재구하고 풀이를 시도해 보았다. 본가의 구조는 3단으로, 그 1 단은 '돈호와 반문' 2단은 '청원의 사' 3단은 '위하성 설의'요, 특히 1단 '亦'을 훈차 '또'로 읽어 결구 '成遣賜去일고 샬까'와 대응하는 수미쌍관식 결구법으로 읽었으며, 그 정서는 다른 신라가요가 그러하듯 질박 무구한 불교적 서정시가임을 논증하였다.

〈1998. 국어국문학 121호〉

山水詩人 金克己의 시세계

-田家樂事의 美學-

Ⅰ. 문제의 제기

'농섬부려[1]'라기보다는 차라리 부박화미浮薄虛靡한 문장학文章學이 고려 전기의 뮤품이라면, '척사위정斥邪衛正'이라기보다는 진작 '장황정만長遑汀漫[2]'이 그 후반의 문기文氣였다. 이는 물론 의종 말기를 전후한 고려조 한시문학의 진화일반進化─般이거니와, 결론적으로 고려조 한문학의 백화난만을 의미한 것임에 분명하다..

기실 고려 한문학이 과시科試의 시행으로 무신란 전·후를 막론하고 성율聲律[3]과 공교工巧[4]를 오로지 하였으며, 특히 전기의 풍류군주를 위시한 증수贈酬와 만당晚唐의 염일艷逸·기건奇健은 부섬화미를 낳았고,

---

1 徐居正；"高麗光顯以後 文：士輩出 詞賦四六 穠纖富麗 非後入所及. 但.文辭議論多有 可議者.…"〈東人詩話·下〉

2 權相老；筆寫本『朝鮮文學史』第 二章, '漢文亭條' 참조

3 林椿；與黃甫沆書 "近世取士 拘於聲律 往往少兒輩 成能取甲乙 而安博之士 多見格擯柳 故朝野唾冤.…"〈東文選·五十九, 書〉

후기의 내우외환은 문인정객을 위아래 없이 기노耆老·칠현七賢의 교계를 맺게 하여 청류연락清流宴樂에 팔리는 중에 표리의 갈등과 세분洗憤의 풍자, 실생활의 고음苦吟, 못내는 체념의 미학을 산수에 붙여 자긍自矜케 하였다. 이러한 고려 한문학사 중 간과할 수 없는 위대한 한 작가의 발견은 우리 문학사를 위해서도 꽤 다행한 일이다.

필자는 연전 졸역주서拙譯註書『삼한시귀감三韓詩龜鑑』(二.友出版社, 83·3刊)을 초하던 중 신라·고려조 한시문학사에서 우뚝하게 부상하는 노봉 김극기를 발견하고, 그의 시문학을 재검하게 되었다. 본고는 그의 시문학 작품을 통해 무신란 이후 방황하는 문사 및 그 시대 문예일단을 검찰함과 동시에 그의 문학사적 위상을 재평가하고자 한다.

노봉 김극기에 대한 작가·작품론적 고찰은 보다 충실한 당시 문헌의 출현을 기다릴 수밖에 없다. 현재로서는『고려사』열전에서도 특별한 기기紀記를 발견할 수 없고, 다만 몇몇 시화에 그의 작품에 대한 언급만이 훤다喧多할 뿐이다. 따라서 그에 대한 전기적 편린을『동문선』소재 이인로의「김거사집서」에서 살펴보면,

선생의 이름은 극기요, 경주 사람이다. 어려서부터 영리하여 입만 열면 글월이 이뤄지고, 사람을 놀라게 하는 구절이 있었으며, 장년에 이르러서도 서둘러 벼슬에 나가려 하지 아니하였다. 진사에 오른 후에도 서울로 머리를 보이지 않았고 공경의 문에 세력을 빌붙으려 하지 않았다. 오직 은류 문사들과 더불어 산림에서 노래하고 읊조렸다. 고로 문명은 더욱 자자했으나 벼슬길은 점점 막혔다. 반악처럼 백발이 옷깃에 드리우게 되자 비로소 의주 방어판관이 되었으나, 그 역시 윗사람이 끌어 준 것이 아

---

4 林椿 ; 與趙亦樂書 "時有所甚難者 誠有類俳優者之說 因自計曰 如是以爲文乎 則雖甲乙 可曲肱.而有也…"〈東文選·五十九, 傳〉 참조.

니라, 급제한지 오래되어 절로 그리 된 것이다. 임기가 다하여 돌아오자, 명종이 그의 문명을 듣고 한림원에 입직케 하니 곧 벼슬아치들이 그 명성만 듣다가 실상을 보고 모두 흠복하고 이론이 없었다.[5]

라 했고, 이어서 사후에 의조儀曹에 추증되는가 하면, 주은朱銀의 화석華錫도 입었다 했다. 한편『동문선』에 전하는 한 표전表箋에 의하면 금나라 사신으로 활약한 바도 있다.[6]

물론 작품론적 고구도 문집의 부전으로 논외에 두어왔음이 사실이다. 그의 문집에 대해서는 다음 장에서 논고할 것이지만, 워낙 본고는 전도 작품집도 부전인 채, 논고조차 되지 않은 한 작가를 다만 선시집인『삼한시귀감』과『동문선』소재 59수를 대상으로 시론하고자 함에 자못 위험성도 배제할 수 없기는 하다. 이른바 선시자의 수준과 기호성이 그것이요, 워낙 호한한 그의 시 세계를 극히 적은 몇 수로 대변할 수 있을까 라는 문제점이다.[7] 그러나 서거정은 주지하거니와,『삼한시귀감』의 비해자批解者인 최해崔瀣와 선시자 조운흘趙云仡 역시 한 시대의 대가[8]였으므로 우선은 '시문학사적 위상'과 선시에 호선된 '시어 분석'을 통해 김극기 시문학의 특질 및 시문학사적 재평가의 필요성을

---

5 李仁老 ; 先牛諱克己 鷄林人也. 童䴔額悟 開口成章, 即有驚人語.. 逮壯 不汲汲于進 自 登進士第 不復首路京師 惜勢公卿之門 唯與逸人韻士 嘯咏.山林, 故文譽益豊 而官途愈 阻. 安仁素髮 颯己垂領 始補義州防禦判官 亦非在上推穀引手之援 自以桂籍久次見調耳. 秩滿替廻. 明廟聞其詞藻 召直翰林院. 搢神鉅公 昔但飮其名 今始尰嗜其實 同然歆腹 會 服無異辭. 〈동문선·83, 金居士集序〉

6 『東文選』·三十五,「表菱」〈癸亥年入北朝 賀一I吏修製本國朝辭日辭表〉참조

7 『三韓詩龜鑑·上』김극기조에 의하면 그의 문집이 150권이라 했다. 이는최우가 국비로 간행한 이규보의『東國李相國集』30권보다는 물론, 문헌상가장 방대한 개인 문집 량으로 추정된다.

8 李丙嗜: 拙譯注書의「三韓詩龜鑑解題」이화문화출판사 1997. 解題 참조

제고하고자 한다.

Ⅱ. 문학사적 位相

한 작가의 문학사적 평가 기준은 그가 살아온 관위官位도, 부질없는 다작도 아니다. 시대의 진솔한 반영과, 그것을 초극하려는 작가적 의지의 공감도에 있다 할 것이다. 김극기의 경우는 어떠한가. 그는 이제 껏 고려조 한시문학을 대표해 논의되어 온 이른바 이규보·이인로·김부식·정지상·진화(충렬왕 이제현 이전의)에 못지않은 위대한 작가였는가 하면, 어숙권魚叔權의,

> 이규보·김극기·김구·이제현·박인범·이곡 부자와 본조(조선)의 신숙주·성삼문·서거정의 시는 모두 중국에 널리 전해있다. 이로 보건대 우리나라 사람의 재주를 중국도 분명 가벼이 보지는 못했다.[9]

는 기록은 조선 초기까지 아우른 한시문학의 총평으로, 중국에까지 널리 유포되어 명동鳴動했음을 알려주고 있다. 한편 최자崔滋 역시 『보한집』에서 고종 조朝의 시단을 합평하면서

> 요즈음 시인들이 평해 이르기를 유승단의 시는 말이 굳세고 뜻이 순박하며 용사가 정치·간결하고, … 김극기의 시는 말을 엮음에 맑고 넓으며

---

9 魚叔權 ; 李奎報·金克己·金坵·李齊賢·李仁範·李穀 父子·申叔舟·成三問·徐居正 之詩 皆流布中朝 − 以此觀之 本國人才 中國未必輕少矣. 〈稗官雜記〉

말이 많을수록 더욱 부섬하다. … 변태 백출하니 이들 모두 한 때의 우두
머리들이었다.10

라 하여 그 시사詩詞의 부섬함을 총평해 한 시대의 종장宗匠이라 했다.
한편 서거정은

고려조 광종이 비로소 문과를 설치하여 사부로 인재를 등용하고 예종이
文雅를 즐겨 나날이 문사들과 모여 창화하고, 뒤이은 인·명종도 역시 유
아를 숭상하였으며, 충열왕은 문사들과 창화하고『용루집』을 남겼다. 이
로 말미암아 사부를 존상하는 풍습이 생기고 추대에 전념하였다. … 내
한 김극기 … 더욱 그 걸연한 자들이라. 고려 중엽이후 양송·요·금·몽
고 등 강국을 섬길 제 자주 문사로 칭을 듣고 국난을 풀었다. 어찌 사부
를 하찮 다하리오.11

라고 고려조의 문풍과 문장보국의 실록을 전하고 있다.『동문선』소재
21편의「표전表箋」은 그가 금나라 사행使行 중에 올린 것으로 그의 문
장력을 방증한 것이니, 이인로의 "한림원 김 선생은 시로 한 시대를 울
렸다"12 함과 인물 중의 '난봉鸞鳳'이라 함이 빈 말이 아닌 줄 알겠다.
더욱 "그에게는 100여 권의 문집이 있어서 최우崔偊가 이를 수방搜訪하

---

10 崔滋；今之詩人評曰 .兪升旦 語勁意淳 用事精簡, 金良鏡 凡使字必欲淸新 故每.出一
句驚動時俗, 李公老辭語邁麗 尤長於演誥之文, 金克己 屬辭淸曠. 言多益富 … 變態百
出 此蓋一時宗匠也〈補閒集〉

11 徐居正；高麗光宗 始設文科 用詞賦 睿宗喜文雅 日會文士唱和 繼而仁·明 亦尙儒雅,
忠烈與詞臣唱酬 有龍樓集 務爲推對. 如 … 金內翰克己 … 尤傑然者 也. 高麗中葉以後
事兩宋遼金蒙古强國 屢以文詞見稱 得紓國患 夫豈詞賦而 少之哉.〈東人詩話·下〉

12 前註 5) "翰苑金先生 以詩鳴于時" 참조

여 고시·율시·사륙·잡문 135권으로 편간했다"[13] 하나 전하지 않고, 최자의 『보한집』에 의하면 『김원외집』이, 성현의 『용재총화』에 따르면 조선조까지도 『김거사집』수 십 권은 판본까지도 전해 있었던 모양이다.[14] 더욱 『삼한시귀감』에 의하면 무려 150권의 문집이 있다고 소주小注되었다.[15] 이는 같은 책 상권 최치원 30권 이규보 50권이라는 주와는 스스로 좋은 대비가 된다. 그러나 문제는 『삼한시귀감』(37수)과 『청구풍아』(11수)와 『동문선』에 역시 시(57수)·표전(11)·축문(5)·청사(3) 만이 전할 뿐 그 많던 문집이 전하지 못함은 사뭇 유감일 뿐이다.

위낙 문집이 전하지 않는 작가의 문학사적 위상은 당대 선집이 그 척도인 바, 우리의 선시집 역시 부전인 졸옹拙翁 최해崔瀣가 찬한 『동인지문東人之文』[16]에 이어 그의 비해, 비점을 의양한 석간石磵 조운흘趙云仡 정선의 『삼한시귀감』그리고 서거정 편 『동문선』이 그 대강이다. 물론 조운흘은 최해의 『동인지문·五七』에서 『삼한시귀감』을 정선했음이 분명하고,[17] 이후 『동문선』의 선시 역시 『동인지문·五七』이 저본이 되었을 것이다. 그러기에 『삼한시귀감』소재 247수 중 안순지安淳之의 7절 「자사취수선생진제운自寫醉睡先生眞題云」1수와, 홍간洪侃의 7

---

13 前註 5) 참조

14 成俔 ; 我國文章家甚少 而著書者尤甚少. 桂苑筆耕幾十卷 新羅崔政遠所著 皆四六也. 東人文幾十卷 侍中崔滋所撰. 三韓龜鑑一帙 예산 崔瀣撰. 東國文鑑幾十卷 侍中金台鉉所撰. 東文選幾十卷 徐達城受命所撰 … 金居士集幾十 卷 員外 金克己所著. 古板在校書館 半剜 …〈傭齋叢話·八〉. 그러나 東人 之文을 崔滋가, 三韓詩龜鑑을 崔瀣가 所撰했다는 착각은 있지만 『金居 士集』의 유래를 말하는 최근 기록임에 주목을 요한다.

15 趙云化編 ; 『三韓詩龜鑑』崔瀣 批解에 따르면 "員外金克己 本集一百五十卷. 老峯著金員外集"이라고 小注했다. 『三韓詩龜鑑·上』및 拙譯注書 p.98 참조

16 『東文選』 ; 「東人文序」 "起於新羅崔孤雲 以至忠烈王時 凡名家者 得詩若干首 題曰五七 文若干首 題曰千百, 騈儷之文若干首 題曰四六, 總而題其目 東人之文…." 참조

17 兩人의 生沒年代上 石磵 9세(1340) 때 拙翁은 이미 他界했고, 『三韓詩龜鑑』上·中·下 각권 첫 장마다 "拙翁崔瀣批點 石磵趙云仡精選"이라 明記했음은 석간이 그의 『東人之文·五七』의 批解·批點을 再引 精選한 것으로 사료됨

절「태백취귀도太白醉歸圖」3수와, 김극기의 7언 고시「취시가醉時歌」를 제외한 241수가 모조리 수록되었으니 선시집으로서의 객관적 성가를 실증하고 있는『삼한시귀감』이다. 그러므로『동인지문』이 전하지 않고 있는 현재, 또『동문선』이 성현의 말대로 "한 낱 유취에 불과하다"18면『삼한시귀감』이야말로 나·려 한시문학의 정수임에 분명하다. 노봉 김극기가 한국 한시문학사에서 재검되어야 할 대표적 작가라 함은 바로 이『삼한시귀감』에 선시된 247수 중 한 작가의 작품이 그 15%(37수)를 점유하고 하고 있다는 사실이니, 이는 바로 그의 문학적 우수성 및 공감도를 실증해 주는 좋은 예다.

이를『삼한시귀감』소재 다른 작가들과 대비해 보면 이규보 30수(2) 이인로 28수(3) 임춘 16수(5) 진화 9수(8) 김부식 7수(9) 정지상 7수(10) 순으로 통계된다. 이는 이제까지 알려진 고려 한시문학사의 새로운 현상이자, 한시문학사상 김극기의 새로운 위상을 시사하는 바 있다.『삼한시귀감』과『동문선』에 함께 수록된 작품과,『동문선』에만 실린 것은 별도로 그 시체 및 수록 작품 수를 예시하면, 다음과 같다.

	권수	칠절	오율	칠율	오고	칠고	칠배	합계
삼한시귀감	상		8		9			17
	중	11		7				18
	하					2		2
동 문 선	13			6				6
	18						1	1
	19	15						15

---

18 成俔:"…至如達城所撰東文選 是乃類聚 非選也"〈傭齋叢話·十〉 참조

　　한편 일사운객逸士韻客이었던 자연시인 김극기는 진작 명승고적을 두루 순례하였음인지, 또 이르는 곳마다 촉물진정觸物陳情의 영회를 남겨 『신증동국여지승람新增東國輿地勝覽』에는 300여수의 제영시가 실려 있다. 이 역시 김극기의 시문학을 더듬기 위한 좋은 자료가 아닐 수 없다. 이는 문집의 부실을 벌충할 소중한 유고일 뿐만 아니라, 한 시대를 대표한 위대한 시인임을 웅변하는 실증이다. 결국 현전하는 김극기의 연구 대상작은 『삼한시귀감』 소재 35수를 포함하고 있는 『동문선』의 57수와 『동문선』에 빠지고 『삼한시귀감』에만 실려 있는 七古 「황산강」과 「취시가」 2수, 그리고 『신증동국여지승람』의 중출 시수를 제외한 약 250 여수 등 적지 아니한 작품이 되는 셈이다. 그것이 비록 소수일지라도 오히려 정선된 선시들이란 점에서 한 작가의 작품세계를 천착할 소담스런 작품들임에 틀림없다. 물론 선집에 많이 취재되었다는 것이 혹 편자의 기호로 인한 편중일 수도 있다. 그러나 최해와 조운흘은 당대에 손꼽히는 사객詞客인데다, 또한 서거정과 이행 역시 조선 초기의 문원을 대표하던 대가들이므로 『삼한시귀감』이나 『동문선』그리고 『신증동국여지승람』의 비중은 새삼스런 바 있다. 따라서 김극기의 시적 위상은 비단 고려조뿐만 아니라, 한국 시문학 사상 재평가 되어야 마땅하다. 그러나 이제껏 국문학사에서는 물론, 한문학사에서조차 언급이 부실했고, 더구나 일편의 논고조차 없었던 소홀은 그의 육품청삼六品靑衫의 생애보다 더 안쓰러운 냉대였다. 이에 본고는 한국 시가 문학사에서의 김극기의 위상을 제고해 두는 바다.

Ⅲ. 작품 분석

시는 Kant의 말과 같이 상상력의 자유로운 유희를 마치 오성悟性의 진지한 일처럼 행하는 예술이다. 그러므로 이성적 객관구조라기보다는 차라리 정서의 환기, 감각의 자극을 전제하는 시어의 연상·지각·심상이라는 관념적 주관 구조이다. 여기에 Platon의 '시인추방논리詩人追放論理'나 도연명의 '불구심해不求甚解'적 당위의 가능성이 있었는지도 모를 일이다. 더구나 한시의 경우 manered한 구조적·도식적 분석은 무의미하다. 평판적이고 고식적이기 일쑤이기 때문이다. 뿐만 아니라 작가론적·배경론적 선입관이 선행해도 못 쓴다. 문예미의 구극究極이 도장될 우를 낳기 때문이다. 그렇다고 Eliot적 외곬을 고수하자는 것도 아니다. 보다 시문학 그 본질을 캐자는 것뿐이다.

문학예술은 근본적으로 언어예술이다. 특히 한시문학은 표의문자의 이중 구조적 특수성으로 그 생중生會한 뉴앙스와 천래天來의 성율聲律을 지니면서, 그 적실한 함축과 긴요한 정제성을 수반한 언어예술의 극치다. 그러므로 한자 시어가 지닌 정서와 감각은 그 높·깊은 표상성表象性이 무궁하다. 본고는 노봉의 시세계 분석을 그가 즐겨 쓴 시어 분석과 함께, 그 시어가 지닌 Imagery에 따른 주제에로의 접근을 기하고자 한다.

1. 詩語의 분석

시적 언어가 본질적으로 따로 있는 것은 아니다. 그러나 일상 언어가 의미의 재현에 의한 서술적 언어라면, 시어는 정서의 환기, 나아가 추상의 구상화까지를 꾀하며 감각을 자극케 하는 내포적 언어다. 더욱 시인과 시어, 그리고 시어 분석의 필연성을 웅변한 다음 글은 매우 시사적이다.

> 시인이 언어에 대해 보이는 능력은 사물의 존재성에 대한 인식의 깊이에 비례한다고 하겠다. … 인식의 깊이를 동반하지 않았을 때, 시인의 언어는 피상적인 기교에 떨어지기 때문이다. 이 지적은 시를 읽는 독자에게도 그대로 적용된다. … 아무리 평범하게 보이는 시인의 언어 하나하나에도 세계와 인간에 대한 깊은 인식이 담겨 있음을 깨달아야 한다.[19]

이른바 물상에 대한 인식의 감각적 재구, 그리고 그 구도 속에 형상화 된 시인의 인생관 세계관을 보아야겠다. 그러므로 시어의 분석과 그 Image의 탐구는 주제에로의 접근로다. 이에 노봉이 즐겨 쓴 시어를 편의상 A. 산천초목 군·B. 전원류 군·C. 조어충류군·D. 색조군·E. 상정류 군으로 나누고 이를 다시 세분하기로 한다.

A군 (123)	山	山(9)·巖(4)·嶺(3)·石(3)·쑥(1)	20
	川	江·水·川(23)·海(5)·溪(3)·洲(2)·泉·渚·池	39
	草	草(3)·花(6)·菊(3)·蘭(2)·麥(2)·苔(3)·蕨	27
	木	木(3)·林(10)·柳(7)·楊(3)·桑(3)·松·栗·楓·桃	37
B군	鄕村	村(10)·村婦(3)	16
	煙霞	煙(7)·霞(2)·虹(3)·嵐(2)	14
	風雲	風(23)·雲(13)	14
	日月	日(7)·月(6)	13
	기타	雪(6)·霜(5)·野·釣·漁·樵歌·圈·畝 등	43

---

19 金時泰·文德守 : 文爭槪論. II. 詩論,3. 詩의 要素, p. 88 참조.

C군	鳥	鳥(9)・雁(5)・燕(3)・鶴・烏・鵲・鴻雀 등	30
	魚	鳥(9)・鯨(1)・기타	9
	蟲	蟬(4)・蛩・熒(2)・蠶・蛙・蝶・蜂 등	16
D군	淸	淸(10)・碧(7)・靑(5)・晴・翠 등	25
	白	白(4)・淨・潔・淡・澄 등	8
	墨	墨・暮	3
	黃	황(2)	2
E군	空	空(11)	11
	憐	憐(4 : 戀・羨의 뜻)	4
	愁	愁(4)	4
	悲	悲(3)	3
	기타	恨(2)・嘆(2)・苦(2)・傷・喜・惱・覺 등	11

　이상의 계수計數는 물론 가변적이기는 하나, 다분히 자연시인적 성향을 시사하는 바 있다. 워낙 촉물진정은 시경詩逕이다. 따라서 미물인 초목금수가, 혹은 무정한 물상들이 감정이입 되어 비잠동치飛潛謝直・허실상배虛實相配하여 영활한 생명을 낳는 것이다. 이때 선택된 소재 하나하나가 언어적 배열에 따라 야릇한 미적 심상으로 승화할 때 일편 문학예술은 탄생되고, 주제의 패턴이 형성되는 것이다. 우리는 얼른 위의 계수에서 노봉의 시세계는 자연임을 알 수 있다. 이른바 전가락사적田家樂事的인 피세속성이 그것이다. 이는 진작 그의 삶이 불분명한 대로 무신란 이후부터 팽배한 기로耆老・죽림고회竹林高會가 시조時潮이던 때라서이기도 하지만, 결국 그러므로 체념의 시학이 낳아 놓은 시적 심상형태의 미학이다. 그러기에 그의 시엔 날카로운 풍자와 비판속성도 산견하니 이른바 오세적傲世的 무관심이 그것이다.

　B・C군의 시어 Imagery 역시 넓은 의미로는 피세나, 전원적 일취 및 향수다. 여기 전원적 일사운취逸士韻趣는 그러기에 오세적 기골이

남다른 바 있으니, 이들 시어는 전원·향수·자오自傲 등등의 주제를
내포하고 있다.

한편, 그의 시적 배색은 시대적 암울이거나 개인적 불우와는 달리
언제나 수정처럼 맑다. '靑·碧·淸'을 '黑·黃'의 Image와 대비해 동
질 개념이라 한다면 그의 모든 시적 배색은 싱싱하고 청정하다. 바꿔
말하면 같은 피세라 하더라도 그는 굴원이나 정철의 사미인思美人은 진
작 생각지도 않은 산수 시인적 본질의 주인공이다. 그러기에 적어도
자연에 놓인 그는 '머무르는 자연인'이 아니라, 자연을 자기에로 환치
해 둔 '동화적 자연인,' 곧 그에게서 자연은 진세의 암울을 망기하고
청정한 천성을 찾을 수 있는 희망적 세계다. 이는 어느만한 그의 오세
적 기골이 낳아 준 대단한 자시自恃일 시 분명하다. 더욱 흥미로운 사
실은 비교적 서술시어인 상정어군(B)이 '愁·悲·恨·淚'등의 감상적
서술이 아닌 '空'이라고 하는 형이상학적 비판속성이라는 점이다. 이
는 그의 소요가 속사들의 그것처럼 일회적 피세가 아닌, 맑고 활달한
성품에 의한 교양의 정신임을 의미한다. 여기에 도잠과 이백이 서로
혼융된 경지가 나름대로 부각 된 것이라 하겠다.

2. 主題의 분석

주제란 시인의 감각이 꿰뚫어 낸 대상의 생명적 본질을 언어로 재구
해 놓은 진실한 오성悟生이다. 이른바 분망한 상상의 예지가 마름한 새
로운 미학적 조명이다. 그것이 Ezra Pound의 말처럼[20] Melopoeia적

---

20 Ezra Pound, How to Read'ed by T. S. Eliot, Lierary Essay of Ezra Pound (London :
Faber limited, memliv) p.250. 그는 위에서 詩를 Melopoeia, Phanopoeia, Logapoeia
로 구분했다.(金時泰·文德守著 文學槪論 p.297 참조)

이든, 혹은 Panopoeia적이든, 또는 현대시의 논리적 이상적 Logopoeia
적이든 간에 필연적으로 내재할 수밖에 없는 진통의 심상미학, 그것
을 일컬어 우리는 주제라 한다. 이것의 분석은 물론 시에 쓰인 언어의
Image를 조합·재정리함으로써 가능하다. 김극기의 대상작품 59수
가 지니고 있는 그의 목소리를 위에서 예시한 시어분석에 따라 분류
하면 1)피세, 2)전가락사, 3)자오, 4)향수, 5)영회다.

이들 중 영회 항은『신증동국여지승람』소재 제영시 고찰과 함께
상론하기로 한다.

1) 避世屬性

피세란 은둔이다. '숨어 나지 않음'이요, '현실을 초극'하려는 의지
이니 인위人爲에 의한 인의도덕과 인문전통을 외면하는 무위자연과,
출세간적 향락을 구가하는 노장老莊의 전유처럼 인식된다. 그러나 이
는 진작 공자孔子의 "아도我道가 행해 지지 않는다."고 생각될 때, "현자
는 자연에 은둔하여 뜻을 편다."고 했으니,『시경』의「위풍」〈반고장〉
도 유덕자의 은일편21이요,『논어』의 "거친 밥을 먹고, 물마시고 팔을
구부려 베고 눕더라도 즐거움이 또한 그 가운데 있다. 의롭지 않은 부
귀는 나에게 뜬구름과 같다.飯疏食飲水 曲肱而枕之 樂亦在其中矣,不義而富且貴 於我
如浮雲"라던가, "독실하게 믿으며, 배움을 좋아하고, 죽음으로 도를 지
켜야 한다. 위태로운 나라에 들어가지 말며, 어지러운 나라에 살지 않
으며, 천하에 도가 있으면 출사하고, 도가 없으면 은거한다. 나라에
도가 있을 때 가난하고 천함은 부끄러운 것이며, 나라에 도가 없을 때

---

21 拙稿 ;『松江의 文學思想』4 道教思想『東岳語文論集·10』p.217, 東 岳語文學會.
1977 참조

부유하고 귀한 것은 부끄러움이 된다.篤信好學 守死善道 危邦不入 亂邦不居, 天下
有道則見 無道則隱. 邦有道 貧且賤焉 恥也,邦無道 富且貴焉 恥也"〈泰伯〉라는 유가의 보
신지책과도 그 맥을 같이 한다. 이러한 피세적 생활의 효시로서「귀
거래사혜」장은 "천성이 본디 자연을 좋아함性本愛邱山"의 실천이었고,
신라 말 고운 최치원의「제가야산독서당題伽倻山讀書堂」의

<blockquote>

狂奔疊石吼重樹　　바윗서리 섯돌고 깊은 골 마주 울려

人語難分咫尺間　　지척의 이야기도가리기 어려워라.

常恐是非聲到耳　　옳고 그른 수다가 귀에 다달까 봐

故敎流水盡籠山。　일부러 물을 흘려 온 산을 감싼거야.

</blockquote>

〈東文選〉

는 국문학 상 초유의 작품일 시 분명하다.22 이러한 성향은 유가적 선
각자의 이상 실현을 위한 분투형과, 노장적 무위친화가 있으니 김극
기의 경우는 어떠한가.

　그는 일찌기 의주방어판관 시절23 용만에서 노래한「잡흥 5수」에서
"속된 선비 공명을 다투나니, 두예의 침비보다 지나치누나. 어찌 알았
으랴, 도연명이, 숲속에서 갈 길 묻던 속내를.俗士爭功名 沈碑劇杜預 豈知陶靖
節 林下問正路"24라 하여 진작, 도잠의 "길 가는 이에게 앞길을 묻자하니,
새벽 빛 희미함을 한하노라.問征夫以前路 恨晨光之稀微"를 자외에 새겨 놓았
다. 그러니 그의 벼슬길 역시 "박록미관이나마 가난타보니 중한薄祿微官

---

22 拙稿 ; 위와 같음.

23 前注 5) 李仁老의「金居士集序」에서 義州防禁判官에 있었다 했으니, 그의 詩「有感二
首」其2의 "不知千里外 從宦已三秋" 참조.

24 拙譯『三韓詩龜鑑』卷上「龍灣雜興 五首」其 四로 생략된 전 8구는 "我憐鎭水僧 淸淨
無塵慮. 抽身簿書間 半日陪杖履. 窓前巖溜飛 席上嶺雲度 …" 참조

貧始重"[25]지라, 저 팽택의 정절거사靖節居士와 일치한다. 따라서 그의 출사는 수단이요, 방편이지 목적이 아니었다. 그의 다른 시에서는

魯連泛碧海	노련은 義를 지켜 동해로 갔고
支伯棲蒼州	지백은 제위도 마다고 창주에 깃들었지.
亭亭出塵想	의연히 속세를 벗어난 사념
萬古高莫信	만고에 오롯하여 짝할 이 없네.
我雖慕二子	내 비록 두 분을 사모하지만
行止非人謀	처세야 나로선 꾀할 수 없어.
膏盲負泉石	자연 사랑하는 천성을 저바리고
纏索嬰笏條	벼슬길에 친친 얽매였구려.
若非入睡鄕	꿈길에 들지 않고서야
拘迫何時休	어느 제 얽매임에서 벗어나리.
… 下 略 …	… 하 략 …

〈有感二首 I , 三韓 上〉

라고 자신의 천석고황을 노련魯連과 지백支伯의 그것에 비겨 있다. 자연에의 사랑도 궁색타보니 꿈길에서나 구산邱山을 사랑하는 본성을 찾아야하는 청삼靑衫에 팔려 살 즈음의 시이나, 결구는 항시 "하루아침에 훌훌 떨치고 가면, 그 뉘들 훨훨 나는 나를 길들이리오.―朝掛冠去 誰復馴白鴻"라고 두보의 "저 호탕한 백구를, 그 뉘 길들일 수 있으료.白鷗沒浩蕩 萬里誰能馴〈杜諺·十九, 奉贈韋左丞丈二十二韻〉라는 호방불기로 자적해 있다. 한편

25『三韓詩龜鑑』卷中「思歸」참조

數軟荒園久欲燕　　몇 이랑 묵정밭 오래 거칠어 가니

淵明早晚返藍輿　　조만간 도잠처럼 남여로 돌아가리.

鬢衰却與飛蓬似　　귀 밑머린 성글어 흩 나는 쑥 같고

形瘦還將枯木如　　야윈 몰골 영락없이 고목다워라.

無奈爲貧從薄官　　어쩌랴 가난으로 박록에 바자녔다만

不妨因病得閑居　　이훌랑 병과 관계없이 한가히 살리라.

但聞明主求儒雅　　다만 임금께서 어진 선비 구하신다니

投佩歸山計恐踈。　행여나 돌아가지 못할까 저어하노라.

〈三韓·中, 思歸〉

와 같이 선인의 자연은 이상의 고향이요, 꿈의 산실이다. 그러므로 귀거래는 넋두리 이전에 생활 철학이었고, 귀원은 또 연주의 빌미였으니 자못 시가의 배경이었다. 천석고황을 핑계한 귀거래는 진 나라 도연명을 앞세움이 상례다. 본 노래의 기·함련의 시상이 그러하고, 특히 경련은 「병서」의 "嘗從人事 皆口腹自役" 및 「귀거래사」의 "세상사 미련일랑 버리자, 다시 수레를 탄다 한들 무엇을 얻을 것인가.世與我而相違 復駕言兮焉求"를 시화한 것이다. 그러기에 결구의 '計恐踈'는 말뿐인 귀거래가 아니라, 지난날 "마음으로 육신을 형역한以心爲形役" 잘 못을 알았기에 "미래엔 본성을 지킬 기능성悟已往之不諫 知來者之可追"에 대한 신념이자 희구인 것이다. 따라서 본가는 도잠의 「귀거래사」를 점화한 녹화다. 더구나 도잠과 김극기와는 천 년의 시간차는 있어도 그 시대적 배경과 어진 성품, 그리고 "終懷在鰲舟 諒哉且霖柏"〈乙巳歲三月爲建威參軍使都經錢溪〉의 피세가 마지막 귀의처였던 점 등은 비교연구의 대상이다.

2) 田家樂事

피세의 귀의처는 자연이다. 천지의 대덕에 승화귀진함이다. 물론
피세와 전가락사는 동질 개념이다. 특히 작품상에서는 동곡이음同曲異
音이다. 그러나 본고는 전자를 동기론으로, 후자를 결과론으로 다루어
전원에 돌아온 이후의 유유자적한 그 실상을 밝혀 보고자 한다.

幽尋荒草徑	그윽히 욱어진 풀섶 길 접어들어
下馬繫枯柳	시든 버드나무에 말 매고 쉬노라니.
何處白頭翁	어디 사는 허여 센 늙은이들이
竝肩來貿貿	나란히 아슴츠레 닥아 오는데.
山盤獻枯魚	소반에는 마른 고기 안주요
野榼供獨酒	병에는 막걸리 갖춰 왔네.
笑傲墟落問	빈 골에서 너털대며 농담하다가
荒狂便濡首	정신없이 취해 떨어졌지요.
雖慚禮數薄	노인장들 대접이 무안타지만
尚依恩情厚	오히려 도타운 정리 고맙소이다.
倒載赴前程	거꾸로 나귀타고 갈 길에 오르자
村童齊拍手。	마을 아이들 깔깔대며 놀려대누만.

〈憩炭軒村二老翁携酒見訪, 三韓·上〉

탄헌촌에서 쉬다가 마을의 두 노인장들로부터 뜻밖의 술대접을 받
고 쓴 사례시다. 워낙 우리네 인심은 찾아온 길손을 그냥 보내는 법이
없다. 내 집에 든 손도 손이요, 내 마을을 지나는 나그네도 일단은 손
이다. 더구나 문장으로 당대를 떨친 작가이고 보면 촌로인들 무심이

야 했으랴. 그렇다고 위의僞儀도 허식도 없다. 소탈한 그대로의 정리, 그것이 본디는 우리의 인정미이다. '산반'과 '야합'이기에 더욱 전가의 훈훈한 느껴움이 있고, '허락간'이기에 정작으로 취했으리라. 격의 없는 너털웃음과 정담으로 흥건히 취하여 이별하고자 하니 촌로들이 '시골 대접이라, 변변치 못했노라'며 겸연쩍어 한다. 그러나 오히려 도타운 정에 취한 시객詩客이다. '산반'과 '애합,' '고어'와 '탁주'로 허락간에서 어울은 '소오笑傲'는 진작 '노봉'과 '촌로'의 지락을, 그리고 자연의 대명사인 '허락간'과는 조화의 지경至境에 노닐어 있다. 한편, "거꾸로 나귀타고 갈 길에 오르자, 마을 아이들 깔깔대며 놀려대누만."은 시문학의 멋과 취흥을 위한 도장이니 시문학의 뒤안길이다. 하기야 시문학은 서거정의 말대로 "시어로 시의를 손상시키지는 않는다. 다만 화자와 독자와의 공감대 형성이 중요하다不可以辭害意 但當意會"26했으니 시흥은 진작 또 여기에 있는 것이다.

… 前 略 …	… 전 략 …
伐薪忽照夜	관솔을 꺾어 불을 밝히니
魚蟹腥盤殘	물고기와 게 저녁상이 비릿하이.
耕夫各入室	마을 사람 저마다 방에 들어서는
四壁農談誼	온 방이 왁자글 농사 이야기인데
渤碟作魚貫	꼬리에 꼬리 문 얘기 끊이지 않고
咿喔紛鳥言。	제 말만 말이라 새떼처럼 왁자지낄.
… 後 略 …	… 후 략 …

〈宿香村, 三韓·上〉

---

26 徐居正 ;『東人詩話·上』참조.

이 역시 촌가의 일반사, 곧 ‘日出而作 日入而息’하는 무구한 생활사에다 넉넉한 시골 인심이 금상첨화로 수 놓였다. 여기 향촌은 동해가, 그러니 지금의 명주 어느 마을이었나 보다. 암하노불의 인정과 농부들의 구수한 농사 이야기에 팔린 작가다. 지면상 전후를 약했으나, 이 시는 구조상 시간구성이다. 묘사 상으론 사실성이 특질이니 전가의 체취를 몸소 하기 전엔 쓸 수 없는 Phanopoeia적 특성은 시중유화詩中有畵 그것이다. 특히 ‘발계작어관 이악분조언’은 잃어 가는 전가의 풍정이다.

草迫遊魚躍	갯풀 밑엔 물고기 튀나고
楊堤候鳥翔	버들 뚝엔 철새들 나니네.
耕皐菖葉秀	봄갈이 두렁엔 밋밋한 창포요
饁畝蕨芽香	들참하는 밭이랑엔 고사리 내음.
喚雨鳩飛屋	비 부르는 비둘기 지붕에 날고
含泥燕入樑	개흙 문 청제비 들보로 드네.
晚來茅舍下	날 저무는 촌가의 사랑방에
高臥等義皇。	팔 보개 높이 베니 태고에 누운 듯.

〈**田家四時 四首·1, 三韓·上**〉

촌가의 춘경이기에 전체에 깔린 미동은 아직 조요롭기만 하다. 사뭇 고향의 잊었던 전설을 다시 읽는 듯싶다. 전가의 일물일사一物一事가 정靜에서 동動으로의 출범 바로 그것이다. 어느 하나 빠짐이 없는 조요론 관조와 침잠은 부섬도 하거니와, 허균의 말대로 운사극묘運思極巧27다. 특히 함·경련의 대구는 視：臭, 聽：視로 파적破寂의 경지다. 두보의 7율 “제 멋대로 나니는 것은 집 위의 제비요, 끼리끼리 친하고 가까운 것은 물 위의 갈매기로구나自去自來堂上燕 相親相近水中鷗"(江村·杜詩.七)가 미물에 비춰본 미치지 못한 자아의 실존인식이라면, "비 부르는 비둘기 지붕에 날고, 개흙 문 청제비 들보로 드네.喚雨鳩飛屋 含泥燕入樑"는 그것들과 혼연한 지락至樂임을 알겠다. 그러기에 "날 저무는 초가의 사랑방에, 팔 보개 높이 베니, 태고에 누은 듯晚來茅舍下 高臥等義皇"하다 했으니, 김극기에게서의 전원은 귀거래적 피세를 초극하여 자락自樂하는 시심의 본 고장이자, 생활화된 마음밭이다 . 이어서 제2수 역시

柳郊陰正密	들판의 버들은 흐드러 검푸르고
桑隴葉初稀	뽕밭의 뽕잎은 애벌 따 성근데.
雉爲哺雛瘦	까투리 새끼 먹이랴 야위었고
蠶臨成繭肥	누에는 고치 지으랴 살쪄 있네.
薰風驚麥壟	향그런 바람에 보리밭 물결 일고
凍雨暗苔磯	썰렁한 비 내려 돌다리 자욱하네.
寂莫無軒騎	한적한 시골에 찾을 이 없으니
溪頭晝掩扉。	시냇가 사립문 한낮에도 닫겼네.

〈田家四時·Ⅱ, 三韓·上〉

라고 초하의 강촌을 노래했다. 긴 가람이 마을을 감아 안고 도는 '일마다 그윽한事事幽' 한낮이다. 서경의 생명은 사실성이다. 초하이기에 버들은 하마 '정히 빽빽하고正密', '뽕잎'은 애벌 따 '막 성긴데初稀, 봄내 새끼 친 꿩은 야월 수밖에 없고, 뽕 먹은 누에는 살이 졌다니 용히도

---

27 許筠 ; "金員外克己 運思極巧, 在龍灣作詩曰" 文章向老可相吳 一劍遊邊尙 五車 衛罷
  不知爲塞吏 紙窓明處臥看書 其排遣之懷絛然可想"〈惺叟詩話〉참조

도련해 낸 상대적 대구다. 함연 역시 '훈풍 : 동우', '보리 골麥壟:이끼 낀 돌다리蕃機'가 '일렁이고鷲:어두움暗'으로 적실히 대우되었고, 주제의 결연은 예의 전설 같은 조요로움으로 휘갑하였으니 선인들이 즐겨 쓰던 정밀경이다.

　다음은 7율로 가선옹假仙翁의 무사無邪한 사념이니,

青山斷處兩三家　　푸른 산자락 다한 곳 두서너 초가

抱隴縈廻一徑斜　　언덕 따라 휘돌아 비낀 오솔길.

讖雨廢池蛙閣閣　　물웅덩이 개구리 비 오려나 개골개골

相風高樹鵲査査　　나무 끝 때까치 바람 피해 까악까악.

境幽柳巷埋荒草　　실버들 외진 마을 풀 속에 묻혔고

入寂柴門掩落花　　사립은 찾는 이 없어 낙화에 닫겼네.

塵外勝遊聊自適　　애오라지 즐기노라, 별천지의 仙遊를

笑他奔走覓紛華。　우습고나, 분주히 명리 찾는 무리들.

〈村家·三韓, 中〉

이 그것이다. 고요한 전사田숲의 진경을 민담의 세시풍속과 함께 화폭에 담았다. 동양의 산촌이 대개 그러하듯 청산 다한 곳, 그 산자락을 자리하여 산처럼 조용하고 어질게만 살아온 선민이다. 번화하지도 아니한 두 서너 초옥이 전설의 고향처럼 게 엎드렸고, 산모랭이 휘돌아 후미진 오솔길 하나, 그러니 기련에서 이미 스케치는 끝났다. 이제 오브제의 배치만 남았다. 그것은 모름지기 대우, 혹은 대구로 비잠동치飛潛動植·허살상배虛實相配해야 한다. 그러기에 함·경련의 대는 주목을 요한다. '참우讖雨'하는 개구리와 상풍相風'한 때까지, 전자는 폐지廢池에 후자는 고지高樹에 놓여 짐짓 천연한 대우는 물론 대구를 이루었고,

'잠기고[潛]·나는[飛]' 묘를 다했다. 경련의 '거친 잡초荒草'에 묻힌 '버들골柳巷'과 '낙화落花' 속에 잠긴 '사립문柴門'은 '원遠·근경近境의 대우이니 함련이 청각이라면 경련은 또 시각으로 적대되었다. 특기할 바는 "개구리 울면 비 온다."라던가, "바람 불려나 때까치 울어 댄다."는 등의 속담을 시화하여 더욱 그 공감도가 짙은데다가 '각각閣閣·사사査査' 등 의성적 조어는 또 다른 노봉의 성운적 일면을 시사하는 바 있으나, 풍부한 예시를 얻을 수 없음이 유감이다. 결련에서 그는 이 같은 무위의 자연에 묻혀 망연忘緣에 잠겼노라니 여기 곧 승지요, 도화원이거늘 '분화紛華'에 허덕이는 와각지쟁이 속절없다' 했다. 이러한 선계에 사노라니 진작 총석정에 노닐은 7율에서 "아마도 내 전생에 속된 선비가 아니었나 봐, 정녕 사선과 더불어 노닐었나니恐我前身非俗士 眞遊亦與四仙同"〈叢石亭李學士知深韻〉라고 자오自傲해 있다.

한편 노봉의 '전가락사'는 그의 의주방어판관 시절에조차 여전했으니, 천래의 "質性自然 非矯厲所得"한 성품을 마지못함이다. 따라서 그는 공무 후면 언제나 "요행 공무에 틈을 얻으면, 의례 좋은 풍광 찾을 일. 압록강의 제일 아름다운 곳을 야윈 말 타고 무시로 노닌다오.幸偸薄令隙 淸景宜追求 鴨江最奇處 羸馬時縱遊"〈有感二首, I. 三韓·上〉라고 노래해 있다.

江風習習獵春叢　　강바람 사르라니 다북한 봄풀 스치고
塞日濛濛臥晩空　　변새의 저녁 해 아련히 서산에 비꼈네.
水色連天煙覆地　　물과 하늘 한 빛인데 안개 땅에 답쌓여
樵蹊'釣.有無中。　　오솔길도 낚시터도 내 속에 나락 들락.

〈西樓晩望·三韓·中〉

이 시 역시 변새에서의 몰아경이다. 수국水國의 노을, Wordsworth의 낭만이 '자연의 경건성'과의 교감이라면 동양의 산수시는 '자연에의 침잠'이다. 저쪽엔 피아의 간격이 인정된 영적인 환락의 상태요, 여기는 동화일체가 된 법열의 경지다. 습습한 강바람이 봄풀을 사르라니 스치고, 서산에 걸린 붉은 석양紅障이 온통 물상을 한 빛으로 헹궈낸다. 그러니 '천지·산수'는 이냥 황혼의 노을에 뛰노는데 짐짓 띠 두른 내[煙]가 멀리로부터 답쌓여오자 산모랭이 돌아내리는 초동도 낚시터의 어옹도 그만 '연하객'인가. 가뭇이 내 속에 나락 들락 하니 동양화의 발묵법이다. 여기 작자는 물론, 화폭에 담긴 자연의 한 물상일 뿐, 시화詩畫는 고로 상통이다. 그래서 시중유화詩中有畫라 했고, 거기엔 열락悅樂하는 시심이 있을 뿐, 환해에 대한 미련도 넘나지 못한다. 이와 같이 그의 전원시는 북망北望의 조아림도 세분洗憤의 카타르시스적 은일도 아닌 전가락사 바로 그것이다.

3) 自傲

인의예지와 인문전통을 거부하며 절성기지絶聖棄智와 무위자연만을 강조하는 노장老莊의 생활철학이 현실부정이라면, 현실의 저편에 이상향을 설정하고 음주부시로 방약무인하던 고려시대의 죽림의 문사[海東七賢]들은 자못 표리의 갈등28이 한 시대의 병리심상을 방증해 있다. 한편 덕 있는 자의 은일은 '필야정명必也正名'을 바탕으로 독청獨淸과 독성獨醒한 절의를 인생 사업으로 하며, 호연지기에 사는 군자도다. 이는

---

28 『東人詩話』에 의하면 이인로·吳世才·林椿·趙通·皇甫抗·咸淳·李湛之 등이 稱爲 七賢하고, 飮酒賦詩로 傍若無人했다. 그러나 그들 중 李仁老·趙 通을 제외한 모두가 불우했으나, 出仕를 위한 科詩엔 수차 응했다.

여간 한 자시自恃와 천연한 자성自性에 의한 이안怡顔·기오寄傲29와 구름을 능지르는 건필과 기개가 펼치는 호장豪壯·정걸挺傑이니, 이른바 문학예술이 낳아 놓은 자긍이다. 진작 피세나 전가락사, 그리고 탁영濯纓과 탁족濯足을 여세추이치 못하는 고절高節의 이면엔 언제나 자시自恃의 절조가 있음이니 도잠의 '어찌 허리를 굽히리오豈能折腰'는 물론, 무신난·사화 후의 은일이 모두 그것이다. 김극기의 자오는 무엇인가. 그는 일찍 진사에 급제했으나 권세가에 빌붙거나, 세상 명리에 뜻이 없어 천성을 산수에 붙여 소요한 자연시인이었다. 그러던 중 '안인소발安仁素髮'30 "삽이수령颯已垂領"(李仁老·金居士文集字, 前注 5) 참조)한 만년에사 변방의 아전이 되었다. 이인로는 "권문가에 빌붙지 않고, 오직 일인운사와 더불어 자연을 노래하니 시문의 명성은 더욱 드날리고, 벼슬길은 더욱 막혔다.不…借勢公卿之門 唯與逸人韻士 嘯咏山林 故文益豊 而宦途愈阻"고 미화했지만, 진작 그 공경이 무인武人이고, 또 그들에게 이사頤使 당해야 하는 사회이고 보면, "飢凍雖切 違己交病"임을 전제해야겠다. 그러니 어명에 따른 출사라지만 선비 정신의 자연발로적인 씨니컬이 없을 수 없다. 그러기에,

晚年佐邑竟何成　　늙으막의 고을살이 이룬 것 없고
唯有千篇寫客情　　일천 여 시편에 나그네 회포만 끄적였다오.
邊吏不知詩有味　　변방의 아전배들 詩 맛이나 안담

---

29 陶潛;「歸去來辭」"引壺觴而自酌 眄庭柯以怡顔 倚南牕以寄傲…" 참조

30 安仁은 晋 中牟人 潘岳이요, 그의 義州防御判官의 年記는 불분명한 대로 48~50세 사이로 추정된다. 그 所以는 그의 詩「高原驛」에 "百世浮生逼 五旬奇區世路少通津"의 句로 말미암는다. 이 시는 塞吏의 직을 마치고 돌아오는 길의 시니 "三年去國成何事 萬里歸家只此身"의 頷句로 그 전 말을 추정할 수 있다.

幾回相唆絶冠纓。　어줍잖아 웃다가 갓끈 끊어지기 몇 번이더뇨.

〈書情二首·1, 東文選·十九〉

라고 허탈을 씹어야 했던 그다. 한편,

… 前 略 …　　　… 전　략 …

冬寒尙末嚴　겨울추위 아직은 심하지 않아

野菊留淸秋　들국화 가을이라 더욱 상큼해.

纖技淸雨洗　가녀린 줄기 빗기에 씻겨 청초하고

細藥憑風操　여린 꽃술 바람에 문드러지네.

幽蘭己枯庠　그윽한 난초마저 이우렀으니

歲晚誰與禱　세모에 뉘와 더불어 짝하료.

寧隨道傍牽　차라리 길섶의 갈대와 벗할망정

踐履羊與牛　함부로 양과 소에 짓밟힐 것가.

何殊不鶴士　무엇이 다르랴, 구속 없는 이 선비처럼

獨立違俗流。　홀로 우뚝 세속을 벗어남이여.

〈有感二首·2, 三韓·上〉

에서와 같이 육의六義의 비흥比興을 자재로 구사한 자오自傲는 강하에
임의로 노니는 선사일시 분명하다. 국과 란은 오상고절의 군자화다.
동한冬寒이 다가드는 산중에서 청초히 오절을 펴내는 산화에서, − 그
도 자신처럼 버려진, 그래서 더욱 고귀한 − 속세를 피해 예 선 자아를
보고 있다. 동곡이음曲曲異音으로,

… 前略 …	… 전략 …
可惜寒澗菊	애석쿠나, 차운 물가의 들국화
凌霜吐芳蘂	서리를 능지르고 꽃다히 피었구려.
微風送幽馥	하늘한 바람에 풍겨오는 그윽한 향내는
自我如有期。	나를 향한 그 무슨 다짐이렸다.

〈龍灣雜興五首·2, 三韓·上〉

라고 다짐해 있다. '찬 물가寒澗'이기에 '꽃 다이 피어芳蘂' '그윽이 향그럽고幽馥' '서리를 능지른凌霜' 들국화이기에 촉물진정觸物陳情, 이른바 '유기有期'의 자긍을 낳았다.

한편 "시, 이것이야말로 우리 집안 대대로의 몫이지詩是吾家事"라던 두보만한 자부도 대단했으니, 앞에서 든 예 「서장」의 '3년 골살이佐邑에 1,000편의 작시'도 물론이거니와, "변방 아전들 시 맛을 몰라, 몇 차례나 수작하며 갓끈이 끊어졌던가.邊吏不知詩有味 幾回相喚絶冠纓"는 '애훼·신얼哂'31해서라기보다는 '더욱 많은 스승, 그것이 진정한 너의 스승轉益多師是汝師'이라는 일깨움이자, 인사의 풍기諷機라 해야 마땅하다.

그러나 변방 아전 때의 작인 「되는대로」에서는,

文章向老可相娛	글월은 늙어서야 알만하이
一劍遊邊尙五車	칼 차고 변방에 노니지만 五車害는 여전해.
衙罷不知爲塞吏	공무가 끝나면 변새의 원임을 까맣게 잊고
紙窓明處臥看書。	밝은 창가에 누워 책을 뒤진다네.

〈漫成二首·1, 三韓·中〉

---

31 杜詩〈戱爲六絶〉의 (Ⅰ)의 "今人嗤點流傳賦"와 (Ⅱ)의 "輕薄爲文哂未休"에서 딴 말로 '남의 결점을 꼬집어 비웃다'는 뜻으로 썼음.〈高原驛. 三韓·中〉

라 하여 무인배가 미치지 못할 바의 자긍에 넘쳐 있다. 그러니

…前 略…	…전 략…
三年去國成何事	서울 떠나 3년에 이룬 일 없고
萬里歸家只此身	유랑에서 돌아온 건 이 몸 하나 뿐.
林鳥有情啼向客	다정한 산새들만 우짖어 반겨주고
野花無語笑留人	말 없는 들꽃은 방긋 붙잡는 정일례.
詩魔觸處來相惱	시정이 일게 되면 의례히 수고롭건만
小待窮愁已苦辛。	깊이 시름치 않아도 苦辛의 지경에 든다네.

〈高原驛 · 三韓 · 中〉

역시 문장에 대한 자부심이 그 맥을 같이 하고 있다. 예컨대 전자 「만성」은 진작 후한後漢의 중흥주中興主인 광무황제光武皇帝의 "백전의 진중에서도 육경을 강하셨고, 산해진미를 대하시면 연루정을 생각한 다.百戰車中講六經 八珍案上憶蔞亭"[32]는 고사를 인증한 위정의 근면을, 후자 는 천성이 '구산邱山'을 사랑한 정인임을 시화했다. 그러니 '산새들林鳥' 과 '들꽃野花'이 미물이요, 무관한 무정물이되 자기에로 환치해 두고는 절로 즐기는 자락自樂, 오브제와의 대화다. 그러니 신神잡힌 시마詩魔라 지만, 뇌장을 짜는 '궁수窮愁'가 아니라도 벌써 저들과의 대화에서 고신 苦辛의 신작이 얻어졌다니, 이른바 노두老杜의 절필시인 7률 「江上值 水如海勢聊短述」의 "사람의 성품이 아름다운 글귀를 탐해, 내 시가 남을 깜짝 놀래우지 못하면 죽어서도 마지않으리. 늙마에 들자 시편 들 흔연해저, 봄철 꽃과 새 고신치 않는다오.爲人性僻耽佳句 語不警人死不休

---

32 白文節의 시 「光武」의 起 · 承句로 轉 · 結은 "雲臺滿壁丹靑濕 七里灘頭 訪客星"임.〈三 韓詩龜選 · 下〉 참조

老去詩篇渾漫與 春來花鳥莫深愁"라는 '노갱성老更成'에 값할 자부다. 그러나 무엇보다도 임춘林椿의 죽음을 애도한 「讀林太學椿詩卷爲詩弔之」3수가 그의 문장자오文章自傲의 대변에 값할 것이다.

임춘이야말로 천재시인의 궁요窮夭를 도맡아 살다간 불우문사의 상징이다. 일세를 경동傾動했으면서도 3차의 낙제와 침울 속에서 살아야 했던 그를 세상 사람들은 임태학林太學이라 칭예했으니, 그의 문명은 빈 말이 아닌 듯싶다. 그래서인지 노봉의 『임춘시권林椿詩卷』에 붙인 시는 많지 않은 그의 유작 중 2제 8수가 전해 있으니33 대단한 기림이다. 이는 동병의 상련만이 아니라, 당대 문병文柄을 잡았던 이규보도 「독임춘시」에서 "百首淸詩合有聲"이라고 그의 청시淸詩를 긍허肯許하고, 이어 '兒童猶解說君名'이라고 당시의 문명을 칭송했다.34 그러나 이규보와 김극기의 두 시는 같은 칭송이되, 그 전달심상은 전혀 다른 바 있으니, 전자가 점잖은 비점批點이나 관주貫朱임에 비해 후자는,

逸氣軒昂隘八區　　표일한 기개 드높아 우주를 좁다했나니
才高正與世相當。　　그 높은 재주 당세에 쓰일만했고말고.

라고 당시 사회의 부조리하고, 비리한 인사를 꼬집고는 "娥眉肯爲微輩捐 駿足終因暫蹶妨"으로 그의 '아미娥眉·준족駿足'한 인품과 능력을 기렸다. 그러나 끝내 "未過劉郎舟側畔 空遊翠氏殼中央"이라고 그의 불우와 3차에 걸친 과시 낙방의 쓰라림을 위로하며,

---

33 『東文選』卷13, 所收 七律 「讀林太學椿詩卷爲詩弔之」 3수와, 同書 卷19 所收 七絶 「讀林太學詩卷」 5首가 있음.

34 李奎報의 『東國李相國集』卷十, 「讀林椿詩」에서 "一枝丹桂雖無分 百首淸詩合有聲. 英魄如今何處在 兒童猶解說君名"라고 칭예함.

天翁豈忍終遐棄　하늘이 차마 어찌 끝내 버려두리오
碧落官曹借侍郞。천국에서의 벼슬이야 정녕 시랑이렸다.

라고 순리한 내세의 명복을 빌어 있다. 물론 조시弔詩라고는 하지만 마
땅히 받아야 할 대접을 받지 못한 한 시인의 불우의 책임이 사회의 비
리와 모순에 있음을 웅변해 있다. 한편 그 3에서는

玉潔氷淸不受緇　빙옥 같이 맑은 인품 물들지 않고
芳名藉藉動京師　온 장안 자자하네, 꽃다운 그 명성.
禰衡鶚立人皆嫉　오롯한 수리, 미형답다 시샘도 많았고
韓愈龍驤世盡疑　날뛰는 용, 한유라고 온 세상 놀랬지.
錦具巧言雖大盛　면 치레 좋은 말 크게 성했지만
虹星豪氣未全衰　무지개 같은 호방한 기개 가실 줄 몰라.
可嗟器大無時用　아, 크나큰 기량 쓰이지 않았어도
陳跡空敎後世悲。남긴 자취 속절없이 후인을 슬프게 하네.

〈東文選·十三, 讀林太學椿詩卷爲詩弔之三首·3〉

라고 미형 같은 인품과 한유 같은 문장을 기리고, 그럼에도 등용치 않
은 시배時輩들의 안목을 역설적으로 풍자하며, 세인과 더불어 통탄하
고 있다. 문제는 임춘의 불우와 문명을 그처럼 칭송하며 그 죽음을
"외로운 마음 처절하여 눈물이 줄줄, 홀로 먼지 앉은 임의 시권 덮고
하늘에 묻노니, 안회와 도척의 길고 짧음 누가 빼앗았노. 임자 없는
넓은 하늘 아득키만 하여라.愁腸慘慘涕漣漣 獨掩塵篇一問天 顔跖短長誰與奪 大空無
主但茫然."〈東文選·十九. 讀林太學詩卷〉라고 허탈해 있음은 무엇을 의미하
는가. 우리는 한유의 「진학해」의 창작 동기가 단순히 제자들에게 훈

고하렴만이 아님을 잘 안다. 그것은 "파라척결爬羅剔抉 괄구마광刮垢磨
光35만이 인재등용 및 사회정의의 실현임을 웅변해 있다. 노봉의 임춘
을 향한 애도는 바로 그런 차원에서 해석될 일이다. 진일보하여 임춘
의 '미형·한유 같은 인품과 문명文名,' 그리고 '氷玉·高才'에 맞수래도
오히려 서러운 자신의 자부를 대변한 것임을 헤아려 낼 일이다. 여기
에 노봉의 매서운 필봉이 정명正名을 외쳐 있고, 그마저 허여되지 않는
시대조류가 아니꼬와 백안대지白眼對之해버린 울분의 정한을 달래야겠
다. 그리고 그의 지성이 삭혀 버린 분노의 탑 자리에 우련히 솟아난
자시自恃의 오롯함을 읽어내면 그의 시 세계는 자못 휴머니즘의 형이
상학이 펼쳐지리라. 물론 임춘의 시권詩卷에 쓴 3수의 작품들은 모름
지기 그가 방어판관이 되기 전인 젊은 날의 시로 짐작된다. 등용 후엔
선인의 생활 철학이요, 워낙 선비정신이 그렇듯이, 그리고 시속의 수
창酬唱이 없지는 않다. 예컨대 계해년 금나라 사신의 명을 받고 「癸亥
年入北朝賀一使修製本國朝辭一謝表」36로 군은君恩의 망극을 곡했
고, 「上首相詩」37로 벼슬을 구하기도 했다.

　　한편 그의 「취시가」는 그의 기골과 인품을 대변한다.

釣必連海上之六鰲	낚으려면 바다 속 여섯마리 자라를 낚아 내고
射必落日中之九烏	쏠 양이면 햇속의 아홉 까마우질 쏴야지.
… 中 略 …	… 중　략…
男兒要自立奇節	사나이 기이한 절개를 세우려면
弱羽纖鱗安足誅	병아리 송사릴 어찌 잡는다냐.

---

35 韓愈 ; 「古文眞寶」 참조
36 『東文選』 卷二十五, 「表箋」
37 『東文選』 卷十八, 「上首相詩」 참조

… 中 略 …	… 중 략…
紫纓雲孫始墮地	귀한 집 자손으로 태어나
自謂壯大陳雄圖	자라서는 웅장한 포부를 펼쳐.
錬石欲補東南缺	동남에 이지러진 하늘을 때우고
鑿石將通西北迂	산을 뚫어 서북에의 길을 통하렸더니.
… 中 略 …	… 중 략…
何時乘風破巨浪	어느 제 세월만나 거친 물결 헤치고
坐令四海如唐虞。	온 누리를 태평성대 누리게 한다지..
… 下 略 …	… 하 략…

〈醉時歌·三韓·下〉

이처럼 그는 호장정걸豪壯挺傑[38]한 기개의 인물이었다. 「취시가」라고 제목한 의표意表 속에 득의得意가 있음은 물론이요, 그러기에 진술한 자아의 투영이 있다. 이른바 "찢어진 하늘을 깁고, 산을 꿰뚫어" 천지를 궁통窮通케 하여 "우리 임금을 요순 위로 받들고, 풍속을 다시금 순속케 하고자治君堯舜上 再使風俗淳"[39]한 웅도雄圖를 지녔던 '기절奇節'의 주인공이다. 그러기에 '병아리나 송사리弱羽纖麟' 따위가 아닌 바다 속의 여섯 마리 자라나, 태양 속의 아홉 마리 까마귀海上之六鼇. 日中之九烏를 조사釣射하려던 웅지가 난세의 무도無道 때문에 그 결련에서 "때때로 치미는 울분 참다못해, 칼을 뽑아 땅을 치며 속절없이 긴 한숨만 짖는다.時時壯憤.掩不得 拔劍斫地空長吁"라고 광가狂歌에 붙였다.

---

38 徐居正 ; "金員外克己之醉時歌……語甚豪壯挺傑……"〈東人詩話·卜〉

39 『杜詩該解』卷二, 「奉贈韋左丞丈二十二:韻」 참조.

4) 鄕愁

　김극기의 현실적 좌절은 자연에의 침잠을 낳았고, 자연은 그에게서 생명을 얻는다. 곧 노봉은 자연에서 보옥 같은 심성을 지킬 수 있었고, 자연은 그로 인해 영활했으니, 이른바 상보의 관계다. 그러므로 노봉의 이상향은 자연일 뿐이다. 따라서 그에게서의 향수란 바로 자연에의 몰입이요, 참된 자아와의 합일이다. 그의 사향은 잦다른 노스탈자, 혹은 감상적 그리움이 아니다.

薄祿微官貧始重	하찮은 관록도 가난타보니 중하고
浮名末利醉還輕	뜬 이름 작은 이익 취하니 더욱 가벼워.
通宵塞雁空南去	변새의 기러긴 밤새껏 남으로 나는데
恨不歸家問死生。	한스럽다, 가지 못하니 생사를 물을 길 없네.

〈夜坐, 三韓·中〉

竟日長吟蜀道難	진종일 촉도난을 읊조리다가
橫眠始得一身閑	한숨 자고나니 사뭇 개운해.
却嫌枕上多情蝶	야속할사,베갯모에 다정하던 꿈 나비
千里殷勤訪故山。	은근히 천리 밖 고향을 더듬네.

〈洞仙驛晨興, 三韓·中〉

徂年旅客兩依依	애닯도다,가는 세월 가는 나그네
信馬行吟背落暉	말 위에서 읊조리며 석양에 가네.
戍鼓一聲來遠路	멀리도 왔어라,수자리의 북소리
行行征雁帖雲飛。	구름 가엔 줄줄이 나니는 기러기.

〈鴨江道中, 三韓·中〉

　이상의 3수는 모두 의주판관 시절의 작이다. 「야좌」는 7율이나, 임의로 경·결 2련을 취했고, 「동선역신흥·鴨江道中」 2수는 7절이다. 여기 '塞雁·情蝶·戍鼓·征雁'이 한결같이 사향의 Image군임은 양언이 부질없다. 물론 출사와 귀거래와 연군은 선인의 생활철학적 변증논리이다. 그러나 노봉에게서의 환해는 이미 질변한 사회윤리가 무의미했던 것이다. 그러기에

… 前 略 …	… 전　략…
膏肓負泉石	자연을 사랑하는 천성을 저버리고
纏索嬰笏脩	벼슬길에 친친 얽매었구려.
若非入睡鄉	꿈길에 들지 않고서야
拘迫何時休	어느 제 얽매임에서 벗어나리.
官餘試攬枕	공무의 여가에 목침을 베고
臥作鷄林游	꿈에서나 고향 길에 노닌다오.
行吟兎嶺月	토령의 달밤을 거닐며 읊조리다가
坐嗽蚊川流	문천 물가에서 양치를 한다.
不知千里外	어느 새 천리 밖 타향에서
從窞已三秋	벼슬 살이 하마 3년일세.
一朝掛冠去	하루아침에 벼슬 버리고 가면
誰復馴白鷗。	그 뉜들 이몸의 자유를 구속하리.

〈遺感 二·2, 三韓·上〉

　라고 임의로 종유하던 백구의 환상을 노래하고 있다. 꿈길에 찾아본 고향의 산하, 친친 얽힌 벼슬길, 그러기에 "하루 아침에 인끈을 던지고, 처자와 구강으로 갔다. ―朝棄官 妻子去之九江"40는 매복梅福의 고사를

인득하였으니 "누가 임의로 백구를 길들이랴誰 細馴白鶴"는 또 여간한 자시自恃다. '백구'는 자비自比요, '誰' 1자의 백안白眼은 '訓' 1자에 대한 강인한 저항심층을 표상해 있다. 그러기에 그의 귀거래는 언제나 "舟搖搖以輕颺 風飄飄而吹衣"하여

簇簇亂峯問　　　우뚝하게 난립한 봉우리 새로

虹橋跨碧灣　　　무지개 다리는 시내에 걸렸네.

雪寒愁北去　　　매서운 눈보라 북향길 시름겹더니

風暖喜東還　　　따사운 봄날에 고향으로 돕아오네.

宿凍碎圭璧　　　얼었던 얼음은 옥으로 부서지고

驚灘鳴佩環　　　여울물 반가워라 옥패인양 울어예네.

鄉心催縱轡　　　집 생각에 말고삐 몰아대니

未暇弄潺湲。　　잔잔한 물길에조차 눈돌릴 겨를 없네.

〈過連峯館河橋·三韓·上〉

라고, 그 재흔재분載欣載奔한 도잠의 시심을 공명하고 있다 이상의 예들은 모두 의주 변방 관리 때의 작[41]이거나, 금나라 사신 때의 객회니, 이른바 벼슬살이 중의 향수다. 그러니 그에게서의 사향은 벼슬살이 그 자체를 '구속,' 혹은 '본성의 얽맴'으로 보았음이다. 따라서 그의 사향은 귀전원을 향한 '일조괘관一朝掛冠'임이 분명 하다.

---

40 『漢書』列傳, 「梅福傳」참조.

41 『東文選』卷十九 所收 그의 작 〈書情〉에 의하면 의주방어판관 3년여에 약 1,000여 수의 작품을 썼다했음(晩年佐邑竟何成 唯有千篇寫客情). 참조.

IV. 老峯詩의 特質

1. 寫實性

'기氣·경景·정情'은 한시문학의 기본 요소다. 이들을 표출하려는 수사적 특징으로서의 사실성이란 감각 매체를 통한 대상의 Image를 여하히 문자로 적실하게 재구하여 그 심상心象 전달에 성공해 있는가에 대한 논의일 것이다.

워낙 '기'는 배워서 얻는 것이 아니라 하거니와 한시의 구성은, 특히 절·율시絶律詩의 경우는 전경후정前景後情이다. 따라서 사실성 논의의 여지는 '정'을 위한, 이른바 육의六義의 '흥興'의 감발을 위한 '경'에 치중될 것이며, 경이란 대저 비잠동치飛潛動植·허실상배虛實相配의 대우·대구이니, 여기에 시화일지론詩畵一旨論이 있어 '시중유화詩中有畵'란 한시문학의 회화적繪畵的 구상성이 있게 된다. 물론 비잠동치가 정적 평면성을 입체적 공간성에로의 지향, 그리고 시각적 영상을 청각적 심상에로까지 상승시켜 시의 맥을 영활케 하여 이른바 파노·멜로포에이아적 기능을 담당한다 할 것이다. 그런 점에서 한시문학의 사실성은 회화성과 대동하나, 동질은 아니다. 더구나 촉물진정이 작시의 길이라면 전경후정의 시화일치는 당연한 결론이다. 아무른 사실성이든 회화성이든 다원적이고 기하학적인 로고포에이아적 논리심상은 표출할 수 없으니 한시문학의 전체험적인 한계성이다.

이에 노봉 시의 경으로 정을 논한以景論情 실상을 살피기 위한 그의 시적 특질로서의 사실성을 살펴보고자 한다.

東遊大壑訪鴻濛　　　동으로 바다에 노닐다 조화의 고장 찾으니

萬象奔趨一望中　　　한 눈에 만상이 솟치고 내닫는 듯.

石束駕笙臨碧海　　　돌기둥은 난새 피리 묶어 창해에 세운 듯

松飛孔蓋向靑空　　　날듯 한 소나무 덮개인 양 창공을 향했네.

大聲拂耳鯨牙浪　　　귓전을 울리는 고래의 파도 소리

寒氣侵膚鶴羽風　　　살갗에 와 닫는 학깃 부채의 찬바람.

恐我前身非俗士　　　필경 나의 전생은 속인이 아니었나 봐

眞遊亦與四仙同。　　참스런 놀이 역시 사선다웠어라,

〈叢石亭李學士知深韻, 三韓·中〉

신라 사선이 놀았다는 관동 8경의 하나인 총석정에서 의종 때의 문신 이지심의 시에 차운한 서경시다. 전체적 구성은 이개칠합二開七闔이니 '만상분추'한 실상이 함·경련이요, 그것이 이른바 '경'이니, 제 2구의 '정'을 얻었다. 여기 '공恐' 1자의 뉴앙스는 진작 깜짝스런 진자아의 재확인이니 전생의 선연을 자긍함이다. 이름 그대로 푸른 바다에 임한 '석속란생石束駕笙' 창공을 향한 '송비공개松飛孔蓋,' 이것들이 정적 시각감각이라면, 노호하는 '경아랑鯨牙浪'과 상큼하게 무젖는 '학우풍鶴羽風'은 동적, 청·촉각적 감각이니 '만상이 분추한' 실경은 눈에 삼삼, 귀에 쟁쟁한 선계를 연상케 한다.

그의 7고 「황산강」에서는

起餐傳舍曉渡江　　　주막에서 이른 조반 후 새벽 나루 건너자니

江水渺漫天蒼茫　　　강물은 아득하고 하늘은 검푸르고나.

黑風四起立白浪　　　거센 바람 사방에서 불어 흰 물결 일고

舟與黃山爭低昂　　　배와 산이 다투어 낮았다 높았다 출렁이네.

津人似我履平地	나루 사공은 우리들 평지 가듯
一棹漁歌聲短長	한 곡조 뱃노래 장단 맞춰 부르네.
十生九死到前岸	구사일생 겨우 앞 언덕 오르자
槐柳陰中村徑荒。	느티나무 버들 숲 그늘로 난 거친 오솔길.

〈黃山江, 三韓 · 下〉

라고 노래했다. 그의 많은 시가 그렇듯 기행시다. 대부분의 기행시류는 시간적 평면서술형으로 짜인다. 그러나 노봉의 서술형은 평면의 입체화, 역동화로 전경을 사실화했다. '창망'은 새벽나루의 배색이요 '立白浪'과 '明氏昻'은 일렁이는 배의 불안이 글자 밖에 넘난다. 그러나 사공의 '한 마디 뱃노래[一聲棹歌]'는 또 얼마나 재치로운 사실이며, 느티나무 늘어선 촌마을의 전경은 진작 정겨운 향수를 자아낸다. 그러나 역시 김극기 시의 사실적 특질은 그의 전원시에서 찾을 일이다. 그의 「전가사시」중 제 1 · 2수의 촌가 실경은 사실성의 차원을 넘어 물성에 대한 섭리는 물론, 모국어의 성율화 인식까지 시사하는 바 있으며, 그 음악적 · 회화적 특질까지 살려냈다.

　이상에서 본 바와 같이 노봉 시의 사실성은 자연의 물상을 임의로 마름해 내되, 일호의 차착도 없는 조화옹의 귀부鬼斧로 물성의 섭리를 재창조했다. 그러므로 그의 사실적 시각은 내츄얼리스트들의 냉철한 이성적 메스다. 따라서 "의회意會를 드세운 사반어리似畔於理"42나 '불구심해不求甚解'의 여지조차 없는 사실성이 그 특장이다.

---

42 『東人詩話』卷上. 참조.

2. 諷刺性

불의·비리·모순에 항거하는 아이러니, 패러디 등의 장치물은 문학작품의 경우 정의와 정명을 향한 지성의 보루다. 시는 '감발징창感發懲創'이 그 사명이니 시인은 진작 '오대시안烏臺詩案樣'으로 찬적竄謫될지언정 오롯한 기절奇節을 노래했다. 이는 선인들의 한결같은 선비정신이다. 따라서 '풍자성'이 노봉 시만의 특질일 것도 없다. 본디 자연을 사랑한 피세인避世人은 "유연히 앞산을 바라보듯悠然見南山"하는 한정閑情에 산다. 초세적 '불문불문不聞不問'은 현실에 대한 망기이다. 여기엔 워낙 '풍자'의 여지가 없다. 그렇다면 노봉의 "性本愛邱山"한 피세적 전원시 어디에 이 '풍자'의 자리가 있으며, 그 배경은 무엇인가.

물론 기술한 대로 풍자는 선인의 '선비정신'이라는 점을 전제하고, 노봉 시 생성의 시대적 배경과 그 자신에 대한 검찰을 해 볼 필요가 있다. 노봉은 무인 치세하의 난세를 살았다. 전술한 이인로의 「김거사집서」 대로 "일찍이(年代不記) 진사에 급제했으나, 경사에 들지 않았다."했고, 특히 "권속배에 빌붙지 않고…"에서 감지할 수 있듯이 적어도 초기에는 벼슬 자체를 포기하지는 않았다. 더욱 그의 「취시가」의 "귀한 집 자손으로 태어났으니 자라서는 웅장한 포부를 펼쳐. … 어느 제 때를 만나 거친 물결 파헤쳐, 온 누리에 태평성대 누리게 한다지,紫纓雲孫始墮地 自謂壯大陳雄圖…何時乘風破破巨浪 坐令四海如唐虞"에서는 당장에라도 '승풍乘風'만 하면 '거친 물결 헤치고破巨浪' 온 누리의 백성을 요순의 신민으로 강구에 격양가 들려올 성세를 누릴 목민관이 되고자 기구해 있다. '거랑'이 난세의 사회상이라면 '승풍'은 정명의 시대임은 부질없는 부연이다. 그러니 「취시가」 역시 분명 '오대시안'이요, 그러기에 '취해서 부른 노래'랬다.

 '권속배' 운운 역시 당시 사회상의 모순을 시사함이니, '빌붙어야'만 출사하는 비리, 이는 노봉의 본성이 아님은 물론, 이인로의 pradixical 한 고발이다. 따라서 노봉의 귀전원은 후천적으로 고질화된 체념적 은일이 '생래성'을 초월한 역설적 논리로 설명된다. 이때에 지성과 기지는 침묵의 계선을 타파하고, 날카로이 현실을 조명해서 역사 앞에 증언하게 되고, 이럴 때 이것을 우리는 풍자라 해서 좋다. 먼저 그의 역사의식을 엿볼 수 있는 「용만잡흥」 5수의 제 2를 보면,

舊聞定遠城	일찍이 들었노라' 정원성은
樓雉何雄奇	누각이 웅장하고 기이하다고.
覇道一墮地	북벌의 계책은 간곳이 없고
遺址空逶迤	빈 터만 속절없이 둘러 있네.
封人昔爭境	전전의 국경을 쟁탈하던 군졸들
取捨無定姿。	뺏고 뺏기던 定界도 없어졌구려.
…下 略…	…하 략…

〈龍灣雜興, 三韓·上〉

라고 태조 이래 용의진력하던 북벌 정책의 실패와 그 허상을 고발해 있다. 저 '웅장하고 기이하던 정원성', 그것은 고구려의 실지회복이란 '패도'를 위한 것이었으나, 가능도 시도도 해보지 못한, 지금은 다만 폐허가 되어버린 '유지'만이 나그네의 회포를 자아낸다. 따라서 '空' 1 자의 전달심상은 무상한 영사詠史요, 그의 역사의식이자 풍자성의 가만한 상침이다. 그러니 "북으로 다다라 아득한 벌판에는, 오리와 기러기 떼만 옛 언덕에서 우짖네.北臨査空濶 鳧雁號古陂"라고 씁쓸한 역사의 현장에서 고개를 떨구었다.

한편 임춘의 시권詩卷을 읽고 쓴 시 3수 중 그 2의 기련에서는

世俗浮兮半死權　　허망한 세상, 무인배에게 죽어날 판인데
憐君獨往臥雲烟。　　부러워라, 그대 홀로 내속에 와 누웠네 그려.

〈讀林太學椿詩卷爲詩弔之, 東文選·十二〉

라고 직핍했다. 물론 '반사권'이 꼭 무인이란 지칭은 없지만, 당시가
무인 사회이고, 더욱 임춘은 불우문사였으니 시의詩意는 정작 사회상
의 풍자다. 그러니 '와운연'한 그대가 오히려 부럽다 했다. '憐'은 '獨'
자와 상응하여 오히려 '생중스럽게 혼자 가다니'의 뜻이니, 고혼孤魂의
위로라지만 얼마큼 자기의 현실을 암시한 아이러니인 것이다. 여기에
살아도 죽은 이만 같지 못한, 현실의 모순과 자아투영의 울분과 격동
이 있다. 또 그의 같은 시 1의 기·승에서는

性命年來欲保難　　말세라 性命 보존키도 어려워라.
天翁瞶瞶鬼神姦。　　하늘도 무심하고 귀신도 야살스러워.

〈仝上〉

라고 철저히도 현실을 부정해 있다. 팔관회가 막 끝날 무렵 "임금님
수레 앞에서 난이 일어나, 문신들 잡아 죽이길 마치 쾌도로 삼대 베어
넘기 듯輦下干戈起 殺人如亂麻"한 때가 경인년의 참상이라면 "허망한 세상,
무인배에게 죽어날 판世俗浮兮半死權"인 현실이요, 그러니 성명性命조차 보
전키 어렵다. 오죽하면 민심이 천심이랬는데, '무심하기만 하고瞶瞶'
역신은 진작 헤살짓기만 한다 했다. 여기에 더한 시대 병리의 표출이
있을 수 없다. 그렇다고 누구나 다 이렇게 노래할 수 있는 것도 물론

아니다. 이는 오직 자연의 순리에 사는 자만의 천래의 입언立言이다.

  사회심상의 전달 매체로서의 시는 그 기능의 완성을 위해 다양한 수사를 동원한다. 비유는 그런 점에서 시의 기본적 수사다. 다음 예시 역시 견강부회라고만 하기 전에 풍교시諷敎詩로서의 반추의 여지는 충분하다.

天翁尙未貰漁翁　　천옹이 아직도 어옹에게 인색하여
故遣江湖少順風　　짐짓 강호에 순풍을 주지 않네요.
人世嶮嵐君莫笑　　인간 세상 험하다 웃지들 마소
自家還在急流中。　　제 도리혀 급류 중에 있는 것을.

〈漁翁·東文選 卷·十九〉

  여기 천옹과 어옹의 Image설정은 이 시의 뉴앙스를 일변시킨다. 절대자와 피절대자의 가치 설정, 절대의 가치의 비절대화와 피절대의 상성적常性的 피절대성의 부정논리, 여기에 체험적이고 예지적인 wit 가 있다. 제 스스론 분수의 망각이 또 다른 자아파멸의 근본임을, 그리고 그것의 순행원리를 몰각하는 망념의 현실을 그는 훈고하고 있다. 그렇다면 여기의 '천옹'이 단순한 조화옹이라고만 보는데엔 노봉답지 않은 역행의 모순이 따른다. 적어도 어옹을 조소당한 주체자에 대한 신랄한 저항 심리로 볼 때 이 시는 오히려 날카로운 지성의 폭을 갖춘다. 평범한 경구의 씨니컬한 시화詩化는 풍교적 공감대를 형성하기에 족하다.

3. 運思極巧

한 작가의 작품 세계 및 그 특질을 선시집 소재의 몇몇 작품을 대상으로 단정하여 논의한다는 것은 다소 불가능하거나, 견강부회의 우를 범하기 쉽다. 따라서 본 항에서는 현재 전하고 있는 시 및 부전不傳인 시를 합평한 여러 시화류의 시평을 들어 노봉시의 특질 이해에 이바지하고자 한다.

먼저 서거정은 노봉의 「취시가」를 논하여,

이 노래는 그 말이 매우 호장정걸하다. 그 뜻은 두보의 "사람을 쏘려면 먼저 그 말(馬)을 쏘고, 적을 사로잡으려면 먼저 적의 임금을 잡는다."에 근본하였고, 그 말은 부옹의 "그대에게 포성의 상락주를 권하고, 상류의 추국을 띄워 드립니다."에서 본받았다. 비록 두 사람의 말뜻을 썼으나, 혼연하여 자욱이 없으니 진실로 호백구수다. [43]

라 했으니, 이른바 그 기개는 '호장호걸'하고, 그 용사 및 내처의 적실은 혼연함이 마치 '여우의 겨드랑에 있는 흰 털을 훔쳐 갖옷을 지을 재주狐白裘手'라고 극찬했다. 이어서 그는 송宋나라 범희문范希文의 "출몰풍도리出沒風濤裏" [44]와 대비한 노봉의 「어옹」詩를 평하여 "말뜻이 심원하고 말구는 더욱 묘하여, 도문이 말하지 못한 것을 말했다.語意深遠 末句尤妙 道希文所不道"라 했다. 희문의 「증조자」가 장계응張季鷹의 사관고사辭官

---

43 徐居正 ; 此歌 語甚豪壯挺傑. 其意本少陵 "射人先射馬, 擒賊先擒王." 其詞本涪翁 "酌君以蒲城桑落之酒 泛君以湘纍秋菊之英. 酒洗胸中之磊塊 菊制短世之頹齡." 雖用二家詞意 渾然無斧鑿痕 眞竊狐白裘手.〈東人詩話·上〉

44 범희문의 「贈釣者」詩 結句. 본시는 "江上往來人 盡愛鱸魚美 君看一葉舟 出沒風濤裏"임〈東人詩話·下〉

古事[45]를 본받은 가어옹의 낚시를 시화한 일품이라면, 노봉의 「어옹」은 인사풍정을 비유한 점에서 풍교적諷敎的이다. 여기에 어의심원의 의의가 있고, 더욱 결구는 경세驚世의 자아촉구인 점에서 촉물진정의 값이 있다. 한편 허균은 그의 『성수시화』에서 노봉이 의주 판관 때 용만에 있으며 쓴 시「만성」2수 중 그 1의 "글월은 늙어서야 알만한데, 칼 차고 변방에 노닌다만 오거서야 필독이라오. 공무가 끝나면 변새의 원임을 까맣게 잊고, 밝은 창가에 누워서 책을 뒤진다네.文章向老可相娛 一劍遊邊尙車. 衙罷不知爲寒吏 紙窓明處臥看書"를 평하여 "其排遣之懷脩然可想"이라 하며, 그 시사의 부림이 극히 묘하다[運思極巧]라고 했다. 이는 곧 한 무제의 고사를 자기에로 환치한 용사의 장점자묘함과, 무인 집정이란 시대상황 밑에서의 자긍이란 점을 감안할 때 자못 그 의기意氣는 정결한 바 있다. 그러나 무엇보다도 노봉시의 장처는 사어의 청광淸曠·부섬富贍에 있다. 허균의 '운사극교' 역시 바로 청광·부섬한 결과다. 최자는 그의 『보한집』에서 고종 조의 명인들을 합평하여, "오늘날 시인들이 평하기를 ― 김극기의 작시는 맑고 넓으며, 말은 많을수록 더욱 부섬하다.今之詩人評曰……金克克 屬辭淸曠·言多益富…"라 했음이 그것이다. 이는 곧 남용익의 '마음이 넓고 온전함[醞藉]'와도 일맥한 논리다. 이른바, "나의 억측으로 망령되이 고려와 조선의 시를 논하기를 고려의 뛰어난 사람은 … 김극기의 온자함과,余以膽見 妄論勝國與本朝之詩曰 麗代之雋者 如…金峰老克己之醞藉"[46]는 모두 그의 시적 특질을 논의한 자료들이다. 그러나 아쉬운 바는 현전 시에서 충분한 그 예를 들 수 없는 한계성이다.

---

45 徐居正 ;『東人詩話·下』참조
46 南龍翼 ;『壺谷漫筆』第 1話 참조

V. 문제의 정리

이상에서 논의한 노봉 김극기의 시문학론을 요약 정리하면 다음과
같다.

1 그의 생평에 대한 참고를 이인로의 「김거사집서」에서 추정하면,
어려서 진사에 급제, 만년에 의주방어판관에 보임, 약 3년여 재직
중 1,000여 수의 객정을 노래했다 하고, 명종의 특채로 한림학사가
되었으며, 금나라에 사신으로 가 문명을 떨치므로 문장보국했다는
정도다.

2 그의 문집에 대한 설은 다양하되 최우가 고시·율시·사륙·잡문
등을 135권으로 편간했다 하나, 전하지 않고, 『보한집』에는 『금원
외집』이,『용재총화』에는 『금거사집』이,『삼한시귀감』에는 『김원
외집』이 무려 150권이나 있었다 하나 일체 부전이다 .

3 따라서 본고는 선시집으로 최초인 최해의 『동인문 五七』이 부전
인 현재 최고본인 『삼한시귀감』 37수와,『동문선』 22수, 합 59수
를 연구 대상으로 했다.

4 한국 한시문학사상 노봉의 위상이 재정립돼야 하는 소이는 첫째,
선시집의 보감이라 할 『삼한시귀감』소재 총 247수 중 그 15% 인
37수를 점유했으며, 둘째, 『동문선』 55 수, 『신증동국여지승람』
에 300여 수의 한시가 실렸다는 사실만으로도 한 시대의 대표적

시인임이 방증되거니와, 이제껏 국문학사엔 물론, 한문학사에서조차 소외되었으며, 일체 논의된 바 없음은 사학斯學의 소홀이었다 .

5 그의 시세계 접근을 위한 시어 분석에서 산천초목어군이 123회, 전가락사군이 122회, 조어충류군이 54회, 색조어군이 71회, 상정어군이 33회로 다분히 자연시인적 특질을 갖되, 그의 자연은 표리의 갈등을 초월한 '후천성'의 '생래화,' 그래서 침잠해 버린 도잠풍이다 .

6 그의 시세계의 주제별 유형은 피세·전가락사·자오·향수·영회로 나눌 수 있다. 여기 피세·전가락사·자오·향수는 그의 산수시인적 기질과 상통한다.

7 노봉시의 특질은 사실성·풍자성·호장정걸·청광·부섬으로 요약하되, 이러한 특질들의 유기적 결합은 결론적으로 운사극교라는 한마디 말로 귀결될 것이다. 워낙 문집의 부전, 그로 인한 대상 시수의 절대부족은 논리의 중복과 견강부회를 면치 못했다. 그러나 적은 연구대상작 중에서도 미처 남겨진 과제로는 도잠 및 두보와의 충분한 비교연구와, 제영시를 통한 그의 역사의식 고찰, 그리고 이른바 해좌칠현들과의 대비 연구 등은 충분한 검토의 여지를 가진 채 후고로 미룬다.

〈1984. 동국대학교 한국문학 제6, 7호〉

우리 古典詩歌 바로 읽기

白樂天의 詩文學 受容攷
-白雲·退堂의 「三魔詩」를 중심으로-

Ⅰ. 문제의 제기

우리의 학시學詩는 당·송을 법받아 장점粧點의 지경에 이르기 위해 조술祖述, 또는 의양과 환골을 지성으로 익혀왔다. 이는 비단 우리뿐만 아니라, 한시문학의 본고장인 중국도 마찬가지다. 곧 시경·초사 이래 한·위·육조·초당의 시를 융섭해 성취된 성당의 시문학임은 두보杜甫의 '시로 시를 논한[以詩論詩]' 「희위육절」의 '체상조술' 및 '전익다사'[1]가 증명하는 바다. 더욱 최초의 시문학 비평서인 종영鍾嶸의 『시품詩品』역시 등급에 따른 원류와 조술의 내력을 밝히기에 전심했고, 우리의 시화류 역시 용사와 출처의 인흔印痕을 가려 탈태여하를 논하며, 장점자묘粧點自妙·호백구수狐白裘手·미지숙시未知孰是로 극찬하거나, 혹은 도습·옥하가옥 등의 폄사로 논시論詩했으니, 그 대상은 이를 바 없이 중

---

1 『杜詩諺解』卷九, 「戲爲六絶」·6, "未及前賢更勿疑 遞相祖述復先誰 別裁僞體親風雅 轉益多師是汝師" 참조

국 시였다.[2] 특히 "한 구절도 내처가 없는 시구는 없을 것"[3]을 작시의 본령으로 섬겨온 고려조 무신란 이전의 문원을 주도해온 김부식은 모소慕蘇 상징이었거니와, 이후 신흥사대부로 등장해 「동명왕편」으로 족히 사대가 아닌 민족자존과 주체를, 그리고 용사用事가 아닌 '신의설新意說'로 참신성과 독창성을 주창한 백운 이규보의 향산 백락천에 대한 흠모 역시 예사롭지 않다. 그렇다고 그의 향산에 대한 존상이 시학의 용사론을 옹호하자는 반신의反新意가 아닌 단순 화운·순화임은 물론이다. 그가 향산을 흠상한 몇 가지 심층 심리는 우선 노년의 처지와 취향의 같음을 빌미로, 향산과 동격으로 당대의 1인자이고자 하는 자부심[4]의 발로, 그것과 크게 다르지 않다. 예컨대 사는 곳도, 가진 것도, 능한 것도 아닌 것으로 자호自號함은 온당치 않다며, 삼혹호선생三酷好先生이란 자호를 '백운거사'로 바꾼 「백운어록白雲語錄」은 자신의 생평과 무관하지 않다. '3 혹호'는 향산의 "시·술·금[거문고]을 좋아하는 사람을 흔히들 박명하다고 한다. 나 역시 이 세 가지를 몹시 좋아해 늘 이 부류에 속한다고 지목받아 왔으나, 얻은 바가 많고, 복으로 여긴 경우가 많았음"을 밝힌 그의 시제[5]와 무관하지 않다. 뿐만 아니라, "향산의 시를 읽으면 입에 막힘이 없고, 말은 평담화이하며, 뜻은 마

---

2 金甲起 ; 『松江 鄭澈의 詩文學』Ⅴ.中國文學에서의 영향. pp.217~218참조. 1997. 이화문화출판사

3 徐居正 ; 『東人詩話』卷下, "古人作詩 無一句無來處 …" 참조

4 이규보가 백락천의 시를 차운해서 화답한 대표적인 연작 장편시는 「次韻和白樂天病中十五首」이며, 「병서」에서 공히 노후 병중이면서도 작시벽은 未病時보다 더한 점, 병가 후 100여일 만에 걸퇴한 점, 약은 물리쳐도 술은 먹어야 하는 점 등의 공통점을 들고 있다. 그러나 심층적으로 자타가 공인할 당대의 대표적 문사였다는 점 등으로 等價하고자 하는 의도의 발로로 作爲했다고 할 수 있다.

5 그 시의 원제는 「詩琴酒 人例多薄命. 予酷好三事 我當此科 而所得已 多, 爲幸斯甚 偶成狂詠聊寫傀懷」〈白樂天詩後集·13〉이다.

주 대하고 앉아 조근 조근 일깨워 주는 듯해서, 비록 당시의 시사를 보지는 못했지만, 상상으로 직접 보는 듯하다."며, 일찍이 "노경 소일의 낙은 향산의 시집을 읽는 것만 한 것이 없다고 여겼다."는 그의 「서백락천집후」6등은 그 좋은 예다. 따라서 그의 문집 후집에는 적지 아니한 차운·화시가 전하고 있다.7

퇴당 유명천 역시 3차의 유배에서 풀려 향리 은퇴당에 돌아온 갑신년(1704) 5월부터 익년 가을 연관捐館할 때8까지 생애 마지막 1년여 동안의 작시 모음인『퇴당후록』소재 16제 33수 중 4제 20수가 백운의 시를 차운한 것이며, 그 중 2제 16수가 향산의 시를 차운한 백운의 시를 재차운, 혹은 순화順和한 것이다. 그 가운데 「이규보가 백락천의 병중 15수를 차운 화답했다. 나 역시 희롱삼아 15수를 차운해 병중·5절구를 짓고, 모두 본 시의를 순화했다.(李文順和白樂天病中十五韻 余亦戲次十五首 病中五絶 皆以本詩意順和)」고 했다. 곧 향산 → 문순(백운) → 퇴당으로 이어지는 작시 계보다. 이른바 원류이자 발신자로서의 향산, 수신 및 재발신자로서의 백운, 그리고 마지막 수신자로서의 퇴당이란 계보다. 물론 백운이나 퇴당의 심층적 작시 동기는 한 시대를 대표할 향산을, 그리고 향산과 백운의 문명에 대한 흠모의 정이 '관[벼슬]과 연[나이]'이 같다는 어설픈 동격으로 애써 위무했지만, '생을 함께하지 못한[不並時]' 한으로 사모의 정을 극대화했다.9 그러기에 「절도에서 고산정에 돌아와 되는대로 짓다.自海上歸到孤山亭謾賦十絶」의 10수에서는

---

6 『東國李相國集後集』·十一, "予嘗以爲殘年老境消日之樂 莫若讀白樂天詩 … 白公詩 讀不滯口 其辭平澹和易 意若對面淳淳詳告者. 雖不見當時事 想親覿之也, 是亦一家體也."

7 『東國李相國集後集』권 1·2·3에만 해도 약 13제 20여 수의 차운시가 전하며, 권 11에는 「서」 1편이 전하고 있다.

8 『退堂集·五』;「退堂後錄」小註 "甲申五月 蒙宥復返退堂, 乙 酉秋捐館" 참조

9 본고 p.127 「自解」 참조

"고산의 청절이 향산과 같은데, 칠십 늙은이 유유하고 한가롭다"며 벼슬에서 물러나 향산에 돌아온 향산과, 유배에서 풀려 고산정에 돌아온 자신을 동격화 하여,

七旬俱退作田夫	칠순 늙마에 모두 물러나 閑居하니
孤墅香山孰勝無	고산과 향산 어디라 낫고 못할까?
最是兩翁悽絶處	가장 두 늙은이 슬프고 애절한 것은
暮年無子慰衰顔。	늙마에 얼굴 펴 줄 자식 하나 없음이라.

〈仝上 · 南遷錄, 歲暮呈思黯 以千載思香山代之〉

며, 불운한 노후 고독까지 동격의 빌미로 인증했다. 곧 향산의 「병중 15수」 중 「자해自解」의 절절한 사모의 충정이다.

아무튼 이들 3자의 완숙한 노경의 시품 및 그 문예미 검증은 흥미 있는 논의의 대상이다. 본고는 향산의 「병중 15수」를 빌미로 창작된 중간자 백운의 「삼마시三魔詩」와 이를 차운한 퇴당의 「삼마시」의 3자 관계를 대비 분석하고자 한다.

Ⅱ. 작품 분석 및 대비

백운은 향산의 「병중15수」를 읽고 차운시 5절구와, 그 시의詩意를 순화順和한 10수를 지었다. 그리고 73세 되던 고종 27년(1240) 자신의 혹호삼물酷好三物, 곧 '시 · 금琴 · 주' 가운데 '금'을 '색色'으로 대체해 물리쳐야 할 세 가지 벽癖이라고 전제하며, 이것이 마가 되기 전에 점차 덜

고자 하는 자신의 의지를 보인다며 「삼마시」를 지었다. 이른바 '벽'은
'병적 기호', 곧 '기호의 병'이니 습성이 되면 이게 바로 '마'라는 논리
다. 마란 '능히 사람을 현혹시키는 귀것[鬼]'으로, 이미 벽성癖性이 되어
스스로는 제치할 수 없는 일종의 마력이기에 걱정한지 오래되었다며,

> 내 연로하여 오래 전에 색욕은 물리쳤으되, 시·주는 버리지 못했다. 시·
> 주라는 것도 다만 때로 흥을 붙일 뿐, 벽성이 되면 곧 마가 된다. 내 이를
> 걱정한 지 오랜 터라, 점차 조금씩 덜고자 먼저 「삼마시」를 지어 뜻을 보
> 인다.[10]

라는 긴 제목 하에 '색·주·시마' 순으로 7절 3수를 남겼다. 그 460
여년 후인 조선조 후기 숙종 32년(1705)에 근기 남인 퇴당이 "우연히
이문순의 시집을 보다가 그가 「삼마시」를 지은 때의 나이가 지금의
나와 같음을 보고 희롱삼아 차운한다."며[11] 역시 향산과 백운의 「병중
15수」와 백운의 「삼마시」를 차운·순화했다. 비록 순서는 '색·시·
주마'로 백운과 '주마와 시마'의 순서가 바뀌었으나, 대비의 편의를 위
해 원류이자 발신 작인 백운의 시 순서대로 재배치하여 향산의 발신
작과 백운·퇴당의 수신 작을 일별하면 다음과 같다.

---

10 『東國李相國後集』·十, "予年老 久已除色魔 猶未去詩酒. 詩酒但有時寓興而已, 不宜
性癖 性癖卽魔, 予憂之久矣. 漸欲少省 作三魔詩 以見志耳" 참조

11 『退堂集』·5, 「退堂後錄」, "偶閱李文順詩 年七十三 作三魔詩 曰予年老 已除色慾 猶未
去詩酒. 予年適與文順同 戲次其韻" 참조

1. 색마시色魔詩

　향산의 「병중 15수」중 색마와 관련한 시는 그가 68세까지 데리고
있던 번소樊素와 소만小蠻이란 두 소첩을 놓아 보내며12 쓴 「별유지別柳
枝」의

<table>
<tr><td>兩枝楊柳小樓中</td><td>자그만 누대의 버드나무 두 가지</td></tr>
<tr><td>嫋娜多年伴醉翁</td><td>청순한 자태 오래 취옹과 짝했지.</td></tr>
<tr><td>明日放歸歸去後</td><td>돌아갈 내일, 돌아 곧 가고 나면</td></tr>
<tr><td>世間應不要春風。</td><td>암, 이생에선 봄바람 긴치 않으리.</td></tr>
</table>

〈白樂天詩後集 · 十六〉

　를 차운한 것이다. 물론 '양지兩枝'는 가냘프고 귀여운[嫋娜] 두 여인을
버들[楊柳]에 비유함이요, '소루小樓'는 자기 집, '취옹'은 자신의 비유다.
이제 자유의 몸으로 돌려보내는, 더구나 병든 취옹, 그러니 결구의 이
생에선 다시 '양류'를 희롱할 '춘정'이 요긴치 않으리라는 자기 정리의
시라 하겠다. 이에 대한 백운의 차운 시는, 「젊은 날 기방의 일을 회
억하며放柳枝, 以憶舊妓代之」로 대체한다며,

<table>
<tr><td>少年携妓夢魂中</td><td>젊은 날 기녀와 함께 놀던 일 꿈만 같은데</td></tr>
<tr><td>已是蕭然白首翁</td><td>어느 새 쓸쓸히 머리 센 늙은이로다.</td></tr>
</table>

---

12 『東國李相國後集』· II 「次韻和白樂天病中十五首並序」… "但所缺者 樊素小蠻耳. 然
　二素亦於公年六十八 皆見放 卽何與於此時哉"및 『退堂集 · 五』의 〈偶閱白傅集 年六十
　八 放樊蠻二姬. 吾年適然 相戲占一絶〉의 "香山六十八晧然 始放樊姬斷舊緣 堪笑此翁
　遲見事 吾曾獨宿二三年"참조

紅頰翠娥何處散　　붉은 얼굴 푸른 눈썹 어디로 가고
落花飄蕩摠隨風。　떨어지는 꽃잎처럼 바람 따라 흩지누나.

〈東國李相國集後集·二〉

이다. 아련한 회억에 잠겨 무고상금撫古傷今하는 풍류정인의 심회를 노래하고 있다. 그러나 퇴당의 차운시는,

雲雨巫山摠夢中　　무산 운우의 정이란 모두 꿈속의 일,
蕭然心貌達摩翁　　소연한 이 심사 달마대사라오.
欲知定力今多少　　요즈음 근력이 어떠한가 알고 싶을 뿐
止水微瀾不起風。　고요한 마음 헤살 짖는 바람 따윈 없다오.

〈退堂後錄·放柳枝 以斷色慾代之〉

라 하여, 뒤에 예시한 색마시의 사화詞華를 되뇌고 있음을 볼 수 있다. 이는 조선조의 재도뮤학관, 혹은 남인 성리학자의 고식적 시풍을 읽게 한다. 향산의 시의를 순화한 백운과 퇴당의 「색마」 시는

自顏和好猶堪喜　　방실대는 저 아양 싫기야 할까
彼面雖好奈我何　　비록 귀엽고 예쁘나 내 어쩌랴.
多向美人終蠱惑　　흔히들 미모엔 끝내 홀리나니
男兒誰免誤於魔。　남정네 그 뉜들 색마에 빠지지 않을꼬.

〈東國李相國集 10·色魔〉

吾年七十且三多　　내 나이 칠순하고도 셋이나 많으니,
雲雨巫山奈夢何　　무산 운우를 꿈엔들 생각이나 하랴.

止水微瀾元不起　　고인 물 본디 조요로와 물결 일지 않나니
暮年寧復惑妖魔。　　늙마에 어찌 다시 요망한 색마에 현혹되랴.

〈退堂集 5·南遷錄, 色魔〉

와 같다. 평성 '가歌'운으로 압운되었으되, 1·2·4구 끝 자에 압운함을
정칙으로 하는 7절의 작법 상 백운의 시는 편격이요, 퇴당의 일운삼압
一韻三押이 정격인 셈이다. 백운 시의 기구는 제목「색마」에 걸맞게 '그
릇 색마에 빠질[誤於魔]' 남정네들의 고혹스런 유혹의 이미지로 시상을
불러 '유猶' 1자의 마지못할 춘정이 승구 '내하奈何'로 직핍되므로, 수로
垂老의 심법心法이 무구하고 진솔하게 이어 받았다. 전구에서는 사내들
의 일반 속성으로 시상을 돌려 자신은 물론, 뭇 남정네들에게 '색마에
몸을 그르쳐서는 아니 됨'이라는 결구의 주제를 유도했다. 이른바 지
계自戒이자, 감계적 훈고가 정감어린 흥미와 함께 공감으로 전해오는
수작이다.

　한편, 퇴당은 연치의 많음으로 시상을 일으키되, 운우지정 따위는
꿈에서조차 초연했다고 부연하므로 시적 감흥을 반감했다. 물론 조선
조의 재도문학, 예컨대 '지수止水'의 그 오롯한 상징성은 진작 도덕학의
표상처럼 전해온다. 그러니 '이 나이에 어찌 색마에 현혹되겠느냐'는
강한 의지로 맺음하기 위한 전구의 자부는 필연적이다. 이른바 '좋이
잘 닦인 마음[心田]이라 미동도 없다'는 '영寧' 1자의 자긍이 바로 그것
이다. 문제는 교조, 혹은 목적시도 시이기 위해서는 문예적 감흥과 그
미적 승화를 필요로 한다. 이 같은 문예적 욕구의 벌충이란 점에서 퇴
당의 시는 도덕적 자기 변, 혹은 비문예적 건조미를 노정하고 있다.

2. 주마시酒魔詩

향산의 「병중 15수」 중 '주마'와 관련된 백운과 퇴당의 차운시는 「한 상인의 문병에 답하여答閑上人來問因何風疾」이다.

一床方丈向陽開	남으로 열린 한 길 남짓한 병상,
勞動文殊問疾來	문수보살 수고로이 문병 오셨네.
欲界凡夫何足道	속세의 범부야 무슨 할 말 있으랴
四禪天始免風災。	대선의 가피로 풍질 쯤 나으려니.

〈仝上〉

이에 차운한 백운의 시는 「문병 온 객에게 답한 시로 대신한다」며

愁入眉間鎖不開	시름이 미간에 껴 풀리지 아니함은
只緣無客摰壺來	술병도 안 들고 문병들 오기 때문이라.
此身微恙何須問	가 몸의 하찮은 병 웬 위로람
七十衰羸未是災。	칠십 늙은이 늙어 야윔이 무슨 재앙이라고.

〈仝上·答閑上人問病 以答客問病代之〉

라는 정작 불편한 심경을 노래했다. 칠십 늙은이 쇠약해 파리한 것이야 병이 아니랬다. 차라리 술이 약일지 모른다는, 이른바 향산의 "으슥한 이불 속에서, 병마와 술기운 어우러져 잔다오.昏昏布衾底 病醉睡相和"〈酬夢得詩〉라는 경지를 방불케 하는 자신의 벽성을 피력하고 있다. 그러니 진작 '마'가 된 술임에 분명하다.

퇴당 역시 「문병 온 객의 시로 대신한다」며

亭午柴門手自開　　한낮에사 손수 사립문 열었더니.
荷君勞苦枉車來　　하군이 수고로이 문병을 왔구나.
人生七十雖乘化　　인생 칠십에 모름지기 승화하여
便是登仙不足災。　　곧장 선계에 오른들 무슨 재앙이라고.

〈仝上 · 答閑上人問病 以客問病代之〉

라 했다. 그러니 백운과 퇴당의 차운시는 원류작의 시의와 운을 차운한 것일 뿐이다. 이 시의를 원용한 두 작가의 술에 대한 마지못할 수요와 기호, 그로 인한 벽성을 떨치고자 하는 발신자와 수신자의 두 작품은 다음과 같다.

人於喫物嫌辛物　　사람은 누구나 음식 중에 신 것을 싫어하되
酒味深辛樂奈何　　술 맛이야 신고도 시건만 좋은 걸 어쩌랴.
必欲使人腸腐爛　　필경은 사람의 창자를 녹여 내고 말리니
不知元是毒中魔。　　알지 못케라, 이 본디 독 중의 마일게야.

〈이규보 · 仝上, 酒魔〉

少日曾浮數巨羅　　젊은 날 진작 숱한 술자리 마다지 않았거니
今傾一盞醉如何　　이제는 한 잔 술에도 취함을 어쩌랴.
暮年涓滴猶難斷　　늙마에도 야금야금 오히려 끊지를 못함은
非是耽賢的是魔。　　술에 탐닉해서가 아니라 주마 때문이라네.

〈유명천 · 仝上, 酒魔〉

역시 '가歌'운 편격과 정격으로 짜였다. 백운은 '신 것을 싫어하는 인간의 기호'로 시상을 열어 '그럼에도 불구하고 맛 중의 맛으로 즐기는

아이러니한 취흥'으로 이어서는 결구의 '독중마毒中魔'라는 '주마'에로 주제를 유도하기 위해 '인간의 창자를 녹여버릴 술'로 완전婉轉했다.

　퇴당은 '젊은 날의 광음'으로 시상을 열어 '이제는 한 잔 술에도 취한다'했다. 그러나 '칠순의 이제도 야금야금 끊지를 못한다.'고 완전宛轉시키므로 '이게 바로 '주마' 때문'이라는 논리가 거기에 맞았다. 그러나 백운도 퇴당도 색마시에 비해 주마엔 다소 관대한 편이다. 본디 감미로와 마신 술이 아니었으며, 독은 독이나 마지못할 취락을 단념하려는 의지는 보이지 않는다. 퇴당 역시 한창 당년의 호방에 대한 회억과 노경의 현실을 감내하되, 이제도 말 수 없는 애주의 변을 구태여 차운하느라 '마'로 폄하한 의작, 그러니 정작 술의 미학인가 한다.

　백운은 삼혹호 선생답게 "홀로 앉아 시르렁 거문고를 타다가, 무시로 읊조리며 거듭 술을 마신다. 진작 내 귀를 거스르지 아니하였고, 게다가 내 입도 저버리지 않았노라. 어찌 내 가락 알아주길 바랄 것이며, 함께 마실 벗 기다려선 무엇 하리. 뜻에 맞으면 곧 즐겁다 했으니, 이 말 내 평생토록 쫓으리라.獨坐自彈琴 獨吟頻擧酒. 旣不負吾耳 又不負吾口. 何須待知音 亦莫須飮友.適意則爲歡 此言吾必取."〈삼한시귀감·상·適意〉13며 일상화된 취락을 노래했다.

　퇴당 역시 살아온 역경이 말하듯14 대다수의 시편이 유배시류다. 특히 배소에서의 시름을 달래기 위한 방편으로서의 경음鯨飮은 「어디간들 술을 잊으리오何處難忘酒」라는 시가 증명하지만, 「이규보가 백향산의 가양주가 새로 익자, 아내가 조금만 마시라 했다는 시를 차운했다. 나 역시 그런 일이 있어 희롱삼아 차운한다.」며

---

13 金甲起譯註 ;『삼한시귀감』 pp.143~144 참조, 이화문화출판사, 1998, 1.
14 퇴당의 가계 및 삶의 역정은 김갑기·이종찬 편『조선후기한시작가론Ⅰ·Ⅱ』의 Ⅰ, 「퇴당유명천론」〈필자고〉 참조.

… 前 略 …	… 전 략 …
心死寒灰重煖處	싸늘한 재처럼 식은 마음 거듭 불이 집힌 듯,
顔衰枯木欲春時	고목같이 파리한 몰골 봄철 맞은 듯 피어난다네.
醒看世事腸堪折	맨 정신으로 세상사 볼라치면 오장이 뒤틀리나
醉送生涯計未癡。	취한 채 보낸 생애 어리석진 않았다오.
… 後 略 …	… 후 략 …

〈퇴당후록 · 李文順次白樂天家釀新熟

妻姪勸令少飮之詩 余亦有是事 戲次其韻〉

라는 고백 역시 그 문주반생의 행력을 짐작케 한다. 곧 나날이 종요로운 술타령, 그 참된 뜻을 알려 준다며 유령의 「주덕송」이 무색할 술의 예찬에 이어, "어진 아내의 귀한 충고에 사례하며, 도연히 다시 마셔 취향에 든다.謝遣伶妻珍重意 陶然復飮入無爲"하였다.

3. 시마시詩魔詩

향산의 「병중 15수」중 시마와 관련한 시는 「자해」로 부제한

我亦定中觀宿命	내 또 조용히 내 숙명 돌아보니
多生債負是歌詩	지고 진 많은 부채 시가였나 봐.
不然何故狂吟咏	아니라면 어쩌자고 미친 듯이 읊조리며
病後多于未病時。	병 든 후가 병들기 전보다 더 심하다지.

〈이규보 · 수上〉

가 그것이다. 전생에 진 많은 부채가 '시가'라서 한 평생 읊조려 왔다지만, 와병 중 다작이야말로 시마의 헤살이 아닐 수 없다 했다. 물론 그의 다작 중엔 "술주정뱅이에 시마까지 발작하여, 낮부터 부른 슬픈 노래 저녁녘이 다되었네. 酒狂又引詩魔發 日午悲吟到日西"〈醉吟·2〉라 했는가 하면, "나를 아는 사람은 날 시선이라 하고, 나를 잘 모르는 이는 시마라 한다. 知我者以爲詩仙 不知我者以爲詩魔"〈與元九書〉며, "오직 시마를 극복하지 못하고, 매양 풍월이나 읊조린다. 唯有詩魔降未得 每逢風月一聞吟"〈閑吟〉는 등 산견된다.

향산의 시를 차운해 순화한 백운과 퇴당의 「자해」는

老境忘懷履坦夷	늙마에 망상들 떨쳐 일신이 평안하니
樂天可作我爲師	백낙천으로 가히 나의 스승 삼으리라.
雖然未及才超世	비록 빼어난 재주야 미치지 못하지만
偶爾相侔病嗜詩	병들어 시 좋아함 우연히도 비슷하고
較得當年身退日	은퇴할 그 때의 나이를 비교해 보면
類予今歲乞骸時。	이즈음 물러나고자 하는 나와 같다오.

〈동국이상국집후집·2, 병중15, 자해 순화〉

香山衣鉢傳文順	향산의 의발이 문순에 전해졌으니
二老風流卽我師	두 어른의 풍류 곧 나의 스승이라.
格價最高閑後作	시격과 성가야 한참 못 미치나
咏歌追和病中詩	병중 시가를 화답하여 읊조린다오.
詞華縱劣官年似	사화야 비록 모자라나 벼슬과 나이 같으니
只恨吾生未並時。	다만 시대를 같이해 살지 못한 것 한이라.

〈퇴당집·五, 퇴당후록, 병중15, 자해 순화〉

와 같다. 자못 향산의 광적, 아니 시마에 복속된 하소에 비해 백운과 퇴당은 정작 존상_{尊尙}에 몰두하고 있다. 물론 향산의 그 같은 열정과 미치지 못할 초세적_{超世的} 시재_{詩才}를 흠모함이겠으나, 기실 자신들의 시벽 역시 조물의 시기 같은 마라 했다.

詩不飛從天上降	시가 하늘로부터 날아 내려옴이 아니건만
勞神搜得竟如何	애태우며 간골라냄은 끝내 어쩌자는 건가.
好風明月初相諭	좋은 바람 밝은 달 처음엔 뜻에 맞으나
着久成濫卽是魔。	오래되면 홀리나니 이게 바로 시마라네.

〈이규보 · 소上, 詩魔〉

聳肩乂手日吟哦	어깨 움츠리고 깍지 낀 채 나날이 읊조려
佳句耽來奈癖何	아름다운 글귀나 탐내니 어찌 고질 아닌가.
習氣一生除不得	한평생 습벽이라 떨쳐버리지도 못하니
天應賦我嬲玆魔。	조물이 시기하여 이 시마를 준 것이리.

〈유명천 · 소上, 詩魔〉

가_歌운 편격과 정격의 짜임이다. 백운은 '작시의 어려움'으로 시상을 불러, 그럼에도 '짓지 않고는 견디지 못해 끝내 노신_{勞神}하고야 마는 아이러니로 반문했다. 이것이 제 3구의 완전이다. 이른바 '나날이 심간을 쪼개고, 기름과 진액을 짜내는 각고'로 부연 발전시켰다. 처음엔 한낱 호사스런 음풍농월, 혹은 친화자연하고 물아일체하는 선비의 멋인 줄 알았다고 시상을 완전시켜서는 '부지불식간에 시마에 홀린다'고 체험적 주제로 결구 삼았다.

퇴당 역시 '고신의 안간힘'으로 시상을 일으켜, 정작 '아름다운 글귀나 탐하는 어쩔 수 없는 벽성'으로 발전시켰다. 이어 '떼버리고자 하나 뗄 수 없는 시벽'으로 완전하여, 이것이야말로 '온전히 조물의 시기' 때문이라고 한탄하므로 백운의 시마 시에 비해 운은 더욱 공교롭고, 시의詩意 역시 정작으로 정연한 수작을 낳았다.

물론 백운의 시에 대한 자부와 시마를 노래한 시는 산견된다. 그 풍장진마風檣陣馬한 주필은 동방 유일의 시호詩豪로 칭예되었는가15하면, 그의 7절 「아들 함이 내 시문을 편집하였기에 그 위에 쓰다」의

彫刻心肝作一家	폐부에 새기고 새겨 일가를 이루니
於韓於杜可堪過	한유나 두보보다 감히 더할까마는.
假敎百世行之盛	가사 백세 뒤에 성행이 있다 한들
身後浮名奈我何。	죽은 뒤의 뜬 이름 내 어쩌랴.

〈仝上·1, 兒子涵編予詩文回題其上〉

는 장작 '하유나 두보에 맞 서자'는 자부마저 서슴지 않았다. 곧 '감과堪過'를 작시에 들인 고신의 정도로 양보하더라도 '동격, 혹은 등가' 쯤이야 못할 바 없다는 호방이다. 그것이 물론 '심간心肝'에 새기고 새긴 각고이기에 천성의 기호 못지아니하게 현실 극복이란 의지가 조련한 '동국의 시문'16이라는 긍부에 넘친 웅변인 것이다. 그러노라니 자신의 '작시 벽'이 "점차 병질이 되어 스스로 말 수 없음을 알고, 시를 써 이를 슬퍼한다."17고 자주한 「시벽」에서 "나이도 칠순을 넘었고, 벼슬

---

15 『동인시화』·上 "… 吳(世文)以所著三百二韻詩 索和 文順援筆步韻 韻愈强 而思愈健 浩汗奔放 風檣陣馬 未易擬其速. 東方詩豪 一人而已 …" 참조

16 백운이 자신의 문집을 『白雲居士(後)集』이라 하지 않고, 군이 『東國李相國(後)集』이라 한 것은 바로 中國의 한다한 문사를 의식한 자긍의 발로다.

17 "自知漸作病疾 猶不能自止 故作詩傷之"〈동국이상국후집·一〉

도 재상에 올랐으니 이젠 글 따위 그만둘 만도 한데, 능히 그만두지 못함은 어쩐 일인가?18"라고 전제하며, "아침으론 귀뚜라미인 양, 저녁으론 부엉이처럼 읊조려 댄다.無奈有魔者 夙夜潛相隨. 一着不暫捨 使我至於斯." 했다. 곧 "나날이 심간을 깎아내고, 기름과 진액을 짜내 수척해진 몰골로 읊조리는 자신이 가소롭다.日日剝心肝 汁出幾篇詩 滋膏與脂液 不復留膚肌 骨立苦吟哦 此狀良可嗤"며 "끝내 생사가 이에 매였으니, 이 병은 편작도 못 다스릴生死必由是 此病醫難醫" 지병이랬다. 이렇게 덜고 쫓고자 하는 의지를 다지고서도 오히려 능히 멈추지 못하고不能止 거듭 슬퍼한「후자상시벽後自傷詩癖」에서는 "내 전에 시를 지어 스스로 시벽을 슬퍼한 바 있으나, 오히려 제거치 못해 다시 슬퍼한다."고 자주하고는 "병석에 누운 수개월, 몇 수나 써댔던가臥病數四月 作詩幾許篇"라며 한스러워 했는가 하면, 끝내 병들지 아니했을 때[未病時]보다 더한 작시 벽이 도져, "신음소리와 흥얼거리는 소리가 뒤섞여 서로 연이어 나네. 이 버릇 또한 한 병이라, 약석으론 고치지 못 할래. … 중략 … 하늘의 조화인가, 귀신의 방해인가, 마치 빌미가 있어 끌림이 있는 듯. 혹 다른 일에 취미를 옮겨보려고, 다잡아도 보았지만 마음이 앞서려 않네. 아! 끝내 다스릴 수 없으니, 결국은 이대로 죽을 수밖에.呻吟與謳吟 相雜仍相連. 此癖亦一病 難以藥石痊. …中略… 天耶必鬼耶 似有崇所牽. 或欲移他事 驅之心不前. 嗟嗟竟莫理 終以此死焉."〈仝上·八〉라며 차라리 숙부宿負로 치환했다. 그러니 더불어 살아야 할 시마다. 그러나 백운에 비해 퇴당의 시에서는 작시고作詩苦, 혹은 시벽에 대한 호소는 보이지 않는다. 워낙 그는 학인으로나 문인으로 논의된 바 없는19 남인계 관인이었다. 시 역시 송별·만시 등 인사

---

18 "年已涉從心 位亦登台司 始可放彫篆 胡爲不能辭"〈仝上〉
19 문학사애서의 언급은 임기중 교수의 「연행가사와 연행록」(『고전시가의 실증적 연구』)의 작자 문제로 언급된 이래, 필자의 「퇴당유명천론」이 전부인 줄 안다.

시류와, 3차의 유배지 및 전거田居에서의 비감을 노래한 상정, 내지 사가思家, 영물시가 대부분이다. 이른바 남인계의 대부로 숱한 인사 관계의 중심이었고, 물러나서는 소분消憤·파한의 방편이 작시였다. 따라서 퇴당에게서의 시마시는 제목대로 백운 시에 희차戱次한 화시인가 한다.

이상 향산의 「병중 15수」차운 및 그 시의를 순화한 「삼마」시는 시대는 다르지만, 고려·조선 양조의 관인이자 문예 담당 층, 곧 선택된 귀족문사들의 호궤인 셈이다. 결국 전대 명인을 향한 후기 추존 자, 이른바 발신자를 향한 수신자의 흠모는 물론, 못내는 동격의지를 발현한 영원한 모노로그, 그 애연한 여운이 수용미학의 여운을 남겼다.

Ⅲ. 문제의 정리

본고는 향산의 「병중 15수」중 '색·주·시'와 관련된 시의 의장·의상을 취해 화답한, - 이른바 차운 및 시의를 순화한 시와 - 백운과 퇴당의 「삼마시」에 대한 원류론적 고찰로 그 독서 소원溯源 및 문예미를 탐색하고자 했다.

먼저 백운의 자호 삼혹호선생의 어원도 향산의 수기적 시제와 그 시의에서 유래했다고 단정했으며, 아울러 퇴당이 백운을, 다시 백운이 향산을 존상하고, 그러므로 차운, 혹은 순화함이 단순한 연치나 관직, 혹은 노후 취향과 몇몇 유사성 때문이기보다는 문명에 대한 흠모, 그러므로 동격 지향이라는 심층심리의 작위라고 전제하고, 논술된 위 논고를 요약 정리하면 다음과 같다.

1 백운은 73세 되던 고종 27년(1240)에 지극히 좋아하는 세 가지 중 거문고[琴]대신 색[色]을 경계해야할 3마로 전제하고, 이것이 이미 벽성이 되어 마가 될 것을 걱정해 '색·주·시마' 순으로 작시했다. 그 460여년 후 퇴당은 우연히 백운의 시를 읽다가 현재 73세인 자기 나이 때 백운이 「삼마시」를 썼기에 희차(戲次)한다며 '색·시·주마' 순으로 차운했으나, 대비의편의상 원류작의 순으로 제배치 검토했다.

2 「색마」에서 백운의 정감어린 흥미와 공감으로 전해오는 풍류미를, 그리고 퇴당의 도덕율적 자기변호, 이른바 비문예적 건조미를 읽었고, 이는 곧 양인의 풍류·기질적 차이뿐만 아니라, 고려와 조선이라는 두 시대의 서로 다른 사회심상을 읽을 수 있었다.

3 「주마」는 정작 '술의 미학'을 웅변한 역설이라 했다. 이른바 술이 독은 독이되, 마지못할 취락을 단념하려는 의지보다는 한창당년의 회억에 잠겨 술을 이길 수 없는 현재의 쇠약함이 한스러울 뿐이라는 거기에 짙은 향수와 미학이 있다고 단정했다.

4 「시마」는 기실 문사의 자긍편이다. 백운의 경우 남다른 각고와 면려로 일가를 이루었다고 자부하며, 중국 제일의 문호인 한유의 문과 두보의 시에 등가 하고자 한 호기는 진작 이것이 문사의 자세임을 내심 긍허함이다. 백운에 비해 퇴당의 「시마」시는 공교로운 운과 시의 정연성은 뛰어나지만, 시벽도 시마에 대한 호소도 작품상 노정되지 않았다 했고, 이는 백운에 비해 훨씬 적은 그의 시가 남인계 관인으로서의 위상 관리라는 측면의 인사시와, 3차에 걸친 유

배 및 향리 퇴거에서의 상정과 소분, 그리고 침잠할 수밖에 없는 친화자연적 영물시가 주조인 점에서도 증명된다 하였다.

〈1999. 청주대학교 교육과학 제12집〉

우리 古典詩歌 바로 읽기

冲庵 金淨의 文學思想
-「十一箴」을 中心으로 -

Ⅰ. 문제의 제기

중중반정中宗反正 이후 새로운 훈구세력으로 등장한 반정공신反正功臣들의 소아적 당위론[1]과, 신진사림들의 지치至治를 향한 급진적 이상론[2]이 첨예하게 대립하던 중 중종의 개혁의지마저 명분론[3]에 그쳐 급

---

1 연산군의 폭정을 종식코자 전 이조판서 成希顔을 중심으로 朴元宗・柳順汀 등이 晋成大君(후의 중종)을 옹립한 사건으로 대의명분이 뚜렷하나, 1) 연산군의 매형이자 중종의 장인인 愼守謹의 연산군 폐위 반대에 대한 보복 및 후환을 꺼려 正妃 愼氏를 폐위시킨 綱常의 문란 행위. 2) 桀을 친 湯王, 紂를 내친 武王처럼 獨夫 연산의 폐위는 명분이 분명한 大義임에도 明나라를 속이고 은폐한 일. 3) 怒臥功臣을 비롯한 1,000여 관직 수혜자 등 반정공신의 濫勳. 4) 제 3의 사화에 대한 우려 등은 신진 사림들에겐 公憤의 資였지만, 그들에겐 그럴 수밖에 없었던 당위였으리라.

2 한국 성리학의 정통 계승자로 일컫는 조광조는 結道義交한 김정을 위시하여 소장 신진 학자들을 현량과를 통해 대거 요직에 등용, 이른바 至治의 이상실현을 위해 도덕주의로 무장한 '새로운 이념 그룹'으로 비대해졌으며, 특히 38세의 젊은 나이로 대사헌에 오르자 고려 이래 숭상해 오던 사장문학을 배척하므로 南袞・李荇 등과 대립함은 물론, 제반 제도 및 전통적 풍속, 혹은 관행까지 개변하자 훈구재상 鄭光弼과 대립했으며, 무엇보다 濫勳된 정란공신의 무차별한 삭훈은 기묘사화의 직접적 원인이 되었다.

기야 기묘의 비극적 참화는 명현이란 허울로 장식된 채 청사青史를 붉게 물 드렸다.

워낙 사장詞章을 '무용지췌언無用之贅言'으로 폄하한 학인學人들이라지만, 이제껏 이들 기묘명현의 문학에 대한 논의는 실로 영성했다. 따라서 본고는 우리의 정치·사상사적 측면에서 일군의 신선한 이상론자, 혹은 사회심상이 공분하고 희구한 새로운 문화 패러다임의 모형을 간과할 수만은 없기에, 그들이 추구하고 구가한 삼대의 이상적 인간형, 그리고 그 가치관을 탐색할 필요를 느낀다. 언제나 미완의 사실史實은 오늘을 돌아보며, 내일의 암묵적 설계도일 가능성이 상존하기 때문이다.

물론 '기묘 사림의 문학관'은 이미 상논된 바4 중언의 필요를 요치 않는다. 그러나 굳이 이 시대의 대표적 작가로 충암 김정을 다루고자 하는 이유는 조광조와 함께 김굉필의 학맥을 직계한 정통사림이자, 핍당逼唐으로 목릉문풍을 앞서 솔선한 당대 문원의 선각이었기 때문이다.5

한편 작품을 통한 문학사상 접근은 자아실현의 지표, 혹은 인간다운 자기 경영의 지향, 이른바 포괄적 인간학의 표출인 「잠체」가 제격이다. 곧 '箴 = 針'이니 '사람의 병을 치료하듯 잘못된 삶의 자세를 경계하기 위한 자계自戒를 목적으로 조·석간 되뇌며 삶의 지남으로 삼는 서맹'이기에 자신의 가치관, 이른바 사상의 집적물이다. 문학이 작

---

3 반정의 명분이자 백성들의 원성을 달래기 위해 연산조에 유척된 사림의 재 등용 및 대의 명분과 오륜의 도를 존중하는 성리학을 장려하며 신진사림의 개혁에 호의적이었으나, 지나친 도학적 언행에 구속감, 혹은 염증을 느끼던 중 熙嬪의 간교 '走肖爲王'을 빌미로 30대 신진학사를 일망타진하는 우를 범했다.

4 金鍾振 ; 『16世紀 士林派 文學의 硏究』 - 己卯士林을 중심으로, 성균관대학교 대학원 박사학위청구논문, 1991,

5 稗官雜記 ; "蓋己卯年間 訥齋冲庵諸公 詩尙盛唐 文尙西京. 如金承旨絿 奇典 翰邊與其 諸輩 皆以訥齋冲庵爲師友 …"〈46話〉 참조

자의 인생관·가치관, 그 사상의 형상화라면 그의 「십일잠」은 바로 그의 문학사상뿐 아니라, 인간학적 총체인 셈이다. 물론 문예미보다 학리적學理的 사상성이 주조를 이룬다.

Ⅱ. 「十一箴」과 충암의 인간학 —并序를 중심으로

충암이 「십일잠」6을 지은 시기는 '원고에 기술되어 있지 않다不在稿'고 전제하고, 문집 간행 시 원주에 머물던 을축(1505, 公20세) 병인(1506)년 사이의 작7이라 했으니, 약관의 웅지는 정작 갑년甲年의 인생을 경영했다 할 것이며, 그러므로 충암의 물리적 요사夭死는 정신적 만수萬壽에 벌충되어 불후不朽에 값할 감복 그 자체다.

그는 「십일잠」 서에서 "내가 잠언을 지음에 비록 일 만 붓끝이 무뎌진다 한들 악을 다 없앨 수 있는 말을 지어내기는 어려울 것이나, 짐짓 스스로 거울로 삼고자 하노라"8라는 겸사와 자계의 다짐으로 맺었으나, 행간에 노정된 의지는 다음과 같다.

내 어렸을 때 몸가짐을 신중히 하여, 늘 도학 예술의 연원에서 노닐고, 생각은 문학의 숲을 달렸다. 장차 자연의 기상을 크게 머금고, 그윽하고 미묘한 이치를 깊이 헤아려 상하 수백 년의 시간을 종횡으로 섭렵하면 고

---

6 并序와 함께 言·行·志·勇·虞·逸樂·憂懼·欲·容儀·忿恨·好惡 등 11箴으로 짜여짐.

7 충암의 종후손 김홍철교수는 「冲庵先生 年譜 紹介」를 통해 을축년 작으로 확정한 바 있음.『清大漢林』제4호, p.14~118. Ⅱ, 年譜 참조,

8 "余之作箴 雖禿萬筆之頭, 而難以盡其惡之說矣. 姑以自鑑焉."『冲庵先生文集·五』
참조

인을 따라잡을 수도 있고, 공명을 이루리라.9

여겼다고 전제하며,

① 행동의 높은 절개는 미생尾生과 효기孝己를,

② 박학은 양웅楊雄과 한유韓愈를,

③ 변술은 소진蘇秦 장의張儀를,

④ 기재는 사마천司馬遷과 반고班固를,

⑤ 소탈함은 완적阮籍과 혜강嵇康을 흠모하며 추종하고자 했으나,10 한 가지 재능에도 전일하지 못했고, 세상의 쓰임에도 적합하지 못했으며, 여세추이도 못했다 했다. 이처럼 명연침회冥然沈晦함을 새우와 게의 업신여김을 받는 못에 잠긴 응용應龍, 혹은 여우와 살쾡이의 조롱을 받는 검은 표범[玄豹]에 비유하며, '날개 돋친 신용', '문채 나는 표범의 신령함'처럼 '아무도 몰래 날로 빛나는 군자'가 되고자11 다짐했다고 술회하며.

군자는 밤낮으로 게으르지 아니하며, 자신을 닦는데 힘쓰며, 과실이 있으면 반드시 고치고, 고침에 신속해야 헌다. 그러므로 옥돌처럼, 홀처럼 아름다운 명성과 명망이 죽을 때까지 잊혀지지 않는12

---

9 "僕少時 身爲崇重 常遊心於道藝之淵 馳思於文學之藪. 將欲大含元氣 深測幽微 縱橫馳騖於數百載 謂古人可及 而功名可立就也."〈冲庵先生集·五〉

10 "…行慕尾生孝己之高 而不能通方, 學追楊雄韓愈之博 而不能約而有成, 抗蘇張之辯 而不能訥以自容, 騁遷固之奇 而不能淺以求合, 踵嵇阮之曠 而不能曲折而取媚…"〈仝上〉

11 "夫生翼而昇天者 應龍之神也, 成文而出山者 玄豹之靈也. 闇然而日章者 君子之道也."〈仝上〉

12 "… 君子夙夜匪懈 敏於修己. 有過未嘗不知 知之未嘗不改 改之未嘗不速. 故如圭如璋, 令聞令望 沒世不忘也."〈仝上〉

군자, 곧 "동쪽 모퉁이에서 잃으면 서쪽 모퉁이에서 거두고, 오래되어도 나태하지 않음을 귀히 여기는 이상적 인간형," 바로 그런 군자이고자 했다.

이상의 병서並序에서 그의 학문적 성취는 정작 정통 유가임은 물론, 제가諸家의 학논까지 통섭한 중도적中道的 사상가이자, 철저한 군자학의 실천가이고자 했음을 알 수 있다. 예컨대 연보가 증명하듯 약관(연산군 11, 1505)에 뜻을 세우고, 21세(중종 원년, 1506)에 고봉정사에서 거경궁리居敬窮理의 학에 심취, 익년 드디어 별시 문과에 장원 급제했으니, 이른바 '날개가 솟아 승천[生翼而昇天]할 웅룡'이요, '문채를 이뤄 심산을 벗어날[成文而出山] 현표'의 의지를 성취했다 할 것이다. 그러므로 선생의 「십일잠」은 '글을 쓰기 위해 쓴 글'이 아니라, 온고혁신적溫故革新的 '거경궁행의 다짐'이니 그것이 곧 그의 진솔한 인간학이었다.[13]

Ⅲ. 정조미의 사상적 유형

1. 온고혁신적 실천문학

워낙 신진 사림의 문예 전범은 선진양한先秦兩漢의 문체다. 김굉필의 문하인 사재思齋는 『문범』「서」에서 당시 과시문풍을 지양하고 삼사三

---

[13] 그 외 정치 현장에서도 奉常寺僉正(29세, 중종 9) 때 대마도주의 畏服을 받아낸 '大國之殊渥,' 익년 「故妃愼氏復位疏」를 통해 밝힌 반정공신들의 '以妾爲妻'란 綱常의 문란, 脫名分論 등을 강력히 제시하므로 國基를 바로 잡기 위한 혁신, 곧 옛것을 부정하는 새로움이 아니라, 전통적 유가가치의 복고적 새로움, 이른바 유가적 至治主義를 실천하고자 했다.

史 및 한서漢書를 모범으로 할 것을 제고한 바 있다.14 한대의 문이라면 육경六經을 바탕한 원도문학原道文學이다. 이른바 "서書와 언言이 많고 많아도 경經이 아니면 군더더기"15라 했으니 도의 실현, 그것만이 문의 존재 이유였다.

충암의 온고혁신적 실천학은 문학에서도 예외일 수 없어 문은 진·한을, 시는 성당을 법받는다[文必秦漢 詩必盛唐]는 이른바 전통적 문학관을 철저히 실천하였으니, 김인후金麟厚의

문은 서한에로 내달았고, 시는 성당을 배웠다. 세상에서 선생을 일컬으면서 선생의 (학문적) 깊이[蘊蓄]를 다 알지 못할까 두렵다.16

함이 그 증거다. 더욱 많지 않은 선생의 시문 관련 기록물 중

시는 성정의 펴남이다. 성정이 펴나서 소리가 되는 것인데 어찌 아름다운 채색이나, 그림 같기만을 취해 말할 수 있겠는가. 도덕이 쇠미해지면서 성정이 떠났고, 문사가 승勝하면서 바른 소리가 미약해 졌다. 한결같이 점점 낮아져서 음난 질탕함이 어지러워져 기이하고 새롭게 할수록 순박함이 떨어졌다. 아, 이것이 바로 (선현의) 세상 이치를 관찰할 수 있다 함이다. … 그러므로 시도란 사람을 감동시킬 수 있고, 풍자할 수 있으며, 자극할 수도 있으며, 칭송할 수도 있는 것이다. 대저 그 공력이 안에서 돋아난 자는 정하지 않으면서도 정하고, 깊지 않으면서도 깊어 애써

---

14 『思齋集』; "文自典謨訓詁 古而難到 絳戾晉魏 病於駢儷 唐宋流於淺近 至于今愈下而愈卑 文之弊極矣. 然則不古不下 可學而到 以變後世之文體者 其惟兩漢乎"

15 『中國文學批評史大綱』; "書不經 非書也, 言不經 非言也, 言書不經 多多贅矣" 및 "好書而不要諸仲尼 書肆也, 好說而不見諸仲尼 說伶也"참조. 臺灣開明書店, 민국 68년.

16 『河西集』; "… 文進西漢 詩學盛唐, 世之稱先生 而恐不足以盡先生之蘊也."참조

힘을 빌려서 되는 것이 아니다.17라는 「안락당시집발」은 정통 시학의 정론이자, 온고혁신 바로 그것이다. 특히 '문사가 승하자 정성이 미약해졌고, 기이하고 새롭게 할수록 순박함이 떨어졌다'하므로 "옛 시대에는 사람들이 교화에 감복되어 마음의 덕이 상스럽지 않았으니, 시가 처음부터 시가 되려는 것이 아니라, 감탄하거나 읊조리는 여운이 자연스러운 소리가 있어 유장하면서도 간결하여 - 음률에 울리게 되면 사당과 신전에 아뢰어 유명이 감동"할 수 있는 시, 이른바 꾸미고 채색하지 않은 자연 그대로 순박한 시, 그것이 시 본연의 문질文質이 빈빈彬彬한 시임을 역설하고 있다. 더욱 성현의 시관18으로 발문을 총결한 사상적 기저에는 "도학을 숭상해 인심을 바르게 하고, 성현을 본받아 지치를 일으키고자 한"19 조광조의 지치론과 일맥 해 있음을 알 수 있다. 이 같은 "그의 문학관은 비단 시뿐만 아니라, 논사論事의 주소奏疏나 사교의 왕복 서찰에서도 한결같이 유가의 명분론적 정론으로 일관되어 있으니, 그야말로 문인이기 이전에 유학자요, 유학자이기에 시인인 실천가였던 것이다"20

---

17 『冲庵集』·五.「顔樂堂詩集跋」"詩者 性情也. 性情發而爲聲 烏取華采藻 繪之足言也. 自道德喪 而性情離, 文辭勝而正聲微, 靡然趍降 淫泆繁亂 愈奇愈新 而大撲殘矣. 嗚呼 斯可以觀世矣. …故詩之道 可以興人 可以諷人 可以剌人 可以頌人. 夫功出於內者 不精 而精 不深而深, 不暇爲力焉者也" 참조

18 『論語』;"子曰 小子 何莫學夫詩. 詩 可以興 可以觀 可以群 可以怨, 邇之事父遠之事 君. 多識於鳥獸草木之名"〈陽貨〉

19 『靜庵集』「附錄」"每以崇道學 正人心, 法聖賢 興至治" 참조

20 李鍾燦;「冲庵의 詩文學」,『淸大漢林』第4集, p.35, 1989 참조

2. 居經躬行의 행동강령

1) 和平中正의 道 –「言箴」

그의 「십일잠」은 수기의 실천 강령인 셈이다. 그중 「언잠」은 '일월과 그 빛을 다투고[爭光日月], 몰래 귀신과 상합하며[冥合鬼神] 천하가 우러를[天下宗之] 상성上聖의 화평하고 중정한 언사를 '아름다운 꽃이 활짝 피듯 하고, 변치 않는 일정한 이치가 있다.'[21] 전제하고, 이에 이르지 못한 사람은 세 번 생각한 다음에 발언해야 과실이 적을 것이라며,

경전에 이르기를 "입은 좋은 일도, 재난도 일으킨다." 했는데 이는 말에는 길흉이 있음을 말한 것이다. 이른바 '좋은 일도 낸다'함은 '한 마디 말로 나라를 일으킨다'는 유로, 본디 성스럽고 지혜로운 자가 아니면 법도가 될 만한 말이 드물고, 우둔한 말이 많게 마련이니, 이는 말이 길하기는 어렵고, 재난이 따르기는 쉬우니 어찌 가볍게 여길 수 있겠는가. 대저 그 말을 조심하지 않는 사람은 그 부모에게 불경한 사람이니, 어찌 큰 일이 아니랴.[22]

했다. 이어 "나는 스스로 말이 대중을 거스르게 함이 많았음을 후회한다."며, 남궁도南宮縚가 『시경』「백규白圭」편을 하루에 3번씩 암송했음과, 민손(閔損 : 字 子騫)은 말을 하지 않았으나, 하면 반드시 법도에 맞

---

21 『冲庵集』·五 ;「十一箴·言箴」 "上聖之人 其含蓄於內者 極其和平中正, 故其 宣之於言者也 榮華發越, 有一定不易之理 爭光日月 冥合鬼神 而天下宗之…" 참조

22 仝上 ; 經曰 "惟口出好興戎" 言有吉凶之謂也. 夫所謂出好者 一言興邦之倫, 自非聖賢 法言常鮮, 而愚辭常多, 是言者難吉, 而易炎. 胡可易也. 夫不謹其言者不惜其身者也, 不惜其身者 不敬其親者也, 豈不大哉.

았음"을 원용해 '옛 어진 이들의 말채찍을 잡을 만하다'며 그 잠에 이르기를,

可寶惟名	보배로운 것, 오직 명분이니
立言垂經	말을 하면 경전이 되어야지.
欲訥於言	말은 더듬을지언정
而敏於行	행동(실천)은 민첩할 일이라.
高者見疑	높은 사람은 의심받고
輕則來讒	경망되면 헐뜯기니라.
玷不可磨	말의 티는 갈아버릴 수 없나니
三省三緘。	세 번 숙고하고 세 번 침묵하리라.

라 했다. 물론 이 같은 수기학修己學은 충암만의 독점물은 아니다. 후인이긴 하지만 모재慕齋 역시 "입에다 쇠를 채운 듯 말마다 조심하고, 시비선악 간에 간섭하지 말라.亡身敗戶固多般 言語爲階最禍端 全口三緘須日念 是非藏否舌毋干〈慕齋集〉라 했듯이 '민敏하기보다 눌訥함'이 군자의 의연함이라 했다.

유협劉勰의 말대로 잠체는 "오로지 과오를 미리 막을 목적으로 짓기 때문에 문체는 절박하다.箴全禦過 故文資确切〈文心雕龍〉워낙 조탁과 문채를 본령으로 삼지 않는 사림이기에, 문예미 운운할 바는 더욱 아니다. 오직 수기를 위한 자계 속에 내재한 인간학적 의의, 그리고 원도문학적 접근으로 시적 주체의 문학사상을 가늠할 뿐이다. 물론 이 작품의 핵심은 '언행일치', 곧 실천할 수 없는 말은 하지 말 일欲訥於言 而敏於行임을 『논어』23와 『시경』24의 '입언수경立言垂經'으로 경계하며, 나아가 자신의 화평하고 중정한 언어생활을 다짐한 수신장이다.

2) 和平正大의 道 −「行箴」

군자에게 말보다 더 중요한 것은 행동이다. 그러므로 지신持身의 여하는 행동에 달렸고, 근행勤行의 도는 마음보다 큰 것이 없으며, 마음은 곧 하늘과 통한다 했다. 그러나 무궁한 인간사를 감당해야 할 마음은 극히 은미할 뿐이다. 그러므로 허정虛靜한 마음으로 사물을 접하라 했다. 이른바 마음이 함양涵養되어 화평정대해진 것, 그 자체가 수신이요, 수기랬다. 수신이 된 군자는 오덕五德을 갖추었기에 덕이 몸에서 떠나지 않고, 고로 사람됨이 귀하게 된다. 따라서 군자란 한 순간도 쉬지 않고 선을 닦고, 뜻을 지키기에 여념이 없는 법이다. 충암의 「행잠」은 바로 그러한 군자이기를 다짐한 행동강령이니,

積萬善而爲寶　　많은 선을 쌓으면 보배가 되나니
類玄珠之明瑩　　검은 구슬이 밝게 빛나는 것과 같다.
一惡微而玷汚　　하나의 악이 미미하나 흠이 되나니
塵暗昧而蝕鏡　　검은 먼지가 거울을 부식시킴과 같다.
　…中略…　　　　　…중　략…
惡無隱而不彰　　악이란 적다고 드러나지 않는 게 없나니
在屋漏而逾敬　　가난할수록 더욱 삼가리라.
蔭德罔不有報　　남몰래 베푼 덕 언제나 보답으로 돌아오나니

---

23 『論語』「里仁」24, "子曰 君子 欲訥於言 而敏於行." '謝氏曰放言 易故 欲訥, 力行 難故欲敏' 및 仝「學而」편의 "曾子曰 吾日三省吾身 爲人謀 而不忠乎, 與朋友 交而不信乎, 傳不習乎"참조

24 『詩經』; "白圭之玷 尙可磨也 斯言之玷 不可爲也"〈대아〉. 공자의 제자 남궁도는 「白圭」의 "희고 맑은 옥의 티는 오히려 갈아 없앨 수 있으나, 말의 티는 어찌할 수 없어라."를 一日 三回 반복하여 외며 말조심 할 것을 스스로 경계했다 함.

冥贊佑而錫慶	숨어 도와 준 덕 경사 드나리라.
… 中 略 …	… 중 략…
毁譽在人	헐뜯고 칭찬함은 남에 달렸고
得失由命	얻고 잃음은 운명에 말미암네.
不怨不尤	원망하고 탓하지 않으면
蠻貊可行	오랑캐 땅이라도 행할 만하리라.
白日照臨	밝은 해처럼 두루 비치니
無墜厥聲。	그 명성 떨어지지 않으리라.

와 같다. 『주역』 「곤」괘의 "선을 쌓은 집안은 필히 넉넉한 경사가 있고, 악을 쌓은 집은 늘 재앙이 따른다.積善之家 必有餘慶, 積不善之家 必有餘殃"〈文言傳〉로 기필하여, 한소열漢昭烈이 임종에 즈음해 후주에게 이른 "악이 작다고 행하지 말며, 선이 적다고 아니 행하지 말라勿以惡小而爲之, 勿以善小而不爲"는 『소학』의 「가언」편으로 이받았는가 하면, 『중용』의 "도란 잠시리도 떨어질 수 없는 것이다. 떨어질 수 있다면 이미 도가 아니다. 고로 군자는 그 보지 못하는 바를 삼가며, 듣지 못하는 바를 두려워하는 것이다. 숨은 것보다 더 잘 드러남이 없고, 미세한 것보다 더 잘 나타나는 것은 없다. 그러므로 군자는 스스로를 삼가는 것"25이기에 '가난할 때일수록 더욱 삼가리라'고 다짐했다.

이어 '음덕양보'와 '결초보은'의 고사를 들어 스스로 경계하며, 남에게 의시대지도, 자신을 굽힐 것도 없이 떳떳하게, 그러므로 공자의 '하루유지何陋有之'26라는 의연함을 과했다. 이른바 양주의 말대로 '선을

---

25 『中庸』; 道也者 不可須臾離也, 可離非道也. 是故 君子戒愼乎其所不睹, 恐懼乎其所不聞, 莫見乎隱 莫顯乎微 故君子愼其獨也.〈제 1장〉

26 『論語』; "子欲居九夷 或曰 陋 如之何. 子曰 君子居之 何陋之有."〈子罕〉

행함, 그것이야 명성이랄 것도 없는 당연한 군자 행'이니 '이 시대를 살며 죽을 때까지 행하리라'[27]고 서맹했다.

3) 精志의 道 –「志箴」

지대한 천지도, 천하 없이 견고한 금석도 인간의 굳센 정지精志 앞에 이르지 못할 것이 없다. 금과옥조 같은 언행도 그 주재자인 뜻의 여하[志決如何]에 달렸으니, 어찌 지극하다 하지 않겠는가. 그러니 전일하여 변함없는 뜻이야말로 군자의 초지일관이 그 생명인 것이다.[28] 따라서 충암은 뜻의 강인함을 소식의 말을 빌어 "사물 중에 굳센 것은 반드시 의가 있다. 하물며 군자가 바름[正義]에 처신해 확연히 흔들림이 없는 자는 빈천해도 마음에 개의치 않고, 권세 따위에 두려워함이 없어 서릿발 같은 칼날 앞에서도 안색조차 변치 않거늘, 항차 물욕에 얽혀 스스로 비열한 지경에 떨어지겠는가."[29]라 했다. 그러므로 군자의 행동은 도에 어긋나지 않고, "선을 보면 마치 미치지 못할 것 같이 하고, 악을 보면 뜨거운 물을 만지듯"[30] 하라는 성인의 가르침을 실천하고자 했다. 곧 의로운 처신으로 도덕적 타락이 없는 군자, 더욱 굴절 없는 지조를 지키기 위해『시경』에서 이른바 '예의'를 다스려 항상 내게 있게 하여 '일월과 같고, 빙옥과 같고자 한다'며,[31] 그 「지잠」에

27『冲庵集』· 五, "…楊州曰 '爲善無近於名' 居今之時 可以終身行之" 참조

28 仝上 ; "天地至大也 可以窮之, 金石至堅也 可以通之. 人之精志 亦何所不至哉. 固在於 專一 不變而已 矣."〈志箴竝序〉

29 仝上 ; "… 物之剛者 必有義, 況君子正以處身 確然不拔者 貧賤無介於懷, 權勢 無怵於 心, 白刃在前 而無變於色, 況肯攖於事物 而自墮於下劣乎.…" 참조

30『論語』; "孔子曰 見善如不及, 見不善如探湯. 吾見其人矣 吾聞其語矣. 隱居 以求其 志, 行義以達其道. 吾聞其語矣, 未見其人也."〈季氏〉 참조

이르기를,

心鏡之懸	마음의 거울이 걸려 있는데
物混姸蚩	사물이란 미추가 섞여 있구나.
心之所之	마음이 가는 바는
逐物而移	사물에 따라 옮겨가네.
柔而失馭	나약해서 제어하지 못하면
六馬橫馳	여섯 마리의 말이 제멋대로 달리리.
德貴日新	덕은 날로 새로워짐을 귀히 여기니
今尙可勗	지금이라도 분발할 만하구나.
爲之如何	이를 어찌 할 것인가?
守志如石。	뜻을 돌처럼 지켜야 하리.

라 했다. '사물을 대하는 시적 주체의 함양된 인격이다. 이른바 마음
에 비취진 사물의 미추에 따른 추이를 제어할 수 있는 덕이 있어야 육
마(六馬 : 희·노·애哀·락·애愛·오惡)의 인간 감정을 절제할 수 있다 했다.
이어 『대학』의 「명덕」장과 탕湯의 「반명盤銘」을 들어 시적 자아의 분
발은 물론, 부서질지언정 형을 바꾸지 않는 불굴의 지절을 돌의 수성
守性에 비유해 결구했다.[32]

---

31 『冲庵集·五』; 詩曰 "禮義之不愆 何恤人之言. 君子治其禮義在我 未明並日星 貞比氷
玉 則固淘淘 而我固自如志操逾厲, 豈有纓挫哉." 참조

32 『大學』; 康誥曰 克明德 大甲曰 顧諟天之明命, 帝典曰 克明峻德 皆自明也. 湯之盤銘
曰'苟日新 日日新 又日新" 康誥曰"作新民" 詩曰'周雖舊邦 其命惟新' 是故 君子無所不
用其極〈明德〉

4) 道德的 中和 −「勇箴」

진정한 용기는 시중時中의 도에 맞아야 참된 용기다. '용맹하기만 한 용기'는 진정한 용기가 아닌 만용이다. 충암은 말한다. '용맹한 것보다 더 큰 용기는 겁怯'이라고. 그렇다. 이길 것만 알고 패할 줄은 알지 못하며, 강한 것만 알고 약한 것을 모르며, 용맹만을 용기로 삼으면 몸을 보호할 수 없다. 곧 승패와 강약을 알고 시의를 택할 줄 아는 용기, 그것이 바로 지혜로운 용기요, 보신은 물론, 중용의 용기이자, 중화에 맞아 흔들림 없는 용기이다. 이어 충암은 용기의 참 모습을

… 세상에 진실로 크게 용감한 자가 있으니 모함에도 노여워하지 않고, 범해도 놀라지 않으며, 욕을 해도 불안해하지 않는다. 의로운 일을 함에 용기가 있는 까닭에 분한 일을 가슴에 품어두지 않고, 다만 진실한 모습만 드러낸다. … 오직 군자만이 능히 용기를 품더라도 겁을 보이고, 강하고 단단하게 연마해서 중화에 들어가게 함으로써 일에 임해서는 꺾이지 않고, 의연하여 그 의지를 앗을 수 없는 경지에 다다르니, 이는 그가 기이하고 탁월한 바다.[33]

라 했다. 이른바 '세속적 감정' 따위에 얽매이지 않고, '안정 속에서 의를 행할 수 있으며', '어려운 역경 속에서도 흔들림 없는 의지의 인간', 군자란 바로 이런 사람이랬다. 의로운 일에 용맹하되 겸손할 줄 알고, 강경함을 연마해 중화로 돌아갈 수 있다 했다. 물론 도덕적 용기의 중

---

33 冲庵集・五 ; "世固有大勇者 毀之而不怒, 犯之而不驚, 辱之而不屑, 勇於行義. 忿懥之事 不入于懷 徒見其恂恂如也…惟君子爲能懷其勇 而示其怯, 礱其剛硬 而貴於中和 而至臨事不撓 凜不可奪. 斯其奇偉卓絶 有非常情之所可窺也." 참조

화론적 체현, 그 구체적 행동논리는 "겁을 용기의 시작으로, 부드러움을 강의 시작으로, 졸열을 기교의 시작으로, 어리석음은 지혜의 시작"〈소上〉으로 인식했다. 곧 대범하고 겸손한 마음으로 중화의 도를 익힌 자, 그런 중화적 인물의 가슴엔 태산과 화산이 서려 있어서 임금을 섬길 수 있고, 어린 태자를 맡길 수 있으며, 왕명을 기탁할 수 있고, 도도히 흐르는 물에 반석이 될 수 있으니, 대저 '날이 차진 후에야 송백의 오상고절을 알 수 있다.歲寒然後 知松柏之後凋'에 비할 수 있다.[34] 하고, 그 「잠」에 이르되,

山可挾	산을 옆구리에 끼고
海可涉	바다는 걸어서 건너리라네.
自反不縮	스스로 반성하여 떳떳하지 않다면
愷然如懾	기꺼이 두려워 떨리라.
大彌六合	크게 천지 사방에 가득하다가도
卷藏匱匧	말아서 상자 속에 숨기리라.
知其勇	그 용감함을 알면서
守其怯。	그 겁냄을 지키리라.

라 했다. 물론 본 「용잠」의 발단은 『맹자』「양혜왕장·상」의 '爲·不爲' : "能·不能"의 논변을 인용했지만,[35] 그 사상적 배경에는 "의를 보고 행하지 않음은 용기가 없는 것見義不爲 無勇也."이라는 성인의 훈

---

34 仝上 ; "… 太華蟠胸 起而事君 則可以託孤 寄命 砥柱橫流. 夫歲寒知松柏" 참조

35 『孟子』「梁惠王章句 上」"… 曰不爲者與不能者之形 何以異, 曰挾太山 以超北海 語人曰 我不能 是誠不能也. 爲長者折枝 語人曰 我不能 是不爲也 非不能也. 故王之不王 非挾太山以超北海之類也, 王之不王 是折枝之類也 …."참조

고[36]와, 자로·이릉·형가·요리 같은 무모한 만용을 경계한 자잠自箴임에 분명하다.

5) 君子의 지혜 –「虞箴」

유비무환의 자잠이다. 충암은 "세상 사람들이 눈앞의 이익만 챙길 줄 알 뿐, 코앞에 닥친 우환을 걱정하지 않는 것을 이해할 수 없다.余嘗怪世之人 但知目前之所爲, 而不虞臨頭之患"며, "대저 군자란 근심은 깊고 생각은 먼 것이라, 그 장래를 살피고 아직 일어나지 않은 것을 알며, 심명에 통하니 마치 거울이 사물을 비춰주는 것과 같으니 어찌 지혜롭지 않겠는가.夫君子憂深思遠 察其將來, 通于神明 如鑑照影 詎非智歟"라 하고, 그 「우잠」에

理雖昧幽	이치가 비록 감추어졌다 하나
識在冥搜	아는 것은 남 몰래 찾음에 있구나.
事雖綢繆	일이 비록 얽혀 있으나
得之深謀	이는 깊은 계책에서 얻는다.
懲往鑑來	지난 일을 반성하여 올 일의 거울로 삼으리니
毋貽悔尤	후회와 허물이 되게 하지 말라.
人無遠慮	사람이 원대한 생각이 없으면
必有近憂。	반드시 가까운 근심이 있으리니.

라 하여, 미래에 대한 깊은 사려의 중요성을 자계했다. 이 역시 『논어』

---

36 『論語』「爲政」24 참조

「위령공」편의 "사람이 먼 앞날을 생각지 않으면 반드시 가까운 근심이 있다.人無遠慮 必有近憂."를 소식의 우회적 부언 "人之所履者 容足之外 皆爲無用之地　而不可廢也. 故慮不在千里之外 則患在席之下矣"과 함께 직필한 것이자, 이유원李裕元의 「심원心遠」[37]과 맥을 같이 한다 할 것이다.

6) 不朽의 哲人은 –「逸樂箴」

무상한 제행 중 인생은 일장춘몽이다. 「일락잠」은 그 무상을 초극하여 불후한 철인으로의 영생을 위한 다짐장이다. 이른바 어리석은 자들이 안일하게 즐기는 사이에 세월을 허송하며 아무것도 이루지 못함을 안타깝게 생각한다며, "뜻을 가진 선비와 인의仁義로운 사람들은 해가 짧은 것을 애석하게 여기고, 시간이 빨리 가는 것을 안타까워하면서, 늘 학문에 미치지 못함과, 죽을 때까지 명성을 드날리지 못하고 초목과 같이 없어질까 두려워한다."[38]며, "20 여세가 되도록 학문은 정치하지 못했으면서도 나태하기는 여전하다. … 늘 슬퍼하거니와 명성을 아직 다 닦지도 못했고, 장쾌한 계획도 펴보지 못했으니, 한 밤에 생각이 여기에 미치면 속이 타고 애가 끓는다."[39] 했는가 하면, "지치의 새 조정과 사직에 밝게 참여해 은택이 여러 사람들에게 미치고, 명성이 역사에 길이 남기를 바람이 마땅하다"며, 어찌 쑥대 아래서 눈썹을 내리 깔고 기꺼이 다스려지는 시대의 졸렬한 장부가 될 것이냐"

---

37 『林下筆記』;"…莫爲終身之計 而有後世之慮, 此之爲心遠" 참조

38 『冲庵集·五』;"志士仁人 惜日之短, 傷年之邁, 常恐爲學之不及, 沒世而名稱不流, 將與草木無異" 참조

39 仝上;"余生已卄餘載 學尙未精 而怠如故…常悼夫修名未立 壯圖未展, 中夜念至熱腸爛懷" 참조

며, 그 「일락잠」에서는

萬物之生	만물이 태어나서
澌盡一場	한 바탕에 다하나니.
哲人不朽	철인은 썩지 않고
永世傳芳	영원히 향기를 전하네.
馳波赴壑	물결을 달리고 골짝에 내달려도
百年易盡	백년이란 쉬 다 한다.
盛世不力	한창 때 힘쓰지 않고
腐草俱泯。	썩은 풀과 더불어 없어지랴.

라 했다. 이른바 불후의 철인의지를 스스로에게 권면했다. 물론 그 사상적 기저는 『좌전』「양공 24년」조의 "…장문중, 그 분은 이미 죽었지만, 그 분이 남긴 말은 현세에서도 유익하게 작용하고 있습니다.… 가장 상질인 것은 큰 덕을 세움이 있는 경우이고, 다음은 큰 공을, 그 다음은 훌륭한 말을 남기는 것을 이릅니다. 덕·공·언이 오래되어도 소멸되지 않으면 그것을 영원히 썩지 않는 것"[40]이라는 불후의 개념에 근거한 의지의 표현으로 읽을 수 있다.

7) 君子는 天命을 즐길 뿐 －「憂懼箴」

시름과 두려움은 생명체 모두에게 피치 못할 숙명이다. 피할래야 피할 수 없고, 생각하기에 따라 그 양도 한이 없다. 이는 마치 자연에

---

40 "魯有先大夫 曰藏文仲, 旣沒 其言立…豹聞之'大上有立德, 其次有立功, 其次有立言.' 雖久不廢 此謂 之不朽…" 참조

음양이 있는 것과 같은 이치여서 인간에게 화복이 있음을 알고 시름
과 두려움을 자연스럽게 받아드려야 함을

　무릇 한 번 음이 되고, 한 번 양이 되는 것은 천도의 영원함이다. 한 번
화가 있고 한 번 복이 있는 것은 인간사의 기미다. 하늘에 음양이 있어
도를 아는 이는 그것을 헤아리고, 인간에게 화복이 있으니 도를 아는 이
는 그것을 편안히 여긴다. 근심을 보고 근심해도 근심이 없어지지 않고,
두려움을 보고 두려워해도 두려움이 그치지 않으니, 그것을 서서히 살펴
서 화기롭게 받아들여서 절로 사그러들게 해야만 이치에 통달한 행위이
며, 도에 지극하게 나아간 것이다. 그러므로 군자는 하늘의 명령을 즐긴
다. 따라서 근심하지도 두려워하지도 않는다.[41]

라고 역설하며, 그 잠에서

王侯蟻螻	왕후도 개미요 땅강아지이니
同盡一丘	모두 한 구릉에서 생을 마치도다.
萬事皆夢	모든 일은 다 꿈이니
百年何憂。	인생 백년에 무엇을 걱정하랴.

라 했다. 이른바 인간적 숙명을 천명으로 승화함으로 천인동심론天人同
心論, 나아가 초탈한 군자상을 각인시켰다.

---

41 『冲庵集·五』；"夫一陰一陽者 天道之常也, 一禍一福者 人事之幾也. 天有陰陽 知道者
　測之, 人有禍福 知道者安之. 見憂而憂 憂未必去, 見懼而懼 懼未必止. 惟其徐而察之
　使自解之, 和而受之 使自消之 使乃達理之行 造道之至. 是以 君子樂天之命 故不憂不
　懼"〈十一箴·憂懼箴 序〉 참조

8) 知足不辱 –「欲箴」

일찍이 우선 이상적은 인간의 욕망에 대한 속성을 「이전구투」에 비유해 "빼앗지 않고는 마지못하니, 동물의 욕심이란 끝이 없구나. 어쩌자고 자신을 모멸하면서까지, 하찮은 먹이로 덕을 잃는다지?不奪愈不饜 物性豈有極. 如何人自悔 乾餱以失德"라고 『맹자』「양혜왕장구」의 "의를 멀리하고 이만을 앞세우면 앗지 않고는 마지 못한다.苟爲後義 而先利 不奪不饜"를 시화해 교훈적 풍자로 승화하였듯이[42] 충암의 「욕잠」 역시

身爲至寶	몸은 지극한 보배이며
善爲最樂	선함이 가장 즐겁구나.
明月之璧	명월처럼 빛나는 구슬도
得之可畏	얻으면 두렵나니
而不見可	그것이 가한 줄 모르겠네.
欲貪非寶	탐내는 것은 보배가 아니니
以喪至寶	지극한 보배인 몸을 잃겠구나.
玩可畏	탐욕을 일삼는 것 두렵나니
以遺最樂	가장 즐거운 걸 잃으니
尤見其惑	더욱 미혹됨을 알겠구나.
其惟迷人	그것이 사람을 현혹시키니
藏珠於身	몸에 구슬을 감추기 때문일세.
難塡溪壑	욕망의 골짝은 채우기 어렵나니
蛇規吞象	뱀이 코끼리를 삼키려고 엿봄이라.

---

42 金甲起 ;『漢文學史』, 第三部 中世·近代篇. 第2章, 朝鮮後期의 漢文學 가) 譯官四家의 文學, ④ 李尙迪 pp.401~402, 참조

何時終極	언제나 끝날 것인가
至人恬漠	지극한 이는 담백하나니
知足不辱。	족함을 알아 욕되지 않구나.

라 하므로 무욕無欲할 것을 자계했다. 워낙 무욕이야 성인의 경지이지만 '범인도 무욕할 수 있다'하므로 자못 성인의 경지를 지향한 의지의 표출이라 할 것이다. 그러나 정작 무욕이란 도·불가의 용어요, 현실적 유가의 언어는 '과욕'이다. 그렇다고 충암의 사상적 일단을 도·불에 접맥하렴은 지나친 속단이다. 스스론 다짐의 지표로 읽을 일이다. 물론 결련 역시 "만족할 줄 알면 욕되지 않고, 멈출 곳에서 멈출 줄 알면 위태롭지 않아 장구할 수 있다.知足不辱 知止不殆 可以長久"는 『도덕경』의 말로 총결했으나, 이 역시 그의 다양한 독서지도로 인식할 일이다.

9) 敬以內直 –「容儀箴」

유가의 수양 목표 가운데 내외합일은 중요한 덕목이다. 용의를 정제함은 곧 마음을 올곧게 다스리는 첩경이다. 이른바 의관을 정제함으로 그 장중화명함이 곧 심기를 다스리고, 일신이 닦아진다는 정제엄숙론(외양이 바르면 마음도 바르게 됨)이요, 이를 강조한 서의 논리는 이러하다.

용의란 몸의 외현이자 덕의 상징이다. 군자는 일체의 행동거지에 횡포와 오만함을 멀리하므로 바라보면 공경스럽고, 다가가면 흠모할 만하고, 울연히 심원하니 그 마음속에 온축된 바를 알 수 있다. 본디 성인이 아니면 침착하게 도에 들 수 없는 즉 그러므로 귀한 것이다. 대저 엄격하게 꾸미고, 장엄함으로써 몸을 규율한다. 무릇 장엄하면 중후하고, 중후하면 화해지고, 화해지면 밝다. 가령 이러한 자라면 위엄을 부리지 않아도 존중받을 것이고, 은혜를 베풀지 않아도 사랑 받고, 행함이 없어도 믿음을 받을 것이다. 대저 이와 같다면 마음이 발라 몸이 닦이고, 몸이 닦이면 집이 다스려져 아름다운 명예가 밝게 드러나고 비천함이 멀어질 것이다.

‘一身之表 = 德之符 = 內外合一’이란 등식을 낳고, 이 같은 ‘정제엄숙 = 성리학적 경론’은 ‘경敬으로써 안[內]을 바르게 함[敬以直內]’이라고 『주역』「곤괘」는 말하고 있다. 이른바 "군자가 중히 여겨야 하는 것은 자신의 한 몸이고, 아껴야 할 것은 이름과 절개이고, 닦아야 할 것은 행동이다. 그러므로 안전할 수 있다"[43]고 했다. 곧 ‘명절과 용지를 중시해야 명철보신할 수 있다’는 논리로, 자중해서 용의를 닦고자 한 잠을 짓는 동인을 밝히고,

龍爲魚服　용이 물고기 복장을 하면
漁者得制　어부가 제어할 수 있고
神不自重　신도 자중하지 않으면
見辱何悔　욕을 당한들 어찌 후회하리오
君子有儼　군자는 근엄함이 있어야 하나니
修儀無怠。의례를 닦음에 게으름이 있으랴.

라고 자계하며 거경궁행을 다짐했다.

---

43 『冲庵集·五』;"君子所重者 一身, 所惜者 名節, 所修者 容止 故不殆也"〈十一箴·容儀箴 並序〉

10) 忠恕의 美學 – 「念恨箴」

사회적 관계의 틀 속에서 공존할 수밖에 없는 삶의 구조는 여하한 형태로든 불가불 시비의 분별을 요할 필요가 있기 마련이고, 이로 인한 분한은 희비의 근원이다. 이때 양자의 관계를 상징하는 언어가 '인仁'이고, 인자[君子]만이 분한을 자제할 수 있다. 군자의 마음은 허정하기 때문에 천도의 대범함을 가지고 대덕을 들어 소과를 용서하는 의를 지녔다고 다음과 같이 설파했다.

> 천지는 모든 것을 받아들여 싣는 것으로 덕을 삼고, 군자는 관유로써 강함을 삼는다. 천지 사이에 그 무엇이 선을 좋아하고 악을 미워하지 아니함이 있으랴. 함께 길러져 서로 천도를 거역하지 않는다. 보여도 보지 않아야 할 것이 있고, 들려도 듣지 말아야 할 것이 있으며, 일에는 정당한 것이 있으나, 대덕을 위해 작은 과실은 용서하는 것이 군자의 의다.[44]

시비·선악은 인간의 도덕율로 계선을 정해 놓은 작위다. 거기에 비해 천리[자연]의 도엔 조화와 질서와 균형이 있을 뿐, 타의 자잘못에 대한 시비가 없다. 보고 들어도 보도 듣도 않은 듯 말이 없다. 공자의 말대로 '스스로에게 성심성의'할 것이며[忠], '남의 일을 자기 일처럼 생각하는 것[恕]', 이것이 바로 군자의 강덕剛德이라는 논리다. 그러므로 유柔가 강을 제어할 수 있고, 약이 강을 이길 수 있다 했다. 그 잠에 이르기를,

---

44 仝上 ; "…天地以容載爲德 君子以寬柔爲剛. 天地之間 何物不有善善惡惡, 並育而不相悖天之道也. 明有所不見, 聰有所不聞, 事有所當 屈擧大德 赦小過者 君子之 義也"

德人無累　덕 있는 사람은 누가 없나니
平若秋水　평화롭기가 가을 물과 같다.
躁者怵迫　조급한 이는 두려워하고 급박하니
屹若巨嶽　태산 같이 우뚝하다.
毋鑿混沌　혼돈을 파지 말고
毋殘純樸　순박함을 해치지 말라.
事至勿觸　일이 이르면 손대지 말고
事過當覺。　일이 지난 뒤에 깨달으라.

라 했다. 이는 바로 공자의 "吾道 一以貫之"[45]를 궁행躬行하고자 한 충암의 지결장志決章이라 할 것이다.

11) 中道의 不偏不黨함 − 「好惡箴」

군자의 인간관계는 불편부당한 중도의 실천이어야 함을 밝힌 장이다. 간사하고 편벽되지 말아야 할 것은 물론, 남을 미워하고 원망함은 극히 삼갈 것을 다짐했는가 하면, 신의의 중요성, 용서하고 포용하는 관유의 미덕 등을 삶의 지표로 설정하고 있다. 그 서에

… 내가 좋아하는 사람이 어질면 더욱 좋고, 어질지 않더라도 간사하고 편벽되지 않으면 내 또한 소홀히 하지 말자. 나를 미워하는 사람이 정당

---

45 『論語』「里仁」편의 "參乎, 吾道 一以貫之." 曾子曰 "唯." 子出, 門人 問曰 "何謂也." 曾子曰 "夫子之道 忠恕而已矣.." 참조
　『論語』「衛靈公」편의 "賜也, 女以予爲多學而識之者與." 對曰 "與. 非與" 曰 "非也." 予一而貫之." 참조

하면 나 또한 그를 원망해선 아니 되며, 만약 시비가 모함과 해에 이르지 않으면 나 또한 스스로 반성할 따름이다. 차라리 남이 나를 모함할지언정 나는 남을 모함하지 말자. … 사람을 좋아하는 데는 신의를 가벼이 해서는 안 된다. 군자는 정성으로 관계를 맺는 까닭에 한결같이 함께 하며 맞도록 고치지 않으리라. 사람을 미워하되 이를 마음에 두지말자. 군자는 용서로써 남을 대접하는 까닭에 오래 전의 미움을 마음에 두지 말아야 한다. 또한 숨김없이 함께 사귀되, 성실치 못한 것을 미워하리라.[46]

고 대인관계에서의 생활규범을 밝혔다. 그 「호오잠」에 이르기를

好而不見好之之形	좋아하더라도 좋아하는 형상 드러내지 말고
惡而不見惡之之形	미워하면서도 미워하는 모양 보이지 않으리
居世寡尤闇然彌響。	세상에 살며 허물 적으면 향기 그윽하리라.

라 했다. 이른바 좋아하고 미워하는데 치우쳐 마음이 중도를 잃어버리면 군자라 할 수 없다. 좋아하되 그 단점을 알고, 미워하더라도 일단의 장점도 헤아릴 줄 아는 사람, 바로 그런 사람이 진정한 군자라 했다. 그러므로 군자란 불편부당한 태도로 사람을 바르게 분별할 수 있는 식견을 구비함은 물론, 인간관계에 있어서는 정성을 다하기로 다짐한 잠이라 하겠다.

이상의 「십일잠」은 문예미학을 위한 문예문이기 전에 신지식인으로서의 사림 지치주의자 김정의 '거경궁행'이란 생활규범으로서의 행동강령이라 할 것이다.

---

46 『冲庵集・五』:「好惡箴 序」참조

Ⅳ. 문제의 정리

1 기묘명현 중 충암 김정과 그의 「십일잠」을 통해 문학사상을 탐토하고자 한 이유는 조광조와 함께 김굉필의 학맥을 직계한 정통사림이자, 핍당의 문풍으로 목릉의 성세를 앞서 솔선한 당대 문원의 선각이었기 때문이며, 잠이란 자아실현의 지표, 혹은 인간다운 자기 경영의 지향, 곧 삶의 지남指南으로 삼는 서맹誓盟이기에 화자의 가치관·사상의 집적물이자, 포괄적 인간학의 표출이기 때문이다.

2 그의 「십일잠」에 내재한 학문적 기저는 유가의 경전을 기본으로 백가의 잠언 경구가 조화롭게 인증된, 이른바 거경궁행居經躬行의 실천적 행동강령임을 논증했다. 예컨대,

1) 그의 「언잠」은 성인의 화평중정和平中正한 언어생활을 다짐한 수신장인을 밝히고, 그 사상적 기저는『시경』「백규」장과 민자건의 고사, 나아가『논어』의「이인」「학이」편에 준거했음을 논증했다.

2) 「행잠」역시 의義 근거한 적선 및 신독愼獨 장으로 떳떳한 군자행의 다짐편이며, 그 사상적 기저는『주역』「곤」괘의 문언전文言傳『소학』「가언」편 및『중용』, 나아가『논어』「양혜왕」장에 있음을 논증했다.

3) 「지잠」은 '시적 주체의 함양된 인격'을 읽을 수 있는 장이라 규정하고, '마음에 비춰진 사물의 미추에 따른 호오好惡를 제어할 수 있는 덕이 있어야 인간 감정을 절제할 수 있다'고 전제하며, 부서질지언정 형을 바꾸지 않는 불굴의 지절志節을 돌의 수성守

性에 비유해 결구했다. 역시『대학』「명덕」장과 탕湯의 「반명」을 규감으로 행동강령을 삼고 있음을 논증했다.

4) 「용잠」에서는 만용이 아닌 대범하고 겸손한 마음으로 중화의 도를 익힌 군자의 용기, 곧 승패와 강약을 알고 시의를 택할 줄 아는 용기, 그것이 바로 '지혜로운 용기요, 보신은 물론 중용의 용기이자, 중화에 맞아 흔들림 없는 용기'라고 정의하고, 그런 용기를 가진 군자이고자 다짐했다. 그 이상형은 물론『논어』의 '송백松柏에 비할 수 있는', 그러므로 누지陋地가 없는 '떳떳함'을 살고자 했다.

5) 「우잠」 역시 사려 깊은 군자의 유비무환을 강조한 장이다. 이른바 목전의 하찮은 이익보다 심원心遠한 미래 설계의 필요성을 강조했다. 그 사상적 근거는『논어』「위령공」편임을 논증했다.

6) 「일락잠」은 불후의 철인 의지를 스스로에게 권면한 장이다. 물론 그 사상적 기저는『좌전』「양공」24년 조에 근거한 의지의 표현으로 읽을 수 있음을 논증했다.

7) 「우구잠」은 인간적 숙명을 천명으로 승화함으로 천인동심론天人同心論, 나아가 초탈한 군자상을 각인시키고자 했음을 논증했다.

8) 「욕잠」에서는 성인의 경지이지만, '범인도 무욕할 수 있다'하므로 자못 성인의 경지를 지향한 의지의 표출임을 논증했다.

9) 「용의잠」은 '명절名節과 용지容止를 중시해야 명철보신할 수 있다'는 논리로, 자중해서 용의를 닦고자 한 자계장이라 했다. 곧 '일신지표一身之表 = 덕지부德之符 = 내외합일內外合一'이란 등식을 통해 '정제엄숙 = 성리학적 경론敬論'이라 하고, 이어『주역』「곤괘」의 "군자가 중히 여겨야 하는 것은 자신의 한 몸이고, 아껴야 할 것은 이름과 절개이며, 닦아야 할 것은 행동이다. 그러므

로 안전할 수 있다"는 거경居經 궁행의지임을 논증했다.

10) 「분한잠」은 "시비·선악은 인간의 도덕율로 정해진 작위적 계선이나, 천리[자연]의 도엔 타의 자잘못에 대한 시비가 없다. 보고 들어도 보도 듣도 않은 듯 말이 없다."하고, 자신도 천인동심의 군자도를 궁행하고자 서맹한 장이다. 이 역시 『논어』의 충서忠恕에 근거함임을 논증했다.

11) 「호오잠」 역시 군자의 인간관계에 대한 다짐이니, 곧 좋아하되 그 단점을 알고, 미워하더라도 일단의 장점도 헤아릴 줄 아는 사람, 바로 그런 사람이 진정한 군자라 하고, 스스로에게 군자행의 실천을 다짐했음을 논증했다.

〈2005. 9. 한국사상과 문화 제30집〉

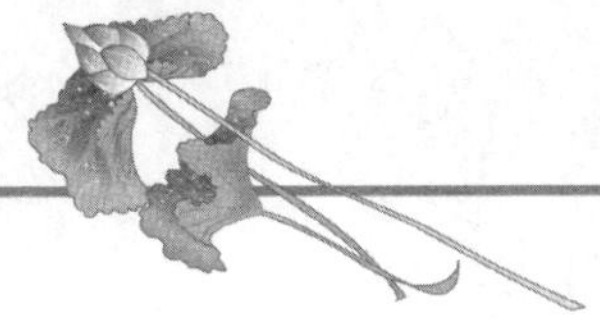

松江·孤山 시조문학의 원류

I. 詩學으로서의 用事

용사用事의 시학적 의미망은 2분별二分別[1]된다. 작시론적 측면과 비평론적 측면이 그것이다. 이른바 경·사經史 및 고인고사古人古事, 명인명구名人名句에서 독특한 의미, 교훈적 사실, 혹은 그 시의詩意와 시어詩語를 빌어 자신의 정조情操[2]볼 고양시키고자 하는 작시상의 한 수사법이자, 작품 평가의 준거로 삼아온 비평 용어다. 수사법으로서의 용사는 전고典故에 의한 보조관념으로 원관념의 의미 확대, 또는 새로운 관념으로의 유추 등을 꾀함이요, 비평용어로서의 그것은 내처來處의 유무를 전제로 환골換骨과 탈태奪胎의 여하에 따라 시격詩格을 가늠함이

---

1 用事에 대한 지금까지의 논의는 대체로 작시상의 수사로만 논의되어 왔다. 그러나 한시 비평의 준칙이었음도 함께 논의되어야 할 것이다.

2 情操란 높은 정신활동에 따라 일어나는 知的이고, 가치 지향적인 감정으로 眞善美聖을 추구하는 가장 잘 다듬어진 인간 정서를 이른다.

다. 이는 한문화에의 종속논리라기보다, 종주인 중국에서도 마찬가지여서 경전은 물론, 삼사三史와 제자백가諸子百家를 비롯한 고시가 다투어 '체상조술遞相祖述'[3]되었는가 하면, 굴·도屈陶에 이어 이·두李杜와 소·황蘇黃이 한결같이 원류론적 비평의 연원이 되어 있다. 특히 송대宋代의 시풍은 산문의 홍기와 성리학의 발달로 시의 기세를 중히 하고, 재도적載道的 기능을 위주로 하게 되면서, 수사법으로서의 용사는 더욱 성행하게 되었다.[4] 따라서 소식과 황정견의 문풍에 잠심해 있던 고려는 물론, 조선조 시문이 내처의 유무, 용사의 여하에 따라 작품의 우열이 매겨졌다. 예컨대 서거정徐居正이 『동인시화』에서

무릇 시의 용사는 마땅히 출처가 있어야 한다. 자기의 뜻을 나타낼 뿐이라면 비록 말이 공교롭다 해도 폄자의 비방을 면키 어렵다. 고려 충선왕이 원나라에 들어가 만권당을 열자, 학사 염복·요수·조자앙 등이 모두 왕의 문의 문하에서 놀았다. 어느 날 왕이 "닭 울음소리가 문 앞에 늘어진 버들과 같다"하자, 여러 학사들이 용사의 출처를 물었다. 왕이 잠자코 있자, 문충공 이제현이 곁에 모시고 있다가 곧 해명해 말하기를 "우리나라 사람의 시에 '용마루에 아침 햇살 비치자, 우는 닭소리 하늘한 수양버들 늘어진 가지 같다'고 한 것이 있는데, 이는 닭 울음소리의 연함을 하늘한 버들가지에 비유한 것입니다. 우리 전하의 싯구는 이 뜻을 쓴 것입니다. 또 한퇴지의 '거문고'시도 '뜬구름 버들 꽃처럼 뿌리도 꼭지도 없다' 했듯이 옛사람도 소리를 버들 꽃에 비유한 바 있습니다."하니 좌중의 모두가 칭찬하고 감탄했다. 하며, "충선왕의 시가 익재의 구원이 아니었더라면 크게 궁색할 뻔 했다."[5]

---

3 杜詩 戲爲六絶의 6, "未及前賢更勿疑 遞相祖述復先誰"〈杜詩諺解·16〉 참조
4 孔在錫 ; 『中國文學槪論』, p.42 참조

고 맺었다. 곧 '소리[聲]'를 '모양[態]'으로 환치함이니, 설령 공교하고 창의적일지라도 내처가 없는 독창은 작시법이 아니기에 굳이 동인東人과 한유韓愈에게서 내처를 끌어옴으로 군왕의 위기 극복은 물론, 이인로李仁老 이래의 용사용호론적 시론을 자신의 작시론으로 웅변해 놓은 셈이다.

한편 이혼의 「부벽루」시는 용사의 작시 및 비평적 상관성을 입론한 좋은 예라 할 것이다. 곧

> 옛사람은 시를 지음에 출처가 없는 것은 한 구절도 없다[無一句無來處]. 정승 이혼의 「부벽루」시는 "영명사 안에 중은 없고, 영명사 앞엔 강물만 흐르네. 빈 산 외론 탑 뜰 가에 섰고, 인적 끊긴 나루엔 작은 배 비껴있네. 하늘을 나는 새여, 어디로 가려는가, 들판엔 불어 마지않는 봄바람. 가뭇한 지난 일 물을 곳 없는데, 아슴한 석양이 내 시름 자아내누나.'가 그것이다. 1·2구 는 이백의 "봉황대라, 그 옛날 봉황이 놀았다 하건만, 봉황이 가고난 빈대엔 강물만 흐르네."를 본뜨고, 4구는 위소주의 "인적 없는 들 나루 절로 비긴 배 한 척"을 본뜨고, 5·6구는 진사도의 "나는 새 는 어디로 가느냐? 뜬 구름 절로 한가롭네."를 본떴고, 7·8구는 다시 이백의 "뜬 구름 해를 가려, 장안이 보이지 않으니 시름겨워 하노라."를 본떠서, 구절마다 내처가 있으며, 장점粧點이 자묘하고 격률이 삼엄하다.[6]

---

5 『東人詩話·上』: "凡詩用事 當有來處. 苟出己意. 語雖工未免砭者之議. 高麗忠宣王 入 元朝 開萬卷堂, 學士閻腹姚燧姚趙趙子昂 皆遊王門. 一日王 占聯云 '鶴聲恰似門前柳', 諸學士問用事來處, 王默然. 益齋李文忠公 從傍 則解曰, 吾東人詩 有'屋頭初日金鶴唱 恰 似垂楊梟裏長, 以鶴聲之軟 比柳條之輕纖, 我殿下之句 用是意也, 且韓退之琴詩曰', 浮雲柳 絮無根帶 則古人之於聲音 亦有以柳絮比之者矣, 滿座稱嘆. 忠宣詩 苟無益老之救 則幾窘 於砭者之鋒矣." 참조.

라 했다. 곧 원류론적 내처로서의 용사와, 수사로서의 용사가 '점화지경이어서 자묘하다 하고, 시격은 삼엄하다'고 비평했다. 물론 이는 서거정의 작시론이자, 비평안이다. 일찍이 이규보[7]와 최자[8]의 신의론新意論이 없지 않았고, 임·병란 후 많은 식자층에서 정 통 한문학에 대한 동요와 반동도 있었다. 그러나 서거정은 고려와 조선조 시학의 든든한 가교였다. 이른바 문장 수련의 교본으로서의 『동문선』과, 동국 시학의 방향을 제시한 『동인시화』의 편저뿐만 아니라, 조선조 초기의 제일 관각문사로 26년간의 대제학, 23회의 과시科試를 관장하는 등 문병文柄을 전장하므로, 이후 문학 본래의 보수성에다 특히 한시문의 사장성詞章性을 지속케 한 대표적 문사임은 두루 아는 바다. 그러므로 용사는 문장수련 및 작시·비평의 준거로, 때론 현학적 자기 과장으로도 한시문이 존속하는 한 쓰였으니, 이는 우리 시학의 어쩔 수 없는 인습이자 전통이었다.

---

6 "古人作詩 無一句無來處,李混浮碧樓詩 永明寺中僧不見 永明 寺前江自流,山空孤塔立庭際 人斷小舟橫渡頭. 長天去鳥欲何向 ㅈ野東風 吹不休ㅁ 往#殹茫問無處 淡烟斜日使X愁. 一句二句本李白 鳳凰臺上鳳凰 遊 鳳去臺空江自荒 四句本韋蘇州 野渡無人舟自橫, 五六句本陳后山 度鳥 欲何向 浮雲亦自閑. 七八句亦本李白 德爲浮雲蔽白日 長安不見使人愁之 句. 句句皆有來處 牲點自妙 格律參嚴" 참조.〈仝上〉

7 이규보는 용사보다 氣를 중시하는 新意論을 주장했는가 하면 〈詩有九不宜體〉에서는 서투른 용사를 표절에 의한 도적에 비유했으며 〈答全履之書〉를통해 東坡 一色의 시대 문풍을 통매했다.

8 "大抵用事之聯 罕有新意,唯假借爲用 如有新意 然失意" 『補閑集·下』참조

Ⅱ. 時調와 用事

그 역사성이 증명하듯 다양한 우리 문예의 장르 중 시조만큼 정감 어린 문학도 없다. 정치한 형식은 단장短章이되, 넉넉한 여운의 은근함과 가녀린 듯 애연한 정취가, 혹은 귀에 익은 어성語聲과 해맑은 사념, 더러는 사자후 같은 기맥氣脈이 있어 민족 정서 그 무엇이든 자재로히 노래 해왔다. 그러나 고려 말엽에 완미한 형식미를 갖춘 시조는 정음의 창제와 함께 민족시가로 손색이 없었으나, 워낙 선대의 문화는 귀족의 전유물이요, 그 향유 역시 소수 식자층이었다. 따라서 시조의 실질적 배경이었던 조선조에서도 그 대중화는 실학의식의 팽배와 더불어 가능했다. 그러므로 조선 전기는 물론 송강 · 고산의 생세기인 중기 사대부들의 시조 작품에서도 예의 한시문학에서 길들여진 용사가 입버릇처럼 쓰였다. 따라서 우리만의 고유한 어성, 독특한 정취가 아닌 문화의 이질성, 통서의 외래화마저 끼어들어 지적 정조망을 긴장케 하는 바 있다. 예컨대 월산대군月山大君의

> 綠水靑山 깁흔 골에 추자올 이 뉘이시랴
> 花徑도 쓸리 업고 柴扉를 다닷는듸
> 仙危이 雲外吠 ᄒ니 俗客 올가 ᄒ노라.

〈靑丘永言〉

만 해도 삼장이 두루 두시杜詩의 의장意匠을 되살린 대표적 예다.[9] 곧 초장은 「기상징군寄常徵君」의 기련

---

9 李丙嗜 ; 『韓國文學上의 杜詩』 Ⅱ-4) 短歌의 杜詩, p.137 참조.

> 白水靑山空復春　　맑은 물 푸른 산은 예로운 봄이건만
> 徵君晚節傍風塵。　늙마의 징군은 풍진에 얽매였겠지.
>
> 〈杜詩批解 · 17〉

에서 진세가 아닌 유한의 이미지 시어를 취했고, 중장의 '꽃길 · 시비'
를 '쓸고 · 닫음'도 두시 「객지客至」의 함련

> 花徑不曾緣客掃　　찾을 이 없어 꽃길을 쓸지 않다가
> 逢門今始爲君開。　오늘 그대 위해 비로소 시비를 열었노라.
>
> 〈杜諺 · 廿三〉

에서 환골하되, 자못 두보의 '쓸고 맞음'을 아예 '닫고 내침'으로 혼자
즐기는 유한幽閑에 잠겼다. 그러므로 종장의 '선방'과 '속객' 의 대는 제
격이요, '속객 올까 하노라因吹吠來客'는 짐짓은 「도화원기」를 의양하였
으되, 이 역시 두시 「등왕정자 2수」그 1의 함련,

> 春日鶯啼脩竹裏　　봄날 긴 대숲에선 꾀꼬리 울고
> 仙家犬吠白雲間。　신선 집 흰 구름 속에선 개가 짖누나.
>
> 〈杜諺 · 十四〉

에서 환골탈태한 점화이다. 이른바 독서 원류 상완벽한 재창작이자,
상대 비평가들의 작시 및 비평논리상 최상급으로 매김하던 장점자묘
요, 호백구수狐白裘手다.
　이 같은 한시문학의 용사가 고유 시형인 시조에까지 일반화되었음
은 전술한 대로 우리 문학의 전통과 인습 때문이라지만, 문예미학, 예

컨대 시조시학의 가치마저 우위일 수는 없다. 그러나 치지도외할 일만도 아니기에 시학으로서의 용사의 범위와, 그것이 우리 시조문학의 쌍벽인 송강·고산에게서 여하히 원용되었는가를 궁구하므로, 두 작가의 작품 이해는 물론, 용사의 유형과 그 문예적 성취도를 가름하고자 한다.

Ⅲ. 用事의 실제

무궁한 시의詩意를 유한한 인간의 재주로 다 표출하기란 실로 어렵다. 따라서 선인의 시의와 시어를 빌어 쓰되[10] 공교롭지 못하면 뜻은 어긋나고 말은 생소할 뿐이어서[11] 이규보는 진작 "잘해도 오히려 도둑질 한 것에 불과하다."[12]고 그 어려움을 말하고, 신의에 의한 '자출기저自出機杼'만이 작시의 참된 길이라 했다. 그러나 서거정도 안타까워했 듯이 이규보 자신도 고인을 도습에서 완전히 자유롭지는 못했으니[13] 이론과 실제의 간격, 아니 그것은 차라리 우리의 인습이 얽어놓

---

10 釋惠洪 ; "詩意無窮 而人才有限. 以有限之才 追無窮之意 雖淵明杜少陵不得工 也. 然 不易其意 而造其語 謂之換骨法, 窺人其意 而形容之 謂之奪胎法."〈冷齋夜話〉

11 崔滋 ; "詩人貴借用, 然用之不工 則意反而語生"〈補閑集·下〉

12 李奎報 ;『東國李相國集』卷 二二의「論詩中微旨略言」및 同 二六의「答全履之論文書」 참조.

13 "詩不蹈襲古人所難. 李文順平生自謂 擺落陳腐 自出機杼 如犯古語死且避之, 然有句 云黃稻日鶴喜碧梧秋老鳳凰愁, 用少陵 紅稻餘鶴粒 碧梧棲老鳳凰枝之句, 又云 洞府微 歌調玉案 敎坊選 妓醉仙桃 用太白 選妓隨雕輦 微歌出洞房之句, 又云 春暖鳥聲碎 日 斜人影長 用唐人風暖鳥聲碎 日高花影重之句. 以李高才尙如是 況不及李者乎."〈東人 詩話·上〉

은 시학의 그물망이었다.

최자는 일찍이 시의·시어 외에 인명·물명·관명, 그리고 고인의 언·사言事를 들어 예시한 바 있지만,[14] 용사의 범주는 실로 다양하다.

1. 屈原의 情恨

굴원과 그의 작품에 대한 진위眞僞는 본고의 논의의 대상이 아니다. 우리 선인들은 그 인물의 가공성이나 작품의 위탁설을 괘념치 않았다. 문제는 그의 문학의 시·공을 초월한 영원성과 수용미학이다. 따라서 삼국 이래『문선文選』의 전래와 함께 읽혀진 그의 작품들은 통일신라 때 이미 공과貢科의 필수가 되었는가 하면, 고려 말 국운의 쇠퇴와 함께 강개한 문사들이 그의 비분한 우국충정을 더불어 뇌었으니『동문선』엔 그 의작依作인 정몽주의「사미인사」를 비롯해 이색의「적부사」「산수사」「영개사」및「독소자영 2수」「사변」등이 가지런하다. 조선조 역시 사화와 당쟁에 희생된 문사들이 초택楚澤과 상반湘畔의 수한愁恨을 되씹으며, 그의 충혼을 기려 있으니[15] 송강과 고산 역시 예외일 수 없었다.

　　　맑결이 흐리거든 발을 싯다 엇더ᄒ리

　　　吳江의 가쟈ᄒ니 千年怒濤 슬플로라

　　　楚江의 가쟈ᄒ니 魚腹忠魂 낟글셰라.

〈고산유고 · 어부사시사, 夏4〉

14『補閑集 · 下』, 제 3話 참조

15 金甲起 ;『松江鄭徹研究』Ⅴ · 1.「思美人과 屈原의 衷情」, p.176 참조.

가어옹假漁翁의 한여름 어위거운 뱃놀이다. 비 막 갠 여름날 흥거운 풍류가 해남의 넘나는 물량감에서 낚아 올린 멱라의 충혼忠魂과 오강吳江의 원혼冤魂이니, 3장이 두루 용사의 점철이다. 초장은 역시 굴원의 「어부사」의 가장歌章 "창강의 물 맑으면 발을 씻을 것이요滄浪之水淸兮, 可以濯吾足"를 가락에 얹은 흔한 예에 불외하거니와, 중장은 초나라 사람이었다가 부와 형이 평왕平王에게 무고히 죽음을 당하자, 오나라 사람이 된 자서子胥 오원伍員의 고사다. 오완吳王 부차夫差가 월왕越王 구천句踐을 회계산會稽山에서 항복받을 때, 오원은 서시西施를 이용한 미인계에 빠지지 말 것을 극간했으나, 받아들여지기는커녕 도리어 참언을 입어 촉루지검屬樓之劍의 극형을 받고, 그 시체는 자루에 담긴 채 오강에 던져졌다. 그때 오원은 "내 두 눈을 빼 동문에 걸어 월나라 군사가 오나라를 멸망시킴을 보게 하라"던 괘안동문掛眼東門의 분노대로 오나라는 망했으나, 그의 원혼은 진정치 못해 이제껏 오강의 물결이 사납다 함16을 원용한 것이다.17

종장 역시 「어부사」의 "차라리 상강에 나아가, 물고기 뱃속에 장사지낼지언정寧赴湘流 葬於江魚之復中"에 말미암은 투신설과, 그 충혼의 미적 승화다. 현란한 고사를 나열했을 뿐, '무엇이 어떻다'던가, '무엇을 하리라'는 메시지는 없다. 풍류한인의 현학을 성률에 얹었을 뿐이다. 이 점 송강 역시 마찬가지니,

楚江의 漁父들아 그 江고기 낚지마라
屈三間의 冤恨이 드럿느니 魚腹中의

---

16 『三韓詩龜鑑 · 中』「吳子胥潮(廟)」의 "掛眼東門憤未消 碧江千古起波濤. 今人不識前賢志 但問潮頭幾尺高" 참조
17 『史記』「伍員傳」"春秋楚人 字子胥. 부사형상

삼기는 살므려니와 忠魂조차 삼길소냐.

〈송강집별집·2〉

와 같다. 의구로 결행치 못하는 고산이나, 당위론으로 공감대를 유도
하는 송강의 공통 모티프는 굴원의 충혼을 미화함이다. 물론 이규보
의 「굴원불의사론屈原不宜死論」[18]을 미처 전재하지 않더라도 '원한'이
'충혼'으로까지 미화한 것은 화소의 비약적 충절임을 감안할 때 진작
이명한李明漢의

楚江 漁父들아 곡이 낙가 숨지말아
屈三閭의 忠魂이 魚腹裡에 들었는이
암으리 鼎鍾에 슬문들 닉을쭐이 잇시랴.

〈해동가요〉

가 언어의 정갈함은 뒤지나, 순리順理함은 오히려 앞선 동곡同曲이다.
세교世敎를 위함이기에 문예미보다는 재치를 앞세웠을 뿐이다.

고은 베티 죄얀는듸 묽결이 기름긋다
그물을 주어듀랴 낙시를 노흘일가
濯纓歌의 興이 나니 고기도 니즐로다.

〈고산유고·어부사시사, 春 5〉

---

18 『東國李相國集』 및 『東文選』 참조.

구즌비 개단말가 흐리던 구룸 걷단말가

압내회 기픈 소희 다 묽앗다 ᄒᆞᆫ순다

眞實로 묽디 묽아시면 갇긴시서 오리라.

〈고산유고·雨後謠〉

역시 「어부사」의 결사를 용사한 고산의 단가다. 주지하다시피 창랑가滄浪歌는 굴원에 의해 가공된 어부, 그러니 청렴과 결백이라는 굴원의 가치관·인생관과는 대칭되어 여세추이與世推移하는 세속적 상징 속성의 인물이다. 그러므로 '淸則濯纓·獨則濯足'하라는 굴원을 향한 현실적 가치 인정, 나아가 유혹의 노래이다. 그러기에 '초췌·고고'로 타협을 거부한 자신의 충절을 대신해 고백한 결행장決行章이다. 그렇다면 춘광이 빛나는 '기름 같은 물'이나, 궂은 비 갠 후의 '맑은 물'에서 얻은 물의 이미지가 고뇌와 갈등을 극복케 한 멱라의 물일 수 있으며, 더구나 낚시를 잊고 갓끈을 씻을 만큼 흥겨움에로 유추될 것인가는 뮨제다. 분명 풍류를 위한, 또는 현학을 빙자한 용사일 뿐 관념의 확대도 정조의 고양에도 기여하지 못했다.

2. 李白의 풍류

낭만문학의 광채를 개천開天의 치治에 아로새긴 이백은 그의 「촉도난蜀道難」〈李白集·3〉이 발신의 계기가 된 이래 「오서곡烏棲曲」〈소上〉이 하지장賀知章으로부터 '가히 귀신을 울릴可泣鬼神' 시신이란 극찬과 함께 적선謫仙[19]으로 통칭되었다. 그는 왕유王維의 괄정括靜과 맹호연孟浩然의

---

19 嚴羽 ; "賀知章見太白烏樓曲 歎賞曰, 此詩可泣鬼神" 및 "秘書監賀知章 號公爲論仙人, 吟公烏樓曲云 此詩可以哭鬼神矣"(唐在拾遺翰林學士李公 新墓碑)

청아淸雅, 그리고 잠삼岑參과 고적高適의 비장적 특질을 겸유했을 뿐 아니라, 천재·도인·신선·협객·은사·주도酒徒, 나아가 혁명가적 기질까지를 그의 문학에 임의로 발휘하여 괄정담원括靜淡遠한 산수시는 물론, 웅위한 악부시, 그리고 사관寺觀에 심취한 선미仙美와 취락이 그 호방불기한 성품과 함께 자유자재로 노래되었다. 따라서 "붓만 대면 풍우가 놀라고, 시 곧 이루어지면 귀신이 곡할筆落驚風雨 詩成泣鬼神"(杜諺·十六. 寄李白二十韻) 시가는 천마행공天馬行空인 채, 우리 문원에 수용 및 변용의 인흔印痕을 짙게 남겼다.

이는 천래의 침울돈좌로 충후책인忠厚責人한 시성 두보가 그 곁에 있었기에 두 선仙과 성聖은 만장萬丈한 광염을 시사에 남겨, 두루 천년의 기림과 학시의 준적이 되었음은 물론이다. 특히 고산보다도 송강은 그 타고난 천품으로나, 스스로 밝힌 풍류 및 대방가大方家로서의 기주嗜酒가 진작 이백의 풍류와 시선의 해타咳唾에 심취해서는 성산과 화산(경기 고양)이 곧 경정산敬亭山이었고, 주석의 취선인가 하면, 유리좌배流離坐配의 적선이었다. 따라서 이백의 행적을 쫓아서는 '시선은 어디 가고'를 무상으로 뇌였는가 하면, 선음仙音을 반추하여서는 '해타만 나맞느니'라고 연연해 마지못했다.[20]

> 새원 원쥐되여 柴扉를 고려닷고
> 流水靑山을 벗사마 더졌노라
> 아회야, 碧蹄의 손이라커던 날 나가다 하고려.
>
> 〈송강가사·하〉

---

[20] 金甲起；『松江鄭澈 研究』Ⅴ·3. 豪放不羈와 李白의 氣象, p.188 참조.

새원의 골원이 되어 화산을 벗 삼아 자연에 잠심한 송강이다. 물론 이미 언급한 월산대군의 시조와 맥을 같이하므로 두시 「객지」와도 무관할 수 없지만, 이백의

相看兩不厭　　마주대해 서로 다정키는
只有敬亭山。　　다만 경정산 뿐이로다.

〈이백집·獨坐敬亭山〉

問余何事棲碧山　하필 깊은 산 속에 사냐기에
笑而不答心自閑。　이 마음 알까? 웃음으로 답할 뿐.

〈이백집·山中答俗人〉

과 그 시정이 더욱 근사함을 알겠다. 화산의 주인이 되어 유수 청산의 벗이 되었음은 두시의 '백수·청산'과 이백의 '경정산'에의 심취·몰입相看兩不厭이자, '시비를 고처 닫음'은 월산대군의 '속객 올가 하노라'와 '왜 사냐건 웃지요笑而不答心自閑'라는 탈속脫俗에 다름 아니다.

　잔들고 혼자 안자 먼 되흘 브라보니
　그러던 님이 오다 반가옴이 이러ᄒ랴
　말씀도 우움도 아녀도 몯늬 됴하ᄒ노라.

〈고산유고·漫興〉

　임오년(인조 20, ☖ 56)영덕 배소配所에서 돌아와 문소동, 금쇄동에서 기거하며 지은 「산중신곡」 18수 중 「만흥」 6수의 하나이다.[21] '금쇄동의 어느 산', '그리운 님'보다 더 반가운 그 산은 분명 '언제나 그립고

반가운, 그래서 싫지 않은兩不厭' 새로운 '님'이다. 애증이 교차하는 인간의 님이 아니라, 천연의 님이다. 거기엔 '왜 사냐 건' 묻지도, '웃을 이유'도 없다. 그러니 '말삼'은 커니와 '우움'이 없어도 '둏기만 하다'니 진작 이백의 '笑而不答도 번거롭다'는 실로 유아독존과 지락至樂이 있을 뿐이다. 그러니 의장意匠과 시어를 성률에 얹어 환치했다. 한편

> 鶴은 어듸 가고 亭子는 비엿ᄂ니
>
> 나는 이리가면 언제만 도라올고
>
> 오거나 가거나 듕의 ᄒ잔 자바ᄒ자.

〈송강가사·하〉

라는 송강의 '기약 없는 행로'에의 시름을 달래려는 권주장은 이백의

> 鳳凰臺上鳳凰遊   봉황이 놀았다는 봉황대
>
> 鳳去臺空江自流。   봉은 가고 빈대엔 강물만 흐르네.

〈이백집·卄一, 登金陵鳳凰臺〉

에서 '봉황'과 '학'만을 대체했을 뿐이며, 종장 역시 취선의 흔한 권주가, 특히 「장진주」의 "잠부자 단구생, 내 한 잔 권하나니 그대들 사양치 말라岑夫子丹丘生 將進酒君莫停"〈李白集·3〉를 환골했다. 아울러 이백의 「등금릉봉황대登金陵鳳凰臺」 시는 최호崔顥의 「등황학루登黃鶴樓」에 질세라 용심用心했던 만큼 널리 회자되어 기련은 등루제영登樓題詠의 남상이 되었고, 결련의 "온통 뜬 구름이 해를 가리니, 장안이 보이지 않아 시름 깊

---

21 文永午 ; 『孤山尹善道 研究』 V·4. 山中新曲의 考察, p.145 참조.

게 하누나._{總爲浮雲能蔽日 長安不見使人愁}" 역시 우시연군의 표본이어서 국·
한문시가에 무던히도 용사되었음은 물론이다. 다음은 성산의 월야에
쌍송雙松에 걸린 달에서 유추해 낸 이백의 유풍이다.

> 纖雲이 四捲ᄒ고 물결이 채 잔적의
> 하늘의 도돈 둘이 솔우희 걸려거늘
> 잡다가 싸딘즐이 滴仙이 헌ᄉᆞ홀샤.

〈송강가사·하〉

워낙 이백에게서의 달은 헌사롭다. 일찍이 "언제런가 푸른 하늘에
달이 있은 지, 잠시 잔을 멎고 내 한 번 묻노라.<sub>靑天有月來幾時 我今亭杯一問
之</sub>"〈이백집·什, 把酒問月〉라고 전제하고는

> 白兎擣藥秋復春　　달 속의 옥토끼 봄가을 약방아 찧고
> 垣娥孤棲與誰隣。　　외로워라, 항아님은 뉘와 더불을고.

라고 이백다운 신비와 낭만, 그리고 그 환상적인 에로의 배색을 펼쳤
다. 송강 역시 그의 한시에서는

> 今日我問酒　　내 오늘 술에게 묻노라
> 酒與我誰賓主　　너와 나는 누가 주인이고 객이라지.
> 酒爲百味之最長　　술은 온 가지 맛 중의 맛이요
> 我是凡民之俊秀。　　나는 뭇 사람 중에 우뚝 빼났지.

〈송강집속집·一, 次玉川子送孤竹之韻〉

라고 '月'과 '酒'로 맞바꾼 오브제와의 대화를 통해 맛수가 되더니

停杯一問月　　술잔 멎고 달에게 묻는 풍류
豈獨古人曾。　어찌 이백만 할 수 있다던.

〈송강집속집·一, 接霞堂雜詠 四首·1〉

라고 자못 선수를 **빼앗긴** 미련조차 되 뇌었는가 하면,

遙看瞻宮女　　아스라이 월궁의 선녀를 보니
凄凉亦不眠。　처량도 하여라, 외로워 잠못들었네.

〈송강집속집·一, 秋思〉

로 이백의 시상을 자작에로 환치했다. 물론, 이백의 달은 옥토끼의 선약과, 항아에의 흠모로도 선망의 터이긴 하지만, 그보다는 영허盈虛가 무상 하되, 그 영생함이 신비경의 차원을 넘어 불사의 선약仙藥으로 미화된다. 그러므로 달은 이백의 심경心鏡이자, 무정유無情遊의 동반자여서 농월고사弄月故事는 그의 풍모의 상징이니22 지금쯤은 채석강採石江 수선水仙의 짝이나 되었는가.

고산의 다음 시조 역시 이백의 시어를 탈태한 용사다.

흰 이슬 벋견는딕 블근돌 도다온다
鳳凰樓 渺然하니 淸光을 늘을 줄고
玉兎의 띤는 藥을 豪客을 먹이고쟈.

〈고산유고 '어부사시사' 秋七〉

---

22 金甲起 ; 앞의 책, pp.188~190 참조

　　이백이나 송강에게서의 풍류라면 무엇보다도 무한배無限杯의 광음狂
飮이 제격이다. 고산의 애주풍이 미치지 못할 바이니, 일찍이

> 劉伶은 언제 사롬고 晉적의 高士로다
> 季涵은 긔 뉘러니 當代예 狂生이라
> 두어라 高士狂生을 므러 므슴흐리.

〈송강가사 · 하〉

라고 유령의 「주덕송」을 실천했으며, 이백의 「장진주」와 「대주」의

> 古來聖賢皆寂寞　　예로부터 성현이랍신네들 하나같이 죽어갔고
> 惟有飮者留其名。　오로지 술꾼만이 그 이름 남았다네.

〈李白集 · 三, 將進酒〉

> 君若不飮酒　　그대 술을 사양하다니
> 昔人安在哉。　옛날의 명현들 어디 있다고.

〈李白集 · 二三, 對酒〉

를 용사하여서는

> 人去至今多說話　　사람은 죽어가고 풍문만 다사한데
> 世間惟有飮留名。　세상엔 오로지 술꾼만 이름 남누만.

〈송강집원집 · 一, 無題〉

> 由來得失槐安國　　부귀 따위 얻고 잃음 한바탕 꿈
> 獨有人間飲者名。　오로지 세상엔 술꾼만 이름 남는다네.

〈송강집속집·一, 槐山挹翠樓次韻示主人三首, 3〉

라고 대방가의 호기를 보였는가 하면,

> 일명 百年산들 긔 아니 草草흔가
> 草草흔 浮生애 므슴일 하랴하야
> 내 쟈바 권하는 잔을 덜먹으려 하는다.

〈송강가사·하〉

라고 장단의 가락에 넘나는 풍류를 싣기도 했다. 그러나 그의 권주장의 백미는 아무래도 「장진주사」다.

> 흔 盞 먹새근여 또 흔 盞 먹새근여
> 곳 것거 算노코 無盡無盡 먹새근여
> 이몸 죽은 後면 지게 우희 거적덥허 주리혀 미여가나
> 流蘇寶帳의 萬人이 우러 네나
> 어욱새 속새 덥가나모 白楊 속에 가기 곳 가면
> 누른히 흰돌 フ눈비 굴근눈 쇼쇼리 부람 불제 뉘흔盞 먹쟈흘고
> 흥믈며 무덤 우희 준납이 파람불 제야 뉘우쳔들 엇디리.

〈송강가사·상〉

실로 북두로 창해를 잔질하자던 동토의 주선이다. 물론 홍만종의 지적대로23 이백에게서 의태意態를, 이하李賀에게서 결구를, 두보에게

서 시사詩詞를 집대성했다. 발단은 이백의 "兩人對酌山花開 一杯一
杯復一杯"〈이백집·卄三, 山中與幽人對酌〉를 쓰되, 전체의 시의詩意는

烹羊宰牛且爲樂　　양고기 소고기 삶고 져며 환락을 다할 일
會須一飮三百杯　　모름지기 마셨다면 삼백 잔은 먹어야지.
　… 中 略 …　　　　　… 중　략 …
鍾鼓饌玉不足貴　　음악과 성찬 귀할 것 없나니
但願長醉不願醒　　다만 길길이 취하고 깨지나 말고 지고.
　… 中 略 …　　　　　… 중　략 …
五花馬千金裘　　천리명마 귀한 외투
呼兒將出換美酒　　아이 불러 술을 바꿔
與爾同鎖萬古愁。　그대 더불어 답쌓인 시름 삭혀나 봄세.

〈이백집·3, 將進酒〉

를 위시해 취락의 많은 시의가 종합되었다. 특히 장송과 관련하여서
는 두시의,

朝逢富家葬　　아침에 부잣집 상여를 맛났는데
前後皆輝光　　온통 앞뒤 치장이 으리으리하더라.
共指親戚大　　가 모두 명문거족임을 과시하렴이니
總麻百夫行　　상복 입은 행렬 길기도 해.
送者各有死　　보내는 자 저 또한 갈 것이니
不須羨其强　　아무렴 강성 함 부려울 게 없지.

---

23 『旬五志』;"將進酒亦松江所製. 蓋傲太白·長吉勸酒之意 取杜工部所製'總麻白夫行
君看束縛去'之語, 詞旨通達 句語懷悽挽." 참조.

君看束縛去　　저 묶이어 가는 주검을 보라
亦得歸北罔。　북망산 귓것이 되고나면 그만 아닌가.

<두시언해·二, 緦麻行>

라는 긴 사설이 송강 특유의 말결로 휘갑되었다. 그러니 '주리혀 미여 가나', '유소보장에 만인이 울어 예나', '북망산 귓것이 되긴 일반이니不須羨其强, 亦得歸北罔'이랬다. 그러니 "富貴貧賤 同歸於盡"[24]한 무상에 이르면 광객의 이생에서의 사업은 취락일 뿐이다. 그러기에 이백과 장길의

富貴百年能幾何　　한 평생 부귀래야 몇 날이나 되노
死生一度人皆有　　인간은 어차피 한 번 죽는 것.
孤猿來啼墳上月　　달빛에 외로운 잰나비 무덤 위에서 울 걸
且須一盡杯中酒。　모름지기 잔에 든 술이나 마실 일이야.

<이백집·七, 悲歌行>

況是青春日將暮　　더구나 봄날은 나날이 저물어가니
桃花亂落如紅雨　　복사꽃 꽃비마냥 어즈러히 지네.
勸君終日酩酊醉　　보게나, 종일토록 취해나 보세.
酒不到劉伶墳上土。　유령도 죽어지면 그 뿐, 후회해 무엇하리.

<李長吉·古文眞寶>

---

24 仇兆鰲 ;『杜少陵集詳註』· 七, p.393 참조

를 용사해 '하물며 무덤 우히 진납이 ᄑ람불 제야 뉘우ᄎᄂ돌 엇디리'라며 청유형 권주로 결사했다. 그 풍류와 호방도 잠간이어서 문하의 애제자 권필의 "애닯아라, 한 잔 술 다시 올릴 수 없음이여惆悵一杯難更進"25라는 무상이 더욱 비감케 하는 바 있다. 이처럼 송강은 재치로운 말결과 넘나는 가락으로 한 편의 작품에 수많은 선인의 시어와 시의를 변용하는, 천성이 편벽한 정객이기보다는 타고난 재인才人이었고 시인이었다.

3. 杜甫의 至情

봉유수관奉需守官의 가계에 이어 "우리 임금님을 요 · 순임금의 윗길로 받들어, 다시금 풍속을 순속케 하리라.致君堯舜上 再使風俗淳"〈杜諺 · 19, 奉贈韋左丞丈 22韻〉는 충정과, '끼니때마다 군은을 잊지 아니한每飯不忘君' 하염으로 아롱진 두시는 워낙 "천고에 읊조려, 성가와 그 명성 천하를 울렸을吟詠流千古 聲名動四夷"뿐만 아니라, "집집마다 떠받들 길 동방에선 제일家家尸祝最東方〈申紫霞詩集 · 五, 東人論詩絶句〉"의 성예를 누려 진작 우리 문학의 준적準的이 되었다.26 특히 소식에 의해 '無一句不出來'로 칭예된 이래 '無一句無來處'라는 이른바 용사가 작시 및 비평의 기준이 되게 한 두시이자, 바로 두시 거기에 근사하고자 앙망불급한 우리였다.27 따라서 두시의 인흔은 한시에서 그 진면목을 볼 수 있으니, 송강 · 고산 역시 예외일 수 없다.28 먼저 두시 「가인佳人」의

---

25 "空山木落雨蕭蕭 相國風流此寂家　昔年歌曲則今朝"〈石洲集 · 七, 過松江墓有感〉

26 金甲起；『松江鄭澈研究』「松江纖文學上의 杜詩受容」—國文識를 中心으로—, pp.308~309. 참조

27 權譯；『石洲集』· 四, 「讀杜詩偶題」"…依然步入仙山路 領略千蜂更萬峰" 및 松江의 "如何老杜句 一詠一回哀"《松江原集 · 1, 次老杜韻》 참조

摘花不揷髮　　꽃을 따도 머리에 꽂지 아니하고
採柏動盈拘　　잣알을 다래에 가득 따 담습니다.
天寒翠袖簿　　날은 차가운데 입은 옷 엷으니
日暮依條竹。　날 저문 저녁에 긴대에 기대섰습니다.

를 비롯해, 「헌근가獻芹歌」의 모태인 「적갑赤甲」의

卜居赤甲遷居新　　적갑현에 터 잡아 새로 옮아서
兩見巫山楚水春　　무산과 초강의 봄 경치 두 번 맞았다.
炎背可以默天子　　등을 지지는 따사론 햇빛 님께 받자옴 직하고
美芹由來知野人。　살진 미나리의 고사 야인인들 모르리까.

〈두시언해·七〉

등은 한결같이 송강의 들끓는 연정의 마지막 정성인 근정芹呈의 전형
이었다. 그 숱한 한시29와 가사30의 예는 차치하고라도,

松林의 눈이 오니 가지마다 곳치로다

흔 가지 것거내여 님겨신듸 보내 고져

---

28 文永午의 한시를 중심한 『尹孤山善道硏究』중 Ⅲ. 孤山의 杜詩受容論 및 金甲起의 『松
江鄭徹硏究』중 한시편 Ⅴ. 中國詩에서의 영향 4. 奉儒守官과 杜甫의 情恨은 이 점에 착
안한 先考들이라 하겠다.

29 『松江集原集』·一의 경우만 예시하면 "靑光吾欲美人贈 路斷蓬萊山上頭"〈燕子樓次
韻〉"明年梅發窓前樹 折寄江南第一春"〈大帖酒席呼韻〉및 "獨朶蓮 花何處贈 美人千
里杳雲端"〈次朴希正韻〉등 매거할 수 없다.

30 「사미인곡」의 "뎌 梅花 것거내여 님겨신듸 보내오져"·"靑光을 쥐여내여 봉황누의 붓
티고져"·"茅䚚비친 히를 玉樓의 올리고져" 등 至情이 수고로운 채 "紅裳을 니미츠고
翠袖를 半만 거더, 日暮修竹의 혐가림도 ᄒ도홀샤" 끝에 드디어 범나비에로의 化身을
희구한 송강이다.

님이 보신 후에야 노가다다 엇디리.

〈송강가사·하〉

님금과 白姓과 스이 하늘과 짜히로다
내의 설운일을 다 아로려 흥시거든
우린둘 슬진 미나리를 홈자 엇디 머그리.

〈송강가사·하〉

가 그것이다. 이는 한자의 성운을 우리의 가락에 얹은 동곡이다. 한
편, 송강의 정치적 포부를 밝힌

당지치 다 디게야 늘애를 고텨드러
靑天 구름 속에 소소쳐 오른말이
쇠원코 훤출흔 世界를 다시보고말외라.

〈송강가사·하〉

역시 두보의 평생 신조이자 이상이었던

致君堯舜上　　임금을 요와 순의 윗전에로 치켜 받들고
風俗再使淳　　풍속을 다시금 순박하게 하리라.

〈두시언해·十九, 奉韋佐承丈二十二韻〉

는 의표를 결집한 진정임에 분명하다. 그러기에 그의 훤출한 기개에
걸맞지 않는 시속이 고까워

귀 느리여 뎌 소금 실라 갈작신 돌
필연 千里馬를 몰라야 보라마는
엇디타 이제 분네는 슬진줄만 아느니.

〈송강가사·하〉

라고 자신의 기우氣宇를 드세웠다. 이 역시 두보가 아직은 때를 만나지
못했지만 본디 왕손인 이감李監을 용문호척龍文虎脊에 비유한 자긍, 이
른바 "책이란 모조리 읽어 제켰더니, 붓만 잡으면 붓 끝에 신이 붙은
듯讀書破萬卷 下筆如有神"을 상련相憐한

鹽車雖絆驥　　비록 천리마를 소금수레에 매었으나
名是漢庭來。　가 본디 한나라의 뜰에서 온 것을.

〈두시언해·七, 李監宅二首〉

과 무관하지 않다. 한편 당쟁으로 인해 무참히도 희생되는 인재를 안
타까워하며, 시대조류를 풍자한

어와 버힐시고 낙락당송 버힐시고
져근덧 두던들 동냥지 되리러니
어즈버 명당이 기울거든 무서스로 버티려노.

〈송강가사·하〉

역시 두시「잣나무의 노래古柏行」의 결련

大夏如傾要梁棟	큰 집이 기울면 동량재감이어서
萬牛回首丘山重	일만 마리 소도 태산같이 여겨 도리질 하리.
不露文章世已驚	빛을 나타내지 않아도 하마 온 세상 놀라니
末辭剪伐誰能送	베임을 마다 아니하건만 뉘 능히 옮기리오
苦心豈免容樓織	쓰라린 마음이사 속으로 뚫린 개미굴이나
香葉종경宿鸞鳳	향그런 잎은 마침내 난봉이 머물만하다.
志士幽人莫怨嗟	뜻있는 선비와 은사여 시름하지마소
古來材人難爲用。	자고로 큰 인물은 쉬 쓰이지 못하는 법.

〈두시언해 · 十八〉

에서 의장意匠을 환골한 풍자이니, 과연 가성歌聖의 솜씨를 알 듯하다. 이 밖에도 「빈교행貧交行」「신혼별新婚別」 등의 용사가 있으나, 지면상 약한다.

고산에게서의 두시 수용은 송강에 비겨 일율一律로 논할 수 없다. 가장 두드러진 예는 두시 「자경부봉선현영회自京赴奉先縣詠懷」의 의장意匠을 환골탈태한 「몽천요삼장夢天謠三章」이 있으나, 이병주의 『한국문학상의 두시연구』와 문영오의 『고산 윤선도 연구』에서 상론되었기에 본고에서는 절취 대역만으로 부연을 생략한다.

取笑同學翁	같은 글 배운 무리의 냉소 받자않고
浩歌彌激烈	호탕한 노래에 더욱 신명이라네
瀟灑送日月	훌훌 떨치고 한 세상 살고 싶지만
生逢堯舜世	요순 같은 성군을 만나
不忍便永訣	차마 떨칠 수 없음이라.
當今廊廟具	지금 조정이야 자리가 갖추어져

構厦豈工缺　　나라 다스림에 부족이 있으랴만
葵藿傾太陽　　태양을 향해 기우는 해바라기
物性固莫奪。　그 물성이야 어찌 앗을 것인가.

〈두시언해·卄三〉

샹해런가 꿈이런가 白玉京에 올라가니
玉皇은 반기시나 群仙이 꺼리ᄂ다
어즈버 百萬億 蒼生을 어늬 결의 무르리.

하늘히 이져신 제 므슴 術로 기워낸고
白玉樓 重修ᄒ 제 엇던 바치 일워낸고
玉皇의 술와보쟈 ᄒ더니 다　ᄒ야 오나다.

〈고산유고〉

4. 其外의 경우

기외其外라 함은 전혀 질이 아닌 양의 기준에 의함이다. 먼저 소부巢
父와 허유許由의 용사다. 기실 인류가 동경해 마지않는 이상사회는 요
순堯舜의 시대다. 인간의 상상이 미칠 수 있는 한계에서 무엇이든지 꿈
처럼 갖추어진 낙토 중의 낙토다. 요순의 바로 다음 자리에 인류의 삶
이 시작된 이래 일민 중의 일민으로 상징된 소·허가 있었으니, 패택沛
澤에 은거하였다가 요제堯帝로부터 천하의 양위를 종용받자 사양하고
아예 기산箕山 아래 영수潁水에 숨었다 한다. 이후 다시 구주의 장으로
부르자, 영수에 귀를 씻는 등 은고사隱高士의 표본이 되었다.[31] 이들의
삶은 이후 은일자의, 또는 은일문학의 단골 화소로 예외없이 초절적

메시지를 전해 준다.

> 누고셔 三公도곤 낫다ᄒ더니 萬乘이 이만ᄒ랴
>
> 이제도 혜어든 巢父許由! 냑둣더라
>
> 아마도 林泉閑興을 비길 곳이 업세라.

〈고산유고·漫興〉

> 乾坤이 제곰인가 이거시 어드메오
>
> 西風塵이 몯미츠니 부체하야 머엇ᄒ리
>
> 드론 말이 업서시니 귀시서 머엇ᄒ리.

〈고산유고·어부사시사, 秋 8〉

송강이 찾아 든 자연이 '내침'에 의한 '소분消憤'의 터라면, 고산의 보길도는 피세를 위한 '知足'의 추구였다. 그러므로 소·허의 세이洗耳 및 괘표掛瓢[32] 같은 초세적 삶은 아무래도 고산이 제격이다. 적어도 시조의 풍월적風月的 특성상 말이다. 그렇다고 송강 시조에 초세적 정조가 없음은 물론 아니다. 굳이 소부 허유의 직접적 용사가 없을 뿐이다.

고산의 2편 시조는 소·허의 임천한흥林泉閑興을 삼공은 물론, 만승萬乘보다 났다 하고, 이어 고도孤島의 절대 은일이고 보니 '귀 씻을 일조차 없다'하므로 세이고사洗耳故事조차 번사煩事로 환치했다. 역시 고인의 고사를 용사하여 초절적 한미를 메타퍼화 했다.

---

31 『史記』; "上古之高士…隱居沛澤中. 堯讓以天下 不受, 遁居漁潁水之陽, 箕山之下, 又召九州之長. 由不欲聞 洗耳於潁水之濱."〈高士傳上〉

32 "許由無杯器, 常以手捲水, 人以一瓢遺之 由操飲畢' 以瓢掛樹 風吹樹 瓢I動歷歷有聲. 由以爲煩擾 遂取捐之."〈中文辭典·許由掛瓢條〉참조

滄洲 吾道를 녜브터 닐 더라
七里 여흘 羊皮옷슨 긔엇터 ᄒ니런고
三千六百 낙시질은 손 고본제 엇디턴고.

〈고산유고 · 어부사시사, 冬 9〉

이 역시 후한의 은처사인 엄자릉嚴子陵의 칠리탄 고사를 빌어 가어옹의 멋을 배가하려는 용사편이다. 일찍이 엄자릉은 광무光武와 함께 수학한 지기였다. 훗날 광무가 즉위하자 성명을 바꾸고 나타나지 않았다. 간의대부의 직도 끝내 사양하고 부춘산富春山에 들어 경조耕釣로 생을 마쳤33던 그의 삶을 짐짓 창주오도滄洲吾道로 동격한 고산이다. 다음은 낙화 뜬 여흘에서 선옹의 취락을 노래한 춘흥이다

醉하야 누엇다가 여흘 아래 ᄂ리려다
落紅이 흘러오니 桃花源이 갓갑도다
人世紅塵이 언마나 ᄀ렷ᄂ니.

〈고산유고 · 어부사시사, 春 8〉

'여흘 + 낙홍 = 도화원 ↔ 홍진'이라는 도연명의 「도화원기」를 3장에 함축한 가락이다. 물에 떠오는 꽃잎에서 유추한 도화원, 그러므로 선계요, 그러기에 홍진과의 거리를 '얼마나'라는 자못 풍류조의 의문에 붙였다.

이상은 송강 고산의 시조 중 역대 중국의 고인 고사, 혹은 명인 · 명구를 용사한 작품들을 가려 그 내처와 수사 구조 및 의미 분석을 시도

---

33 "… 少與光武同遊學, 及光武卽位 光變姓名隱居不見 帝思其賢 …除諫議大父不就, 歸隱富春山 耕釣以終 …."『後漢書』참조

해 보았다. 물론 기발한 착상, 참신한 효과도 없지 않았으나, 역시 시조문학이 우리 고유의 시형이자, 장구한 역사성을 지녀온 것은 용사에 의한 결과이기보다는 호흡과 리듬에 맞고, 우리의 생활정서를 표출하기에 알맞기 때문이었다. 곧 시조답기 때문이었다. 시조가 시조답기 위해서는 우리 가락에 맞는 우리 어성語聲과, 우리의 정서를 살려야 함에는 이론이 없을 것이다. 예컨대

물아래 그림재 디니 도리우히 듕이 간다
뎌 듕아 게 잇거라 너 가는듸 무러보쟈
막대로 흰구름 ㄱㄹ치고 도라아니보고 가노매리.

〈송강가사 · 하〉

우논거시 벅구기가 프른거시 버들숩가
漁村 두어집이 내속의 날락들락
말가한 깁흔 소의 온갓고기 뛰노는다.

〈고산유고〉

가 그것이다. 결국 우리의 격율을 유지하므로 시조는 역시 우리 문예로서의 문예미를 제고한다 하겠다,

Ⅳ. 문제의 정리

이상의 논고를 요약하면 다음과 같다.

1 시학으로서의 용사란 한시 작시 상 수사의 용어로, 그리고 비평에서는 내처의 유무와 환골탈태의 여하에 따른 시격의 준거로 쓰였다.

2 용사의 시학상 중요성은 문화의 종속논리이기보다는 문학의 보수성에 따른 전통과 인습의 결과다.

3 한시문학의 용사가 고유시형인 시조에까지 준용된 것은 조선 중기까지의 시조문학 담당층이 정통 한문학의 인습에 젖은 사대부층이었기 때문이다.

4 용사의 실제에서 송강의 경우 고인 2회, 고사 2회, 명인 17회, 명구 I7회였으며, 고산은 고인 6회, 고사 6회, 명인 6회, 명구 6 회로 나 타났다. 특히 송강에게서는 이백에의 취향이 농후하며, 고산은 소부와 허유의 세이洗耳, 괘표고사掛瓢故事, 오원伍員의 괘안고사掛眼故事, 그리고 엄자릉의 칠리탄 등 고인 고사의 작품화가 많은 편이다.

5 용사에 의한 시조의 문예미는 기발한 착상, 참신한 효과 또한 없지 않으나, 우리의 어성에 의한 우리의 정서가 담긴 3장 6구의 맛깔스런 멋이 역시 시조의 시조다움이라 하겠다.

〈1992〉

穆陵文苑의 學唐과 詩的變移

-思庵 朴淳을 증심으로-

Ⅰ. 盛唐詩와 穆陵盛世

최고운의 개산이래 고려 광·현종 대에 농섬부려穠纖富麗해진 우리 한시문학1은 '조선조 중종 연간을 거쳐 선조 대에 성세[穆陵盛世]를 이루었다.'고 많은 시화류 및 문학사가들이 정리해2 왔다. 이 같은 문학사 가술의 저변에는 '송시의 주리적 포진鋪陳이 아닌 당시唐詩의 주정적 영묘影描에 의한 시격詩格 상승이라는 문풍의 실현을 의미한다 할 것이다.

---

1 徐居正 ; "高麗光顯以後 文士輩出 詞賦四六 穠纖富麗 非後人所及 但 文辭議論 多有可議者…"〈東人詩話·下, 第1話〉

2 정민 교수는 선조 연간의 문운의 융성을 문학사에서는 '목릉성세'로 일컬어 왔다며, '이 시기는 한국문학사에서 절정의 장관을 연출하였다.'(『목릉문단과 석주 권필』 p.27, 태학사, 1999)했는가 하면, 이종묵 역시 "한구 한시는 중종 연간에서 큰 성과를 이루어 李荇·朴祥·申光漢·金淨·鄭士龍 등의 대시인을 배출했고, 선조 연간에는 이를 이어 盧守愼·黃廷彧·崔慶昌·白光勳·李達 등 걸출한 시인을 등장 시켰다."(『海東江西詩派研究』 제1장 서론 p.1)고 『惺叟詩話』에 준거해 입론했다.

대저 당시, 특히 성당시란 무엇이며, 목릉성세는 어느 날 문득 벽공 찬출이라도 했던가? 워낙 당시란 한대漢代에 온축된 학문과 사상의 기저에 건안建安의 비장·강개·애절의 정조미를 승화한 정시문풍正始文風, 심약沈約의 사성팔병설四聲八病說에 따른 성율론, 이른바 제齊·량梁의 영명체풍永明體風은 물론, 초당 사걸四傑, 특히 심沈·송宋의 완미한 형식미가 아울은 시문학의 금자탑이다.3 곧 일정 시대를 대표하는 문예의 한 장르는 일조일석에 완성되거나, 조변석개하는 것이 아니라, 그 보수성만큼이나 오랜 단련과 각 체의 다양한 장처長處를 습용·개변함이어서,4 결국 당시란 남방문학의 정화와 북방문학의 질박質朴·견실堅實을 함유함이다.5 그러므로 광염이 만장한 성당의 이李·두杜문장이요, 특히 우리는 집집마다 신주처럼 받들었던 두시杜詩6다.

---

3 이는 熊鈍生著『中國文學發達史』제6장~10장을 참조할 수 있으며, 특히 시가 애호되는 까닭을 이병주는 "『詩經』과 『楚辭』와 漢魏 古詩의 맥락을 물려받아 시의 흐름과 소재를 다양하게 발전시켜 민중의 공유로 삼아서다. 六朝 시대의 많은 시인들이 일으켜 놓은 시의 경지를 唐에 이르러서 더욱 값진 삶의 터밭으로 일구어 놓은 情의 밀물에 스스로가 흘려서 대대로 읽는 것이다. …格調와 律調를 전통적인 기호에 맞추되 특수한 계층의 시가가 아닌 민중의 공감을 주게끔 노래했다는 점에서 당시의 값은 크게 두드러진다. 당시는 전통적이고 음악적이며 통속적이고 시대적 특성이 뚜렷하다."라고 요약하고 있다. 〈『詩聖杜甫』〉

4 이제껏 목릉성세론을 주장해온 대체적 논자들은 지극히 嗜好, 혹은 에세이적 시화류에 근거, 세찰 없이 引證하므로 학당의 시풍이 마치 초기 몇몇 학 당 주창자 및 동조자들에 의해 선조 대에 盛世를 맞게 된 듯 오해의 소지를 남기고 있던 중 奎松烈의『조선조 초기 학당의 변모 양상 연구』는 성실 한 천착과 다양한 인증으로 바른 詩史 이해에 크게 기여했다 하겠다.

5 이는 杜甫의 많지 않은 詩論詩인 以詩論詩「戲爲六絶」의 "유신의 문장 늙을수록 더욱 격을 이뤄, 구름을 능지르는 굳센 붓 시사 역시 무궁해(分信文章 老更成 凌雲健筆意縱橫)"〈其一〉와 "楊·王·盧·駱 당시 체, … 쉼 없는 강물 만고에 치렁하리(楊王盧駱當時體 … 不廢江河萬古流)"〈其二〉 및 "옛 사람 받드는 이젯 사람 경박타 하랴, 맑은 시어와 아름다운 글귀 본을 삼아야지(不薄今人愛古人 淸詞麗句必爲隣)"〈其五〉, 그리고 "거짓 체 가려내고 풍아 와 친근하여, 배우고 섬길수록 더욱 길이 있으리라(別裁僞體親風雅 轉益多師 是汝師).〈其六〉에서도 넉넉히 증명된다.

성당시로 대표되는 두시는 북송 초기 학시學詩의 준적이었고, 북송의 이러한 학풍은 곧바로 고려조의 학두풍學杜風으로 이어졌으나, 소蘇·황黃 이후, 특히 인종 때의 문신 김부식의 지나친 모소慕蘇와 『전주목신조동파문집』 인행으로 한 동안 학송풍學宋風이 크게 소단을 풍미했으나, 그렇다고 학두의 기운이 위축된 것은 아니었으니, 송판 두시서가 복각되는 등 고려 중엽 이후의 학두풍은 구안자具眼者의 기호에 따라 꾸준히 제고되었다.7

이른바 목릉성세 역시 어느 날 문득 형성된 문풍이 아니라, 오랜 학당의 결실임은 물론이다. 발신자로서의 두시, 우리 문학에 나타난 그 수용관계를 처음 학계에 보고한 업적은 이병주의 『한국문학상의 두시연구』8다. 저자는 정음 창제 이전은 물론, 국문시가상의 인흔印痕까지 천착하고, 신라의 많은 견당遣唐 유학생 및 당나라에서 문명을 떨친 최치원의 시문에서조차 그 편린을 발견할 수 없음은 가석한 일이라 전제하고, 고려 중·후기의 정지상·임춘·이인노·이규보·최해·이제현 등 전수들의 용사관계를 예시했다.9

한편, 권근權近의 말대로 "우리 동방에 문학이 있어온 이래 선생처럼 훌륭한 분은 있지 않았다"10는 고려 말 석학 목은牧隱 이색李穡도 「두시

---

6 金甲起·鄭後洙 ; 『國譯申紫霞詩集』·五, 「東人論詩絶句」10-22, "천하에 그얼마나 많은 사람들이 두시를 배웠던가, 집집마다 신주처럼 받들긴 동방에 에서 제일이지(天下幾人學杜甫 家家尸祝最東方)." 이화문화출판사, pp.33~56. 2005. 3. 참조

7 이병주는 주9)의 전저에서 그 예증으로 이규보의 「吳先生德全哀詞」의 "爲詩文 得 韓·杜體" 및 「翰林別曲」 제2연의 "唐·漢書 莊·老子 韓·柳文集·李· 杜集 蘭臺集 白樂天集…"등을 예시하고 있다.

8 1979년 二友出版社刊인 본 저서는 저자의 박사학위 논문을 증보한 책임. 저자는 'II.한국문학상의 두시'에서 訓民正音 이전은 杜詩 「贈花卿」에 현토한 『시용향악보』 소재 「橫殺門」이 그 첫 작품이라 하고, 이어 가사·단가 등 에 수용된 흔적을 낱낱이 예시하였으나, 본고의 성격상 생략함.

9 이병주 ; 『韓國文學上의 杜詩研究』, II·2. 漢文學上의 杜詩. pp.151~157 참조

를 읽고讀杜詩」에서

操心如孟子	마음을 다잡기사 맹자요
紀事如馬遷	사실을 다루기는 사마천
文章振闕聲	문장은 그 명성을 떨쳤고
惻怛全爾天	어진 성품 천품 그대로라
法服坐廊廟	묘당에 앉은 의연한 모습
禮樂趨群賢	뭇 어진 이들 예악에 쫓아 따를 듯
文章高數仭	높기도 하여라 그 담장, 두 세 길이니
後來徒比肩	후인이야 헛되이 어깨나 비길 뿐
何曾望堂奧	어찌 그 아랫목을 들여다나 보랴
矯首時茫然。	우러러 볼수록 아득키만 하여라.

〈牧隱詩藁 · 八, 讀杜詩〉

라 하여 숫제 이색의 대수大手로도 기급企及은커녕 '어깨나 견주어 보겠
냐'고 진솔한, 그러므로 더욱 진지한 학두 · 학당의 수고로움을 고백하
고 있다.

한편 정몽주鄭夢周의

春雨細不滴	봄비라, 가늘어 소리 없더니
夜中微有聲	한밤에사 나직한 빗소리

---

10 權近 ; "…吾東方牧隱先生 質粹而氣淸 學搏而理明…故其發而措諸文辭者優游 而有餘
渾厚而無涯, 其明昭乎日月, 其變驟乎風雨, 歸然而峯乎山岳, 霈然而浩乎江河, 賁若草木
之花 …苟非稟天地之精靈 窮聖賢之蘊奧, 騁歐蘇之軌轍 升韓柳之室堂, 曷能臻於此哉.
目吾東方文學以來 未有盛於先生者也.〈東文選 · 91, 恩門牧隱李穡先生文集序〉참조.

雪盡南溪漲　　　뒷산 눈 다 녹아 앞 시냇물 불었겠고

草芽多少生。　　풀싹은 자못 파릇파릇 해졌겠지.

〈圃隱集·二·春〉

는 정작 두보의 「봄밤에 내리는 좋은 비春夜喜雨」[11]를 환골탈태한 장점粧點이다. 누가 훗날 삼당三唐의 가식적 염락풍[12]에 비해 뒤진다 할 것인가. 아직 '문사논의文辭論議'가 미진한 고려 말의 학당과 당시풍이 이러하거늘, 우두右杜의 주자학朱子學 시대인 조선조의 학두 = 학당은 무릇 국력을 경주했다 할 것이다. 우선 세종 25년(1443) 4월에 만우·의침·유방선 주도 하에 유윤겸·유휴복·조식·김흔 등으로 짜여진 실무진, 이른바 유儒·석釋을 아우른 언해 작업에 의해 성종 12년(1481) 12월에 인행된 을해동주자본乙亥銅鑄字本 전 25권의 『두시언해杜詩諺解』가 그렇고, 이어 잦은 두시 과제科題는 학두열을 크게 고취시켜[13] 드디

---

11 杜甫 , "좋은 비 시절을 알이/ 봄을 맞아 만물을 펴나게 하는데, 바람 따라가만히 밤에 내려/ 만물을 적시되 보슬비라 소리 없네.…(好雨知時節 當春乃發生 隨風潛入夜 潤物細無聲)"〈杜諺·12〉참조

12 李達의 「아내의 죽음을 애도하며 悼亡」에 "화장대엔 거미줄 거울엔 먼지 끼었고/문 닫긴 채 복사꽃만 적막하게 한 봄인데/ 예로운 작은 다락 밝은 달만 환한 채/ 누가 바로 주렴 걷을 사람인고(粧奩蟲網鏡生塵 門掩桃花寂寞春依舊 小樓明月在 不知誰是捲簾人)"는 절실한 만당의 염락체나, '粧奩·鏡鏡·捲簾' 등의 시어는 작자의 '현실 체험일 수 없는 투식어'라 할 것이다. 예컨대 그의 다른 시 「不夕」의 "…창을 밀쳐 눈 내린 야경을 보고/ 격자 창틈으로 아침 햇살 쬔다. 어린 딸 찬 샘물 긷고/ 찌든 아내 미움을 맛보네拓窓看夜雪 自牖納朝陽 稚女寒泉汲 貧妻豆粥嘗…"〈蓀谷集·3〉가 그의 삶의 현실이었다.

13 이병주는 "右杜의 풍조는 조선왕조의 건국과 더불어 외친 崇儒 정책과, 宋朝 朱熹를 비롯한 中土 名家들의 尙杜를 본받았고, 게다가 두보의 철저한 '奉儒守官'이 國論에 맞았고, 平民의 구차함을 자기의 눈물로 가름한 그 호젖한 '憑時憐民'이 統緖와 時潮에 부합되어, …이로 말미암아 각종 注杜書의 覆刻과 그 주석의 간행을 보게 되었고, 더욱이 두시에서 나온 科題가 잦아 學杜烈은 최고조에 달했다."라 했다.〈소上, II.한국문학상의 두 시, 1, 국문학상의 두시, p.129〉참조

어 인조 조에 중간의 수요를 불러오는 등 목릉의 성세가 있게 되었음은 사승史乘이 가리는 바다. 그럼에도 불구하고 신흠申欽의 "고려는 물론, 조선조에서도 모두 송나라 동파를 추존했고, 심지어 고려조엔 과거 급제자를 일컬어 '새로운 35 동파가 탄생'했다는 조어까지 생겼으나, 근자에는 당시를 배운다."[14]라던가, 이수광의 "우리나라 문사들이 온통 소蘇·황廷堅을 존상해 모두 일투一套더니, 근자에 최경창 백광훈이 비로소 당시를 배웠다"[15]던가, 혹은 김창협의 "목묘 이전의 시는 송시를 배워 격조가 아순치 못하다가, 목묘 조에 이르러 많은 문사의 배출과 함께 학당의 풍조가 형성되며 크게 성해졌다."[16]는 등 평지용출平地湧出식 논법은 바른 문학사 정리를 위한 참고 자료일지언정, 세찰도 없이 곧장 정설로 비화할 일은 아닐 줄 안다.[17]

---

14 申欽 ; 麗朝及我朝 皆尙東坡 高麗朝大比至有三十五東坡之語, 近年以來 稍稍不喜爲詩者 皆學唐人.〈晴窓軟談〉,

15 李晬光 ; "我東詩人 多尙蘇黃 二百年間皆襲一套. 至近世 崔慶昌白光勳 始學唐.『芝峯類說』권9

16 金昌協 ; 世稱 本朝詩 莫盛於穆廟之世 … 穆廟以前 爲詩者 大抵皆學宋 故格調多不雅馴 …至穆廟之世 文士蔚興 學唐者寢多.〈農巖集 卷34·雜識〉참조

17 '목묘조에 이르러 많은 문사의 배출과 함께 학당의 풍조가 이루어 졌다'면『두시언해』이전의 작인 월산대군(1454~1489)의 "綠水靑山 깁흔 골에 추자올 이 뉘 이시랴. 花徑도 쓸 리 업고 柴扉를 다닷ᄂᆞ듸/ 仙尨이 雲外吠ᄒᆞ니 俗客 올가 ᄒᆞ노라."와 같은 단가의 초장은 두시「寄常徵君」의 1연 "白水靑山空復春 徵君晩 節傍風塵"에서, 중장은 두시「客至」의 2련 "花徑不曾戀客掃 蓬門今是爲君開"에서, 종장 역시 두시「滕王亭子」二首 1의 2련 "春日鶯啼脩竹裏 仙家犬吠白雲間"을 용사한, 이른바 학두의 결실임은 어떻게 설명할 것인가.

Ⅱ. 사암 시대의 문풍과 그의 문학관

안동 김상헌金尙憲은 사암 박순(1523~1589)의 문장과 인품을 『대아』 「역박장」의 "갈고 다듬은 그 문채요, 금옥 같은 그 바탕18"이라고 『사암집』 「서문」의 제 1성으로 직필하고, "내 그런 말은 들었지만 그런 사람은 못 보았더니, 천 년이래 우리 동방에 그 이름을 세상에 떨친 자가 나와, 독실하게 논하는 인사들이 거의 그런 인물에 가깝지 않겠는가 한다. 그는 누구인가? 사암선생 고박상공이 그 분이다."19라며 자못 문왕文王의 학덕으로 기렸다. 「문집서」는 물론 이선李選의 「행장」, 이항복李恒福의 「시장」 송시열宋時烈의 「신도비명병서」 및 이미 발표된 몇몇 논고20에서도 그의 올곧고 강직한 인성과 근직성勤職性은 논증된 바 재론을 요치 않는다. 본고는 '목릉문원의 학당과 문학적 변이'라는 시문학사적 굴절기, 이른바 송시풍에서 당시풍으로 시대문풍을 선도

---

18 『詩經』 ; "잘 다듬은 그 문장이요, 금옥 같은 그 바탕이로다. 힘쓰고 힘쓰시는 우리 임금이시여, 온 세상의 벼리시도다.(追琢其章 金玉其相 勉勉我王 綱紀四方)"참조

19 金尙憲 ; 吾聞其語矣 未見其人矣. 千載之下 東方有名世者出 篤論之士 以爲 庶幾焉 非耶其人爲誰. 思庵先生 故朴相公 是也.〈한국문집총간 38. 思庵集 · 序. 이하 원문은 이를 참호함〉

20 문학사적 비중에 비해 사암 연구는 의외로 흡족히 논의되지 못한 듯하다. 과문한 대로 이창경의 「사암 박순론」(『한양어문연구』 제5집, 한양어문학회, 1987), 김신중의 「사암의 생애와 사암시의 전고에 대하여」(『고시가연구』 제 1집, 전남고시가연구회, 1993), 김상일의 「박순의 당시풍 추구와 그 한 시사적 의의에 대하여」(東院論集 제6집, 동국대학교 대학원, 1993)와 이를 수정 보완한 「사암론」(조선시대 한시작가론,1996, 이회), 필자의 지도에 의한 엄상준의 석사논문 「사암 박 순 연구」(청주대학교 대학원, 1996) 외에는 이가원 · 필자의 『한문학사』, 조동일의 『한국문학통사』 3권, 안병학의 「삼당파 시세계 연구」, 변종현의 『고려조 한시연구』(태학사, 1994) 변종욱의 『해동강서시파연구』(태학사, 1995), 전송열의 「조선조 초기 학당의 변모양상」(2000, 연세대 박사논문) 등에서 부분적 언급이 있었다.

하고 실천한 사암 박순의 문학관과 작품 세계를 살펴 우리 한시문학 사상의 바른 자리 매김이 필요하다는 인식에서 출발한다.

이를 위해 16세기 중·후반, 곧 사암 재세기在世期의 문풍과 사암의 문학관을 정리하고, 이어 그의 작품 세계도 송시풍이란 전통적 인습의 구각을 말끔히 씻지 못한 경우와, 당시풍으로 평가되는 작품, 이른바 '청소한 시품'으로 분류해 검증하고자 한다. 사후 영향관계는 직접 훈목된 것으로 알려진 이달李達과 백광훈白光勳의 몇 작품과 대비 감상하는 식으로 한정될 것이다.

두루 아는 바와 같이 우리네 학시學詩 계경界徑이란 결국 당·송에 한정되어 왔다. 곧 동악 이안눌의 '유한입두由韓入杜'와 정조의 '유육입두由陸入杜', 그리고 자하의 '유소입두由蘇入杜'론이 하나같이 당시에로의 귀착이었음이 그것이다. 그 계제가 소식이던, 한유이던, 육방옹이던 목표가 두시라면 중당시도 송시도 계경일 뿐 목표점은 성당시 = 두시다. 우리는 이즈음에서 당·송시의 차별성은 물론 송시의 변천사, 특히 소·황 이후 송시의 특징을 바로 이해할 필요가 있다. 이는 당시와 송시의 바른 이해는 물론, 목릉문원의 학당과 문풍 변이의 당위성, 나아가 우리 시문학사의 바른 정리와도 직결되기 때문이다.

물론 허균이나 김창협의 고견도 간과할 바는 아니지만,[21] 역시 당·송시의 차별성은 남송의 대표적 시론가 엄우嚴羽의 시평을 경청할 필요가 있다. 그는 『창랑시화』「시평」에서

---

21 이처럼 송시에 비해 당시에 더 비중을 두는 준거는 도학적 문학관의 '陶冶性情'에 근거한 공자의 시경시에 대한 '思無邪'론 일 것이니, ①허균의 '당인의 五·七言 절구가 국풍의 여음을 얻어 시 삼백과 가까워 당시가 성정의 도에 이로울 것'(唐人五七言絶句 … 噫唐之絶句 於是盡矣 而三百篇之遺音…則其於性情之道 或不無少補云爾).〈惺所覆瓿藁·五, 文部 2序〉과 ②김창협의 '당나라 시는 성정과 흥기를 위주하여 고실과 의론을 일삼지 않음'(唐人之詩 主於性情興寄 而不事故實議論)〈農巖集·34. 雜識〉 참조

시에는 사와 리, 그리고 의·흥이 있다. 남조인은 사를 숭상하여 이치에 병폐가 있었고, 본조인은 이치를 숭상해 의흥에 병폐가 있었으며, 당나라 사람들은 의흥을 숭상했으면서도 이치가 그 가운데 있다.[22]

라고 진단했다. 사란 시에 쓰인 말, 이른바 시어이며, 이란 시적 소재의 물리적 이치, 곧 논리요, 의는 시적 정조, 즉 감정과 사고의 배합물인 의상意象·의경意境, 이른바 이미지며, 흥은 시의 흥취다. 요컨대 당시가 체험적 정조의 집적물인데 비해 송시는 이념적 논리의 결집이라 했다. 나아가 그는 같은 책「시변詩辯」에서

이른바 논리의 길[理路]을 밟지 말고, 말의 그물망[言筌]에 빠지지 않는 것이 가장 윗길이다. 시는 인간의 성정을 읊는 것이다. 성당의 시인들은 오직 흥취에 있어서 영양이 뿔을 (나무에) 걸어 자취를 찾을 수 없는 것과 같다. 때문에 그 묘처가 투철영롱하여 모아 합할 수 없으니, 마치 허공 속의 소리와 같고, 대상 속의 빛깔과 같으며, 물속의 달과 거울 속의 상象과 같아 말은 다함이 있으나, 뜻은 끝이 없다. 근대 여러 시인들은 기이하고 독특한 시를 지어 마침내 문자로 시를 짓고, 재주와 학식으로 시를 짓고, 의론으로 시를 짓는다. 어찌 공교롭지 않으랴마는 끝내 옛 사람의 시가 되지는 않는다. 대개 일창삼탄의 소리가 되기에는 부족한 점이 있다.[23]

---

22 嚴羽 ; "詩有詞理意興 南朝人尙詞 而病於理, 本朝人尙理 而病於意興, 唐人尙意興 而理在其中…"〈滄浪詩話·詩評〉참조

23 嚴羽 ; 所謂不涉理路 不落言筌者 上也. 詩者 吟詠性情也. 盛唐諸人 惟在興趣 羚羊掛角 無跡可求. 故其妙處 透徹玲瓏 不可湊泊, 如空中之音 相中之色 水中之月 鏡中之象 言有盡而意無窮. 近代諸公 乃作奇特解會 遂以文字爲詩以才學 爲詩 以議論爲詩 夫豈不工 終非古人之詩也. 盖於一唱三歎之音 有所歉焉.〈仝上·詩辯〉참조

라 하여 송시[近代諸公]가 당시에 미치지 못하는 까닭을 밝혔다. 이른 바 지나치게 사변적[理路 ; 논리에 빠짐]이며, 말의 그물망[言筌 ; 수사적 기교]에 얽매이고, 흥취가 아닌 의론만 내세운다. 여기 '어찌 공교롭지 않으리요 마는[夫豈不工]'은 '흥취'가 아닌 '작위·조식'에만 몰두하여 공교롭지 않은 것은 아니지만, 고시의 질박미와 언외의 유장미, 이른바 '말은 다 했으나, 시의는 다함이 없[言盡而意無窮]'는 감흥이 있을 리 없다'고 했다. 나아가 그는 송시의 발전 과정을,

> 국초의 시는 여전히 당인의 시를 답습하였다. 왕우칭은 백락천을 배웠고, 양문공과 유중산은 이상은을 배웠으며, 성도는 위소주를 배웠고, 구양수는 한유의 고시를 배웠으며, 매요신은 당인의 평담한 시미를 배웠다.[24]

며 북송 초기의 시풍은 역시 당시풍이 시대 문풍이었음을 전제하고, 이어

> 소동파와 황산곡에 이르러 비로소 자기의 뜻대로 시를 지어 당나라 사람의 시풍과 달라졌다. 산곡(황정견)은 공교로운 말을 쓰는 것이 더욱 심각하게 되어, 그 후 시를 짓는 자리에는 그런 시풍이 성행하여 세상에서 강서종파라고 일컬었다. 근세에 조자지와 옹령서의 무리가 홀로 가도와 요합의 시를 즐겨 조금씩 청고한 시풍으로 나아갔다. 강호의 시인들이 대부분 그 체를 본받았으니 한 때는 스스로 당종唐宗이라 불렀으나, 성문벽지과에 들어갈 뿐임을 알지 못했으니, 어찌 성당 시인들처럼 대승정법안이 되겠는가.[25]

---

24 嚴羽 ; 國初之詩 尙沿襲唐人. 王黃州學白樂天, 楊文公劉中山學李商隱, 盛文肅學韋蘇州, 歐陽公學韓退之古詩, 梅聖兪學唐人平澹處)〈仝上〉 참조

라 하므로 소·황 이후의 강서시파 형성 과정과 그에 대한 비판, 그리고 다시 당시에로의 복귀라는 문풍이 일긴 했으나, 사령시파[26]와 강호시인[27]들도 성당시의 정법은 터득하지 못했음을 지적하며, 비록 세상 군자들에게 죄를 얻게 되더라도 시의 종지를 선을 빌어 비유하며 [以禪喩詩] 중·만당의 시풍이 아닌 성당의 시를 법으로 삼아야 한다고 강조해「시변」을 맺었다.

송대의 이러한 시풍은 여과 없이 반도에 유입되어 고려조 김부식으로 대표되는 삼소三蘇에의 흠모로부터, 소·황파[28], 황·진파[29]와 함께, 일찍이 시의 정도에 눈며 당시풍을 구가한 일군의 시인[30]들, 바로 그 개변의 문풍이 이후 실학파, 혹은 천기론을 자임한 여항문인에 이

---

25 嚴羽 ; "…至東坡山谷 始自出己意以爲詩 唐人之風變矣. 山谷用工尤爲深刻, 其後法席盛行 海內稱爲江西宗派. 近世趙紫芝 翁靈舒輩 獨喜賈島姚合之詩 稍稍復就淸苦之風. 江湖詩人多效其體. 一時自謂之唐宗 不知止入聲聞辟支之果. 豈盛唐諸公大乘正法 眼者哉."〈仝上〉참조

26 唐代의 시인 賈島 姚合의 청신하고 소박한 시풍을 배우고자 하던 宋代의 徐照(靈暉)·徐璣(靈淵)·翁卷(靈舒)·趙師秀(靈秀) 등 永嘉 출신 靈자를 호로 삼은 四靈派. 이들은 강서시파의 난해하고 생경한 시풍을 반대하고 가도와 요합의 淸苦한 시풍을 표방했으므로 세상에서 사령파라 칭함.

27 江湖詩人 ; 황정견을 중심으로 한 강서종파와 서조를 중심으로 한 영가사령파 및 송나라 보령 연간 陳起의『江湖小集』에 화창한 문사 일군을 일컫는말.

28 許筠 ; "佔畢齋詩 專出蘇黃 宜銓古者之小看也"〈성수시화〉海東江西派 二雄로 통칭되는 朴誾·李荇을 위시하여 湖·蘇·芝로 통칭되는 鄭士龍·盧守愼·黃彧 등은 그 대표적 인물이라 할 것이다.

29 황정견과 陳師道를 일컫는 말로 이들 역시 넓은 의미의 강서시파로 묶을 수 있다.

30 李睟光 ; 本朝詩人 不脫宋元習俗者 無幾, 如李胄·兪好仁·申從濩·申光漢號近 唐, 而似無深造之功.〈지봉유설〉
　申欽 ; 我朝文章巨公 非不蔚然輩出 務爲專家. 至於取法李唐者 絶小. 冲菴忘軒之後 崔慶昌白光勳李達 數人最著.〈청창연담〉
　鄭敏도 金淨·李胄·兪好仁·申從濩·羅湜·朴淳·鄭澈·申光漢·尹根壽·權擘· 許筠 등 이 학당 문풍의 제 1기 先聲者들이라고 논정한 바 있다.『목릉문단과 석주 권필』1, 총론 참조

르는 조선 후기까지의 새로운 문풍으로 우리 시단을 풍미한다.

물론 문풍의 반동은 국내·외적 영향과 수많은 시행착오 및 적지 않은 회한을 동반한다. 이 같은 제 요인들은 정민의 주5) 인용 서목과, 이종묵의『해동강서시파 연구』등 전저에서 상고할 수 있으므로 약하거니와 소·황, 곧 강서시파의 습벽을 떨치지 못해 안타까워하는 몇몇 화소는 사암의 시적 혜안을 읽는데 도움이 될 것이다.

> 호음 정사룡은 시를 지음에 소·황의 시를 위주로 했는데 만년에 크게 후회하고, 마냥 두목과 이상은의 시를 읽었다. 하곡(許筬의 호)은 어려서 동파를 배웠으나, 후에는 당음과 이백을 즐겨 읽었으나, 스스로 이르기를 전 날의 습성을 바꾸고자 하나 쉽지 않다31

고 고백했으며, 이익지(李達의 자) 역시

> 소·황의 시가 폐부에 달라붙은 지 이미 오래인 고로 시를 지음에 성당의 기품과 시격이 없다.32

고 했는가 하면, 이수광은

> 당나라 사람들은 시를 지음에 오로지 뜻과 감흥을 주로 하므로 용사를 많이 쓰지 않지만, 송인은 시를 지음에 오로지 용사를 숭상해 의흥이 적다.

---

31 李晬光 ; 鄭湖陰爲詩 主蘇黃, 晚年甚懷之 每讀樊川(杜牧) 義山(李商隱). 許荷谷少學
  東坡 後喜唐音 李白, 自言欲變前習而未能.〈지봉유설·문장부〉
32 許筠 ; 益之亦曰, 蘇黃之詩 着肺腑中已久, 故造語無盛唐氣格.〈학산초담〉

고 전제하고,

> 소·황에 이르러선 또 불가의 용어를 마구 써서 신기하게만 하니, 알지
> 못게라. 시격은 어떠하겠는가. 근래엔 이 폐가 더욱 심하여 1편의 시에
> 용사가 반을 넘으니, 옛 사람의 글귀나 말을 표절한 것과 거리가 거의 멀
> 지 않다.[33]

고 했으며, 해동강서시파의 노수신이 추종해 마지아니한 김종직의 시
구 "시서의 구업은 창으로 기장을 찧듯 어렵고, 문학의 새 공부는 수
달이 물고기로 제사하듯 많은 고사를 참고하네詩書舊業戈舂黍 翰墨新功獺祭
魚"와, 이상은의 작시상 용사의 병폐를 '달제어'에 비유하고, 이를 추종
한 정사룡의 '온통 누덕누덕 기운 땀질 자국 뿐, 평담한 기상일랑 찾을
길 없다.多牽補斧鑿之痕 絶無平穩底氣象'는 병폐를 통매하고[34] 있다. 이것이
이른바

> 그들은 진정한 문학 애호가들로서 예술에 대한 태도는 엄숙 진지했으며,
> 작시에 전념하여서는 내공적內攻的 단련을 쌓아 평범하거나, 안이한 시를
> 쓰지 않는다. 시의 발상은 물론, 표현에 이르기까지 심상의 미동도 놓치
> 려 하지 않는다. 이들의 작시 특징은 1. 환골탈태를 전제한 용사의 중시.

---

33 李晬光 ; 唐人作詩 專主意興 故用事不多, 宋人作詩 專尙用事 而意興則少. 至於蘇黃
又多用佛語 務爲新奇 未知於詩格如何. 近世此弊益甚 一篇之中 用事過半 與剽竊古人
句 語者 相去無幾矣.〈지봉유설. 상. 文章部 二.〉

34 李晬光 ; 金宗直詩 … 按『旬子』'不道禮意 以詩書爲之 猶以戈舂黍', 古書 云'李商隱爲
文 '多點檢閱書籍左右鱗次 號獺祭魚'. 余謂爲文而以編綴用事爲 能者 乃文士之病也.
頃世鄭士龍 類抄諸書 盛以大囊 每有製作 必以自隨. 故其詩多牽補斧鑿之痕 絶無平穩
底氣象 盖亦坐此病耳.〈지봉유설. 문장부 하〉

2. 기건호일奇健豪逸한 시격을 위한 요체법拗體法 활용, 3. 특이하고 빼어난 표현법 등으로 요약된다. 이들의 이러한 작시 개량운동과 그 성향은 또 성리학자들의 기호에도 걸맞아 많은 동조자가 있었다. 그러나 이들의 지나친 의욕은 결국 시에서 감정과 영감이 지니는 맛을 절감시키고, 부자연스런 전고典故 투성이의 까다로운 시를 만들었다는 지적을 면치 못했다.[35]

함이요, 이종묵의 지적처럼

요체의 시도, 자구의 단련, 시어의 확장, 구법의 변화, 전고典故의 활용, 意境의 안배로 나누어 강서시파의 작가들이 추구한 형식미와 기교를 추구함[36]

이 바로 그들 한시작법의 구체적 실례였다. 이러한 송시의 병폐를 1세대, 혹은 그 이상 먼저 깨친 이들이 정민의 말대로 학당시풍 제1기의 선각자들이다. 그 중 사암의 학문[37] 및 문학관은 영성한 대로 정리된 셈이다.[38] 선생께서 복재 기준奇遵의 유고를 읽고 쓴 「당의」편

---

35 金甲起외 ;『한문학사』제3절, 제 1장, 나)문예의 개화, ㄱ)江西派二雄, p.288, 2000, 새문사. 참조

36 이종묵 ;『해동강서시파연구』제1장 서론 참조. 태학사, 1995

37 사암은 서경덕의 문하에서 성리의 설을 들으며, 中庸·易經의 玄理를 심득 하였고, 장성해서는 老莊道佛과 秦·漢 이래의 百家書마저도 정통하여 도학자로서의 면모를 지녔다 했으며, 홍직필은 「중간발」에서 "若先生 妙齡求道傳習于訥齋六峰 就正于退溪花潭 又從栗谷牛溪 講論名理 雖尊賢取友 陶成敦德 而苟非先生天資純 粹可以大受 亦何能斯 焉取斯 如魯之君子哉"〈洪直弼·重刊跋〉.라 했다. 지면상 이로 대신함.

38 사암의 문집 및 자료의 영성은 無嗣와 사후 兵火로 인한 逸失 등 제 요인로 추단된다. 김상일의 전고에 요약 정리되어 있어 참고할 수 있음.

에서 "여력으로 하는 문장 역시 충효에 근본을 두고, 인의에서 나오고, 성정에서 시작되어 학문에서 끝나는 것餘事文章 亦必本於忠孝, 出於仁義 始於性情 終於學問"〈思庵·4, 讀奇德陽遺稿〉이라 한 점으로나, "문장은 선생에게 있어서 조박과 같은 것이었기는 하나, 역시 경술에 근본을 두었으므로, 채색에 힘쓰고 성음을 과시하는 자에 비길 바가 아니었다.文章在先生爲糟粕 而亦原本經術 非務采色 夸聲音者非也"〈洪直弼·重刊跋〉함을 보면 사암은 의리를 궁구하는 학문을 보다 중시하였고, 문장은 여기로 인식한 주자학적 도덕주의 문학이론을 답습하고 있음과, 시의 본질을 인간의 성정과 관련시켜 논의하고 있음으로 우리의 전통적 문학론을 계승한 ― 유가의 보편적 문학관을 실천하고자 했던, ― 한 시대의 오롯한 선비였다.

특히 허균은 「손곡산인전」에서

하루는 사암 박순 상공이 이달에게 말하기를 "시도는 마땅히 당시로써 정도를 삼아야 하네. 소자첨이 비록 호방하다 해도 이미 제 2의로 떨어진다네" 하고는 마침내 서가 위에서 이백의 악부와 가음歌吟 및 왕유·맹호연의 근체시를 보여주었다. 이달은 깜짝 놀라 정법이 여기에 있음을 알게 되었다. 마침내 지난날의 배움을 모두 버리고, 예전 숨어 지내던 손곡의 집으로 돌아가 『문선』과 이백·성당 12가·유장경·위응물 및 양사홍의 『당음』을 취하여 엎드려 외웠다. 밤부터 새벽까지 무릎이 앉은 자리를 떠나지 않았다. 무릇 다섯 해에 황연히 깨달음이 있는 듯하여 시에다 이를 펴니 시어가 매우 청절淸切하여 지난날의 태를 말끔히 씻었다.[39]

---

39 許筠 ; 『惺所覆瓿藁』 참고

했다. 이른바 학당시풍의 선도적 훈고이자, 그로 말미암아 손곡의 시가 청신아려해 졌다는 논리이다. 당시 〉 송시, 이백 〉 동파의 등식은 엄우의 원론적 부정[40]이 아니더라도, 청나라 오교吳喬의 '시=성정=시경'론[41]은 설득력이 있거니와, 이백의 능하고 능한 장르가 악부이고, 청한담아淸閑淡雅라면 왕유의 절구를 꼽는다. 그러므로 '황연히 깨달아 펴낸 시어가 청절했다'함은 신흠이 평한 사암시의 '청소淸邵'[42]와 일맥할 뿐만 아니라, 학당파 노선을 표방한 이들이 직접 엮은 최초의 사화집『악부신성』[43] 소재 악부시 175수, 특히 그 중 123수가 칠언절구라는 사실 등은 사암의 훈목과 무관하지 않으며, 특히 이선이 찬한「행장」의 "선생은 시대의 문체가 부박에 흐르는 것을 근심하여, 그 누습을 강력하게 변개시켜 깨끗하게 빨아내려 하였다. 문장을 논하면 반고·사마천·한유·유종원·이백·두보를 앞세웠다"[44]는 문맥의 행간에서 청소[邵·勁]한 그의 당시풍을 읽을 수 있다.

　신흠 외에 많은 시화에서 사암의 시적 특질을 청소라 했다. 시의 청소함이란 구체적으로 무엇인가? 또 사암의 시는 왜 청소한가? 먼저 신흠의 평을 꼼꼼히 읽어보자.

---

40 嚴羽 ; 唐人與本朝人詩 未論工拙, 直是氣象不同〈唐詩品彙序〉

41 吳喬 ; 唐人以詩爲詩 宋人以文爲詩. 唐詩主于達性情, 故于三百篇近, 宋詩主于議論故于三百篇遠.〈圍爐詩話·四〉

42 申欽 ; 思庵朴淳公 近來稍涉唐派爲詩, 甚淸邵〈청창연담〉

43 차천로는 그 발문에서 "唐人爲詩 多倣固樂府 宮詞·閨怨·00行·塞下曲·遊仙詞等題目儘好, 此古人所謂望其題目 亦知爲唐者也. 宋以下至我東則鮮有此體. 故今取數家 彙爲一帙, 以俟夫繼而有作者."〈樂府新聲跋〉라고 득의만만하게시풍 혁의 당위와 자신감을 피력했다.(嶠南漢文學 5집(1993)부록) 재인용.

44 李選 ; "先生疾當時文體尙浮薄 欲力變陋習 澡雪之. 論文章則首以班馬韓柳, 李杜爲本 …."〈行狀〉

우리나라의 작자는 대대로 훌륭한 사람이 있어서 수백여 명뿐만이 아니다. 근대 사람으로 말하자면 3가지 유형이 있으니, 화평하고 담아함으로 일가를 이룬 사람은 용재 이행과 낙봉 신광한이요, … 대가인 즉 사가 서거정이 당연히 제 1인자가 될 것이요, 박눌재 정호음, 황지천, 노소재, 최간이 같은 사람들은 험괴하고 기건한 말로 시를 지었으니, 능히 정각에 도달한 사람은 많지 못하다. 근래에 박사암이 당시풍을 본받아 시를 지어 대단히 청소하다.[45]

라 했다. 이용재와 신낙봉의 조화롭고 청담 아려한 시풍은 서거정을 위두로 치고, 박눌재를 포함한 강서시파는 험하고 신이하며, 기이하고 건장한 말로 시를 지어 정각[無上의 正道]을 얻지 못했다 하고, 당시를 점점 섭렵해 지은 사암의 시가 '모든 군자들이 사모해 마지않는 청렴 고아함'[46]을 얻었다 했다. 불가의 용어인 정각이란 '일체법과 일체지에 물들지 아니한' 그러므로 시격의 '맑고[淸] 높음[高=邵]'에 다름 아니다.

워낙 시는 '맑음'을 그 본색으로 한다. 기건奇健은 제 2의요, 험괴하고 침착하며, 질실함은 이미 시도와는 더욱 멀다 했다. 시는 맑아야 격이 높고, 그 격의 높음은 성색으로 구해지는 것이 아니라 했다. 시는 필히 소리 없는 데서 소리를, 색이 없는 데서 색을 얻어야 청명하고

---

45 申欽 ; 我朝作者 代有其人 不啻數百家. 以近代人言 途有三焉. 和平淡雅 成一 家言者 容齋李荇 駱峰申光 漢, …大家則 徐四佳居正 當爲第一. 如訥齋朴祥 湖陰 鄭士龍 蘇齋 盧守愼 芝川黃廷彧 簡易崔岦 以 險怪奇健爲之能至於得正覺者 猶不多. 思庵朴公淳 近來稍涉唐派 爲詩甚淸邵.〈청창연담·35〉

46 『楚辭』; 淸廉은 '마음이 깨끗하고 욕심이 없으며, 행실이 올바름'이요, 高雅는 '高尙하고 優雅함'으로 "뭇 군자가 그 청고함을 사모해 마지않는다 함. (凡百君子 莫不慕其淸高)〈離騷序〉

맑다**47**했으니, 바로 사암의 시가 청소한 까닭은 '당시풍의 영향 + 맑고 깨끗한 품성 + 청렴한 생활태도'에서 배태된 특질이라 할 것이다.

Ⅲ. 사암 시의 兩面性

필자가 검토한 『사암집』권1·2·3 소재 시작품 수수首數는 다음과 같다.

형식	古詩		絕句		律詩		排律		계
	五言	七言	五言	七言	五言	七言	五言	七言	
시제수	5	6	38	268	50	81	9	1	458
작품수	5	6	52	385	56	94	9	1	605

이를 다시 시체별로 도식화해 보이면,

卷	卷一				卷二		卷三			計
形式	古詩		絕句		絕句	律詩	律詩	排律		
	五古	七古	五絕	七絕	七絕	五律	七律	五排	七排	
詩題數	5	6	38	137	131	50	81	9	1	458
作品數	5	6	52	218	167	56	94	9	1	605

와 같다. 곧 총 458제 605수의 유작 가운데 칠언절구가 63,8%(385/605)라는 절대수치를 차지한다. 이는 물론 사암의 작시 경향만은 아니지만, 형식미와 수사의 묘를 능사로 삼던 강서파의 율시 선호보다 당시풍의 예술적 경향과, 인간 정서의 원초적 패러다임인 사랑·이별·

---

47 申欽 ; 淸詩之本色. 若奇若健猶是第二義也. 至於險也怪也沈着也質實也 去詩道逾遠. 淸則高, 高則不可以 聲色求也. 詩必得無聲之聲 無色之色 瀏瀏朗朗 淡淡澄澄.

상사·원망 등 인간 정조의 원형을 담아내기에 적절한 시식의 선택으로 보여 진다. 그러므로 삼당시인 및 임제林悌 등 이른바 학당 2세대들의 사화집『악부신성』의 절구시 확대, 남조 풍의 악부민가 및 제화시, 염정풍의 염려한 시풍48을 낳게 한 선성先聲이었다 할 것이다.

『사암론』을 진작 학계에 소개한 김상일49은 사암의 작품세계를 "승려 50여인과의 증답 및 송영시를 통해 탈속한 이상경을 희구했다" 하고, 정치·현실적 갈등을 노래한 시편에서 고절한 도학자적 성품과 우국휼민憂國恤民의 정을 노정했으며, 치사 후 형여청수炯如淸水한 시풍을 구가했다"고 정리한 바 있다. 그러므로 본고는 강서파라는 송시풍에서 당시풍의 필연성을 주창하고 실천한 학당의 선구자로서의 사암의 시적 궤적을 '1. 덜 가신 앙금, 2. 청소한 시품'으로 살피는 것이 우리 시사상詩史上 그의 위상 정립에 일조가 될 것으로 사료된다.

1. 덜 가신 앙금

대저 진화란 반동을 수반한다. 우리 시문학사에서 몇몇 역사적 사건과 맞물려 직·간접으로 문체(시 포함) 변이가 있었음은 주지의 사실이다. 예컨대 고려조 이규보의 신의론新意論 역시 화미華靡, 혹은 몰개성적 추종만을 능사로 삼던 당시 문풍에 대한 '이른 반동적 눈뜸'이었다. "진부한 시어를 긁어 떨쳐내고, 자기의 시낭[사북〈실꾸리〉]에서 샘솟는 신어로 시를 써야 한다."고 주장한 이규보도 서거정의 비평적 안목, 아니 관각적 용사론자의 식견에는 온전할 수 없었다.50 고려 말

---

48 정민의 주5) 동일서목 참조.

49 김상일 ; 앞의 주 3) 중 특히 「박순론」『조선시대한시작가론』, pp.249~278, 이회출판사, 1996

성리학 동점東漸 이래, 특히 조선의 교조적 성리문풍 아래서도 모소풍
慕蘇風에서 쉬 일탈하지 못했다. 이는 물론 조선의 사대교린이란 위정
의 원리로 사장詞章의 당위가 제고된 때문이기도 하지만, 문체의 생래
적 보수성도 간과할 수 없는 요인이었다. 그러므로 사암의 시에도 미
처 덜 가신 강서파의 찌꺼기 같은 용사의 잔재가 없지 않다. 예컨대,

肯縛賣於市	어찌 묶어 저자에 내다 팔랴
養渠從啄蟲	그것을 길러 벌레 쪼아먹게 버려둔다.
昔爲棲鳳客	지난날엔 봉서루의 객 노릇을 하였으나
今作祝鷄翁。	지금은 축계옹이 되었다네.

〈一·養鷄戲題〉

來遺絳幀終不廢	붉은 벼슬 한 쌍을 묶어다 주었는데
意切司晨任啄蟲	때를 알리고 벌레 쪼아먹게 내버려 두련다
自笑枉爲棲鳳客	지난날 벼슬살이 한 것 웃거니와
不嫌今作祝鷄翁。	이제 축계옹 노릇도 해봄직 하리니.

〈二, 贈尹秀才悌元 二首·二〉

이상의 두 작품은 시적 화소로 '닭'과 '축계옹'이란 공통 시어가 용사되
므로 수사적 묘와, 함축미란 비평적 의미망을 구축했다. 「닭을 치며」
는 정고보正考父처럼 저절低折[51]로 일관한 봉루객으로서의 지난날을 회

---

50 『東人詩話』·上 ; 詩不蹈襲 古人所難, 李文順 平生自謂 '擺落陳腐 自出機杼, 如犯古
語 死且避之'. 然有句云 '黃稻日肥鷄鶩喜 碧梧秋老鳳凰愁' 用少陵 '紅稻 啄餘 鸚鵡粒 碧
梧棲老鳳凰'之句. 又韻 '洞府微謌調玉案 敎坊選妓醉仙桃' 用太 白 '選妓隨雕輦 微謌出
洞房'之句 …. 참조

상하며, 지금은 '닭 천여 마리를 기르며, 그 하나하나에 이름을 지어주고 더불어 살았다는 진晉나라 낙양의 축계옹' 같은 진자연인의 참삶을 노래한 시다. 반면 「윤제원에게」는 보신용으로 선사한 닭 한 쌍을 '때도 알려주고, 벌레도 잡아먹게 기르겠다.'는 '간절한 희망'을 예의 '축계옹' 고사를 빌어 한거閑居의 테제로 삼은 동일 메시지다.

그러나 위 두 작품의 보다 원류론적 발신자는 두보다. 그의 악부체 「묶인 닭을 노래함縛鷄行」의

小奴縛鷄向市賣	아이녀석 닭을 묶어 저자에 내다 팔겠다나
鷄被縛急相喧爭	닭은 단단히 묶인 채 기를 쓰며 푸덕거려 댄다.
家中厭鷄食蟲蟻	가솔들 닭이 벌레와 개미를 잡아먹어 싫다지만
不知鷄賣還遭烹	닭이 팔려 가 삶길 것은 알지 못하는구나.
蟲鷄於人何厚薄	벌레와 닭의 생명이 사람에게 후박이 따로 있을까만
吾叱奴人解其縛	아이를 나무라며 풀어놓아 주라 한다.
鷄蟲得失無了時	닭이건 벌레건 득실을 따지자면 끝이 없으니
注目寒江倚山樓。	산다락에 의지해 유유히 흐르는 찬 강물을 응시한다.

〈杜諺重刊·十七, 縛鷄行〉

실로 두보다운 박애적 휴매니티를 의양해 한거의 테제로 환치한 작품임을 쉽게 알 수 있다.

한편 사암의 영평(현 경기도 포천군 영북면 옥병리) 퇴거 후 작인 「터 잡아 살며卜居 四首」의

---

51 孔子의 七代祖인 正考父가 宋에서 三代에 걸친 相位에 올랐는데 새로 임명 받을 때마다 謙卑하게 살았다 한다. 低折은 그의 「鼎銘」 "一命而傴 再命而 傴 三命而俯, 循牆而 走 亦莫餘侮"와 같은 삶을 이름.

東去行裝只一鑱	동으로 가는 행장 다만 하나의 가래뿐이니
少陵身後又思庵	두보 죽은 후 또 사암이로구나.
掃却白髮黃精在	백발을 쓸어버릴 황정이 있으니
好向秋山斸翠嵐。	가을 푸른 산 기운 속에서 캐기 좋겠네.

〈其 三〉

역시 두보의 악부체 고시 「건원 중에 동곡현에 우거하며乾元中寓居同谷縣作歌 七首」 그 2의

長鑱長鑱白木柄	길고 긴 흰 나무 자루 가래여
我生托子以爲命	내 너에 의지해 목숨 부지하고 있구나.
黃精無苗山雪盛	황정은 눈이 쌓여 캐지 못하고
短衣數挽不掩脛。	옷이 짧아 자주 치켜서 정강이를 가리지 못하네.

… 下 四 句 略 …

〈杜諺·廿五〉

를 환골탈태한 점화라 하겠다. 이른바 '회춘의 영약掃却白髮] 황정'을 눈이 쌓여 캐지 못한 두보의 시의를 환치했다.

한편 사암의 「혜중산의 절교론을 읽고讀嵇中散絶交論有感」 에서는

薄俗紛紛雲雨手	야박한 세속 어지러워 구름 불렀다 비 불렀다 하는 손
朝爲膠漆暮干戈	아침엔 아교에 옷 섞은 듯 친밀하다 저녁에는 원수 짓네.
風塵造次心腸改	풍진 속 다급한 사이에 마음 속 바뀌어
聲裏前頭愧恥多。	명리 앞에서 수치스런 일 많음 부끄럽다.

〈卷一. 讀嵇中散絶交論有感 二首·二〉

라 하여, 인정세태를 풍자한 두시 악부체 7언고시 「가난한 때의 사귐
貧交行」의

翻手作雲覆手雨	손바닥을 뒤집으면 구름을 짓고 엎어선 비라니
紛紛輕薄何須數	변덕스런 무리들 어찌 모름지기 다 헤아리리오
君不見管鮑貧時交	그대 모르는가, 관중과 포숙의 가난할 제 사귐을
此道今人棄如土。	이 도를 요즈음 사람들 버리길 흙 같이 하다니.

〈杜諺·十五〉

를 당시 정치 사회상의 무상함에 치환한 장점자묘라 하겠다. 역시 사
암의 「벗을 맞으며客至」 2수 중 그 1의,

村市酒偏濁	촌 저자의 술은 탁하기만 하나
勸君聊一盃	자네에게 그런 대로 한 잔 권하네
幽居誠簡略	처 박혀 사는 곳 진실로 조촐하니
敢望客重來。	감히 그대 다시 찾아 주기야 바라겠는가.

〈一, 客至 二首·一〉

는 그 제목과 시의詩意 일체가 두시 「벗을 맞으며客至」의

… 前 2句 略 …	
花徑不曾緣客掃	꽃길을 길손 위해 쓸지 않다가
蓬門今始爲君開	사립문 이제사 그대 온다기에 열었네
盤飧市遠無兼味	소반의 찬을 제대로 갖추지 못했음은 저자가 멀어서요
樽酒家貧只舊醅。	항아리의 술은 가난해 전전에 거른 것이라오

… 後 2句 略 …

〈杜諺·廿二〉

와 동곡이음_{同曲異音}이다. 워낙 수용이 시어의 차용이나 도습이 아닌 의경_{意境}의 습취를 이름이니, 사암시에서의 두시 수용은 그 의양과 의태의 유사함이 산견된다. 이 점이 바로 학당의 선구자적 의의이자, 그러므로 단순한 용사가 아닌 수신자로서의 수용 미학적 승화라 할 것이다. 그러나, 다음 시편들의 용사는 함축미, 내지 수사 미학의 차원으로 이해된다.

嗟嗟群動苦呾闐	슬프다, 움쩍하기만 하면 이런저런 시비도 많아라,
道喪誰能更斡旋	바른 도 상실되었으니 누가 다시 주선해 바로 잡으랴.
從古聖賢皆白骨	예로부터 성현은 다 백골 되었고
只留糟粕在青編。	다만 그 찌꺼기만을 남겨두었구나.

〈卷·一. 讀書有感〉

전 2구는 도연명의 「음주시·3」의 "바른 도 사라진 지 오래 되어, 사람마다 애석해 한다._{道喪向千年 人人惜其情}"에서 차용되었고, 후 2구는 『회남자』「도응훈」에 윤편_{輪扁}이 제_齊 환공_{桓公}에게 이른 바 "성인은 다 죽고 그 좋은 점들도 그들의 죽음과 함께 사라졌으니, 책에는 고인의 찌꺼기만 남아 있을 뿐"이라는 고사를 그대로 시화했다.

다음은 「수리를 노래_{詠鵰}」한 사암의 시다.

閒蹲喬木嘯聲寒	한가하게 교목에 웅크리고 앉아 파람치는 소리 찬데
羽翮秋來養得完	날개깃은 가을 내내 잘도 길렀구나.

霄漢未曾知腐鼠　　하늘 위에선 썩은 쥐 따윈 아랑곳하지 않을 테니
莫勞回首嚇祥鸞。　　머리 돌려 상서로운 난새 보고 흑 소리치지 말라.

〈卷二, 詠鵰〉

수리鵰란 본디 악조惡鳥니 탐욕스런 위인을 풍자한 시일 테지만, 이 시는 온전히 『장자』「추수편」 소재 우화52를 시화한 작품이다. 물론 그 우화의 배경은 또 양나라 국상 혜시惠施의 치목호문鵰目虎吻을 풍자한 것이다.

이상 사암시에서의 용사는 두 가지 측면이 있음을 알 수 있다. 그 하나는 학당을 위한 당시 의경의 추구요, 다른 하나도 모소풍 이후 김 종직, 호·소·지 등 강서시파에 비할 바는 아니지만, 주로 오랜 관인 으로서의 응제 및 수답 시에서 미처 다 가시지 않은 전통적 시학의 앙 금이 없지 않음을 읽게 된다.

2. 淸邵한 시품

일반적으로 사암 시의 특질을 허균, 신흠, 및 이수광 등의 시화를 통해 '맑고 높음'으로 논증했고, 필자는 또 그의 시가 맑고 높은 까닭 이 '당시풍의 영향 + 맑고 깨끗한 품성 + 청렴한 생활태도'에서 배태 된 특질이라고 입론했다. 기실 '사암시의 청소하다 함'은 그의 시 전편 에 대한 보편론적 총평이지, 필자가 예시하고자 하는 다음의 몇 수를 위한 평이 아님은 물론이다. 그러나 그의 영평 퇴거 후의 작품, 특히

---

52 『莊子』;ʻ 施가 梁나라 재상으로 있을 때 莊子가 梁나라에 나타났다는 소문을 듣고"자 리를 빼앗으러 왔나"걱정이 되어 온 나라 안을 수색했다'하자, 장자는 "썩은 쥐 같은 국 상 자리를 가지고 자신에게 수리 같이 '흑'하고 소리치느냐"했다는 고사

218 우리 古典詩歌 바로 읽기

오·칠 절구에서 우리는 혹은 왕마힐의 선미禪味와 이·두의 악부 및
주정적 영묘影描로서의 자연, 그 몰아일체를 쉽게 읽을 수 있다.[53] 예
컨대

獨坐林間淨　　홀로 수풀 속 맑아한 곳에 앉아
長吟野望時　　길게 읊조리며 평퍼진 들판 내대보니
江平帆去濶　　강물 평평하여 돛 배 지나감 넓게 보이고
山迥鳥歸遲。　산 멀어 새 돌아감 더디구나.

〈卷一·江上〉

는 동파가 왕유의 「망천장」 시를 두고 이른 '시중유화詩中有畫' 바로 그
것이니, 왕유의

獨坐幽篁裏　　홀로 그윽한 대숲에 앉아
彈琴復長嘯　　거문고 타고 다시 길게 파람 부니
深林人不知　　깊은 숲 아무도 모르거늘
明月來相照。　휘영청 밝은 달 찾아와 비춰주네.

〈唐詩三百首.·竹里館〉

와 같은 시적 시츄에이션, 동일 의경이 한 폭의 동양화로 오버랩 된
다. 물론 개인 차야 전제되겠지만, 이는 또 이달[54]과 백광훈의 다음

---

53 사암에게서의 영평 퇴거는 왕유의 망천장 은거에 비견할 만하다. 이는 그의 「肅拜後口
號」에 잘 들어 난다 할 것이다. 곧 "이 늙은이 이제야 비로소벼슬길 벗었으니, 새가 조
각 베푼 조롱에서 풀려난 것이요, 말이 재갈을 벗은 것이라. 동산의 납과 학에게 말을
전하련다, 강가의 단풍 지기 전에외로운 돛을 달겠노라고.(此翁今始解 朝衫 朝出雕籠
馬脫銜 寄語東山猿鶴道江楓未 落掛孤)〈卷一〉참조

시편들과 전혀 그 의경이 다르지 않다. 예컨대

玉階霜氣寒	섬돌의 서리 기운 찬데
金閣疎螢度	누각엔 성근 반딧불 난다
靜夜闃無人	조요론 밤 괴괴히 인적 없고
梧桐滴淸露。	맑은 이슬만 오동잎에 듣뜨네.

〈蓀谷集 · 五 · 效崔國輔體 四首, 3〉

竟日柴門人不尋	하루 내내 사립문엔 찾는 이 없고
時聞幽鳥百般吟	때로 온갖 산새 소리만 들리누나
梅花落盡杏花發	매화꽃 다 지자 살구꽃 피어나니
微雨一簾春意深。	보슬비에 한 주렴 봄뜻만 깊어가네.

〈玉峰集 · 幽居 二首, 2〉

와 같은 시는 원류론상 '왕유 ⇒ 사암 ⇒ 손곡·옥봉'이란 독서 및 수
용 계보를 읽게 한다. 한편,

卷箔看晴景	주렴 걷어 올려 비 갠 경치보고
巡瞻步落花	처마를 돌며 떨어진 꽃길 걷는다
蒼山臨野水	푸른 산은 들판 물에 잇대어 있고
落日滿漁家。	지는 해 어부의 집에 가득하구나.

〈卷一 · 偶吟〉

---

54 비교적 이른 시기에 「손곡 이달론」을 쓴 유현숙은 "…이들(삼당 파시인)의 시에서 공
통되는 특성의 하나로, 또 당시적 특징으로 '閒'의 정조를 들고, 특히 이달 시의 여러 성
격 가운데서 가장 대표적 특질로 볼수 있다"고 전제하고, 이를 중심으로 이달의 시문학
론을 전개한 바 있다. 『동악한문학론집 · 1』, 1984. 9

역시 사암의 맑고 고격한 작품으로 절구시를 예술의 경지로 승화한 오절이다. 시어 어디에도 조탁이나 현학, 특히 화미를 위한 과장이 자리하지 않았다. 오직 맑고 깨끗한 천성이 무구한 자연을 만나 혼연히 일원화될 뿐이다.

한편 사암을 숙조지宿鳥知 선생으로 애칭케 한 시

醉睡仙家覺後疑　　취해 신선 집에 자다 깨보니 예 어디멘고
白雲深處月沈時　　흰 구름 골짝 메웠고 달도 지는 때라
脩然獨出脩林外　　훌쩍 홀로 밋밋한 숲길 벗어 나오자니
石徑筇音宿鳥知。　돌길의 지팡이 소리 자던 새 놀라 깨네.

〈思庵集·二, 訪曹雲伯 二首, 1〉

는 그 인정어린 취홍은 물론, 의홍이 영낙없는 당음唐音이거니와, 시각과 청각으로 새벽 어스름의 내[烟] 속을 온통 푸른 생명의 눈뜸으로 일궈낸 불가의 야단법석 그대로다. 이른바 이理와 정情이 등가等價인가 하면, 홍이 아울은 시중유화다. 현학적 과장도 타설적 용사도, 물론 부화한 수식도 낄 여백이 없다. 온전한 자설적 정서의 건강미가 정겨울 뿐이다. 이것이 주정의 당시가 갖는 미학인가 한다.

손곡과 백광훈의 한정 역시 불모이동이다. 예컨대

寺在白雲中　　절이 흰 구름 속에 잠겼으니
白雲僧不掃　　백운이라 스님은 쓸지 않누나
客來門始開　　길손 오자 비로소 문을 여는데
萬壑松花老。　오호라, 일만 골짝의 송화 이미 쇠었구나.

〈蓀谷集·一, 佛逸庵贈因雲釋〉

幽居地僻少人來　　묻혀 사는 지역 외져 찾는 이 거의 없고
無事柴門晝不開　　속된 일 없으니 사립문 낮이건만 닫겼다오
花滿小庭春寂寂　　작은 뜨락 가득 핀 꽃 봄날은 고요한데
一聲山鳥下靑苔。　산새가 벗을 불러 푸른 이끼에 내려앉누나.

〈玉峰集·上, 幽居 二首, 1〉

등이 그것이다. 인운 스님을 찾아 불일암을 찾은 손곡, 그가 무사한 산문을 열게 한 동인이긴 옥봉의 유문이 한낮에도 잠기기와 무관하지 않다. 쓴다고 쓸리는 백운도 아니거니와, 무위한 절서의 경건에 몰아한 손곡이요, 만화가 아우른 고요한 뜨락, 짝지어 노니는 산새와 한정을 다투는 옥봉이다. 시점과 화소 이전에 순연한 정조미는 무관치 않다.

　한편 사암의 양평 퇴거가 '늙고 관료생활의 지침'이라면, 시불 왕유의 망천 별야는 '모친 봉양과, 불도를 좋아함'이어서 다소 동기는 달라도

老罷辭丹禁　　늙고 지쳐 궁궐을 사직하고
茅茨帶赤城　　띠풀과 가시로 적성산을 둘러놓았다
漁樵宜野性　　고기잡이와 나무하기는 야성에 어울리고
談笑狎村氓　　담소로 촌백성과 친숙해진다
掃徑留雲氣　　길을 쓸면 구름 기운 머물고
燒畬費火聲　　묵밭 태우면 불타는 소리 요란하다
何須種桃樹　　구태여 복숭아나무를 심어야 하나
隨意百花明。　멋대로 온갖 꽃들이 밝게 피어나는데.

〈卷二·題永平溪石上〉

中歲頗好道　　중년이 되면서 불도를 좋아하게 되어
晚家南山郵　　만년에 종남산 기슭에 살게 되었다
興來每獨往　　흥이 일면 매냥 홀로 나서나
勝事空自知　　즐거운 마음 그저 혼자 알뿐이다
行到水窮處　　거닐다가 샘솟는 물가에 이르면
坐看雲起時　　앉아서 구름 이는 때를 본다
偶然値林叟　　우연히 산 속에서 노인을 만나면
談笑無還期。　담소하다 돌아갈 때를 잊는다.

〈王摩詰全集·七. 終南別業〉

라는 사암과 마힐의 담론은 포치의 선후조차 논할 바 없는 동궤의 의경이다. 거기 어디에도 '요체의 시도나 자구의 단련, 시어의 확장, 구법의 변화,' 등 강서시파의 화미를 위한 형식미나 기교가 자리할 틈새가 없다. 뿐인가. 그의 즉흥시 중

四顧千峰交萬壑　　사방을 돌아보니 천봉과 만학이 뒤섞여 있어
白雲呑吐水縱橫　　흰 구름 삼켰다간 토하고 골골이 물 흐르는데.
相看日日不相厭　　나날이 보아도 물리지 않고
俗客不來門晝扃。　속된 사람 오지 않아 문은 낮에도 잠겨 있다.

〈卷二·口號 二首 2〉

題詩寄與祇林客　　시를 써 불사의 객에게 부쳐주거니와
物外光陰爾自娛　　속물 밖의 광음을 그대 홀로 즐기누나.
爲問山花開早晚　　산꽃이 언제 피는지 묻거니와
老夫乘興飮提壺。　이 늙은이 흥이 나는 대로 술병 들고 가 마시련다.

〈卷一·偶吟〉

이상 두 편의 칠언절구는 굳이 이백의 시어가 용사되어서가 아니라, 그 의경이 전혀 동격인 점에 청소한 성당 시미가 돋보인다 할 것이다. 예컨대

衆鳥高飛盡　　뭇 새 가뭇이 날아 사라지고
孤雲獨去輕　　외론 구름 두둥실 떠가는데
兩看相不厭　　서로 빤히 쳐다봐도 싫지 않은 건
只有敬亭山。　다만 경정산 뿐이로구나.

〈獨坐敬亭山〉

는 "왜 산에 사냐고 묻지요, 빙그레 웃으며 답하지 않으니 마음 절로 한가해問余何事栖碧山 笑而不答心自閑"〈山中問答〉와 동음同音이요, 사암의 「우음」 중 "산꽃이 언제 피는지 묻거니와, 이 늙은이 흥이 솟는 대로 술병 들고 가 마시련다."는 이백의 「산에서 취해」의 결련 "그대 가게나 내 취해 자고 싶으니, 내일 생각나거든 거문고 안고 오시게我醉欲眠卿且去 明朝有意抱琴來"〈山中幽人對酌〉를 환치한 동곡同曲이다.

　지면상 소략한 대로 이상에서 우리는 사암시의 성당 시격, 곧 그 청소한 시미를 읽을 수 있었다.

Ⅳ. 문제의 정리

안동 김상헌이 "갈고 다듬은 문채, 금옥 같은 그 바탕"이라고 직핍한 사암의 학덕은 그의 「문집서」, 이선의 「행장」, 이항복의 「시장」, 송시열의 「신도비명병서」 및 이미 발표된 논고에 충분히 입론되었기에 본고에선 '사암의 문학관과 시세계'로 한정하였다.

특히 본고는 16세기 중·후반, 곧 사암 재세시의 문풍과 사암의 문학관을 정리하고, 이어 그의 작품 세계도 송시풍이란 전통적 인습의 구각을 말끔히 씻지 못한 경우와, 당시풍으로 평가되는 작품, 이른바 '청소한 시품'으로 분류해 보고자 했다. 사후 영향관계는 직접 훈목된 것으로 알려진 이달과 백광훈의 몇 작품과 대비 감상하는 지극히 소략한 시도로 한정했다.

선생의 문학관은 복재 기준의 유고를 읽고 쓴 「당의」 1편에서 "여력으로 하는 문장 역시 충효에 근본을 두고, 인의에서 나오고, 성정에서 시작되어 학문에서 끝나는 것"〈思庵·4, 讀奇德陽遺稿〉이라 한 점으로나, "문장은 선생에게 있어서 조박과 같은 것이었기는 하나, 역시 경술에 근본을 두었으므로, 채색에 힘쓰고 성음을 과시하는 자에 비길 바가 아니었다."〈洪直弼·重刊跋〉함을 통해 사암 선생은 의리를 궁구하는 학문을 보다 중시하였고, 문장은 여기로 인식한 주자학적 문인들의 도덕주의적 문학이론을 답습하고 있음과, 시의 본질을 인간의 성정과 관련시켜 논의하고 있음으로 우리의 전통적 문학론을 계승한 유가의 보편적 문학관을 실천하고자 했던 한 시대의 오롯한 선비라 했으며, 이어 허균, 신흠, 및 이수광 등의 시화를 통해 사암시의 특질이 '맑고 높음'을 입론했다. 또 그의 시가 '맑고 높은 까닭'은 '당시풍의 영향 + 맑고 깨끗한 품성 + 청렴한 생활태도'에서 배태된 특질이라고 결론했다.

끝으로 사암의 시 세계는 선고의 업적들을 존중해 중언할 필요를 느끼지 않았으나, 이 땅에 '한문당시'의 문풍 개변이라는 문학사적 의의, 그 교량적 역할자로서의 사암 시문학에 주중하고자 했다. 따라서 미처 '덜 가신 앙금'은 주로 그의 사환시의 수답에서 용사의 흔적이 산견된다 했고, 이후의 용사는 그 자체가 학당의 예증임을 밝혔다. 이어 청소한 시품으로 그의 맑고 고격한 절구시는 절구시를 그대로 예술의 경지로 승화했다 하고, 시어 어디에도 조탁이나 현학, 그리고 화미를 위한 과장이 자리하지 않음은 물론, 오직 맑고 깨끗한 천성이 무구한 자연을 만나 혼연히 일원화된 당시 풍격임을 입론했다. 삼당 시와의 대비는 장을 달리하기로 한다.

〈2005. 6. 한국사상과 문화 제29집〉

우리 古典詩歌 바로 읽기

詩品格論으로서의 正宗·大家論

Ⅰ. 문제의 제기

우리 문학사에서 임·병 양란을 체험하고 난 17C는 중세문학에서 근대문학으로의 이행기이다. 이른바 규범과 격식으로 지배체제를 장식해 온 정통 한문학에 대한 다각적인 비판은 물론, 소재와 표현의 체험론적 사실문학, 혹은 현실적 갈등을 문제 삼은 야담·소설·기사문의 대두 등이 그것이다. 특히 문치의 결실로 난숙의 지경에 이르렀다 할 목릉의 문풍마저 전란의 참상을 겪으며, 신지식인들로부터 냉엄한 비판적 기미가 일기 시작했으니, 이수광(1563~1628)·권필(1569~1612)·허균(1569~1618)·이안눌(1571~1637)·이명한(1595~1645)·정두경(1597~1673)·유몽인(1599~1673) 등은 물론, 상(象村 申欽)·월(月沙 李廷龜)·계(谿谷 張維)·택(澤堂 李植)으로 통칭되는 한문사대가 역시 반정反正의 국면을 순정純正의 문풍으로 회복해야 할 당위성을 절감하면서도 사조적 변풍을 거역하진 못했다. 이는 물론 명의 '문필진한文必秦漢 시필성당詩

必盛唐’이란 복고문풍의 영향이었으니, 엄우(≒1290~1364)의『창랑시화』에 근거해, 고병高棅(1350~1423)이 당나라 620여 작가의 5,700여수라는 적지 않은 작품을 7체 9품으로 매김한『당시품휘』의 비평론을 수용함으로부터 비롯된 것이다. 예컨대 관각 삼걸로 일컫는 호(湖陰 鄭士龍)·소(蘇齋 盧守信)·지(芝川 黃廷彧)의 시격을 강서시파로, 삼당三唐(孤竹 崔慶昌·玉峰 白光勳·蓀谷 李達)을 위미萎靡·염려艶麗로 매도하며, 고려 이제현과 조선의 권필을 시문학의 정종正宗으로, 노수신 및 이안눌 등 제가를 대가로 평가한 예가 그것이다. 물론 엄우야 전고와 수식에만 몰두한 주리적 강서시파로부터 주정적 흥취의 성당시문학 재건이라는 의고적擬古的 목표로, 고병 역시 북적[元]으로부터의 한문화 회복이라는 사명에서 비롯되었다지만, 조선 중·후기의 ‘묘오설’ 및 ‘천기론’으로까지 확대·발전된 것은 송시풍에 대한 학당제자들의 시학적 대응논리임[1]에 분명하다. 아울러 탈주자적 개성주의로의 눈뜸, 이른바 교화라는 인위적이며 고식적인 재도적 작시 태도로부터, 본원적이며 개방적인 자연의 조화원리, 그 신비로운 개성적 세계관, 혹은 그런 문학관으로의 상승이라 해도 좋을 것이다.

본고는 시품격론이라 할 정종·대가론의 소원溯源과 수용 과정, 그리고 그 우열론 등 다소 낯설고 난삽한 몇몇 과제를 재점검하므로 17C 중·후반의 다양한 우리 시학사 정리는 물론, 18C의 진정한 성당 시학의 실천에 이어, 천기론으로 무장하므로 자못『시경』시에 비견한 진시眞詩, 곧 여항문학, 나아가 실학·평민문학으로의 발전 과정을 이해하는데 일조가 되기를 기대한다.[2]

---

1 정대림 ; 한국고전시학사, 제3부, 조선중기 시학, 二, 詩論 참조.
2 이상의 필요성은 최초로 시학사를 정리한『한국고전시학사』(전형대 외) 및 정민의『목릉문단과 석주 권필』에서도 제기된 바 있음.

Ⅱ. 정종·대가론의 溯源

한문화권 하에서 중국의 한 시대 문풍이 주변 문화속국에 미치는 영향은 절대적이다. 본 논제의 핵심인 시품격론으로서의 정종·대가론은 정작 명나라 고병의 『당시품휘』에서 유래된 말이다. 그러나 그 시학적 소원은 전혀 엄우의 『창랑시화』에 근거하는 바, 송대의 문풍, 특히 엄우의 시론을 중심한 남송南宋 시단의 사조가 원元으로부터 한문화를 되찾은 명대明代에 득의에 찬 복고에로의 향연과 함께 명나라 초기를 대표하는 시학으로, 이어 조선조 중·후기를 대표하는 시론으로 이어지는 과정을 상고하는 일은 우리 시사의 바른 이해를 위해 필요할 줄 안다.

1. 南宋의 시론과 嚴羽

먼저 엄우는 송시의 발전 과정을,

국초[北宋 초기]의 시는 여전히 당인의 시를 계승해 나갔다. 왕황주(禹偁)는 백락천(居易)을 배웠고, 양문공(億)과 유중산(筠)은 이상은을 배웠으며, 성문숙(度)은 위소주(應物)를 배웠고, 구양공(修)은 한퇴지(愈)의 고시를 배웠으며, 매성유(堯臣)는 당대 시인의 평담한 시미를배웠다.3

며 북송 초기의 시풍 역시 당시풍이 시대 문풍이었음을 전제하고, 이어

---

3 嚴羽 ; 國初之詩 尚沿襲唐人. 王黃州學白樂天, 楊文公劉中山學李商隱, 盛文肅學韋蘇州, 歐陽公學韓退之古詩, 梅聖兪學唐人平澹處)〈滄浪詩話·詩辯〉 참조

동파蘇軾와 산곡黃庭堅에 이르러 비로소 자기의 뜻대로 시를 지어 당나라 사람의 시풍과 달라졌다. 산곡은 공교로운 말을 쓰는 것이 더욱 심각하게 되어, 그 후 시를 짓는 자리에는 그런 시풍이 성행하여 세상에서 강서 종파라고 일컬었다. 근세에 조자지(師秀)와 옹령서의 무리[四靈詩派]가 홀로 가도와 요합의 시를 즐겨 조금씩 청고한 시풍으로 나아갔다. 강호의 시인들이 대부분 그 체를 본받았으니 한 때는 스스로 당시의 정통[唐宗]이라 불렀으나, 성문벽지과에 들어갈 뿐임을 알지 못했으니, 어찌 성당 시인들처럼 대승정법안이 되겠는가.[4]

라 하므로 소·황 이후의 강서시파 형성 과정과 그에 대한 비판, 그리고 다시 당시에로의 복귀라는 문풍이 일긴 했으나, 사령시파[5]와 강호시인[6]들도 성당시의 정법은 터득하지 못했음을 지적하며, '비록 세상 군자들에게 죄를 얻게 될지라도[雖得罪于世之君子 不辭也] 선을 빌어 시를 비유하며[以禪喩詩], 성당시로 시의 종지를 삼는다는 확고한 시관으로 「시변詩辯」을 맺었다. 이처럼 자신의 시학에 남다른 자긍심[7]을 보인 그는 철저하게 선禪으로 시를 비유하며 '묘오妙悟와 입신入神'의 경지

---

4 嚴羽 ; "…至東坡·山谷 始自出己意以爲詩, 唐人之風變矣. 山谷用工尤爲深刻, 其後法席盛行 海內稱爲江西宗派. 近世趙紫芝 翁靈舒輩 獨喜賈島姚合之詩 稍稍復就淸苦之風. 江湖詩人 多效其體. 一時自謂之唐宗 不知止入聲聞辟支之果. 豈盛唐諸公大乘正法眼者哉."〈仝上〉 참조

5 唐代의 시인 賈島 姚合의 청신하고 소박한 시풍을 배우고자 하던 宋代의 徐照(靈暉)·徐璣(靈淵)·翁卷(靈舒)·趙師秀(靈秀) 등 永嘉 출신 靈자를 호로 삼은 四靈派. 이들은 강서시파의 난해하고 생경한 시풍을 반대하고 가도와 요합의 淸苦한 시풍을 표방했으므로 세상에서 사령파라 칭함.

6 江湖詩人 ; 황정견을 중심으로 한 강서종파와 서조를 중심으로 한 영가 사령파 및 송나라 보령 연간 陳起의 『江湖小集』에 和唱한 문사 일군을 일컫는 말.

7 그는 『창랑시화』부록「答吳景仙書」모두에서 "僕之詩辯 乃千百年公案 誠驚世絶俗之譚, 至當歸一之論."이라고 자긍했는가 하면, 李賈에게 자신의 시에 대한 변별과 분석의 철저함을 那吒太子의 원론적 효심에 비유해 자부한 바 있다.

를 강조하고 있다.

워낙 '묘오'란 불가의 용어[8]로 '점진적인 수련 끝에 깨달은 지혜가 종합 작용해 전체에 통하는 이치를 황연히 깨달음' 또는 '절묘한 깨달음·지극한 깨달음'으로 '대오大悟'와 크게 다르지 않겠으나, 선학禪學이 아닌 시학으로서의 묘오란 '시학 전반에 대한 지극한 깨달음의 경지'와 무관하지 않을 것이다. 그렇다면 엄우의 시에 대한 '지극한 경지의 깨달음'은 무엇을 의미하며, 그런 깨달음에 이르는 방편은 무엇인가? 그는 『창랑시화』「시변」에서 "시를 논하는 것은 선을 논하는 것과 같다."고 전제하고 '선의 유파 중 승乘에 대·소승이 있고, 종宗에는 남·북종이 있고, 도에도 사邪·정도正道가 있다.'며 모름지기 '배우는 사람은 최 상승을 따르되, 정법안正法眼을 갖춰 제 1의第一義를 깨달아야 한다.'고 했다. 이어 '한·위·진과 성당 시를 제 1의로, 대력大歷[중당] 이후의 시를 소승 선에 비유해 제 2의로, 만당을 성문벽지과聲聞辟支果로 매도'하며, "대저 선도가 오직 묘오에 달렸듯이 시도 역시 묘오에 달렸다."했다. 그 예로 맹호연의 학력이 한유에 비해 현격히 처지지만, 시는 유독 한유보다 뛰어난 까닭이 묘오 때문이라 했다. 나아가 '오직 오悟만이 당행當行이요, 본색本色'이라 하고, 오도 일지반해一知半解가 아닌 '투철한 오,' 이른바 사령운으로부터 성당 제가에 이르는 오를 제일 의로 단정했다.[9]

---

8 『涅槃無家論』: "玄道在於妙悟, 妙悟在於卽眞."〈佛教辭典〉

9 禪家者流 乘有大小 宗有南北, 道有邪正, 學者須從最上乘 具正法眼 悟第一義. 若小乘禪 聲聞辟支果 皆非正也. 論詩如禪 漢魏晉與盛唐之詩 則第一義也. 大歷以還之詩 則小乘禪也 已落第二義矣. 晚唐之詩 則聲聞辟支果也… 大抵禪道惟在妙悟, 詩道亦在妙悟. 且孟襄陽學力 下韓退之遠甚, 而其詩獨出退之之上者 一味妙悟而已. 惟悟乃爲當行 乃爲本色. 然悟有淺深 有分限, 有透徹之悟, 有但得一知半解之悟. 漢魏尙矣, 不假悟也. 謝靈運至盛唐諸公 透徹之悟. 他雖有悟者 皆非第一義也 ….〈詩辨〉

한편 그는 묘오에 이른 "시의 극치는 하나가 있으니, 그것을 입신入神의 경지에 이른 시라 한다"며 "시가 입신의 경지에 이르면 지극하고 다 갖춰 보탤 것이 없다. 오직 이백과 두보가 그것을 해냈다"[10]라 했다. 선으로 시를 비유해 '시가 입신의 경지에 들었다 함'은 곧 '선에서의 열반'이자, 시에서는 '유한한 인간의 재주로 무궁한 소재를 가장 진솔하고 천연스럽게 써낸 이상경'으로 신묘神妙한 경지, 이른바 '입어신화入於神化'함으로 유추할 것이다. 이처럼 '입신의 경지'에 들었다는 이·두의 시경에 드는 방편, 엄우는 그것을 "무릇 시를 배운다는 것은 식견으로 주를 삼아 입문은 모름지기 올바르게 해야 하고, 뜻은 높아야 한다."며 먼저 모름지기 『초사』를 숙독하여 아침저녁으로 외우고 읊조려서 그것을 근본으로 삼아야 하고, 「고시 19수」「악부 4수」이릉과 소무 및 한위의 5언시 읽기에 이르면, 그것들을 모름지기 다 숙독해야 한다. 곧 이어 이백과 두보의 두 시집을 곁에 두고 보되, 이젯 사람들 경서 읽듯 해야 할 것이다. 그런 후에 성당 명가들의 시를 두루 취해 가슴 속에서 발효하게 하여 오래되면 절로 묘오의 경지에 들게 될 것[11]이라 했다. 이른바 '시의 원리를 숙지해 묘오를 터득하고, 입신의 경지에 드는 점수漸修의 키-워드는 '온양흉중醞釀胸中', 곧 두보의 말로 환치하면 '전익다사轉益多師'에 의한 체화된 조술祖述, 그것의 엄우식 담론이 '久之自然悟入'에 다름 아니다.

한편 그는 왜 동양 시학의 원형인 『시경』보다 『초사』를 근본으로 삼았을까? 차주환은 "엄우는 여기서 『시경』에는 전혀 언급 없이 『초

---

10 詩之極致有一 曰入神, 至矣盡矣 蔑以加矣. 惟李·杜得之 〈仝上〉

11 先須熟讀楚辭 朝夕諷詠 已爲之本, 及讀古詩十九首·樂府四首·李陵·蘇武·漢魏五首, 皆熟讀, 卽以李杜二集 枕藉觀之 如今人之治經, 然後剝取盛唐名家, 醞釀胸中 久之自然悟入. …. 〈仝上〉

사』부터 시작하였고, 성당에 와서 멈추고, 성당에서는 이·두에서 시의 극치를 찾고 있다."며 "그가『시경』을 제외시킨 저의가 어디에 있는지는 알 수 없다"[12]하였다.

이어 엄우는 '당시는 흥취를 중시한다'며

대저 시에는 별재가 있어 책과 관계가 있는 것이 아니며, 시에는 별취가 있어 이치와 무관하다. 그러나 책을 많이 읽고 이치를 탐구하지 않으면 시의 극치에 도달하지 못한다. 이른바 이치에 함몰되지 않고, 말의 수단에 얽혀들지 않는 것이 윗길이다. 시란 타고난 성정을 읊조리는 것이다. 성당의 여러 시인들의 장점은 오직 흥취에 있었으니, 마치 영양이 뿔을 나무에 걸어 자취를 감추는 것과 같다.[13]

라는, 전혀 이율적二律的 동일논법으로 자신의 시론을 특화한다. 곧 "시는 별재와 별취의 것이어서 독서 및 논리와는 무관하다."고 전제하고는, 다시 '다독이 아니면 지시至詩에 이를 수 없고, 궁리가 아니고는 언어의 통발을 벗어나지 못한다.'했다. 이른바 '영양의 발자취에 몰입함'은 언전言筌에 함몰된 상태요, '뿔을 나뭇가지에 건 영양'은 언외의

---

12 車柱環 :『中國詩論』, Ⅵ.宋代의 詩論, 4,嚴羽의 詩論, P.170. 서울대학교 출판부, 1989. 그러나 필자의 愚見으론 '성당의 시, 특히 入神한 杜甫의 시를『시경』遺意〈與猶堂全書·21,寄淵兒〉로 치환함이 아닐까'한다. 기실 당시란 漢代의 온축된 학문과 사상의 기저에 建安의 비장·강개·애절의 정조미를 승화한 正始文風, 沈約의 四聲八病說에 따른 성률론, 이른바 齊·梁의 永明體風은 물론, 초당 四傑, 특히 沈·宋의 완미한 형식미가 아울은 시문학의 금자탑이자,〈熊鈍生著『中國文學發達史』제6장-10장 참조〉결국 남방문학의 정화와 북방문학의 質朴·堅實을 함유함이다. 그러므로 光焰이 萬丈한 성당 李·杜의 문장이요, 특히 우리는 "집집마다 신주처럼 받들었던 두시〈金甲起·鄭後洙의『國譯申紫霞詩集』·五,「東人論詩絶句」10-22〉였기에 말이다.

13 夫詩有別材 非關書也, 詩有別趣 非關理也. 然非多讀書多窮理 則不能極其至, 所謂不涉理路, 不落言筌者上也. 盛唐諸人 惟在興趣, 羚羊卦角 無迹可求.〈仝上〉

흥취를 비유함이니, 결국 다독과 궁리만이 지시 및 흥취 있는 상승의 시격, 곧 성당, 특히 이·두의 시와 같은 입신의 경지에 이를 수 있다 했다.

이상의 논법은 일찍이 두보가 위제韋濟에게 보낸 자천시 「위좌승장에게奉贈韋左丞丈二十二韻」의

甫昔少年日	그전 제가 소년 시절에
무充觀國賓	일찌감치 본시험 볼 천거를 받았었죠.
讀書破萬卷	책이란 책은 모조리 읽어 제쳐
下筆如有神	붓 내려감이 자못 신들린 듯해.
賦料揚雄敵	노래 짓기로야 양웅과 맞수였고
詩看子建親	시라면 조식쯤 더불만하다 했죠.
李邕求識面	문단의 원로 이옹이 날 보길 원했고
王翰願卜隣。	왕한은 내 이웃으로 이사를 원했더랬죠.

〈杜詩諺解·19, 부분〉

와 맥을 같이하는 바 있다. 두보의 나이 36세 때, 소년 시절을 회억한 면학, 곧 일만 권의 도서를 독파했단다. 여기 '파破' 1자의 함의는 글자 밖에 있으니, 누구든 '덤빌 테면 덤벼보라'는 자긍이다. 실로 '사내란 모름지기 다섯 수레의 책을 읽어야 함.男兒須讀五車書'〈莊子·天下篇〉의 실천이다. 그러니 '유신'한 필력이 양웅과 조식의 맞수랬고, 문단의 원로 이옹과 이름난 왕한이 안달이랬다. 나아가 자신이 출사하게 되면 "임금을 요와 순의 윗자리로 치켜 받들고, 풍속을 다시금 순박하게 만들겠다.致君堯舜上 再使風俗淳."는 진정陳情은 "진실로 자신을 '직稷과 설契'에 곧장 비유한, 이른바 봉증이 아닌 충정의 발로"14라 하겠다. 뿐만 아

니라 자신의 시론이자, 시 비평시라 할 「희롱 삼아戱爲六絶」〈杜諺·16〉
에서는 "옛 사람 받드는 이젯 사람 경박타 하랴, 맑은 시어와 아름다
운 글귀 본을 삼아야지.不薄今人愛古人 淸詞麗句必爲隣15"〈其五〉는 물론, "거
짓 체 가려내고 풍아와 친근하여, 배우고 섬길수록 더욱 길이 있으리
라.別裁僞體親風雅 轉益多師是汝師"〈其六〉에서도 다독과 궁리, 이른바 '각인
각체의 체화'만이 '만고류'할 '불폐강하'와 같은 시의 묘오지경을 이룰
것이라 강조하고 있다.

　말을 바꾸자면 '다독과 궁리에 의한 투철한 깨달음'으로 '시대와 작
가의 장처를 먼저 조술하되[遞相祖述], 법고창신의 능력만이 입신의 요
체'라는 담론의 시화인 셈이자, 엄우의 「시변」을 앞서 솔선한 진정한
知詩者임을 알겠다.

2. 高棅의 『당시품휘』

　명나라 초기 문원은 팔고문八股文의 흥기로 고문시사古文詩詞가 쇠미
한 바 없지 않으나, 원元의 산곡散曲과 민간가요를 계승하여 시가의 결
함을 보충하는 일면, 만명晩明에 이르러 신흥한 산문은 옛 문원의 면목
을 일신한 바 없지 않다. 그러나 명대 문예사조의 주류는 의고주의,
곧 전·후칠자가 주창한 문필진한·시필성당이란 의고주의였다.16 이
른바 남송의 대표적 시론가 엄우의 출생지인 복건성 민중에서 결성된
'민중십우閩中十友'의 중심인물 임홍林鴻(1383년 전후)의 시관17은 물론,

---

14 王嗣奭의 『杜臆』및 曹樹銘의 『杜臆增校』에서 "此詩全篇陳情 詩題曰'贈'似誤…此篇直
　　抒胸臆.…至於'致君堯舜上 再使風俗淳'," 眞有此稷契之比.〈杜臆增校, p.16〉 참조.

15 전·결구는 "굴원과 송옥을 다잡고서 나란하다지만, 제와 양의 뒷배로 처지는 것은 어
　　쩌뇨.(竊攀屈宋宜方駕 恐與齊梁作後塵)"와 같다.

16 車相轄 ; 新編中國文學史·下, 第25章, 第二節 擬古主義의 極盛, p.716 참조

같은 도반인 고병의『당시품휘』역시 성당시 숭상이란 의고적 신념 하에서 편찬되었음은 장문의「총서」가 증명한다. 곧 그는 '당나라 3백 년 사이에 여러 체가 갖추어졌다.'고 전제하고, 최초로 당시를 초·성·중·만당 4시기로 분류했는가 하면, 각 시대 및 대표적 작가의 특질을 밝히기에 전심했다. 지면상 성당시에 대한 특질만 예시하면

> 개원과 천보 사이[盛唐]에 이한림(白)의 시가 표일하였고, 두공부(甫)의 시가 침울하였고, 맹양양(浩然)의 시가 청아하였으며, 왕우승(維)의 시가 정치하였고, 저광희의 시가 진솔하였으며, 왕창령의 시가 용준하였고, 고적과 잠참의 시가 비장하였으며, 이기와 상건의 시가 평범함을 초극하였으니, 이것이 성당에 성황을 가져온 것들이다.[18]

라 했음도 그 맥락은 전혀 엄우의 성당시 예찬론에 다름 아니다

『당시품휘』는 바로 그들이 상승으로, 나아가 학시의 준적으로 삼은 당나라 시인 620명의 5,769수를 10여 년간 궁구하여 전 90권으로 간행한 책이다, 그는 위 시의 유형을 7체로 구분하고, 다시 각체를 시대와 작품의 고하에 따라 초당 시는 정시正始, 성당시는 정종正宗·대가大家·명가名家·우익羽翼, 중당 시는 방류傍流·접무接武, 만당 시를 정변正變·여향餘響 등 9문으로 분문[19]하였다. 그리고 그는 정종으로는 유일하

---

17 "漢魏 骨氣雖雄 而菁華不足, 晉朝玄虛, 宋尙條暢, 齊梁以下 但務春花 少秋實, 惟唐作者可謂大成. 然貞觀(初唐)尙習故陋, 神龍(初唐末期)漸變常調, 開元·天寶間 聲律大備.學者當以是爲楷式."〈車柱環 : 中國詩論, Ⅵ·2.高棅의 唐詩品彙, p.256 再引用〉

18 "開元天寶間 則有李翰林之 飄逸, 杜工部之沈鬱, 孟襄陽之淸雅, 王右丞之精緻, 儲光義之眞率, 王昌齡之聳俊, 高適岑參之悲壯, 李頎常建之超凡, 此盛唐之盛者也.〈仝上, p.259〉

19 '7체는 詩形'으로 '五古(附 長篇)·七古(長短句 포함, 附歌行長篇)·五絶(附 六絶)·七絶·五律·五排·七律(附 七排)'이며, 9문은 품목으로 '정시·정종·대가·명가·우익·방류·접무·정변·여향'이 그것이다.

게 이백을, 대가로는 역시 두보 한 사람을 예시하므로 정종·대가 우열론의 여지를 남기는 듯하나, 일찍이 엄우도 그 '우열론의 부당함'을 전제했고. 청 대의 왕정지王淨之 역시 자신의 『이두연구』의 총결로 '이두우렬불가론李杜優劣不可論'으로 결론했다.[20] 그러나 고병의 『당시품휘』는 엄우의 '성당시 제일의론'으로부터 명나라 초기 문원의 시필성당론을 완결한 집대성이기에 부족함이 없었다. 곧 가뜩이나 오랑캐[狄夷]로부터의 문화회복 의지에 불타던 명의 문원은 물론, 우리네 선비들도 애독하여 조선본朝鮮本까지 내기에 이르렀으니, 성당시에 대한 '투철한 이해', 나아가 묘오의 지경인 '정종·대가'의 이상경에 이르고자 17C 우리네 시사는 분망했었다. 제가의 정종·대가론의 전개 양상을 시대순으로 약술하므로 시필성당론 이후 천기론을 시론으로 한 여항시, 나아가 조선시풍으로 이어지는 시학의 사적 맥락을 가늠하기로 한다.

Ⅲ. 諸家의 정종·대가론

과문한 대로 우리 한시비평사에서 '정종·대가'론이 작가·작품 평가에 원용된 예는 심기원沈器遠(?~1644)이 석주의 말을 인용해 썼다는 「석주집발」의 "시는 말의 정수한 것이다. 그 정수한 것 가운데 정수한 것이 정正이요, 그 정수함을 얻은 것이 종宗이다.[21]라는 석주의 시관과, 정홍명鄭弘溟(1592~1650)이 석주에게 자작시에 대한 본색을 묻자

---

20 王淨之 ; 『李杜研究』第十一章, 李杜比較論 참조

21 沈器遠 ; 先生向余謂曰 '詩道盖難言也. 詩者言之精也, 精之精者爲正, 得其 正者爲宗. 〈石洲集跋〉

238 우리 古典詩歌 바로 읽기

"국초로부터 지금까지 혹 저작이 나보다 나은 자야 있겠지만, 진정 시에 대한 마음과 눈이 환히 묘해를 얻음에 이르기는 나만한 자가 없을 것"[22]이라고 자평한 것으로부터 정리하고자 한다. 이후의 정종·대가론은 석주 사후의 기술로 사료되기 때문이다. 예컨대『조선왕조실록』 광해군 4년(1612)조의

> 석주 권필의 부 벽이 신광한으로부터 배운 후 시로 이름을 떨쳤는데, 필이 그 실마리를 이어 진력해 시학을 익혀 여러 작가들의 장처를 낱낱이 터득해 스스로 일가를 이루었다. 논자들이 추대해 국조의 정종으로 삼았다.[23]

도 석주의 죽음에 따른 시학적 총평인 셈이다. 이를 바 없이 가학에 이은 독학이 학시 연원의 전부랬다. 요체는 '제가의 장처를 다 모았다 함[盡集諸家之長]'에 있다. 정작 강서시파처럼 '줄줄이 써 모아 시낭에 꾸려 다니다가, 작시 때마다 달제어獺祭魚처럼 늘어놓고 용사해대는 게 아니라'[24] 체화했음[25]이요, 이른바 두보의 조술祖述이 그것이다.

---

22 정홍명 : "余一日 偶與從容問其本色, 則答云 自國初至今 述作或有過 我者, 若其心眼 俱到透得妙解 無如我者."〈畸翁漫筆〉

23 光海君日記 : "自韠父孼師申光漢 以詩擅名. 韠承其緒 專力爲詩 盡集諸子之長, 而自成一家, 論者推爲國朝正宗."〈光海 4年, 壬子 四月 條〉

24 金宗直詩云 "詩書舊業戈春黍 翰墨新功獺祭魚," 按旬子曰 "不道禮義 以詩書爲之 猶以春黍也." 古書云 "李商隱爲文 多點檢閱 書籍左右鱗次 號獺祭魚." 余謂爲文 而以編綴用事爲能者 乃文人之病也. 頃世鄭士龍 類抄諸書 盛以大囊 每有製作 必以自隨. 故其詩多牽補斧鑿之痕, 絶無平穩底氣象, 盖亦坐此病耳.〈李睟光·芝峰類說〉

25 石洲의 시는 '杜甫를 祖宗으로 삼고, 陳與義를 襲用했다.(祖老杜襲簡齋)"〈霽湖詩話〉하나,『장자』『초사』를 즐겨 읽고 그 정신 의태를 본받음은 물론, 도연명, 남조의 江淹과 鮑照 등의 풍격을 좋아했다. 앞의 주 2) 정민 저 목릉문단과 석주 권필(태학사) p.202 참조

이어 허균도 『성소부부고』26에서 "여장(권필의 자)의 학력이 낮아 원기가 부족하니, 마땅히 점필(김종서의 호)에게 양보해야 한다"는 세론을 '더욱 시도를 알지 못하는 자의 말'이라 통매하며, "시도에는 별취別趣와 별재別材가 있어 이理나 서書와 관계되는 것이 아니라며, 다만 그 천기를 농하고 현조玄造를 빼앗는 즈음에 정신이 빼어나고 소리가 맑으며, 격조가 뛰어나고 생각이 깊은 것을 상승으로 삼는다"27하므로, 점필재를 교종 점수漸修로, 석주를 선종 돈오頓悟에 비유했다. 이는 곧 엄우가 『창랑시화』에서 맹호연이 한유보다 시격이 상승인 이유를 밝힌 기준을 원용한 것이다.28

남용익은 고려조 이래 조선조의 제가를 단평하며 "그 색채와 운치가 정밀하고 아정한데 있어서는 마땅히 익재 이제현"을, 그리고 석주의 "정경이 해화함"29과 "속담의 우스개소리를 시어로 바꾸어도 모두 아름답고 묘하지 아니한 것이 없는 점"30 등을 적시하며, 참으로 우리 시가의 정종이라고 역설했다.

홍대용 역시 "오직 권석주의 세련되고 정확함이 깊이 두보의 여운을 얻어 우뚝하게 중엽의 정종이 되었다"31고 했는가 하면, 홍만종도 정두경의 말을 인용해 극찬했다.32

---

26 『성소부부고』의 간행 연대는 불분명하나, 만력 계축년(1613)에 썼다는 李廷機의 서문에 의하면 그 해 봄, 혹은 그 전에 탈고되었을 것으로 유추됨.

27 허균 ; 或以汝章少學力乏元氣, 當輸佔畢一看, 是尤不知詩道者. 詩有別趣 非關理也, 詩有別材 非關書也. 唯其於弄天機 奪玄造之際, 神逸響亮, 格越思淵 爲最上乘.〈성소부부고 권4, 석주소고서〉

28 嚴羽 ; 앞의 주 9) 참조.

29 南龍翼 ;"至於色韻之精雅 當以李益齋 爲宗, … 情境之諧和 當以權石洲 爲宗.…"〈壺谷詩話·제1화〉참조

30 南龍翼 ; 權石洲 爲詩家正宗 而其遊戲之語 亦皆出入 … 雖以俗語誹諧 而無不佳妙.〈仝上·22화〉

31 惟權石洲之鍊達精確, 深得乎少陵餘韻, 蔚然爲中葉之正宗.〈湛軒書〉

한편 노둔과 만성晚成, 그리고 독학33의 상징인 백곡柏谷 김득신金得臣 (1604~1684)은 나름대로 17C 후반의 시학을 솔선하고, 18C 문예의 지평을 연 작가이자, 비평가임에 분명하다. 그러나 이제껏 그에 대한 종합적 연구는 미진한 바 없지 않다.34 그는 「평호소지석시론評湖蘇芝石詩論」에서

요즘 사람들 시 하면 반드시 정사룡·노수신·황정욱·권석주를 일컫는다. 그러나 다만 호·소·지의 시가 대가임은 알되, 석주 시가 정 종임은 알지 못한다. … 중략 … 대가는 웅건함을 주로 하므로 잡박함이 많고 체격이 바르지 않으니, 깊이 시를 아는 사람은 이를 박하게 여긴다. 대저 옛 사람이 시를 평하면서 선에 비유하였는데, 선의 도는 다만 묘오에 있으니, 시의 도 또한 묘오에 있다. 고로 시도를 깨닫는 것과 선도를 깨닫는 것은 같다. 선의 깨달음을 본색이라 한다면, 시를 깨달아 본색이라고

---

32 鄭東溟曰 : "石洲其得正宗"〈詩評補遺〉

33 그는 자신의 노둔을 극복하기 위한 방편으로 篤學하여 만성하였으니, 그의「讀數記」의 "伯夷傳讀一億一萬三千番, 老子傳·分王·霹靂琴·周策·凌虛臺記·衣錦章·補亡章 讀二萬番, 齊策·鬼神章·木仮山記·祭歐陽文· 中庸序讀一萬八千番, 送薛存義序文·送元秀才序文·百里奚章讀一萬五千番, 獲麟解·師說·送高閑上人序·藍田縣丞廳壁記·送窮文·燕喜亭記·至鄧州北寄上襄陽于相公書·應科目時與人書·送區冊序·馬說·者王承福傳·送鄭尙書序·送董邵南序·後十九日復上書·上兵部李侍郎書·送廖道士序·諱辨文·張君墓碣銘讀一萬三千番, 龍說讀二萬番, 祭鱷魚文 讀一萬四千番, 合三十六篇.… 自甲戌至庚戌 而其間莊子·馬史·班史·庸學 非不多讀, 而不至於萬 則不載讀數記爾.."가 그것이다. 〈附錄, 讀數記〉

34 필자의 寡聞으로는 김득신 관련 詩·文論은 허경진의 「종남총지 연구」〈연세어문학〉 11집, 1978, 鄭大林의 「김득신의 시론」〈한국고전문학 비평의 이해〉 1991, 金聖基의 「김득신의 詩意識과 詩世界」〈한국한시작가연구〉 10집, 태학사, 2006, 金昌龍의 「柏谷 金得臣의 詩論」〈인문학산책〉, 한성대출판부, 2006, 안대회의 「詩의 正宗論, 金得臣의 비평 산문 두 편」『문헌과 해석』 9호 1999, 외에 신범식의 碩·博士 학위논문 외 몇 편과 정민의 『목릉문단과 석주 권필』에서 석주의 시론 전개를 위한 백곡의 석주 시격의 정종론 소개를 접한 정도이다.

이를만한 것이 바로 정종이 된다. 그렇다면 시에서 는 정종이 제일의가 아니겠는가? 대가가 되는 사람들은 오로지 웅건함만 힘써서 시에도 본색이 있음을 알지 못하므로, 정종이 웅대하지 않음을 가지고 이를 배척하지만, 대가가 정종보다 나은 경우는 드물다. … 중략 … 고려시대 정종으로는 익재 이제현이 있을 뿐이다. 대가는 이루 손꼽을 수 없다. 조선조 정종은 석주가 있을 뿐이다. 대가는 호·소·지 외에도 많으니, 어찌 일일이 헤일 수 있겠는가?[35]

라며, "내가 정종과 대가를 평하여 애꾸눈의 잘못된 평을 바로 잡겠다"했다. 곧 '관각 삼걸과 석주 권필을 이즈음의 대표적 시인이라 일컫는다.'고 전제하며, 다만 '호·소·지'가 대가인 줄만 알지 권석주가 '정종'임을 알지 못한다 했다. 아울러 '대가의 시격은 웅건·잡박해서 시를 아는 사람知詩者은 취하지 않는다.'하고, 엄우의 '이선유시以禪喩詩'로 '묘오'의 경지에 든 시, 이른바 시의 '진정한 깨달음을 정종'이라 하며, 이를 오도悟道의 '본색'론에 직대했다. 그리고는 고려조의 이제현과, 본조의 권석주가 3,000년 문원의 진정한 정종이라 하고, 대가는 부지기수라 일일이 논하지 않았다.

그렇다면 엄우로부터 고병을 거쳐 조선조에 논의된 정종·대가의 기준은 무엇이며, 그 비교론은 가능한가?

---

35 "今世之人 詩必稱湖陰·蘇齋·芝川·石洲, 而只知湖蘇芝詩之大家, 不知石洲詩之正宗. … 中略 … 大家以雄健爲主, 而多有駁雜 體格不正, 深知詩者 見而薄之. 大抵古人以評詩比之論禪, 禪道惟在妙悟, 詩道亦在妙悟. 而悟於詩道者 與悟於禪道者同. 悟於禪道本色, 悟於詩道本色者 爲正宗, 則詩之正宗 非第一義乎? 爲大家者 專務雄健 不知詩之有本色, 則正宗不大而斥之, … 中略 … 麗代之正宗 益齋而已, 大家指不可屈矣. 而我朝之正宗 石洲而已. 大家湖蘇芝外 亦多有之, 何可枚數? … 近來學士大夫輩 皆法大明之詩, 以石洲詩爲元氣萎腰, 此論雖是, 豈知正宗爲詩第一義也?, 詩至於得本色而成章則至矣, 亦何有他說….〈柏谷集·6〉

Ⅳ. 정종·대가 優劣論

　엄우는 진작 자신의 「시변」에서 이백과 두보를 '묘오'로 '입신'의 경지에 든 성당시문학의 쌍벽으로 전제하고, 그러므로 「시평」에서 '이두우열론李杜優劣論은 불가하다' 했으나, 암묵 중에 산견되는 논지는 이백을 우단左袒하고 있음이 분명하다. 예컨대 '이백의 시는 천선天仙의 말'이라 하고, 그 호매豪邁 준일俊逸한 시어들이 즉흥적으로 이루어진 것이 많다"[36]했다. 이는 그의 시어가 천연하고 자연스러워 조탁 및 인위적인 두보[37]의 시에 비해 시적 본색에 근사한 것임을 두둔함[38]이니, 이후 도연명과 사령운의 우열대비에서 확증될 것이다. 곧 이백의 '표일함과 두보의 침울함'이야 서로가 등가等價치 못할 각자의 개성이라지만,[39] 이백의 개문견산開門見山[명쾌함]한 발구법과 안신입명安身立命[흡족함]한 흥취는 분명 두보의 '한위漢魏의 법도와 육조六朝의 재주를 집대성함"[40]에 비할 바 아니라는 논법에 다름 아니다. 이는 그가 기상론氣象論에서 도연명과 사령운의 시를 합평한

---

36 觀太白詩者 要識眞太白處, 太白天才豪逸 語多率然而成者. 學者于每篇中 要識其安身立命處可也."〈評詩〉

37 徐居正 ; "古人詩不厭改. 少陵詩聖也, 其曰 '桃花細逐楊花落 黃鳥時兼白鳥飛' 累經刪改 …."〈東人詩話·上〉

38 워낙 시란 자연의 기미 중에서 절로 흘러난 인간 감정의 언어 표출이다. 그러므로 인위가 아닌 천연의 자연 노출, 그것이 眞詩라는 天機論이 그것이다.(夫人得天地之中以生, 而其情之感 而發於言者爲詩. … 惟其所以爲感而鳴之者 無非天機中自然流出 則此所謂眞詩也)〈洪世泰·海東遺珠序〉

39 嚴羽 ; 李杜二公 正不當優劣. 太白有一二妙處 子美不能道, 子美有一二處 太白不能作. 子美不能爲太白之飄逸, 太白不能爲子美之沈鬱. 太白「夢遊 天姥吟」「遠離別」等, 子美不能道, 子美「北征」「兵車行」「垂老別」等 太白不能作. 論詩以李杜爲準 扶穿子以令諸侯也..〈滄浪詩話·詩評〉

40 嚴羽 ; "少陵詩憲章漢魏, 而取材于六朝, 至其自得之妙 則前輩所謂集大成 者也.〈詩評〉

> … 진 이후에 비로소 연명의 "국화를 동쪽 울타리 가에서 따다가, 유연히
> 앞산을 바라본다"와 사령운의 "못 언덕에 봄풀이 나고"[41] 와 같은 유의
> 아름다운 시구가 나왔다. 그러나 사가 도에 미치지 못함은 강락(사령운의
> 자)의 시가 정밀하게 잘 다듬어져 있고, 연명의 시는 질박하면서 자연스
> 럽기 때문이다.[42]

에서 확연이 증명된다.[43] 이른바 집대성적 '정공精工'이 아름답지 아니
한 것은 아니지만, '질이자연質而自然'한 참된 아름다움에는 미치지 못
한다 함이니, 이는 결국 정종과 대가라는 계선界線의 빌미일가 한다.

그는 육조시대의 시를 평한 기상론에서도

> 건안의 시는 기상이 온전히 살아 있어서 지엽적인 것을 찾을 수 없다. 사
> 령운의 시는 이미 수련과 미련을 통해 대구를 이루고 있다. 이로써 건안
> 에 미치지 못한다.[44]

했다. 이른바 기상이란 '행문이 무사無邪하고 천연스러워, 사리詞理가
힐항해야 나타난다'하므로 인위적 조탁을 부정하고 있는 것이다. 이

---

41 사령운의 오언배율 「登池上樓」의 결구 "못 가에는 봄풀 돋아나고, 동산 버들에는 우는
　새소리 바뀌었구나.(園柳變鳴禽)"로 전편이 的對를 이룸.

42 嚴羽 ; "漢魏古詩 氣象混沌 難以句摘. 晉以還方有佳句, 如淵明'彩菊東籬下 悠然見南
　山.' 謝靈運'池塘生春草'之類. 謝所以不及陶者 康樂之詩精工, 淵 明之詩 質而自然
　耳."〈滄浪詩話·評詩〉 이 밖에도 같은 기상론에서 그는 "建安之作 全在氣象 不可尋枝
　摘葉. 靈運之詩 已是徹首尾成對句. 是不 及建安也."라 하므로 인위적 대구를 자연한
　시에 미치지 못함을 평시의 준거로 삼았다.

43 엄우는 "謝靈運之詩 無一篇不佳"〈詩評〉라 했고, 鍾嶸도 "謝客元嘉之雄"〈詩品〉 이라
　했으나, 전체적으로 시어의 조탁과 난삽함으로 평가된다.

44 嚴羽 ; "建安之作 全在氣象, 不可尋枝摘葉. 靈運之詩 已是徹首尾 成對句 矣. 是以不及
　建安"〈詩評〉

런 점에서 고병도 이백의 '웅혼한 기상·고아한 격조·자연스러운 사어詞語'를 들어 정종에, 그리고 두보를 '풍부한 저작·온전한 체격,' 등 '집대성적 역량'을 근거로 대가에 매김하고, 묘오·득삼매를 정종의, '조탁에 의한 웅건함'을 대가의 특질이라 단정한 바 있다. 그러나 이·두우열론은 시대문풍과 기호에 따라 다양했으니, 아무려나 주로 가름할 따름이다.[45]

우리의 경우는 호·소·지와 권석주를 합평한 김득신의 평설로 총론을 요약할 수 있을 것이다.

> 대개 호음의 침착함은 오·칠언 사운[오·칠언율시 : 필자 주]에 뛰어나지만, 절구·배율·가행에는 부족하다. 소재의 웅혼함은 칠언 사운[칠율]·오언배율에는 뛰어난데, 칠언사운에 가끔 세련되지 못한 곳이 있고, 오언사운[오언율시]·絶句·歌行에는 부족하다. 지천의 기건함은 칠언사운·배율에 뛰어나나, 절구와 가행에는 부족하다. 그러니 그들이 시도에 깨달음이 있어서 그 본색을 터득했다고 할 수 있겠는가? … 석주는 정종으로서 오·칠언 사운, 오언고시, 오언배율, 오·칠언절구, 가행에 뛰어나지만, 칠언배율은 부족하다. 그러나 모두 시의 정수로서 잡되지 않다. 이는 본색을 얻어서 시를 이루었다 하겠다. 만약 시를 깊이 아는 자로 하여금 석주의 시를 보게 한다면 반드시 대가와 정종의 우열을 변별함이 있을 것이다.[46]

---

45 李丙疇：韓愈의 併稱, 元稹의 揚杜抑李, 白居易의 敎杜, 歐陽脩의 賞李抑 杜, 朱熹의 尙杜, 楊愼의 揚李斥杜, 蘇軾의 慕杜, 黃庭堅의 偏杜. 陸游의 服杜,元好問의 賞杜, 王士禎의 仰杜. 乾隆帝의 右杜, 方孝孺의 尙李, 梁啓超의 揚 杜, 등. 〈이두연구, 李杜優劣論 索隱, pp.168~169〉 참조.

라 했다. 곧 호·소·지를 대가로, 권석주를 정종으로 매김하고, 각인의 특징과 장·단처를 합평했다. 이를 도식화[47]하면

구분	이름	기격	장처	단처	평가
大家	정사룡	沈着	五律, 七律	絶句, 排律, 歌行	不精
	노수신	雄渾	七律, 五排	五律, 絶句, 歌行	徒大面雜
	황정욱	奇健	七律, 排律	絶句, 歌行	差可爲精
正宗	권 필		五律, 七律 五古, 五排 絶句, 歌行	七言排律	精粹不雜

와 같다. 이른바 묘오와 입신이라는 시의 본색[48]을 이해하므로 각체에 두루 잡스럽지 않고, 정수한 시 창작이 가능한 석주를 정종으로 매김했다. 다만 단처로 평한 칠언배율은 워낙 오언배율도 마찬가지지만, 그 자체가 대우라는 형식적 작위성을 요할 뿐만 아니라, 중국에서도 크게 향유된 시식詩式이 아니다.

1. 관각삼걸의 웅혼

이제 논증을 위해 몇 작품을 예시하되 시사 전개상 송시, 이른바 강서시파[49]의 극복과 당시풍으로의 발전이라는 맥락을 전제로 관각삼

---

46 金得臣 ; "蓋湖陰之沈着 長於五七言四韻, 短於絶句排律歌行. 蘇齋之雄長於七言四韻五言排律 而七言四韻則 時有蹇躓處, 短於五言四韻絶句歌行. 芝川之奇健 長於七言四韻排律, 短於絶句歌行, 其可謂悟於詩 而得其本色耶. … 石洲之正宗 長於五七言四韻·五言古詩·五言排律·五七言絶句歌行, 短於七言排律. 然皆精粹不雜, 此足可謂得本色而成章. 若使深知詩者見之 必有能卞大家與正宗之優劣矣."〈柏谷集·6, 評湖蘇芝石詩說〉

47 위 도표는 신범식의 박사학위 논문 제3장, 제1절, 시론, p.45를 원용했음.

48 물론 김득신은 그의 시론에서 '天機品等·理馤兼備' 등 몇몇 시의 본질론적 요체를 주장하고 있다.

걸의 몇 작품을 살펴보기로 하자.

먼저 삼걸 중 가장 연장자인 정사룡의 「큰 여울大灘」은

轟輵車千兩	덜컹덜컹 일 천 수레 소리요
喧闐鼓萬槌	우당탕탕 일 만 북 두드리듯.
篙工心欲細	뱃사공도 간이 콩알만 해지는데
病客膽先摧	병든 나그네 간담이 서늘하구만.
振鷺衝巖起	부산한 해오라기 바위에 부딪치고
跳山入座回	울멍줄멍 산들도 자리에 들락날락.
片帆愁激射	조각배 거센 물결에 부딪칠까 두려워
欹側岸邊來。	팔랑팔랑 흔들리며 기슭으로 붙어 드는구나.

〈湖陰雜稿·一, 北上錄〉

와 같다. 워낙 '대우·공교工巧·음조해화音調諧和·자구미려字句美麗'를 중시하는 전아파典雅派들인지라 환골탈태를 전제한 용사는 물론, 기건호일奇健豪逸한 시격을 위한 요체법 활용, 특이하고 빼어난 표현법으로 특징지어 진다. 우선 전경에서 산견되는 용사만 해도

詩句	來處	비고
轟輵車千兩	聲音一何宏 轟輵車萬兩	韓愈의 「岳陽樓別竇司直」
喧闐鼓萬槌	黃河北岸海西軍 椎鼓鳴鐘天下聞	杜甫의 「黃河」
篙工心欲細	門客驚先賦 篙工熹盡謠	韓愈의 「叉魚招張功曹」

---

49 강서시파에 대한 논의는 이종묵의 『海東江西詩派硏究』(太學社, 1995)를 참고할 수 있다.

와 같이 정리를 요한다. 기련은 여울의 웅장한 물소리를 요란한 수레 바퀴 소리에 비유하되 한유와 두보의 시어는 물론, 의경을 복구覆句했고, '훤전' 역시 기건을 과한 험벽한 의도적 시어이다.[50]

한편 청백리 황희 정승의 후손 황정욱은 누구보다도 힘겨운 임란의 체험을 겪은 인물이다. 그러나 그의 시에서는 정작 시대의 고통이나, 전란의 참상보다는 옥당의 응제와 수창이 주조를 이룬 체질적 관각문사다. 김창협이 이른바 "그의 시는 황정견과 진사도에게서 나왔다."는 강서시파의 그가 오음 윤두수에게 준 시구大寄尹子仰 중 "한 편의 시를 환골탈태해 짓느라, 세 번 향 사르며 손을 씻는다.一篇換骨奪胎去 三復焚香溫手時"〈芝川集·二〉에서 잘 읽을 수 있다.

江上漁村舊聚居	강마을 어촌 옛 고을이
遺民此日是周餘	이제는 몇 사람 남지 않았네.
山川鬱鬱紆疇昔	산천은 욱어져 예대로요
風月依倚竟自如	풍월도 휘휘히 한결같구나.
坐客不禁周顗淚	모여 앉은 나그네 망국의 설움
令人各厭武昌魚	저마다 이 고장 싫어졌다네.
十年問舍棲難定	십 년을 떠돌아 헤매는 신세
何處田園可稅車。	어디가 터 잡아 살 곳이던가.

〈芝川集·二, 將卜居鷺梁, 錄此贈人〉

「장차 노량에 살리라」다. 실로 주를 따로 내지 않고는 이해할 수 없는 전고 투성이다. 곧 용사에 의한 환골탈태로 기건을 노린 의도가

---

50 이종묵 ; 앞의 책, pp.283~287 참조

드러난다. '주여周餘'는 『시경』을 출전으로 한 '난리 뒤의 쓸쓸함'을, '주의周顗'는 진나라 주의의 '신정읍新亭泣' 고사를, 그리고 '무창어武昌魚'는 무창의 척박한 풍토 때문에 사람이 살 수 없음을 비유한 고사들이다.[51]

다음 삼가 중 가장 우월하다[52]는 노수신의 「황산전쟁터」다.

昔年窮寇此殲亡	지난날 사악한 왜적들 여기서 다 섬멸해
鏖戰神鋒繞紫茫	무찌른 칼날엔 오랑캐 붉은 피 서렸었지.
漢幟豎痕留石縫	한의 깃발 세웠던 흔적 돌 틈에 남았고
斑衣漬血染霞光	왜적의 군복 적신 피 놀빛에 검붉었었지.
商聲帶殺林巒肅	스산한 바람 골짜기 숲에 살기 띠었고
鬼燐憑陰堞壘荒	황량한 성가퀴 밤마다 도깨비불 번쩍였지.
東土免魚由禹力	우리가 어육을 면한 것은 우력 때문이니
小臣模日敢揄揚。	소신의 모일을 어찌 감히 다 찬양하리오.

〈湖陰雜稿·1, 觀省錄, 荒山戰場 卽我太祖捷倭之地〉

호음이 가장 능하다는 칠율이다. 작자의 소주小註대로 우왕 3년(1377) 이성계가 경상·전라에 침입한 왜구 아기발도阿其拔都를 섬멸한 영사회고시다.

기련은 역사 사실과 신출한 승전으로 시상을 열었다. 함련의 '한치漢幟'는 "조나라의 깃발을 뽑고 한의 깃발을 꼽으라.拔趙幟 立漢幟"〈韓信傳〉에서 원용한 용사로, 원관념은 '왜적을 물리치고 우리의 깃발을 꽂

---

51 金甲起 ;「湖蘇芝 三家」『漢文學史』, 새문사, 2002, pp.291~295
52 金昌協 ;"世稱湖蘇芝, 然三家詩 實不同. 湖陰組織鍛鍊 頗似西崑 而風格不如 蘇, 芝川 矯健奇崛 出自黃陳 而宏放不及蘇, 蘇齋其最優乎."〈農巖集·三四〉

음'의 비유다. '반의斑衣'는 '피 묻은 왜구의 군복'이요, '상성商聲'은 오행의 '가을바람', '귀린鬼燐'은 '귀것이 된 왜구의 가련한 넋'이니, 웅걸한 기개가 적실하게 대를 이뤘다. 결련 역시 역사 사실을 용사로 맺었으니. '어육魚肉'은 '맹개도 못 추고 먹히다'〈史記·張儀傳〉요, '우력禹力'은 '홍수를 다스린 하우씨夏禹氏의 고사를 들어 이성계의 공을 찬양한 비유법이다. '모일模日' 역시 '임금을 숭봉함'의 뜻으로 쓰인 불경『대아육왕경』에서의 용사다. 허균은 '기걸혼중奇杰渾重한 기작이나, 용을 잡으려다가 개를 잡은', 이른바 '당시가 아닌 송시에 불과하다'〈성소부부고·36〉 했으니, 전고와 용사 일색의 송시풍을 면치 못했다. 이른바 체화된 조술이 아니라, 기건을 위한 수사는 물론, 전고와 용사[53]에 의한 시어의 도습 일색이란 어설픈 감상 일변일까 한다.

2. 삼당의 위미·염려

16세기 후반으로 접어든 조선의 문단은 명나라의 학당풍이 새로운 추세였지만, 무엇보다 유가적 규범의 틀을 벗어나 경험론적 인성, 나아가 '연정戀情의 문학'에 대한 인식과 추구가 주조였다. 송대의 사변적이고, 주리적인 시풍보다는 참신하고 창조적이며, 인정세태를 주정적으로 다스리려는 당시에로의 복귀운동이 그것이었다. 그 직접적 훈도자는 박순과 노수신 등이라 하나, 통칭 삼당으로 대표된다. 그들은 사장파나 사림파처럼 권위와 규범의 틀에 얽매이지 않았고, 체제 밖의 의식적 반발이나, 괴변적 초탈을 과하기보다는 삶의 현장에서 체

---

[53] 李晬光 ; "唐人作詩 專主意興 , 故用事不多, 宋人作詩 專尙用事 而意興少. 至於蘇黃 又多用佛語 務爲新奇. 未知於詩格如何. 近世此弊盆甚 一篇之中 用 事過半, 與剽竊古人句語者 相去無幾矣."〈芝峰類說〉

득한 진솔한 경험, 인간적 정감의 세계를 노래하므로 문학의 본질을
개혁했으며, 무엇보다 공명과 경륜을 위한 관인이기보다 문인이기를
자처했던 우리 문학사상 최초의 전문 시인들이다. 그러므로 삼가의
작품 중 상당수는 이제껏 접하지 못했던 참다운 시미詩味를 읽게 한다.
그러나 그들의 시 역시 성당의 계경에 미치지 못한 위미·염려로 총평
되는 소이는 워낙 시학의 고격함일 것이다. 예컨대,

江南採蓮女	강남의 연밥 따는 아가씨
江水拍山流	강물만 산을 칠 듯 흘러 갈 뿐.
蓮短未出水	연 덜 자라 물 밖에 나오지도 않았으니
櫂歌春政愁。	뱃노래 봄이 정히 시름겹게 되었네.

〈玉峰集·上, 江南詞〉

不識懷陽路	회양길이 어떤지 모르지만
相隨北雪來	북녘 눈길 따라 오시거들랑
君看窓下燭	임이여, 보옵소서, 창 밑 촛불이
何事淚成堆。	무슨 일로 눈물 져 생겼는가를.

〈玉峰集·上, 江南詞, 爲鄭明府情人戲題 名仁寬〉

와 같은 백광훈의 시나,

一曲瑤琴秋恨長	한 곡조 거문고에 긴긴 한 깊어
夜深燒盡水沈香	밤 깊도록 수침향 다 사루었네.
多情更有西樓月	서편 다락 달빛만이 정감을 더하는데
步下金階萬地霜。	섬돌 내려서니 가득한 서리.

〈蓀谷集·二, 仙桂曲題月娥帖〉

折楊柳寄與千里人　묏버들 갈히것거 보내노라 님의 손딕
爲我試向庭前種　자시는 창 밖에 심어두고 보소서.
須知一枝新生葉　밤비에 새닙 곧 나거든
憔悴愁眉是妾身。　날인가도 여기소서.

〈孤竹遺稿·飜方曲〉

이달과 최경창의 위 시들도 가녀린 여성적 기미는 물론, 염려에 흘러 곱기만 하다. 최경창의 「번방곡」이야 기녀 홍랑의 이별가를 한역한 것이라 하더라도, 그의 「백저사」

憶在長安日　서울서 지내던 날 그리워라
新裁白苧袍　새로 모시도포 마름해 주었었지.
別來那忍着　이별 후 어찌 차마 입으리오
歌舞不同君。　그대와 가무도 함께 할 수 없는데.

〈孤竹遺稿·白苧辭〉

역시 궤를 같이 한다. 여기에 삶의 진실이나, 고난에 찬 시대 심상이 담길 수 없음은 물론, 자칫 위선이 자리할 여지조차 배제할 수 없다.[54]

그러나 석주는 평소에 '시는 진실을 찾는 고난에 찬 탐구'라는 인식 하에 '사물의 원리와 인간의 본질'을 궁구하고자 했다. 그러기 위해 현실을 직시하고, 냉철하게 비판 풍자하되, 울분과 분만을 미적으로 승

---

54 예컨대 이달의 시 "粧蟲網鏡生塵 門掩桃花寂寞春依舊小樓明月在 不知 誰是掩簾人"은 영락없는 만당의 염락체다. '장렴', '경', '권렴,' 등의 시어는 그의 다른 시 「不夕」의 곤고와 비교할 때 작자의 현실체험의 시어일 수없는 투식적 시거나, 위장된 미학일 시 분명하다.

화한 표현의 참신성과 비유의 효과를 중시했다.[55] 그의 「忠州石」은
그 같은 그의 시관의 총결이니

忠州美石如琉璃	충주의 아름다운 돌 유리 같은데
千人劚出萬牛移	뭇 사람 짜개내 바리로 실어내네
爲問移石向何處	묻노라, 돌을 옮겨 어디로 가느냐니
去作勢家神道碑	세도가 신도비로 쓰일 거라나
神道之碑誰所銘	그 비석 명은 누가 짓는다지
筆力掘强文法奇	거세찬 필법 뛰어난 문장가라네
皆言此公在世日	하나같이 그 대감 세상에 계실 땐
天 姿學業超等夷	인품과 학식이 무리에 넘났고
事君忠且直	임금 섬기길랑 충과 효로 했고
居家孝且慈	일문 다스리길 효와 어짊으로 하고
門前絶賄賂	문전에 뇌물 따윈 일체 없었으며
庫裏無財資	곳간은 재물 없어 텅텅 비었으며
言能爲世法	이르시는 말씀 세상의 법이요
行足爲人師	행실은 뭇사람의 사표셨으며
平生進退間	한 평생 분명한 진퇴
無一不合宜	마땅함에 어긋남 없었다며
所以垂顯刻	이만큼 아로새겨
永永無磷緇	오래오래 잊혀지지 않게 하렴이라네
此語信不信	이 말씀 믿거나 말거나
他人知不知	남이야 알거나 말거나 간에

---

55 金甲起 ;『漢詩로 읽는 우리 문학사』정통한문학, 그 시비의 양태[1]·4)詩酒로 일관한
참 시인, 석주, p.331 참조

遂令忠州山上石　　드디어 충주 산돌로 하여금
日銷月鑠今無有　　나날이 다달이 쪼고 짜개내 이젠 씨도 없다오
天生玩物幸無口　　돌이라, 입이 없어 망정이지
使石有口應有辭。　돌에 입이 있다면 응당 할 말 있으리라.

〈石洲集·2, 忠州石 效白樂天〉

와 같다. 백락천의 "남전산 청석 잘려 나와, 바리바리 장안으로 드네요. 다듬고 쪼는 석공들께 어디다 쓸 거냐 물었더니, 돌이라 입이 없어 내가 대신 말하리라.靑石出自藍田山 兼車運載來長安. 工人磨琢欲何用 石不能言我代言"한 「청석靑石」의 의장意匠을 빌어 시대의 병리심상과 세도가들의 위선적 가치관, 그 허상을 고발한 풍자시다. 짐짓 효체效體이기에 환골탈태의 한정성이야 정작 자묘로 높이 평가되는 소이거니와, 어디에도 도습은 물론, 전고·용사의 작흔作痕이 없다. 뿐만 아니라, 시어의 조탁도, 인위적 과장도 없는 진실한 비유가 현장성을 배가하고 있다. 자못 「청석」의 효칙效則이기 전에 두시 「삼리·삼별」 및 「병거행」의 소견분사所見聞事로 직핍한 사실적 작법 그대로다. 그러므로 석주야말로 관각삼걸의 송풍宋風은 물론, 삼당의 위미·염려로부터 17C 조선시를 성당시풍에 가장 근사하게 접근시킨 정종으로, 그리고 이후 18C로부터 팽배하는 무실적務實的 사실문학, 나아가 천기를 근간으로 하는 중인문학의 계경을 제시했다 할 것이다.

V. 문제의 정리

본 논제의 핵심인 시품격론으로서의 정종·대가론은 정작 명나라 고병의 『당시품휘』에서 유래되었으나, 그 시학적 소원은 전혀 엄우의 『창랑시화』에 근거한다. 이른바 그의 문필진한 시필성당이란 의고풍이 원으로부터 한문화를 되찾은 명대에 득의에 찬 복고 지향의 초기 시학으로, 이어 조선조 중·후기를 대표하는 시학으로 수용되는 과정을 상고하는 일은 우리 시사의 바른 이해를 위해서도 그 필요성이 제고된 바 있다.

이상의 논고를 요약정리하면, 먼저 엄우는 『창랑시화』「시변」에서 "시를 논하는 것은 선을 논하는 것과 같다"고 전제하며, 모름지기 '시를 배우는 사람은 최상승을 따르되, 정법안을 갖춰 제일의를 깨달아야 한다'하고, 한·위·진과 성당시를 제일의로 매김했는가 하면, "대저 선도가 오직 묘오에 달렸듯이 시도 역시 묘오에 달렸다"했다. 이어 그는 묘오에 이른 "시의 극치는 하나가 있으니, 그것을 입신의 경지에 이른 시라 한다."며 "시가 입신의 경지에 이르면 지극하고 다 갖춰 보탤 것이 없다. 오직 이백과 두보가 그것을 해냈다"라 했다.

고병은 그의 『당시품휘』에서 그들이 상승으로, 나아가 학시의 준적으로 삼은 당나라 시인 및 시의 유형을 7체로 구분하고, 다시 각체를 시대와 작품의 고하에 따라 9문으로 분문하고 정종으로는 유일하게 이백을, 대가로는 역시 두보 한 사람을 예시하였다.

한편 정종·대가 우열론의 경우 이·두우열론은 엄우도 불가하다 했지만, 이백을 좌단한 듯한 일면을 이백의 명쾌한 發口法과 흡족한 흥취가 두보의 '한위의 법도와 육조의 재주를 집대성함'에 비할 바 아니라는 논법임을 그가 기상론에서 도연명과 사령운의 시를 합평하며 도연명의 시가 질이자연하여 사령운의 인위적 대구보다 높이 평가한 것으로 확증했다.

우리 한시비평사에서의 작가·작품 평가는 관각삼걸과 석주시를 합평한 김득신의 「평호소지석시론」으로 대체했다. 특히 삼걸 중 1인자로 평가되는 정사룡의 「황산전장」과 석주의 「충주석」으로 정종·대가론 및 그 시격을 대비 감상했다. 역시 정사룡의 시는 '전고·용사에 의한 웅건함'으로 송시풍인데 비해, 석주의 시는 전고·용사의 작흔作痕이 없을 뿐만 아니라, 시어의 조탁도, 인위적 과장도 없는 진실한 비유가 현장성을 배가함을 읽을 수 있었다. 그러므로 석주야말로 관각삼걸의 송풍은 물론, 삼당의 위靡·염려로부터 17C 조선시를 성당시풍에 가장 근사하게 접근시킨 정종으로, 그리고 이후 18C로부터 팽배하는 무실적 사실문학, 나아가 천기를 근간으로 한 중인문학의 계경을 제시했다고 결론했다.

〈2008.6. 동국대학교 한국문학연구〉

우리 古典詩歌 바로 읽기

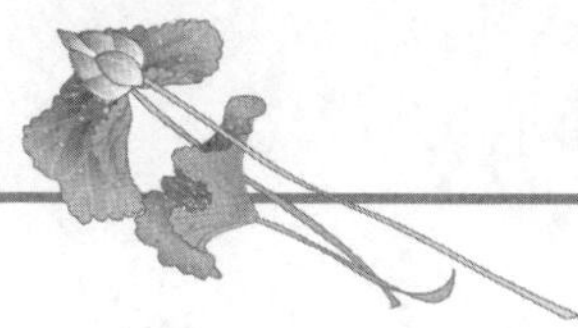

退堂 柳命天論

Ⅰ. 문제의 제기

사천목씨泗川睦氏·여주민씨驪州閔氏와 더불어 기호남인의 3대 가문인 진주 유문晉州柳門의 명천은 인조 및 효·현·숙종대의 예송논쟁에 의한 정변의 부침사에 거명된 외엔 학인學人으로나 문인으로 크게 논의된 바 없다.1 작가·작품론적 검증에 의한 냉대가 아니라, 근기남인계 관인인데다, 이후 정치적 몰락, 그리고 문집조차 이제사 발견되었기 때문이리라. 그러므로 전인미답의 새로운 한 작가와 그의 작품세계를 학계에 보고하는 일도 의의 있는 일로 사료된다.

목릉의 문풍이 농익은 17세기 중후반 별시문과의 장원 출신이자,

---

1 다만 林基中의 『조전시가의 실증적 연구』 4.가사문학 중 연행가사와 연행록1), 연행별곡과 유명천의 연행일기를 대비, 동일 작가의 작품임을 실증한 논고가 그의 문인으로서의 첫 언급일 줄 안다. 필자의 위 발표요지 주5)에서 그의 언해본 『서전대전』및 많은 경서의 현토·언해본이 있음을 언급했고, 아울러 『퇴당집』木册 卷三 「燕行錄」에는 한시 55제 59수가 수록되어 있음를 밝혀 둔다.

40대 중반(1678. 공46세)에 부제학을 역임했고, 기사환국 후에는 예조 판서, 판의금·판중추부사를 역임한 퇴당이다. 그러니 당시 남인의 입지에서 정치적으로도 삼조三朝의 원로 이원익, 조경, 허목에 이어 채제공에로 그 명맥을 이어 준 실세요, 문학 역시 사제舍弟 명현命賢 채팽윤蔡膨胤 등과 함께 혜환惠煥 금대錦帶부자, 신광수 정범조 채제공 목만중에 이어 후대 정약용으로 요약되는 기호남인 사단의 창시자적 가능성을 검증하고자 한다. 이 같은 목적을 달성하기 위해 제한된 지면의 효과적인 활용방안으로 보조학적 영역보다는 주요 관심영역인 Ⅲ.텍스트 개관 및 주제별 유형 분류에 해당하는 Ⅴ.작품세계에 주중하고자 한다.

　본 연구의 텍스트는 현재까지 유일본으로 알려진 필사본『퇴당선생시집』전 5권과,『퇴당선생문집』전 5권, 합 10권 5책이 학계에 소개도어 있다.[2] 필자는 문집에 수록된 한시 605제 848수와 「서·발·문」을 개관하여, 작품론을 위한 작가론에 주중하고자 한다.

Ⅱ. 가계와 생애

　『퇴당집』어디에도 그의 「행장」은 보이지 않는다. 따라서 그의 사승 및 교유관계, 특히 근기남인의 학문적 계통, 혹은 사단계보상詞壇系譜上의 위상을 현재로서는 단정할 수 없다. 다만 본고에서는 자신의 운명을 예점이나 하듯 을유년(1705) 봄에 지은 「퇴당옹자명」[3]과 조고祖

---

2 본 텍스트는 金(詩集 一·二卷), 木(詩集 三·四卷) 水(詩集 五卷, 文集 一卷) 火(文集
　二·三卷) 土(文集 四·五卷)册으로 구성된 강경훈 소장본이다.

考의 묘갈,4 선고의 신도비,5 그리고 자신이 쓴 사제 명현의 「행장」등을 참조하여 가계도와 생애부터 약술하기로 한다.

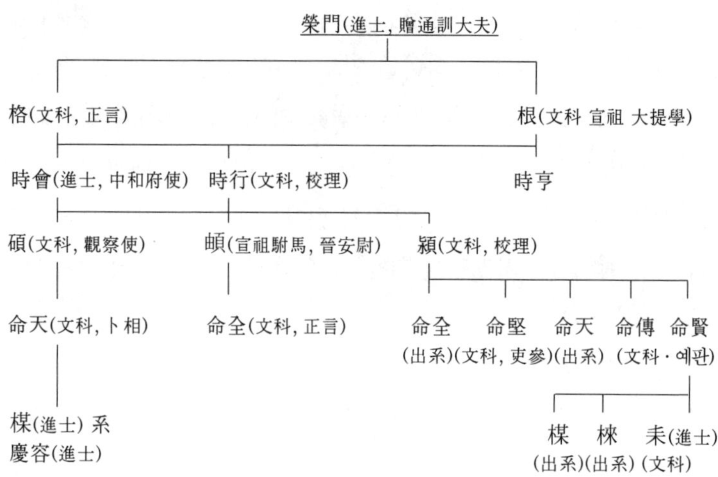

그의 자는 사원士元, 호는 퇴당이며, 증정경부인 이씨6와 선고 영穎 사이의 5남 중 3남으로 관찰사 석碩에 입양되었다. 선대를 매거할 나위야 없거니와, 진주 유문은 선고 영에 이르도록 누공누경累公累卿한 영문榮門이되, 수壽만큼은 넉넉지 못해 증조, 조고, 선고 3대가 40대 전후에 별세했다. 그러나 인조 5년(1627) 정시문과 병과로 급제한 사인 영의 5남 중 명견名堅은 현종 15년(1672) 별시문과에 병과로, 명천은 장원으로 급제하고, 명현 역시 익년 정시문과에 장원급제하므로 4부자

---

3 『퇴당선생문집』卷四, 「퇴당옹자명」 참조
4 같은 책, 「祖考司餐院正府君墓碣陰記」 참조
5 같은 책, 「先考觀察府君神道碑陰追錄先妣行蹟」 참조
6 같은 책, 「亡弟吏曹判書靜齋行狀」 "…妣全義李氏 贈貞敬夫人 左議政鐸之 後別坐 諱潤身之女 …" 참조

가 용문에 오른 것이다. 이는 모두 조경의 말대로 "사람됨이 정대하며, 문에 능하여 입만 열면 세속의 기운이 없다."는 선고 영의 영향임을 알겠다.[7]

그는 16세 되던 을축년(인조 27)에 고령 신죽당申竹堂 기한起漢의 딸을 첫 부인으로 맞아 딸 하나를 얻고, 10여년 만에 사별했으며, 이어 정암靜菴 조광조趙光祖의 승현손 송년松年의 여女를 재취로 맞았으나, 2녀를 남기고 또 사별했다. 이후 병진년(1676)에 선조 대의 명신 아계鵝溪 이산해의 현손녀를 3취 부인으로 맞아 2녀 1남을 얻었으나, 경신출척 이후 배소에서 차례로 참척을 겪고, 끝내 사제 명현의 장자 매楳로 후사하였다.[8]

그의 관계생활 역시 순탄치만은 못했다. 40에 장원급제하고 정언 지평 등 언관을 거쳐 사관에 오르고, 43세(숙종 원년, 1675)에 이조좌랑, 46세(숙종 4년, 1678)에 부제학, 이어 대사성을 역임하고 이조참판에 재임 중(숙종 6, 1680)이던 경신년 남인의 퇴출과 함께 지례에 유배, 익년 음성에 양이되었다가 51세 되던 1683년에야 전리에 방귀放歸되었다. 56세(1688)에 강계부사로 나갔다가 익년 기사환국으로 중용되어 공조·예조판서, 판의금부사 판중추부사 등을 지내고 62세(1594)에 갑술옥사로 다시 파직, 흑산도에 위리안치 되었다. 66세(1699) 되던 숙종 25년 전리에 방귀되었으나, 신사년(1701) 장희재와 공모하여 인현왕후를 모해하려 했다는 서인의 무고로 나주의 지도에 위리안치, 1704년 전리 괴산 퇴당에 돌아와 익년(1705) 가을에 연관捐館했다.

---

7 같은 책, 같은 글 "… 考諱 弘文館應教 贈議政府左贊成 亦年四十三, 趙龍洲絅 爲之誌曰 爲人大而正 能文 開口無世俗氣 …" 참조

8 같은 책, 「퇴당옹자명」 "…初娶申公起漢女 … 繼室趙靜菴五代 …李貞敬鵝溪孫 膝下凡 嶂皆不擧 猶子 名楳 取爲子 …" 참조

실로 그의 생애는 남인과 노론 간의 예송논쟁사와 그 부침을 함께 한 파란의 연속이었다. 더욱 처절한 그의 개인적 비련은 2번의 상처, 전처 소생 장녀 내외와 3취부인 소생 2녀 1남의 참척, 그리고 2차에 걸친 자부의 참척[9] 등은 자신의 그 어떠한 비련 이상의 비극적 애환일 수밖에 없다.

그의 벼슬살이 역시 30여년 사환 중 유배만 경신 이후 4년, 갑술옥사 이후 약 6년, 신사 이후 약 4년, 그러니 반이 귀양살이었고, 전리 퇴거 역시 약 6년으로 요약된다.[10] 따라서 그의 시문은 일상적 인사시와 몇 편의 제시영물 외에는 적소술회, 이른바 유배 시로 특징지어질 수 있다.

Ⅲ. 텍스트 개관

현전『퇴당집』은 필사본으로 필사 자와 간기가 분명치 않다. 가전家傳에 의하면 고애자 매가 생부 정재공靜齋公의 문집과 함께 공간하기 위해 교서관 사자관을 시켜 필사했으나, 남인의 위축으로 좌절되었다[11] 하고, 그 필체가 사관체인 점도 가전의 신빙성을 보태는 예라 하겠다. 『퇴당집』은『퇴당선생시집』 5권과『퇴당선생문집』 5권을 합한 전 5책이다.『퇴당선생시집』전 5권 소재 848수의 시를 시체별로 도표화하면 다음과 같다.

---

9 한산 이씨의『고행록』및 자찬「퇴당옹자명」참조
10 한산 이씨『고행록』및 필자의 앞 학술발표자료 참조
11 위 필사본《퇴당집》과《정재집》의 유일한 소장자인 방계 족손 강경훈의 증언에 따름.

퇴당집 소재 작품 현황

冊	권수	형식 / 록명	五言			七言			비고
			絕句	律詩	古詩	絕句	律詩	古詩	
金	一	석갈록		5		2	30	1	37 + 1 (38)
		구성록	8	24	4(1)	69	51	2	111 + 48 (150)
	二	연성록		5	1	40	53	2	71 + 30 (101)
木	三	환조록		4		6	33	1	41 + 3 (44)
		서사록					23		10 + 13 (23)
		연행록		11		14	34		55 + 4 (59)
	四	오천록	1	16	2	50	91	1	97 + 64 (161)
		퇴당록		9		10	21		38 + 2 (40)
水	五	남천록	5	32		71	45		94 + 59 (153)
		퇴당후		3		15	13	2	26 + 7 (33)
		습유록		6		16	15		25 + 12 (37)
계	5	11	14	115	8	293	409	9	605+243 :848

전체적인 체제는 편년체로 『퇴당집』 금책金冊은 『퇴당선생시집』1·2권 합본이다. 이는 임자년(1672) 겨울 별시문과에 장원급제하여 출사한 이래 기미년(1679)까지의 작품을 묶은 「석갈록」(37제 38수)[12]과, 경신대출척으로 지례에 유배되었다가 익년 음성현에 양이된 이후의 시 묶음인[13] 「구성록」(111제 159수)이 권 1이요, 계해년(1683) 음성 적소로부터 연성 구서舊墅에 머무는 동안의 작품 모음인[14] 「연성록」(91제 101수)이 권2이다.

「석갈록」은 인사류인 만시(17수)가 가장 많고, 송별시(8수) 차운시(4수) 순이니, 관계官界라는 세정 속세에서의 복잡한 인간사와 무관하지

---

12 『퇴당선생시집』·一, 「釋褐錄」 "壬子冬 擇別試壯元, 自壬子迄己未 所作編 爲釋褐錄" 참조

13 같은 책, 「龜城錄」 "龜城知禮別號, 庚申十月 因臺啓編配, 翌年六月 量移陰 城縣" 참조

14 같은 책·二, 「蓮城錄」 "癸亥 自陰城謫所 蒙宥 還蓮城舊墅 留駐" 참조

않음을 알겠다.

　한편 「구성록」은 적소술회(63수) 차운시(44수) 영물시(20수) 연군(5수) 및 사친·형제간의 수답시(11수) 순이다. 특히 차운시 중에는 두보杜甫 시 차운이 14수, 동파시 차운이 7수, 백거이 시 차운이 2수, 왕원미의 시 차운이 2수, 이백 시 차운이 1수가 있으며, 국내 시인으로는 중형 명견의 차운시가 17수로 가장 많고 기타 조매계, 이첨, 조경, 고봉 등 많은 인물들과의 차운시가 있어 그의 독서 소원溯源, 학시 계통 및 폭넓은 교유관계를 짐작케 한다.

　구서舊墅 연성에서의 시모음인 「연성록」에는 예의 인사시류인 만시(29수)와 차운해서 기증한 시(50수) 제시영물(25수) 사친 및 형제간의 수답시(12수) 순으로 역시 폭넓은 인간관계를 읽을 수 있다.

　『퇴당집』 목책木册은 『퇴당선생시집』 三·四권 합본으로 「환조록」(41제44수) 「서사록」(10제23수) 「연행록」(55제59수) 「오천록」(97제161수)과 「퇴당록」(38제40수)으로 묶였다. 「환조록」은 기사환국으로 서인의 몰락과 함께 예조판서의 부름을 받고 환조하여15 경오년(1690) 가을 접빈사로 용만에 출사하기까지의 시 묶음이며, 「서사록」은 그 행차의 왕반 기행 및 수답시편이요,16 「연행록」은 계유년(1693) 동지상사로 11월 2일 출발하여 익년 3월 복명하기까지의 시 모음으로 3권이다.

　한편, 「오천록」은 갑술옥사로 강진에 유배되었다가 6월 영일현으로 이배, 기묘년(1699) 향리 괴산의 퇴당에 방환되기까지의 시 모음이며17 「퇴당록」은 이후 괴산에 돌아와 은퇴당을 얽고 지내며 자신의 삼세 별업인 고산정18을 중심한 향리생활을 작품화한 시모음집19으로

---

15 같은 책·三, 「還朝錄」 "己巳二月 起廢 以禮判 承召 還朝" 참조
16 같은 책·三, 「西槎錄」 "庚午 秋 以儐使 往返龍灣" 참조
17 같은 책·四, 「烏川錄」 "甲戌四月 時事大變 遭臺彈, 初配康津 六月移珘迎 日縣" 참조

권四다. 위 시집 권3은 기사환국으로 득의만만한 출사기의 시편이니 예외 없이 차운기증시(48) 만시(26) 기행시(29) 영사(7) 순으로 수록되었고, 「오천록」 역시 차운기증시(80)가 가장 많으며, 그 주제는 대체로 적소술회(64수) 오천고사(11수) 및 연군(4수) 해배기원(5수) 순으로 짜여 유배시적 정조를 읽기에 부족하지 않다. 「퇴당록」은 67세의 적지 아니한 노년을 전리에서 보내며, 만시(14수) 송별시(4수) 차운기증시(4수) 등 인사시 외엔 영물, 혹은 담담한 전거田居 술회로 일관하고 있다.

끝으로 『퇴당록』 수책水册은 『퇴당선생시집』 권五와 『퇴당선생문집』 권1 합본으로 시집 권5는 「남천록」(94제 153수) 「퇴당후록」(26제33수) 「습유록」(25제37수)으로 묶였다. 「남천록」은 괴산 은퇴당에 퇴거해 있던 중 신사옥사로 중형 모산은 위도蝟島로, 동생 정제는 남해로, 자신은 나주 지도로 유찬되어 다시 퇴당 전리로 방환되기까지(1704)의 한시 모음이다.20 한편 「퇴당후록」은 지도에서 해배되어 괴산 은퇴당에 돌아와 익년 가을 연관할 때까지의 1년여 간 작품 모음과 「습유록」으로 구성되었다.21

「남천록」 역시 적소술회(36수) 제시영물(30수) 차운기증(24수)이 많고, 탄로시(7수)와 형제간의 우의(5) 및 해배기원시류가 산견되며, 「퇴당후록」에서는 이규보 시에 대한 차운시(10수) 화시(4수)가 있어 주목된다.

이상의 개략을 요약하면 퇴당 시에 차운 기증 유와 만시가 많음은 근기남인의 영수 허목 이래 학인이나 문인으로 보다는 관인으로서의

---

18 같은 책·一,「題孤山亭」"卽余三世別業" 참조
19 같은 책·四,「退堂錄」"己卯春 蒙宥 歸住槐山先壟下 搆三椽屋 扁以恩退堂"
20 같은 책·五,「남천록」"辛巳冬 國有大獄 爲兇臺所搆誣 再竄羅州地 知島"
21 같은 책·五,「퇴당후록」"甲申五月 蒙宥 復返退堂, 乙酉秋捐館" 참조

비중이 컸음을 의미한다 할 것이고, 다음으로 적소술회시가 많은 것은 3차에 걸친 유배의 결과이며, 제시영물 역시 배소에서의 상정을 위무하는 방편 및 물사에 대한 친화적 성품으로 이해된다. 이어 사친시 및 형제간의 수답시가 많음은 당시 정황에 따른 가정비화 때문이기도 하겠지만 남다른 문력을 갖춘 가문에다 도타운 우의(손이 귀하고 출계出系에 의한 후사가 많음도 원인일 듯)의 결과로 요해된다.

Ⅳ. 퇴당의 문학관

17·8세기 근기남인학파의 학풍과 문학관, 특히 이후 남인실학파의 문학사상에 크게 영향을 미친 사람은 미수 허목許穆(1595~1682)이다. 그는 영남학파의 계승자인 정구鄭逑(1543~1620)의 고제高弟로 근기남인학파의 문호를 열어22 성리학 일변도의 정통학풍을 비판하며, "세속의 지름길을 쫓지 아니하고 한묵지정翰墨之程을 답습하지도 않았으며, 이단을 배척하고 고인의 유서遺緒를 찾아 쫓았다 한다. 문학에서도 당대를 풍미하던 송·명의 사장이나 후세의 조탁지문彫琢之文은 괘념치 아니하며, 오로지 육경고문六經古文만을 즐겨 읽는 이른바 수사지학洙泗之學·육경고문六經古文에만 전심했다.23 그가 말하는 육경고문이란 상고의 삼분三墳·오전五典 및 팔색八索·구구九丘이나 이는 전하지 아니하고, 우·하 이래 순·우의 그윽함과 은·주이래의 여유로움과 엄숙한 유풍을 담고 있는 육경이요, 거기엔 성인의 큰 법도가 있다.24"했다.

---

22 정옥자 ; 『조선후기 문학사상』 제2장, 근기남인학파의 문학사상, pp.45~62 참조
23 『記言』·67, 「許眉曳自鳴」 "不趨世俗蹊徑 … 詆誹異端 … 尋追古人遺緒 …."

그러므로 그는 문학을 논하는 자들이 정주지학만을 이승지문이라며 배우려 들고 육경고문은 한낱 성글고 진부한 말로 여긴다고 통매하며,

> 유가의 마루는 요순·공자만한 이 없고, 말의 이승한 점도 《주역·춘추·시경·서경》 만한 것이 없다.(儒者之所宗 莫如堯舜孔子, 其言之理勝 亦莫如易春秋詩書)　　〈記言·文學〉

고 강변하는 철저한 수고적 재도론자였다. 이 같은 그의 학풍, 혹은 문학관은 적어도 학문적으로나 정치적으로 서인에 비해 수세에 처해 있던 당시 근기남인학파의 존재론적 명분이자, 자파의 전범典範이었을 것이다. 물론 「행장」을 얻지 못한 지금 갑자기 퇴당이 미수의 문인이라거나, 사사받았다고 할 수는 없다. 더욱 그의 문장학에 대한 논·설도 따로 없다. 그러나 몇 편의 「서·발」 및 시편을 통해 그의 문학관을 유추하기로 한다.

　그의 많지 아니한 「서·발」 중 용주龍洲 조경趙絅(1586~1669)의 문집 「서」에서 그는 "당대의 많은 문장 가운데 의리지문義理之文은 한유의 문이, 그 중에서도 「원도原道」 1편에 학문의 정수가 담겼다 하고, 이어 비지류碑誌類 역시 당대에, 그리고 이 또한 한유의 것이 종장이라며, 용주는 곧 조선의 한유"라고 전제했다.[25] 이어

---

24 같은 책·五,「答客者言文學事序」"嘗嘆 三墳五典 八索九丘之文 今不可復見, 其見於載籍者 莫成於虞夏殷周之際古文, 聖人之大法載焉" 및 같은 책「文學」"上古載籍 無傳, 虞夏以來 姚似之渾渾 殷周之皥皥噩噩 可見於六經" 참조

25 『퇴당선생문집』·五, "…若義理之文 在唐有昌黎氏一人, 昌黎氏 原道一編乃一生命脈 機學之正 此可見也, 碑誌之設 至唐最盛 以昌黎之作 最得其體格 … 只今碑誌家 以昌黎 爲宗 … " 참조

선생은 먼저 백행의 근본을 세우되 깊이 의리의 산적을 맛보고 논맹에 근
저하여 존양의 공을 다하시니… 도가 쌓여 꽃다움이 펴나 문장을 이루기
때문에 능히 百川의 광란을 돌리시고 스스로 칠양의 운금을 이루어 진실
로 관도지문이요, 경국의 말씀(先生先立百行之源 深嚌義理之賾, 根抵
乎論孟, 以盡存養之功…於是乎 道積英發 作爲文章 地負海涵 能回百
川之狂瀾, 日光玉潔自成七襄之雲錦 眞貫道之文 經國之辭也 …)

이라고 높이 평가하며, 계속 "선생의 고매한 인품과 매사를 마름함에
한결같이 의리로써 근본삼기에 말씀 한 마디마디가 곧 경이요, 스스
로 미사려구의 색태를 짓지 아니한다"며, 다시 "옛사람들이 옛날의 구
양수를 오늘의 한유라 했듯이 자신은 용주를 오늘의 한유라며, 이는
자신만의 견해가 아니라 공론"이라 했다.26 이른바 용주의 언사·시
문이 경이며 조전지문彫篆之文이 아닌 이유는 의리지학, 곧 훈고가 아닌
'육경지학六經之學에 바탕한 학문적 온축과 고매한 인품', 그리고 '파조
지태색葩藻之態色에나 연연하는 무리들의 사장·과거지문이 아닌 까닭'
이라 했으니, 이 같은 그의 문학관은 대소헌 조종도趙宗道의 문집「서」
에서도 확인된다. 곧 정유재란 때 안음현관 곽준郭䞭과 함께 의병을 일
으켜 황석산성에서 왜장 가등청정의 간담을 서늘케 한 대소헌, 그의
많지 아니한 시편의 '엄정한 사의辭意 비장한 성운'은 '황석산과 그 높
이를 다툴 정기, 탁탁卓卓한 대절大節의 바탕이 조전彫篆치 아니함 때문'
이라 했다.27

---

26 같은 책·같은 글, "大抵先生天分甚高 立心制事 壹以義理爲本 故吐辭 而皆 可爲經自
無葩藻之態色 … 古有言 區陽公今之韓愈, 不佞亦言 龍洲公 今之韓 愈, 此非直余一人
之言 迺與人訟共之論也…" 참조

27 같은 책,「大笑軒文集序」"…惟此兩句語 辭意嚴正 聲韻悲壯, 只今誦之 不覺裂人之眦
竪人之髮…" 참조

그의 시 「방중육영房中六詠」 중 제 1수 「서상」은 그의 문학관을 그의 학문적 경향 및 그 경지를 상관적으로 이해하는 데 도움이 될 것이다.

謫來抛却讀書檠	귀양 온 이래 책 읽기 위한 등잔 팽개쳤다오,
憂患知從識字生	우환이 문자를 아는데서 쫓아 남을 알기 때문.
獨執羲經看仔細	유독 『역경』만은 들고 자세히 보며
天人一理悟虛盈。	자연과 人事가 한 이치로 변역됨을 깨닫는 다오.

〈시집·一, 구성록〉

경신출척 이후 적소 지례에서의 작이다. '앎'이 정도가 아닌 당리당략을 위한 궤변의 논리로 발전될 때 그 앎은 아름앎이요, 그러므로 시름의 근본이다. 고로 독서를 전폐했지만 위편삼절韋編三絶의 『주역』그것이 만법의 원리이자, 육경의 기본이기에 말 수 없는 면려로 '부단히 변역해 마지않는 천지자연과 인간사의 이치는 하나'라는 우주의 대섭리를 터득했다. 이러한 그의 학문적 온축은 충·효를 주제로 한 수많은 감계시를 남겼다. 예컨대 장지도의 두 제자 윤은보와 서즐의 돈독한 예도,28 그 순속한 미풍을 미화한 「윤서정문尹徐旌門」에서,

三年師墓竝居盧	삼년 동안 스승의 묘에서 함께 여묘를 산
二大夫賢說尹徐	두 대부의 어짐을 윤·서라 이른다네.
過客至今猶起敬	나그네 이제토록 오히려 공경심을 일으킴은
世宗優禮有旌門。	세종께서 예를 도탑게 하고자 정려를 세웠기 때문.

〈시집·一, 구성록〉

---

28 『퇴당선생시집』·一, 「구성록」「尹徐旌門」 제하에 "尹殷洙 徐騭 共私事張志道 仍廬墓 三年, 世宗朝 旌門"이라 小注하였다.

이라 했다. 이 역시 3대의 학행을 권면하는 동시에 행유여력行有餘力의
실천을 외친 재도적 감계편에 다름 아니다.

　한편, 퇴계 이황이 가려 뽑은 『주서절요』 10책을 나름대로 2책으로
재선한 『주자절요초』를 안상의 보배로 두고 보며29 암송하는 맛을 노
래한 「견주서유감」에서는,

簷端嬌鳥自春色	처마 끝 교태로운 새 스스로 봄소리요,
晴旭臨窓面面明	맑은 빛 창에 비쳐 면면이 밝도다.
坐閱朱書勤誦味	앉아서 주서를 열람하며 부지런히 외는 재미
自家心地一分淸。	스스론 마음자리 한결 맑아지누나.

〈시집·一, 구성록〉

라 하였다. 비록 원전유학은 아닐지라도 2책으로 재선해 '가려 읽음',
우린 그것이 근기남인 학풍임을 알 수 있다. 적소에서 『주역』을 통해
천지자연과 인간 만사의 변역의 섭리를 터득하고 『주서절요』를 근면
히 암송하며 심지心地를 밝히는 신독愼獨의 학행, 이른바 의리지학으로
온축된 학덕을 펴낸 ─ 시속의 과거지문이나 사장적 조전지문이 아닌,
재도문학이 바로 그의 문학이요, 문학관임을 알 수 있다.

---

29 『퇴당선생문집』·五, 「朱書節要抄跋」 "朱書節要十册 乃退陶先生之所抄選也 … 余不揆
僭踰欲便考閱 十册中更加抄選 所捨之七 所取三之 以爲兩册子 以作案頭之珍 …" 참조

Ⅴ. 작품 세계

퇴당의 시세계는 Ⅲ. 텍스트 개관에서 살핀 바와 같이 1.인사시류, 2.적소술회, 3.제시영물, 4.용사시류 외에도 친화자연, 사향, 기행, 기속記俗, 취락 등 다양하게 분류된다. 그러나 본고는 작품론보다 작가론적 접근을 요하는 바, 작가 이해의 방편으로서의 작품 소개에 주중하고자 한다.

1. 人事詩類

선인들의 문예활동은, 적어도 조선조 후기 전문시인 그룹인 중인사단의 출현이전까지는 일상의 기록, 이른바 수기문학隨記文學이다. 물론, 우·열, 장·단, 능·불능의 차이야 있었지만 그들 모두는 학인이자, 문인이며 관인이다. 그러므로 식자들의 지적 특권은 다양한 형식으로 향유되었으니 시에서의 그것을 포괄적 개념으로 인사시류라 하고, 이를 다시 만시, 차운시, 송별시로 분류 약술하기로 한다.

퇴당의 인사시류 중 만시는 약 90(11%) 여수나 된다. 워낙 산자의 죽은 자에 대한 생전의 위업, 학덕, 인품을 추모하며 이승보다 나은 저승의 명복을 비는 상투적 시식詩式이되, 교유의 폭 및 비장의 미적 승화를 가늠할 수 있다.

南岳種精出雋才　　남악이 정기를 모아 빼어난 재주를 내니,
早年詩禮耀金鎚　　일찍이 시·예는 황금의 보석처럼 빛났죠.
學傳陶老淵源正　　학문은 퇴계선생께서 전수받아 연원도 바르고

文自朱公殿箚來　　문장은 주문공의 대궐 차자체로부터 익혔지요.

冢宰周官昭代眷　　성세엔 주관30의 우두머리로 근념하셨고

離騷楚澤暮途哀　　노년엔 유배지에서 부른 노래 슬펐다오.

追思講席同升日　　돌아보건대 강하던 자리 함께 올랐나니

幾向觀魚淚滿腮。　　관어대를 향하자 눈물만 뺨에 가득 흐르누나.

〈시집·五, 退堂後錄·李判書玄逸挽〉

영남학파의 거두인 이현일(1627~1704)의 만시다. 갈암葛菴이라 호한 그는 숙종 5년(1679)에 학행으로 천거되어 지평, 공조참의, 이조참판을 거쳐 대사헌에 올라 과거제도의 개혁을 주장했는가 하면, 갑술옥사 때 남인 조사기趙嗣基를 신구하다 홍원에 유배, 다시 서인의 탄핵으로 종성에 위리안치된 개혁적 의기파 선비였다.

구성은 예의 산자의 죽은 자에 대한 칭송과 연모다. 제 1련에서는 범상치 아니한 인물의 탄생과 시·서로 갈마진 재주와 인품을, 2련에서는 학문적 정통성과 법도에 맞는 문장력을 칭송했다. 이어 3련에서는 위정자로서의 도리를 알고 실행했던 명신이었지만 애처로운 노경의 비가는 온전히 들끓는 시류의 모함 때문이라고 굴원의 그것에 비의하므로 지난날의 회포는 물론, 흐르는 눈물로 대신해 비장미를 승화시켰다.

曾向床前拜德公　　일찍이 안전에서 군자를 만나 인사 나눌 때

初看玉樹皎臨風　　첫눈에 옥수가 바람에 임한 듯 훤출도 했죠.

論交共說袁楊分　　교분을 논하여 원과 양의 정분 같다 말들 했고

---

30 『書經』「周書」의 편명, 周官을 만든 동기와 당시 제도를 기술하고, 위정자들의 해야 할 바 도리를 기록한 책. 혹은 『周禮』의 본 이름.

較歲仍欣癸酉同	나이를 헤아리자면 계유생 동갑내기지.
仰月聲名慙附驥	내관으로서의 명성 남에 빌붙을까 부끄러워하더니
暮年榮落等飛鴻	늙마의 성쇠는 나는 기러기 같았다오.
士林從此將安放	사림들 이로부터 누구를 쫓을꼬
耆社詞壇頓覺空。	기노의 시모임 문득 텅 빔을 알겠구려.

〈시집·五, 退堂後錄·權判書愈挽〉

안동 권유(1633~1704)의 만시다. 하곡霞谷이라 호한 그는 시문에 능하여 예문관 대제학을 지냈고, 『인경왕후지仁敬王后誌』를 저술했으며, 갑술옥사로 4년 여간 유배생활 후 다시 등용되지 못했다. 제 1련은 고결한 그의 인품을 옥수임풍이라 미화하고, 2련은 원·양의 형제 같은 정분과, 계유생 동갑내기로서의 남다른 우정을, 3련에서는 명분과 명예를 존중하던 올곧은 선비의 늙마의 고독, 곧 적소에서 외기러기처럼 떠돌다 쓸쓸히 죽어간, 그러므로 한 시대의 의지할 곳 없는 사림과 기노들의 비탄으로 맺었으니, 결련 '공' 1자의 서술심상 속에 무한한 애도의 뜻이 담겼음은 물론이다.

한편, 인사시류로서의 '차운시'란 문사들의 문필수련은 물론, 수기의 대표적 형태이다. 그러므로 한 작가의 삶과 문학, 곧 작가·작품론적 접근의 첫걸음인 셈이다.

먼저, 갑술옥사로 강진을 거쳐 영일현에 유배 중이던 어느 해 중양절 두보杜甫의 「구일 오수九日 五首」를 차운해서 울주(울산)에 유배 중인 사제 명현에게 준 시다.

病中忽聞重陽至	병든 몸에 문득 중양절이란 말 듣고
扶策忙登屋後臺	바삐 지팡이 끌고 집 뒤 대에 올랐네.

歲歉村醪嘗便薄　흉년이라 촌막걸리 엷은 맛에 익숙했고

霜寒野菊嚔難開　찬 서리 들국화 벙은 꽃 피지를 못하네.

殊方屢見光陰改　낯선 땅에서 거듭 계절 바뀜을 보자니

暮境那禁感慨來　늙마에 어찌 느껴움이 옴을 금하리오.

從古牛山墮淚易　예로부터 우산[31]은 눈물 흘리기 쉬운 곳이라더니

不堪浮世七旬催。　어쩌랴, 부질없는 세상 닥아 드는 칠순 고개.

〈시집·四, 오천록, 九日偶次杜子美九日詩二首韻錄呈蔚謫〉

　퇴당 형제들의 우의友誼는 남다르다. 차운 기증시의 상당량이 모산, 퇴당, 정제 3 형제간의 수답이다. 제 1련에서 중양절이라 말 수 없는 등고의 내력을 밝히고, 2련에서는 척박한 적소의 전경을, 3련에서는 부질없는 세월의 무상과, 그러므로 결련에서 타루고사墮淚故事를 들어 속절없는 탄노의 정회로 맺었다. 이른바 두시「九日 五首」[32]의 운자를 빌어서 유배지에서 맞는 칠순 노신의 무상심이 노두老杜의 시심詩心을 넘짚고 있다.

　다음은 허목의 문인으로 좌·우영상을 역임하고 시서에 능했던 목래선睦來善(1617~1701)의 「양의당」시에 차운한 「차목상공래선양의당운」이다.

歸然靈殿老中書　우람한 영전의 옛 중서령,

挺出玄軒積德餘　빼어난 玄軒은 덕을 쌓은 나머지요.

---

31 일명 鼎足山. 중국 산동성 임지현 남쪽에 있는 산. 齊나라 桓公과 그의 딸, 그리고 管仲의 묘가 있다함.『方輿記要』에 따르면 齊 景公이 산에 올라눈물을 흘렸다 함.

32 『두시언해』·十一, "重陽獨酌杯中酒 抱病起登江上臺 竹葉於人旣無分 菊花 從此不須開 殊方日落玄猿哭 舊菊霜前白雁來 弟妹蕭條各何徃 干戈衰謝兩相催" 참조

臥久湘龍悲失水　　누운 지 오랜 상강의 용 물을 잃고 서러운데
騎來揚鶴喜歸廬　　학을 타고 전리 양주에 돌아옴을 기뻐하네.
岡連松梓心偏感　　산능은 숲으로 연이어 마음 한결같이 느껴웁고
雲近蓬萊夢不疎　　구름이 봉래에 가까워 꿈은 성글지 않네.
堂表兩宜知有意　　집을 양의당이라 함에 뜻이 있음을 알겠나니
經營應賣舊朝裾。　응당 옛 벼슬아치 옷을 팔아 경영하시리.

〈시집·四, 퇴당록, 次睦相公來善兩宜堂韻〉

목래선은 사천 목씨 가문을 일으킨 장본인으로 경신·갑술의 양란을 함께한 동지다. 제 1련은 조정에서의 위상과 적덕의 결과 누리는 전리에서의 품위를, 2련은 '상룡·양학, 비·희'라는 상대적 현실을, 3련은 양의당의 2가지 적의함으로, 제 4련은 계련의 나위 없는 전가락사의 내일을 선망으로 맺었다.

그 밖에도 이백·두보·소식·향산 등 중국 시인들과 이규보·조위·이첨·기대승·강석빈·채팽윤 등 많은 국내 시인의 차운시는 용사와 관련하여 별고에서 상론코자 한다.

송별시 역시 인사시류의 대표적 형태이다. 그러나 차운시에 비해 그 양은 많지 않은 편이다. 그는 평소 현윤玄潤이란 스님과의 교제가 있어 몇 편의 수증시가 보인다.[33] 신사 이후 4년여 동안 지도에 안치되었다 전리 퇴당에 방환한 이후의 송시에 바로 그 현윤에게 준 송별시가 있다.

---

33 『퇴당선생시집』·一, 「구성록」「山人玄潤贈以蹲蠋伏偶占」 등

塵生客榻少交期	속세의 삶이란 나그네 자리 사귐도 잠시이거늘
詩與誰酬酌與誰	시는 누가 주며 받기는 누가 한담.
身似玄翁心定釋	몸은 신선 같고 마음은 부처러니
靜中滋味我偏知。	고요한 중의 참 멋 내 자못 알듯해.

〈시집·五, 퇴당후록·送嵩客以謝來客代之〉

칠순을 넘어선 달관의 노신, 그에게 아마도 현윤이 시를 청한 모양이다. 그러니 진세의 늙은이나 공문空門의 그대 할 것 없이 삶이란 모두 잠시 나그네로 왔다 가는 허망한 존재이다. 더구나 무엇을 좀더 안다는 것? 그게 다 알음알이인 것을, 누가 누굴 위해 아는 체, 혹은 능한 체 주고, 또 누가 그것을 받는단 말인가? 실로 일상의 무늬, 이른바 반상反常의 미학에 다름 아니다.

長陵嘶痛幾多年	仁廟께서 통한을 머금어 온 그 많은 세월.
僞史流傳久未湔	그릇 전해온 역사 오래도록 씻지 못했다오.
厚衊忍令歸聖朝	짙은 오욕의 피 차마 어찌 성조에 돌리랴
善辭今復杖才賢	능한 언사 다시 그대의 재주와 어짊에 의뢰하오.
氷霜絶域驅馳急	어름 서리 얼어붙은 땅 급히 말을 달려가면
兵革中原感慨偏	난리판의 중원 땅 감개뿐이리라.
喜氣定隨春色返	기쁜 기운 정히 봄빛을 따라 돌아와
老夫揩眼望凌煙。	늙은이 눈 부비며 능연각을 바라게 해주시게.

〈시집·一, 석갈록·別卞誣書狀金宗伯〉

변무사절의 서장관 김종백을 사행 길로 보내며 써 준 전별시다. 역사적 전말이야 생략하거니와, 제 1련은 삼전도 항신단에서의 수모를 씻지 못한 한 많은 세월을, 2련은 성조에 돌릴 수 없는 오욕의 역사를 '그대의 능한 언변과 인품에 의뢰한다' 하고, 3련에서는 전란의 외중에 있을 청나라의 전정戰情을, 결련은 그대의 공으로 자연의 봄과 함께 희망에 찬 국운의 날을 맞고, 능연각에 높이 헌양된 그대의 공덕을 보게 되기 바란다며 장도에 오르려는 사행 자에 대한 전별의 다짐이 새로운 40대 관료의 사명이 돋뵌다.

그밖에 북청판자로 가는 조위명, 관동백 정륜, 영남백 김덕원, 모산 중씨仲氏, 숙천으로 가는 심단, 간성군으로 가는 구음 등과의 많은 별장, 기타 기증시 및 일반적 교유시가 있으나 약한다.

2. 謫所 述懷

퇴당의 길지 아니한 환로宦路 중 3차에 걸친 유배 및 전리田里 방귀에 따른 시모음집인 「구성록」(159수) 「오천록」(161수) 「남천록」(153수) 소재 473수(약 56%)와, 「연성록」 「퇴당록」 「퇴당후록」 중 상당수는 그의 문학을 유배문학적 특질로 매김하기에 충분하다.

본고는 주제 유형을 항목별로 세분하기보다는 유배시의 일반적 정서로 요약하고자 한다. 예컨대 술회상정은 물론, 연군·사친·향수·형제간의 우의 등 인간미, 나아가 적소서경·죽지 등을 포괄적으로 다루어 작가 이해에 일조코자 한다.

陰雲潑墨釀嚴寒　　음산한 구름 펴나며 매서운 추위 몰아오더니
虐雪紛紛搏馬鞍　　혹설이 흩날리며 말안장을 치누나.
此日孤臣羈苦狀　　외로운 신하의 오늘 이 참상을

誰人畵作聖君看。　누가 그림으로 그려 성군께 바칠 건가.

〈시집·一, 구성록·十四日到知禮〉

경신년 10월 10일 조령을 넘어[34] 14일 유배지 지례에 도착한 첫 고행의 묘사다. 7절 '寒'운 정격으로, 유배 상정의 상징인 '음운·학설'로 기·승하여 고신의 궁고로 완전하고는 예의 정협鄭俠의 고사[35]로 결구한 술회 상정의 예고편 격이다.

한편, 통천에 유배 중인 위태渭台 강석빈(1631~1691)의 시에 보운步韻하고, 겸하여 적거 실록 1수를 증정한다(渭台自通川寄示一律 仍步其韻 兼呈謫居實錄一首)며 쓴 시다.

… 前 略 …	… 전　략…
村婦供廚饒苜蓿	촌 아낙 밥상이라, 목숙으로 배불리고
山氓開市絶魚鰕	산마을 저자라, 생선 류는 구경도 못해.
長川觸石聲聲咽	긴 물굽이 돌에 붙혀 여울소리 요란하고
疊嶵乿雲面面遮。	겹겹의 산봉 층층한 구름 온 마을 감쌓구나.
… 後 略 …	… 후　략…

〈시집·一, 구성록〉

시루처럼 움푹 파인 터, 달팽이집 같은 서너 채 쓸쓸한 촌가地疑深甑室 疑蝸 烟火蕭條只數家다. 목숙과 산채로 배를 채우며 밤으론 연군·사친의 정을 울어 예는 여울물에 실어 보내고, 낮으론 음산한 구름으로 닫힌

---

34 같은 책, 「庚申十月十日到鳥嶺」 "最高鳥嶺陟天底 亂石差牙角馬蹄…" 참조

35 鄭俠 ; 北宋人. 왕안석의 新法으로 겪는 백성들의 辛苦를 화폭에 담아 神宗 에 바쳐 惡法을 금지케 함.

공간의 우울을 상징했다. 이어 "무슨 죄로 나는 여기에 있어야 하고, 그대의 거기 형편 예와 다를 게 있겠냐.何罪此身留此上 通川謫況想無差"는 반문과 함께 상정傷情의 심회로 결구했다. 그러나 적소 술회가 상정으로만 일관하지 않음은 물론이다. 숭고한 인간미, 낯선 자연과 자아와의 대화, 특히 신독의 자기완성 등 다양한 정조의 미화가 있다. 예컨대 갑술옥사로 영일현에 이배된 두 번 째 중양절에 쓴36 「십월국시개유감이작」의 시운을 차한 「우차전운又次前韻」은 그 좋은 예다.

汀蘭岸芝竝凋香　　물갓 난초와 언덕의 지초 향 함께 이우는 때,
百慮經秋久廢觴　　온갖 생각 가을 다하도록 술도 끊었네.
獨有老葵庭畔在　　오직 늙은 해바라기 뜰 가장자리에 있어
寸心隨爾共傾陽。　　내 마음 너와 함께 태양을 향해 기우누나.

〈시집·四, 오천록〉

자신의 정조로 상정된, 그도 조락하는 난초·지초의 향, 그러기에 정배停杯한 시적 시점은 진작 굴원의 「이소」와 두시 「등고登高」를 연상케 하더니, 드디어 두시 「자경부봉선현영회오백운」의 "해바라기 태양을 향해 기우나니, 그 물성이야 진실로 앗지 못하지.葵藿傾太陽 物性固莫奪"〈杜諺·二〉를 의장한 연군장이다. 「구성록」소재 「감천」의 "맑은 세 줄기 물이 모여 아스라이 한줄기 여울 짓는 소리, 고신의 만 굽이 에이는 마음인양 나날이 한양으로 흘러 조회하는 듯.淸川鳴玉注官橋 三波直爲一帶遙 政似孤臣心萬折 長波日向漢京朝"하다든가, 「남천록」의 "날아가는 나래 응당 상원을 지나리니, 그대에 의지하여 몇 줄 서찰을 보내고 지고.歸翼也應經上苑 憑渠欲繫數行書"〈月夜聞鴈〉 등은 전통적 소재에 의한 연군장이다.

---

36 같은 책·四, 「오천록」"十月烏川菊吐香 塞葩催泛濁醪觴 天意亦知遷客苦 玆鄉許作兩重陽" 참조

한편, 연군에 못지아니한 사친思親 및 우애 장은 지면상 각 1편으로
요약한다.

> 寸草憐遊子　　마디풀 같은 가련한 불효자
>
> 孤雲隔老母　　외로운 구름에 늙으신 어머님 격하였네.
>
> 鶴髮定誰依　　하야 센 머리 정녕 누굴 의지하실고
>
> 高年近九旬。　높은 연세 구순에 가까우신데.
>
> 〈坡翁在黃岡有詩曰四十九年窮不死余見
>
> 而感之仍分其韻爲小絕七首·3〉

삼춘의 햇빛 같이 따사로운 어머니 사랑, 늘 받아만 온, 그래서 갚
아도 못다 갚을 촌초寸草 같은 아들의 보은, 구순의 백발 모친 계신 곳
을 고운이 격했다는 단절과 절망의 현실, 자못 고시「유자음」의 "難
將寸草心　報得三春暉"를 의양한 망운지정望雲之情의 시화이다. 그 밖
에도 적소, 혹은 전리에서의 사친시思親詩는 남다른 바 있으나, 위 한편
으로 대신한다.

다음은 형제간의 우애장이다.

> 有弟兄俱老　　형님 아우 모두 늙은이인데
>
> 同時竄海偶　　일시에 바닷가 오지에 찬출되어.
>
> 飄零三島遠　　처량히 먼먼 세 섬에 놓여
>
> 消息一春無　　소식조차 한봄 내 못 전했네.
>
> 孤影依朱鳥　　쓸쓸한 몰골 朱鳥37에 의지하며

---

37 朱鳥 ;『抱朴子』에 의하면 '熒惑火精 生朱鳥'라 했다. 곧 재난·병란의 징조를 보이는
화성의 다른 이름. 本詩에서는 '남녘의 새'로 보고 '남쪽 바다에 귀양 와 삶'으로 풀이함.

歸期卜白烏　　돌아갈 기약 白烏**38**에 묻는다오.
何時蒙解澤　　언제나 해배의 은혜 입어
長枕對霜鬚。　긴 목침 베고 센 머리 대하리오.

〈시집 · 五, 남천록 · 思家 五首 · 1〉

신사옥사(1701) 때의 진주 유씨 가문 3형제, 곧 중형 모산(1628~ ?)이 74세, 퇴당이 69세, 아우 정제(1643~1704)가 59세였다. 이들 모두가 위도 · 지도 · 남해에 위리안치되었으니 이들 형제간의 차운 기증 수답 시는 가히 유배시의 전형이라 할 것이다. 제1련의 '俱老 · 同時竄海偶'는 결련의 '何時 · 長枕對霜鬚'이란 간절한 원망顧望이란 주제를 주재한 파제인 것이다. 2련의 '三島遠'이 전하는 '시적 거리'와 '一春無'의 '적막 · 막힘 · 결핍'의 좌절심상을, 3련에서는 현실적 '孤影'을 자력으로 어찌할 수 없어 남녘 바다에 의뢰한 신세를 서조인 '백오'에 의뢰해 내일을 기약하고 있다. 곧 유배로 인한 형제간의 곤고와 해배解配의 기원 심상을 노래한 작품이라 하겠다.

다음은 음성 배소에서 읊은 자연물 중 폭포를 노래한 시다. 워낙지루한 유배생활에서의 유일한 위안은 자연에의 침잠, 그리고 더불어 보옥 같은 성정을 갈 무림도 한 방편이어서 유배문학의 한 특질이다. 그러나

盤陀古石浪春平　　태고의 반타석 확엔 넘치는 물,
銀瀑飛流幾丈淸　　쏟아져 내리는 은하의 폭포 아스란 물줄기.
稍待春來氷漸解　　봄이 와 점차 어름 풀릴 때를 기다렸다

---

38 白烏 ; 瑞氣也. 『漢書』「五行志」에 "原鳳三年 萊蕪山南 有大石自立 高丈 五尺 大四十八圍. 石立處有白烏數千集"이라 했음.

臨溪吾欲濯吾纓。　시내에 임해 내 갓끈을 씻고 지고,

〈시집·一, 구성록, 東谷瀑布〉

와 같은 시는 무고한 참소에 의한 유배객의 상징인 굴원에 자신을 비유하므로 청렴결백을 표출하기 위해 자연스럽게 원용한 용사법이라 하겠다.

뿐만 아니라, 적소의 풍속을 시화한 기속시記俗詩도 간과할 일이 아니다. 예컨대 매년 10월이면 집집이 무당을 불러 며칠씩 굿판을 벌린다며,[39]

數行桑柿自成村　두어 줄 뽕과 감나무 골 촌가 이뤘는데
茅覆疎簷板作門　띠 이엉 성근 처마 판대기 문짝일러라.
十月賽神傳舊俗　시월 굿거리 전해 오는 옛 풍속이라며
連宵笙鼓不禁喧。　피리와 북소리 시끌벅적 날밤 지새우네.

〈시집·一, 구성록·村閭〉

라고 노래하고 있다. 물론, 객관적 서술 자세이다. 그러나 다른 죽지竹枝, 곧 "밤새도록 시끄럽게 북을 처대며 향그런 젯밥, 지전을 마련해" 야단을 떤다며, "그래서 효험이 있다면 자신의 조기 귀환이나 빌라"[40]는 냉소로 유가의 전통적 가치관을 노정하기도 했다.

이상 적소에서의 일상을 우배시가적 특질 중심으로 요약 소개했다. 작품론으로서의 상론은 후고에 기약한다.

---

39 『퇴당선생시집』·一, 「구성록」題下에 "村俗 十月必迎巫 家家喧鬧 故及之" 참조
40 같은 책, 「主家行巫事 移宿隣家偶占」 "通宵村鼓任喧鬪 香粳排床紙作錢 若使神靈能 有 報爲余仍禱早歸田" 참조

3. 題詩詠物

제시영물이란 자연 물·사物·事에 대한 제영 및 영물시류를 포괄한 개념으로 쓰고자 한다. 워낙 촉물진정觸物陳情을 본령으로 하는 시문학이지만, 특히 그 배경과 소재를 단일 물사로 하여 작자의 다양한 정조상을 읽을 수 있어 작가 및 작품 연구에 간과치 못할 영역이다.

퇴당에게는 약 80여 수의 제시영물시가 보인다[41] 먼저 매계 조위(1454~1503)의 「부매賦梅」를 차운한 「관정노매」 시다.

和風曾閱幾番開　　남 먼저 봄기운 쐬고 그 몇번이나 피었던가,
冷藥獨存古館隈　　시린 꽃술 옛 관아 모퉁이에 우뚝하여라.
物色鋪張留傑句　　물색은 찬연하고 빼어난 시구조차 있으니
昔年梅老此中來。　전전의 매계옹 앞에 당장 뫼신 듯하여라.

〈시집·一, 구성록·官廷老梅〉

김종직의 문인으로 문명은 물론, 「조의제문」을 사초에 올린 춘추의 사필로 사림의 추앙을 한 몸에 받은 오상고절의 매계 선생이다. 호도 마침 '매계'거니와 「부매」가 있어 자못 고매古梅의 암향暗香을 곧장 선생의 유풍으로 환치했다. 그러므로 매계의 학문적 연원과 고매한 인품을 추모해 있는 작자의 메시지는 '노매=매계=自身'이라는 등식의 노정이 분명하다.

---

41 「구성록」에 「官廷老梅·東谷瀑布」등 8수, 「연성록」에 「荷堂 八咏·咏梅·咏雪」외 다수, 「남천록」에 「房中 四咏·園中詠物 四首·務安鄭生斗徵枕 溪亭十景」과 매화시 다수, 「남천록」에 매화시 및 「퇴당후록」의 「孤山亭 十絶」외 다수가 있음.

新荷焯灼出方池	활짝 새로 핀 연꽃 못 물 위로 솟으니
鶴頂名花最絶奇	학의 벼슬인 양 이름난 꽃 빼나고 기이하여라.
試向風前看態色	짐짓 바람에 하놀이는 색태를 보자니
玉人顏臉淡臙脂。	사뭇 어여쁜 여인의 볼에 밝으레 연지 찍은 듯.

〈시집·二, 연성록·荷香〉

「하당 8영」중 연꽃을 노래한 작품이다. 물론 진흙淤泥에서 나나 물들지 않고, 맑은 이슬에 씻기나 요염치 않으며, 중통외직中通外直하고 향원익청香遠益淸하다는 등 「애련설」적 사념의 논리는 없다. 즉물즉사, 그러나 직관적 서술이 아니라 감정이 이입되므로 물태는 영활한다. 영감이 살아 작자와 대화하고 독자와 교감이 되므로 한 편 시가 되는 것이다. 더욱 그의 「파초」시42에는 김동명의 '남국에의 열정'은 없을 지언정 영물 자체로는 그 뛰어난 감각적 터치가 현대시의 질감을 읽게 하는 영물시의 백미편이라 하겠다.

遠訪孤山到	멀리 고산을 찾아 와
披榛覓小亭	개암나무 숲을 헤치고 조그만 정자엘 오르다.
廻汀雪點白	휘두른 물가엔 희끗희끗 눈이요
破屋雨淋青	이운 집 장마비로 푸르름이 무젖었네.
水石非生面	수석은 낯익어 초면이 아니요
煙霞卽舊形	연하는 옛모습 그대로다.
他時終老約	훗날 여기와 늙으리라 약속하니
鷗鷺報丁寧。	물새들 거듭 시늉하며 날아드네.

〈시집·一, 석갈록·題孤山亭〉

---

42 같은 책 「연성록」「芭椒」 "蕉葉抽心漸看長 翻風翠袖欲枕床 憑渠却笑平生 事 覆麗功名一夢冷" 참조

전리 괴산의 3대 별업인 고산정 제영이다. 대개의 제영시가 그러하듯 제 1련에서 등정의 내력을, 제 2~3련은 등정의 감회를, 그리고 결련에 정리情理를 담는다. 5언율시이므로 2련은 굽어본 고산정 주변의 경이니 '汀 ; 屋, 雪點 ; 雨淋'을 '白 ; 靑'이란 서술어로 적대的對하였고, 3련 역시 '水石 ; 煙霞, 生面 ; 舊形'이 '非 ; 卽'이란 상대자로 동질 서술 심상을 유도했다. 결련은 다시 1련의 벅찬 감회를 후약이란 의지로 결집하므로 그는 신사옥사로 안치된 지도에서 해배된 후(1704) 여기 고산정에 돌아와43 인간사 계련의 정을 버리고, 다만 다복한 후사 외엔 백향산의 청절44을 더불어 살고자 했다.

이상 퇴당의 작가론적 이해에 이받고자 그의 제시영물시를 살펴보았다.

4. 用事詩

용사의 시학적 의미망은 크게 2가지로 분별된다. 작시론적 측면과 비평론적 측면이 그것이다. 이른바, 경사經史 및 고인고사古人古事, 명인명구名人名句에서 독특한 의미, 교훈적 사실, 혹은 그 시의와 시어를 빌어 자신의 정조를 고양시키고자 하는 작시상의 한 수법이자, 작품 평가의 준거로 삼아온 비평용어다. 수사법으로서의 용사는 전고典故에 의한 보조관념으로 원관념의 의미확대, 또는 새로운 관념으로의 유추 등을 꾀함이요, 비평용어로서의 그것은 내처來處의 유무를 전제로 환골과 탈태의 여하에 따라 시의 격格을 가늠함이다.45 작가론적 접근을

---

43 같은 책·五, 「습유록」「自海歸到孤山亭謾賦十絶」 참조
44 같은 책, 같은 시 第十首, "孤山淸絶等香山 七十優遊且傳閑 只是兩翁悽絶處 終無一子慰衰顔" 참조

위한 용사 탐색은 그의 독서 소원溯源 및 학시 연원, 나아가 작시 능력과 시격을 요량할 수 있는 방편으로 사료되기 때문이다.

먼저 굴원의 『이소』와 「어부사」를 용사한 「국화가 유배당한 나를 비웃나봐, 5수」 중 3수를 보자.

屈子喜湌英　　굴원은 秋菊의 꽃잎 즐겨 먹었어도
心如日月耀　　마음은 해와 달처럼 곱고도 빛났다.
胡爲作稿客　　어쩌다 상강의 야윈 유배객이 되어
謾被漁人笑。　속절없이 어부의 웃음거리 되었는가.

〈시집·五, 남천록, 以黃花笑逐臣分韻得五絶〉

이 시는 제목 그대로 '黃花笑逐臣' 5자를 압운자로 한 5수 중 '笑'자로 압운된 제 3시다. 그렇다. 誣告로 방축되어 중양가절에도 돌아가지 못하고 멀거니 대하는 황국, 그게 입이 없어 말을 못하지 비웃고 있음에 분명하다. 시인의 대물심상對物心象이 이에 미치자 죄 없이 상강가를 행음택반하며 "아침으로 목란에 구르는 이슬 마시고, 저녁엔 추국의 떨어진 꽃잎을 먹어도 마음만은 정녕 곱고 빛났으며, 형색의 초췌함이 무슨 대수냐."[46]던 굴원에 자신을 비의하게 된 것이다. 그러니 어주자의 속절없는 웃음거리가 된 굴원이 그랬듯, 황국의 조소쯤 아랑곳 않는다는 퍼소너의 전달심상은 쉬 유추할 수 있다.

---

45 金甲起 ; 『韓國漢文學, 그 槪說과 各論』 時調詩學으로서의 用事 P306 참조
46 『古文眞寶』「離騷」 "朝飮木蘭之墜露兮 夕餐秋菊之落英 苟余情信姱以練要 兮 顧頷亦何傷…" 및 「漁夫辭」 "屈子 …顔色憔悴 形容枯槁 … 漁夫 … 莞 爾而笑 曰, …" 참조

一犁新雨理家園　　봄비에 한 자루 호미로 터밭을 매 가꾸자니
芳辣畦蔬十數根　　십 수 그루 야채 향기 맵기도 하구나.
莫笑老人勤學圃　　웃지들 마시게, 늙은이 힘써 밭일 배운다고
邵平先我種靑門。　　소평도 나 먼저 청문에서 오이를 심었거늘.

〈시집·一, 구성록·雨後理菜圃〉

경신출척으로 음성에 양이된 이후의 작으로 유추된다. 한나라 장안 성 동남문인 청문靑門 밖에서 오이를 매 가꾸며 살았다는 소평의 '청문 고사'를 용사했다. 이는 물론 향리에 양이된 이후의 소일을 소평의 한 거閑居와 동격화 한 것이다. 굳이 의미를 부여하자면 문예적 우수성보 다 앞에서 본 「제고산정」 및 「정월십사일야승월보출계상우점」47 등 과 함께 작가의 전원 취향적 심상을 읽을 수 있다 하겠다.

一春桃浪漲溪湣　　도화 뜬 물이랑 봄 시내 어귀에 넘실대고
數寸銀鱗頓頓新　　잘 자란 물고기 잽싸게 무리지어 다니네.
却斂玉堂揮翰手　　도리어 옥당에서 絲綸을 윤색하던 쏨씨로
南來閑把釣魚綸。　　남녘에서 한가로히 낚싯대를 잡았네.

〈시집·一, 구성록·庭中六咏·漁竿〉

옥당(홍문관 부제학이하 관료의 총칭) 출신의 작자가 하릴없는 유배객이 되었으니 낚시는 제격이다. 문제는 출사하면 전경轉經·조갱調羹·윤색 潤色이 소임이지만 유찬, 혹은 낙향하면 터밭매가꾸고[理圃]·낚시[釣絲] 가 문사의 일상이고 보면 위의 시는 출전도 용사도 다양하다. 예컨대,

---

47『퇴당선생시집』·一, 「구성록」 “發興催輕履 隨綠到曲灣 冷蟾三五滿 宿鷺 日霏閑 沙 印行邊影 風醒醉後顔 幽愩從加暢 深夜不知還” 참조

고려 문신 한종유韓宗愈의

> 却將殷鼎調羹手　　은나라 솥의 국 끓이던 손으로
> 還把漁竿下晚沙。　도리혀 낚싯대 잡고 석양에 시내로 나서네.[48]

를 비롯해서, 시의詩意를 환치한 이숭인의,

> 如何釣竿手　　어찌하여 낚시하던 손으로
> 策馬向京都。　말을 채찍하며 서울로 향하는고.[49]

및 당나라 때 시명으로 두보와 구별하기 위해 소두의 칭을 받은 목지牧之 두목杜牧의,

> 惆悵江湖釣竿手　　슬퍼라, 강호에 낚시하던 손으로
> 却遮西日向長安　　도리어 지는 해 가리며 장안으로 향하네.[50]

등은 학시의 전형, 혹은 용사의 내처로 두루 사용되었다.

　이상에서 본 작시, 혹은 비평으로서의 용사는 퇴당시의 편편에서 널리 사용되고 있음을 볼 수 있고, 따라서 그의 독서 경향, 그리고 학시 및 이후 본격 논고에서의 시격 가늠에도 크게 주목될 것으로 사료된다.

---

48 《復齋集》〈漢陽村莊〉"十里平湖細雨過 一聲長笛隔蘆花. … 引用句 省略 …"참조

49 『陶隱集』「驪江樓留別金若齋」"樓閣臨江次 登攀遠世情 派江朝日上 樹密署風淸 早世 湖山樂 浮雲組綬榮 …引用句 省略…"참조

50 『全唐詩』「途中一絶」"鏡中絲髮悲來慣 衣上塵痕拂漸難 … 引用詩句 省略…"참조

Ⅵ. 퇴당시의 특질 및 문학사적 위상
― 문제의 정리를 겸하여

이상의 논의를 요약정리하고, 이어 퇴당시의 특질을 제시함과 동시에, 한시문학사상 그의 위상을 가늠하고자 한다.

1 본고는 문학사상 전인미답의 유명천을 가사가 아닌(주2), 임기중의 연행일기 작가 실증) 한시작가로서의 위상 제고를 위한 논고다.

2 「행장」을 얻지 못한 그의 가계와 생애를 소략한 대로 자찬 명, 조고의 묘갈, 선고의 신도비, 자찬 사제 명현의「행장」등을 통해 재구했다. 문집에 小註된 간지 및 약전이 작가·작품 연구에 부족하지 않을 만큼 알뜰하여『왕조실록』을 통한 연보 재구는 생략했다.

3 부족한 연보의 벌충을 위해 텍스트 개관을 소상히 하므로 작가·작품 연구의 필요성을 충분히 제고하고자 했다.

4 초기 근기남인학파로서의 퇴당, 그의 문학관 및 그의 작품은 그들의 학풍 및 문풍이 그러하듯 재도적 복고주의임을 논증했다.

5 그의 작품세계를 편의상 1.인사시류, 2.적소술회, 3.제시영물, 4.용사시류로 요약했다. 물론 용사시는 작시 상 수사의 문제이므로 정당한 분류는 아니다. 그러나 작가론을 위한 내용 분류이기에 성실한 작품론은 별고로 마련되어야 할 것이다.

다음 퇴당시의 특질과 문학사상 위상 문제이다. 먼저 지면상 예시를 생략할 수밖에 없으므로 필자의 주관적(차라리 인상적) 요점을 제시하기로 한다.

1 **형식** ; 대체로 7절이 승한 일반 예와 달리 율시, 특히 7율이 많고 (524수 중 409수) 고시는 상대적으로 적다.(五古 ; 8, 七古 ; 9)

2 **내용** ; 11록 중 배소에서의 작 3록(구성·오천·남천) 소재 473수 (56%)와 田里 방환 3록(연성·퇴당·퇴당후록) 소재 상당 시편은 유배 문학적 특질로 규정할 수 있다.

3 **수사** ; 적확한 전고와 다양한 용사는 퇴당시 접근에 적지 아니한 부담이다. 따라서 「시학으로서의 용사」－퇴당시를 중심으로와 같은 별고를 후약해 둔다.

다음은 퇴당의 문학사적 위상 정립이다. 조선 후기 당쟁사 외에 학인으로나, 문인으로 퇴당 유명천은 무명인이다. 그는 임기중에 의해 『연행일기』저자 실증으로 처음 연구사에 거명된 이래 본고가 두 번째 논의인 셈이다. 물론 모든 저작자를 문학사가 다 다룰 수도 없고, 다뤄서도 안 된다. 그러나 시대, 혹은 문예상, 또는 특정 유파의 계보 상 일정 역할자의 존재성은 충분히 인정받아도 좋다. 필자는 퇴당의 한 시문학사상 위상을 초기 남인학파의 유명견·명현, 이하진, 채팽윤 등 문사들과 함께 이후 강박, 이용휴, 신광수, 강세황, 채제공, 목만중, 정범조 등 차세대 문사에게로 이어준 남인 문풍의 개창자로 매김하고자 한다. 나아가 영물시, 순수 서정·서경시의 경지는 목릉이후의 성

세에 힘입어 당대의 지명인사들의 시격과 비견할 수작이 적지 아니함
을 발견하고, 이후의 본격 작품론을 기대하고자 한다.

〈1998. 李鐘燦敎授致任特輯號〉

退堂 柳命天의 杜詩受容論

-「悲秋八首」와 「秋興八首」를 중심으로-

Ⅰ. 문제의 제기

「퇴당유명천론」이 가계와 생애, 텍스트 개관 및 문학관 등을 작가론적 관점에서 다뤄 학계에 소개하는 첫 적업이었다면, 본고는 작품론, 특히 그의 「비추 8수」의 원류인 두보의 「추흥 8수」와의 수용관계를 대비하고자 한 이른바 작품론적 비교 연구인 셈이다.

이는 퇴당의 시문학을 개괄한 앞의 논고 Ⅴ·4.용사론에서 퇴당 시의 한 특질을 '해박한 전고典故'와 '다양한 용사用事'로 매김하며, 그의 '독서 경향 및 작시 계보'를 가늠하기 위한 원류론적 비교론을 후약한 바 있고,[1] 그 첫 작업으로 백운 이규보와 퇴당(1633~1705)의 「삼마시」 대비를 통해 그의 독서 경향과 작시 배경을 백락천 → 이규보 → 유명천으로 논단한 바 있다[2]. 따라서 본고는 퇴당 시문학의 보다 폭넓은 원

---

[1] 이종찬·김갑기편 ; 『조선후기 한시작가론 Ⅰ·Ⅱ』의 Ⅰ「퇴당유명천론」 pp.217~218 참조

류를 캐기 위해 두시 수용의 일단을 탐색하고자 한다.

먼저 『퇴당집』전 10권 중 『퇴당선생시집』전 5권을 통람하여 두시 수용의 정도를 개괄하고, 특히 두보의 많은 수작 중 하나로 일컫는 「추흥 8수」를 차운한 「비추 8수」를 중심으로 그 수용과 변용의 문예미를 대비 검증하기로 한다.

Ⅱ. 퇴당의 讀杜 管窺

한문화권의 우리 문학, 특히 학시는 당·송을 법받아 장점의 지경에 이르기 위해 조술, 또는 의양과 환골을 지성으로 익혀왔다. 특히 목릉성세이래 그 千篇一律성에 대한 개인 의식과 반성에 이어 중인 및 실학파 문사들의 전통에 대한 반동으로 천기天機, 혹은 자성적自性的 문예론이 자아와 자주를 향한 반동, 또는 진정한 시학에로의 눈뜸으로 승화된 바 컸다. 그러나 워낙 문학의 기질적 보수성과, 뿌리 깊은 한문학의 전통성, 그리고 사대부 다수의 복고 지향적 속성 등은 쉬 한시문화란 전통의 남루를 벗어 버리지 못한 채 선인들의 시문에는 많은 중국의 고인고사, 명인명구, 특히 그들의 시에 대한 화운和韻·순화順和가 산재해 있다. 이는 비단 우리만이 아니라, 한시문학의 본고장인 중국에서도 마찬가지여서 풍·소 이래 한·위·육조·초당의 반추로 성녕

---

2 필자는 「退堂後錄」·四의 〈李文順和白樂天病中十五首 余亦戱次十五首, 病中五絶 皆以本詩意順和〉 중 〈自解〉의 '香山衣鉢傳文順 二老風流卽我師' …中 略… 詞華縱劣官年似 只恨吾生未竝時 및 「拾遺錄」·五 중 〈千載思香山〉의 "…前略…只是兩翁懔絶處 終無一子慰衰顔" 등을 예시하며 퇴당의 독서 경향 및 작시 계보를 위와 같이 논의한 바 있다. 『교육과학연구』 제13집, 청주대학교부설 교육문제연구소. 1999. 9

된 당시임은 두보의 이시논시以詩論詩인 「희위육절戲爲六絶」의 '체상조술遞相祖述' 및 '전익다사轉益多師'3가 증명하는 바다. 더욱 최초의 시비평서인 종영의 『시품』도 등급에 따른 원류와 조술의 내력을 밝히기에 전심하였고, 우리의 시화비평 역시 용사와 출처의 유무를 가려 탈태奪胎 여하를 논하며, 혹 장점자묘, 호백구수, 미지숙시로 극찬하거나, 혹은 도습, 옥하가옥 등 폄사로 논시했으니 그 대상은 이를 바 없이 중국시였으며4, 풍·소를 비롯한 도·사·이·두·한·백·소·황에의 화운순화가 학시의 길잡이었다.

퇴당의 경우도 예외 없이 소평邵平의 청문고사靑門故事, 임포林逋의 매처학자梅妻鶴子, 정협도鄭俠圖 등 고사古事 및 고시古詩를 위시해, 굴원·이·두·백·소, 그리고 왕개포王介甫(安石)·유자후柳子厚(宗元)·고달부高達夫(適)·왕원미王元美(世禎) 등 중국의 고인고사와 명인명구는 물론, 이규보·정몽주·이첨·김종직·이황·이언적·윤이후 등 선인에 대한 숭모, 혹은 수용·차운시가 있어 그의 독서 및 작시 계보, 이른바 퇴당문학의 원류를 읽게 된다.

특히 그의 독두열讀杜熱은 대단해서 경신 년(1680) 10월 대출척에 따른 그의 첫 유배실록이라 할 「구성록」〈시집 권 1〉에는 10제 16수의 차운시가 전한다. 특기할 바는 동년 10월 14일 지례(구성은 지례의 별칭임)에 도착한 이후5 11월 동지로부터 지일·납일·입춘·인일 등 세서마다 두시를 차운하고 있다는 사실이다.6 이른바 철저한 독두의 생활

---

3 『杜詩諺解』卷九, 「戲爲六絶」其六의 "未及前賢更勿疑 遞相祖述復先誰別裁僞體親風雅轉益多師是汝師" 참조

4 김갑기;『송강 정철의 시문학 연구』V.중국문학에서의 영향, pp.217~218, 이화문화출판사. 1997. 참조

5 『退堂先生詩集』·一, 「十四日到知禮」"陰雲潑墨釀嚴寒 虐雪紛紛撲馬鞍此日孤臣覊苦狀 誰人畵作聖君看" 참조

화는 물론, "致君堯舜上 再使風俗淳"[7]케 하고자 하던 두보의 우국과 '매반불망군每飯不忘君'하던 연주의 모노로그는 서슴없이 '태양을 향하는 해바라기 충정葵心'[8]으로 직서해 그 애타는 시정이 궤를 같이 하고 있다.

이어 갑술 년(1694) 3월 참국대신 이하 삭출의 화를 입어 4월 그의 생애 두 번째 유배지인 강진을 거쳐 6월 영일로 양이된 실록 「오천록」〈권4〉에는 본고에서 다루고자 하는 「비추 8수」를 비롯한 3제 11수가 수록되었으며, 신사 년(1701) 옥사로 인한 3차 유배지 지도에서의 실록인 「남천록」〈권 5〉에 1제 2수 등 총 14제 29수의 두시 수용 및 차운시를 접하게 된다. 물론 위의 시수는 605제 848수라는 그의 총 시수에 비해 많다고는 할 수 없겠으나, 한 작가의 독서 경향 및 작시 계보를 통한 원류론적 접근이란 점에서 간과할 수 없는 양임은 물론이다.

한편, 주목할 것은 「습유록」까지 그의 11개 시집 중 출사 때의 시집, 예컨대 「석갈록·연성록·환조록·서사록·연행록」등의 작품에는 거의 고시, 혹은 고사의 용사 및 굴원·두보·동파 시에의 수용, 또는 차운시가 보이지 않는데 비해, 적소 혹은 해배 후 전야에서의 작품에 주로 용사되고 있다는 사실이다. 다른 또 하나는 사환 시절의 작품은 대부분 송별·만시·차운, 수답 등 문예성보다는 수기적 인사시가 주

---

6 「龜城錄」·一, 「十一月初吉日卽冬至也 次杜子美至日韻」
　　　　「至日又次杜子美小至韻」
　　　　「十二月十日卽臘日也 次杜子美臘日韻」
　　　　「十二月十五日卽立春也 次杜子美立春韻」 등 참조

7 『杜詩諺解』·十九, 「奉贈韋左承丈二十二韻」 참조

8 杜詩 「自京赴奉先縣詠懷」의 "葵藿傾太陽 物性固莫奪"〈杜諺·四〉을 의양한 퇴당의 「重陽日以滿城風雨近重陽分韻得七絶」·七 "風雨蕭蕭滿意凉 竹扉斜掩一 秋光 黃花采采西方遠 可耐葵心向太陽"「南川錄」은 좋은 예다.

류를 이룬다는 점이다. 이는 기실 당시의 정치사적 정황 시사, 나아
가 남인의 복고 지향적 학풍의 일단, 그리고 차라리 유배야 말로 진정
한 독서와 사유, 그리고 창작의 일정 적정 기회였음을 인지케 한다 하
겠다.

Ⅲ. 작시 배경

두시 「추흥 8수」는 대력 원년(766) 그의 나이 55세 되던 해 가을,
적갑산과 백제성, 동둔東屯의 명승에 둘러싸인 절경 무협의 한 모퉁
이인 기주夔州에서의 작이다.9 이때의 성당은 그 황홀하던 문물과 풍
요로움, 예컨대 "알곡은 반질반질 윤기 흐르고, 관부와 사가의 곳간이
철철 넘쳐 났는가稻米流脂粟米白 公私倉廩俱豊實"하면, "제와 노에서 나는 비
단은 수레마다 바리바리 실려 났으며, 남정네 밭갈이 아낙네 길쌈 일
때를 놓친 적 없던齊紈魯縞車班班 男耕女桑不相失"〈杜諺·三·憶昔〉 개원開元의
전성일全盛日이 안安(755)사史(758)의 난으로 토번과 위글Uigar까지 끌어
들여 그 피폐는 "한실의 산동 이백 고을의 천촌만락이 가시덩쿨로 뒤
덮였고君不見漢家山東二百州 千村萬落生荊杞"〈杜諺·二一·兵車行〉"거리마다 수
습치 못한 채 얼어 죽은 시체路有凍死骨"〈杜諺·二·自京赴奉先縣詠懷五百
韻〉가 나딩구는 세상이어서, 당시 형부상서 안진경顏眞卿조차 '쌀을 빌
어 끼니를 잇고[乞米帖]', '종이옷[紙衣]'으로 추위를 견디는 참상이었다.
그러니 천리를 떠도는 나그네[萬里常客]에 가뜩이나 "늙어 쇠한데다 게

---

9 이병주 ; 대우학술총서 논저 424 『두보와 이백』 杜甫論, 8, 晚暮, pp.40~46. 아르케,
  1999

으르고 옹졸해 생계를 스스로 마련치 못하는我衰更懶拙 生事自不謨"〈杜諺·一·發秦州〉 두보, 이른바 현실은 철저히 그를 버렸지만 대당의 역사는 당시의 위대성을 창출하기 위함이었던가. 가장 처절한 이율二律의 고통들을 그에게 선사했다. "먹을 것이 없어 낙원을 찾고, 입을 옷이 없어 따스운 남방을 그리며無食問樂土 無衣思南州"〈同上〉 "도토리와 알밤으로 연명하는 저공狙公(有客有客字子美 白頭亂髮垂過耳 歲拾橡栗隨狙公 天寒日暮山谷裏…)"〈杜諺·卄五·乾元中 寓居同谷縣作歌 七首〉의 행색으로 찾아든 기주에로의 기행에서 아이러닉하게도 그의 대작 「병거행」「북정」「자경부봉선현영회오백자」「삼리」「삼별」「전·후출새 9수」 등 주옥같은 작품들이 창작되었다. 광덕 2년(764) 3월에는 엄무嚴武의 천거로 얻은 절도참모겸 공부원외랑의 직도 질시와 지병으로 1년 남짓만에 정리하고 성도 초당에 칩거하던 중 지우 고적高適, 특히 엄무와의 청천벽력같은 사별과 부단한 척중蜀中의 혼란 등으로 유리 방랑하다 다시 찾아든 기주에서의 삶(766~767·55~56세)은 그의 전생애 중 창작의 절정기였다. 이즈음의 대표작으로는 본제의 「추흥 8수」를 비롯하여 「석유昔遊」「장유壯遊」「해민 12수解悶十二首」「팔애시八哀詩」「영회고적 5수詠懷古跡五首」「제장 5수諸將五首」 등 무려 "전집의 2/7에 해당하는 430여 편을 엮어낸 창작 배경지"일10 뿐 아니라, 작품들 역시 '우리 집안의 저존吾家之自尊'11과 '죽어서도 마지 못할死不休之性僻'12고벽이 빚은 조탁彫琢과 추고가 사조詞藻의 아름다움과 운율의 유장성조차 돋보인다. 특히 본제의 「추흥 8수」는 그의 남다른 우국련민의 정한과, 백년다병의 상작객常作客이 벗에 의지해 살다,13 그 벗들마저 다 사별한 궁벽한 비추悲秋를 무협에

---

10 이병주 ; 앞의 책, 『두보와 이백』杜甫論, 8, pp.41~42참조
11 『杜詩諺解』·八, 「宗武生日」 "詩是吾家事 人傳世上情"참조
12 『杜詩諺解』·四, 「江上值水如海勢聊短述」의 "爲人性僻耽佳句 語不驚人死不 休" 참조

의거해 살며, 고향이자 님 계신 경화京華를 바라는 사무친 우국과 향수
로 일관해 있다.

한편, 퇴당의 「비추 8수」는 그의 나이 62~66세 사이, 아마도 63세
되던 해 가을 영일현에서의 작으로 추측된다.[14] 곧 갑술옥사(1694, 公
62세)로 그해 4월 강진을 거쳐 6월 영일로 양이되어 향리로 놓여 돌아
오기(1699, 2월, 公 67세)까지의 유배 실록인 「오천록」에 수록되었고,
방귀 이후의 전야는 괴산 은퇴당恩退堂[15]이었기 때문이다. 퇴당의 작
가·작품론적 언급은 필자의 「퇴당 유명천론」에 약술하였거니와[16],
대저 갑술옥사란 경신출척 이후 서인과 남인 간의 벌써 두 번째 정쟁
이다. 이른바 사천 목씨, 여흥 민씨와 더불어 기호 남인의 삼대가문
인 진주 유문의 명견命堅(1628~1707)·명천(40세에 갑과 장원) 형제는
1672년 나란히 과거에 급제하고, 사제 명현(1643~1703)은 익년 별시
문과에 장원으로 각각 용문에 올랐으나, 경신대출척 때 퇴당은 지례
로 유배, 위 아래 형제들은 삭탈 안산에 낙향되었다. 그러나 기사환
국으로 차례로 이조판서 공조판서 예조판서에 승직되었는가 하면, 특
히 퇴낭은 61세 되던 1693년에는 하루에 보국숭록대부, 판중추부사,
호조판서 등 3가지 교지를 받아 복상卜相에 올랐는가 하면, 동년 11월
에는 동지정사로 연행에 올라 「연행록」과 「연행일기」「연행별곡」을
남기기도 했다. 그러나 익년(1694) 3월 갑술옥사로 퇴당은 4월 의주
에서 피체된 채 강진을 거쳐 영일에 위리안치 되었고, 명현은 흑산도

---

13 杜詩 「北征」의 "乾坤含瘡痍 憂虞何時畢"〈杜諺·一〉과 「客夜」의 "計拙無衣 食 途窮杖
友生"〈杜諺·二〉 참조

14 『退堂先生詩集·四』「烏川錄 "甲戌(공 62세)四月 時事大變, 遭臺彈. 初配康 津 六月
移玦迎日縣" 및 「悲秋八首」其六의 "紫荊三朶白渾頭 一別居 然兩開 秋" 참조

15 『退堂先生詩集』·四, 「退堂錄 "己卯春蒙宥歸住槐山先壟下 構三椽屋扁以 恩退堂" 참조

16 김갑기 ; 「退堂柳命天論」 II.家系와 生涯 및 IV.文學觀 참조

에, 명견은 전리에 방축되는 등 남인의 몰락과 함께 일문의 참화는 훗날(1699, 2) 동궁의 두질평후의 사면이 있기까지 5년여 동안 계속되었다. 그의 「비추 8수」는 이러한 정치사적 배경 하에서 지어졌다. 그러나 그의 작품에 드러난 비추의 상정은 보다 극적 엘레지, 이른바 인간적 아픔의 승화일 것이다. — 마치 한산 이씨의 『고행록』의 저술 배경처럼.17

IV. 작품 대비·분석

퇴당의 「비추 8수」는 두보의 「추홍 8수」를 차운해서 당시 울주(산)에 유배되어 있던 여장 이원령에게 준 시다18 곧 외숙질간의 유배 중 회포시로 『오천록』 소재 97제 161수 중 29제 60여수가 여장과의 수답시인 점으로 볼 때 퇴당이 상당히 허여했음을 알 수 있다.

워낙 천 년의 시·공간적 간격은 물론, 역사 체험과 문화 배경이 상이한, 더욱 성당의 시성 두보 시와의 문예론적 대비란 의장意匠과 결구의 유사성, 혹은 차운의 정도에 한정할 수밖에 없다. 이제 각 수를 대비 분석하며 그 수용의 정도를 검증하되, 편의상 원운인 두시를 예시하고 이어 차운시를 인득하기로 한다.

---

17 필자는 『국어국문학』122호(1998,12)를 통해 「미발표 한산 이씨 『고행록』의 저술배경과 문학적 가치」에서 그 저술배경을 정치사적 부침이 아닌 인간적 고뇌임을 밝힌 바 있음.

18 『退堂先生詩集』·四, "悲秋八首次杜子美秋興八首韻 錄呈蔚謫" 참조

一

玉露凋傷楓樹林	옥 같은 이슬 단풍나무 숲을 이울어 시들게 하니
巫山巫峽氣蕭森	무산과 무협의 기운 을씨년스러워라.
江間波浪兼天湧	강 물결 하늘에 닿을 듯 소크라치고
塞上風雨接地陰	변방 산윗 비바람 땅에 맞닿아 어둑하네.
叢菊兩開他日淚	한 떨기 국화 에서 또 보나니 훗날의 눈물이요
孤舟一繫故園心	외로운 배 고향 그리는 마음인 채 매여 있네.
寒衣處處催刀尺	곳마다 겨우살이 옷 마름 재촉하느라
白帝城高急暮砧。	백제성 저물녘 다듬이 소리 요란하다.

1

海山西麓有園林	海山亭서편 기슭에 있는 동산의 숲
物色依依滿目森	휘휘 늘어진 모양 눈에 가득 삼연하여라.
黃菊尚存他日逕	노오란 국화 아직 남았으리니 훗날 갈 길이요
脩篁不改舊時陰	잘 자란 대 숲 변치 않았으리, 예전의 푸르름을.
籬邊種栗新頹頰	울 가에 심은 밤나무 햇 알암 붉게 익었을 테고
階畔栽榴半拆心	뜰에 가꾼 석류 반만이나 속살을 드러냈겠네.
自是土思難禁得	이로부터 고향 생각 금할 바 없는데
況驚流序已秋砧。	놀라와라, 흐르는 세월 하마 가을 다듬이 소릴레.

下平 '拈'운. 두 시의 주제어는 '故園心'으로 후 7수의 안자眼字인 셈이다. 가을 나그네, 더욱 多病·常客의 두보나, 장사長沙의 노객일 경우 추경 그 자체가 비수悲愁니 소삼蕭森은 그 조자助字다19.

---

19 曹樹銘撰 ;『杜臆增校』0681, 秋興八首, "秋景可悲 盡於蕭森 而蕭森起於 凋傷…." p.443 참조

제 1련은 가을 서경으로 나그네 회포를 불러일으키는 서정적 기조니 소삽에 이은 조상周傷이 그것이다.

제 2련은 웅굉한 자연 앞에 나약한 인간을 포치하되 천지의 조화마저 착종錯綜한20 전경이다. 정사룡의 "바람 일자 울창한 산나무 윙윙 울고, 강물 소리 문득 거세찬데 달만 휑하니 걸렸구나.山木俱鳴風乍起 江聲忽厲月孤顯"〈後臺夜坐〉는 그 환골탈태라 할 것이다.

제 3련은 두 번 핀[兩開] 국화를 들어 오랜 나그네 시름[客愁]을, 그리고 문득 떠날 듯 매인[一繫] 외론 배로 향수를 불러서는,

제 4련, 가을의 상징인 백제성의 소슬한 풍정으로 차탄한21 율시의 규범이다.

한편, 퇴당의 차운시는 영일 배소에서 안산의 해산정을 중심한 고원심으로 일관되었다.

제 1련은 눈에 삼연한 해산정 서편 기슭의, 필경 오상고절의 솔길[松徑]을 바롯한 서경으로 시상을 열어,

제 2·3련은 그 의의依依하고 눈에 가득한[滿目]한 물색으로 대우했으니, 곧 국경菊徑과 죽경竹徑, 그리고 종율種栗과 재류栽榴가 정협頰頰·판심柝心으로 적대되므로 자못 고향이란 정감어린 체험적 공감을 읽을 수 있다. 그러므로,

제 4련은 무상한 세월과 함께 요란한 가을 다듬이 소리[秋砧]가 향수[土思]를 금할 수 없게, 아니 부더이게 한다 했다. 원시는 기주의 소삽한 가을 경치로 고원심을, 차운시는 이향에서 정겨운 고향의 추경을

---

20 仇兆鰲 注 ; 『杜少陵集詳註』·十七, 秋興八首, "「錢箋」, '江間塞上 狀之悲壯…'"「顧注」 '波浪在地 而日兼天, 風雲在天 而日接地, 極言陰晦蕭森之狀….'" p.613 참조

21 仇兆鰲注 ; 앞의 책, "「錢箋」 '以節則抄秋 以地則高城 以時則薄暮 刀尺苦寒急砧促別 末句標擧興會 略有五重 所謂嵯峨蕭瑟 眞不可言." p.613 참조

상상하며 가지 못하는 비감을 노정했다. 이른바 시점의 차이일 뿐 시정과 결구는 전혀 동일한 수신 작이다. 다만 두시의 법도와 웅장함이 아닌 인정스런 사향의 미학, 이것을 우리 시문학의 고유한 정서라 해도 좋다.

二

夔州孤城落日斜	기주라, 높은 성 지는 해 비껴 들 때면
每依北斗望京華	언제나 북두성 의지해 님 계신 서울을 바란다.
聽猿實下三聲淚	서너 마디 잰나비 울음소리 듣고 흐르는 눈물
奉使虛隨八月槎	8월의 절도사 행차 따르려 했으나 헛일이었네.
畫省香爐違伏枕	상직방 감돌던 향 내음 신병으로 어긋났고
山棲粉堞隱悲笳	산다락 뿌연 성가퀴엔 슬픈 오랑캐 피리소리.
請看石上藤蘿月	보게나, 산 위 다래와 등나무 넝쿨에 걸린 달
已映洲前蘆荻花。	어느새 갯가의 갈대꽃 비추고 있음을.

2

王程遠出鴨江斜	어명을 받들고 멀리 나가 압록강을 비껴
薄劣曾年忝使華	하찮은 이몸 일찍이 사신 길에 올랐었지.
節迫冰霜愁擁傳	節序는 겨울로 박두해 사명을 다할까 시름겨웠고
路通河漢穩浮槎	길은 은하로 통해 뗏목을 띄울만 하였네.
傷心文物凋周樂	마음 아픈 것은 문물이 옛법도를 잃어 감이요
滿目腥膻厭虜笳	즐비한 오랑캐 풍속과 피리 소리 싫증도 났었지.
怊悵舊遊眞一夢	슬퍼라, 지난 宦海의 길 진실로 한마당 꿈이요
孤村寂寞伴燈花。	쓸쓸한 마을 적막 속에 등불만 짝하고 앉았다오.

하평 '麻'운. 두 시의 안자는 '望京華'22로 주제는 思家 = 戀主이다. 제 1련은 앞 장의 저문 경치를 이어 야경에로 옮겨 일저불망군一字不忘君의 충정을 북두에 의뢰했다. 두보에게서의 경화는 곧 고원이자 고국이다. 그러므로 '나날이 바라지만 보이지 아니하니 '어찌 아니 슬프리奚能不悲'라는 그 슬픈 시정은 또 언외에 감췄다.23'

제 2련은 그러므로 하염없이 납의 파람에 눈물 흘리며廳猿三聲實下淚 속절없이 장건張騫과 엄군평嚴君平의 고사를 빌어 보응 원년(763) 8월 환조하는 엄무의 행차를 따르지 못하고 홀로 처진 나그네 회포를 노래했다.

제 3련 역시 봉상 행재에서 숙종으로부터 받은 좌습유[畫省]시절의 회억과, 오랑캐 피리 소리에 슬픔[隱=痛]을 억제치 못하는 무고상금으로 완전하여,

제 4련에서는 무망無望한 경화, 그러나 잊지 못할 정 때문에 불면의 추야장이 하얗게 지샜다.

퇴당 역시 연 전의 동지정사로서 연행의 일로 시상을 열어 등불만 짝하고 앉은 외로운 촌가의 적막을 무고상금으로 하소하고 있다. 곧,

제 1련은 어명을 받들고 압록강을 건너 사신 길에 올랐음으로 시상을 열고,

제 2련에서는 사행에 임한 행로의 어려움과, 행여나 임무수행에 부족함이 있지 않을까 노심초사하는 마음을 옮겨 놓았다.

제 3련에서는 처음 접하는 오랑캐의 풍물과, 오랜 전통의 한문화가 오랑캐 화하는 현실에 가슴 아파하는 소견문사所見聞事로, 이른바 어쩔

---

22 仇兆鰲 ; 앞의 책, "「錢箋」'依斗望京 此句爲八章之骨…'" p.866 참조
23 仇兆鰲 ; 앞의 책. "「杜臆」'京華卽故園所在, 望而不見 奚能不悲, 廳猿 墮淚'" p.866 참조

수 없는 배청 존명 의식을 노정하며,

제4련에서는 예의 무고상금, 곧 한바탕 꿈같은 지난날을 회억하며 오로운 촌가에서의 초창悄愴한 심사를 어스름 등불에 안쓰러히 펼쳐냈다. 소재와 화소는 달라도 원시의 의장과 결구의 수용이 돋보이는 작품이라 하겠다.

三

千家山郭靜朝暉	일천 호 산성 마을 조용히 아침 해 비추면
每日江樓坐翠微	날마다 강 다락에 올라 푸른 산과 마주 앉는다.
信宿漁人還泛泛	두어 날 묵은 어옹 어디론가 두둥실 떠가고
淸秋燕子故飛飛	맑은 가을 청제비도 짐짓 보란 듯이 나니네.
匡衡抗疏功名薄	광형처럼 올린 상소 되려 공명은 박했고
劉向傳經心事違	유향의 못지않은 祖孫의 학문 심사만 어긋나.
同學少年多不賤	젊은 날 같은 글 배운 벗님네들 한다한 벼슬 길
五陵衣馬自輕肥。	붐비는 오릉가를 좋은 옷 살찐 말로 내노란다네.

3

忽驚林抄淡秋暉	문득 나무 끝의 가을빛에 놀라며
便覺虛堂暑氣微	새삼 텅 빈 집에 더운 기운 가심을 느끼노라.
蟋蟀聲從階礴咽	귀뜨라미는 뜰악 돌틈에서 울어대고
梧桐葉傍井闌飛	오동잎은 우물가에 어즈러히 나네.
鄕關已刜千重隔	고향은 진작 천야만야 아득만 하니
世事那堪什八違	어찌 견디랴, 세상 사 18년 째 유배길이라네.
倘使此身歸故里	아마도 이 몸 고향으로 돌아가게 된다면
縱嘗糖覈也應肥。	비록 강냉이만 먹어도 응당 살 오르리라.

상평 '微'운. 2장의 야경을 이어 기주의 아침 경치로 전 4구는 경, 후 4구는 정을 노래한 전형적인 7율이다.

제 1련에서 하늘 높고 기상조차 맑아한 기주의 아침 햇살이라, '靜'이요, 무산이 누대 앞을 에웠으니 '翠微'를 대해 앉는다 했다. 대개의 누정시가 그러하듯,

제 2련의 서경은 예외 없이 비잠동치로 대우됨이 필수요, 물상의 영활함으로 언어예술은 극치의 미학을 얻는다. '泛泛'은 '汎汎'이니 '임의로 두둥실'이 거기에 맞고, '飛飛'는 귀향을 위한 자유의 날개짓이니 '보란 듯이 훨훨'이 제격이다. 그러니 오도 가도 못하는 갈 곳 없는 객을 향한 하놀임이기에 '故'다.[24] 따라서 어옹만도 연자만도 못한 자신에의 비감이 후정을 낳았다. 곧 용사법에 의한 냉소적 자아 회귀인 셈이다. 그러니

제 3련의 광형匡衡은 누차 올린 상소로 제세濟世의 경륜을 뜻대로 펴현달하였으나[25] 자신은 좌습유左拾遺 시절 방관房琯을 순유醇儒로 옹호하다 추문이나 겨우 면했음[26]과, 부자가 나란히 조칙을 받들어 육경六經을 강해 득명한 유향劉向에 비해,[27] 초당의 문장사우인 조선祖先 두심언杜審言(645~710)의 문장학을 이어 오가吾家의 보도로 익혀온 시학, 이른바 "다섯 수레의 책을 읽어 제쳐, 붓 끝에 신이 붙은 듯讀書破萬卷 下筆如有神"〈杜諺·十九·奉贈韋左丞丈二十二韻〉한 자신은 천야만야 떠도는 나그네 신세 萬里常作客에 '功名薄·心事違'할 뿐이라는 현실 인식이

---

24 仇兆鰲 ; 앞의 책. "「杜臆」 '舟泛燕飛 此人性物性之常, 旅人視之 偏覺增愁, 日還日故厭之也'" p.867 참조

25 이병주 ;『韓國文學上의 杜詩研究』,Ⅲ·3, 秋興八首 心解. p.283 참조

26 房琯이 敗陳濤斜事로 罷相되매 항소하다 도리어 숙종의 노염을 사 三司의 추문을 받고 화주사공참의로 좌천된 일.〈이병주 ; 앞의 책, p.282〉

27『前漢書』「劉向傳」참조

바로 그것이다. 그러므로 제 4련은 '多不賤·自輕肥'라는 시니칼한 조소와 자긍이 교차한 시심으로 시상을 맺었다.

퇴당 역시 소삽한 가을 경치로 전 4구를 마름하고, 이어 일락배락하는 시사와 거듭되는 유찬으로 천야만야 아득만 한 고원에의 정으로 후 4구를 맺음한 전경후정의 작시법은 일치해 있다. 곧,

제 1련은 조히 물든 단풍잎에 부서지는 아침햇살에서 문득 서늘한 가을빛을 느낀다고 시상을 열고는,

제 2련에서는 어부漁人와 청제비燕子의 자거자래대신 가을의 상징인 '蟋蟀·桐葉'이라는 공감각적 경물을 포치하여 적대하므로 그 처량함과 소삽함이 후 4구의 정을 끌어왔다.

제 3련 역시 광형匡衡과 유향劉向에 비한 두보의 비애 못지않은 자신의 뜻 같지 아니한不如意 세사와 잦은 찬축의 비애로 시상을 전환해서는,

제 4련의 고원심으로 유배문학의 평판적 주제를 노정하고 있다. 물론 두보의 적실한 전고와 시사에 대한 날카로운 비판에서 오는 당위적 씨니컴과 오롯한 자긍은 역시 시사로서의 매김은 물론, "詩人以來未有如子美者"의 정평에 걸맞다. 그러나 퇴당의 수용심상은 체험미학에 충실한 단순 차운으로 족했다.

四

聞道長安似奕棊	듣자니 장안은 엎치락 뒤치락 장기판 같다거늘
百年世事不勝悲	짧은 인생 세상사 비애를 이길 수 없어라.
王侯第宅皆新主	왕족과 제후의 저택들 온통 주인이 바뀌었고
文武衣冠異昔時	문무 양반의 의관도 예전과는 달라졌다네.
直北關山金鼓振	저 북녘 산 변새에서는 쇠북소리 요란하고
征西車馬羽書馳(遲)	서녘 정벌에 나선 거마엔 군령이 빗발같다네.

魚龍寂寞秋江冷	날뛰던 어룡이 잠겨버린 가을 강물만 싸늘한데
故國平居有所思。	지난 날 고국의 태평 세월 불현듯 부더이누나.

4

世事輸贏一局碁(棊)	인간 사 승침은 한 판 바둑판 같나니
長沙窮壤摠堪悲	장사라, 궁벽한 땅 모두가 슬픔이로다.
眞同呂枕炊粱日	진실로 呂公의 베갯모에서 한 끼 밥짓던 날이요
忍說桑田變海時	상전이 벽해되던 때를 차마 말하랴.
逐客行裝無處着	유배객 행장이라 정착할 곳 없고
美人消息向來遲(馳)	미인의 소식은 종래 더디기만 하구나.
自然流落傷懷抱	스스로워라, 떠도는 나그네 회포도 시름겨운데
何况秋聲助土思。	어쩌랴, 항차 가을 소리 향수만 부더이는 것을.

상평 '支'운. 3장의 '고원심'을 '고국사'로 받아 넘기는 징검다리이니,[28] 진작 望京華의 부연이요, 차마 말로 다할 수 없는 조국의 참상이기에 '異昔時'는 본 장의 안자이어서 짐짓 '聞道'로 시상을 열었다. 이른바,

제 1련의 예로운 帝王州 장안의 '奕碁'가 안·사 및 토번의 난 때문이기도 하지만,[29] 의마 경비한 소년배들의 혜윰이 부족한 국정요리 때문이기에 더욱 '不勝悲'요, 그러므로 장안의 변천상을 노래한 제 2련은 본디 봉유수관을 생활신조로 "치군요순상 재사풍속순"코자 하던 두보의 충정을 무색케 한다. 이 같은 변천은 예로운 문물의 파괴뿐만

---

28 이병주 ; 앞의 책, Ⅲ·3, 秋興八首 心解, p.284 참조

29 仇兆鰲 ; 앞의 책, "「杜臆」'長安一破於祿山(至德二年757, 2~10), 再陷 於吐蕃(廣德二年763, 10~동 12), 如奕棊迭勝負…'" p.868 참조

아니라, 치국의 기강, 시대의 가치관, 사회 심상의 문란까지 초래하여 제 3련의 환란마저 불러 오기에 이르렀다는 시심을 헤아릴 일이다. 이른바 '온 변방의 쇠북 소리'와, '빗발치는[30] 군령'등 우환의 조국 현실로 완전하여,

제 4련에서는 겸천용兼天湧하던 파랑에 잠든 어룡처럼 어쩔 수 없는 싸늘한 현실 잎에서 고국의 옛날을 그리워 할 뿐인 심정을 노정했다.

퇴당의 차운 역시 제 1련에서 '한 판 바둑판 같은 인간사 승침임'을 전제하며 '유배객의 비애'로 시상을 일으켜,

제 2련에서는 노생의 꿈처럼 짧았던 환로와, 차마 말로 다 못할 상전벽해의 시사로 시상을 이었다. 이른바 복상卜相의 신분으로 동지정사의 길에 올랐다가 복명도 못한 채 겪어야 하는 찬축의 현실적 비애를 '呂翁枕'의 고사에 붙였다. 그러니,

제 3련의 '부지할 곳조차 없는 유배객'에게 가리운 구름이 몇 겹인데 '美人의 소식이 더딤은 당연하다'고 완전하므로 결구의 비장을 유도했다. 다만 본련의 압운자 '遲'는 퇴당이 『두시언해』를 저본으로 한 증거로 사료된다.

제 4련은 장사의 객회를 희살짖는 상음이 더욱 고원심을 불러일으킨다고 맺었다. 원시의 무상심을 이어 받은 회고와 현실적 비애, 그리고 '故國思·故園心'에로의 구조 및 시정의 유사성, 그 의장意匠에서 수작이라 하겠다.

---

30 '一作遲'라 하고, 퇴당 역시 '遲'로 차운했으나, 仇兆鰲의 전계서 p.868의 "「陳澤州註」 '是時四北多事, 故金鼓震 而羽書馳. 或謂吐藩入長安時 徵天下 兵 莫至, 故曰遲 非也'" 라 했고, 이병주교수도 앞의 책 pp.286~287에서 "이 연은 본시 警急의 변전을 敍함으로 봄이 마땅하다. 諸注는 거의 '書馳'로저본을 삼았다"했다. 필자 역시 시사를 풍자함에까지 醞藉할 두보가 아니기에 馳로 확정한다.

五

蓬萊高闕對南山	봉래궁 높은 대궐 남산을 마주했고
承露金莖霄漢間	이슬 받던 황금 기둥 하늘에 우뚝했었다.
西望瑤池降王母	서으로 요지를 바라면 하강하는 서왕모 보였고
東來紫氣滿函關	동에서 불어오는 붉은 기운 함곡관에 자욱했었다.
雲移雉尾開宮扇	오색 구름 옮아가자 치미선 가리개 열리고
日繞龍鱗識聖顔	곤룡포에 햇살 비치자 천자의 용안 보였다네.
一臥滄江驚歲晩	한 번 창강에 누웠노라니 깜짝 한 해도 다했구려
幾回靑瑣點朝班。	조회의 반열로 靑瑣門 그 몇 번 드나들었던고.

5

道家曾歲上蓬山	도가들은 일찍이 봉래산에 오르나니
身在宮雲五色間	몸은 궁전의 오색구름 사이에 있다네.
綵筆香生抽粉署	옥당에서는 꽃다운 글 향기 번져나고
綾衾霜重直仙關	비단 창 하얀 무서리 이 곧 신선 집일레..
忙聞禁漏丁東響	바삐 궁궐 물시계 소리 들으며
密侍天威咫尺顔	존엄한 지척의 용안 가까이서 모셨네.
一臥蠻鄕秋晼晩	한 번 오랑캐 땅에 누워 가을 저무니
白頭何計厠鵷班。	흰 머리에 어찌 조정의 반열에 끼길 바라리오.

상평 '刪'운. 앞 4장의 '고국평거故國平居'를 이어 장안의 전성일에 대한 회억과 천자를 모시던 좌습유 시절의 영화, 그러니 지금은 아득 만한 그날들에 대한 추억의 장이다.

제 1련은 남산을 마주한 '봉래선궐'과 하늘에 우뚝하던 '승로금경承露金莖'을 머리해서 '대궐의 장엄과 천자의 존엄'으로 시상을 열었다.

제 2련 역시 대명궁의 우람한 기상을 찬양하는 것으로 부연하여 형식상으로는 '서망·동래'로 對偶하였으나, 내용상으로는 현종玄宗과 귀비貴妃의 다사로운 사연31의 비유다.

제 3련은 그 황홀한 궁전과 존엄한 천자를 모시던 좌습유 시절의 조회 모습의 회상이다. 이른바 '雉尾·龍鱗', '扇·聖顔'의 풍웅은 '雲·日'을 맞아 영활함은 물론, 그 고화의 극치를 이루었으나, 상대적으로 초라한 현실을 반추케 하는 조자助字일 뿐이다. 그러니, 제 4련의 '幾回' 2자가 함축한 조반朝班에의 영참은 가이없는 향수일 뿐 귀향조차 못하는 현실적 비애가 자리해 있다. 그러니 '창강'은 기주요, '靑瑣'가 꿈에도 잊지 못하는 궁궐문임은 물론이다.

퇴당의 차운 역시 1품 중신으로32 지척에서 임금을 가까이 모시다가[密侍] '一臥蠻鄕'한 채 '美人消息'은 아득만 하니 완반鵷班에의 향수는 물론, 이 소슬한 가을 귀향조차 못하는 무망한 소회를 '何計' 2자의 자배字背에 감췄다.

제 1련 선계로 묘사된 장안의 봉래궁을 '채운과 형향'이 넘나는 우리 선궐로 직대하고, 이어

제 2련에서는 '요지·서왕모' '紫氣·函谷關'이란 형식적 대우 및 내용상 풍자 대신 '香生·粉署,' '霜重·仙關'으로 짝하여 다재한 문기로 적대했다.

제 3련은 '雲移雉尾·日繞龍鱗'하던 두보의 좌습유 시절 추억에 빗대어 자신의 '忙聞禁漏·密侍天威'하던 조반으로서의 지난날을 회억하였으며,

---

31 이병주 ; 앞의 책, p.269 참조

32 유명천은 갑술옥사(1694, 3)가 있기 바로 4달 전인 1693, 11월에 이미 輔國崇祿大夫, 判中樞府事兼戶曹判書 등 卜相의 지위에 있었다.

제 4련에서는 '창강=만향 ⇒ 무망한 좌절의 비애'라는 동곡이음이
니 이른바 의장과 결구의 수용장이라 하겠다.

六

瞿唐峽口曲江頭	구당협 입구에서 곡강 머리까지
萬里風煙接素秋	만리 바람과 내로 소슬한 가을 기운 이어졌구나.
花咢夾城通御氣	화악루와 협성엔 어기가 통했더니
芙蓉小苑入邊愁	부용원 아담한 동산에 변방의 시름 들었다네.
珠簾繡柱圍黃鵠	구슬 발 수 놓은 기둥엔 황곡이 에워 돌았고
錦纜牙檣起白鷗	비단 닻줄 상아 노에 갈매기 놀라 날았지.
回首可憐歌舞地	가련타, 머리 돌려 그 옛날 노래하고 춤추던 곳
秦中自古帝王州。	중은 예로부터 제왕의 터가 아니었던가.

6

紫荊三朵白渾頭	자형꽃 세 타래 피고 온 머리 하얗게 세었는데
一別居然兩閱秋	한 번 이별해 머물어 두 번째 가을을 맞네.
茅墅水丘連夜夢	물언덕의 띠농막에서 밤마다의 꿈에
黑山波浪接天愁	흑산이라, 하늘에 맞닿는 물결 시름뿐일세.
衰年離恨憐沙鴈	늙으막 이별의 한 물가의 기러기도 가련타 하니
晚歲歸期報社鷗	늦은 해 돌아가는 날 떼지은 갈매기에 보답하리.
姜被幾時還共臥	언제나 형제들 돌아와 함께 누워
艱難萬狀說炎州。	어려웠던 숱한 일들 炎州에 비해 말할꼬.

하평 '尤'운. 기부의 삼협인 구당협과 장안의 이궁 곡강의 옛 일을
회상하며 '通御氣·入邊愁'의 무상을 들어 암흑의 현실을 술회하고,

자고로 제왕주帝王州인 장안이 다시금 태평한 성세의 터가 되기를 바랐다.

제1련에서 '기주의 승지인 구당협과 장안의 절경인 곡강 만리의 영화와 찬란이 한낱 지난날의 유상지로 남아 소삽한 가을 기운만 뻗혀 있다.'하므로 결련의 '自古帝王州'에 대한 회고적 상정인 '可憐' 2자의 빌미를 제시했다.

제2련은 진작 '入邊愁'가 안록산의 난 때문이요, 그 안란이 또 현종과 귀비의 잦은 유상 때문임을 밝혔다. 화악루도 누이지만 부용원에 이르는 담장을 쌓고 "나날이 울려 퍼지는 우레 같은 풍악靑春波浪芙蓉園 日日雷霆夾城丈"〈杜諺·15·遊樂園歌〉이 '邊愁'의 빌미였다는 영사詠史이자, 마지못할 시사의 직필임을 우리는 잘 안다.

제3련은 난 이전의 호사가 극에 달했음을 들어 앞 연을 부연했다. 이른바 '구슬 발, 수놓은 기둥을 黃鵠이 에워 돌고' 강 위 꽃배의 '비단 닻줄과 상아 노에는 백구도 따라 나닐었다.'니 난리가 아니었다면 태평의 가무겠거니와, 결국은 망국에 이르는 유상遊賞이었음을 배려한 사설이다. 그러나 두보의 충정은 극복해야만 할 현실이기에,

제4련에서 전전의 '가무지'는 예로운 제왕의 터이니 속히 경천근민해서 '再使風俗淳'한 이상 사회를 이룩해 달라는 풍자 이전의 진충眞衷이 갈무려져 있음을 읽을 일이다.

한편 퇴당은 '노쇠한 백두에 위리안치 되어 벌써 두 번째 맞는 가을'이라고 시상을 열어 뿔뿔히 흩어진 혈육들, 특히 흑산도에 유배 중인 사제 명현과의 한별을 갈매기에 붙이며 후한 강굉의 고사를 빌어 형제간의 돈독을 희구해 있다. 물론, '姜被共臥'가 곧 '태평성세·시대정의'를 상징할 것이나, 그렇다고 "晚歲歸期報白鷗"가 시사하듯 이미 그에게 새로운 다짐은 없는 듯하다.

　제1련은 갑년을 넘긴 익년 4월, 그러니 박태기꽃 피던 늦봄 동지정사 복명 길에 나포된 유배길이 벌써 두 번째 가을을 맞았다며,

　제2련에서는 파랑도 심한 흑산도에서 유배 중인 사제에 대한 걱정과 그리움으로 잠 못 이룬다 했다.

　제3련에서는 늙마의 한별을 미물들도 안쓰러워한다며, 훗날 백구와 더불어 강호에 유유자적 하리라 다짐했다.

　제4련에서는 '후한의 姜肱이 아우 海·江과 형우제공의 도리를 다하며 노모를 잘 모셨다'는 고사를 인용해 '언제쯤에나 우리 형제들도 다정히 한 이불을 덮고 누워 이 질곡의 날들을 말하며 회포를 풀어 볼 것인가.'라고 형제에 대한 그리움과 해배의 정을 노래했다.

　곧 역사 체험과 문화 배경이 다른 차운시나 '自古帝王州'의 회복이라는 발신자의 가소성을 '姜被共臥', 곧 '성세의 희구'라는 유사 모티프로 승화한 수신작이라 하겠다.

七

昆明池水漢時功	곤명지 못 물 한나라 때의 공적이었나니
武帝旌旗在眼中	무제의 (수군) 깃발 눈에 삼삼하여라.
織女機絲虛夜月	직녀의 베틀에 걸린 실 밝은 달빛에 비치었고
石鯨鱗甲動秋風	돌고래 비늘 가을 바람에 꿈틀댈 테다.
波漂菰米沈雲黑	줄밥은 물결에 밀려 검은 구름인 양 일렁대고
露冷蓮房墮粉紅	싸늘한 이슬에 연꽃 붉은 꽃잎은 떨어졌겠지.
關塞極天唯鳥道	하늘 밖 고향 변새는 새나 넘을 오솔길이니
江湖滿地一漁翁。	천지가 강마을이라 외로운 어옹의 신세라네.

7

四時流序讓成功	철철이 절서는 흘러 가나 이룬 일 없는데
何處秋聲到客中	어디서 가을 소리는 나그네 심중에 파고드는가.
沙畔毒氛蟲有弩	모랫가 독기운 벌레마다 쇠뇌를 지닌 듯하고
潮頭黑氣颶生風	조수 머리 검은 기운 태풍을 몰아 올 기운이라.
村醪學得衰鬐白	시골 막걸리 늙은이 수염만 희게 함을 알겠고
樹葉偸將醉面紅	나뭇잎 취한 얼굴의 붉음마저 훔쳐 갖누나.
世事漸艱年事晚	세상사 갈수록 어렵고 한 해도 세모인데
滿簾寒月泣騷翁。	발에 가득 차운 달 시인은 흐느껴 우노라.

상평 '東'운. 곤명지의 유래와 한 무제의 웅도를 빌어 현종에 비기고, 자신의 유리 낙척을 한탄한 장이다[33].

제 1련은 한 무제가 수군 훈련을 위하여 운남의 전지를 본 따 조성한 곤명지의 장관과 수군의 위용을 연상했다.

제 2련 역시 곤명지 가장자리의 견우·직녀 좌우 석인상과 못 가운데 옥으로 새긴 돌고래의 정교함을 묘사한 것이니, '虛夜月'의 '機絲'가 정이라면, '動秋風'의 '鱗甲'은 동으로 상배되므로 직녀와 석경에 각각 생명력을 불어 넣었다. 이상 전 4구의 촉물에서 얻은 후 4구의 진정은 또 고신거국의 초라한 자아발견 뿐이다. 예컨대,

제 3련은 소삽한 이 가을의 곤명지를 상상함이니 물결에 일렁이는 검은 고미와, 붉음이 가신 연꽃, 그것은 분명 낙척한 자신의 몰골로 유추된다. 그러므로,

제 4련에서는 가뜩이나 아득한 고향, 더욱 새나 날아 넘을 조도니

---

33 이병주 ; 앞의 책, p.295 참조

가지 못하고 이 가을에도 강마을의 한 어옹이라고 한탄했다. 퇴당은 역사와 문화의 이질성을 극복하기 위해 적소의 세모에 느끼는 리얼한 추경으로부터 오는 고독과 객수, 나아가 탄노를 찬 달[寒月]에 붙혀 호소하는 정한을 노래했다.

제 1련에서 이룬 공업도 없는 노경의 유배생활, 그러니 저 '秋聲'은 또 단장곡에 다름 아니라고 시상을 열어,

제 2련 역시 '쇠뇌'를 지닌 듯한 독충과 '태풍'을 휘몰아 올 듯 사나운 기상 등 적소의 간난과 고초로 대우했다.

제 3련은 객수를 달래려고 마신 시골 막걸리, 그것이 정신적 위로는 되었을지 몰라도 육신의 늙음을 재촉했고, 그러므로 청춘은 물론, 주면홍까지 앗아 저 수엽의 색채로 전이하는 재치를 노정했다.

제 4련 역시 부질없는 고독과 상념은 '入簾月'과 짝하여 호소하고 흐느끼므로 '一漁翁'의 속끓임이 아닌 '泣騷翁'의 「비추가」로 화답한 의장의 일률성을 읽을 수 있다.

八

昆吾御宿自逶迤	곤오와 어숙을 지나 꼬불꼬불한 길 나서면
紫覺峰陰入渼陂	자각봉 그림자 미피호에 드러난다.
香稻啄餘鸚鵡粒	향그런 나락은 앵무새 쪼다 남은 낱알이요
碧梧棲老鳳凰枝	검푸른 벽오동 봉황새 깃들어 묵은 가지라.
佳人拾翠春相問	미인과 어울려 서로 패물로 정을 나누고
仙侶同舟晚更移	신선의 뱃놀이 늦으면 새로 자리를 옮긴다.
彩筆昔曾干氣象	자랑찬 필력 일찍이 강산을 누를 기상이었건만
白頭今望苦低垂。	늙으막에사 다시 보니 숙어지는 고개 괴로워라.

8

藤梢橘刺路逶迤	등나무 넝쿨과 귤나무 가시 길은 꼬불꼬불 한데
澤國人居半在陂	강마을 백성들 거처 반이나 언덕에 있다네.
荒野但看蘆荻葉	거친 들판 보이나니 다만 갈대 잎이요
邊城那有菊花枝	변성이라 어찌 국화꽃인들 있으리오.
爲農已覺天涯遠	농사도 이미 하늘 밖 먼 데 일이요
擧族仍憐嶺外移	가련토다, 온 집안 영 밖으로 옮았다오.
疾病飢寒經萬變	질병이며 주림과 추위 숱한 변고 겪었나니
鬢絲添得幾分垂。	구렛나루 그 몇 오리나 남아 드리웠는고.

상평 '支'운. 대단원의 맺음장이다. 앞 장에 이어 역시 장안의 절승과 풍요로움, 그리고 흉금을 풀고 동유했던 잠삼 형제들과의 놀이를 회억하며, 자신의 '강산을 능지를 기상'이 '苦低垂'한 백두의 현실을 원망하며 괴로워하는 것으로 대미를 장식했다.

제 1련은 장안에서 곤오와 어숙을 거쳐 미피호에 이르는 승지에 대한 주억이다. 특히 "旭日射之 燦然而紫"한 자각봉이 잠긴 미피호의 저녁 경광을 부각시켰음은 잠삼 형제들과의 선유를 배려함이리라.

제 2련은 예의 풍요롭고 상서롭던 장안의 추경이니 '앵무가 쪼다 남은 香稻'는 곧 기름지고 넘나던 풍요의 상징이요, 성대의 상징인 '봉황이 깃들던 오동'으로 장안의 전성일을 거침없이 회억했다. 본련은 "香稻乃鸚鵡啄之餘粒이요, 碧梧則鳳凰棲之老枝"의 도치임은 물론이요, 서거정은 자출기저自出機杼한 신어新語만이 파락진부한 도습의 병폐로부터 벗어날 수 있다던 이규보도 그 농염기묘濃艷奇妙한 사구死句에 함몰되었다고 작시의 어려움을 말하는 등34 시화마다 오르내린 시구다.

제 3련에서는 미피호에서 가인들과의 답청 및 잠삼 형제들과의 흥겨운 뱃놀이[泛舟之事]를 떠올렸다. 가인은 함께 배를 탄[同舟] 미희요,[35] 선려仙侶는 잠삼형제들이니 '晩更移'는 유흥을 위한 병촉야유의 함축이다[36].

제 4련은 본 장의 결이자, 대단원의 맺음이다. 이른바 천하를 능지를 기개요, 유신한 채필이건만 안란으로 인한 국운의 쇠미가 자신의 문운까지 한낱 애상에 젖어 현실적 비애나 읊조릴 뿐이라는 자조의 장탄으로 붓을 놓았다.

퇴당의 차운은 적소의 황량감과 삼정의 문란, 특히 가렴주구에 의한 이농의 아픈 시대상과, 개인적 질곡 및 수노의 체념적 悲凉感으로 대미를 맺었다.

제 1련은 '逶迤'한 여항 길 따라 나서지만 부실한 마실, 그나마 반이 아스란 산다락에 의지해 산다고 시상을 열어,

제 2련에서는 문전옥답이 황야로 변해 갈대밭이 된 국토의 남단이라 국화조차 없다는 결핍의 對로 발전하여,

제 3련에서는 '天涯遠'한 爲農과 '嶺外移'한 거족擧族의 참담한 이농 현상, 곧 가렴주구의 시대상을 통한하고,

제 4련에서 수많은 질곡의 나날 앞에서 추스릴 수 없는 절망과 비애로 비추悲秋의 심상을 토로하고 있다.

물론, 두시의 단순 차운일 뿐 시사와 시정은 전연 퇴당, 아니 우리의 것이며, 굳이 다른 소재로 유사 화소, 혹은 의장의 틀조차 접근시

---

34 徐居正 ;『東人詩話』제20화, "詩不蹈襲 古人所難, 李文順平生自謂曰 擺落陳腐 自出 機杼. 如犯古語死 且避之. 然有句云, 黃稻日肥鷄鶩喜 碧梧秋老鳳凰愁 用少陵 紅稻啄 餘鸚鵡粒 碧梧棲老鳳凰枝之句 …" 참조

35 『두시언해』·15, "靑娥皓齒在樓船 橫笛短篇悲遠天"〈城西陂泛舟〉 참조

36 본 시 및 본 연에 관한 자세한 용사와 참고 사항은 이병주의 전게서(『한국문학상의 두 시 수용』pp.209~301, 『두보와 이백』pp.145~146) 참조

키고자 견강부회하지 않았다. 우리의 사회 현실 및 시대 심리를 연작 비추의 시정에 담았을 뿐이다.

V. 문제의 정리 및 남는 과제

이상의 논의는 아직 학계에 소개되지 아니한 퇴당 유명천의 독서 경향 및 작시 계보, 나아가 그의 시문학적 원류고찰을 위한 시고다. 이는 물론 한 작가에 대한 올바른 이해와 평가, 그리고 정당한 문학사 적 위상 정립을 위한 필수적 작업이며, 그것이 설령 우리 문학사 정립 을 위해 덜 중요한 작업으로 치부될지라도 문학 연구자의 임무는 성 실한 작가·작품론을 제시함으로써 바른 문학사 기술의 자료 제공 및 기술자로서의 사명을 다할 수 있다고 확신하기 때문이다.

워낙 우리 학시의 평판성이기도 하지만, 퇴당 역시 많은 국내외 명 인명구를 용사, 혹은 수용 및 차운했으며, 특히 두시의 경우 14제 29 수라는, 물론 수수상으론 많지 않을 수도 있지만, 한 작가의 독서 경 향 및 작시 계보 등 원류론적 접근이란 점에서는 간과할 수 없는 양임 에는 이의가 있을 수 없다.

작시 배경 역시 두시「추흥 8수」는 작가 55세 되던 해 가을, 그러니 안사·토번·위글의 난을 겪고 난 기주에서의 소삽한 추경과 지금은 돌아갈 수 없는 대당제국의 찬란한 문물 및 존엄한 천자국의 조신으 로 조회에 영참하던 지난날의 영화들이 파노라마처럼 얽혀진 무고상 금의 대작이다.

퇴당의「비추 8수」역시 그의 나이 63세 되던 가을, 그러니 그의 생애 두 번째의 유배지인 영일에서의 작이라고 단정했다. 이른바 갑술옥사 이전 동지정사의 복명 길에 의주에서 나포되어 오른 유배 생활 두 해째 독두의 나마에 "美人消息向來遲"한데 '秋聲'만이 고원심을 불러일으켜 설제한 차운시다.

한편, 작품의 분석 대비에서는 워낙 천 년의 시·공간적 격차와 역사 체험 및 문화 배경의 상이성, 특히 성당의 시성 두시와의 문예론적 대비란 불가불 의장 및 결구의 유사성, 단순 차운의 정도로 한정할 수밖에 없다고 전제했다. 물론 발신자로서의 두시를 먼저, 그리고 수신자를 이어 대비하되 의장, 의장과 결구, 단순 차운의 유형으로 다음과 같이 분류했다.

구분유형	의장	의장과 결구	단순 차운	비고
시수	2	4	2	8
장수	4·7	1·2·5·6	3·7	8

곧 차운시 제 4·7장은 원시의 시의詩意에 주중하였으며, 제 1·2·5·6장은 시의와 구성에서 발신 작의 의장 및 결구를 수용한 수신작으로, 그리고 제 3·8장은 단순 차운시로 분류했다. 물론 이같은 현상은 역사 체험 및 문화 배경과 향유, 나아가 풍토 기질 등 다양한 이유에서 오는 한계이겠지만, 그 비감한 상정은 동곡이음임을 읽을 수 있다 했다. 한편 본고에서 미처 다루지 못한 나머지 13째 21수의 두시와, 수많은 유배 시에 내재한 두시의 격조 및 의장, 그리고 결구법이다. 별고에 후약하며, 끝으로 두시 「추흥8수」에 대한 지남은 은사 이병주 선생님의 역저 『한국문학상의 두시연구』 중 「추흥팔수 심해」에서 훈목되었음을 밝혀 심심한 사의를 드린다.

新華夷論的 自尊의 美學
-자존의식과 주체성 탐색을 위하여-

I. 문제의 제기

예로부터 역사적 운명과 문화적 전통을 같이 해온 우리 민족은 그 지향하는 바 의지나, 오랜 역사 체험에 따른 정서를 함께 살아온 이른바 공동의식 체다. 때로는 장구한 민족사가 굽돌고 부딕는 와중에서 혹 굴절되거나 오도된 identity[1]를 부정할 수 없다. 그러나 그것이 우리 민족사의 전부이거나, 민족성의 상징인 양 호도, 또는 당위 시 되어서도 안 될 일이지만, 무엇보다도 우리의 역사와 문화전통까지 망각한 채 문화의 무국적화, 팽배한 물질만능과 편의적 이기주의, 나아가 신 사대주의에로 몰입해 가는 이 시대의 혼란한 가치관을 바로잡

---

1 선진 문화권역의 동남반도에 자리한 우리의 地政學的 입지는 대륙의 정치문화 추이에 민감, 또는 슬기롭게 대처할 수밖에 없었고, 때론 爲政의 방편상, 혹은 正名의 논리상 표해온 중국과의 과거사를 근세의 침략자 일본은 저들의 식민정책의 합리화를 위해 '열강의 예속사' 혹은 '사대 민족성'으로 굴절 오도해 왔다.

기 위해서라도 한문 기록에 담긴 선인들의 오롯한 자존의식과 주체사
상을 바로 이해하고 본받는 것만이 어제의 자존심을 찾고 건강한 내
일을 설계할 준거가 될 줄 안다. 뿐만 아니라, 민족의 동질성 회복과
함께 전통문화를 수용 발전시키는 계기가 될 것이다. 그렇다고 본고
는 "민족의 일체감이 위협받을 때 민족적 문화적 일체감을 보전하거
나 고양시키려는 욕망, 또는 일체감이 잘못 적용되었거나 부족하다고
느껴지는 곳에서 그러한 일체감을 변형시키거나 창조하려는 욕망[2]으
로 논설한 죤. 폴라메나쯔의 민족주의를, 더구나 폐쇄적 국수론 등 속
절없는 근세 정치론을 논위하렴이 아니다. 모름지기 역사 체험과 더
불어 배태되고 성숙한 민족 사상과 신념, 그리고 사랑과 분노의 집적
물인 문예작품을 통해 민족사인 양 오도된 '예속사,' 민족성인 양 굴절
된 '사대성,'이 부분으로 전체가 매도되었을 뿐 은근함과 강인함으로
지켜온 자존과 주체성이 우리의 민족사요, 민족성임을 새롭게 인식하
고 우리의 정서의 정통을 이음은 물론, 민족사의 좌표를 설정하고자
함이다.

Ⅱ. 사관, 그 긍정적 모색

　민족사에 대한 자부와 민족문화에 대한 긍지는 역사 발전의 원동력
이다. 더욱 그것은 자존의 상실, 주체의 유랑 시대일. 민족게도적 網
에다 민족사를 회고하며 회한의 편린은 전철이 없을 반성의 자료로

---

2 Z. Kamenka편, 『민족주의의 이론』, 제2장 J. Plamenatz, '민족주의의 두 가지 형태'.
　참조, 손인수 · 김창회 역, p.48, 문음사, 1987

삼고, 미처 드나지 않은 긍정적 사소史素까지 모색하여 그 보편성과 개별성을 확인 정리하는 일은 분명 민족재생의 의지이거나, 새 역사 창조에의 눈뜸이 아닐 수 없다. 이에 우리의 전통적 역사인식 배경의 두 줄기 큰 흐름을 요약하며, 긍정적 민족사를 모색하므로 민족사 속에서 배태 구가된 민족시가의 역사적 배경으로 삼고자 한다.

1. 춘추사관과 민족사관

동양문화의 근간을 유학적 이념이라 한다면 동양의 전통적 역사관 역시 유가의 기본 사관인 춘추사관으로부터 비롯된다. 『춘추』란 주대周代 노魯나라의 연대기를 바탕으로 공자가 엮었다는 은공隱公대에서 애공哀公대에 이르는 240여년(BC702~BC481)간의 역사서이다. "춘추가 저작되므로 난신 적자가 두려워 하리라春秋作 而亂臣賊臣臣懼"라고 단정된 바와 같이 공자는 역사사실에 대한 '엄정한 비판'과 함께, 주周를 종주국으로 하는 천하의 윤리적 질서 확립을 위한 '대의명분大義名分'을 중시했으니, 이른바 춘추필법春秋筆法이 그것이다. 이는 맹자孟子에 이어져 왕도정치의 원리로, 다시 한대漢代에 이르러서는 국가 통일을 위한 정치이념으로 수용 발전되어 사마광司馬光의 『자치통감』 및 주자朱子의 사관 등에 힘입어 역사 기술의 원칙으로 발전하였다. 이는 하나같이 한족 중심의 역사 원칙, 주체, 정통성 등, 이른바 춘추대의론으로 발전하였다. 따라서 춘추사관이란 저들 중국인들에게는 역사 현상을 엄정하게 비판 기술하므로 현재와 미래의 가치관 및 행동규범을 제시하는 원리사관原理史觀으로, 그리고 한족 중심이라는 민족사관을 포용하게 된다.3 여기에 문화 중심의 화이론華夷論, 나아가 모화慕華니 주체니 하는 분별의식의 소지가 있어 왔던 것이 주지의 사실이다.

한편, 문화의 침윤은 물과 같아서 그 빠른 무젖음은 오히려 자연한 이치다. 선진 한문화권에서 남달리 문화를 아끼고 사랑했던 우리 선인들이었기에, 춘추사관을 수용하면서 저들 중심의 원칙, 주체, 정통이라는 원리사관은 비판정신, 정명주의 등 선비정신으로 승화 정착시켰으나, 민족사의 주체는 한족이 아닌 우리 자신이라는 주인의식은 미처 헤아리지 못했음은 부인할 수 없는 사실이다. 이는 선인들의 역사기술 태도 및 사평史評의 대상, 나아가 시가 문학의 수사학이자 비평의 기준인 용사用事까지도 중국사 및 중국문화에서 그 고실故實을 준거해 왔음이 그 예다.

2. 모색의 가능성

역사의 주체는 언제나 다수 대중이다. 소수 집권층, 혹은 기득권자들의 보수적 지배논리가 역사의 수레바퀴를 멈추게는 못한다. 인류 최초의 지혜와 보고라는 신화, 그중에서도 민족의 시조인 단군신화를 비롯한 숱한 건국신화가 그렇고, 고구려 유리왕瑠璃王의 「황조가」 배경 설화 중 "禾姬罵雉姬曰 汝漢家婢妾何無禮之甚乎"4라 하여 '慙恨亡歸'케 했다는 사실 역시 모계집단으로 상정된 고구려와 한나라 사이의 민족적 갈등 심리를 민족 승리로 표상한 것임에 틀림없다.5

더구나 수隋 양제煬帝의 30만 대군을 살수에 회유해 놓고 적장 우중문于仲文에게 보낸 을시문덕의 「여수장우중문」 시는 그 구법句法의 기고

---

3 송준호, 「柳得恭의 二十一都懷古詩研究」, 2.'유득공의 역사의식과 실학사상', 참조. 『동악어문론집』 제12집, 동악어문학회, 1980

4 『삼국사기』, 고구려본기 유리왕조

5 송준호 교수는 앞의 논문 pp.38~40에서 "數聲黃鳥啼深樹 猶似禾姬篤維姬"를 유득공이 우리민족의 열등의식을 방편적으로나마 극복해보려 했다고 풀이했다.

寄古[6] 함은 차치하고, 붓으로 대군을 물리친 우리 문학사상 최초의 승전시라할 것이니, 유득공의 회고 시

遼海歸旋數片紅　　요해로 돌아가는 몇 척의 초라한 깃발
湯湯薩水捲沙氣　　치렁한 실수 오랑케 무릴 다 삼켜버렸다네.

〈冷齋集·2, 二十一都懷古詩〉

는 당唐 태종의 30만 대군을 유린한 연개소문과 양만춘의 안시성 승전사와 함께 빛나는 민족사의 쾌거이자, 고구려인의 기상을 마음껏 드날린 7언절구임에 틀림없다. 여기 어디에도 사대, 모화는 물론, 일호의 옹색한 정서가 자리할 틈이 없다.

신라인들은 더욱 철저한 자주와 문화의식을 발휘했으니, 선진 외래문화를 수용하되 비판적이고도, 자국의 문화 현실에 맞게 재창조하려는 적극적 수용 자세를 취했음이 그것이다. 예컨대 미래불교를 현실적 호국불교로, 한자의 음과 훈을 빌어 이두, 향찰문자로 재창조하여 자국의 언어현실에 맞게 활용했는가 하면, 중국시가가 아닌 최초의 고유시가 향가를 국풍격國風格으로 향유했다. 다만 진덕眞德의 「치당태평송」이 고고웅혼高古雄渾[7]할지언정 최초의 事大交隣의 문건이라는 점과, 외세를 불러 반도를 영락한 사실은 그것이 설령 위정爲政의 발미였다 할지라도 역사의 오점임이었음을 부정할 수 없다.

한편 10C 이후 점점 복잡해 가는 동북아의 정정政情 하에서 건국 후의 태평에 젖어있던 고려조는 북방민족의 흥망과 그들의 위압의 틈새

---

6 이규보, 『白雲小說』, " 乙支文德 與隋將于仲文詩 句法寄古……" 참조
7 이규보, 『白雲小說』, "新羅眞德女王太平詩 載於唐詩類記,其詩高古雄澤, 比始 唐諸作不相上下,……" 참조

에서 사대, 혹은 항쟁의 고단한 민족사를 반복해 오다 끝내는 원元 명明의 교체와 때를 같이 해 려麗 선鮮의 교체가 이루어졌다. 그렇다면 신라 말, 혹은 고려조부터 우리 민족사의 일반적 통념은 '열강의 예속사'며, 민족의 통서는 '사대성'인가. 진실로 이 사대성이 우리의 사상·감정을 좌우한 제강提綱이며, 우리 민족 우리 문화의 역사적 개별성·독자성을 확인해 보려는 시도는 고작 왕조 교체기와 외침에 의한 국난의 때 등, 민족의 단합을 꾀하며 국가적 난관을 극복하기 위한 방편으로 만[8] 가능했던가? 오히려 그것은 소수 위정자의 지배논리요, 몇몇 기득권자의 보수논리, 때론 피치 못할 위정의 생존 논리는 아니었을까? 예컨대 고려에 신속臣屬해 있으며[9] 스스로 고려를 부모의 나라로 조심스레 섬겨왔다던 여진이 금나라를 세우고 "형님의 대 여진금나라 황제가 아우 고려 국왕兄大女眞金國皇帝 治書于弟高麗國" 운운[10]하는 위협에 온 조정이 불가라 하며, 심지어 "금나라 사신의 목을 베어야 한다"는 강경론이 대두할 때 당시의 감찰어사 김부의金富儀는 한·당·송의 천자들도 흉노·거란·돌궐 등 오랑캐와 화친했음을 들어 저들의 요구에 응할 것을 주장했다.[11] 이후 송을 제압한 요마저 멸한 여진이 신하국의 예를 요구해오자 이번엔 이자겸 일파가 백관의 불가론을 '以小大事는 선왕지도'라는 소아적 논리로 물리치고 견사빙문遣使聘問할 것을 주청했다.[12] 대저 김부의 이자겸은 누구인가. 전자는 신라의 국성

---

8 송준호는 앞의 글에서 저들 춘추사관의 부정적 수용측면으로 우리 선인들은 역사 주체가 우리임을 인식하지 못하므로, 우리 역사에 대한 독자적 의식이 형성되지 못했다고 전제하고, 민족사에 대한 자아적 확인이 거의 없는 채사대성이 민족감정을 좌우하는 제강이 되었다고 했다.

9 『고려사』15, 仁宗4 4년, " …惟金人之始也, 固嘗臣屬於我國…" 참조

10 『고려사』14, 예종2년, "…兄大女眞金國皇帝…自我祖考 介在一方 謂契丹爲大國, 高麗爲父母之邦 小心事之…維王許我和親 結爲兄弟 以成世世無窮之好…"

11 『고려사』9, 列傳, 「金富儀傳」 참조

國姓 경주 김문金門으로 경주 주장州長 위영魏英의 증손이요, 후자는 인주 이문李門이니 인종에게 세 딸을 바치고 온갖 권세를 전횡하다 왕권마저 탐하고 반란까지 자행한 권신이다. 이들 모두는 고려 전기의 대표적인 문벌귀족이자 문종대에서 인종대에 이르는 77년의 고려 정치를 좌우해 온13 위정자요, 기득권자들이다. 그들에게서 이기적 편의와 현실적 안일 외에 무엇을 기대할 것이며, 더욱 그들 소수가 민족사의 주체일 수는 없다. 역사의 수레바퀴는 표출되지 않은 다수 대중에 의해 정도로 운전 되는 법이다. 일찍이 인의로 민심을 결집한 한 목민관의 눈부신 항쟁과, 초적草賊, 관노, 승려, 백정 등 천민의 위국충정에 의한 국기國基 보존이 그 좋은 예다.

… 前 略 …	… 전　략…
白面書生守此城	무명의 용사와 성을 지킬 제
許國身比鴻毛輕	나라에 바친 몸 기러기털보다 가벼웠다고.
早推仁信結人心	일찍이 어짐과 믿음으로 민심을 단결시켰으니
將士歡呼天地傾	장사는 환호하며 천지를 진동시켰다오.
相持半月折骸炊	보름 동안 지키며 해골로 밥을 짓고
晝戰夜守龍虎疲	낮에 싸우며 밤으론 지키느라 병사들 지쳤죠.
勢窮力屈猶示閑	형세 다하고 힘 꺾였어도 여유를 보이느라
樓上管絃聲更悲。	다락 위의 풍악소리 더욱 슬펐다오.
… 後 略 …	… 후　략…

〈三韓詩龜鑑·下, 過鐵州〉

---

12 『고려사』 15, 인종 4년, "召百官 議事金可否 皆言不可, 獨李資謙拓俊京曰,… 且以小事大 先王之道 宜遣使聘問" 참조

13 이우성, 「高麗中期의 民族敍事詩」〈成大論文集〉 제7집, 1962

최해崔瀣의 비해14대로 철주(철산군) 항몽 패 골원 이항정이 최선을 다해 지키다가 힘이 다하여固守力盡 함락에 즈음하여 관창에 불을 지르고 처자들과 함께 장열하게 분사한 것을 추념한 김구金坵의 「과철주」 시다. 골 원은 물론, 온 골의 인민이 기러기털처럼 위국허신한 저 강인한 민족정신이 민족사의 오늘을 있게 한 것이다.

한편, 충주산성의 항전 사는 민족사의 주체가 누구인가를 극명하게 보여준다. 1차 침입 때, 충주성 방어대는 부사 우종주于宗柱 휘하의 량반별초와 판판 유홍익瘐洪翼이 거느린 노군奴軍·잡류별초雜類別抄로 편성되었으나, 진작 적의 내습이 있게 되자 양 지휘관은 물론, 양반별초 모두가 도주하과 노군·잡류별초만 남아 죽기를 한사코 싸워 승리했다. 그러나 돌아온 부사와 양반별초는 저들의 전공을 상쇄코자 오히려 관사官私의 은기銀器 절도혐의를 씌워 지도자를 살해하려 했으니15 그 인면수심이 가증스러울 뿐이다. 5차 침입 때도 백현원 승려 출신의 김윤후金允侯가 초적·관노·승려·백정을 위무해 승리했고, 6차 침입 때는 다인 철소의 천민들이 똘똘 뭉쳐 물리쳤지만, 이제껏 승전비는 고사하고 전적비 하나 없이 굴욕적인 사대의 역사만 가르쳐왔다. 무신집권이 끝나자 원나라에 칭신의 예와 사대를 받친 자들은 누구이며, 환도 후 민족자존과 주권국가로서의 자주성을 부르짖던 삼별초는 또 여·원 연합군이 토벌했고, 이후 모질은 수탈과 탐학의 주체들도 몇몇 특권 및 기득권자들이었다.

그러나 조선의 존명尊明은 '有明朝鮮國'이 상징하듯이 숙명적이었다. 성리학이 국시이고 보니 존주대의尊周大義와 이소역대以小逆大는 불

---

14 김갑기 역, 『羅니麗漢詩選·下』, p.237, 「過鐵州」 "拙翁曰 昔北兵來寇 州. 倅李亢禎 固守力盡 知不免 遂焚官倉 領妻子 投火而死" 참조

15 손홍열 ; 「忠州奴軍와亂과對蒙抗戰」 湖西文化, 究, 제1집, 1981

가라는 명분론으로 일관해왔다. 이는 물론 하찮은 가계와 무부 출신으로, 더구나 역성혁명에 의한 건국이 명의 인정을 받기 위해서 칭신은 물론, 사대가 필요했고, 민심을 수습하기 위해선 대명천자大明天子의 위용을 빌어야 했다. 그러나 고려의 항몽과 조선의 존명을 갑자기 민족사, 혹은 민족성의 굴절로 볼 일은 아니다. 적어도 소화국인小華國人의 안목에서 원은 어디까지나 북쪽 오랑캐 족이요, 명이야말로 한실의 정통왕조인 것이다. 여기에 문화의 정통회복이 가능했고, 그러므로 존주대의의 법도에 따른 군자국의 예도로서의 이소사대以小事大다. 요컨대 정확한 나의 인식으로부터 비롯한 상대의 인정이니, 동등한 문화주체로서의 인식이요, 그자체가 바로 자존이었다. 따라서 명에 대한 사대는 적어도 선민의 의식으론 사대가 아닌 모화慕華였다. 이는 같은 조선이 후기에 명나라를 멸하고 대륙의 신주체로 등장한 청나라에 대한 배청排淸, 나아가 북벌론이 대두하였음에서도 증명된다. 선진 문화에 대한 문화국민으로서의 우러름, 그리고 끊임없는 탐구와 끝내 동격이고자 한 열정, 바로 그것이었다. 이 역시 문제아님은 아니었으니, 예컨대 정치 및 사회의 제도는 차치하고, 시문에서 조차 역사체험의 이질성, 풍토에 따른 기질지성의 차이, 어성에 조응할 성률 등등 전통 문화와 정서의 차별성을 망각한 추종이 내용에서는 재도, 관도로 일관했는가 하면, 수사 역시 중국 의 고실故實, 혹은 환골탈태만을 능사로 여겨왔다. 그러나 일부 의식 있고 비판적인 문사들에 의해 정통한문학에 대한 회의와 반성이 제기되어 문예의 개성미와 이후 민족문학론이 주창되었다. 특히 임·병란 이후부터 일기 시작한 자아실현의 추구는 실학의식의 팽배와 함께 중국 중심의 천하관16, 화이관17의

---

16 이익,『星湖.說』上·.2,「天地門」참조
17 홍대용,『堪軒集』上·內集, 4,「毉山問答」참조

부정, 나아가 주체사관을 위시한 新華夷論의 대두로 존아적尊我的 의식개혁이 폭넓게 확산되어 갔다. 무엇보다도 임·병란 중의 의병 승군의 활약이야말로 야만족으로부터 문화전통과 민족의 수호라는 자존적 의지를 극명하게 드러낸 문화전쟁[華(조선) : 夷(日·胡)]에 다름 아니다. 문제는 역사 현상에 드러난 위정자의 통치논리, 혹은 기득권자들의 보수 논리가 역사의 전부일 수 없으며, 설령 강적의 위함 하에서 위정의 방편 상 불가피했던 시대 속에서도 항쟁의 민족혼이 살아 있는 한 그것은 시대가 아니다. 아울러 한문화에 대한 모화는 워낙 문화 애호적이자, 그들과 동격으로 향유해 온 민족의 우월성, 이른바 긍정적 문화주의로 이제는 의식의 눈돌림이 있어야 할 때이다. 여기에 우리 민족사와 민족성의 긍정적 모색의 가능성이 있다 할 것이다.

Ⅲ. 自尊, 또는 主體의 노래

1. 왜 天帝의 후예인가

우리 민족은 천제 환인桓因의 후예이다. 시조신 단군은 천손이자 신화의 주인공이다. 신화를 통해 우리는 "원시인의 심리와 민족적 사고 방식의 원형을 찾을 수 있고, 고대의 사회적 구조와 문화권의 접촉 및 그 유관성을 찾을 수 있으며, 한 민족의 역사적 풍토와 민족문화의 성격 내지 이념의 원형과 방향을 추출할 수 있다."[18] 물론 우리의 「단군신화」는 13세기 후반에야 편찬된 승일연의 『삼국유사』에 기록되었

---

[18] 조지훈, 〈東邦開國說話.〉 참조(이은봉 엮음, 《단군신화연구》, 《온누리국학총 서 3》

으니 원형 그대로이기보다는 다소 윤색되었겠지만, 신화구조의 합리성은 차치하고[19] 시화詩化된 작품을 통해 민족의식의 원형을 탐색하므로 내재한 자존, 또는 주체성을 검증하고자 한다.

<pre>
聞說鴻荒日   들었다오, 아득한 그 옛날
擅君降樹邊   단군께서 배달나무 갓에 강림히셨다고.
位臨東國土   동국에 다다라 위에 오르시니
時在帝堯天。   요임금과 같은 때였조.
  …下 略…   …하 략…
</pre>

〈東國史略 · 檀君朝鮮〉

　화왕 때 명니리 태조의 「단군」이라는 시제에 응한 권근의 응제시로 『동국사략』「단군조선」조에 전해 있다.[20] 전체는 신화의 문면과 대동소이하되, 특히 주목 할 바는 '鴻荒日 · 堯帝天'에 있다. 이는 태백산 신단수 갓에 하강한 시조신을 '나랏 사람들이 국왕으로 옹립國人立爲君한 때가 擅君與堯竝立'임을 시화한 것이다. 그러므로 '아득한 그 옛날이요, 따라서 민족사 시원마저 동등한 천자국에, 유구한 역사 민족임을 저들 대명 천자의 응제시로 답했음은 오롯한 민족적 자긍을 대변한 것임에 분명하다.

---

19 최남선은 〈植君古記塞釋〉에서 〈단군신화〉의 구성 요소를 낱낱이 검토하 며, 그 합리 타당성을 증석해 보이고 있다. (위와 같음)

20 "東方初無君長(只有九種夷) 有神人降于太白山(在今寧邊府卽妙香山) 檀木下, 國人立爲君(唐堯二十五年戊辰), 國號朝鮮(在東表日出之地 故曰朝鮮. 索隱曰以 有山水故名) 都平壤 移白岳, 後入阿斯月山, 爲臣, 是爲擅君(名王儉, 古記云擅君與堯拉立…然權近應製詩曰…)" 참조

有聖生東海　　성인이 동해에 나셨으니
于時竝放勳　　때는 요임금과 나란하셨네.
扶桑寶白日　　부상엔 찬란한 태양이요
擅木上靑雲　　박달나무엔 푸른 구름 두둥실.
天地侯初建　　천지에 임금 처음 서시니
山河氣不分　　산하엔 기후 분명치 않은 때,
戊辰千歲壽　　무진 천 년 장수를
吾欲默吾君　　나는 내 임금께 빌고 지고.

〈旬五志·檀君廟〉

정두경鄭斗卿이 단군 사당에서 읊은 「단군의 사당」이다. '放勳'은 요임금의 추존호이니 기련은 '성군의 강림'과 '민족사의 유구함'으로 시상을 펼치고, 함련에선 찬란한 '白日' '떠도는 靑雲'으로 희망찬 광명과 싱그런 이상 등 민족적 가능성으로, 다시 경련은 '민족사의 심원함'으로 대구하고는 '천세의 수복을 임금께 바치리라.'는 송축으로 결사했다. '무진'은 단군이 군왕으로 추대된 해니 '唐堯二十五年戊辰'이 그것이요, 이는 홍유손의[21]

先生擅帝戊辰歲　　단군황제의 무진년보다 먼저 태어나
眼及箕主號馬韓。　　기자임금 마한에 봉함도 보았지.

라는 남효온과의 일화에 의한 비기류적秘記類的 주체성 확보와도 무관하지 않다. 다음은 홍만종이 선인의 작이라고 소개한 「단군의 사당에서」

---

21 김갑기 외, 『한국한문학사』, p.280 참조, 반도출판사, 1991

라는 시다.

聞說鴻荒日	들었다오, 아득한 그 옛날
神人降樹邊	신인께서 신단수 갓에 강림하셨다고.
民推作君長	백성들 그를 추대해 군왕을 삼으시니
國號是朝鮮	나라 이름은 조선.
平壤千餘載	평양에 도읍해 천여년
唐藏百有年	당장경에선 백여 년.
一歸阿達隱	아사달 산에 들어 숨으시니
非佛亦非仙。	부처도 아니요, 신선도 아니셨다오.

〈旬五志〉

이 역시 신화의 문면과 유사하되 '부처도 신선도 아니셨다.非佛亦非仙' 하므로 조지훈이 앞의 글에서 언급한 바 "신화는 신의 세계를 풀이한 것이지만, 그 신은 실상 인간의 영웅을 신화화한 것이므로 신화는 곧 원시인의 지식과 꿈(이상)의 반영"이랬듯이 인격화한 점은 특이하다 하겠다.

이상 단군신화의 시화에 나타난 민족심리 및 사고방식, 이른바 시적 화소는 '천제의 후예'라는 민족의 신성성과, '당요唐堯와 동시대'라는 민족사 연원의 장구함으로 요약된다. 이는 중국과 주종의 관계가 아닌 동등성, 예컨대 같은 천손이자, 문화 소원溯源에 대한 자부와 긍지를 노래하고 있다.

고구려 시조 주몽東明王의 건국신화를 시화한 이규보와 「동명왕편」 역시 작자가 그 「병서」에서 밝힌 대로 "널리 유포되어 시정인이 두루 알 뿐만 아니라, 환귀지사幻鬼之事가 아닌 신성한 사실이요, 건국의 신출귀몰한 자취[神迹]를 후세에 기록 보존해야 할 사명감과 함께, 더더욱 '우리나라가 본디 성인의 나라임을 천하에 널리 알리고자함'22이랬다. '성인'은 이를 바 없이 천제의 아들 해모수와 여[여인·생식]신 하백의 딸 유화柳花 사이에서 난 주몽이요^ 그러므로 우리는 천손의 후예다. 더욱 그 연원은 한나라 신작神雀 4년 4월이랬다.23 여기서 우리는 작자 이규보의 민족사관과 민족의식을 확연히 인지할 수 있다. 요컨대 민족사 연원을 밝힌 건국신화를 한낱 괴력난신怪力亂神, 혹은 환귀지사幻鬼之事가 아닌, 신성한 사실로 인식하므로 민족 국기의 심원함과 그 본원이 성자신손聖子神孫임을 확신하는 민족자존 의식이 그것이요, 나아가 후세 만대에 전하고자 하는 투철한 정명의식, 혹은 춘추필법의 발로임이 분명하다. 지면상 그 대강만을 인용하면 다음과 같다.

漢神雀三年	한나라 신작 3년
孟夏斗立巳	초여름 北斗가 巳方을 가리킬 때.
海東解慕淑	해동에 납산 해모수는
眞是天之子	진실로 하늘의 아드님.
… 中 略 …	… 중 략 …
城北有靑河	성 북쪽에 압록강이 있으니
河伯三女美。	하백의 세 딸이 아름다웠다.

〈東國李相國集·3, 東明王篇〉

---

22 『東國李相國集』.三, 古律詩,「東明王篇拉序」"…是用作詩以記之 欲使夫天下 知我國 體聖人之都耳" 참조

23 위와 같은 책. 三,古律詩,「東明王篇」注, "王(金蛙)知天帝子妃 以別官置之,其女懷中 日照因以有 神雀四年癸亥 夏四月 味夢生…" 참조

　민족의 연원과 성손의 내력을 밝히기 위해 父·母系를 시화했으니, 이하 해모수와 하백의 신이담 및 유화와의 사연은 두루 신화의 문면에 의뢰한다.

王知慕嫩妃	왕이 해모수의 비임을 알고
仍以別宮置	이에 별궁에 두었다.
懷日生朱蒙	해를 품고 주몽을 낳으니
是歲歲在癸。	때는 계해 년.
…中 略…	…중　략…
秉策指彼蒼	채찍을 들고 창공을 가리키며
慨然策發喟	개연히 소리쳐 탄식하기를
天孫河伯甥	천제의 손이요, 하백의 외손이
避難至於此	난을 피하여 예 이르렀도다.
哀哀孤子心	처량하고 외로운 이 심정을
天地其忍棄	천지 신명은 차마 모른 체 하료.
操弓打河水	활을 잡아 하수를 치니
魚鼇騈首尾	어별이 머리와 꼬리를 이어
吃然成橋梯	높은 다리를 놓아 주셨다.
…中 略…	…중　략…
雙鳩含麥飛	한 쌍의 비둘기 보리를 물고 나르니
來作神母使	신모의 시자가 되어 왔구나.
…中 略…	…중　략…
在位十九年	재위 19년에
升天不下莅	하늘에 오르고 내려 오지 않았다.
俶儻有奇節	뜻이 크고 기이한 절도 있으니

元子曰類利	원자의 이름은 유리였다.
得劍繼父位	칼을 얻어 부왕의 위를 이었고
塞盆止人詈。	동이 구멍 막아 남의 꾸지람 면했다.

〈仝上〉

신이한 출생, 천우신조에 의한 건국, 비범한 신술로 나라의 기틀을 다지기 19년. 도합 40년 길지 않은 생애의 파노라마와 후계 계승까지의 편린이다. 작품 전체로는 본사本詞에 해당하는 장엄한 일대 영웅 서사시니, 이 일장에 우리 문화의 성격, 이념의 원형이 내재해 있다. 그 스케일의 웅위함은 곧 우리 민족사 그것이자, 이상의 푯대였다.

神哉又神哉	신이하고 또 신이하여라
萬世之所韙	만세의 아름다움이로세.
因思草創君	인하여 생각컨대 창업의 군주가
非聖卽何以。	성자신손이 아니면 어찌 이루랴.

〈仝上〉

3부의 결사이니 작가의 소견이다. 그는 "천성이 질박하여 기궤한 것을 좋아하지 않아 동명왕의 일도 환귀지사로 의심하였다."하고 "탐독 중에 변화난측한 직필임을 알았다."[24]며, 이어 한 고조와 광무제의 '신이지사'를 들어 동류로 맺음하였다.[25]

---

24 위의 책, 東明王篇. "…我性本質朴 性不喜奇,初看東明事 疑幻又疑鬼.徐徐漸相涉 變化難擬議, 況是直筆史 一字無虛子…" 참조

25 위의 책, '東明王篇. "…劉媼息大澤 遇神於夢寐, 雷電塞晦暝 蛟龍怪愧, 因之 卽有振 乃生聖劉季, 是惟赤帝子 其興多殊祚,世祖始生時 滿室光炳위煒, 自應赤 伏符 婦除黃 巾爲…" 참조

朱蒙駕馭欲朝眞	주몽께서 옥황께 조회드릴 때 쓰려고
嶺半金塘養玉麟	금당 기슭에서 기린마를 길렀다네.
忍墮寶鞭終不返	어느날 채찍만 보내고 돌아 아니 오시니
梯宮誰後上秋旻。	가을날 구제궁에 다시 뉘 오르리.

〈金克己 · 麒麟窟〉

朝眞不復下三天	옥황께 조회가 돌아오지 않고
一朶靈岩尙宛照	신령한 바위 하나 전설처럼 남았네.
收拾玉鞭藏底處	징표의 채찍은 어디에 묻었는가
北峰高柱白雲邊。	아스란 북쪽 봉우리 흰 구름 갓인가.

〈金克己 · 朝天石二首, 2〉

김극기의 「기린굴」과 「조천석 2수」중 그 2다.[26] 동명왕이 옥황께 조회 때 쓰자고 기린을 길렀다는 기란굴 전설과, 이후 조천석에서 승천하고는 채찍만 징표로 보낸 후 돌아오자 않아 슬퍼하는 민족정서와 함께, 천제의 후손으로서의 긍지를 상징처럼 모신 왕릉의 내력율 시화했다. 이 역시 민족의 발원지이자, 정치 경게 문화의 중심지였던 고조선의 평양을 배경으로 한 고구려 시조 동명왕의 신화를 통해 민족의 자존과 주체성을 전달하고자 하는 작가의 전달심상을 쉽게 읽을 수 있다.[27]

弧矢橫行十九年	활로 천하를 얻어 열아홉 해,
麟麟寶馬去朝天	보배론 기린마 타고 승천하셨다네.

---

26 그 1은 "麒麟一駕上朝天 空使人間涕泫然 唯有靈岩三四角 潮生潮落碧江邊"과 같다.

27 김갑기 ; 『한국문학개론』 새문사, pp.249~250

千秋覇氣涼于水　천년 패왕의 기개 물길에 자 물린듯

幕裡消沈白玉鞭。채찍은 능 속에서 사위었을까.

〈유득공·二十一都懷古詩〉

　　유득공의 「이십일도회고시」 중 고구려조다. 기구의 '橫行十九年'은 개국시조로서의 치적 19년이니, '弧矢'와 짝하므로 영웅적 의미는 배가된다. 이른바 '弧矢 하나로 천하를 얻었다'는, 그러므로 '주몽'의 시용어의時用語意와 '騰行十九年'의 주체 동명왕까지를 함의含意함이다.

　　승구 역시 신화적 화소로 부연 발전되었다. 전·결구는 기·승구와 상응하되, '涼' 1자가 상정심상이 아니라, '이제도 대동강 치렁한 물길에 천고의 전설처럼 전해 오고'와, '왕릉 속엔 신이의 상징적 자취로 남아 있겠지'라는 심중한 읊조림으로 이해할 때 '시조신의 신성화'는 물론, '민존 자촌'의 부각이라는 퍼소나의 메세지는 바로 인지된다.

昔日夫餘挾彈兒　　그 옛날 부여에서 활 쏘던 아이

東明王子號琉璃　　동명왕의 아드님 유리이시다.

數聲黃鳥啼深樹　　두어 마디 울창한 숲에서 우짖는 꾀꼴새

猶似禾姬罵雉姬。　정녕 화희님이 치희 꾸짖고 계신 듯.

〈유득공·二十一都懷古詩, 黃鳥歌〉

　　유리왕의 생장과 등극, 그리고 「황조가」설화28 등을 시화한 작품으로 유득공의 윗시의 연작이다.

　　「황조가」의 정서는 서정인가 서사인가? 배경설화의 화희와 치희는

---

28 『三國史記』 "…後王田於箕山 七日不返. 二女爭鬪, 禾姬罵雉姬曰, 汝漢家婢妾 何無禮之甚乎. 雉姬慙恨亡歸…" 〈고구려본기, 유리왕조〉

한韓·한족漢族이라는 두 모집단母集團의 상징적 존재인가?

유득공의 작의作意는 풍자인가, 민족 주체성 앙양이라는 역사인식인가? 낙론洛論의 인물성동론자人物性同論者로서의 유득공, 물성物性의 외양은 물론, 내성內性의 기미조차 놓치지 않으려는 그가 더욱 역사 회고의 장에서 유리왕의 국내성 이후의 치적, 특히 한나라 현토玄菟 일부까지 영토를 확장한 사실史實을 고증하지 못했을 리 없고, 자못 춘추의 필법으로 한족을 쳐 이긴 득의의 심상을 만만히 노래하므로 민족의 우월성과 주체성을 드날리려는데 그 작의가 있었다. 그러므로 모계 집단의 상징으로서와 화희[韓族]가 치희[漢族]를 갈등 끝에 물리친 승리담의 시화요, 따라서 「황조가」 역시 "피식은 젊은이의 슬픔에 젖어 낙망과 쓰라림에 스스로 부르짖는 실연의 노래"[29]가 아닌 민요풍의 민족 서사시로 볼 일이다.[30]

한편 동명왕의 구제궁으로 기린굴 위에 있다는 영명사에서 "지난일 아득하다 물을 데 없으니, 엷은 내 비낀 석양 더욱 시름일레.往事微茫 問無處 淡然斜日使人愁"〈三韓詩龜鑑·下, 李混, 西京永明寺〉라는 신이적 화소의 시화인 "인마는 가고 오지 않는데, 천손은 어디서 노니시는가.麟馬去不返 天孫何處遊"〈목은시고·2, 浮碧樓〉라는 이색의 「부벽루」 회고는 "성 위엔 조각달 비추고, 바윗돌 해묵어 천년이로세.城空一片月 石老雲千秋"라는 함련의 대구와 짝하여 절창으로 회자된다. 이처럼 고려인들의 고구려는 잃어버린 고향에의 향수, 민족 발원지에 대한 숭고성, 영원한 이상의 터였기에 단순한 회고 상정일 수 없었다.

이 밖에도 혁거세 김알지 탈해 수로 등 남방계 시조신화가 있으나,

---

29 김태준, 『朝鮮漢文學史』上代篇 第一章, 古代文學의 鑑賞, pp.15~16 참조

30 「황조가」를 서정시로 본 견해는 김태준, 양주동을 필두로 학계의 정설인 듯하다. 그러나 이명선, 이가원을 위시해 송준호도 앞 논문의 논지 상 민족서사시로 보고 있다.

본고의 필요상 생략한다. 요컨대 천제의 후예로서의 신화구조는 민족의 스케일, 민족 기상의 장엄·장중성, 이상의 상승 등 구조적 본질이기도 하지만, 일면 천자국운운하는 중국과의 종족상 동류, 문화적 동질, 아른바 민족자존과 주체의식의 일단으로 인식할 수 있다.

2. 文藝의 同格, 혹은 優越性

민족 문화의 질에 따라 그 민족의 화이華夷가 가름된다면 문예의 수준은 얼마만큼의 비중을 갖는가. 전부일 수야 없겠지만 꽤는 든든한 가늠자일 터이다. 물론 그 향유의 폭이 소수 식자층이라거나, 혹은 중국 문자에 저들의 형식, 그리고 전고典故와 도습 일색이라 하겠지만, 저들도 문예담당 층의 한계는 있었고, 보편문화 양식으로 공유했을 뿐, 피아라는 문화적 이질을 느끼지 않았으며, 더구나 거기에 담긴 내용은 우리의 정서와 역사체험이었다. 요컨대 동질의 문화를 함께 향유함, 그 자체가 존화尊華이지 사대事大가 아니며, 모화란 선진문화에 대한 인정과 동격에로의 의지 표출이다. 더욱 그 수준이 동격, 혹은 우월했다는 자타의 인정은 문화민족으로서의 자긍이 아닐 수 없다. 돌이켜 보건대 우리 민족은 음주가무의 풍류 속에 남달리 문예를 애호하고 즐겼는가 하면 남 못지않게 우수했다. 예컨대 송나라 한림 양구楊球와 이혁李革으로부터 왕우군王右軍의 진적으로 착각케 한 김생金生의 글씨,31 황룡사 노송도老松圖의 솔거率居와 동양 3대 미술품인 법륭사 금당벽화의 주인공 담징의 그림을 비롯해, 한자의 동점이래 한

---

31 『筆苑雜記』나, "宋崇寧中 高麗學士洪壞入宋 翰林待詔楊球李革奉帝勅圖族 难 以金生行草一卷示之 二駭曰不圖今日得見右軍眞跡. 难曰 此乃新羅金生書也, 二笑曰, 天下除右軍 焉有妙筆如此哉…" 참조

시문으로 저들의 고장에서 저들을 울린 문장화국의 삼가三家[32]는 물론, 박인량은 문장력으로 요 임금의 야망을 꺾었는가 하면, 송나라의 사신 길에선 그 문명文名을 드날려 동행하던 김근金覲의 시문과 아울러 『소화집小華集』을 저들이 간행해 간직했다 한다.

한편 "마음속 아로새겨 일가를 이루니, 한유와 두보를 넘날수야.彫刻心肝作一家 於韓於杜可堪過"라고 호기를 부린 이규보 역시 한유·두보의 경지를 넘나지는 못할지언정 '비견할 수야 왜 없겠느냐'로 읽어야 자신의 문집에 굳이 '東國' 2자를 넣은, 그러므로 중국 시문에 맞서리라던 그의 자부심을 바로 음상할 수 있다. 뿐만 아니라, 그는 그 어떤 고인도 해내지 못한 300운 시를 풍장진마風檣陣馬라도 따르지 못할 주필走筆로 엮어내는 동방의 시호詩豪였다.[33] 장편거시의 압권은 임숙영任叔英의 700운 시니 이안눌의 답시로 가늠하기로 한다.

萬歷皇明己未初	명나라 만력 기미 초에
任公七百韻吾投	임공이 칠백 운 시를 보내왔다
自從唐韓未曾觀	당·한 이래로 일찍이 보지 못한 일
縱有杜韓那可酬	비록 두보 한유가 있다한들 어찌 화답하랴.
奧理包義卦外括	오묘한 이치는 포희씨의 팔괘 밖에서 끌어 왔고
秘文倉詰字前搜	신비한 글은 창힐의 문자 이전서 간골랐도다.

---

32 『東人詩話』, 上 ,崔文昌侯致遠入唐登第 以文章著名,題潤州慈和寺詩有畫角聲 中朝暮浪 青山影裏古今人之句, 後鶴林賈客 入唐購詩 有以此句 書示者, 朴士 仁範 題徑州龍朔寺詩…, 补參政寅亮.州龜山寺詩有… 之句 方輿勝覽 皆載 載之. 吾東人之以詩鳴於中國 自三君子始.. 文章之足以華國如此 및 唐顧雲이최치원을 보내는 시에 "十二乘船度海來 文章感動中華國" 등 참조

33 『동인시화·上』: "…吳(世文)以所著三百二韻詩 索知, 文順援筆步韻 韻愈强而 思愈健, 活汗奔放 雖風檣陣馬 未易擬其速, 東方詩豪 一人而已. 古人詩集中 無 律詩三白韻者, 雖歲锻月練 尙不得成, 況一瞥之間 操紙立成乎" 참조

是年太旱焦山岳　　이 한해 크게 가물어 산악이 타들더니
定是天驚地亦愁。　이는 하늘이 놀라고 땅이 시름함이렸다.

〈終南難·15話〉

한·당 이래 누구도, 설령 두보나 한퇴지가 다시 살아온대도 화답치 못할 오묘하고 신비한 이치와 글은 포희씨와 창힐씨의 팔패와 문자 밖에서 간골랐기에 그 광박한 氣에 천지가 함께 놀라고 시름한다[34]했다. 노두老杜의 대수大手로도 100운에 그쳤다 하므로 두보와 한유를 압도했다.

한편, 정두경은 '옛 시인 중 누구와 맞수이겠느냐'는 김득신의 물음에 이·두는 벅차겠지만 고적高適이나 잠삼岑參쯤이야 동격이 아니겠냐'고 자부했다. 이에 김득신은 그의 「청심루淸心樓」 1절에서

送客高樓秋夜蘭　벗을 보낸 높은 다락 가을밤도 으슥한데,
一雙白鷺在前氣　한 쌍의 백조가 앞 여울에 노니누나.
酒酣起望蒼蒼色　거나히 취해 일어나 먼 하늘 우러르니
月落江淸霜露寒。맑은 물 휘영청 달빛이요 서릿발 더욱 차구나.

〈위의 책·24話〉

를 예시하며 음운과 조격이 뛰어나고, 맑고 시원함이 자못 이백을 불러일으킬 듯해 "가히 고적이나 잠삼의 윗길可出高岑之上"이라 했다.[35] 실

---

34 『終南業志』;"五言排律 始見於初唐,而杜子美爲一百韻. 麗朝李相國查報爲三百韻, 至我朝疎庵任叔英爲七百韻 寄東岳李安酌,其詩廣博奇僻 眞千載杰作也, 雖以老杜大手 尙止百韻. 後世詩人亦無如叉大作也. 而疎庵始創之.後世詩人亦無如此ㅊ作也, 而鵬始創之, 可見其困廩之富也 東岳以一律答之曰……此盖欲以小敵大也" 참조

로 이백의 호방과 소식의 적벽 선취仙趣가 아울은 당음唐音이 분명하다. 그러니 '李杜則不敢當'은 정작 겸사인 줄 알겠고, 더욱 성당의 시격이니 고·잠 이하는 아예 폄하하는 오롯함, 그 자존과 긍지가 거기에 있다. 서거정 역시 인빈의 「가을 밤秋夜」 시

草堂秋七月　　칠월이라, 초당에 가을이 드니
桐雨夜三更　　오동 잎에 흐듣는 삼경의 빗소리
欹枕客無寐　　목침에 의지한 나그네 잠 못이루고
隔窓蟲有聲。　창밖의 벌레소리에 더불어 지샌다.

를 이백의 "어디서 가을 소리 듣는고, 북창의 댓잎 갈리는 소리"와 소식의 "높은 바위 가을 햇살 따갑고, 깊은 골짝 쓸쓸한 바람"과 대비하며, 그 맑고 새롭고 우아함이 전혀 뒤지지 않는다.36 고 그 동격을 밝혔는가 하면, 허균은 권필의 「석주소고서」에서 "그 독특한 조화와 오묘한 솜씨에 대해 논하자면, 맑은 것은 우승(王維)과 같고, 깊은 맛은 유주(柳宗元)와 비교되고, 완순하면서도 맛나기는 간재(진여의)와 같다"37했음도 문예의 동격, 혹은 그 우월성을 논위한 줄 알겠다.

　　한편, 명나라 사신 허영양許穎陽이 이색의 「浮碧樓」 시를 보고 '你 國亦有此作耶'38아 하며 놀랐다거나, 세조 때의 한림 진감陳鑑의

---

35 『終南叢誌』 ; "余嘗問於東溪君平曰, 子之詩於古人 可方何人. 君平笑曰,李杜則不敢當 至於高岑輩 或可比肩. 其淸心樓一絶 … 위의 시(생략) …, 韻格高絶淸爽 若喚起太白, 以余!觀之 可出高岑之上" 참조.

36 『東人詩話·下』 ; "太白 潯陽感秋詩 何處聞秋聲 蕭蕭北窓竹, 東坡瀨玉亭詩 高嵓下赤日 深谷來悲風 能寫卽境語. 印學士邠 秋夜詩 … 윗시 생략 … 其淸新雅絶I 不讓二老" 참조.

37 「석주소고서」 ; " …若論汝章之獨造玄鮮 則淸右丞若也 旨柳州若也, 婉而有味 簡齋若也…" 참조.

「연화도畫蓮」 시에 화운한 종사관 이승소의 시와, 그의 「맑게 개다喜晴賦」에 차운한 김수온의 작품을 보고 "동방의 문사와 중국 문사는 다름이 없다東方 與中華無異矣'39 하고, 특히 고양겸顧養謙이 요동 행성에 올려지는 최립의 교린서를 보고 '이런 글은 중국에 비해 다름이 없다.是文雖中國 亦無異矣"40 라며 "동방엔 진실로 글하는 선비가 많다.東方信多文章士"라 한 등등의 시화류, 혹은 교린사 상 상호 인정은 매거할 나위 없다.

이 같은 문예의 동격, 혹은 그 우월성은 그 자체가 동질의 문화를 공유한 문화주의적 자존 그것에 다름 아니다.

3. 脫傳統, 民族文學論

일찍이 고려조 이규보는 '시에는 9가지 마땅치 못한 체가 있다詩有九不宜體'41며, '용사의 부정載鬼盈車體', 고인의 의경意境을 따르기보다拙盜易擒體 자출기저自出機杼에 의한 '참신한 시적 형상화莨莠滿田體' 등 요컨대 신의론新意論에 입각한 시론을 제시했는가 하면, 최자崔滋 역시 이인로와는 달리 '용사무용론'을 피력한 바 있다.42 물론 무신란 이후 몰락한 전기 귀족문벌 문학을 대신한 새로운 문예 담당층으로서의 이규보·김극기 등 신진사류는 전기와 달리 신화, 혹은 역사적 소재의 시화詩化, 또는 인간 삶의 현장을 사실적으로 묘사해냈으나, 이후 성리학의 도입이래 조선조를 일관한 문예사조는 주자주의적 도덕문학이었다.

---

38 『성수시화』; "李文靖 昨過永明寺之作 不雕飾不探索 偶然而合於宮商,詠之神逸, 許穎暢見之日,…" 참조

39 『용재총화』; 제19화 참조.

40 『어우야담』; 제42화 참조.

41 『백운소설』; 제25화 참조.

42 『보한집』下 ; "…大抵用事之聯 罕有新意 唯假借爲用 如肯新意然失實…" 참 조.

이른바 재도載道·관도지기貫道之器, 혹은 도야성정陶冶附靑, 나아가 교린적 사장詞章이란 효용론적 목적문학이자, 중국적 형식미와 전고, 도습에 따른 천편일율적 수사 등 화미華靡를 면치 못했다. 그러던 중 임·병란을 전후한 목릉성세 후 점차 식자층에서 육경六經만이 경이 아니며, 주자주의가 유일사상일 수 없고, 특히 체험의 집적물인 문학과 특성상 성性에 못지않게 정情의 중요성을 인식하는 등 정통문학에 대한 회의와 반동이 일기 시작했다. 예컨대 전통 성리학이 아닌 도가적 취향의 유몽인이 『어우야담』을 통해 인위적, 도식적 형식미보다 내용의 진실성·사실성을 강조한 것이나, 탁월한 재학으로 조용한 의식의 개혁을 불러온 실증적 저술가 이수광이 『지봉유설』에서 천주학적 실용의식은 물론, 정통시학의 용사위주의 수사학적 병폐를 표절로 매도하며 '자연스런 문장' '기골氣骨의 중시' '용사무용론'을 피력하고 있음도 그 조짐의 일단이다.

그러나 이 시대를 대표할 개량주의자이자, 혁신적 비평가는 허균이었다. 그도 문은 재도지기라 했지만, 그의 도는 성리학만이 아닌 황제皇帝·노자老子·제자백가의 설諸子百家之說 일체를 도라하므로 주자학적 편협성, 제도·인륜·문학관, 이른바 성리학적 명분으로 합리화관 가치 일체로부터 일탈하고자 했다. 그러므로 고려 이후 주리적 송시 일변의 문풍은 물론, 주정主情의 당시唐詩도 어디까지나 개성을 중시하는 연정문학緣情文學, 곧 정통시학의 성정性情에서 성보다 정의 가치를 높이 인정하고 있다. 예컨대 그의 「파직되었다기에聞罷官作」의

禮敎寧拘放　　예교가 어찌 자유를 구속하랴
浮沈只任情　　희노애락은 다만 정에 맡길 일.
君須用君法　　그대는 모름지기 그대 식으로 살고

吾自達吾生。　나는 스스로 내 삶에 충실할 뿐.

은 정통 성정론에 대한 정면 부정이다. 뿐만 아니라『학산초담』에서는 소蘇(軾)황黃(정견)만을 답습하는 조선 시학의 병리현상을 개탄했는가 하면「손곡에게與李孫谷」에서는 당시, 혹은 고시만을 고집하는 이달을 '변화를 모르는 독선자'라 하고, 고시가 비록 옛스럽기는 하나 '본받음' 자체는 '임서'에 불과한 옥하가옥屋下架屋일 뿐, "나는 나의 시가 당시나 송시와 비슷하다고 평가될까 두렵다. 오직 사람들이 '허균의 시'라고 평해 주길 바란다."43 함도 그 좋은 예다. 김득신 역시 "시는 천기에서 얻어 스스로 조화의 공을 운용한 것을 으뜸으로 친다."〈종남총지終南叢志〉며 묘오妙悟의 세계를 중시하고 있음도 주목할 일이다.

한편 조선 전기 문장 사가四家의 일인자인 이식李植과 장유張維 역시 고문의 규범을 일탈하지는 않았지만, 이식의 경우「작문모범」에서 무절제한 의고擬古를 부정하며, 단순한 재도가 아닌 예술적 문예미를 훈고했는가 하면, 장유 역시 사상적으로는 양명학을, 재도론보다는 천기론적 문예마를 주장하며, 문학의 독자성과 순수성을 옹호했다. 한편 김창협金昌協은 전고·도습에 의한 학당學唐을 목우니소木偶泥塑44로 통매하고, 김창흡金昌翕은 선조 이후의 몰개성적 천편일율성을 개탄하므로45 단순한 회의에서 탈정통적 민족문학에로의 전환이라는 반동적 진화를 맞게 된다. 이들 형제가 홍세태洪世泰를 위시한 중인들과 어울린 낙송시사洛誦詩社 이후 일기시작 한 열정적인 위항문학의 발달도

---

43 『性所覆組萬』21, 文部, 18,尺腹下 :「與李蔬谷」 참조.

44 『農岩集』 ; "詩固學唐 亦不必似唐…强而欲似之 則亦木偶泥塑之貌ㅅ而已形像雖傲然, 其天者 固不在也 又何足貴哉" 참조.

45 『三淵集』23 ; "我東爲詩…獨其詳於忌諱紐仍襲 寅爲三百年病弊,蓋合而論之 百家一格 卽一夫之作. 而境事雷同 情致混併,又千篇一律 無可諫別…" 참조.

그 일단이거니와, 신유한申維翰에 이어저서는 "대저 중국 것을 빌어서 지은 것은 꿈 같고 요술 같아서 하루아침에 없어질 것"〈杜機詩選序〉이라 했다. 더구나 실학의 중조 이익李瀷의 문학관 역시 중국 중심의 정통한한문학적 풍토에서 벗어나 우리의 전통에 기반할 것을 전제로 창조성·현실성·회화성을 강조했다. 이러한 그의 시문학 경향은 우라 역사에 대한 많은 회고시, 특히 그의 199수에 이르는 악부 『海東樂府』에 잘 나타나 있다. 뿐만 아니라 우리 역사를 고증해 노래한 영사악부시 에서 그 소재는 물론 주제에 이르기까지 민족주체의식을 고무함은 물론, 현실사회에 주목하여서는 이기와 당리에만 몰두한 집권자를 신랄히 비판하며, 참다운 선비의 사명감을 일깨우고 있다.

이용휴 역시 정통시학을 '일관지취一管之吹'에 불과하다 하고, 이는 "때까치가 종일 지저귀어도 제 목소리가 없는 것과 같다."고 비유하며, 천기가 흘러난 시, 현실을 떠나지 않은 사실적 시가 참다운 시라 했다.

唐不爲高漢不深　　한당이 높고 깊은들 부러울 게 없나니,
自家性情自家吟　　나의 성정을 내 나름으로 읊조릴 뿐.
迷時步武皆成梗　　남의 것 한눈팔다 내 갈길 망치나니
悟後泥沙盡是金。　알고 보면 하찮은 내 것이 진정 보배라네.

〈惠寰集. 詩抄, 聞幼選談詩老人動觀腦之喜作比示之〉

위의 시는 그의 문학관을 대변한다 하겠으니, '모방이 아닌 천연의 소리', '중국 것이 아닌 우리의 것'이라는 자존과 주체의식이 그것이다. 이 같은 정통 한시문에 대한 회의와 반동, 나아가 민족 문학적 인식은 실학파 문인 박지원과 후사가後四家, 그리고 정약용에 이르러

'조선 풍·조선 시'운동으로 발전되면서 새로운 민족문학론으로 전개
된다.[46]

박지원은 「贈左蘇山人」에서 "문은 필히 양한을, 시인 즉 성당을文
必兩漢 詩則醞" 법받아야 한다는 법고法古의 병폐를 비판했는가 하면, 「녹
천관집서綠天館集序」에서는 '모방의 허망함'을 적실한 비유로 부정했다.
뿐만 아니라 이덕무의 시가 법고치 못한, '오늘날의 시에 불과하다'는
폄하에 "무관은 조선 사람이다. 산천과 기후가 다르고 언어와 가요가
한당漢唐과 다르다. 그럼에도 불구하고 한당을 모방한다면 그 수법이
높을수록 비속하고, 문체가 근사할수록 사연은 진실치 못하다"며 이
어 "말을 문자로 옮기고 민요를 운율에 맞추기만 하면 자연히 문장이
이루어지고, 진기眞機가 발현되므로, 옛 것을 본받거나 남의 것을 빌어
올 것 없이 현재 있는 그대로를 가지고도 무엇이든 표현할 수 있다"하
므로 그 소재가 지금의 무엇이든, 그 형식이 어떤 것이든, 그것이 순
수하고 소박한 채로의 진실 그 자체라면 조선의 시朝鮮之風라 해도 좋다
했다.[47]

이덕무 역시 "남이 웃는다고 따라 웃거나, 성낸다고 따라 성냄을 본
받지 않거늘, 하물며 문필에서 옛사람의 노예가 될까 보냐"며 '천지간
에 미만한 모든 것이 다 시'[48]라 했는가하면,

---

46 일찍이 『西浦漫筆』에 김만중은 중국뿐만 아니라 어느 민족이나 그들 고유의 언어로
節奏한 歌詩文賦는 족히 動天地通鬼神할 수 있다며, 그렇지 못한 우리 의 현실을 '鶴鶴
之人言'이라고 힐난했는가 하면, 鄙俚하다는 초동급부의 홍얼거림도 그 진실함에서는
사대부들의 시부와 同日로 논할 수 없다는 선각자적 범 국민문학론을 제시한 바 있다.
47 『燕巖集』,7, 別集, 「嬰處橋序」 참조.
48 『葵亭集』「炯菴先生詩集序」 참조.

各夢無干共一床	같은 잠자리도 꿈은 제 각각이듯
人非甫白代非唐	사람도 시대도 李·杜와 唐이 아님에랴.
吾詩自信如吾面	내 시는 나 같아야 정녕 나의 시리니
依樣衣冠笑郭。	겉치레만 닮아선 郭郎의 웃음거리일 뿐.

〈靑莊館全書·11,論詩絕句〉

라 했음도 그 좋은 예다. 유득공은 철저한 민족사관에 입각하여 유가의 명분론으로도 도가의 신이론으로도 시정하지 못할 중세 사관을 실증적으로 탐구해 보인 『발해사』를 저술했는가 하면, 「21도회고시」 43 수를 지어 역사 민족의 자긍과 주체성을 밝혔다. 그 역시 "천지 사이는 성상聲象으로 찼다"[49]며, 살아 있는 성과 상에서 시를 찾으라 했다. 박제가 역시 전고 답습 용사는 물론, 법고法古 자체를 부정하며, "자기 소리가 아닌 것은 모두 참된 시가 아니니" 그런 "거짓된 저작은 붓을 도끼삼아 찍어버리라"[50]고 누구보다도 강한 민족문학 의식을 표출했다.

정약용 역시 박지원의 '조선 풍'에 발맞춰 '조선 시'를 선언하므로 실학파 문학의 꽃, 나아가 민족문학 의식의 결실을 맺었다.

老人一快事	늙은이 한 가지 통쾌한 바는
縱筆寫狂詞	붓 닿는 대로 미친 듯 써버리는 것.
競病不必拘	어려운 염이니 운이니 구애치 않고
推敲不必遲	고치고 다듬을 까닭도 없네.
興到卽達意	흥이 나면 곧바로 뜻에 실리고

---

49 『冷齊集』「文書策」 참조.
50 『楚亭集』「明鼻初橋」 참조.

意到卽寫之　　뜻이 되면 내친김에 써버린다.

我是朝鮮人　　나는 본디 조선사람

甘作朝鮮詩。　달게 쓰리, 조선의 시를.

　…中　略…　　　…중　략…

區區格與律　　구차한 격과 율

遠人何得之。　우리가 알 바 뭐랴.

　…下　略…　　　…하　략…

「노인의 한 가지 즐거운 일老人一快事」이랬다. 첫 구를 그대로 제목으로 한 이 시의 "나는 조선 사람, 즐겨 조선식 시를 쓰겠다.我朝鮮人 甘作朝鮮詩"는 '조선시 선언'적 의미를 지녔다. 시이기 전에 정통 한시의 형식적 규범을 부정함이니, 제 2자와 4자는 다른 운자를 쓴다二四不同느니, '제 2자와 6자는 동운을 쓴다.二六通'는 물론, 평측법·압운법 등 중국식 작법에 조선 사람이 구태여 얽매일 것 없이 우리식대로 쓰자는 주체의식을 시의 형식에 담았을 뿐이다. 뿐만 아니라, 시어도 용사도 우리 말,우리 역사에서 찾을 것을 솔선하고 훈고하기에 수고로웠던51 다산이다.

한편 '스스로를 속이지 아니함無自欺'으로부터 문장수련에 임할 것을 훈고한 추사 김정희는 "격조로 성령을 바로 잡아야 부방귀괴浮放鬼怪로부터 면할 수 있다"하고 "어이하여 오늘날의 어리석은 사람들은 당이니 송이니 갈라놓고 닮으려 하는가. 침이 마르게 당시를 추켜세워도 양이 범의 가죽을 무릅씀"52이라 하고, 이어

---

51 『與猶堂全集』, 1집·21권,「奇二兒」

52 『阮堂集』,「論詩」"奈何愚賤子 唐宋分藩籬 哆口崇唐音 羊質冒虎皮" 참조.

李杜若晚先	이백과 두보가 다시 난다해도
亦自易拒規	역사 예대로 쓰지는 않으리라.
寄言善學者	이르노니 바로 배우는 길은
唐宋皆吾師。	당송 시인의 시대정신을 배움이라.

〈阮堂集·論詩〉

라고 결구해 훈고하고 있다.

이상의 논거들은 한결같아 주자주의적 도덕 문학이란 정통 시학에 대한 비판이자, 문화민족으로서의 자존과 주체성을 민족문학론에 대한 자각의 일환으로, 당시에 함께 성행된 위항문학과 더불어 죽지사·연희시·악부·판소리 등의 출현을 보게 되었고, 귀족 한문학과 이후 평민·대중문학과의 교량 역할을 하게 되었다.

Ⅳ. 문제의 정리

민족사에 대한 자부와 민족문화에 대한 긍지는 역사발전의 원동력이다. 특히 미처 드나지 않은 긍정적 사소史素를 찾아 그 보편성과 개별성을 확인, 정리하는 일은 이 시대의 사명이자, 새 역사창조에의 눈뜸이 아닐 수 없다. 이제껏 '열강의 예속사', '사대성'으로 호도된 민족사와 민족성에 대한 납득할만한 해명과 국민 계도는 얼마만큼 성실하게 시행되었던가. 아직도 식민사관, 민족사관 운운하는 현실이 자존과 주체를 망각하고 무국적한 외래문화, 팽배한 물질 만능, 편의적 이기주의 등 아른바 몰지각한 신사대풍조에 쉽게 물들게 한 것은 아닌가!

　본고는 이를 극복하고자 선인들의 작품을 통해 그들의 역사인식과 자존의식을 확인하고, 그러므로 긍정적 민족 심상, 나아가 민족사 주체로서의 오늘의 우리가 지향해야 할 바가 무엇인가를 모색하는 계기로 삼고자 했다.

　그 첫째로 사관의 긍정적 모색을 위해 동양사관의 모태인 춘추사관을 점검하고, 민족사관과의 거리를 가늠했다. 곧 춘추사관이란 한족 중심의 원리사관이자, 그들 민족사관이거니와, 우리 선인 식자층은 한문화 수용과정에서 '비판·정명'이라는 저들의 원리사관은 선비정신으로 잘 승화시켰으나, 민족사 주체는 우리 자신이라는 자각의식의 결여로 사대, 혹은 모화의 빌미를 낳았다. 그러나 이것 역시 근세말 일본이 저들의 식민정책을 합리화하고 민족정기를 말살코자한 정략적 호도였고, 식민사관에 매도된 일부 어용학자에 의해 객관화된 왜곡일 뿐이라 했다.

　둘째, 선진 한문화권의 동남단에 위치한 우리는 그 지정학상 특수성으로 대륙과의 교린은 필연적이었다. 특히나 낙천적 민족성에 예의염치를 중히 여기며, 남달리 문예를 사랑하던 문화민족으로서 존주대의尊周大義의 명분과 선진 문화에 대한 흠모는 동경과 학구의 대상이었다. 돌이켜 보건대 대륙의 당·송·원·명·청으로 교체된 왕조와 반도의 신라·고려·조선조 간의 교린 중 당·송·명은 한 왕실의 정통왕조로 교린과 모화의 대상이었으나, 원·청은 피 끓는 항쟁 끝에 마지못한 위정의 방편 상 칭신했으나 문맹, 야만성에 대한 적개심은 불타고 있었다. 특히 왜적의 침략에 대응한 명의 원병군과 조선의 연합군은 화華(문명) : 이夷(문맹)의 당위론적 승전논리요, 원 이후 실로 오랜만에 한 왕실의 문화정통을 이은 명을 멸한 청에 대한 북벌론은 신화이론적 명분론이었으니 이것이 곧 사대가 아닌 모화적 문화논리인 것이다.

셋째, 자존, 또는 주체를 노래한 작품편에서는

1 우리는 왜 천제의 후예인가를 점검했다. 먼저 단군신화를 시화한 세 편의 시에서는 한결같이 천제의 후예라는 '민족의 신성성'과 당요唐堯와 같은 시대라는 '민족사 연원의 장구함'으로 요약된다. 이는 자칭 천자국이라는 저들과의 동등성, 이른바 같은 천손이자 문화 소원에 대한 자부와 긍지를 노래함이라 했다. 아울러 동명왕 건국신화 역시 이규보의 서대로 "우리나라가 본디 성인의 나라임을 천하에 알리고자 함"이랬듯이 김극기의 「기린굴」「조천석」2수 등 모두가 국기의 심원함과 그 본원이 성자신손임을 노래한 자존과 주체 의식의 표상이었다.

2 문예의 동격, 혹은 우월성에서는 교린, 혹은 시화류에서 저들 자신의 감탄적 공감 및 비교우위론적 비평을 곁들었다. 특히 저들의 『방여승람方與勝覽』에 갖추어 실려 있다는 문장화국의 삼가를 위시해 이규보·이색·정두경·임숙영·인빈·최립·이승소 등의 시문을 통해 문예의 동격, 또는 그 우월성을 예시했다. 문제는 저들과의 우위 논의 자체가 이미 동질의 문화를 공유 및 향유한다는 문화주의적 자존임을 밝혔다 할 것이다.

3 탈 정통, 민족문학론에서는 고려 무신란 이후 재편된 신흥사대부 이규보·김극기·최자 등으로부터 잠시 일었던 '민족적 정서'와 '사실적 수사'가 새로운 문풍으로 정착 발전되기 전에 이어 들어온 성리학이 고려 말 조선조의 문풍을 주자주의적 재도문학으로 일률화

시켰다. 그러나 유몽인·이수광·이식·장유 등 식자층으로부터 일기 시작한 정통한문학에의 회의와 반동은 급기야 허균의 「문파관작」「여이손곡」 등 시문을 통해 탈주자적·반정통시학으로 본격화된다. 이후 김창협·흡 형제, 김득신·홍세태·신유한·이용휴 등의 성정설性情說에 대한 천기설天機說, 전고·도습·용사부정에 이어 실학파 문인, 특히 박지원의 조선풍과 그 문인 박제가·유득공·이덕무 등의 활발한 민족사 추구, 그리고 정약용의 조선시 운동으로 '정통 시학으로부터의 자유', '중국적 용사의 탈피와 소재 및 시어의 자국화' 라는 자주적 문예론을 점검했다

〈1992. '91 학술진흥재단 지원연구논문〉

正名主義와 新華夷論
-채제공의 『含忍錄』을 중심으로-

Ⅰ. 문제의 제기

조선 후기 영·정조대는 외현상 탕평책에 의한 정치적 안정 속에 문치의 승화로 제 2의 문예부흥을 맞는 듯했다. 그러나 기실은 시파時派와 벽파僻派로 대립된 국론, 서학을 빌미로 남인 타도를 목적한 신유사옥辛酉邪獄(순조 1 ; 1801) 등으로 무상한 권력의 부침은 물론, 청·탁남淸·濁南으로 갈라진 남인과 호·낙론湖·洛論으로 분열된 노론은 날로 그 색목의 골이 깊어만 갔다. 삼정三政의 문란에 따른 민생의 현실은 물론, 임·병란 이후 식자층으로부터 회의와 반성의 적的이 된 주자주의의 권위와 제도적 성리문풍에 도전하는 다양한 이념과 문학론이 노정되는 등, 이른바 전통과 정통의 갈등 개혁기였다. 예컨대 유성룡의 참회적 수기인 『징비록懲毖錄』과 이수광의 『지봉유설芝峰類說』등의 무실적務實的 저술 태도와, 유몽인의 도가적 취향, 그리고 성리학의 명분名分 하에 합리화된 일체의 지배질서로부터 가능한 한 일탈하고자 했던 허균

등은 차치하더라도 사가대문四家大文으로 서거정과 성현의 뒤를 이어, 관각館閣의 화미華美를 드날렸던 장유 역시 주자학 일변의 학문적 편협성을 비판했는가[1] 하면, 근기남인학파의 비조鼻祖 허목에 이은 오광운·강박 등의 상고주의尙古主義, 박세당에 이은 정제두·신작 등에 의한 양명학의 등장, 남인 실학파인 이익·채제공·정약용 및 북학파의 홍대용·박지원과 문하에 의해 중화의 개념 수정[2]과 함께 화이관華夷觀의 새로운 이념[3]이 제시되기도 했다.

문학관 역시 구각의 틀을 벗기 시작했으니, 장유는 "문장 평가의 기준은 도가 아니라 미며, 시는 천기의 발로"[4]라 했는가 하면, 현실을 외면한 채 성률과 대우 등 말기적 사장학에 치우친 정통시학을 비판하며, 문학은 도학적 심성 수양의 범주를 넘어 광제일세匡濟一世함은 물론, 반사대反事大·반의고적 민족문학·현실문학일 것[5]을 주장하고 있다. 혜환·금대지문惠寰錦帶之文으로 통칭되는 이용휴·가환 부자 역시 전고·도습만을 능사로 하는 정통시학을 일관지취一管之吹로 통매하며 천기가 흘러난 시, 현실을 떠나지 아니한 사실적 시가 참다운 시[6]라 했다. 한편 백탑白塔을 중심으로 홍대용·박지원, 그리고 그 문인들이 중심이 된 북학파의 조선풍 운동과 함께 정약용은 허문가식虛文假飾

---

1 『谿谷漫筆』: "中國學術多岐 有正學焉. 有丹學焉 有學程朱者 有學陸氏者 門徑不一. 而 我國則 無論有識無識 挾來讀書者 皆稱誦程朱 未聞他學…." 〈p.24a〉

2 이익의 "중국은 대지 중의 한 조각 땅에 지나지 않는다. 〈성호사설·5, 僿說〉를 비롯하여, 홍대용의 '天圓地方說' 등이 그 예다.

3 북학사상가들은 물론 정약용 역시 "聖人之法 以中國而夷狄 則夷狄之, 以夷狄而中華 則 中國之. 中國與夷狄 在其道與政 不在乎疆域也." 〈與猶堂全書 I-1, 拓跋魏論〉

4 김갑기외 ; 『漢文學史』第三部 第二章』, I·1·(2) 문학관의 변이, p.359. 새문사, 2002

5 이익의 "使一世之士 工於無用之末技 悲國家之福也." 「梅墩集序」를 비롯해, 정약용의 사회비판시, 북학파 제가의 작품경향은 匡濟一世論과 자주적 민족문학론으로 요약된다.

6 김갑기 외 : 위의 책. 제2장 I·1, (6) 실학파 문인과 민족문학론, p.406

이 아닌 우세휼민憂世恤民의 시, 나아가 자주적 민족문학으로서의 조선시 선언을 하기에 이른다. 요컨대 북벌론의 허구성을 비판하며, 인물성동론人物性同論으로 화이관을 극복하고, 이용후생의 현실학으로 시대상황에 기민하게 눈뜬 북학파나, 허목 이래 이용휴·정약용·이가환 등 남인학파의 문학관은 대동소이한 대로 자주적 민족문학론으로 정리된다. 특히 남인실학파의 학인이자 문인이었던 정약용은 지역이 아닌 민족의 우수성 여하가 화이의 구별 기준이랬는가 하면,7 '대명산천숭정일월大明山川 崇禎日月'식의 존명사상에 대립해 '淸 = 華'의 등식논리8를 전개하는 등 깨인 의식의 소유자였다. 문제는 이 같은 학풍과 문풍 하에서 영·정조 간 56년, 특히 임종 때까지 10년 독상獨相으로 위정은 물론, 교린의 실무였던 채제공의 대청관對淸觀 및 문화의식을 그의 연행 수기집인 『함인록含忍錄』을 통해 시대적 사조思潮 및 그의 문학 연구에 일조하고자 한다.

Ⅱ. 연구사 검토

이승理勝한 학인으로나, 문승文勝한 문인으로보다는 오랜 관인官人이었기에 경세지사經世之士였던 채제공은 그러므로 경학 또는 문장학으로는 미처 주목받지 못했음이 사실이다. 따라서 그의 『번암집』59권 29책과, 상·하 양편 1책으로 구성된 사륜絲綸 권수卷首를 합친 총 60권

---

7 앞의 주 3) 참조.

8 정약용 ; "淸之得國也 兵不血刃, 市不易肆 而貴盈哥以來 有泰伯仲雍之風者 數 人不亦 韙哉."〈앞의 책, 東胡論〉

30책은 전혀 연구자의 손길을 기다려 있을 뿐 본격적으로 논의된 바 없다. 연구 대상이 아니래서가 아니라, 선인들의 한우충동汗牛充棟한 전적의 미섭렵과, 특히『번암집』의 경우 그 방대함만큼이나 다양한 시·문의 부담 때문일 것이다. 예컨대 중체 구비한 시(1~19권)는 물론, 서序(32~33권), 기記(34~35), 서書(36권) 전傳(56권), 명銘·발跋·송訟·찬贊(58권) 등의 문예문과, 사류(수권 상·하), 소차疏箚와 계啓(20~31), 표表(54권) 등 정치·경제·역사 등 사회학 일반 연구물에 없지 못할 불이不二의 자료임은 중세적 지배질서의 붕괴와 근세로의 이행이라는 과도적 개혁의 길목에 그가 점위했던 위상이 증명하는 바로되, 이제까지의 연구물은 영성하기만 하다. 곧 1972년 역사학 분야에서 조광趙珖의 정치·사상적 접근이 있었던[9] 이후, 1976년 진산晉山 후인 강주진이 경문사에서 영인 간행한『번암선생문집』의 해제를 통해 ① 영·정 양조 시대와 번암선생, ② 선생의 가계와 문집, ③ 문집의 내용을 소개한 바 있으나, 주변 보조학에 불외하다. 그의 문학적 접근은 1987년 송준호의「문화 중심적 민족주의 시각에 비친 청조淸朝」[10]가 처음이다. 그러나 그 역시『함인록』소재 236수의 기행시편 중 배청의식 속에 담긴 소아적小我的 자존의식을 밝히고자 했을 뿐이다. 이후 정옥자는『근기 남인학파의 문학사상』에서 이용휴와 함께 거론하며 "채제공을 경세지사로 조정에, 이용휴는 문장지사로 재야에 있으면서 허목 이후 이익, 오광운의 뒤를 이은 남인의 디딤돌"[11]이라고 언급했을 뿐 필자의 과문한 안복으론 그 밖의 연구물을 접하지 못했다.

---

9 조광 ;『번암 채제공의 西學觀 研究』고려대학교 대학원 역사과 석사논문. 1972

10 송준호 ;『문학사상』창간 5주년 기념특집호, 1987년 12월 호

11 정옥자 ;『朝鮮後期 文學思想史』제2장, 근기남인학파의 문학사상. p.55, 서울대 출판부. 1990 참조

Ⅲ. 師承 및 交遊

한 작가의 생애 고찰은 효율적인 작가·작품 연구를 위한 관건이다. 그러나 번암의 경우는 조광의 논고와 장주진의 해제에서 약술되었기에 본고에서는 사승 관계 및 문학적 교유, 특히 약하시사藥下詩社와 관련한 작품들을 소개하는 것으로 본원적 접근에 한 발 앞서 이르고자 한다. 워낙 뿌리 깊은 가계家系에 단단한 가학과 문장학이 진작 남다른 바 있었거니와,12 절의와 시문에 두루 뛰어난 약산藥山 오광운과 국포菊圃 강박姜撲의 문하에서 인격과 학문, 그리고 문장학을 익힌 그였다. 그러기에 "문보다 시가, 시보다 인품이 뛰어나다"13는 정조의 칭예는 실로 조정의 한 마리 학이었음을 짐작케 한다. 곧 이인좌李麟佐의 난을 강직한 절의로 맞서, 이봉상과 남정우를 방조자로 처형한 오광운은 대사헌·대사간을 지낸 희대의 문사로『소대풍요昭代風謠』를 간행한 바 있으며, 허목 이래 일인자로 희암의 시맥을 이었다는 국포 역시 척신 탄핵 및 윤지술 사건을 논술타가 2차의 유배 길에 올랐던 절의파다. 따라서 이들에게서 훈목된 인격과 시학은 지대했겠거니와, 스승에 대한 회억의 정 또한 남달랐다. 예컨대 처재종숙이자 스승이었던 약산의 죽음을 애도한 102운의 만시[藥山先生挽一百二韻]를 남겼는가 하면,

---

12 신라 부마의 후손인 平康蔡門은 고려조에 將相松年에 이어 아들 平章士禎이 평강군에 봉해짐과 동시에 元宗廟廷에 배향되면서 賜姓, 누대에 번성하다 여말 군기소감 陽生은 不事二君의 절의로 은둔했다. 조선조에서는 7대조 사헌부집의 蘭宗 이후 증조 時祥 五觀齋 希庵, 祖 九峯, 父 膺一, 叔 膺萬 등이 대대로 登第仕宦했다. 특히 희암공 채팽윤은 시서와 함께 평시·선시에도 능하여 중인문사 고시언과 함께『소대풍요』를 정선 편간타가 중도에 하세하자, 벗 오광운이 완성시킨 바 있다.

13 正祖 ; "…文不如詩 詩不如人 … 其文小者蒼勁, 大者鬱崒 皆能一氣呵成 …"〈卷首·御定凡例〉

"돌아가시자 이내 생신이 돌아오니, 가을 서리 이슬 낱낱이 슬픔인 듯 死日纔經生日廻 白門霜露芬悲哉"하다고 시상을 일으켜 "용이 없는 못 적막뿐인데, 가을 추녀엔 을씨년스런 늦 제비만 나닌다.大澤晝陰龍寂寞 畵榱秋冷燕徘徊"〈藥山生日感懷賦詩·四, 23b〉고 허탈을 과해 있다. 한편 국포의 준걸한 의도儀度, 근엄방정한 성품, 그리고 침울노건한 문장과 두시杜詩에 넘나는 신체시 역시 간절한 애도와 추모의 정을 불러내는 빌미였으니,14 옛 집터를 지나는 감회에서 "어제만 같은 임종, 어언 몇 주기가 되었다.曾簀如昨日 歲月已幾年"고 탄식으로 시상을 일으켜서는

有斐彼君子	아름답도다, 저 군자님
濁世豈肯留	어찌 머물 것인가, 이 탁세에.
玄圃漭有無	신선 고장 아득히 멀기만 하니
玉佩優難求	옥패소리 아슴히 찾을 길 없네.
幽幽被笑筩	그윽하고 그윽한 저 상자 속의 글
光氣爛不收	찬란한 광채 거들 줄 모르네.
周琬絶假類	주나라 완옥인 양 흠집 없고
漢鼎重丘山	한실의 솥인 듯 태산의 무게라오.
其言藹仁義	인의로 가득 찬 말씀
豈伊營雕鏤。	어찌 새기고 꾸밈이 있으랴.
… 下 略 …	… 하 략…

〈過菊圃姜公舊第, 四, 30b〉

---

14 蔡濟恭 ; "濟恭自童丱 出入其門將, 其所以得之於公者 異乎認之得之矣. 蓋公儀 度峻潔 則仙鶴之峙乎靑田也. 性宇嚴方 則砥柱之障乎衝波也…公之文章 蒼鬱老健.. 力挽古道 以詩乎則五七言近體 非少陵不屑…"〈菊圃集序·三十三, 7a~9a〉

라며 그의 초세적인 군자 풍모는 물론, '周琬·漢鼎'인 양 보배롭고 꾸밈없는 시문을 회억 상찬하고 있다.

한편, 선인들의 수기적 인사시 속에서 교유의 깊이를 가늠하기란 용이한 일이 아니다. 따라서 가능한 한 동년배, 혹은 낙척 소요 중에 빈번히 왕래하며 수창한 인물 중 목만중·이헌경·정범조·정운·황사술 등과 약하시사에서의 시교는 그의 문학적 교유를 살핌에 적절한 자료로 사료된다. 여와 목만중은 영조 35년 별시문과 출신으로 대사간 때는 남인 시파계의 서학도西學徒에 대한 박해와 학살을 감행하였던 강직한 인물이다. 그가 채제공이 북경을 다녀와 잠시 낙향 은거할 때 찾아와 차운한 시에 "좋은 벗과 더불은 꽃다운 밤, 하늘마저 황금의 달빛 보낸다.良朋與良夜 天際又金波"〈餘窩至夜坐次韻·十六, 37b〉한 것을 보면 퍽 의기상합한 사이이다. 그를 회억한 다른 시에서 "한양에서 찾아오는 벗들, 하나같이 한양에 봄이 무르익었다고 전한다.親朋——漢陽來 傳道漢陽花盡開"고 시상을 열어

遊騎定知聯紫陌	아무렴, 풍류객 중이었으리,
餘窩幾許上雲臺	그래, 자네는 몇 차례나 운대에 올랐던가.
尋春忽憶前年事	춘흥을 찾다 문득 떠오른 지난 일들
選日同銜濁酒杯	날 가려 흥건히도 취하곤 했지.
怊悵江湖成臥病	처량토다, 강호에 병들어 누우니
巷門無數綠生苔。	마을 어귀마다 다북한 이끼라네.

〈懷餘窩·十六, 29a〉

라고 맺은 데서 무고상금撫古傷今에 젖은 우정의 절실함을 읽을 수 있다.

청휘자 황사술 역시 약산의 문하로 상호 애호함이 깊어 잠시도 떨

어지지 못할 금란지교였다. 특히 스승 약산이 하세하자 실의에 차 서림의 인사들과 돈절하고 지낼 때 이웃에 살던 청휘자와는 비가 오면 굽격지 바람으로, 달밤이면 서둘러 막대 집고 3일을 멀다하고 찾아서는 약하에서의 추억담, 혹은 장단구를 음영하지 않은 날이 없었던[15] 우의였다.

한편 오사 이정윤과는 20여년 연하임에도 불구하고 "그대 아니면 뉘와 더불어 자연을 즐기랴.非君誰與弄煙霞 多事熊車去國賒"〈寄贈北伯李公會·十九, 23b〉며 연연해하는가 하면, "해마다 겨울밤이면 맑은 동이 술에 이름다운 글귀를 수창하던每歲冬之夜 歡呼與子同 淸樽隨造此 佳句遞西東"〈月夜懷北伯·十九, 24b~25a〉 그와의 그리움을 못내 "벼슬길 뜬 구름이라 정처 없어, 이별의 회포 천지에 답쌓인 눈만큼宦跡雲無定 離懷雪滿空"〈仝上〉이랬다. 더구나 밤에 찾아온 오사와의 선유는 자못 적벽赤壁 소선蘇仙의 오유傲遊여서 "하늘도 물도 조찰한 이 밤, 술잔에 들이비췬 황금의 달今夜天河淨 分明照我盃"이라고 시상을 열고는

公事催人老　　벼슬살이 늙음만 재촉하니

秋懷與子開　　그대여 가을 회포나 펼치자꾸나.

蒼然江海思　　파리한 蘇仙 적벽놀이에 비하자니

孤鶴數聲來。　때 마침 선학이 시늉하며 스쳐나네.

〈李公會鼎運至夜坐拈韻·十, 25b〉

---

15 채제공 ; "…時 余已釋褐 君眇然一書生耳 以其篤愛之. 篤好之深 相追逄逐 如不能暫捨者 未幾藥公下世 余亦無當世念, 閉戶於城西林樾之間, 君居巷接而近 雨而屢月而節 我往君來 三日爲疎. 語未嘗不及於藥下前日事, 又未嘗不爲我訟小七言詩 …."〈淸暉子詩稿序·三十二, 15~17a〉

라고 결구했음이 그것이다. 그 밖에도 「여와 및 오사와 도원행을 차하며同餘窩五沙次桃源行」 왕유의 망천장시를 차한 「또 망천장을 차한 12수又次輞天十二韻」 등 수많은 작품은 후고에 미룬다. 오사는 영조 45년(1769) 정시문과 후 검열·정언·지평을 거쳐 1784년 서장관으로 사은사 박명원 등과 청나라를 다녀온 후 충청·함경관찰사를 역임, 형조판서에 이른 사람이니, 그 문장학도 대단하겠지만 역시 별고로 후약 한다.

　무엇보다도 그와 관련한 시사의 결성은 다른 많은 교유관계를 생략케 한다. 예컨대 동호인 모임이겠으나, 그 중 선명자善鳴者였던 오대익을 덕천의 재宰로 보내는 서序에 "보은동 집에서 시사를 여니 시를 아는 자는 모두 참여하였는데, 그 중 옥여삼 유수오·종질 사술이 가장 능했다"16함이 그것이다. 물론 이 시대에 열정적으로 풍미했던 위항 시사와의 관계, 특히 그 성격 및 구성원, 지향하는 바 목표 등이 더 천착되어야 하겠지만, 경내의 위항도 아닌, 더구나 재신宰臣이 사가를 시사로 삼아 작흥을 일으켰음은 또 다른 관심사다.

　본고는 우선 뮤학적 교유만을 살피기로 한다.

> 客來還復歸　　그대들 바로 가다니
> 雲出還復入　　구름이 퍼졌다 이내 사위 듯.
> 無情勝有情　　무정이 유정보다 났다 했던가
> 今夜雲同宿。　가게들, 구름과 더불어 자려네.
>
> 〈秀五士述幼文士純見訪來告歸·十六, 1b〉

---

16 채제공 ; "… 余病開 結詩社於報恩洞第, 親知之號能詩者 無不添焉. 時則有若吳學士景參·兪學士秀五 從姪子士述 最善鳴者" 참조.〈送吳景參大益出宰德川序, 三十二, 14b~15b〉

그의 시에는 유난히 '~함께 묵으며[~來宿]' 등으로 제목된 작품이 많다. 거리는 물론, 시가와 무관하지 않은 줄 알겠다. 아마도 조카 사술[蔡弘履]의 연배들이련만 "유정타 말게나, 무정한 구름만도 못한 이들", 혹은 "무정타는 구름도 저리 유정커늘, 구름보다 심한 변덕"이라는 비유의 짐짓은 진작 '동숙'의 허허로움을 배가하려는 참신이 재치롭다.

傲兀明時賦邃初	달빛 아래 내로란 듯 한 수 이루자
羔裘歲宴隱居居	화사한 봄밤 귀자제들 자못 爭名일세.
柴扉不使尋常掩	사립을 찾는 자 언제나 환영이니
社屐何曾來往疏	시사의 발길 어찌 뜸했을까.
禽魚會意東陵墅	선비들 召平의 농막에서 시회 열고
鴻雁關情北嶺書	기러긴 蘇武의 글로 못 오는 정 알리네.
街上五廬應入畫	길 가의 내 초막 절로 한 폭 그림이라
詩朋一一側騎驪。	글하는 벗님네 차례로 찾아준다오.

〈詩社夜集諸君韻·十六, 45a~b〉

봄밤에 유선·공회·수수秀叟를 위시한 여러 문객들이 시사에 모여 꽃을 완상하다 함께 묵으며 썼다[17]는 칠율 차운시다. '내로란 듯 지어서傲兀賦邃'나 '쟁명함居居'이 문원文苑이니 사실적 현장감을 읽을 수 있다. 그러기에 문진文陣이랬다. 동참한 인사들이야 소평의 청문고사靑門故事에 빗댄 자신의 초막에서 도리원의 아회雅懷를 진서한다지만, 참여치 못한 시우詩友들은 또 소무의 정을 안서雁書로 전해왔단다. 정녕 이 밤의 즐거움은 물론 나날이 찾아주는 벗들에게 감사의 뜻을 함께 전

---

17 채제공 ; "甲辰春同幼選公會秀受 又諸兒輩 賞花北渚洞 仍宿屯舍"라는 小註 참조.

하는 사례시라 하겠다.

이상에서 그의 가계의 연원과 가학 및 문장학의 깊이를 가늠해 봤다. 특히 희암공과 약산공은 가학과 사승의 맥이었다. 그들 모두는 시평詩評 및 선시選詩의 안목까지 갖춘 당대의 문사들로 위항문사 고시언과 함께 『소대풍요』를 정선해 편간한 바 있다. 국포 역시 두시杜詩에 넘나는 침울노건으로 희암의 시맥을 이었다는 정통이어서 이들로부터의 훈목은 정조의 정평대로 "소자창경 대자울율"한 일기아성[18]의 성취 그것이었다.

교유관계는 워낙 부분적이긴 하나 석학거유, 또는 고관명인들과의 투식적 수창보다는 강직개결한 동년배, 혹은 소장 신진들과의 수창에서 진솔한 인간미를 노정하고 있다. 특히 시사를 통한 창작활동은 이후 근기위항시사와 대비 검토할 과제로 남겨 둔다.

Ⅳ. 作品論

전 60권의 『번암집』 가운데 1~19권까지가 중체구비한 그의 시고詩稿다. 그 중 본고가 다루고자 하는 『함인록』은 13~14권으로 전자 13권은 『함인록·상』, 후자 14권을 『함인록·하』라 하며, 상권 130수, 하권 106수, 합 236수의 시가 본고의 대상인 셈이다. 굳이 선별 취재한 까닭은 그것이 화자의 의도적 저작물이라는 점과, 그 의미가 미묘한 교린관계 및 새로운 가치관, 이른바 신화이론과 주체적 민족문학

---

18 註 13) 참조.

론이 고창되던 당시의 사회심상을 여하히 작품화했는가를 요량하기 위함이다. 이를 위한 저작 배경 이해는 작가의식과 작품 성향을 바르게 이해하는 첩경일 줄 안다.

영조의 뒤를 이어 즉위한 정조 원년(1770) 12월, 진주사 이광李珖이 대명大明이 아닌 청나라 건륭제乾隆帝에게 주문을 올린바, 청에 대한 문화적 우월의식은 어쩔 수 없는 자존이어서 문면에 저군儲君·국왕사위國王嗣位 등의 용어를 썼는데, 그것이 우리를 신속시臣屬視한 저들 황제에 대한 무례라며 문책하기에 이르렀다. 이에 진주 사행, 실은 궁색한 변명 길에 올라야 했던 번암이었다. 이야말로 주자적朱子的 명분논리는 물론, 황공한 실례도 아닌 힘의 논리요, 위정의 현실이었다. 그러기에 '원통함을 머금은 채[含怨] 쓰라림을 달래며[忍痛] 기술한[錄]' '함인록'이요, 그 저술 의도는 후대에 보는 이로 하여금 느끼는 바 있게 함이었다.[19]

1. 형식

사은 겸 진주정사 번암은 부사 정일상, 서장관 심염조와 함께 정조 2년(1778) 3월 17일 사폐辭陛하고 7월 1일 한성에 돌아오기까지 132일간의 견문 소회를 산문이 아닌 시로 1일 1수, 혹은 2수 이상씩 하루도 빠짐없이 읊어 236수의 시를 일기처럼 엮었다.[20] 사폐는 물론, 복명까지 제재의 내용에 따라 각체로 썼으니, 이는 사승 및 교유에서 살핀 바 그의 타고난 문기文氣와 훈도, 이른바 재학才學의 결실임을 알겠다.

---

19 『함인록』·上, 「序」의 "是行往返 凡一百三十二日, 沿道述作 爲二百三十六. 首. 名之曰 含忍錄, 蓋出於含怨忍痛, 迫不得已之意也. 後之覽者 其必有感於斯" 참조.

20 『번암집·13』「함인록·상」 서문 참조.

이제 상·하권 236수의 시체별 분포를 도식화 하면,

구분	절구		율시		고시		합계
	오언	칠언	오언	칠언	오언	칠언	
상권	2	54	18	28	12	16	130
하권	5	39	22	16	11	13	106
합	7	93	40	44	23	29	236

와 같다. 우리 한시의 공통된 특질이듯 번암 역시 지나친 함축과 촉급한 절제, 그리고 참신성을 요하는 5언 절구보다는 칠언이 절대적으로 선호되었으며, 대체로 여정, 혹은 영물시가 칠언절구로 쓰였다. 한편 장엄하고 화려함으로 특징되는 율시는 오·칠언이 두루 쓰였고, 다양한 주제를 담고 있다. 특히 유장한 음영체로 서정 및 서사적 서술에 적합한 오·칠언 고시 역시 대등하게 쓰인 편이며, 존명尊明, 혹은 배청排淸, 또는 영사시에 선호되어 그의 문화·역사의식을 읽을 수 있게 한다.

2. 내용

『함인록』 소재 236수의 한시는 여행 중의 소견문사所見聞事를 소재로한 기행시이므로 여정이 92수(40%), 존명배청尊明排淸이 47수(20%), 인사시 29수(12%), 그리고 영사·영물·기타의 순으로 가늠된다. 물론 위의 수수首數는 전혀 주관적일 뿐 절대치는 아니다. 이를 본고의 성격상 시수와 관계없이 1) 존명배청, 2) 존아적尊我的 문화의식, 3) 여정의 시화로 묶어 정리하기로 한다.

1) 존명배청

사대事大가 힘의 논리에 의한 타의적 굴속이라면, 모화慕華는 문화를 전제한 자의적 존상尊尙이다. 그러므로 존명은 선진 문화를 동격으로 향유하려는 문화 애호적 열정과 의지의 표출이요, 배청은 한문화의 정통을 이어 받은 소화국小華國으로서의 자존을 지키자는 대의명분이다. 이는 대륙이 정통 한실漢室이면 소화국의 예를 누루없이 갖추었으나, 북적北狄이 대륙을 지배하며 칭신稱臣을 요구해 오면 발연히 항거하다 위정爲政의 방편 상 어쩔 수 없이 사대했으니, 항몽抗蒙의 역사와, 북벌北伐의 논리가 그것이었음은 『함인록』 시서격詩序格인 "차마 어쩔 수 없음迫不得已之義也"21이 그 증명이다. 그러다보니 문학 역시 동이東夷적 구기口氣, 내지 동리東俚를 벗어나 중국 고전에 뿌리하거나, 아예 전고도습典故蹈襲을 능사로 인식하기도 했으니, 이른바 화국華國으로서의 자존, 화국의 문학임을 자임하렴과 무관하지만은 않은 것이다. 남인 실학자인 번암 역시 일련의 제도 및 의식은 솔선해 개혁코자 했으나, 중화 중심의 천지관과 문화 중심의 가치관 ─ 더구나 청을 의식하고서는 ─ 에는 촌보도 물러서려 하지 않았다. 예컨대

中洲淪沒古今傷　　大明의 침륜이사 천고의 슬픔,
文相祠堂草木荒　　문천상의 사당엔 황량한 초목.
惟有年年東國使　　오로지 해마다 동국의 사신이 찾아와
拜瞻遺象一焚香。　초상을 우러러 향을 사른다오.

〈上·2b, 文丞相祠〉

---

21 註 19) 참조

禮樂依冠一渺茫　　예악과 의관이 한결같이 아득만 한데

彝倫堂上更霑裳　　이륜당 앞에서 옷깃 여미다.

長廊鳥下人聲絶　　긴 복도에는 사람소리마저 끊겼고

滿地靑槐自夕陽。　땅에 그득한 괴화나무 석양에 섰도다.

〈上·25b, 葬倫堂〉

만해도 그렇다. 「정기가正氣歌」로 유명한 송나라 충신 문천상文天祥의 사당, 명나라가 망하지 않았으면 '어찌 초목의 황량함'을 상상이나 할 것인가. '온통 아득하기만 함—渺茫'에서 이미 예악 문물이 '황폐해진, 이른바 야수 같은 황량함' 뿐인 야만의 풍정을 암시해 놓았다. 그러니 오랑캐이기에 챙기지 못한 예도를 동국 사신이 대신해 근근이 분향을 잇는다 함'으로 진작 문화의 공멸 위기를 절감하고 있다. 그러기에 '천고의 슬픔古今傷'이란 전달 심상은 배가된다.

　한편 인륜을 밝히고 지키자고 세운 이륜당이다. 그러나 문맹한 야만이라, 워낙 예의염치를 챙길 줄 몰라 '돌보는 이 한 사람도 없다無一人守'22했다. 이른바 찬란하고 거룩한 한실의 문화가 송두리 채 야만의 손에서 질식당하는 울분을 푸른 괴화나무靑槐에 스치는 석양의 애련한 심정傷情으로 승화시켰다.

泮水搬灘側柏深　　반궁의 잔잔한 물 측백도 깊은데

門前盥濯整吾襟　　문 앞에서 손 닦고 옷깃 여미다.

神洲可說成長夜　　문화 민족 성장을 이야기 하는 밤

也有宮墻日月臨。　빙 둘린 담에는 해 달이 내리네.

〈上·2, 謁太學〉

---

22 본시의 小註 "堂下兩邊長廊 無一人守者 欲尋覓一箇秀子與話 終未果焉" 참조.

　　인문전통의 보고이자 요람인 태학이다. 삼가 엄속·경건 속에 존엄한 한나라의 문화와, 그 전승의 산실이기에 신주神洲와의 문화공유에서 오는 흐뭇한 자존에 무젖은 작가다. 그러기에 사하역에 묵으며 만난 사하의 가노인賈老人 —그는 74세의 머리 센 늙은이白頭翁이되 오히려 한나라의 문화 혜택을 받아 필담이 가능한 — 과의 필담을 시화한 「사하노인가」에서

自古曾祖事大明	일찍이 증조께서 대명을 섬겨
官至指揮蒙恩別	벼슬이 지휘관에 이르는 은혜 입었다고.
衣制子孫能識得	자손들까지 의관제도 잘 배워 익혀
其冠峩峩其神濶	갓도 늠름하고 옷소매도 넓다네.
淸皇改制人髮薙	청황이 제도 고쳐 머리 땋게 하고
如有不準將見殺	따르지 않는 자 죽임을 당한다네.
撫我光頭攬我服	내 머리와 옷깃 어루만지며
中夜自然思漢功。	이슥토록 한실의 공에 절로 감격하네.

〈下·2b~3a〉

라고 오랑캐화 되어 버린 문명국의 유로儒老와 문화를 숭상해온 소화국의 노신 간에 교감된 숭정崇禎의 회억과, 치발薙髮로 상징되는 야만의 현실에 대한 무상의 동병상련에 무젖은 공감을 노래하고 있다. 아활峩潤한 관수冠袖, 그 의연한 군자풍모에 대한 오랑캐 머리[薙髮], 차마 상상도 할 수 없는 경악으로 어루만지며撫攬 자아회귀에서 느껴운 '한실의 공[漢功]'이기에 '自然' 2자의 전달심상은 선인들의 인생관 그대로임을 알 수 있다. 결구의 "쓰기를 마치고 길이 한시름 하노라니, 스산히 낡은 역 석양이로세.書罷回身一長旴. 簫條古驛暎暎斜日"는 이를 증명하는 상

정의 하염에 다름 아니다.

한편 명나라 말기의 슬픔을 노래한 「산해관가」에서는 '날아오를 듯 험준한 의려산', 거기를 '천하제일관'인 산해관이라 하고, "그 밖은 거친 오랑캐의 터, 그 안은 신령스런 중원의 땅其外荒荒戎狄墟 其內赤縣神洲是"이라고 직서하고,

舟車日夜通九州	배와 수레 밤낮 중원으로 통하니
九州貨寶如雲委	중원의 보화는 구름처럼 몰렸다.
單于望之氣不驕	선우가 바라고는 기가 꺾였으리니
身排羽翼那能超	몸에 날개 돋지 않고야 어찌 넘을까.
嗚呼人不臧天亦何	오, 오삼계의 계책 옳지 못했으니 하늘인들 어쩌랴
開門虜入如風飈	문 열자 닥치는 오랑캐 바람처럼 빨랐다.
躪殺盜賊雖快意	역적 이자성을 몰아친 일이야 통쾌하다지만
其奈供手獻天位	어쩌랴, 명천자의 자리를 고스라니 바쳤으니.
遂令天下髮盡薙	드디어 천하의 군자들 머리 깎이게 되었으니
載籍以來無此事	유사 이래 이런 무례함은 없었노라.
三桂之罪何獨誅	오삼계의 죄만 목 벨 것인가
爲叢鶴雀嗟明季。	참새 떼처럼 몰리었던 명나라 말년.

〈上·22a~b〉

이라며 통분하고 있다. 화자의 전달심상이 야만의 유린에 의한 문화·문명의 민멸에 대한 자괴적 반성임은 물론이다. 역적을 잡자고 성문을 열었다가 오랑캐를 맞아 천자의 직위를 바친 꼴이 되어 '천하를 문맹의 굴형에 빠뜨렸다.'함 자체가 문화 중심적 존명배청尊明排淸의 논리임은 물론이다 .

두 달여 행여 끝에 입성(5월 5일 갑술)한 감회 시에서 이는 더욱 명증된다. "동악묘東岳廟를 두루 살피며 만세산을 대하니, 산마루 누각엔 햇빛 받은 수정 깃발이 찬연하다"고 전제하고는

嗚呼崇禎帝	오호라, 숭정 황제여
殉社於此中	여기서 사직을 잃었구나.
草木逈動搖	움직이는 초목마저도 흐느껴
怳疑生悲風	항차 슬픈 바람 일으키는 듯.
… 中 略 …	… 중　략…
蕭條三韓使	쓸쓸한 삼한의 사신
驅馬淚盈睫	말 등에서 눈시울 글성인다오.
烏帽與犀帶	오사모와 무소 띠의 군자 풍모가
還爲市童謙	도리어 저자 아희놈들 놀림거리라니.
惟有玉河水	다만 옥하의 강물만이
悲鳴帶夕暉。	석양을 띠고 슬피 예누나.

〈上·28b~29a, 入皇城〉

라고 샘솟는 혈읍, 그 비명을 옥하의 물길에 실어 보냈다. 적어도 그에게서 명나라의 멸망은 천지는 물론, 초목도 함께 울고, 저들을 제외한 전 문화족이 공분할 일이다. 누천년의 인문전통이 일조에 야만의 기롱거리가 된 참담의 현장이기에 말이다.

　한편 명나라 장수 홍승주洪承疇가 패해서 항복한 송산·향산의 사이에서 임란 때 왜구를 개잡듯 몰아친 유도독劉都督을 추모하며 개연한 마음을 노래한 시에서는 "그대의 웅장한 계략 동방을 안정시켜, 왜구 무찌르길 개잡듯 했다劉公壯略安東土 亂後倭寇如殺狗"라고 그의 위용을 칭송

하고, 이어

建曾雖驍一胡雛	오랑캐 아무리 날래도 오랑캐 새끼
泰山壓卵何有乎	태산이 계란 누르듯 무슨 어려움 있으랴.
天不助明公戰死	하늘이 명을 돕지 않아 공은 전사하고
官軍血流邊草塗。	관군의 흐르는 피 변새의 풀을 물드렸다.
…下 略…	… 하 략…

〈上·22a~b〉

고 애도하고 있다. 명의 멸망은 '천운의 다함'때문이요, '공公의 전사' 역시 '오랑캐의 날램'을 못 당해서가 아니라 했다. 명나라 장수의 고혼을 위로함, 이 역시 존명적 대의론이요, 상대적으로 배청의식이 전제됨은 물론이다. 그 대표작은 「조승훈의 묘를 찾아서過趙承訓墓」일 것이다. "영원성을 지나는 길 몫, 쑥대 우거진 곳에 조장군의 무덤이 있단 말 듣고 주루루 눈물 흘린다"고 시상을 일으키고는,

公昔承命援屬國	임은 옛날 왕명으로 우릴 도와
手提天兵鴨水東	친히 명의 군사로 압록강을 건넜지요.
曰松曰梅作後殿	松軍 梅軍 등 후군을 창설하며
天驚鬼泣平壤戰	하늘도 놀라고 귀신도 울렸던 평양 전투.
公歸天朝公像留	공은 하늘나라로 갔으나 초상은 남아
萬年盤泰三韓尊	우리의 만년 평화 임도 한 몫.
我是東人爲公悲	내 동녘 사신 그대 위해 슬퍼하노니
魂兮卽今安所之	넋이여 지금은 어디 계신지요.
有孫墮盡膿西聲	농서의 자손들 끊겼다 하니

公雖鬼雄應餒而	귀신의 영웅도 주리겠구료.
南有蠻兮北有胡	남쪽에는 만 북쪽에는 호
魂歸莫如東土宜	혼백이라도 동국에 돌아감이 낫겠소.
士民泣憶東征恩	백성들 우릴 도운 은혜 감격해 하며
邊香笠潔宣武詞。	선무사에서 정갈한 제사 모신다오.

〈下·5b~6a〉

라고 충정어린 위무와 함께 "왜군 정벌의 은혜에 흐느끼는泣憶征恩"예도, 그리고 그에 따른 대의와 명분의 절대성을 노래하므로 상대적으로 청에 대한 낮보기를 심화시켰다. 이른바 망국의 천신인양 남의 땅에서 정작 망국의 고혼을 대신 조상하며, 동환東還을 청유함에서 명나라에 대한 회억과 문화의 승계자로서의 자존을 읽게 한다. 그 오롯한 자존과 오기가 5,000년 문화와 민족사를 지켜온 저력이었음을 우리는 잘 안다.

2) 尊我的 문화의식

후금後金(1616)에 이어 대청大淸으로 국호를 개칭한(1636) 것은 명의 멸망과 함께 한문화의 단절을 의미한다. 정통 한실인 명나라는 망했고 청은 미개하니, 찬란한 인문전통의 유일한 승계자는 우리뿐이다. 일찍이 나말여초羅末麗初로부터 소화국小華國의 칭을 받아온 우리니 송·원 교체기에 진화陳澕가 말한 대로 "송은 이미 쇠퇴하고 북방 오랑캐[元]는 미개하니 앉아서 가다려라, 문명의 아침은 동방의 하늘을 빛내고자 한다.西華已蕭索 北塞隱尙昏濛 坐待文明旦 東日欲紅"〈奉使入金〉던 동화론이 실현된 것이다. 곧 東 = 夷에서 小華 ⇒ 東華로 전이된 문화의 질서

는 존아적 신화이론이자, 새로운 문화의식이다. 여기에 승패의 문제
를 떠나 북벌해야 할 문화승계자로서의 명분이 있었다. 청은 진정 한
실의 문화를 지킬 자격도 능력도 없는 야만이어서 淸 = 狄이라는 낮
보기는 몇 편 죽지류竹枝類의 시에서부터 증명된다.

意氣邊頭結客多　　의기로만 변방 정복, 협객의 결사 빈번하여
寒燈相對劍增波　　싸늘한 등불 마주해 칼날 번득인다.
平生不辨書中字　　한평생 책 속의 글자 한 자 모르며
坦識荊卿易水氣。　　형경이 역수 지날 때 부른 노래는 안다네.

〈下·12b, 幽州曲八, 4〉

　文이 아닌 武, 그러니 인의나 덕 혹은 예, 그 어느 것과도 무관한 의
기투합, 이른바 호전적인 북방 야만족의 풍속을 보고 느낀 대로 기술
한 죽지사다. '형경의 역수가'란 연나라 형경이 태자 단丹의 이름으로
진나라 시황始皇을 암살키 위해 역수를 건너며 부른 노래니 '다만 안
다'[但識]는 2자에서 저들의 문맹은 물론, 전투적 야만성이 실증된다.
그러기에 그 2에서는 "가벼운 신발 짧은 옷 모두가 군복 차림이요, 외
갈래로 땋은 머리 뒤로 늘어뜨렸다.輕靴短服細摠軍裝. 辨髮單朶頂後揚"며 점
잖은 선비의 갓은 쓸래야 쓸 수 없는, 그래서 어쩔 수 없는 오랑캐임
을 강조했다. 더구나 "토끼 노루 휘몰아선 생피를 마시며, 제 몸에 무
젖은 비린내 아랑곳 않는다.窮逐鬼獐仍飮血, 不關身上染腥臊"〈소. 6〉며 문화는
커녕 저들의 야만성을 혐오와 저주로 인식, 고발하는 작자의 전달심
상을 읽을 수 있다. 다음은 전통 유가에서 가장 중하게 여기는 저들의
상속을 노래한 「변방의 풍속이라니邊城記俗」다.

笙簫激越動比隣　　이웃까지 요란한 퉁소 피리 소리
錦帳垂垂雜戲陳　　휘장 드리운 채 온갖 놀이판일세.
聞說東家人送葬　　듣자니 동녘 마실 초상이 났는데
夜來張樂用換神。　밤들자 풍악 잡혀 신을 즐겁게 한다나.

〈上·13b〉

인류 중에 가장 엄숙하고 비장한 통과의례라면 죽음을 장송함일 것이다. 그러기에 '어김이 없을 것[無違]'을 훈고[23]해 왔던 것이다. 주검 앞에서 '張樂하여 영혼을 즐겁게 한다'고 믿는 저들의 상속喪俗은 문화의 혜택을 받지 못한 문맹의 풍속이기에 야만이자 오랑캐다. 사물장四勿章의 논리대로라면 보지도·듣지도·말도·행하지도 말아야 할 가소로운 풍속을 보고·듣고·말하고 만 셈이다. 그러니 저들의 왕이래야 작자의 눈엔 힘꼴 좀 더 쓰는 오랑캐 추장 그 이상일 수 없어서

威儀草草出方壇　　초초한 모습으로 지신단에 내리는데
黃撒繢容辨可汗　　황금 일산에 가린 꼴 가한인 줄 알겠다.
暢裏傾身看使者　　가마에서 몸 굽혀 조선 사신을 보고는
也應心喜漢依冠。　내심 한실의 의관문물에 황홀했으리.

〈上·310a~b〉

라고 폄하했다. 하지에 지신당에서 제를 마치고 나오다 마주친 청나라 황제의 위의를 '草草' 2자로 홀대하고는, 당당한 조선 사신들의 예

---

23 『論語』; "孟懿子問孝 子曰 '無違 … 生事之以禮, 死葬之以禮, 際之以禮.'"〈爲政〉

모를 "다른 변방 나라와 비교할 수 없도다.非他外藩可比云"24라고 놀랐을
문화국의 문물을 호기롭게 노래했다. 한편 "순임금이 드높이고 당황
제가 봉한 후, 신령한 영험 높고 효험도 있다.虞舜尊之唐帝封 紙其業我靈氣從"
하여 청나라 황제도 복을 빌러 온다며 온통 관민이 분주함을 보고 쓴
「북진묘 노래北鎭廟歌」에서는

祈祥邀瑕媚于神	상서나 복을 빌어 신에게 아첨하지만
神本正直寧爲诉	신이란 본디 정직한 법 빈다고 되겠나.
嗚呼醫巫聞	오, 의무려산 산신이시여
我有一言神其聽	한 말씀 드리오니 신령은 들으소서.
天公本意設此險	하느님 본뜻은 이 험산을 만들어
欲防胡虜嚴譏警	오랑캐 막고자 장엄한 경계삼았거늘.
如何放開山前路	어쩌자고 산 앞 한 길을 뚫어
坐使蒙古女眞長驅若風雨	몽고 여진이 풍우처럼 몰아오게 하였오
此事實恐爲慙德	이 일 참으로 부끄러운 덕이니
淸帝酹神神須吐。	청 황제 올리는 술 신령님은 토하실거요.

라고 사뭇 저주해 마지않았다. 그러나 무엇보다도 민족혼의 쾌거이자
존아尊我의 극은 「이석의 노래伊昔行」니 통한의 회한가이기도 하다. 곧
가한可汗이 명나라 천자의 위位를 강점하던 날, 천하의 오랑캐들 심양
궁궐에 다투어 모여 뒤질세라 아첨 할 때25

---

24 본시 제목의 일부다. 원 시제는「淸帝以夏至祭方澤 刺朝鮮正副使紙迎. 日 高約數竿始
　罷祭. 出壇門至紙迎處 問朝鮮使何在. 仍執視之 行過十許步 自橋中轉身注目 面上有喜
　色. 後謂禮部臣曰'朝鮮使 禮貌甚好. 非他外藩可 比云」와 같이 길다
25 본시 전반 생략 부분으로 원시는 "伊昔淸汗僭天位 是日諸戎四方至. 瀋陽 宮殿訣蕩蕩
　寶辰嵬然方肆志…廣庭燕賀紛左右 惕息拜蜷誰敢後"와 같음.

朝鮮使者羅與李	조선의 나와 이 두 사신
班心一笑立故久	반열 중 웃으며 짐짓 뒤에 서다.
天日高高無二王	높높은 태양처럼 두 임금 없는 법
穹盧僭號何其狂	참담한 오랑캐 이 무슨 미친 것이냐.
頑然不拜顔色厲	완연히 절 않고 낯빛마저 근엄하게
冷視戈矟羅如霜	창끝조차 냉소하는 나씨 추상같았다.
群胡好恊群曾喝	뭇 오랑캐 위협하고 혹은 공갈하나
堂堂七尺甘赴湯	당당한 7척의 몸 끓는 물에 던져졌다오
…中略…	…중　략…
東方以禮爲國脈	동방은 예의로 나라의 맥을 삼았나니
得有二子增輝先	이 두 분 있어 더욱 빛났다.

〈下·10b∼11a〉

며 두 사신의 지사적 결행을 상찬하고, 이어 "우리 모두가 이 두분 같
은 기개와 절조를 가졌더라면 어찌 오랑캐 깃발이 남한산성까지 왔겠
느냐.若吏人皆二子心 降旗豈出南城傍"며 자성적 참회에 젖었다. 물론 두 사신
의 장열한 충혼을 기림이 작자의 메시지겠지만, 내재한 전달심상은
민족혼의 위대함과 문화민족의 자존적 긍지임을 알 수 있다. 그러나
보다 분명한 것은 신속시 당하는 현실이요, 더구나 변무의 사행 길에
나선 자신의 초라함이다. 그러기에 산해관을 벗어나는 무고상금의 7
율 후 4구에서는

衣裘已蔽西南北	남북을 오가기에 옷은 남루해졌고
籌策全無戰守和	북벌이냐 화친이냐 대책이라곤 없네.
慙怪五千言未著	부끄럽다. 오천의 언변을 펼치지 못한 채

蹇惟空自費吟哦。　　장막 걷고 부질없이 시만 읊조리다니.

〈下·4a, 出山海館〉

라고 자괴를 뇌는가 하면, 정히 "이 사행 길 백이伯夷 숙제叔齊에 부끄럽다.此行眞怪採薇詩"〈上·27a〉며 함원인통含怨忍痛의 정조를 노정하고 있음도 존아적 문화의식에 다름 아니다.

3) 여정의 詩化

보고 들은 바를 소재로 하는 기행시란 작가 개인적으로는 경이로운 체험, 독자적 인식을 형상화 한 것이지만, 장르의 성격상 표출된 주제의 유형은 여정의 시화라는 일율성에서 크게 벗어나지 못한다. 따라서 본 항은 1, 2항 외의 다양한 여정을 묶되 번암시의 특질로, 그리고 그의 작가·작품론 연구에 보탬이 될 몇몇 작품을 요약 정리하므로 본격적인 후고의 기틀을 마련코자 한다.

① 史素의 시화

역사 또는 문화 유적지에서 역사적 화소를 시화한 영사시詠史詩는 기행문학의 꽃이자, 작자의 역사관 및 민족의식을 읽을 수 있다.

三面危峯劍䂓高	삼면의 우뚝한 봉우리 칼날처럼 높고
一堆才缺向南皐	한 쪽 날개 끊겨 남쪽 언덕 향했다.
關防地利元奇壯	국경 방위란 본디 奇壯한 지형의 이로움이기에
神武天汗尙遁逃	신스럽다는 가한의 무예도 도망가 숨었었지.

當日威聲驚海內　　당시 양만춘의 위엄은 온 천하에 자자했는데
祇今行色愧吾曹　　지금의 우리들 행색은 부끄럽기만 하구나.
沁都南漢終何賴　　강화와 남한산성 항전에 무슨 힘이 되었는가
空費斯民杵等勞。　부질없이 백성들만 수고롭혔다오.

〈上·7b~8a, 安市城〉

고구려 보장왕 4년(645), 천하 영웅 당 태종과 백전노장을 위시한 역전의 명장들을 충천하는 사기와 불굴의 민족정신으로 막아 낸 안시성 싸움이란 역사적 화소를 회고하고, 이어 참담한 현실을 아파하는 이른바 무고상금撫古傷今의 시다. 곧 '강화도와 남한산성沁都南漢'이 그것이니, 병자호란 때 심양을 출발한지(인조 14년, 1636. 12. 2) 10여일 만에 서울 근교에 육박한 청나라 군사의 내습을 접한 조정은 급한 김에 봉림·인평 두 왕자와 비빈종실 및 남녀귀족을 강화도로, 그리고 인조와 세자 및 조정 신하들은 남한산성으로 피신하여 항전하려 했으나, 역부족하여 익년 정월 30일 드디어 삼전도에서 항복의 예降禮를 올리는 근세사상 최대의 민족적 치욕을 맞아야 했던 사실을 함축함이다. 문제는 '終何賴'와 '空費'의 서술심상이다. 저 안시성 항쟁에서의 그 불굴의 의지와 민족정기는 어디로 갔는가. 어쩌다 민족사 운명이 이에 이르렀는가. 속절없는 백성의 수고로움, 이 모두는 역사 창출의 의지 부재다. 적어도 번암의 시적 화소는 그의 역사관을 '빛나는 민족통서의 계승 발전과, 과오의 전철로부터의 과감한 일탈'이라고 전제 한 것으로 파악할 수 있다

三韓使轍幾經過　　삼한의 사신 수레 몇 차례나 지났건만
靑石嵯蛾尙不磨　　청석령 높고 높아 옛 모습 그대로라.

陰雨寒風何日盡　　음산한 비 찬바람 어느 때나 다하리
百年凄咽孝宗歌。　백년토록 목매인 효종의 노래.

〈上·10b, 靑石嶺〉

　삼전도에서의 항례降禮에 이은 화약和約 36조에 따라 효현세자와 봉림대군 두 왕자는 심양으로 볼모잡혀 가게 되었다. 청석령을 넘는 봉림대군의

靑石嶺 지나거냐 草河溝ㅣ 어되메오
胡風도 춤도출샤 구즌비는 무슴일고
뉘라셔 내 行色 그려내여 님겨신듸 드릴고.

〈瓶歌·23〉

라는 절규의 터를 지나는 번암의 무너지는 억장이다. 시대와 신분의 차이에서 오는 역사체험은 달라도, 빚어진 현실의 아픔은, 특히 지식인의 역사관으로는 같은 심회일 뿐이다.

悠悠丙丁恨　　아스라이 남은 병자란의 한
靑石至今靑　　이냥 푸르기만 한 청석령.
但說金湯在　　금성탕지라고 말들만 할 뿐
何曾冠蓋停。　누군들 진작 지켜보려고나 했나.
　…下　略…　　　…하　략…

〈上·3a〉

"청석동에서 서장관 심념조와 '靑'자 운으로 지었다는_{靑石洞與書狀官沈} _{伯修念祖得靑字}" 오율의 앞 4구다. 1연은 「청석령」시 기·승과 같은 시상이니, 유한한 인간이 경영하는 역사는 그 굴절이 파란만장하나, 무한한 자연은 또 그렇게 무정하기만 하다고 전제하고는 '청석령이야말로 천혜의 요지라고 말만 할뿐, 책임 있는 그 누가 몸소 위국충정을 발휘해 보려고나 했더냐'며, 위정_{爲政}의 부재와 이기적 편의주의에 무젖은 당대의 가치관을 실란하게 비판했다. 청석령을 지난 왕자 일행이 볼모잡혀 거처하던 「조선관」²⁶ 에서는

傷心朝鮮館	마음 아픈 조선관은
蔓草生離離	넝쿨풀만 다북히 자랐구나.
下馬一徘徊	말에서 내려 배회하자니
悲歌憶往時	슬픈 노래 부르며 지난날을 되뇐다.
莫道思歸公子恨	돌아 가고팠던 왕자의 한 말하지 말자
那知佳氣暗相隨	뉘 알았으랴, 아름다운 기운 몰래 따랐음을.
神龍有翼東飛去	신령한 용 날개 있어 동으로 날았고
惟有祥雲千古事。	상서론 구름만이 천고에 드리웠구나.

〈上·13a, **朝鮮館**〉

라고 5언의 절박·암담했던 회고에 이어 7언의 유장하고 희망적인 미래상을 노래하고 있다. 이른바 천우_{天佑}의 가기_{佳氣}가 신용으로 하여금 동으로 날게 하고, 상서로운 구름이 서렸다 하므로 긍정적 역사관, 미래 지향적 가능성을 읽게 한다.

---

26 본시 小註의 "孝廟以大君 嘗留質館因云" 참조.

이 밖에도 의주를 지나며 임란 시 선조의 행궁을 읊은 「용만곡」 외에 중국의 사소를 시화한 많은 시는 지면 상 후고에 미룬다.

결론적으로 그의 영사시는 흔히 빠지기 쉬운 무고, 이른바 감상의 무절제가 아닌 냉철한 역사 반성과 이성적·긍정적 미래 지향이란 건전한 정서로 잘 무장되었음을 알겠다.

② 古人古事의 시화

선인의 옛 행적 역시 넓은 의미의 사소史素나, 역사의 통시적·객관적 화소話素에 비해 공시적·주관적 화소와 분별한 시가 모음이다.

唾起淋鈴在樹間	숲에서 듣드는 빗소리에 졸음이 깨니
亂雲遮護碧松顏	어지러운 구름 푸른 솔 낯을 가린다.
如河四百年間雨	어쩌랴, 400년 동안의 비에도
末洗橋邊點血斑。	씻기지 않은 선죽교의 핏자국.

〈下, 松京過雨〉

비 내리는 선죽교, 그 충절의 징표처럼 섰는 반죽斑竹을 보고 회억한 정몽주다. '如何' 2자는 그게 빗물로 씻길 행적이 아니요, 그러므로 400년이란 시간은 오히려 영원에 이어질 민족 통서이기에 '未洗'할 당위성을 7절로 첨가한 작자의 작시 의도는 또 다른 훈고임을 알 수 있다.

少小好古文	어려서 고문을 좋아해
百家頗搜別	백가의 글을 두루 더듬었다.

惟有使部文　　오직 한유의 글을

嗜之成苦癖　　즐겨서 고질이 되었지.

邇來三十載　　이래 30 여 년 동안

手中不敢釋　　손에서 감히 놓질 못하네.

　…中略…　　　…중　략…

勿謂公不在　　임이 안 계신다 말하지 마소

北斗光如月　　북두성의 빛이 달보다 밝다.

一瓵椒蘚水　　한 잔 술에

公靈來髣髴。　임의 영혼이 계신 듯 오시네.

〈上·23b, 撫寧道中望昌黎縣〉

　　무령에서 한유가 자사를 지냈다는 창려현을 바라보며 흠모의 정을
보낸 시다. "비록 한유의 방에 들지는 못했어도, 이제쯤 그 맛을 알만
하다.雖不升其堂 老覺味愈別"며 "위편삼절緯扁三絕토록 면려치 못했음을 한탄
했는가 하면功名苦欺人 恨不韋編色 "맑은 하늘 아래 뾰죽뾰죽 섰는 산봉마
저 붓으로 환치하므로晴空揷萬峯 筆峯森簇簇"고도대문古道大文의 우람을 칭
송하더니, 그예 한 잔술로 영평부의 야유를 누린 작자다.
　　한편 호타하에서 광무제를 회억한 시「호타하滹佗河」에서는

滹佗日射如練白　　호타하에 비친 햇살 비단처럼 희고

蘋風乍起炎塵伏　　강바람 살풋 불어 더운 먼지 잠재우네.

英雄一去空留跡　　한 번 가신 영웅 자취 뿐이요

河中之水去不息　　하수의 흐르는 물 쉼 없도다.

殷勤細向河神問　　살며시 하수의 신에게 묻나니

何年再護劉文氣。　어느 때나 광무제 다시 나시겠오

라고 광무제 유수劉秀와 같은 영웅의 재현을 갈구해 있다. 이는 물론 한실의 문화를 송두리 채 잠식한 북적 청을 쓸어내야 한다는 번암의 중화적 문화의식의 표출임은 물론이다. '자취만 남긴 영웅'과 '쉼 없는 호타하'를 대우삼은 결구는 만고류萬古流하는 장강처럼 영원해야 할 인문전통의 계승을 강조함이요, 그 필요에서 유수같은 영웅의 재출현은 불가피하다는 필연적 논리의 함축이다. 이 같은 그의 문화의식은 「이제묘27」에서도 잘 증명된다.

③ 人間美의 시화

본고에서 미흡했던 작가론적 접근을 벌충하기 위한 인간미 탐색은 작품 이해 측면에서나, 보다 체계적인 후고를 위해서도 필요하다. 사행의 출발에서부터 복명에 이르기까지 일기체로 쓰여진 기행시28 곳곳에 녹화된 위인의 면면을 극히 제한된 시편을 통해 요약 정리하기로 한다.

箕那生長鬢成斑	예의의 나라에 태어나 귀밑머리 반백되어
一上星軺始展顔	사신 길에 한번 올라 얼굴 비로소 펴본다.
身脫西南老少局	몸은 서인 남인 노론 소론에서 벗어나
名超吏禮戶兵班	이조 예조 호조 병조에서 이름 날렸다.
莫言關路令人老	이국 길 사람을 늙게 한다 말하지 말라
方是吾生到此閒	지금 내 생이 이 같은 한가롬에 있나니.

---

27 『含忍錄』; "丹峯乾淨浿江青 箕聖祠前组豆聲 何不同携仁里擇 百年常若 浼擅腥"〈上・25a〉 참조

28 『含忍錄』소재「暮抵松站」시 結句의 "詩草偶然如日錄 兄堪自悅不堪傳"〈下〉. 참조.

惟有戀君方寸赤　　　다만 임 그리는 한 조각 붉은 마음 있어
協陽門內夢頻還。　　꿈에 자주 협양문 안으로 든다오.

〈上·12a, 書懷〉

　　스스로 「사폐」에서 "신하의 몸 군국君國을 위해 있을 뿐이니, 한결같은 충절로 맹세한 죽살이臣身臣不有 生死誓一節〈上·2a~b〉임을 다짐하고 출발한 사행 길 19일째 십리보十里堡에 묵으며 술회한 회포다. 색목의 이기에서 수고로움도 내게 허여된 임무일 때 성실과 기꺼움으로 임할 뿐이라 함은 곧 '生死誓一節'과 무관하지 않다. 아울러 '연군의 몽환' 또한 결구의 일반적 논리로되 '臣身 臣不有'와 접맥될 때 그 의미는 배가 된다. 헌신적이며 긍정적인 인생관, 충직하고 강직한 사대부의 전형임을 알 수 있다. 그러기에 내직에선 명상이요, 외직에선 청백리여서 영조 50년(公 50세) 평안감사 시절에 베푼 선정은 청백리로서, 그리고 목민관으로서의 귀감이기도 했다. 십리보를 출발한 지 또 엿새 만에 그토록 가물던 옛 부임지 평양에 이르자 기다렸다는 듯이 비가 내려 온 백성들이 채안찰사의 비蔡安使雨29라며 환대하기에,

天雨自然施　　　　자연의 섭리로 내리는 비
何與舊監使　　　　옛 감사와 무슨 관계랴.
舊使無才又無德　　옛 감사 재주도 덕도 없어
負民實多民不知　　백성의 신망 숱하게도 저버렸건만…….
練光亭上倚盡件．　　연광정의 호사스런 누대에서
淋浪小絶侵曉鼓　　질탕히 마셔 날을 새우기도 했지.

---

29 본시 題下에 "關西頗旱 是夜適雨 百姓歡于道 円此蔡按使雨也. 余聞而戲 賦"라고 소주되었음.

公然以雨歸之我	공연히 호우의 공을 내게 돌리니
老夫聞之汗如雨	소문 들은 이 노부 땀이 비 오듯.
歎我虛名何止斯	아, 이 헛된 이름 언제 멈추나
文苑籌司皆竊吹。	문원에서 맡은 일 모두 도둑질한 셈.

〈上·4a, 安使雨〉

라고 희부_{戲賦}하였다. 겸양과 진솔로밖에 달리 표현할 수 없는 번암의 인간미는 귀로의 「기성 도중에서_{箕城道中}」 더욱 명증된다. 곧

… 前 略 …	… 전 략 …
自言衆穉兒	스스로들 말하되 여러 어린 아이가
復近慈母側	다시 인자한 어미 곁에 있는 듯하네.
… 中 略 …	… 중 략 …
西京有八條	평양엔 8조의 가르침 있어
聖化所洋溢	성인의 교화가 넘쳐 나는 곳.
我本無遺受	내 본디 끼친 사랑 없건만
爾自美風俗	백성들 스스로 지켜온 미풍.
去來輒幣民	오감에 문득 폐만 끼쳐
愧汗衣上滴	옷을 적시는 부끄러운 땀.
但願年屢豐	바라건대 해마다 거듭 풍년들어
熙疑民自樂。	우리 백성 기껍고 즐겁게 살았으면.

〈下·23a〉

라고 염원해 있음이 그것이다. 번암의 신념을 대변한 "내 스스로 나를 자축함은 살아 분명 요·순 시대의 신하 되렴_{吾身吾自賀 生作堯舜臣}"[30]이라

함을 실현키 위한 희구이니, 일찍이 두보杜甫가 "임금을 요순의 위로 치키고, 다시금 풍속을 순정케 하리라致君堯舜上 再使風俗淳"31던 자신의 봉유수관奉需守官에 다름 아니다.

한편 귀로의 수레에서 조는 사이 꿈에 보인 아들 홍원弘遠에게 보낸 시에서도 자상한 부정父情을 읽을 수 있지만,32 만 리 길 함께 고생한 말이 병들어 놓아 주며 읊은 「말을 놓아주며棄馬歎」에서 더욱 따사로운 인간미를 느낄 수 있다.

… 前 略 …	… 전 략 …
馬夫脫霜兼割尾	마부도 안장 벗기며 꼬리를 자르니
對汝良久淚돐膽	오래토록 너 위해 눈물 가슴에 엉긴다.
汝容依依失主悲	네 모습 주인 잃은 슬픔에 젖고
我心慘慘回頭數	내 마음 참담하여 돌아보길 자주한다.
異城同來不同歸	함께 온 이역에서 같이 가지 못하고
況乃死生無消息	더더욱 사생 조차 물을 길 없을 테지.
但願胡ㅅ療汝病	바라건대 이 곳 사람 네 병 고쳐
善養平郊春苜蓿。	들판의 봄풀에 잘 자라주었으면.

〈下·10a~10b〉

"함께 고생한 만 리 길, 그것이 비록 축생이나 어찌 정이 없을 손가同我辛苦萬里途 馬雖畜物情豈無"로 시상을 열고는, "너의 이 병이 험한 길 바

---

30 『含忍錄』卷十四 ; 「宿十三山 是夜卽先大王禋禪祀. 與副使鄭汝成祥 書 狀沈伯修 行望哭禮 扰淚以書」참조

31 『杜諺』卷十九 「奉贈韋丞丈二十二韻」 참조

32 『含忍錄』十四 ; 「朝發兩水河店 行可十數里 較中乍睡夢見兒구弘遠」참조.

쁜 재촉 때문이니 결국 나로 인함"이라며 안쓰러움을 금치 못하는 정인, 마부들의 '애석함도 없이 버리려함을 야속해 하는' 작자야말로 축생에까지 베푸는 정리가 인도적임을 단적으로 증명할 수 있는 작품이라 하겠다.

Ⅴ. 位相定立을 위한 남은 과제

문학사상의 자리매김이란 워낙 작가·작품론적 천착이 매듭되고, 이어 다른 작가들과 그 업적이 대비된 후에 이루어지는 문학사 정리 작업의 일환이다. 따라서 본고의 논의 범위와 방법론으로는 그 온당한 자리매김이 불가능하다. 다만 이제껏 경세지사로 논외에 두었던 번암 채제공을 작가로서, 그리고 그의 문집『번암집』을 비중 있는 연구 대상으로 제기하면서 그 필요성을 정리하고자 한다.

작자로서의 번암, 그의 가계 및 사우관계는 물론, 약하시사를 통한 교우 관계로 보나, 방대하고도 중체 구비한 작품, 특히 연경에서 만난 당시 청나라 최고의 두 학사 반정균潘庭筠, 이정원李鼎元과의 주필走筆 등에서 보듯이 그 역시 조선후기 문원에서 남 못지않은 훌륭한 문장지사로 제고되어야 할 것이다. 더구나 "처음 만난 이·반과 잠시 동안의 잔술 나눔과 종횡의 필담을 통한 교유 후笑傾蓋如古人 縱橫筆談傾懷抱" 그들의 문력을 가늠해냈는가 하면, 반정균은 그의 「走草章歌贈潘庭筠李鼎元爲別」[33] 시를 "그 기세는 장강대하나 태산화악 같아서 일필사출하는 문력은 한유나 소동파와 같다"[34] 했는가 하면 그의 「연경잡영」을 '웅위걸출하여 대가의 솜씨'라고 높이 평가한 점 등은 주목을 요하는 바 있다.

   연구 대상으로서의 『번암집』은 중체구비한 시와, 다양한 산문은 문예물로서는 물론, 정치 경제 사회, 특히 근세사 연구에 중요한 전적이다. 그 중 본고에서 중점적으로 다룬 『함인록』은 드물게 보는 일기체 사행시使行詩이자, 문화중심의 민족주의적 시각, 이른바 철저한 자존적 문화의식으로 창작·저술되었다. 이 점은 홍대용 이하 박지원과 그 문인들로 이어지는 주체론적 민족주의를 주창한 북학파의 북학논리와는 자못 괴리가 있는 듯하다. 더욱 동행한 박제가는 돌아와 『북학의』를 저술했다는 점도 흥미로운 사실이다. 모름지기 『함인톡』과 『북학의』의 저술 태도, 나아가 역사관·가치관 및 문학관 등 비교론적 검증의 필요성도 아울러 제기해 둔다 .

Ⅵ. 문제의 정리

   18세기 중·후반 영·정조대의 정치·문화적 특질을 주자주의적 권위와 재도적 성리문학에 도전하는 다양한 이념과 문학론이 노정된, 이른바 전통과 정통의 갈등 개혁기로 규정하고, 이 시대의 위정은 물론, 교린의 실무자였던 번암 채제공의 대 청나라관 및 문화의식을 그의 연행일기체 시집인 『함인록』을 통해 고찰한 본고를 요약 정리하면

---

33 『번암집』卷十三 ; "少小抱奇志 軒裏浮雲視 經史百家頗閱歷 金剛五臺忞 遊 … 中略 … 法藏寺裏天借使 避返中州二學士. 李侯復枯峨嵋草 潘子中懷 夜光寶 一笑傾蓋如故人 縱橫筆談傾懷抱…"〈33 b~34a〉 참조

34 注 33)의 詩 끝에 "潘評云 氣勢如長江大河 泰山華岳, 一筆寫出 眞有韓蘇 力量. 評燕京雜詠云'雄偉傑出大家手筆'라고 小註했다.

다음과 같다.

1 학인이나 문인으로보다는 경세지사로서의 비중이 더 높았던 번암이기에 그에 대한 작가·작품론적 접근은 송준호의 단편적 언급이 있을 뿐이다. 그렇다고 정치·역사학적 접근도 조광의 '서학관 연구' 1편 외에는 접하지 못한 전혀 미개척 분야다.

2 뿌리 깊은 평강 채문蔡門이었으나, 특히 종조 희암공의 시학, 부 응일의 가학에 이어 약산 오광운 국포 강박에게서 인격과 학문, 그리고 문장학을 익혔으며, 목만중, 이헌경, 정범호, 이정운, 황사술 외에도 약하시사의 여러 문사들과 교유했다. 특히 약하시사에 대한 문헌적 고찰을 과제로 제기했다.

3 작품론 중 형식은 중체구비한 편이나, 절구 100수 중 7절이 93 수로 절대적이며, 율시 84수(五:40, 七 : 44) 고시 51수(五:23, 7:29)로 집계된다. 대체로 기행 중의 소견문사이기에 영물·죽지·서경 등은 절구로, 기타 역사·문화·민족의식 등은 율 및 고시로 쓰였다.

4 작품 내용의 유형은 ① 존명배청 ② 존아적 문화의식 ③ 여정의 시화로 요약했다. 그의 존명의 논리는 곧 배청의 논리요, 존명의 명분은 문화 중심적 자존이요, 배청 역시 한문화의 정통을 이어받은 소화국으로서의 자존을 지키려는 명분론이었다. 한편 존아적 문화의식 역시 배청의 논리가 전제된 청에 대한 낮보기로 특히 저들의 풍속, 민족의 야만성·호전성 등을 매도해 있다. 이어 여정의 시화에서는 ① 사소 ② 고인고사 ③ 인간미 등의 시화를 대상으로

작가론적 접근을 시도하고자 했다.

5 문학사적 위상 정립은 본고 역시 그 범위와 방법론 상 속단이기에 작가로서의 번암 연구 대상으로서의 『번암집』의 비중을 제기했다. 특히 정조대왕의 "其文小者 蒼勁, 大者鬱崔 皆能一氣呵成"이라는 평과, 반정군의 "長江大河 泰山華岳같은 기세가 진실로 한유나 소식의 역량이 있다"라던가 "웅위걸출한 대가의 솜씨"라는 등의 시평은 『번암집』을 통람치 않은 많은 후학들에게 시사하는 바 크다 하겠다. 아울러 북학파들의 개별 주체론적 민족주의와 문화 중심적 민족주의 간의 역사·가치·문학관 등의 비교론적 검증의 필요성도 제기해 둔다.

〈1996. 朝鮮朝 漢詩作家論 II, 東岳學術叢書·4〉

茶山의 杜詩受容攷

-<三吏>를 中心으로-

Ⅰ. 문제의 제기

회의문자의 다양한 상징성과 심상성은 한시문학의 문예미를 고조시키기에 족하다. 그러므로 한시는 동양문학의 전형으로 풍風·소騷를 비롯한 도陶·사謝·이李·두杜와, 한韓·백白·소蘇·육陸의 시 작품이 그 필수의 과정인 동시에 평생을 음미한 시학의 길잡이었다. 따라서 차운과 화시로 시율을 익히다가 아예 습취가 아니면 시가 아니라 일러 왔다. 특히 우리의 한시는 당·송을 배워 고려 광·현 이후 농섬하고 부려하였으니, "한 구절도 내처가 없는 시구는 없을 것無一句無來處"[1]을 본령으로 알던 선인들은 진작 "한 글자도 내처가 없는 시어는 없다.無一字不出來"는 두시에로 전심하여 "읊조리기를 천여 년, 그 성가는 천하를 울린吟詠流千古 聲名動四夷" 시의 전범[詩典]으로 삼아 왔다.

---

1 徐去正 ;『東人詩話·下』: "高麗光顯以後 文士輩出 詞賦四六 穠織富麗 非後人所及" 및 同上·20 "古人作詩 無一句無來處 …" 참조

실로, '한 평생 숱한 병치레로, 떠도는 나그네 신세百年多病 萬里常作客'였던 두보, 그 가난과 고초에도 불구하고 "침울강개와 억양돈좌로, 시는 그야 물론 우리 집안의 가업詩是吾家事"이란 자부와, '책이란 책은 모조리 읽어 제쳤다.讀書破萬卷'는 자긍과 '더욱 많은 스승, 이 곧 너의 스승轉益多師是汝師'이라는 조술祖述의 원리, '내 시가 사람들을 놀라게 하지 못한다면 죽어서도 마지않겠다.語不驚人死不休'는 고벽苦癖으로 가다듬어져,2 끝내는 '시로 쓴 역사詩中之史 · 경經 · 성聖 · 신神'3으로 존숭되어 "시인이 있어 온 이래 두자미 만한 이는 없었다.詩人以來 未有如子美者"는 칭을 받았으니, 진작 "너희 무리들은 몸과 이름이 함께 사라지겠지만, 폐하지 않는 강하는 만고에 치렁하리라.爾曹身與名俱滅 不廢江河萬古流"(杜諺 · 16 · 戱爲六絶 · II)는 그의 '이시론시以詩論詩'는 결국 자기 시의 자평인 셈이다.

그러나 기호에 따른 이李 · 백白 · 소蘇 · 육陸에의 심취는, 혹은 두시의 난삽과 궁벽을 빙자하여 상이尙李 · 모소慕蘇로 설왕설래했으나, 두벽杜癖의 호문 영주 정조의 '육유를 배워 두보의 시경에 든다.由陸入杜'는 문풍과, 그 총애 아래 다산의 학두學杜는 남다른 공적과 훈고를 남겼다. 물론 3,000년래의 제 1인자라는 익재의 조술4과, 목은의 탄상,5 포은의 답운6은 고려조 학두의 일반이다.

한편, 조선조 초엔 국시와 더불어 세종의 호학이 태재泰齋를 비롯한 유 · 석의 온오蘊奧의 개발7을 위한 두시번역에 물력을 경주하여 급기

---

2 李丙疇 ;『韓國文學上의 杜詩硏究』, p.151, 二友出版社 1979
3 汪靜之 ;『李杜硏究』第十一章,「李杜比較論」, p.11 "…黃魯直 則推爲詩中之史, 羅景綸 則推爲詩中之經, 揚誠齊 則推爲詩中之聖, 王元美 則推爲詩中之神 崇奉至矣" 참조
4 李齊賢의『益齊亂稿』중「洞仙歌」는 杜詩의「草堂」을,「諸葛孔明祠堂」은「蜀相」을 祖述함
5 李穡 ;『牧隱詩藁』卷八 및 李丙疇譯注『韓國漢詩選』, p.75,「讀杜詩」 참조
6 鄭夢周의『圃隱集』卷二,「春」은 杜詩「春夜喜雨」의 踏襲임.

야는 동방 시학의 준적準的8이 되었다. 이래 김종직·박상·차천로·김창협의 상두尙杜, 신위의 복구複句 등 숱한 집구와 조술이 가멸찬 바 있었다. 그러나 성당 부흥을 진작한 목릉성세에도 오히려 이·소에 몰두했고, 이후 실학사상의 대두로 '풍옹고화'의 시풍을 숭신崇新의 풍조로 환골한 기궤와 첨신이 주도되더니, 정약용·이서구 등 석학을 동원한 정조의 '유육입두'와, 신위의 '소식을 배워 두보의 시경에 든다.由蘇入杜' 던가, 혹은 동악東岳의 유한입두由韓入杜 등 계경은 달라도 도착점은 하나같이 성당 시, 곧 두시에로의 귀착이었다. 특히 우두右杜의 영주 정조를 섬겨 『두륙천선杜陸千選』의 참교參校를 전담했던 다산은 "비부秘府 소장의 만권 서를 편람하고, 중국의 신서를 모조리 섭렵한 실학자로 두시에의 취향은 남달라 50여 편에 달하는 차운 및 화시를 남겼으며, 계자誡子에까지 '시 중 공자詩中孔子'로 추존하는 극성9이었다. 이런 의미에서 다산의 시학은 '유륙입두'에서 확립되었고, 그의 우두론右杜論은 이후 동국 시학에 기여한 바 지대할 것이나, 시인으로 보다는 경학자로서의 다산론이 절대적이다. 이는 그의 시문이 양적으로 적어서도, 질적으로 낮아서도, 한시 문학사상 비중이 낮아서도 아니고, 전혀 그의 방대한 저술이 아직 덜 천착된 까닭이겠다.

이에 본고는 기존의 여러 선고를 참조하되, 다산문학의 연원을 탐색하려는 비교문학의 일환으로 두시「三吏」·「三別」에 차운이라 자주한, 다산의「삼리」·「삼별」중「삼리」만을 우선 대비하여 논의코자 한다.

---

7 金訢의 「飜譯杜詩序」 李丙疇 著 ;『杜詩諺解批注』, p.459, '增補' 再引,"其譯以諺語 開發蘊奧 使人得而知之…" 참조

8 李植 ;『澤堂集』卷十四, "杜詩變體 性情詞意 古今爲最, 絶行及吏·別等作 分明可愛者 不可不熟讀摹襲 以爲準的…" 참조

9 李丙疇 :『韓國文學上의 杜詩硏究』'漢文學上의 杜詩' 條 참조

Ⅱ. 다산의 右杜論

다산이 자찬한 「묘지명」에 스스로 밝힌 방대한 저술은 곧 그의 박학강기의 증명이니, 두보의 "만 권의 책을 읽어 제쳤다 함讀書破萬卷"이 그것이요, 2,460여 수[10]의 작시는 이른바 "붓만 잡았다 하면 신들린 듯하다下筆如有神"함은 그 실증이다. 물론 대하의 그 문력은 이기理氣에 치우친 주자학을 실용의 경세택민으로 개혁하려던 우국연민의 실록이니, 봉유수관의 이상세계 재현을 위한 혁신책으로, 두시의 "임금을 요·순의 위로 받들고, 다시금 풍속을 순속케 하리라致君堯舜上 再使風俗淳"함에 연원함이다.

더욱 다산은 시를 인륜의 근원을 밝혀 풍교에 보비하려는, 이른바 '몸을 닦아 어버이를 섬기고, 임금을 받들며, 백성을 기름修身而事親·致君·牧民'의 그릇, 그 이상으로 관념하지 않았다. 그러므로 '한韓·유柳·구歐·소蘇'의 무실無實한 화미는 오도吾道[洙泗의 도·필자 주]의 본질을 왜곡한다고 통매했으니,[11] 이는 유학에 바탕한 두시의 영향이기도 하겠지만, 실은 국시에 따른 결과이기도 하다. 따라서 그의 「연보」에 의하면 전두專杜의 발자국은 더욱 분명해진다. 곧 13세에,

손수 두시를 가려 뽑아 베끼고 모방해 운을 따라 지으며, 깊이 두시의 뜻을 체득하기를 수 백여 수 했다.

(手抄杜詩 倣而步韻. 深得杜意 凡數百首)[12]

---

10 金智勇 : 丁茶山의 詩論考. 月巖朴晟義博士還歷紀念論叢 p.65에서 그는 年度別 作詩를 도표화 하고 총 2,466수라 했음.

11 『與猶堂全書』 卷十一, 「吾學論」 三, 참조

라 했고, 더욱 자찬「묘지명」에서는 "시문은 경서, 특히 시·서·춘추
에 근저하고, 두보의 사실적 수법에 영향 받은 것"13이라 했으니, 모
름지기 다산의 시학은 철저히 두시에 연원해 있던 우두가右杜家였음에
틀림없다. 따라서 전수조차 꺼리는 연작의 화운으로 병가하려 했던
다산, 본제의「삼리」·「삼별」은 물론, 환골·탈태·복구(紙面上 例略)
는 그 질로나 양으로 단연 위두爲頭다.

이는 물론 조선 초의 통서와, 특히 성종 조 언해본의 완간, 영·정조
의 호문好文, 특히 벽두癖杜의 정조를 섬겨 '유육입두由陸入杜', 혹은 신위
의 '유소입두由蘇入杜'라는 우두右杜의 문풍 확립도 한 원인이겠으나, 전
기한 대로 비부秘府의『조주趙註·고주顧註·주주朱註·전주錢注』까지 두
루 통람할 인연14 때문이기도 했으며, 더욱 두보를 가리켜 '시의 성인
詩中孔子'으로 받들고, 계자誡子에까지 돈독하게 훈고하였으니,

후세의 詩律은 두보로 공자를 삼아야 한다. 대저 그의 시가 뭇 사람의
우두머리가 되는 까닭은 《시경》의 유의를 지녔기 때문이다. 《시경》은
모두 충신효자와 열부 양우의 측달충후한 뜻을 펴냈으니 애군우국이 아
니면 시가 아니요, 상시분속이 아니면 시가 아니며, 미자권징의 뜻이 있
지 아니하면 시가 아니다. 고로 뜻이 서지 아니하고, 학문이 순숙치 못하
며 대도를 듣지 못하고, 능히 임금을 받들고 백성들에게 은혜롭고자 하는
마음이 없으면 능히 시를 지을 수 없으니 너희는 근면하라. 두보의 용사
는 자욱이 없어 얼른 보면 자작인 듯하나, 자세히 보면 그 근본이 있으니

---

12 『丁茶山全書』(完)「年譜」p.44, 英祖大王五十年 甲午·公十三歲 條참조, 문헌편찬위
원간 단기 4294. 8. 9
13 『여유당전서』卷十六 自撰「墓地銘」참조
14 同上 및 李丙疇『韓國文學上의 杜詩』漢文學上의 杜詩, pp.151~176참조

시성인 까닭이다. …

(後世詩律 當爲杜甫爲孔子, 蓋其詩之所以冠冕百家者 以得三百篇遺
意也. 三百篇者 皆忠臣孝子 烈婦良友 惻怛忠厚之發. 不愛君憂國 非詩
也, 不傷時憤俗 非詩也, 非有美刺勸懲之意 非詩也. 故志不立 學不醇
不聞大道 不能有致君澤民之心者 不能作詩 汝其勉之. 杜詩用事無跡
看來如自作 細察皆有本 所以爲聖…) 〈與猶堂全書 卷廿一·寄淵兒〉

가 그것이다. 이른바, "시는 애군·우국·상시분곡·미자권징"의 그릇
이요, 두시는 『시경』 300편의 유의遺意라 했다. 그러므로 두시는 '시
의 공자'며, '지·학·도'를 바탕으로 한 치군택민의 시전詩典이요, 그러
기 위한 두보의 '끼니 때마다 임금을 잊지 아니한每飯不忘君' 시정은 또
'침울돈좌·연영한원·창경기굴'했고, 다산 역시 '그 12자其十二字'로 작
시의 종지를 삼으라고 가계15하여 우두타 못해 두보의 근엄을 재생하
려 했던 전두가專杜家였다.

Ⅲ. 作品論

1. 두보의 「三吏」

「삼리」는 그의 「삼별」과 함께 건원 2년(759) 화주의 하급관리[椽吏]
가 되어 낙양(洛陽 : 동도)에 들렀다가 임소로 돌아오는 도중의 작16이

---

15 『여유당전서』 卷十八 「又示二子家誡」 참조
16 仇兆鰲 : 《杜少陸集詳注》, 二卷 七, '新安吏條' "收京後作 雖收兩京 賦猶充斥 … 乾元
二年 自東都 回華州時 經歷道途 有感而作" 참조

니, 반란군에 의한 민생의 곤고를 사실寫實한 대변이다. 이른바, '상시분속'의 혈루로 시사의 기복과, 충효의 절규와, 평민의 원망과 시름, 아전배의 포악17을 직서·풍자·위무한 악부다. 곧 「삼별」[新婚別·垂老別·無家別]이 "이별하는 자의 뜻을 대신해 쓴 代別者之意而作" 비흥比興이라면, 「삼리」[新安吏·石壕吏·潼關吏]는 "보고 들은 바의 일所見聞之事"을 악부체로 직서한 부賦다. 실로 민생의 고통을 알면서도 자달自達치 못하는 충정을 『춘추』의 필법으로 근엄히 당나라의 역사 이면에 혈서하였으니, "직접 목도하지 않으면 지을 수 없고, 비록 다른 사람이 보았더라도 지을 수 없다. 공이 일로 동도[낙양]에 갔다 목격하고 지은 시. 非親見不能作 他人雖親見 亦不能作. 公以事至東都 目擊成詩 若有神使之 遂下千墜之淚"18라는 '정녕 신이 있어 짓게 했더라면 천 가닥 눈물을 흘렸을' 참상의 녹화인 것이다. 참으로 귀신도 통곡할 현실이 날카로운 필봉을 만나 "시 가운데 역사가 있고, 그림이 있되詩中有史 詩中有畫",19 경건 엄숙함은 오로지 두보만의 필력이니, 이른바 춘추필법 그대로다.

여기서 잠깐 숙고할 바는 정치 이데올로기에 의해 변질될 수도 있는 사회주의자들의 가변적 문예비평 논리다. 이른바, 두시를 가리켜 "형식과 내용의 밀도 높은 통일"이라고 천명한 두보지상론의 곽말약郭沫若이, 문혁이란 정치추세의 편승과 함께 그 "위대한 평민 시인 두보偉大的詩人杜甫"20가 하루아침에 "두보는 동정 받을 수 없는 위험분자是爲杜甫所不能同情的危險分子了"로 매도되어, 「삼리·삼별」에 대한 총결을 "소시민적 연리로 고루한 통치계급에 아당한 봉건주의자요, 기회주의자"21

---

17 李丙疇 ; 《杜詩諺解批注》 '杜少陵管窺', p.53, 通文館, 1958 참조

18 曹樹銘 ; 《杜臆增校》 卷之三, 0815. 〈無家別〉 참조

19 汪靜之 ; 李杜研究, 第七章, '杜甫之事實工夫' p.129 참조

20 郭沫若 ; 〈詩歌中的雙子星座〉, 《杜甫研究論文集》 第三輯

21 郭沫若 ; 〈李白與杜甫〉, 李丙疇 〈李白과 杜甫의 比較論〉 p.13 再引

라고 통박하는 몰상식이다. 그러나 그런 곽말약도 역시 두보의 시적 우수성만은 부정할 수 없었으니, "두보는 필경 시인이니, 정치가로서의 역량은 갖지 못했다.杜甫畢竟只詩人 而不足政治家 作爲政治家 雖然沒有成功 但作爲詩人 他自己是感到滿足的"22라고 결론하여, 푸른 서슬의 필봉 속에 미처 감추지 못한 양식의 일단을 보이고 있다. 이제「삼리」에 대한 작품 연구를 통해 그 진면과, 다산의「삼리」를 비교하기로 한다.

1) 新安吏

客行新安道	길손이 되어 신안을 지나다가
喧呼聞點兵	와자글 병사의 점호를 들었네.
借問新安吏	웬일인가 싶어 아전에게 묻자니
縣小更無丁	고을은 작고 장정이라곤 없는데.
府帖昨夜下	간밤에 징병령이 또 득달같아
次選中男行	어쩔 수 없이 중남을 뽑아 간다나.
中男絕短小	중남은 너무나 작고 어리나니
何以守王城.	어찌 저들이 왕성을 지킨다뇨.
肥男有母送	살찐 놈은 어미가 보내지만
瘦男獨伶俜	야윈 놈은 혼자서 끌려가네.
白水暮東流	무심한 강물은 동으로 치렁치렁
靑山猶哭聲	푸른 산엔 이제도 곡소리 남은 듯.
莫自使眼枯	피눈물 짜내서 마르게 말고
收汝淚縱橫	보소, 눈물일랑 이제 거두시오.

---

22 李丙疇 :〈李白과 杜甫의 比較論〉, p.14. 郭沫若 :〈李白與杜甫〉再引

眼枯却見骨　　슬픔이 지나치면 오히려 해로워

天地終無情　　그렇다고 위에서 보아주는가.

我軍收相州　　관군이 상주를 수복했다기에

日夕望其平　　밤낮으로 평정을 고대했더니

豈意賊難料　　도적의 간교란 측량키 어려워

歸軍星散營　　어쩌랴, 뿔뿔이 흩어졌던가.

就粮近故壘　　군량미 넉넉한 옛 진영에 나가

練卒依舊京　　낙양 근처에서 훈련한다오.

掘壕不到水　　성곽의 못물도 깊이 파지 않고

牧馬亦役輕　　병마를 먹이는 쉬운 일이라오.

況乃王師順　　하물며 관군은 포악하지 않아

撫養甚分明　　위무와 급식이 아주 분명하니

送行勿泣血　　보낸다고 피눈물만 흘리지 마오

僕射如父兄。　　복야는 자상함이 부형과 같다오.

〈杜詩諺解 卷四〉

평성 '庚'운으로 압운한 5언 고시다. 이도현의 『두보시사연구』에 따르면, "공이 이 때 육혼의 장원으로부터 화주 임소로 가던 중 신안을 지나다가 징병에 끌려가는 송별의 고통을 보고 느껴운 바 있어 이 시를 지었다.公於是時 自陸渾莊擬反華州任所, 途經新安 見點兵送別之苦 有感而作此詩"[23] 했으니, 건원 2년(759) 두보의 나이 49세 때 작이다. 그러므로 구조오仇兆鰲의 "전씨가 화주에서 동도로 갈 때의 작이라 한 것은 잘못된 것이다.錢氏以爲自華州之東都時 誤矣"[24]라고 『전주두시錢注杜詩』의 오류를 지적했

---

23 李道顯;『杜甫詩史研究』第五章 '乾元二年作品'〈新安吏〉pp.333~336
24 仇兆鰲;『杜少陵集詳註』二卷七,〈新安吏〉pp.1~2 참조

음은 사승史乘과 연보가 가리는 바다.

전편 14운 28구는 전 2단 각 8구, 결구는 후 1단 12구로 구성되었다. 역사의 이면을 서사할 사단의 실마리다. 그러므로 3인칭으로 시상을 불러일으킨 것은 '진시관풍陳詩觀風'이란 악부체의 작법이니, 진작 역사적 증인이거나 『춘추』의 엄정한 필법을 마련한 전초임을 주목할 일이다. 이병주도 원주에서 "육조六朝 악부체에 있어서는 '사실이 아니더라도 사실처럼 지어냄無事實 而撰浮詞'이 원칙이지만, 이 「삼리·삼별」은 의체擬體이니만큼 타인[客]을 가설하여 서사·서정하였으니, 이 언외의 인물, 곧 과객이 바로 작자"25라 하였다. 이어 '借問' 2구와 '府帖' 2구는 두보의 문사問事와 아전의 답사, 그리고 '中男' 2구는 두보와 아전의 탄사로 비창의 3부 악이다. 여러 주는 '中男' 2구는 '공[두보]의 탄사公歎詞'라 하여 작자만의 시름과 탄사라 했지만, 피아의 간격이 없는 살육의 장이요, 주구의 참상인데 아전인들 답사가 곧 탄사임은 말 밖의 의표意表이자, 시문학의 뒤안이다.

한편, '더 이상 장정이 없다更無丁'함은 천보 연간으로부터 입어온 전흔이요, 가까이는 상주를 방위하던 관군의 궤멸에 의한 전흔[殆盡] 때문이니, 『두억』의 "작고 어리다함은 족히 장년이 아니라는 말이니, 대저 장년은 이미 징집되어 다 죽었음短小足不成丁者 蓋長大者 早已點行 而盡亡矣"26을, 곧 그 전황을 시로 논한以詩論時 고발이다. 아울러 그는 "다시 장정이라곤 없다 함은 '어찌 보낼 장정이 없어서 한 말'이겠는가.更無丁 言豈無餘丁可遣呼"라고 사뭇 인정적인 보주를 곁들였다. 그러나 온후의 명제 앞에 선행해야 할 정명의 애국은 두보로 하여금 왕성을 적의 수중에 넘기게 하지 않는다. 그러기에 "天地終無情"의 시운을 통곡하

---

25 李丙疇;『杜詩諺解批注』五言古詩篇〈新安吏〉참조
26 曹樹銘;『杜臆增校』卷之三〈新安吏〉참조

며, 후단의 위무를 마련했던 것이다. 따라서 역설적 귀납의 신기神氣는 진작 '更無丁' 3자의 안자眼字이되, 문자 뒤에 감췄음을 요량할 일이다. "밤에 징병을 서두른 것은 왕성을 지키기가 급해서夜帖早行 守城急也"임은 물론이다. 여기 중남이란 "옛 제도에 남정네를 정장·중장·황소의 구분을 두었는데, 천보 2년부터 18세 이상은 중남, 23세 이상을 정장이라 했다. 시의 '다음 중남을 가려 보냈다'함은 곧 정남이 수자리 정벌에서 거의 죽고, 중남을 징발하기에 이르렀음을 알 수 있으니, 참상의 아픔을 추단할 수 있다.古制人有丁中黃小之分, 天寶二載 令民十八歲以上 爲中男, 二十三歲以上 成丁, 詩云'次選中男行' 則知正丁征戌殆盡 而及於次丁矣, 傷亡之慘 可以想見"27라 했다. 17·8세의 너무나 어린 나이로 왕성을 지킴은, 저 교활한 반군에 비해 그저 참담할 뿐이다. 이는 승구에 이어질 혈루의 고별상, 곧 강을 위한 약의 배려요, 절정을 위한 복선의 안배이니, 허실상배의 기사적 사실이다. 그나마 잡아가야 점호를 맞추니 도리가 없었다.

승구는 저 「병거행兵車行」의 "부모 처자들이 뒤따르며 배웅하는데, 먼지가 일어 함양의 다리조차 보이지 않고, 옷자락 부여잡고 발을 뒹굴며 앞길 막고 울부짖으니, 통곡소리 곧장 구름 낀 하늘까지 치찌르누나.爺孃妻子走相送 塵埃不見咸陽橋, 牽衣頓足攔道哭 哭聲直上干雲宵"〈두언·1〉를 방불케 하는 죽살이 땅으로 보내는 자와 가야하는 자의 이별의 참상이다.

'살찐 놈肥男'과 '야윈 놈瘦男'은 '有母送'과 '獨伶俜'으로 그 여간한 짬짜위는 물론, 입신한 세찰細察은 가위 당시 전황의 재현이다. 무심한 강물은 유유히 동녘으로 희끄무레 흘러가고, 말없는 청산의 능선엔 아직도 그 무슨 유령의 울음 같은 '보내는 자의 통곡이 배웅하는 듯'하다. 이는 무정한 산하의 이미지를 시로 대입한 활유법이니 '白水'는

---

27 李道顯 ; 『杜甫詩史研究』第五章, 乾元二年作品「新安史」 p.335 참조

하양으로 끌려가는 행자요, '靑山'은 행자를 멀리나마 보려는 송자의 안쓰런 등고처다. 여기 '暮'라는 공동의 시간적 배경 하에 '白'과 '靑'이라는 이질의 색상 설정은 언외에 무궁한 이미지를 함축한 메타퍼다. 이른바, 전선의 암흑 깊숙이 동으로 흐르는 白水는 잿빛 죽음의 이미지, 곧 행자의 그것이요, 어둠 아래 펼쳐진 '靑'의 검푸름, 그것은 송자의 참담이다.

그러므로 "이 때 야윈 자, 살찐 자 모두 울고, 그 어미도 울어 함께 가는 자와 보내는 자 모두가 우니, 우짖는 자 많아 그 소리 산에서 물에서 나오니 산도 울고 물도 우는 듯 했다. 날이 저물자 징집된 자 끌려갔으나, 물은 동으로 무심히 흘러내리고 홀로 청산만 남았는데 오히려 곡소리 들리는 듯 하고, 검푸른 빛 참담함이 자못 애절함이 남은 듯하다.此時瘦男哭 肥男亦哭 肥男之母哭 同行同送者哭, 哭者衆 宛若聲 從山水出 而山哭 水亦哭矣, 至暮別者 已分手去矣, 白水東流 獨靑山在 而猶帶哭聲, 蓋氣靑色慘 若有餘哀也"[28]는 시의 함축의 자릴 메워 놓은 사설이다. 그러나 그는 산도 울고 물도 울던 참상을 "莫自使眼枯 收汝淚縱橫"이라고 위무하고 있다. 이는 워낙 "대저 병기란 흉기라, 성인은 부득이한 때만 쓴다. 고로 쓰지 아니할 때 쓰면 벌하고, 부득이 쓸 경우엔 위로하고 슬퍼한다.蓋兵者凶器 聖人不得已 而用之, 故可已而不已者 則剌之, 不得已而用者 則慰之哀之"라는 성교聖教의 시화詩化다. 그러므로 반전시 운운은 기구의 외현에서 얻은 속단이다. 물론 두보는 평화의 구가자다. 그러나 반도에 의한 국란이니 '마지 못해 쓰는 것不得已而用之'이다. 그러므로 어차피 치뤄야 할 전쟁이라면 '哭·淚'는 '却見骨'의 무익일 뿐이다. 여기에 "天地終無情"의 '哀之'와, 결구 전 12구의 '慰之'는 필연이다. 이에 구조오의 "前軍潰散 後軍斷行 恐

---

28 曹樹銘 :『杜臆增校』杜臆 卷之三, 0181「新安吏」p. 120 참조

人心惶懼 日就糧見有食也, 日練卒非臨陳也, 日掘壕牧馬 見役無險也, 且師順則可制勝, 撫養則能優恤 俱說得愷至動情"[29]은 그 전말이다. 더욱 "僕射如父兄"은 『兵略』의 "위에서 아랫사람을 자식같이 대하면 아랫사람은 윗사람을 부친같이 대하고, 위에서 아랫사람을 아우같이 대하면, 아랫사람은 윗사람을 형같이 대한다.上視下如子 則下視上如父, 上視下如弟 下視上如兄"의 시화니 "無一字不出來"가 그것이다. 그러므로 포기룡은 그의 『讀杜心解』에서 전편을 "分三段 首敍其事 中述其苦 末原其由, 先以惻隱動其君上 後以思誼勸其丁男 義行於仁之中 此豈尋常家數"[30]라 했다. 실로 두보야말로 시를 통해서 전란의 시사를 비단 기사에 그치지 않고 혹은 위로하고[慰之], 혹은 간하며[刺之], 더러는 함께 슬퍼하며 『춘추』의 보폄을 다했다. 여기에 시사적 격율이 엄연한 바 있다.

2) 潼關吏

士卒何草草	병사들 어째서 저리도 고단한고
築城潼關城	동관성 쌓느라 수고로와 그렇지.
大城鐵不如	외성은 철옹성보다 견고하고
小城萬丈餘	내성은 아스라히 만장도 넘는다나.
借問潼關吏	동관의 아전께 묻자하니
修關還備胡	성곽을 보수하여 오랑캐에 대비한다네.
要我下馬行	말에서 내리게 하고 안내하는데
爲我指山隅	저쪽 산모퉁이를 가리키면서,

---

29 仇兆鰲 ; 《杜少陸詳註》卷之七, 〈新安吏〉 참조
30 浦起龍 ; 《讀杜心解》卷一之二 · 五古 〈新安吏〉 pp.52~53 참조

連雲列戰格　　아득히 구름에 잇대인 전책은
飛鳥不能踰.　　나니는 새들도 넘지 못한다나.
胡來但自守　　오랑캐의 침략도 절로 막을 수 있으니
豈復憂西都　　어찌 또 장안의 걱정을 하겠소.
丈人視要處　　보십시오, 요새를 가리키면서
窄狹容單車　　길 몫이 좁아 필마가 겨우 갈 정도이니
艱難奮長戟　　사나운 용사가 장창으로 버티면
千古用一夫　　천고에 한 용사로도 안심이라나.
哀哉桃林戰　　오호라, 도림의 옛 싸움에선
百萬化爲魚　　백만의 군사가 고기밥이 되었느니.
請囑防關將　　청컨대 변방을 지키는 장수들이여
愼勿學哥舒.　　제발 가서한의 전철일랑 밟지를 마소.

〈杜詩諺解 卷四〉

평성 '虞·魚'로 환운된 5언 고시다. 『구주仇註』에 의하면 "이는 상주 대패로 말미암아 동관성을 수비하여 오랑캐를 대비함.此因相州大敗 故修潼關以備寇"이라 했다. 이는 서경[長安]의 길 몫인 동관의 '검발궁장劍拔弓張'한 지세를 이용하여 왕성을 지키는 상황을 본 두보의 간절한 우국충정의 발로이니, '시로 경계한以詩戒之' 장이다.

전편 10운 20구는 수首·미尾 각 4구 2단, 승·전 각 6구 2단으로 기·승·전·결로 구성되었다. 기구는 동관성의 수축과 그 웅장 견고함을 노래했으니, '鐵不如'는 외성의 견고함을, '萬丈餘'는 내성의 높음을 비유했다. 물론 승구의 "連雲列戰格 飛鳥不能踰"의 전제다. 그러나 성의 견고함, 그것을 위한 축성으로 인한 병기兵氣의 '고단함草草'은 안 된다. 천리도 지리도 끝내는 인화만 못한 것을. 이에 "士卒何草草" 1

구는 무언의 풍자이니, 용병의 병법이 아닌 사민使民의 심법으로 축성에 무양撫養을 보채면서도, 한편 축성에 앞선 군기를 풍간하는 시문학의 무궁한 뉘앙스다.

승구는 성관의 험함을 말함이니, '修關' 1구는 문사, '連雲' 이하는 아전의 답사다. 구름에 잇닿은 전책, 그러므로 나는 새[飛鳥]도 능히 날아 넘지 못할 철옹성이다. 이는 물론 병졸들의 초초의 대가이다.

전구는 '關險而可守'를 노래했다. '但自守'는 진작 '容單車'의 디딤이니 '彼不能攻'이요, '用一夫'는 '可足以拒'라는 확신이다. 그러니 「촉도난蜀道難」의 "한 장부가 관문을 지키면, 일 만의 군사도 열지 못한다.一夫當關 萬夫莫開"함이 그것이다. 그러나 벌써 전 6구는 다음에 이어질 결 4구, 패장 가서한의 실책을 들어 수장守將을 나무라는 경종임을 간과치 말아야 한다. 이제 그 논리의 귀납을 위한 결구 발어사는 비창의 회억으로 유도하되, 아전의 득의한 그 말만을 받아넘긴 두보의 답사다. 이른바 "삼가 가서한을 배우지 말라 함은 한의 패전을 예하여 후인을 경계愼勿學哥舒 借問以戒後人"한 본가의 대지大旨다. 이 도림저이야말로 현종의 분촉奔蜀을 결단케 한 쇠미일로의 당나라 전사의 일면이니, 천보 15년 6월, "가서한이 적장 최건우와 영보에서 싸워 대패하고, 적군의 동관으로 들어오자 현종은 촉으로 달아났다.哥舒翰與賊將崔乾祐戰於靈寶 大敗, 賊遂入潼關 玄宗奔蜀"는 치욕의 전말이다. 슬프다. 동관의 '지키기는 쉬워도 공략은 어렵다.易守難攻'한 요새에서 도림의 일전은 백만의 병졸을 일시에 고기밥이 되게 했으니, 저 「북정」의 "깊은 밤 지난 전쟁터를 지날 제, 싸늘한 달 백골을 비추는데, 동관선 백만의 군사, 지난 전투에서 어찌 그리 패했다죠. 진나라 백성 반이나 전사해 졸지에 유명을 달리했죠.夜深經戰場 寒月照白骨, 潼關百萬師 往者散何卒, 遂令半秦民 殘害爲異物"〈두언·1〉는 천년 후에 재현된 전사의 생생한 파노라마다. 청컨대 동관의 수장들이여, 난공불락이라는 성곽의 견고함과 천혜의 요새라는 지세만을 과신하지 말고 군율을 다지며, 가서한의 전철을 삼가 경계하라는 간곡한 두보의 충정이다.

3) 石壕吏

暮投石壕村	저물어 석호마을에 묵으며 쉬노라니
有吏夜捉人	한밤에 아전이 와서 사람을 잡아댄다.
老翁踰牆走	할아비는 담을 넘어 재빨리 달아나고
老婦出門看	할미가 문에 나와 살피며 대꾸한다.
吏呼一何怒	아전의 부라림은 왜 저리 우악스러우며
婦啼一何苦	할미의 울부짖음은 어찌 이리 쓰라릴까나.
聽婦前致詞	할미가 다가서며 아뢰는 하소연이
三男鄴城戍	내 자식 삼 형제가 업성에 출정해서
一男附書至	한 놈이 보내온 소식 인편에 왔사온대
二男新戰死	두 놈은 벌써 이즈음 전사를 했다 했소.
存者且偸生	산 놈은 목숨하나 간신히 부지하고
死者長已矣	죽은 놈이야 그걸로 그만이 아닙니까.
室中更無人	집안엔 사내라곤 볼래야 다시없고
唯有乳下孫	젖 먹는 손주 하나가 있소이다.
孫有母未去	손자가 있다 보니 에미는 못가고
出入無完裙	나들이 치마조차 성한 게 없다오.
老嫗力雖衰	다 늙은 할미라서 힘이야 없쇠다만
請縱吏夜歸	덕분에 나리 따라 밤중에 떠나가서
急應河陽役	하양 땅 수자리에 부나케 대가오면

猶得備晨炊	새벽밥 지을 힘은 오히려 남았쇠다.
夜久語聲絶	한밤이 이슥하자 넋두리 끊어지고
如聞泣幽咽	흐느껴 우는소리 들리는 듯하더니만
天明登前途	이윽고 동이 터서 앞길을 떠나는데
獨與老翁別。	할아비 혼자 남아 배웅을 합디다레.

〈杜詩諺解 卷四〉

平·仄성을 환운한 5언 고시다. '深夜捉人'함을 묵도하고 시로 슬퍼한 「삼리」의 대표작이다. 자칫 '三男戌' '室中無人' '無完裙' 등의 언전言詮에 빠져들면 반전시로 속단하기 쉽다. 물론 전쟁을 찬양할 사람이야 없겠지만 '마지못해 쓰는 것不已而用之'이니 이는 차라리 그 참혹상을 생민과 더불어 슬퍼함이나, 왕사석王嗣奭은 "이는 비록 이해는 쉬우나, 언어 밖의 뜻은 다 알기 어렵다.此雖易解 而言外意 人未盡解"[31] 했듯이 언외의 무궁한 시의에 주목할 것을 전제하였다.

전편 4단, 수·미 각 4구 2단, 승·전 각 8구로 짜였다.

기 4구는 '有吏捉人之事'를 객관적으로 묘사한 발단이다. '늙은 노인은 담장을 넘어 달아나고踰牆走' 대신 '할멈이 전혀 모를 일이라는 듯이 문을 열고 뉘시오.出門看'하는 기민과 의연은 심상의 충절 이전에 당면한 사회상의 리얼한 아이러니다. 그러므로 언외의 참담한 시사時事를 함축·생략하여 다시 시로 시대상을 논한[以詩論時] 두시의 시사적詩史的 예증이다. 그러니 업성의 전선에는 수많은 장정과 함께 중남까지도 징발됐다. 이젠 머릿수로나마 채워야 할 전황이니, 말 못할 전사戰史의 이면이 여기 몇 마디 시어로 묘파됐다. 그러므로 육시옹陸時雍의

---

31 王嗣奭;『杜臆』「石壕吏」 참조

"그 무궁한 사연에, 말은 어이 그리 짧은고,其事何長 其言何急"32라 함이
정곡이다.

승 8구는 '징병에 끌려가는 참상行者之慘'을 대변한 것이니, '세 아들
이 변방에 징집되어三男戍'에 '아들 둘은 이미 죽었고二男死' '목숨을 부지
는 하나, 언제 죽을 지 알 수없는偸生 한 아들이 부쳐온 편지로 전해들
은 전사 비보, 이 가정에 또 병졸을 잡으러 온 가혹, 거기에 야속한 아
전의 호통은 어쩌면 또 저다지 살기등등하며[何怒], 찢기운 어미의 심
정은 왜 아니 통곡스럽겠는가[何苦]. 그러니 '一何怒'와 '一何苦'의 대
는 비장의 극치이다, "죽은 놈이야 끝장이라지만, 산 자도 목숨을 도
적질 해 있는 것이니存者且偸生 死者長已矣" 저 "사별이야 정작 울음도 삼
켰거니와, 살아 이별이야 항상 슬플 뿐死別已呑聲 生別常惻惻"〈두언·11·夢
李白〉과는 또 다른 유열幽咽의 현실로 그 정경은 차마 천년 뒤에도 자
혈字血이 낭자함을 실감케 한다. 그러니 "새로 죽은 귀신은 원통해 하
고, 옛 귀신은 곡하는데, 하늘이 흐리기라도 해 음침하면 구슬픈 원귀
의 소리 뿐新鬼煩冤舊鬼哭 天陰雨濕聲啾啾"〈두언·4·兵車行〉이라는 전사의 참
상을 대신해 탄곡한 것이다.

전 8구는 '남은 자의 고통居者之苦'이니 혹자는 "노옹은 달아나고, 노
부가 문을 열고 나와 담락을 들어냄은 흉중에 이미 계산한 바 있음이
니, 노옹의 도주는 노부가 시킨 것老翁走 老婦出門 使見膽落 而胸中已有成算 老翁
之走 婦敎之也"33이라 하여 '늙은 지어미의 지모담략老婦智謀膽落'을 찬양하
는 여유에 수긍도 가지만, 워낙은 '更無人' '乳下孫' '無完裙' '力雖衰'
'備晨炊'한 경황은 以婦代役의 저 '雖' 1자에 응어리졌음을 알겠다.
'更無人'은 전단 '三男戍'·'二男死'의 환기요, '乳下孫'은 '偸生者'나

---

32 仇兆鰲 ;『杜少陸詳註』卷二,「石壕吏」p.5 再引
33 曹樹銘 ;『增校杜臆』卷之三, 0182,「石壕吏」p.122 참조

‘已死者’의 아이니 만큼, 그러므로 ‘母未去’다. 더구나 ‘無完裙’ 3자의 안배는 전황에 이운 민생의 기아상을 은연히 대변한 또 다른 고발이다. 난중의 경제란 국가나 가정이나 일반이다. 더욱 전비 충당을 위한 조세는 혹독한 법이니 “관리란 자들 세금 독촉 성화인데, 세납을 무슨 수로 바치리오.縣官急索租 租稅何從出”〈두언·4·兵車行〉라는 민생고가 그것이며, 이 사단으로 인한 안진경의 ‘걸미첩乞米帖’과 당시의 종이 옷紙衣은 난중의 실상이다.

결 4구는 이별의 정황이니 노부는 노옹을 대신해 하양역에 밤 새 끌려갔고, ‘담장을 넘어 도망쳤던 노인’과의 전별상이다. ‘끊긴 말소리[語聲絶]’는 이슥토록 아전吏 : 할멈婦의 何怒 : 何苦한 ‘呼·啼’가 멈췄음이니, 결국 노부만을 대역으로 잡아 가버린 1차 상황의 끝이요, ‘흐느껴 우는泣幽咽’ 울음은 몰래 돌아온 노옹과 청상이 된 며느리와의 탄성곡이란 정중동의 가녀린 비장, 그 2차의 정경이다. 그러니 그 노옹과 작자의 무언의 이별이다. 이 시에서 ‘노옹’은 기·결구에 각출한다. 곧 ‘踰牆走’한 노옹과, ‘與翁別’한 노옹이 그것이니, 이는 바로 시인의 시적 모티브다. 그 참람한 한 가정의 전란으로 인한 재앙[戰災]은 곧 자신의 아픔이요, 평민의 대변이니 이른바 사회상의 고발이다. 그러나 한마디 주관도, 반구의 비평도 없는 시론은 리얼리스트의 근엄한 필법이자, 언외의 무한한 언어 포착이 또 시문학의 뉘앙스인 것이다. 더구나 간결·적확의 함축이 시문학의 본령이라고는 하지만, 한 가지 일과 한 가지 사건의 포착과, 한 가지 뜻과 한 가지 비유—意—喩는 사상事象의 영활을 배가했다.

이에 왕정지는 “결구의 근엄함이 分을 1분 더하면 너무 길어지고 1분을 감한즉 지나치게 짧아진다. 철저히 방관자적 자세로 한 거지 일에 대하여 사실하여, 한 자의 논의도, 비평도 하지 않는, 시단의 독보

此詩 結句謹嚴 安排得所 無意不堅 有詞必確 眞是增之一分 則太長 減之一分 則太短, 他但冷眼旁觀 把一件事實直寫來 不著一個字議論 不著一個字批評, 但卻極有力量 好像綿裏裏針 外面是軟軟的綿 裏面却有 能刺人的尖銳的針, 老杜眞有魄力! 眞是虎視詩壇 獨步一世"[34]라 하여, 그의 사실주의적 시론과 두보의 독서 만권, 하필 유신의 문력을 입증했다. 물론, 이 비참한 가정의 참고惨苦를 구제할 능력은 두보에게 없다. 포악한 관리의 멱살을 잡을 의협의 두보도 아니다. 그러나 이 참상을 남의 일로만 보아 넘길 두보도 아니기에 "해가 다 가도록 민생을 걱정해, 한숨으로 애를 태우는窮年憂黎元 歎息腸內熱"〈두언·2·自京赴奉先縣詠懷五百字〉 두보, 그것이 바로 그의 우시연민이었던 것이다. 그러므로 "두보는 현실을 인의로 승화시켜 연민과 애련으로 감싼 천고의 정성情聖이요, 천래의 시성詩聖이다. 자연과 인생의 거리를 시가로써 좁히고, 사회와 국가의 기강을 풍자로 따지고, 생활과 문학의 원점을 내연의 붓으로 구상화한 거룩한 인간상 … 애국·애군, 애족과 애련에로 내달았던 진실된 생활인 두보"[35]라는 이병주의 논평은 비단 본제의 「삼리」에서만이 아니라, 두시 전편에 걸맞는 총평이다.

워낙, 시문학이란 사회성과 시간성이라는 이른바 문학예술의 시·공간에서 얻어진 소재를 작가의 개성과 사상의 미학으로 재창조한 현실이다. 그러나 그 지성의 색상에 따라 사회시·순수시의 명암은 바뀌는 것이다. 두시의 색상은 늘 어둡다. 그리고 그 시점은 언제나 또 방관자다. 그러나 좌절과 절망의 어두움이 아니라, 꼭 그것을 극복하려는 사명의 배색이요, 사관의 기사적 방관이 아니라, 사료의 예술화, 나아가서는 시교詩敎의 실용을 부르짖는 객관이었다. 이상의 「삼리」는 바로 이러한 점에서 사승이되 시사요, 입신한 시가이되 백성의 소

---

34 汪靜之 ;『李杜硏究』第七章, 杜甫之寫實工夫, p.196
35 李丙疇 ;「李白과 杜甫의 比較論」, p.14,『東岳語文論集』第六輯, 東岳語文學會, 1969

리인 까닭이다. 그 ‘위대한 시인 두보偉大的詩人杜甫’에 대한 곽말약의 수정과 혹평은 잠깐 정략에 의한 교조이지, 결코 그가 무지하거나 덜 익은 시학자가 아닌 줄을 우리는 잘 안다.

2. 다산의 「三吏」

철저히도 병들어 만신창이가 된 조선조 말기의 봉건사회, 다산은 거기에 타협도, 수정도 부정하며 일체의 개혁만이 증민拯民하고 주궁賙窮할 민본사회의 길이라고 확신했다. 이른바 정적 주자학을 동적 현상 철학으로 파악하여 썩어진 사회의 제도와 심리를 수술하고자 했다. 그 개혁의 “구체적 청사진이 『1표·2서』라면, 그의 시는 개혁되지 않으면 아니 될 당시 사회의 모순이 예술적으로 형상화된 것”36이라 할 것이며, 그러기 위한 그의 시는 약육강식하는 자연물의 속성을 봉건사회 심리에 비유한 가전소설이다. 따라서 다산시의 구조적 특질은 대립 심층의 알레고리 속에 몸살 앓는 지성의 절규다. 더구나 귀양길에서의 「3리」와 「3별」은 그 대표다.

워낙 다산은 ‘작시는 힘써 할 일이 아니詩非要務’라 했다. 더욱 “하찮은 시율로 비록 명성을 얻는다 해도 시답잖으니零瑣詩律 雖或得名 不足有用”37 모름지기 시의 본은 “부자와 군신, 부부의 윤서와 난세에 백성들을 구휼하고 애달파 하는 뜻父子君臣 夫婦之倫 憂世恤民 惻傷之意을 차마 버리지 못해 쓰는 것”38이라 했다. 본제의 「3리」역시 그것이니, 벽파의

---

36 송재소 ;「茶山의 朝鮮詩에 대하여」『韓國漢文學硏究』第二輯, p.103, 韓國 漢文學硏究會, 1977
37 『與猶堂全書』卷卄一,「寄二兒書」참조

서학 탄압에 의해 순조 원년 신유(1801) 2월 장기로 유배, 이듬해에 다시 강진으로 이배된 지 또 1년 후인 경오(1803) 6월, 다산의 46세 때 작 「용산리」·「파지리」·「해남리」다.[39] 물론 서울서 장기로 유배 시의 작인 「삼별」(석우별·사평별·하담별)이 있으나, 이는 두보의 「삼별」 과 함께 고를 달리하기로 한다.

1) 龍山吏

吏打龍山村	아전이 용산마을 덮치더니만
搜牛付官人	소를 뒤져 끌어다 관헌에 넘기네.
驅牛遠遠去	소를 휘몰아 아스라히 사라지니
家家倚門看	집집이 문에 기대 바라만 볼 뿐.
勉塞官長怒	원님의 노염은 막았다지만
誰知細民苦	뉘라서 서민의 고충을 알리.
六月索稻米	오뉴월에 쌀을 뒤져 대니
毒痛甚征戍	쓰라림은 수자리 살기보다 더해.
德音竟不至	임금의 덕치는 다다르지 못하고
萬命相枕死	창생의 목숨은 서로 죽음을 베고 누웠네.
窮生儘可哀	가난한 살림살이 애통할 뿐
死者寧智矣	죽은 자가 차라리 낫다고 하네.
婦寡無良人	남편 없는 홀어미

---

38 『여유당전서』卷卄一, 「寄淵兒」 "凡詩之本 在於父子君臣 夫婦之倫 或宣揚其樂意, 或 尊達其恐慕, 其次憂世恤之……" 以下 茶山의 右杜論 例文 참조

39 『丁茶山全書』(完) '年譜' 및 閔泳珪 : 「江華學의 周邊」 (成均館大 大東文化硏究座談會 資料) 1980. 4 참조

翁老無兒孫　　자손 없는 늙은이.

泫然望牛泣　　하염없이 눈물로 소를 바라보며

淚落沾衣裙　　듣드는 눈물이 옷을 적시네.

村邑劇疲衰　　온 마을 가뜩이나 피폐한데

吏坐胡不歸　　아전은 어찌자고 가지를 않노.

瓶罌久已罄　　쌀독은 오래 전에 바닥났으니

何能有夕炊.　　무엇으로 저녁인들 짓는단 말고.

坐令生理絶　　꼼짝없이 살아갈 길이 끊기니

四隣同嗚咽　　이웃들 한결같이 흐느끼누나.

脯牛歸朱門　　포를 뜬 소 세도가로 들어가고

才諝以甄別。　　貪官도 재주라 뽐내는 꼴이라니.

〈與猶堂全書 卷五〉

　삼정의 문란은 "이제라도 개혁치 않으면 망하고 말 판국"[40]에 이르렀다. 이에 충신지사의 우시연민과, 목민관의 사명감만이 도탄의 생민을 구제할 수 있다. 그러나 현실은 오히려 참담할 뿐이니, 쥐도둑 잡으란 고양이는 그 좀도둑의 뇌물로 이권을 노리고[41] 호랑이 잡는답시고 백성부터 잡고, 호랑이 잡는[42] 착취와 우치愚治는 경세택민이란 민본적 치도를 목민의 이상이자 학문의 존재미로 보는 실학의 입장에서는 비판받아 마땅한 것이다. 이는 워낙 봉건사회의 이론적 기반인 성리학의 말폐적 모순이다. 예컨대 목민의 사명도 신념도 경험도 없

---

40 丁若鏞 ; 「經世遺表序」"及今不改 其甚亡國而後已, 斯豈忠臣志士 所能袖首而傍觀者哉…" 참조

41 『여유당전서』·五, 「狸奴行」 참조

42 仝上 「獵虎行」 참조

는 과거지학科擧之學의 인재 등용 책도 비판·개혁의 대상이다. 이들의 능사란 오직 '가렴과 주구' 뿐이니, 보살피는 목민이 아니라, 민생을 등치는 탐관배貪官輩에 불외하다. 그러니 전정田政의 폐를 논한 「고관지속」에서 이른바 받을 수 없는 자의 결세를 "그가 살던 이웃이나 마을 사람들에게서 징수하며, 그의 친족이나 외척에게서 징수하기도 한다. 방을 수색하고 땅을 파며, 목을 달아 매고 결박을 한다. 솥과 가마를 들어내고…懲隣懲里 懲族懲姻 搜房掘地 縣首縛臂 摘其錡釜 攘戶欹傾…"43 끝내는 송아지와 돼지를 빼앗아서 온 마을이 시끄럽게 되고, 울음소리가 하늘을 진동하여 천지의 화기和氣를 해치는 등 폐허로 변하고 마는 당시의 현실을 거침없이 시화한 것이니, 여기에 두시의 우시와 징악懲惡이 본이 됐다.

「용산리」는 물론 두시 「石壕吏」를 차운한 5언 고시니 '아전이 백성을 착취하는有吏搾民' 주구의 현장을 '시로 슬퍼한以詩哀之' 실록이다.

전편 4단, 수·미는 쌍관으로 각 4구, 승·전 각 8구다. 기 4구는 '아전이 소를 뒤져 끌고 가는 사건有吏搜牛之事'으로 저 결구 "소를 포 떠 고관대작의 집으로 들어가는脯牛歸朱門" 관리배들의 '도적질도 재주라고 뽐내는 꼴才謂以甄別'을 고발·풍자하려는 본시의 요지다. 차라리 난중에 적병의 소행이라면 항거라도 하려니와, 목민관의 여간한 구실과 위엄 앞엔 아예 속수무책의 통한 뿐이다.

물론 두보의 「석호리」에서는 반군에 의한 '마지못해 한不已而用之' 징발이지만, 오히려 '담장을 넘어 도망할' 극적 스릴이라도 있다. 그러나 용산의 아전은 상부의 환심을 사려는 아전배들의 결탁이다. 물론 시대가 다르고 용사의 제재가 다르고, 또 우리의 선민은 국운이 위태할

---

43 丁若鏞 ; 『經世遺表』·一, 「地官戶曹」〈敎官之屬〉 참조

때면 스스로 의병의 충정이 있어 민족성을 과시했다. 그러므로 다산은 두보의 우국연민·상시분속의 시취詩趣를 배웠고, 사실적 수사를 배워 문식이나 업으로 하는 사장을 통박한, 감발징창의 철저한 리얼리스트였다.

승 8구는 오뉴월 보릿고개에 없는 쌀[稻米]의 세납을 색출해대는 가렴주구의 장이다. 죽지 않고는 면할 수 없는 학정, 여기서 사의 예찬은 생의 포기요, 삶에 계련繫戀의 나위가 없다면 위락爲樂이 마지막 의지처다. 그러므로 조선조 말기의 유민은 대명천지를 기다리다 못해 "다투어 주육과 사관을 사며競買酒肉絲管" 부언浮言·사설邪說·참위讖緯로 민심을 흉흉케 하다가 유리 폐신44하고야 말았던 것이다.

전 8구는 피폐한 용산촌의 참상과, 지배자와 피지배자의 영원한 위화의 심적 대립이다. '지아비도 아손도 없는無良人·無兒孫' 과부와 늙은 이의 유일한 살림 밑천인 소, 그마저 수탈당한 후의 텅 빈 가슴은 이내 '텅 빈 쌀독已罄'에로 연결, 다시 결의 '포 떠脯牛' '고관대작의 집朱門'에로 유추되는 디딤돌이 되었다.

워낙 다산의 생애는 정조의 총애를 받던 옥당시설의 제 1기와, 「3리·3별」을 쓰던 유배 작시의 제 2기, 방환 저술의 제 3기로 구분할 수 있다. 그러므로 그의 시는 제 2의 터전인 장기와 강진의 유배지에서 다작되었고, 전사田舍의 생활적 소재가 거의다. 따라서 거기엔 닭·개·송아지 등등의 동물명이 우화적 알레고리로 산견된다. 예컨대, "남은 것이란 단지 어린 송아지, 늦은 가을 밤 귀뚜라미와 위로함所餘唯短犢 相弔有寒蛩"45은 "민생은 겨울 날 양식 없는데, 관가의 곳간은 겨울 지난 후에도 넘쳐나네. 낡은 바람막이엔 풍상이 휘몰아치는데, 관리

---

44 『與猶堂集序』·一, 十九 「與金公厚」에 "又皆毀其社錢 破其門貨 競買酒肉絲管 登山泛水 窮晝達夜 酣呼器呶 拍髀拍手 以爲樂, 非樂也 將哀也…" 참조

들 밥상엔 산해진미.村粮無卒歲 官廩利經冬, 窮蔀風霜重 珍盤水陸共”라는 후자와 위화의 알레고리적 매체인 '송아지犢'요, “송아지가 외밭에 들지 못하도록 서편 뜰 고무대 옆에 옮겨 매 두었더니. 새벽녘에 이정이 와 코를 뚫어 끌고 가며, 동래 하납 배를 챙겨 짐 싣는다 하네.不敎黃犢入瓜田 移繫西庭碌碌邊, 里正曉來穿鼻去 東萊下納如裝般”46는 전자의 불법도 법인 양 자행하는不法而法 학정의 상징체로서의 '송아지'이다.

결 4구는 기구의 대의가 고발·破革·懲惡으로 맺음된 주제의 대단원이다. 선정이 이르지 아니해德音不至 온 백성들 주검을 베고 누었고萬命枕死 '골골이 하나같이 통곡소리 뿐四隣同鳴咽'이라니 '저녁 밥도 짓지 못함不夕炊'과 '권세가의 육포朱門脯'는 가히 위화한 사회상의 리얼한 실록임에 분명하다. 그러므로 창작의 본의는 구조적 모순의 개혁이요, 시정은 두시의 “권세가의 집에는 술과 고기가 썩어나는데, 길바닥에는 얼어 죽은 시신이라. 영화와 고루함이 지척 간에 다르니, 처절도 하여라, 다시 무엇을 더 이르리오.朱門酒肉臭 路有凍死骨, 榮枯咫尺異 惆悵難再述”의 재연이다. 천보 연간의 변방 개척을 빌미로 평민의 쓰라림과 슬픔을 끝내 “흉흉한 때 창생을 걱정하노라니 어쩌랴, 치솟는 이 울분.窮年憂黎元 嘆息腸內熱”이 두보의 우시憂時라면, “탐관도 재주라고 뽐내는才諝甄別” 봉건지배층의 기민棄民의 위화적 실정에 의한 연민은 다산의 개혁적 신념의 표출이었다.

---

45 『정다산전서』·一, 二 “孟華堯臣盛言公州倉穀爲延政 民不聊生試述其言 爲長篇三十韻” 참조

46 仝上·四, 「長鬐農歌十章」 참조

2) 派池吏

吏打波池坊	아전들이 파지촌을 덮쳐내디
喧呼如點兵	와자지껄 시끄럽기 징병하듯.
疫鬼雜餓莩	질병과 굶주림의 아수라장
村墅無農丁	촌가에 농사지을 장정없네.
催聲縛孤寡	재촉에 들볶이는 홀어미들
驅背使前行	어서가라 후려치는 채찍질.
驅叱如犬鷄	휘몰아 족치기를 개와 닭처럼
彌亙薄縣城	고을의 성으로 끌고 가네.
中有一貧士	그 중에 가난한 한 선비
瘠弱最伶俜	쇠잔하기 더 없는 홀아비라.
號天訴無辜	하늘에다 억울타 호소를 하니
哀怨有餘聲	구슬픈 원망소리 메아리친다.
未敢敍衷臆	감히 속마음은 펴지 못하고
但見涕縱橫	눈물만 주르르 흘릴 뿐이라.
吏怒謂其頑	아전들은 고집 세다 욱박지르며
僇辱怵衆情	욕질과 매질로 뭇사람 겁주네.
倒縣高樹枝	높다란 가지에 거꾸로 매달아
髮與樹根平	머리를 나 뿌리에 맞대놓고는.
鯫生瞀不畏	깡마른 늙은이 관헌 무서움 모르고
敢爾逆上營	네 어찌 관청을 거역하느뇨.
讀書會知義	글줄이나 읽었으면 의무는 알텐데
王稅輸王京	세납은 대궐로 보내야 하는 것.
饒爾到季夏	후하게 늦여름까지 미뤄줬으면

念爾恩非輕　　은혜의 두터움도 알 법 하련만.
峇舸帶浦口　　세납선은 포구에 대고 있는데
爾眼胡不明　　이다지도 사리를 모르냐 하며.
立威更何時　　지금이 위엄을 세울 때라고
指揮有公兄。　뽐내는 아전들 저 꼴이라니.

〈與猶堂全書·五〉

이「파지리」역시 두시의「신안리」에 통운된 '庚'운을 차운했다. 그 구성 또한 규구規矩를 같이 하여, 역시 기·승구 전 2단 각 8구, 후 1단 12구는 결이다. 그러나「신안리」는 점호에 따른 민생의 곤고임에 반해 이「파지리」는 학정에 대한 고발이다.

기구는 아전이 역귀疫鬼와 아부餓莩의 파지마을을 덮쳐 '농시지을 남정네라곤 없는無農丁' 촌가村居의 홀어미와 홀아비를 마구 휘몰아 꾸짖는驅叱 견문지사로 시상을 일으켰다.「신안리」가 3부악三部樂에 의한 진시관풍陳詩觀風이라면「파지리」의 기상 역시 '사실을 진술해 곧바로 말한陳其事 而直言之也' 서사적 부체다.

전자가 대인작代人作에 의한 당나라 전사의 실록이라면, 후자는 피폐한 봉건의 말기적 사회, 특히 목민관과 백성, 그러니 자애와 추존의 관계에서 일어나는 패러독스다. 전자의 행역行役은 왕성을 지키기 위한 위지애지慰之哀之의 행이요, 후자는 착취의 아전에게 관현으로 묶여 끌려가는 박행縛行이다. 이른바 "가운데는 그 고충을 진술했고, 끝에서는 그 유래의 근원을中述其苦 末原其由"시화한 기사적 발상으로 묘사하므로 전편을 작폐로 녹화할 마련을 장치했다.

승 8구는 폭언에 시달리는 무고한 백성의 원억冤抑이다. 하늘에 울부짖는 애원도, 영빙伶俜의 척약瘠弱도 탐관오리에겐 막무가내다. 억울한 속마음을 펴기는커녕 흐르는 눈물도 죄라면 죄다. 완악하다는 죄명의 욕설은 목불인견의 참상이다.

결 12구의 倒懸高樹枝는 '적지 아니한 은혜恩非輕'로 후히 구휼饒育했건만 '사리를 알지 못한不明' 채무자들甌生 때문이라는 '빌미原其由'의 장이다. 여기에 그의 시사를 밝힌 「목민관이란原牧」 원체原體 문은 본시의 근거인 동시에 당시 사회상의 리얼한 일면이다.

목(목민관)은 백성을 위해 있는가? 백성이 목을 위해 있는 것인가? 백성이 미곡과 포사를 바쳐 목을 섬기고, 거마와 종복을 내어 목을 송영하며, 백성의 고혈을 짜내 그 목을 살찌게 하니 백성이 목을 위해 있는 게 아닌가? 아니다. 목은 백성을 위해 있는 것이다. … 중략 … 백성이 만일 미곡과 포사를 바치지 아니하면, 그들은 회초리와 곤장으로 때리고 차서 피가 흐르는 것을 본 후에야 그쳤다. 그들은 날마다 장부나 고쳐 쓰고 덧붙여 써서 돈과 필목을 징수해 간다. 그것으로 밭과 집을 장만하고 권세 있는 재상과 귀족에게 뇌물을 바쳐 자신의 자리를 보장한다. 그런고로 백성이 통치자를 위해 있다 하나, 이 어찌 이치에 합당한가? 목은 백성을 위해 있는 것이다.
(牧爲民有乎 民爲牧有乎. 民出粟米麻絲 以事其牧 民出輿馬騶從 以送迎其牧 民竭其膏血津隨 以肥其牧 民爲牧生乎. 曰不可, 牧爲民有也…中略 …有不出粟米麻絲以事之 則撻之棓之 見其流血而後止焉. 日取算緡曆記 夾注塗之 課其錢布 以營田宅 賂遺權貴宰相 以徼復利, 故曰民爲牧生 豈理也哉, 牧爲民有也.)　　　　　〈牧民心書 · 原牧〉

이른바 목민의 요체는 '爲民'이 그 사명이다. 그러므로 "다른 관속은 혹 사욕을 추구할 수 있을지라도, 목민관은 구하고자 해서는 아니

된다.他官可求 牧民之官 不可求也"47라 했다. 만백성의 위에 고독하게 서서 간사한 삼공형三公兄과, 6~70여 교활한 아전과, 호방하기만 한 두어 명 막료, 난폭한 수십 명 하인배를 거느리며48 급장유汲長孺의 풍채를 승계하기란 덕망과 위엄과 슬기를 겸비한 철저한 소명의식과 사명감만이 해낼 일이다. 그럼에도 불구하고, 실정의 현실은 "권문세가에 뇌물을 바쳐賂遺權宰相 이권을 청하는以徽復利" 매관매직이나 하며, 더욱 위민爲民은 커녕, 계견鷄犬을 휘몰아치듯 일호일노一呼一怒만을 능사로 하고 있다. 그러기에 무책임과 포악의 자행은 삵狸·생쥐鼠와 같은 작폐니, 고양이狸는 목민관을, 쥐鼠는 아전들을 상징한다. 따라서 "훔친 물건 모아 너에게 뇌물 바치고, 마음 놓고 행동을 너와 함께 할 것 아닌가. 네 놈 꼭 닮은 호사자 더러 있다지. 쥐새끼 같은 졸개들의 호위를 받아가며…聚其盜物重賂汝 泰然與汝行相俱, 好事往往亦貌汝 群鼠擁護如驤徒"49하는 세태이니, "지금이 바로 위엄을 세울 때라며, 뽐내는 아졸배立威更何時 指揮有公兄"들의 어처구니없는 아이러니다.

　두보의 「신안리」가 반도에 의한 민생의 곤고와 원한을 위무한 시사라면, 다산의 「파지리」는 탐관오리의 가렴주구와 학정에 의한 궁핍한 백성의 처절을 풍자한 노래다. 또 전자가 리얼하게 도색된 채색화라면, 후자는 묵적도 선명한 남화南畵다. 전자에 공工이 재才를 넘난 문예적 각고가 있어 극화한 드라마가 있다면, 후자엔 위정자와 백성의 대립적 알레고리 속에 안으로만 타고 있는 열정의 철학이 위기촉발의 극한상황으로 녹화된 안간힘이 있다.

---

47 정약용 ; 『목민심서』·一, 第一章 一條「除拜」 참조
48 소上
49 『여유당전서』·五,「狸奴行」 참조

3) 海南吏

客從海南來	나그네가 해남에서 와
爲言避畏途	살기가 무서워 피해 왔다네.
坐久喘未定	한동안 숨을 진정치 못하여
怖怯猶有餘	놀라 가슴 아직 가시질 않은 듯.
若非値豺狼	승냥이를 만난 것이 아니라면
定是遭羌胡	필시는 오랑캐를 만난 것이리.
催租吏出村	보채는 세리가 마을에 나와
亂打東南隅	함부로 온 동넬 뒤집는다고.
新官令盆嚴	신관의 세납은 한결 모질어
程限不得逾	납기를 넘기지 말라는 호령.
橋司萬斛船	부두엔 일만 섬 가득 실은 배
正月離王都	정월에 서울로 떠난다 하네.
滯船必黜官	도착이 늦었다간 파면이라며
鑑戒在前車	본보기는 미루어 알만하다고.
嗷嗷百家哭	온 마을 떠나가는 통곡소리
可以媚權夫	차라리 어부를 부러워한다고.
吾令避猛虎	나는야 호랑이를 피했다마는
誰復恤枯魚	뉘라서 죽을 목숨 구하리오.
泫然雙淚垂	주르르 두 줄기 흐르는 눈물
條然一嘯舒。	쓸쓸히 한바탕 파람할 뿐.

〈與猶堂全書 卷五〉

두시 「동관리」에 차운한 5언 고시로 시랑보다도, 오랑캐보다도 모진 세리稅吏에 시달리는 민생의 어려움과 이농유리離農流離의 사회심상을 지적, 척출하려는 탄조다.

「동관리」와 같이 4단 구성으로 봄이 원칙이겠으나, 내용상 기 6구, 승 8구, 결 6구로 봄이 용이하겠다. 물론 전술「용산·파지리」와 같이 '견문지사'를 쓰되, 특히 두시「삼별」의 작법인 대인작代人作, 이른바 "찾아온 사람의 뜻을 대신해 지은代來者之意而作"작품이다. 그러므로 기 6구는 관헌을 피해 도망해 온 황급한 정황을 묘사하되, 이제도 '안정치 못하는 헐떡임喘未定'과 '가시지 않은 두려움怖怯'이 있는 듯하다. 물론 납세의 의무를 도피한 백성이라면 아예 문제가 아니다. 당시의 제도적 모순과 조세의 가혹함을 여기 매거할 겨를이야 없다. 그러나 군포에 시달리는 울분은 「奉旨廉察到積城村舍作」50·「夏日對酒」51 및 「哀絶陽」52 각 편에서, 환곡 및 전제의 실정은 「하일대주」 및 『경세유표』『목민심서』 등에서 여실히 읽을 수 있다. 벼슬길에 한 번 나가기만 하면 일확천금을 수탈해 드린다. 그러자면 선량한 백성을 족쳐야 한다. 「하일대주」의 "楚毒歸圭蓽 割剝粉菫鞭"은 고문에 의한 착취의 일단이요, 끝내는 "기물집기는 물론 자식까지 팔려가고, 송아지마저 뺏기는"53 그야말로 "물·불구덩이 같은 서슬에서 허덕이는 탈진한 백성의 실상"54이 눈앞에 삼삼하다.

승 8·결 6구는 해남에서 겪은 객의 고행담이자, 호랑이보다 더 사나운 가렴주구에 시달릴 향인에 대한 연민의 대인작이다. 한마디의

---

50 『여유당전서』一集 二
51 仝上 一集 五
52 仝上 一集 四
53 仝上 一集 五 「夏日對酒」 "鋏鍋旣盡出 孥粥犢亦牽" 참조
54 同上 五集 卷二〇 『牧民心書』 卷五, "民在水火之中 呼號宛電" 참조

비평도, 반구의 주관도 없다. 그것은 훗날의 독자에게나, 아니면 역사의 양심에게 맡겨 버렸다.

구관의 학정을 견디어 살며, 신관에게나 기대해 왔더니 설상가상으로 한 수 더하니 숫제 목민자란 모두 화적火賊의 떼거리였다. 차라리 자연의 맹호는 한 두 사람 해치는데 그치지만, 사나운 목민관의 피해는 온 마을을 아비귀환으로 몰아넣는다.[55] 따라서 "流民充塞道路 沿海諸堠 則井落蕭然 田園無價 其貌遑遑如也, 聽其聲 洶洶如也"는 불과 1내지 2세기 전 이 땅의 위정자와 백성의 위화적 대립이었다. 훗날 다산은 비리하고 모순된 사회심리의 척결을 위해 시에서 포착된 현실을 그의『경세유표』『목민심서』에서 상론하고 있으므로 굳이 인거하지는 않는다.

이상 다산의「삼리」를 그 작품 이해를 중심으로 분석해 왔다. 다산의 그것이 두보의「삼리」를 차운한 것이지만, 시대와 시사, 곧 시적 소재의 차이와, 두보의 "다시금 풍속을 순박하게 하리라再使風俗淳"는 수정을 향한 권징은 다산의 근본적 개혁주의와는 또 달라서 얼른 보기엔 동음이곡同音異曲이다. 그러나 전자가 '마지 못한 전쟁不已而用之'일망정 그 전란에 시달리는 창생을 향한 연민·위민 혹은 경계의 사실寫實이라면, 후자는 학정에 시달리는 백성을 위한 휼민恤民, 나아가 왕도王道, 혹은 지치至治라는 이상에로의 개혁이라는 실용의 사실寫實이다. 여기에 '사실을 진술해 직언하는陳其事 而直言之' 문예적 수사의 공통과, 상시분속과 이시론시하는 시취 및 시정은 동궤다.

55『여유당전서』「獵虎行」"猛虎傷人止一二 豈必千百罹此苦" 참조

Ⅳ. 비교론

1. 傷時憤俗

3대의 '다스림이 없어도 다스려 진無治而治'시대는 인성이 자연에 수순한 이상시대요, 유학은 그 재현을 위한 주유천하의 강학講學이다. 다산학茶山學의 이상은 바로 그 현실적 실천학이라 할 실사구시학이니, 경세와 제민이 본무요, 음풍농월은 본령이 아니라 했다. 그러나 성교聖敎의 교화를 위한 감발징창은 시의 존재 이유이므로,『시경』과『초사』의 무사지훈無邪之訓이 그것이요, "두시는 침울돈좌沈鬱頓挫와 충분격렬忠憤激烈로『시경』의 유향遺響이기에 지사진실指事陳實이 시사詩史"에 값하므로,56 다산의 우두론右杜論은 진작『시경』과『초사』의 무사한 진사직언陳事直言의 세교를 위한 상시분속이었다. 그것은 조국이 위란에 처할 때 국운을 전담하여 실의한 창생을 계도한다는 시인의 사명이기도 한 것이니, 두보의 安·史란에 이은 토번의 침구, 다산의 임·병란 이후 삼정의 문란이란 사회상과 민생의 고통을 위로는 풍간諷諫하고, 아래로는 휼애恤愛·증주拯賙하려는 우지애지憂之愛之의 앙가쥬망이다. 여기 상시분속이란 이른바 우국연민이니 침울돈좌가 그것이다. 촉물진정이 시의 길이라면, 그들의 '물物'은 모름지기 '역사史·시사時事'요, '상정傷情'은 생민의 대변이다. 그러므로 자연 거기엔 파사현정의 창경蒼勁이 언외에 내재함은 시문학의 본령이다.

---

56 曹偉;『杜詩諺解』初刊「序」에 "…詩至六朝 極爲浮靡, 三百篇至音隨也. 子美生於盛唐 能抉剔障塞 振起頹風 沈鬱頓挫 力去浮艶華靡之習, 至於亂離奔竄之際 傷時愛君之言 出於至誠, 忠憤激烈 是以聳動百世. 其所以感發懲創人者 實與三百篇 相爲表裏 而指事陳實 號稱詩史" 참조

물론, 두보의 수관守官은 "치군요순상致君堯舜上"이란 3대의 '순속한 풍속'을 향한 수정주의다. 그러므로 그의 철저한 숭유는 체제의 개혁을 논한 바 없으니, 예컨대 누란의 우국을 '淚·愁·苦·哀·恨·別'로 점철하여 자신의 곤고와 함께 피눈물로 호곡했을 따름이다. 그러나 다산은 주자학의 공론과, 비리한 봉건의 체제를 비롯한 빈곤과, 형옥으로부터의 인간 해방을 오로지 정치개혁만으로 가능하다고 전제하고, '不害民·不損國', '厚生·富國', '民福·國利'는 인성의 자연한 상대조건임을 천명하며, 실로 한국 개화의 여명기에 신랄한 현실 참여의 사실문학 창도를 위한 창경이 두보에 못지않았음은 비록 시·공간적 차이는 있어도 훨씬 현실적이었다. 따라서 그들의 시문이 지향하는 궁극은 이상사회 건설이요, 그 수단은 수정과 개혁이라는 강도의 차이는 있을지언정 우국애민을 전제한 상시분속 아님이 없다.

첫째, 「신안리」와 그 차운인 「파지리」에서도, 그 창작 의도는 다르지 아니하다. '更無丁'하여 '中男行'하는 "夜帖早行 守成急也"한 우시와, '肥男'과 '瘦男'의 '有母送·獨伶俜'한 붕속을 '白水'와 '靑山'에 유추하는 시적 승화는 물론, "보낸다고 피눈물 흘리지 마소, 복야장군이야 밀로 부형같이 어진 분送行勿泣血 僕射如父兄"이라고 휘갑하는 결구의 위무는 다산의 '개 닭처럼 묶여 끌려가' "倒懸高樹枝 髮與樹根平"한 벼슬아치의 수탈상을 "立威更何時 指揮有公兄"으로 풍자하며, 저간의 궁핍상을 애상하고, 체제개혁의 웅변을 지외字外에 심어 놓았다.

둘째, 「동관리」와 그 차운인 「해남리」도 마찬가지이다. "千古用一夫"할 요새임에도 현종의 분촉奔蜀은 물론, "百萬化爲魚"한 패망[誤國]의 시사, "寒月照白骨"하고 진나라 백성의 태반을 "殘害爲異物"케 했던 비참한 시속을 "勿學哥舒翰"하라고 항거가 아닌 충후책인의 미자美刺와 경계로 갈무린 출색곡이니, "葵藿傾太陽"하는 물성은 정녕 앗

을 수 없는 두보의 열정이다.[57]

한편, 다산의 「해남리」는 승량이·오랑캐보다 악랄한 말기적 봉건의 정치풍토 하에서 "집집마다 시끄런 곡소리뿐인데, 정작 뱃놈질이나 해야겠다.嗷嗷百家哭 可以媚權夫"는 풍조는 해민害民·손국損國의 이농을 초래할 뿐이며, 더구나 이미 19세에 광양에서 보고 느낀 바를 노래한 "爾來魚稅重 生理日蕭條"〈與猶堂全書·10 暮次光陽〉는 "생민지복生民之福 국가지리國家之利"라는 위정의 초보도 모른다는 시정의 한탄이다. 그러므로 생민의 실상을 '고어枯魚'에 비유한 분속憤俗이자 애소다. 구태여, 온유돈후의 미자美刺와 탁마啄磨의 사장만이 사무사思無邪가 아니라면, 내우외환이나 사회심리의 구조적 문란에 의해 구겨지고 유린된 국보國步와 민생의 실상을 반영한 성정의 감발, 그것이 차라리 시대의 거울인 시문학의 본령이자, 생동하는 예술세계임에 틀림없다.

셋째, 「석호리」와 「용산리」다. 곽자의가 이끄는 관군이 상주 싸움에서 패배해 흩어졌다. 사나운 반군의 기세에 풍전등화와 같은 국운, 정남·중남은 이미 다 징용되고, 그 행역行役이 노약자에게까지 미쳐 일가의 부자형제 조손고식祖孫姑息이 하양 행역에 징발되는 노옹과 노구, 정부와 원부怨婦의 생생한 수고愁苦의 정상, 이 같은 우국에 따른 민생의 쓰라린 고통은 그게 일가의 비극만이 아니다. 당나라 역사의 현실, 그 이면이니 죽으면 그만인 사거死去나, 언제 죽을지 모르는 이른바 "죽어지면 그만이거니와死者長已矣"와 "생이별이야 언제나 측은한生別常惻惻"[58]투생偸生의 전황과, '입성조차 없어無完裙' 종이로 가리고 사는

---

57 『杜詩諺解』卷一,「北征」의 "夜深經戰場 寒月照白骨, 潼關百萬師 往者散何卒, 遂令半秦民 殘害爲異物" 및 卷二,「自京赴奉先縣詠懷五百字」의 "葵藿傾太陽 物性固莫奪" 참조

58 『杜詩諺解』·十一,「夢李白」참조

민생고, 노구의 '급히 하양 노역에 끌려가는急應河陽役' 참상은 차마 '목
놓아 울 수조차 없는泣幽咽' 비량한 정서의 심화, 이른바 절정을 마련했
다. '如聞'은 주관의 객관화, 정서의 공감대 확산, 파적의 여운에 이은
죽음의 늪과 같은 새로운 정밀경이라는 현실의 예술적 승화이자, 침
울한 심상을 달래기 위한 조자助字다. 여기에 분속의 징창이 있다. 다
산의 「용산리」 역시 시사와 소재는 달라도, 상시분속의 주제는 일반
이다. 전자가 내란에 의한 비통한 현장 고발이라면, 후자는 내정의 문
란에 인한 가렴의 참상을 비판, 고발하고 있다. 곧 전자는 반군의 진
압이란 현상의 초극만으로 낙토의 중흥이 가능하지만, 후자는 개혁과
척결만이 파사현정의 길이다. 예컨대, '창생의 고통細民苦'을 돌보지 않
는 썩을 대로 썩어진 정치 현실. '관장의 분노'만을 면하려는 탐관오리
배의 조세가 아닌 수탈에 시달리는 백성은 '음애에 이온 풀'마냥 고사
하여 "죽느니만 못하다死者寧哿矣"했다. 여기 '寧' 1자의 아이러니는 그
게 순연한 고발도, 풍자만도 아니다. "앉아서 죽음을 기다려야坐令生理
絶"할 기아의 '오이'은 '주문'의 주육과 알레고리화 했다. 주문에 들어
가는 육포는 바로 약탈해 간 농우다. 이것이 다산 당시의 현실이니 그
가 절규한 혁신은 식자의 사명이다. 따라서 다산은 시로써 시속을 영
탄함으로써 시정의 광정匡正을 꾀하였던 것이다.

2. 以詩論時

성정에서 피어나 선악을 권장하여 국풍을 교화함에 시가의 힘은 지
대하다.59 그러므로 훈민·경민의 가영은 성정의 감발을 꾀한 가가문

---

59 前注 7) 引書, "…詩發於性情 關於國教, 其善與惡 皆足以勸懲人, 大哉 詩之教也…" 참조

학可歌文學이다.60 여기에 문이재도의 문풍은 전통적 문학관으로 목민자의 필수이자, "미자권징의 뜻이 없는 것은 시가 아니며, 능히 임금을 받들고 백성을 윤택케 하고자 하는 마음이 없는 자는 시를 쓸 자격이 없다.非有美刺勸懲之義 非詩也, 不能有致君澤民之心者 不能作詩"61 했다. 따라서 측달충후惻怛忠厚와 우국연민을 위한 권징의 소재로 사실적 현실문학이 주도되었으니, 이른바 "자신의 희생적 숭고정신보다는, 조국과 인민을 열애함充溢着熱愛祖國熱愛人民 不惜自我犧牲的崇高精神"62이 그것이어서, 위로는 진자앙·두보·백거이가 있었고, 아래로 유성원·박지원·정약용의 시문이 그 집대성이다. 이는 시로써 시사를 논함이니, 소척비蕭滌非의 논을 부연하면 "조선적 시대 색채와, 강렬한 정치 경향鮮明的時代色彩 和 强烈的政治傾向"은 자연한 귀결이다. 다시 위 소척비의 논을 부연하면 "당나라 이래로 두보의 시는 시사(시로 쓴 역사)로 공인되었으니, 이른바 이 시사의 본질은 시적 인민생활사自唐以來 他的詩(두시·필자주)卽被公認 爲詩史, 這所謂詩史本質 他說也就是詩的人民生活史"63라 했다. 물론 평민의 대변자요, 당사唐史의 보유이기에 족한 두시다. 그러므로 시사란 생활묘사문학이자, 크게는 역사문학이다. 여기에 필연한 수사는 사실성이요, 소재는 생활사이며, 주제는 고발·풍자·개혁이며, 시취는 파사현정의 이상사회 건설이다. 다산 역시 시사를 소재로 당시 사회 및 생활상을 리얼하게 묘사하여 혁파되어야 할 시사를 작품화 했다. 여기서 Reality

---

60 李滉 ;「陶山十二曲跋」참조

61 本稿 II '多山의 右杜論' 중 引文「寄淵兒」再引

62 蕭滌非 ;「人民詩人杜甫」『杜甫硏究論文集』第三輯 및 李丙疇 :「李白과 杜甫의 比較論」참조

63 李丙疇 ;「李白과 杜甫의 比較論」에서 "平民을 위한 시인이 곧 '人民詩人'일 수도 없지만, 그 詩를 '人民生活史'라고 매김 또한 못마땅하다"하고, 그러므로 杜詩의 眞面目이 정치에 이용, 사상에 대입되어 文革이란 고식적 제동과 봉건적 잔재에 대한 비판의 대상이 되어 郭沫若의《李白與杜甫》같은 政略에 희생이 되었다고 피력한 바 있다.

란 일호의 가감도 불허하는 '핍진자묘逼臻自妙'한 사실주의니 "그 뜻은 묘파하되, 그 형상을 감춰以畵意而不畵形" 눈치에 좌우되는 조잡한 허식이 아님은 물론이다.**64** 이러한 사실적 현실묘사의 생명은 물태·인정의 정치한 파악과, 거기에 따른 작자의 예리한 사상과 감정의 등가적等價的 혼융이니, 그러기 위한 genre의 변용은 필연이다. 그러므로 두보나 다산에게 시사적 장편 서사시가, 그들의 독특한 style(사상·감정 + 물태·인정)과, 생동하는 생활문학의 수용을 위한, 장르 변용65의 필연성으로 남달리 많이 녹화되어 있다. 따라서 그들의 시적 소재가 시사詩事이되, 상시傷時의 역사적 현실이요, 시정은 침울하되, 분속憤俗하기에 참스러운 풍자로 풍속순화란 시문학의 목적에 부합되었다. 여기에 사불군思不群하고, 의종횡意縱橫한 노성老成과 능운凌雲의 건필이 치령한 장강의 문력으로 "뭇 산의 작음을 한 번 바라보고 말—覽衆山小" 마련이 갖춰진 것이다.**66** 이른바 두보의 「병거행」〈두언·4〉은 한나라 무제의 흉노족 정벌에 탁托한 현종의 변방 확장이란 '아니할 전란을 일으키고만可已而不已' 시정과, 그에 따른 백성의 어려움을 "수레소리 덜컹덜컹 말소리 힝힝대는데, 출정하는 장정들 저마다 화살 허리에 찼다오.車轔轔 馬蕭蕭 行人弓箭各在腰"라며, 참급·삼엄한 전황으로 시상을 일으켜 "옷자락 부여잡고 발을 구르며 길을 막고 울부짖으니, 울음소리 곧장 구름 낀 하늘을 꿰뚫을 듯.牽衣頓足攔道哭 哭聲直上干雲霄"한 출정상과 "변방 격전지엔 흐르는 피 바닷물처럼 흘러내려도, 임금의 변방 개척의 뜻

---

64 『여유당전서』·十四,「跋翠羽帖」"…所作花木翎毛蟲 豸之屬 皆逼臻自妙 森細活動 非粗夫笨生 把禿筆潘水墨 謬爲奇怪 以畵意 不畵形 自令者 所能聲比者也"에서 그의 사실적 예술관을 볼 수 있다.

65 『여유당전사』·八「文體策」및 五學論中「文章論」참조

66 『杜甫諺解』·16,「戲爲六絶」"分信文章老更成 凌雲健筆意縱橫"및『杜甫諺解』·13「望嶽」"會當凌絶頂 一覽衆山小"참조

여전하다오. 그대 듣지 못했오, 우리 산동 2백 고을, 마을마다 엉겅퀴만 우거졌다오._{邊庭流血成海水 武帝開邊意未已 君不見漢家山東二百州 千村萬落生荊杞}"라고 노래하며 파국의 참상을 시름하고, "예로부터 백골 거두는 이조차 없어_{古來白骨無人收}", "새 귀신은 원통해 하고 예 귀신은 음침하니, 비나 올라치면 그 소리 처량하다오._{新鬼煩冤舊鬼哭 天陰雨濕聲啾啾}"라고 그 무모한 위정자와 변방 장수들의 공명심에 의한 출혈과, 감당치 못할 군수공급에 따른 피폐를 풍자하여 "진실로 아들 낳기보다, 도리어 딸 낳기를 좋아하는_{信知生男惡 反是生女好}" 이율배반적 민풍을 악부화 했다. 그러니 "백성들 휘몰아치기를 개, 닭 같이한다._{被驅不異犬與鷄}"함은 영낙없는 평민의 대변이요, "관아에서 득달같이 조세 독촉해대나, 생산이 없는 세금 어디서 구하리오._{縣官急索租 租稅從何出}"라는 고발은 빈틈없는 시대의 실상을 고발한 것이다. 「병거행」이 「자경부봉선현영회오백자」와 함께 안·사란 전의 당나라 사회상을 이시론시한 대표작이라면, 「북정」「삼리·삼별」은 난후의 시대상이니, 부주로 북귀_{北歸}하며 쓴 기행은 차라리 '시로 문을 대신[以詩爲文]'해 시대상을 논한[論時] 절창이다. 특히, "다만 어려운 시절을 만나, 조야가 한가로운 날이 없는데_{維時曹艱虞 朝野少暇日}" 임금으로부터 '문가실[問家室]'하라는 소허를 받고도, 오히려 "비록 임금께 간할 자질은 없지만, 행여 빠치시고 그르침이 계실까하는 염려_{雖乏諫諍姿 恐君有遺失}"로 "머뭇거리며 미쳐 나오지 못하는_{怵惕久未出} '충직하고 정성스런 정_{忠悃之情}'은 이후 차종의 법필_{法筆}로 습용"67 되었음은 물론, "세상엔 전쟁에 상처 입은 사람뿐이니, 이 근심 걱정 대체 언제나 끝난다죠._{乾坤含瘡痍 憂虞何時畢, 靡靡踰阡陌 人煙眇蕭瑟, 所遇多被傷 呻吟更流血}"〈북정〉라고 반문한 호소는 이하의 사의_{私誼}와 공충_{公忠}을 낱낱

---

67 이병주 ; 『杜詩諺解批注』 五古 「北征」 p.312 참조

이 각화하여 놓았다. 특히, "임금께서 아직 피난 중에 계시니, 어느 날에나 병정 훈련 끝날려는지. … 음산한 바람 서북으로부터 들이닥쳐, 독살스런 위글 군사를 따라 불어온다. 그 왕이 우리를 돕고자 원하니, 그들의 풍속은 말 달리기를 좋아하는 민족. 병졸 오천에 부마까지 일만 필을 몰고왔다.至尊尙蒙塵 幾日休練卒…… 陰風西北來 慘澹隨回紇. 其王願助順 其俗喜馳突, 送兵五千人 驅馬一萬匹"〈仝上〉라는 시적 담론은 정작 당나라 정사正史에 조차 빠뜨린68 전사의 실록이요, "임금께선 자못 허탄히 기다리시나, 시의는 내친김에 약탈할까 저어하죠. 이제 낙양의 수복이야 손금 보듯 쉬울 것이니, 장안 탈환이야 일도 아니다. 청컨대 관군은 깊숙이 진격해 들어가, 날랜 군사 모아 위글의 동정 엿보며 함께 전진하라.聖心頗虛佇 時議氣欲奪, 伊洛指掌收 西京不足拔 官軍請深入 蓄銳伺俱發"는 회흘 원병이 피치 못할 현실이되, '오랑캐의 신의란 헤아릴 수 없는 것其意難料'이라, 한결같이 방심치 말 것을 주도면밀히 권고하며, 시의와 용병·병법에까지 조심을 갖췄음은 "빛나고 빛나는 태종의 업적, 참으로 우람하게 세우신煌煌太宗業 樹立甚宏達"〈仝上〉 대당제국의 영원을 향한 두부의 충정이자, 시로 시사時事를 논한 대강이다.

한편, 그 속편이라 할 연작「삼리·삼별」역시 시사에 따른 정치 및 서민의 생활사이니,「신안리」는『구당서』의 "건원 2년 3월 9 절도의 군사가 안양 하북에서 패했다.乾元二年三月 九節度之師 敗于安陽河北"라던가,『통감』의 "3월 임신에 안양 하북에서 접전할 때 문득 큰 바람이 불고, 천지가 캄캄해지며, 관군이 궤멸되고, … 곽자의의 북방군이 하양교를 끊어 동경[낙양]을 보호하고, 동북성을 구축해 지켰다.三月壬申 戰於安陽河北 大風忽起 天地晝晦, 官軍潰 …, 子儀朔方軍 斷河陽橋 保東京 築東北城守之"라는

---

68 『新·舊唐書』에 출처가 없고, 蔡注에 "回紇以五千兵 萬匹馬來助, 天子計賊 肅宗虛心
   以待之 時議恐畢竟爲害 所以氣欲奪也"라 했다.〈後注 73〉 同項(原注) 六八條) 참조

왕성의 수호를 위한 '마지못한' 시사를 시화한 것이다. 그러므로 저 「병거행」이나 「자경부봉선현영회」와 같은 풍간이 아닌 위무이다. '정남이 다 징병되고 중남을 징발하는丁男俱盡 中男點考' 전황 속에서, 언제든지 변절할 수 있는, 이른바 오랑캐들의 예측불허한 술책에 경계할 것을 당부하며, "白水暮東流 靑山猶哭聲"의 참상을 더불어 호곡하다가도, 문득 왕성을 지켜야 할 막중한 현실 앞에 '就糧·練卒·牧馬·撫養·父兄' 등 허다한 위로의 말로 대단원을 맺는 시심은 오로지 "밤낮 조국의 태평을 기구하는日夕望其平" 정녕 두보다운 우시憂時요, "주선왕 다시 일어나듯 우리 임금께 바라며, 강한에서 피눈물 뿌리며 늙고 병든 몸 길이 기다린다.周宣中興望我皇 灑血江漢長衰疾〈杜諺·3, 憶借〉는 충정 때문이다. 그러므로 이에 차운한 「파지리」 또한 "黃口出胚胎 白骨成灰塵, 猶然身有徭 處處好秋旻"[69]한 군정, 「황구첨정」[70] 특히 환곡[71] 등 너무도 어처구니없는 시사를 시화한 것이다. 문면의 진실陳實은 척자반구의 주관도 비판도 없지만, 자배字背에 웅어리진 시의詩意는 잣다른 愁·苦·淚의 감상을 초극한 분속憤俗의 창경蒼勁과 혁신의 철학이 장외章外에 넘치고 있다.

둘째, 「동관리」 역시 천보 15년 6월 장안의 마지막 보루, 동관의 요새이자 장안과는 불과 400여 리 남짓한 도림전桃林戰에서 가서한哥舒翰은 반군에 여지없이 패배, 백만의 군졸이 고기밥이 됐다. 이제 그 익년, 지덕 2년에 쓰라린 전쟁터를 지나는 두보의 상시傷時는 변새의 장군들에게 완곡한 경각을 마지 못하는 것이다. 그것이 천래의 우국연민임은 다산과 일양이다. 따라서 "가서한의 패전을 들어 후인을 경계

---

69 『여유당전서』·5, 「夏日對酒」 참조
70 『여유전당서』·23 및 『牧民心書』, 八「簽丁」 참조
71 『여유당전서』·9, 「還飽議」 및 『牧民心書』, 五「穀簿」 참조

借翰以戒後人"하기 위해 "삼가 지난 날의 전철을 밟지 말 것愼勿踏舊轍"을 훈고해 있다.72 두보의 「동관리」가 사승史乘에 따른 공의公議라면 동관의 부근 진도陳陶의 슬픈 회고가에서는 "초겨울이건만 열 고을 양가 집 자제들, 죽은 피가 진도의 못물이 되고 말아. 훤한 들 갠 하늘 제대로 싸워 보지도 못하고, 의로운 4만의 병사 몽땅 전사했죠.孟冬十郡良家子 血作陳陶澤中水, 野曠天淸無戰聲 四萬義軍同日死"〈두언·4, 悲陳陶〉라고 술회하고 있다. 자그마치 4만의 의병이 한날한시에 제대로 싸워도 보지 못하고 이물異物이 되었다. 오죽하면 "푸른 것은 봉수대 내요, 흰 것은 백골靑是烽煙白人骨"〈두언·4, 悲靑坂〉이라 했는가를 생각할 때 그 참상은 입에 담을 수 없는 비극 그 자체다. '良家子'도 죽어야 했던 참혹상이니, 그 남은 평민의 생활상 및 전화는 굳이 생략했다. 그래서 "장안의 인사들 낯을 돌려 북을 향해 울며, 밤낮으로 다시 관군의 수복만을 고대한다.都人回面向北啼 日夜更望官軍至"〈仝上, 悲陳陶〉라 했지만, 그것은 민심이기 전에 바로 두보의 간구요, 평민의 대변, 이른바 공의에 이은 사사로운 울분은 항상 그렇게 또 시사로 혈서하여 시화했고, 시로써 논시論時했던 것이다.

다산의 「해남리」는 좀도둑[鼠]같은 아전배들과, 시랑·맹호 같은 목자牧者, 일컬어 화적火賊의 떼만 들끓는 체제와 위정의 비리에 시달리는 민생의, 특히 조세·수탈의 참상을 핍진하게 묘사하되, "立威更何時 指揮有公兄"은 슷제 "惆悵難再述"이라 입을 막았지만, 이 1구의 배경은 여타의 시와 함께 그의 『경세유표』와 『목민심서』와 『흠흠신서』에 다시 그 시폐와 개혁 책을 상론하고 있으니, 이시위문以詩爲文한 논

---

72 '借翰以戒後人'한 것은 關將에 대한 戒而諫이지 翰의 不忠을 책임전가 함이 아님을 諸注는 밝히고 있다. 例: "潼關之敗 由揚國忠捉戰所致, 罪不在哥 舒…公特借哥翰以戒後人 非專歸獄於哥舒也…"〈王嗣奭·杜臆〉

시論時임에 틀림없다.

　셋째, 「석호리」와 「용산리」다. "세 절도의 군사가 이곳에 둔을 치고 안경서의 반군을 막았으나, 패하니 정남은 징집할 수 없었다. 그러므로 늙은 노파가 자청하여 나아가 밥을 짓게 된.三節度屯兵於此 以禦慶緒, 兵敗無丁可抽, 故老嫗請自赴 以供炊爨也"〈두시비해·師尹注〉 당시 전황과, 하양에 출정한 한 가정의 참상을 시화한 대표작이다. 심덕잠의 『두시우평』 대로, "전에는 형제가 있으면 처음엔 한 사람만 종군했다. 근자에는 장·중남 모두 군역하다가 노유 부녀에까지 미치자 백성들은 견뎌낼 수 없다.古者有兄弟 始遣一人從軍, 今盡役壯丁 及於老幼婦女 民不堪命矣"73라는 시사에 따른 '출정자의 처참함行者之慘'과 '부모의 쓰라림居者之苦'에는 전혀 방관적 서술자이다. 그러나 행문에 넘나는 통한의 비분을 '如聞'으로 객관화 했으나, 기실 자신의 탄성곡이요, 적어도 고발을 위한 『춘추』의 필법이니, 그러므로 촌철살인의 감개한 마련이 천년 뒤의 혈루를 공명케 한다.

　한편 다산의 「용산리」역시 '살인·옥사'의 부조리, 도적 떼만 같은 군관, 간교한 아전배의 비리한 수탈상, 등등의 '윗물이 흐리니 아랫물이 맑을 수 없는上濁下不淨' 관기官紀의 숙정과 제도의 보완을 위한 풍자로 「충식송」「증문」「이노행」「시랑」「황칠」「증발송행」 등에서 리얼하게 묘사했고, 특히 고사 가정맹어호苛政猛於虎를 우화한 "홍농에서 물 건너간 일 듣기나 했던가, 태산에서 자식 곡한 일 그대는 못 보았나.弘豊渡河那得聞 泰山哭子君未覩"〈다산시문집·5, 獵虎行〉는 차라리 "밤에도 문짝 치는 가증스런 아전배들, 남은 호랑이 풀어 관리나 막았으면.生憎悍吏夜打門 願留餘虎以禦侮"〈仝上〉라고 거짓 같은 진실을 시화했는가 하면, 군포

---

73 이병주 ; 『두시언해비주』 五古 「石壕吏」, p.347, 再引

軍布의 곤고를 숫제 "시아비 탈상했고 배냇물도 안 마른 아이, 삼대의 이름을 군적에 올리다니…. 범 같은 문지기 호소도 못하게 하고, 이정은 벼락같이 소를 끌고 갔다오. 칼을 갈아 방에 들자 핏자국 온 방에 낭자한데, 아이 낳아 이 액을 당한다고 탄식이라오.舅喪已縞兒未澡 三代名簽在軍保, 薄命往愬虎守閽 里正咆哮牛去早 磨刀入房血滿席 自恨生兒遭窘厄"〈다산시집·4, 哀絶陽〉는 실록이 말하지 않은 생생한 역사의 현장을 시화했으니, 「용산리」의 "임금의 덕치는 이르지 않고, 창생의 목숨은 죽음에 이었네.德音竟不至 萬命相枕死"는 바로 "지난 봄 꾸어 먹은 환자 다섯 말, 이로 인해 금년은 정말 살 길 막막한데. 나줄 놈들 문 밖에 들이닥칠까 겁날 뿐, 관가에 끌려가 곤장 맞는 거야 일도 아니지. 아아, 이런 집들 천하에 가득한데 구중궁궐 깊고 깊어 어찌 모두 살펴보라.餉米前春食五斗 此事今年定未活 只怕邏卒到門扉 不愁縣閣受笞撻嗚呼此屋滿天地 九重如海那盡察"〈다산시집·2, 奉旨廉察到積城村舍〉의 환골이요, "창생은 모두 애처로워, 죽은 자가 차라리 좋겠다.窮生儘可哀 死者寧智矣"는 "두 아들 세공으로 5백 냥 물고 나니, 어서 죽길 원한 뿐 옷이 다 뭐냐.兩兒歲貢鐼五百 願混速死況衣褐"〈仝上〉라는 참극의 심화이자, 시로 시사時史를 논한 실상이다. 그는 또 이에서 그치지 않고, 개혁과 이상향의 건설을 위해 「감사론」「간리론」「향리론」등의 시무책, 그리고 목민의 현장교범일 『목민심서』『흠흠신서』『경세유표』등 역저로 만세의 귀감이 되게 했으니, 그 바탕은 역시 그의 2,466수의 사실 묘사적 이시위문以詩爲文, 이시논시以詩論時, 이시논사以詩論史의 실록이라 할 수 있다.

3. 詩論對比

1) 두보의 詩論

두보는 진작 '시로 시를 논하기以詩論詩'의 남상인 「희위육절戱爲六絶」〈두언·9〉을 비롯한 「解悶」「偶題」등 몇 편의 시론시 외에 별도로 시론을 밝힌 바 없으나, 논시를 통한 그의 시론은 한마디로 한·위의 사상적 노성老成과, 제·량의 낭만적 예술성이란 청신淸新의 조화로 성취된 시문학의 극치다. 예컨대 "이젯 사람 경박타 하고 옛사람만 애중치 말고不薄今人愛古人"〈희위육절·5〉의 '금인'은 제·량 이래의 청사려구淸詞麗句를, '고인'은 한·위 이상의 '철경벽해掣鯨碧海'할 노수老手를 모두 스승으로 배워 '좋은 글귀는 모조리 활용해 육조는 물론, 굴원과 송옥을 앞서는 것轉益多師'만이, 복고와 청신으로 문예의 진화를 성취할 첩경임을 간파했던 시성詩聖이었다. 그러므로 '전익다사'는 그 방법론이자 "시, 그야 우리 집안의 전업이니, 남들이 그리 전해 세상 정리이지詩是吾家事 人傳世上情"〈두언·8·宗武生日〉라는 자긍의 벼리였다.

예컨대 "잎 지는 가을을 슬퍼한 송옥이여, 풍류와 선비다움 그 또한 나의 스승. 천추를 바라보며 한결같이 눈물 뿌리다니, 어쩌랴, 대를 달리해 같은 때 태어나지 못했으니.搖落深知宋玉悲 風流儒雅亦吾師, 悵望千秋一灑淚 蕭條異代不同時"〈두언·19, 永懷古跡 5의 2〉 및 "어찌하여 시상이 도잠과 사령운의 솜씨 같아, 너로 하여금 글을 지으며 더불어 노닌다지.焉得思如 陶謝手 令渠述作與同遊"〈두언·10·江上値水如海勢聊短述〉 등은 복고적 노성이다. 명나라 양신楊愼은 "유신의 글은 늙어서 더욱 격조를 이뤄分信文章老更成"를 "사가들은 그 시를 평해 '기려'하다 하고, 자미 두보는 일컬어 말하기를 '청신' 또는 '노성'하다 했다. 기려하고 청신하다 함은 모두

들 알지만, '노성하다 함'은 유독 두보만이 능히 그 묘미를 계발했다.
내 일찍이 두루 합쳐 연역하기를 기려에 흐르면 바탕을 상하게 되고,
염려에 흐르면 기골이 부족하고, 맑으면 부박에 가깝고, 지나치게 참
신하면 너무 첨예하나, 자미의 시는 기려하면서도 질박하고, 염려하
면서도 기골이 있고, 맑으면서도 부박하지 않으며, 새로우면서도 첨
예하지 않으니, 이것이 노성한 까닭이다. 史評其詩曰 '綺艶', 杜子美稱之曰 '淸新',
又曰 '老成', 綺艶·'淸新'人皆知之, 而其老成 獨子美能發其妙, 余嘗合而衍之曰, 綺多傷質, 艶多無
骨, 淸而近薄 新易近尖, 子美之詩 綺而有質, 艶而有骨, 淸而不薄 新而不尖 所以爲老成也"라 하
고, 원나라 시인의 시에도 '기염·청신'은 있으나 '노성'을 겸비하지 못
했고, 송나라 시인의 강작노성强作老成은 '기려청신'에조차 불급이요,
오직 "자미와 같은 자만이 겸했다 할 수 있을 것若子美者 可謂兼之矣"이라
했다.74 그러므로 두보는 유신의 '기염·청신노성'을, 이른바 제·양의
아리다움은 물론, 진자앙陳子昻의 풍골과 기려를 바탕한 의종횡意縱橫한
건필을 만고에 치렁하게 흐를 시법으로 수용한 것이다.

한편, "바른 말 하는 재주 세상에 없으니, 웅장한 모략은 신답도다.
간이한 정치 풍속 옮김이 빠르고, 글이 맑으니 뜻을 세움이 새롭구나.
直詞才不世 雄略動如神, 政簡移風俗 詩淸立意新"〈두언·14·奉和嚴中丞西城晚眺十韻〉
라고 엄무의 간언과 용기, 그리고 '시의가 청신詩淸意新'함을, "청신하기
는 유신이요, 준일함은 포조린淸新分開府 俊逸鮑參軍"〈두언·14, 春日憶李白〉으로
이백李白의 '청신·준일'함을, "또 양양의 맹호연을 사랑하노니, 맑아한
글 구구마다 전함직 하도다.復憶襄陽孟浩然 淸詩句句盡堪傳"〈두언·16, 解悶 12
의 6〉, "맑고 고운 시구 필히 이웃하고자.淸詞麗句必爲鄰"〈두언·16, 戲爲六
絕·5〉하다 못해 "내 성벽이 편벽해 아름다운 시구 탐해, 내 시를 읽고

---

74 楊愼；『丹鉛餘錄』「詩話篇」 참조

사람들 놀라지 아니하면 죽어서도 마지않으리.爲人性僻耽佳句 語不驚人死不休"〈두언·3, 江上置水如海勢 聊短述〉라 자술하여 한·위의 '노성'과 제·량의 '청신'을 집대성했다. 따라서 이백의 "조탁은 천진함을 잃게 되고, 염려는 진귀함이 부족하다.彫琢喪天眞 艶麗不足珍"〈분류보주 이태택집·2·古風 1〉라는 고체 본위의 복고주의에 편협치 않았으니, 두보야말로 진·이의 복고적 사상성을 옹호하되 구속되지 않았고, 제·량의 낭만적 예술미를 수용하되 장점만 원용하였으니 "굴·송을 저의기 더위잡아 방가함이 마땅타 하니, 제·량 사람들에 뒤처질까 두렵다.竊攀屈宋宜方駕 恐與齊梁作後塵"〈회위육절·5〉함은 '체상조술遞相祖述'에 의한 문학의 진화성까지 천명한 가위 시의 마루[詩宗]의 입론이다. 더욱 '만권독서萬卷讀書'와 '입신한 필법[下筆如有神]'은 능운의 기개로 신기를 발휘했으니, 이른바 그의 시는 '재박材博·의심意深·어변語變'75하여 족히 '시의 웅자'가 되었다.

그러나 봉유수관의 외길엔 "일자불망군—字不忘君"의 고벽苦癖과, 쇠미한 당나라 역사의 현실, 안·사란에 허덕이는 창생의 고한과 기아가 도궁途窮한 자신의 입지보다 안쓰러워 정명의 위국爲國과 이타利他의 연민으로 '상시분속傷時憤俗'한 고발, 풍자 혹은 위무로 '이시론시以詩論時'한 사회시이니, 그는 역시 시문학의 통서인 미美·자刺·권勸·징懲의 피어린 목탁이기에 일가의 몫을 다했다. 이는 바로 형식적 풍기風氣에 반동하고, 한·위의 '풍골風骨'과 풍·아의 '흥興·기寄'를 주장하며, 주周·한漢의 정화를 승계하려던 진자앙의 현실·사실주의 문학운동의 발전이니,76 이러한 문풍은 다시 두보를 거쳐 원진·백락천의 스타일[元

---

75 張維 ;「重刊杜詩諺解解序」, "詩至杜少陵 古今之能事畢矣, 厖材也極其博, 溶意也極其深, 造語也極其變" 참조

76 郭紹虞 ;《中國文學批評史》卷上, p.21, 泰盛書局刊 民國 23年, 참조

白體]에서 완성되었다. 그러나 두보의 현실·사실적 문학은 정의와 인류의 회복, 일컬어 요순堯舜의 풍속에로 순정하려는 도문합일한 문학이니, 비단 계몽의 요령만이 아닌 비·부·흥의 문예적 미학을 창조하였다. 따라서 백락천의

시의 호걸한 자로 세상에서 이백과 두보를 일컫는다. 이백의 작품은 才奇하여 뭇사람은 미칠 수 없고, 풍아의 비나 흥의 근원을 찾고자 해도 열에 하나도 없다. 두시가 가장 많아 가히 전할 만한 것이 천여 수요, 고금을 통하여 격률을 말하자면 지극히 공교롭고 잘 되어서 이백보다 한 수 위다. 그러나 「신안리·석호리·동관리」「노자관」「유화문」같은 시를 안찰컨대 '대가집 문에는 술과 고기가 썩어나고, 길에는 얼어 죽은 시체가 지천이다.' 같은 구절은 불과 3·40수뿐이다. 두보 같은 시인도 이와 같거늘 항차 그에 미치지 못하는 자이겠는가.
(詩之豪者 世稱李杜. 李之作才矣寄矣 人不逮矣, 索其風雅比興 十無一焉. 杜詩最多 可傳者千餘首, 至于貫穿古今 覼縷格律 盡工盡善 又過于李焉. 然撮其新安·石壕·潼關吏·蘆子關·留花門之章 朱門酒肉臭 路有凍死骨之句 亦不過三四十首. 杜尙如此 況不逮杜者乎.)

〈白香山詩集·與元九書〉

는 정평이다. 다산은 바로 두시의 이 점을 '시중 공자詩中孔子'라 하고, 자신은 물론, 가아家兒들에게도 작시의 준적으로 삼도록 훈고했던 것이다.

2) 다산의 詩論

다산의 초기 시학의 배경은 정조의 문체순정을 솔선했으니, 그의 「문체책」은 그 입론이다. 따라서 그의 문학관, 특히 시론은 위의 「문제책」을 바탕으로, 「문장론·탁옹한담擇翁閑談·기 2아寄二兒·시 2아·답 2아」 및 「위이인영증언爲李仁榮贈言·위초의승의순증언爲草衣僧意洵贈言」 등에서 엿볼 수 있다.

다산은 당시의 사회는 물론, 문풍이 나날이 정통 문풍을 상실해 감은 『六經』과 수사지학洙泗之學의 부재에서 비롯한 것으로 간파하고, 도문합일道文合一의 문풍을, 그러므로 요·순의 이상사회로 회귀할 것을 주장했으니,77 이는 곧 정조의 문학론78과 일치할 뿐 아니라, 오로지 그것을 위한 순정문학이었다. 예컨대, 아들을 경계한 글「아들 연에게寄淵兒」79 에서 '마땅히 두시를 시의 공자'로 본받을 것을 훈고한 것도 그것이 '애국·우국·상시분속·미자권징'이란 『시경』의 유의遺意이기 때문이요, 그러기 위해서 '지志·학學·도道'를 닦아 '존주尊主·비민庇民의 마음을 작시의 본으로 삼으라.'고 했음이 그것이다. 특히 '지'에 대한 논지는 "시는 뜻을 말한 것이다. 뜻이란 본디 낮고 욕되어서 비록 억지로 맑고 고결한 말을 써도 이치에 맞지 않고, 하찮고 비루해서 애써 광달한 말을 써도 사정에 적절치 못하다.詩者 言志也, 志本卑汚 雖强作淸高之言 不成理致, 志本寡陋 强作曠達之言 不切事情"80하며 天人性命·人心道心의

---

77 『여유당전서』卷十一, 「五學論三」 참조
78 『弘齊全書』卷一六一, 「日得錄」文學條. "爲文之道 當本之六經, 以爲其綱 翼以諸子 以極其趣 灌之以義理 發之以英華, 上可以鳴國家之盛 下可以垂後世之範 庶爲作家宗旨也" 참조
79 前記 'Ⅱ 茶山의 右杜論' 引文 참조
80 『여유당전서』卷十七, 「爲草衣僧意洵贈言」 참조

세찰을 중요시했으며, '學'에 대해서는 "사서로 내 몸의 거처를 삼고, 육경으로 내 학식을 넓히며, 사서로 고금의 변천에 통달以四書 居吾之身, 以六經 廣吾之識, 以諸史 達古今之變"[81]토록 면학하여 내적 충실을 기하고자 했으며, '도'에 대해서는 「기·답 2아」 및 「위초의승의순중언」「문체책」 등에서 상론하고 있다. 그 중 「문체책」의 일부만 인증하면 "물태에 바탕을 두고, 인정에서 발하는 문체인들 어찌 변하지 않으리오. 순정하던 것이 거칠어지고, 질박하던 것이 깎이고, 평이하던 것이 기궤해지고, 돈실하던 것이 천박해지고, 전아하던 것이 비리해지고, 느리던 것이 촉급해지는 등 형형색색 천변만화하는데 그 까닭인 즉 득실 두 가지에서 벗어나지 않습니다. 무릇 냉한 곳으론 물이 가지 않으며, 해로우면 사람이 행하지 않으며, 실失이 되면 문체도 변할 수 있습니다.

資於物態 發於人情 願文體奚獨不然, 醇者醨 樸者斲, 平易者奇詭 敦實者淺薄 典雅者鄙俚 舒緩者促急, 形形色色 千變萬化 而求其故 則不出於得失二字, 夫冷焉 則物不趨之 害焉 則人不響之, 失焉 則文體可得而變也"〈전서·上, 8 문체책〉가 그것이다. 곧, 그는 문체 변화 요인을 '득실'로 파악하고, '냉해[物態]'와 '이해[人情]'에 따라 뮤체도 변한다 했다. 이를 환언하면, 도가 융성하면 물태와 인정의 융성에 따라 문체도 융성하고, 도가 쇠하면 순정한 문학도 비루해진다는 것으로 수용된다. 이른바 정조의 책문策問「문체」의 "문에는 한 시대의 체가 있으니, 그 시대의 도와 더불어 추하기도 융성하기도 해서, 그 문을 읽으면 가히 그 시대를 논할 수 있다.文有一代之體 而與世道相汚隆 讀其文 可以論其世"[82]했다. 그러므로 그의 「문체책」은 '문체가변설'을 전제로 추진된 융성한 도덕학 시대의 재림을 향한 대안이기도 했다. 그 물태와 인정은 곧 시대성이요, 그것의 리얼한 묘사는 다산의 많은 시가 그렇듯 서

---

81 同上 「爲李仁榮贈言」 참조
82 『여유당전서』 및 『丁茶山全書』上·8 「文體策」에 談으로 기록됨.

사적 산문일 수밖에 없었다. 물론 그의 「문체책」이 "세도를 회복하고, 문풍을 개벽하기回復世道 開闢文風" 위한 발본색원의 논리로 전개된 것이지만, 다산 시 전반의 특징, 특히 그 형식적 결론은 '시로 시대를 논'한 산문 서사시임에 틀림없다. 그러므로 다산의 시에는 적어도 '음풍농월'이나 '담기설주譚碁說酒'로 구차히 차운이나 하는 시는 없다. 모름지기 "전 대의 역사를 섭렵해, 득실 이기의 근원을 알고涉獵前史 知其得失理乱之源"83 그 적실한 용사는 물론, 내적 충실과 실용의 학으로 "즐겨 고인의 경제 문자를 보고樂觀古人經濟文字"84 그 마음이 늘 "澤萬民 育萬物底意思"85 한 연후에 "欲拯無力 欲賙無財하여 彷徨側傷하고 우세휼민하는 것이 시라 했다"86 물론 이러한 그의 시론이 시대의 소산임은 고금이 일반이다. 적실한 시대상을 묘사함으로서 "上可以補察時政 下可以洩道人情"〈白香山詩集·1·與元九書〉하며, "上可以鳴國家之盛 下可以垂後世之範"〈正祖·弘齊全書·161·日得錄〉할 경세지문이 되었으니, 그의 시의 길은 바로 국론이었던 것이다.

한편, 다산은 시의 '용사'에 대해서도 「기 2아」「답 2아」에서 진지하게 논의하고 있다. '용사'란 이른바 시의 전고典故다. 수의자연隨意自然한 감상이 아니라, 미자권징을 위한 적실한 비·흥이므로 지성이자 실사다. 여기에 시의 "준경·노창·침울"87이 따르니, 이 점 또한 두시와 상통한다. 그런데 그는 사대부들의 학시가 중국의 전고 인용을 능사

---

83 『여유당전서』·21 「寄二兒」 참조
84 『여유당전서』·21 「寄二兒」 참조
85 『여유당전서』·21 「寄二兒」 참조
86 『여유당전서』·21 「示両兒」, "凡詩之本 在於父子君臣夫婦之倫, 或宣揚其樂意. 其次 憂世恤民, 常有欲拯無力, 欲賙無材 彷徨惻傷 不忍遞捨之意, 然後, 方是詩也, 若只管己利害 便不是詩" 참조
87 『여유당전서』 「蘀翁閑談」 참조

로 함을 통탄하며, 우리의 『삼국사기·고려사·국조보감·여지승람·
징비록·연려실기술』 및 동방문자와 그 지방의 형편을 세찰하고, 사
실을 쓸 것을 계자88 함으로 이른바 '조선시운동'을 주창한 "나는 조선
인이다. 즐겨 조선 시를 짓겠다.我朝鮮人也 甘作朝鮮詩"〈여유당전서·6·老人
一快事〉에서 확연히 노정되어 있다. 물론 다산은 정치인이자 경학자였
다. 그러므로 문학은 당대 사대부의 통념대로 요무要務가 아니다. 환언
하면 문예미의 창조를 위한 문학Art for Arts Sake이 본업이 아니라, 그 문
학, 곧 시는 '上風化·下諷諫'이란 『시경』「서」의 의취 외에 수식을
필요로 하지 않았다. 그러므로 진솔과 담박과 진사직언陳事直言은 그의
시론의 전모다. 이점 역시 백거이가 지적한 두보의 사실적 사회시와
맥을 같이 하는 바다.

V. 문제의 정리

　이상에서 다산문학의 연원을 캐기 위해 우두론右杜論을, 작품 분석을
통한 비교론에서 '우시연민·파사현정·침울창경' 등 포괄적 개념으로
'상시분속'을, '감발징창·사실문학·이시론사'의 포괄적 개념을 '이시
론시'로 논증하고, 이어 시론을 대비했음은 오로지 비교문학적 영향관
계 및 이후의 두보와 정약용의 시문학 연구에 이반고자 함이었다. 이
를 총결하면

---

88 『여유당전서』·21,「寄淵兒」 참조

1 다산의 석두론을 그의 연보와 계고로써 증명하였다. 그 배경은 물론 조선의 국시와 더불은 숭유, 그러므로 봉유수관을 철학으로 "치군요순상재사풍속순致君堯舜上 再使風俗淳"을 신조로 살던 열정의 애국애민의 두시, 그 언해와 그에 따른 홍포, 그리고 유육입두由陵入杜를 학시의 정도로 굳히며 문체순정을 부르짖던 상문호학 정조의 초계문신이었던 그는 정조의 문체순정책을 적극 호응하는 한편, 비·부의 장서를 통람하여 학두에 열중할 수 있었던 인연 등으로 두보를 시중공자詩中孔子로 추존하며, 계자에는 물론, 스스로 50여 편의 차운과 화작으로 두보의 근엄을 재생하여 병가하려 했던 적극적 우두가였음을 논술했다.

2 그 작품론에서는 이후의 비교론에 이반고자 구조를 중심으로 사상과 시대적 사회상 등을 그 배경론으로 제시하며, 해석과 이해에 중점을 두었으며, 지면상 예시 인용, 특히 유관한 「삼별」은 후고의 마련을 위해 짐짓 생략했다. 더욱 차운시와 원시를 직접 대비치 않음은 원전의 순서를 중시하여서다.

3 비교론에서 내용과 수사적 특징으로 '상시분속' '이시론시以詩論時'로 분류하고, 그 시문학적 연원인 시론을 천착하려는 작업의 일단으로 시론적 대비를 검찰했다. 여기서 '상시분속'이라 함은 『육경·제자서』의 이상사회 구현을 향한 분세혁혼憤世革論의 보찰시정補察時政을, '이시론시'라 함은 "편편무공문篇篇無空文 개가생민병皆歌生民病"의 이른바 "문장 하나하나가 시대와 일치하여 드러나고, 노래가 사건과 합치하여 지어진文章皆合時而著 歌詩合爲事而作"〈백향산시집〉 사실문학을 말한다. 이는 물론 "위로는 보찰시정케 하고, 아래로는 인정

을 이끌기上可以補察時政 下可以洩導人情〈백향산시집 · 與元九書〉 위한 미 · 자 · 권 · 징으로 "말한 자는 죄가 없고, 들은 자는 경계하기에 족함言者無罪 聞者足誡"[89]이라는 『시경』「대서」에 의지함이니, 정치사적으론 '우시연민'이요, 문예면으로는 "위로는 가히 국가의 번영을 노래하고, 아래로는 가히 후세의 모범을 드리우리上可以鳴國家之盛 下可以垂後世之範"[90]라는 순정문학에로의 회귀인 풍자문학이다. 이는 진작 『시경』 · 『초사』는 물론, 한 · 위의 고시가 풍자를 그 창작 목적으로 삼았고, 이의 가치와 실효를 노렸던 것[91]이니 두보나 다산에게서 만도 아닌 한시문학의 전통적 통서이긴 하다. 그러나 두시의 사회문학성과 다산의 실학적 사실 및 목자적 애민 · 휼민정신은 말기적 봉건의 체제개혁과, 그러므로 얻어질 민권 해방을 웅변함으로 다산의 시문학은 사회의 목탁이기에 일가의 몫을 다했다 할 것이다.

④ 시론적 대비는 진작 대비를 위한 대비는 아니다. 두보는 워낙 "블박금인애고인不薄今人愛古人"의 절창으로 자신의 시론을 천명했고, "유신문장노갱성庾信文章老更成"과 "청사려구필위린淸詞麗句必爲鄰"으로 "불폐강하만고류不廢江河萬古流"의 생명력을 입론한 독보적 시종詩宗이자 시성詩聖이었다. 환언하면, '이젯사람[今人 ; 제 · 량 이후]의 낭만적 청신[예술성]과 '옛사람[古人 ; 한 · 위]의 복고적 노성老成(사상성)을 집대성한 대하의 신필[下筆如有神]이다. 따라서 그의 상시분속의 침울과 돈좌 속에 '일자불망군一字不忘君'과 창생에 대한 위무가 비 · 부 · 흥의 문예적 미감으로 녹화되어 있고, '이시론시'의 대문大文엔 "건

---

89 『詩經』「大序」; "上以風化下 下以諷刺上 主文而譎諫 言之者無罪 聞之者足誡" 참조

90 金相洪;「茶山의 文體醇正論研究」『檀大論文集』第十四輯, p.30, 注9) 再引

91 孫八洲;「韓國文學上의 白居易」『東岳語文論集』第七輯, p.152, 東岳語文學會刊 1971. 3

곤함창우乾坤含瘡痍 우우하시필憂虞何時畢"과 "황황태종업煌煌太宗業 수립심굉달樹立甚宏達"을 향한 창경과 기굴이 내재한 악부가 있어, 자못 엘리옷의 이른바 정서와 사상의 등가물인 채 예술가적 시인으로서의 시론이었다.

그러나 다산은 경학자요, 이용후생의 실학자였다. 그러므로 그는 시를 경세·교화의 문이재도적 필요 그 이상으로 보지 않았으니, 애군·우국·상시분속·미자권징과 회복세도 개벽문풍을 위한 '존경尊勁·노창老蒼·침울沈鬱'을 부르짖었다. 그러기 위한 그의 시는 두시의 '의意·형形'을 환골·탈태했으나 못내 점화의 지경엔 미치지 못했으니, 이는 시경詩徑의 차이도 그러려니와, 문력의 차이임을 숨길 수 없다. 아무튼 그의 시는 실용적 현실문학으로 위로는 가히 시정을 보찰하고 아래로는 인정을 순정한다는 백거이의 사실적 문학관을 답습하여 위로는 가히 국가의 번영을 공명하고, 아래로는 후세의 법전이 될 순정문학, 나아가 민족문학의 재건을 외쳤던 것이다. 그러므로 그의 시는 문예미의 창조를 위한 예술문학이 본업이 아니라 상풍화·하풍간이란 시정의 의취 외에 농섬부려를 필요로 하지 않았다. 따라서 진사직언陳事直言으로 '침울돈좌·연영한원淵永閒遠·창경기굴蒼勁奇屈'하여 자자가 실록이요, 얼룩진 사회상의 재현이요, 혁신의 구호였다.

〈1981·10. 李丙疇先生周甲論叢〉

紫霞 申緯의 詩學
-由蘇入杜論과 관련하여-

Ⅰ. 문제의 제기

　자하 신위(1769~1845)의 『경수당전고驚修堂全藁』(16책 전85권) 소재 4,069수의 시[1]를 누구보다 정독하고, 아낀 이는 창강 김택영(1850~1927)이다. 을사보호조약 체결 이후 중국 남통주로 망명해 학문 연찬과 문장 수업에만 정진한 그는 '한문학이야말로 나라를 빛내는 요체'라는 신념하에 정통한문학을 계승하고자 했다. 이른바 '정통한문학으로 시대의 정신적 위기를 극복하고자 한 복고파'였으니, 그가 정선한 『여한구가문초』의 격조 높은 고문과, 특별히 애착을 가졌던 『경수당전고』『매천집』등에 대한 칭송 및 간행이 그 예다.[2]

---

1 1969년 李家源의 「紫霞詩 評攷」이래 1983년 孫八洲의 『申緯 硏究』까지의 자하 연구는 『경수당전고』가 유일한 텍스트였으나, 2003년 李炫壹이 『平山申氏大同譜』에서 『焚餘錄』 전 4권을 발견, 494수의 연행 이 전 작품을 소개하므로 자하 연구에 적지 않은 수정 및 새로운 방향을 제시했다. 〈한국한문학 32집〉

2 金甲起 外 ; 『漢文學史』第三部, 第二章, (7)文章報國과 抗日의 노래, 새문사, 2002, p.430 참조

이른바 망명객의 행리行李에 고우故友 최준경崔準卿이 필사한『경수당전고』를 3년여 동안 재가역완再加繹玩하여, 그 1/4을 가려 뽑아『신자하시집申紫霞詩集』전 6권으로 역어낸「서」에서 "자하는 삼절三絶로 천하에 이름을 떨쳤다"고 전제하고, 특히 "그의 시는 자첨 소식을 스승으로 삼고, 서릉[3]·왕유[4]·육유[5] 같은 사람들의 사이를 출입하였다"며, 그의 시 세계는 "… 천 가지 정과 만 가지 형상을 뜻에 따라 두루 뭉쳐서, 살아 움직이지 않는 것이 없어 당장 눈앞에 있는 것과 같다. … 참으로 세상에 드문 기이한 재주를 갖추었고, 한 시대의 지극한 변체를 궁구해서 훨훨 나는 모습이 만년의 대가라 하겠다"[6]며 극찬했는가 하면, 자신의 문집「잡언」에서는 '조선의 동파東坡'라고 극찬하며, "익재 이제현의 시가 공묘工妙·청준淸俊으로 만상을 갖추었으므로, 3천년 내의 제 1대가이니 가히 정종正宗으로 으뜸이요, 자하의 시는 신오神悟하고, 치빙馳騁하여 만상을 갖추었으므로, 조선조 5백년 내의 대가이니 변조로써 으뜸"[7]이라 했다.

이 같은 상찬에도 불구하고 자하의 문예 전반에 대한 연구는 아직 미흡할 뿐만 아니라,[8] 창강의 위 평가도 순조 12년(1812) 연행燕行을

---

3 徐陵 ; 南朝 梁·陳 시대의 文人. 文筆에 능하여 分信과 並稱됨.

4 王維 ; 盛唐 시대 自然詩人. 자는 摩詰. 詩는 물론, 山水畵에 능하여 南畵의祖로 불림. 만년에는 망천장을 읽고 稱病高臥함.

5 陸游 ; 南宋의 대표적 詩人. 자는 務觀. 호는 放翁. 淸新한 시로 일가를 이룸. 특히 蜀中 風土를 사랑해 시집을『劍南詩稿』라 하여 劍南派로 칭함.

6 "…惟申公之生 直接置山諸家之躅 以詩書畫三絶 聞於天下. 而其詩 以蘇子瞻爲師, 旁出入于徐陵王摩詰陸務觀之間, 燊燊乎其悟徹也…千情萬狀 隨意牢籠 無不活動, 森在目前, 使讀者 目眩神醉 如萬舞之方張 五齊之方醸 可謂具曠世之奇才, 窮一代之極變, 而翩翩乎, 其衰晚之大家者矣…"〈신자하시집·서〉

7 "…宋之詩 若以東坡爲第一, 則吾韓之詩 亦當以申紫霞爲第一. 李益齋之詩 以工妙淸俊 萬象具備 爲吾朝鮮三千年之第一大家 是以正宗而雄者也, 申紫霞之詩 以神悟馳騁 萬象具備 爲吾韓五百年之第一大家, 是以變調而雄者也.〈소호당집·8〉

계기로 담계 옹방강翁方綱(1733~1918)을 만나, 청나라 학문 및 시학에 깨달은 바 있어 이제까지 익혀온 당시풍唐詩風의 전작全作을 소각하고,[9] 학소學蘇 이후의 작품에 대한 평가인 셈이다.[10]

　이상을 요약해 문제점을 제기하면, 1) 자하의 첫 학시學詩는 당시에 매진해 시단의 거벽[11]으로, 문의 박연암과 병칭되던 이광려李匡呂에게서 수학하고, 이어 2) 담계와의 짧은 만남만으로 30여년의 시학이 일변함. 3) 소식은 물론 서릉·왕유·육유를 거쳐 '천 가지 정, 만 가지 상이 살아 움직이고, 항상 눈앞에 있는 듯, 기이한 재주와 지극한 변체로 만년의 대가'라 했는가 하면, 익재가 공묘·청준함으로 정종正宗이라면, 자하는 신오·치빙으로 변조의 대가大家라 함이다. 따라서

　　1) 은 자하 초기 학당學唐 시학의 변전變轉 이유.

　　2) 는 자하와 담계의 만남.

　　3) '정종대가'와 대가의 변조.

의 의미망을 밝히므로 '유소입두'론의 시학적 계선을 탐색하고자 한다.

---

8 자하 연구는 이가원 이래 손팔주의 『신위연구』(83·태학사), 『자하 신위연 구』(84 이우출판사), 필자의 「申紫霞의 象山四十詠攷」(00) 「자하 신위의 시 론」(01), 「자하 신위의 詠物詩攷」(04), 「신자하 시의 몇 가지 특질」(07). 李炫壹의 「申緯의 焚餘錄 研究」(03). 「조선후기 고동완상의 유형과 자하 시」(04), 「자하시 연구」성균관대학 박사학위논문(06 및. 姜正瑞의 「申緯 詩의 構造와 詩意識 研究」경북대학교 박사학위논문 (03) 외에 필자와 정후 수 공역『국역신자하시집』全 6권(03-06)이 그 대강이다.

9 孫八洲 ; 『申緯 研究』(1983, 태학사) 및 『申紫霞詩文學 研究』(1984,이우출판사)의 학시 연원조 참조

10 워낙 『警修堂全藁』에는 공의 燕行 이후인 43세(辛未: 1811) 12월부터 棄世 2년 전인 77세(乙巳: 1845)까지의 시 4069수가 一官一集의 編年體로 수록됨.

11 李學逵 ; "近世詩文 當以李參奉朴燕巖 爲一代名家…". 〈洛下生藁·10册, 秋樹根齋集 與或人書〉

Ⅱ. 자하의 詩學

우리의 학시學詩는 당송을 법받아 고려 광현 이후 농섬부려穠纖富麗하였으니, '내처가 없는 시구는 한 구도 없음[無一句無來處]'12을 본령으로 삼아온 고인의 풍기風氣는 진작 "출처가 없는 시구는 한 구도 없다.無一句不出來"는 두시杜詩에로 전심하여, 끝내는 '시로 쓴 역사·경·신詩中之史·經·神'13으로 추앙하며, "시인이 있어 온 이래 두보만 한 이는 없었다.詩人以來 未有如子美者"라는 「묘지명」대로 조술祖述의 대상이었다.14 그러니 진작 "너희 무리들[초당 4걸을 핍박하는 당대 문사들 : 필재은 몸과 이름이 함께 사라질 것이지만, 마르지 않는 긴 가람은 만고에 치렁하리라.爾曹身如名俱滅 不廢江河萬古流"15라던 시평詩評은 결국 자신의 위상을 이 시논시以詩論詩한 셈이다. 그러기에 이동악의 '유한입두由韓入杜'는 물론, 정조의 '유육입두由陸入杜'나 자하의 '유소입두'가 각각 문경門徑은 달라도 목표는 하나같이 '두시의 당오堂奧에 들고자 함'이었다. 그러나 "기급企及은커녕 어깨나 견줄 뿐, 우러를수록 아득만 하여,"16 목릉의 문풍을 주도한 권석주도 "의연히 선경을 거닐어 들면, 천봉을 지났나 싶다가 또 다시 우뚝 다가서는 일만의 새 봉오리."17라고 감복한 두시,

---

12 徐居正 ; "高麗光顯以後 文士輩出 詞賦四六 穠纖富麗 非後人所及…"『東人詩話下, 1』 및 "古人作詩 無一句無來處."〈仝上·下, 16〉

13 汪靜之 ; "黃魯直則推爲詩中之史, 羅景綸則推爲詩中之經, 揚誠齋則推爲詩中之聖, 王元美則推爲詩中之神 崇奉至矣.〈李杜硏究·11장, p.11, 李杜比較論〉

14 元稹 撰 「墓係銘」 이병주『韓國文學上의 杜詩硏究』, p.1, 참조

15 "楊王盧駱當時體 輕薄爲文哂未休."〈杜諺·16,戲爲六絶·2〉

16 李穡 ; "門墻高數仞 後來徒比肩. 何曾望堂奧 矯首時茫然"〈牧隱詩藁·8, 讀杜詩〉

17 權韠 ; "杜甫文章世所宗 一回披讀一開胸. … 依然步入仙山路 領略千峰更萬峰." 참조 〈石洲集·四, 讀杜詩偶題〉

곧 성당시다.

워낙 당시란 한대漢代의 온축된 학문과 사상의 기저에, 건안建安의 비장·강개·애절의 정조미를 승화한 정시문풍正始文風, 심약沈約의 사성팔병설四聲八病說에 따른 성율론, 이른바 제齊·량梁의 영명체풍永明體風은 물론, 초당 사걸, 특히 심沈·송宋의 완미한 형식미가 아우른 시문학의 금자탑이다.[18] 이른바 오랜 단련과 각 체의 다양한 장처를 습용·개변함이어서[19] 남방문학의 정화와, 북방문학의 질박質朴·견실堅實을 함유함이다. 그러므로 광염이 만장萬丈한 성당의 이李·두杜문장이요, 그러므로 우리는 "집집마다 신주처럼 받들었던[20] 두시이자,[21] 17세기 말까지의 우리네 학시 풍토였다.

---

18 이는 熊鈍生著『中國文學發達史』제6장~10장을 참조할 수 있다. 한편 당시가 애호되는 까닭을 이병주는 "『시경』과 『초사』와 漢魏古詩의 맥락을 물려받아 시의 흐름과 소재를 다양하게 발전시켜 민중의 공유로 삼아서다. 六朝시대의 많은 시인들이 일으켜 놓은 시의 경지를 唐에 이르러서 더욱 값진 삶의 터밭으로 일구어 놓은 情의 밀물에 스스로가 흘러서 대대로 읽은 것 이다. …格調와 律調를 전통적인 기호에 맞추되 특수한 계층의 시가가 아닌 민중의 공감을 주게끔 노래했다는 점에서 당시의 값은 크게 두드러진 다. 당시는 전통적이고 음악적이며 통속적이고 시대적 특성이 뚜렷하다"라 했다. 『詩聖杜甫』

19 이제껏 목릉성세론을 주장해온 대부분의 논자들은 지극히 嗜好, 혹은 에세이적 시화류에 근거, 세찰 없이 引證하므로 학당의 시풍이 마치 초기 몇몇학당 주창자 및 동조자들에 의해 선조 대에 盛世를 맞게 된 듯 오해의 소지를 남기고 있던 중 全松烈의『조선조 초기 학당의 변모 양상 연구』는 성실한 천착과 다양한 인증으로 바른 詩史 이해에 크게 기여했다 할 것이다.

20 金甲起·鄭後洙 ;『國譯申紫霞詩集』·五, p.54, 「東人論詩絶句」 10-22, "天下幾人學杜甫 家家尸祝最東方" 이화문화출판사, pp.33~56, 2005. 3. 참조

21 金甲起 ;「穆陵文苑의 學唐과 詩的變異」-思庵 朴淳을 중심으로-, 한국사상과 문화 29집, p.9~10, 2005

1. 眞詩에로의 눈뜸

자하는 18세기 후반에 나서(1769) 19세기 중반(1847)까지 짧지 않은 기간, 특히 왕성한 창작활동을 한 30대(1801)로부터 타계 2년 전(1845)[22] 까지 약 45년여의 조선 문단은 탈주자주의, 이른바 사문난적의 양명학적 가치 지향, 혹은 실사구시 및 북학이 풍미하던 때다. 따라서 자하의 학예學藝 역시 가계家系의 생래적 학맥으로나, 사승관계가 − 아직 단정하기엔 다소 조심스럽지만 − 다분히 양명학, 이른바 강화학파적 저류가 흐르고 있다.[23] 그렇다고 국시인 성리학의 기저까지 부정함은 물론 아니다. 소론이라는 색목이야 자하에겐 큰 의미가 없다지만, 가규家規와는 전혀 무관치만도 않았을 터이고,[24] '참된 자아를 확립하고자 하는 정신 자세·국학 전반에 대한 연구 심화·참된 자아의 각성 및 생활 속의 실천 중시,' 그리고 '이학理學보다는 한학漢學에 전념하며, 전내실기專內實己의 실학 전통을 중시'하는가 하면, 특히 고증학적 방법론으로 '역사·서화·문자학·문헌학 등에 전심한 그의 학문적 경향이 그렇고, 고동완상古董玩賞의 일취逸趣 역시 그러하다.[25]

그러나 이제껏 자하의 학시 내력을 이건창의 "자하의 시는 우리 집

---

22 김택영의 자하 연보는 『경수당전고』의 창작 연대에 의해 작성되었으므로 타계 전 2년 이 누락되었고, 이를 준거한 손팔주의 연보 역시 1845년을 卒年으로 하였다. 『평산신 씨대동보』에 의거해 수정한 이현일의 위 논고에 따라 바로잡음.

23 이와 관련한 先考는 이현일의 『紫霞詩 硏究』 3·1, 江華學派와 紫霞(pp.29~39) 및 「조선후기 古董玩賞의 유형과 紫霞詩」〈한국한문학32〉을 참고할 수 있다.

24 이는 杜詩「壯遊」의 의장을 습취한 「豆花雨」의 "…盡究聲韻夜以足 游詩三百比興賦. 外家梨栗益磨鑢 群籍贍炙耽酣飫. 鉅公耆宿謬見顧 總角昇堂拜巾屨. 宛邱叔父獎旨趣 澈齋學士驚談吐. 紅葉尙書讓縑素 松 下丈人講以女."〈申紫霞詩集·3〉에 등장하는 족문의 학맥이 강화학파와 밀접한 관계가 있다.

25 이상 강화학파에 대한 자료는 디지털 한국민족문화대백과사전 및 주 23) 논고에서 참고할 수 있다.

안의 참봉[叅呂]어른으로부터 배웠으나, 후에 청나라에 가 옹방강를 따
라 배운 후 '유소입두'를 주창하였으나"26 … 및 김택영의 "공은 처음
성당시를 배웠으나, 후에 소동파를 배우게 되면서 이제까지의 모든
작품을 불사르고, 시를 엮은 것은 공 43세인 신미년으로부터 시작하
여, 옹담계가 써 준 당 편액의 이름을 취해『경수당집』이라 하였다"27
는 단선적 자료를 근거로 숙고의 여지없이 속단해 왔다. 이는 물론 창
강의 연보 말미에 "공이 몰한 후 아들 명연과 문인들이 신미 이전의
시 약간 권을 모아 덧붙여 10여 책으로 합하고, 문 역시 몇 책으로 만
들었다"28에 대한 삽의挿疑도, 탐색 의지마저 부실했던 결과였다. 다행
히 근자에 분고의 시기 및 분고 후에 써 모은『분여록』에 대한 이현일
의 보고는 자하 시 이해 및 연구에 적지 않은 정정은 물론, 새 지남이
되고 있다.

문제는 '당시를 익히던 자하가 학시의 궤도를 '언제, 왜' 수정했으며,
그가 인지한 '당시의 한계'는 무엇이었고, 새로 눈뜬 '진시眞詩'란 어떤
시인가? 아울러 분고 이후 연행해 담계를 만나기까지 긴 세월 동안의
시고로 발견된『분여록』의 494수의 시와 이후의 시는 어떠한가?' 등
의 과제는 적지 아니한 시간을 요한다. 따라서 분고 이전과 이후 작품
의 대비는 후고에 기약다.

먼저『분고록·1』의 "서죽석과 함께 평동 이공(광려)의 시체가 위로
는 도연명·사령운에 미치고, 아래로는 왕유·위응물·두보·소식에
이른 것을 상량하다가 자못 느끼는 바 있어, 내 열 두 살 때부터 갑진

---

26 「紫霞詩鈔跋」: "紫霞之詩 其始蓋出於吾家參奉君, 其後入中國 服事翁覃溪, 始自命由
蘇入杜."〈明美堂集·12〉

27 "公於詩 始學盛唐, 後改學蘇東坡, 悉棄前作. 編詩自四十三歲辛未始. 取翁 覃溪所書贈
堂扁之名 題爲警修堂集.〈申紫霞詩集·補遺, 年譜〉

28 "及公沒 命衍及門人 搜辛未以前詩若干卷, 以附之合十餘册, 文亦爲數册"〈仝上〉

(1784)·을사(1785)까지 지은 작품들을 제사 지낸 후 불살라 버리고, 이후의 소고를 『분여록』이라 하였다"[29]는 신 자료의 서사는 기존 논고의 수정과 새로운 문제 제기의 요체다.

자하의 분고는 언제이며, 이공의 시체에서 무엇을 느꼈을까? 그가 춘천부사 재임시인 병오년(1818), 그러니 공 50세이자, 담계는 이미 타계한 후 두시 「장유壯遊」를 의양한 「유월 초칠일 무인록을 완성하고, 권미에 써서 유립지에게 보이다」라 한 자신의 작시 회고시에서

余年十一二	내 나이 열 한 두 살 때
便解詩家趣	문득 시의 지취를 알았지.
… 中 略 …	… 중　략 …
一日手焚藁	하루는 손수 시고를 불사르고
灰燼付苕帚	그 재를 빗자루로 쓸어버렸지.
… 中 略 …	… 중　략 …
所以第一集	이후로 그 첫째 시 집은
署自丙午後。	병오년 후부터 묶었다네.
… 下 略 …	… 하　략 …

〈申緯全集·1, 六月初七日 戊寅錄成. 題卷尾 兼示兪君立之〉

라 하고, 그 자주自註에 '병오 년 여름 원고를 불 사룬 일이 있었다.丙午夏 有焚藁之事'라 했다. 병오 년은 1786년, 공 18세 때다. 그러니 자하의 『경수당전고』는 辛未(1811) 이후의 작품 모음이고, 그의 첫째 시집인 『분여록』은 병오 이후 신미 이전까지의 시 모음집인 셈이다. 이는 옹

---

29 申緯 ; "與徐竹石(榮輔) 共商平洞李公(匡呂)詩體 上接陶·謝, 下至王·韋·杜·蘇, 如有所悟, 因取余十二三歲 訖于甲辰乙巳題作 祭而焚之, 因名小藁曰焚餘錄."〈焚餘錄·1〉참조

담계를 만나기 25·6년 전의 일이니, '服事翁覃谿' 운운은『경수당전고』만을 텍스트로 한 창강의 속단임을 확지할 수 있다.

한편「왕홍王鴻이 시를 도적맞았다는 그림을 보고 쓴 시」

… 前四句略 …	… 전 4구 생략 …
我初學詩貌盛唐	내 처음 시를 배울 때 성당시를 흉내내서
千篇一律無自運	천 편이 한 가락, 스스로 지은 시구란 없었지.
一日發憤手自焚	어느 날 발분하여 손수 지은 원고 불사르니
然後免人勤撫捃。	이후론 남의 글귀 주워 모으는 일 면했다네.
… 後四句略 …	… 후 4구 생략 …

〈申紫霞詩集·6, 題王子梅鴻盜詩圖〉

는 1840년 72세 때 작이지만, 분고 때의 일을 회상한 시니, 참으로 이른 시기에 자득한 우리 시학의 병폐이자, 시대문풍과 맥을 같이 하는[30] 탁견이다. 워낙 시란 '인간 성정의 표출'인데, 너나없이 남의 시구를 도습한 앵무지성鸚鵡之聲이니 '본디 네 것이 어디 있어 도적 운운하느냐'는 반어의 논리다. 이러한 시학의 병폐를 자하는 '시로 시를 논한以詩論詩'「동인논시절구 35수」그 31에서도

王李頹波日點東	왕세정·이반용의 말폐 날로 東漸해
當時摹擬變成風	당시 모의가 변해 문풍이 되었느니.

---

30 김창협·창흡·이수광·김만중 등이 앞 시기에 이미 지적한 바다. 곧 "世稱本朝詩 莫盛於穆廟之歲, 余謂詩道之衰 實自此始. 爲詩者大抵皆學宋 故格調多不雅馴, 音律或未諧適, … 而各自成一家言. 至穆廟之世 文士蔚興 學唐者寢多 …自是以後軌轍如一, 音調相似 而天質不復存矣."〈聾巖集·雜識〉및 창흡의 "我東爲詩事雷同情到混倂, 又是千篇一律 無可揀別矣.〈三淵集·23, 何山集序〉

性情流出於何見　　성정이 유로된 것 어딘들 볼 수 있나
只好千家軌轍同。　　저마다 모두 같은 길을 따를 뿐이니.

〈申緯全集·3, p.1159〉

라 하고, 그 주에 "선조 대에 왕·이의 모의가 성행하여 사람마다 도습하고, 작가마다 흉내 내서 '작가의 개성적 언사'가 다시는 나타나지 못해, 시도는 이로부터 쇠했다.[31]라 했다. 이른바 모의模擬, 혹은 도습의 병폐를 통매痛罵했다. 가히 명대 전칠자前七子의 후신이라 할 후칠자의 맹주답게 '문은 필히 진한을, 시는 반드시 성당을文必秦漢, 詩必盛唐' 외친 왕세정王世貞과 이반룡李攀龍의 복고문풍이 동점한 이래, 그 몰개성적 천편일률성千篇一律性, 이른바 '성당시 흉내 내기[貌盛唐]'여서, 그러기에 '시가의 지취를 터득하자詩家趣,' 이내 '시에서 잃어버린 자아 찾기', 나아가 '시의 생명 찾기,'를 위해 전고를 '손수 불사르고手焚藁' 나니 '애써 남의 시구나 주워 모으는 수고를 면할 수 있어免勤撫掯' '진정한 시인自家一言'이 되었다고 명료하게 밝힌 것이다.

한편, 이른 시기의 작품인 「양화 4수楊花四首」의 병서에서 "내 전혀 염사艶詞 짓기를 싫어하는 것은 시의 체재를 손상시킬까 두렵기 때문이다. 봄날 와병 중 우연히 한악韓偓의 『향렴집香奩集』을 읽다가, 희롱 삼아 그 체를 본받아 4수를 지었다…"[32]에서 알 수 있듯이, 초기 학당기의 시편 중에는 ― 워낙 당시 악부체가 그러하듯, 적지 않은 감상적 염체류 시가 포함되었을 것으로 유추된다. 특히 분고 중 대표작이자, 자하가 못내 아쉬워하며, 춘천부사 시절 다시 지은 「후추류시 병서」

---

31 "宣廟朝 王李摹擬之學盛行 人人蹈襲 家家效顰 無復各成一家之言, 自 此詩學衰矣"

32 "余切不喜爲艶詞, 恐傷體裁故也. 春日臥病, 偶閱韓偓香奩集 因戲效其體得四首.〈焚餘錄·二〉, 李炫壹『紫霞詩 硏究』5.1)·(1) p.128, 주 16) 재인용

에서 감지할 수 있다.[33] 그러므로 자하의 참된 시[眞詩]는 이를 바 없이 작자의 천기에 따른 맑은 성정이 유로된 시이며, 유미적 감상에 치우쳐 체재의 손상을 끼치는 향염체시가 아닌, 이른바 '주사용경鑄史鎔經'[34]하고 참획교건鑱劃矯健[35]한 시'만이 우리 시의 낮가움膚淺東俗을 탈피하고, 참다운 시경으로 나아갈 수 있음을 우회적으로 밝혔음을 인지할 수 있다.

2. 자하와 담계의 만남

자하는 순조 12년(1812) 8월, 정사 이시수李時秀, 부사 김선金銑으로 구성된 동지사 서장관으로 연행燕行에 올랐다. 그는 연행에 앞서, 1809년 부친 김노경金魯敬의 동지 겸 사은부사 행차를 배행하고 입연해 담계를 만난 바 있는 김정희를 찾았다. 추사가 담계를 만났을 때 자하의 재학才學을 진작 소개한 바 있었고,[36] 또 그는 자하에게 "중국의 억만 가지 풍물을 다 보는 것이 한 소재蘇齋 노인을 보느니만 못하다"는 추천과 함께〈竝序〉 필담에 유익할 송시送詩 10수를 서증書贈했다.[37] 이 같은 연유로 담계는 자하를 구면인 듯 만날 수 있었고, 자하 역시 학문

---

33 "往在甲辰 余年十六 有秋柳十絶句 … 此詩旋入焚藁中 今不在篋 … 此舊又加十篇, 嗟藻思之頓減 歡賞音之不在, 俯仰今昔 爲之悵然."〈申緯全集·1, 293〉

34 자하와 성기가 달밤에 퇴계의 시를 읽고 쓴 「月夜聖起來 共讀退陶詩, 有作」자하의 시 기·승구 "鑄史鎔經待扣鍾 詩斑誰覸海涵胸"참조.〈李炫壹 前稿 p.138〉

35 자하의 「동인논시절구 35수」 중 31에 盧守愼과 崔岦을 병칭해 칭송한 말.(崔簡易風格之雄豪, 質致之深厚, 竝立於蘇齋, 而鑱劃矯健 或過之. 其警絶處 聲響栗然 如出金石 非後人所及也."〈孫八洲『신자하시문학 연구』5.3), p.210~211〉 참조

36 孫八洲 ;『申緯 研究』. 제1장 작가연구, IV·2, 청조인사와의 교유, p.29 참조

37 金正喜 ;"紫霞前輩 涉萬里入中國 瑰景偉觀 吾不知其千萬億 而不如見一蘇齋老人也. 古有說偈者曰 '世界所有 吾盡見一切 無有如佛者,' 余於此行亦云."〈秋史金正喜全集, 送紫霞入燕十首 竝序〉

및 시학의 문하임을 자청하게 된다.[38] 자하의 문집『경수당전고』제1권『윤비록』은 이후의 시부터 수록된 바, '자하의 자못 유소입두는 담계와의 만남으로부터 일조—朝에 천지개벽하듯 급변한 것처럼 인식해 왔다.

물론 담계, 혹은 소재蘇齋라 호한 옹방강은 청나라의 대표적인 금석학·경학·사학자이자 서예가요, 6천여수의 시를 남긴 시인인가 하면, 의리義理와 문사文詞를 중시하는 기리설肌理說[39]을 주창한 시론가요,『석주시화石洲詩話』를 저술한 시 비평가다. 그러나 무엇보다도 탁월한 감식력으로 양한兩漢에서 송대宋代에 이르는 금석과 문헌을 수집 고증한 고증학의 대가이다. 아마도 추사 및 자하의 도움에 의해 완성되었을 우리나라 금석까지 고증한 미간未刊의 친필『해동금석령기海東金石零記』를 비롯해,『양한금석기兩漢金石記』및『한석경잔자고漢石經殘字考』『초산정명고焦山鼎銘考』『소미재난정고蘇米齋蘭亭考』등을 저술한 고증학자다.[40] 뿐만 아니라, 동파 소식을 지극히 추숭하여 동파의 대립초상화[戴笠圖]를 모셔 놓고 생일날 제사를 올리는가하면, 동파집을 전주全註한『소시보주蘇詩補註』8권을 출간하기도 했다. 그러기에 담계를 만난 자하는 그 첫 소회를

眞才實學訪其人	실학의 참다운 학자를 찾아뵈오니
只有覃翁逈絶塵	오직 속진을 맑게 떨친 담계 어른.

---

38 자하의「覃溪 以今年正月廿七日亡訃至. 以詩悼之 5수·5」에 "津筏遙遙到岸邊 蘇門稱弟隔晨然"〈申紫霞詩集·二〉참조

39 담계의 시학에 대한 신고는 琴知雅의「翁方綱의 詩學과 學術詩」〈中國語文學論集 제48호〉를 참고할 수 있다.

40 秋史가 자하의 연행을 위해 옹방강을 추천하며 준「送紫霞入燕十首」그 2의 "漢學商量兼宋學 崇深元不露峰尖. 已分儀禮徵古今 更證春秋杜歷添" 참조

鏡古鑑今平漢宋　　고금을 거울삼아 한·송을 바루었으니
不將門戶立名新。　　문호가 아니더라도 세운 공업 새로우리.

〈警修堂集·2, 出柵 次斗室扇頭韻 四首·2〉

라고 감복했다. ‘진실로 해박한[眞才] 실학자[고증학]’이신 담계옹, ‘곡학 아세曲學阿世’할 까닭이 없기에 맑아한 품자로 한송의 제발題跋과 비첩碑帖을 감식 고증해 바루었으니, ‘문호[추종하는 무리, 혹은 학파]가 대단해서가 아니라, 이미 성취한 공업만으로도 그 명성 더욱 새로우리라.’고 찬탄했는가 하면, 옹성원의 초상화에 쓴 제화시에서는 “동파옹 세월을 뛰어넘어 담계옹 되었는가, 향후 오백년래 이 같은 분 나지 않으리.坡翁轉世得覃老 後五百年無此人”〈申緯全集·1, 題翁星原小照〉라 했다. 곧 오백 년래 다시 나지 않을, 그러기에 “온 나라 사람들이 담계를 일컬어 동파의 후신이라 한다.海內稱覃谿爲東坡後身”고 자주하였다. 담계의 박학이야 추사도 “삼백년래 다시 나지 않을 인물”이라 했지만, 결구의 ‘부장不將’을 짐짓 ‘문호가 아니더라도’로 풀이한 것 역시 추사의 「송자하 입연 10수」 중 그 8의

三百年來無此人　　삼백년래 이런 분 다시 나지 않으리니
石帆亭上聞宗風　　석범정 위에 많은 제자 거느렸구나.
團成八月生辰日　　8월 생신 날 모두 둥그렇게 모여 앉아
祝嘏碧雲紅樹中。　　푸른 구름 단풍나무 아래서 祝壽드린다네.

〈阮堂先生全集·十, 送紫霞入燕 十首〉

를 빌미로 했다. 곧 결구는 현재 옹방강이 자신의 서재에 소장하고 있는 남운산초 문점41이 왕어양王漁洋의 생일을 축하하기 위해 그린 「추

림독서도秋林讀書圖」에 비유하여 옹방강 문하의 장관을 찬양한 것이다. 이를 자하는 '왕어양 못지않은 담계의 문도門徒의 성황은 물론, 그의 학문적 위업 때문'으로 승화시켰다고 읽어야 시의詩意에 맞다.

　더욱 담계의 부고를 받고 애도한 시에서 우리는 자하의 담계에 대한 경도를 더욱 실측할 수 있다.

據聞騎箕析木邊	문득 기성을 타고[42] 석목진[43] 건너갔다 하니
傍人怪我淚潸然	남들은 내가 눈물 줄줄 흘리는 걸 이상히 여기네.
忽諸古北平鄕祀	문득 옛 북평[44]서 동파를 제사하던 이[45]도 가고
已失小蓬萊閣仙	이미 작은 봉래각의 신선[46]도 잃어버렸구나.
佛滅三千大法界	부처의 삼천 대법계도 끊어졌고
蘇亡七百有餘年	소동파 죽은 지도 벌써 칠백 년.
問津從此漁郎遠	이제 나루를 묻자해도 어부조차 멀리 떠났으니
奈汝秦碑又漢篆。	진나라 비석과 한나라 책들 어찌 할 것인가.

〈申紫霞詩集·二, 覃溪 以今年正月卄七日亡 訃至 以詩悼之 5수·1〉

… 前 略 …	… 전 략 …
翰墨緣深庚午後	글과 먹 인연이 경오년[47] 뒤부터 깊었는데

---

41 文點 ; 詩文과 書畫에 두루 능하고, 호를 南雲山樵라 한 淸나라 사람. 정후 수의 국역 『추사 김정희 시 전집』, p.460 참조

42 騎箕 ; 箕星을 타다. 죽어 하늘나라로 감. 箕星은 28宿 중 7번 째 별

43 析木 ; 析木津. 殷 부열의 고사. 정승이 죽으면 箕星을 타고 간다는 나루 이름

44 北平 ; 옹방강이 살던 地名

45 鄕祀 ; 동파를 평생 흠모한 옹방강은 자기 향저에서 매년 동파의 생일과 기일에 동파를 제사 지냈음

46 蓬萊閣仙 ; 봉래각의 신선. 곧 옹방강의 아들 옹수곤을 이름

47 庚午 ; 경오년. 추사 김정희의 소개로 자하가 옹방강을 만나던 해(1810)

儒林運厄戊寅年　　유림의 운수가 무인년**48**에 재앙을 만났구나.
谷園秘妙傳蘇脈　　골짝 동산에 비밀히 소동파의 맥을 전하니
詩旨微茫剌刷箋。　　시의 뜻이 아득히 인쇄한 종이**49**에 남아 있구나.

〈소上 5수·3〉

이른바 담계 = 동파요, 500년에 날까말까 한 위인, 그런 담계와 "한 묵의 인연이 경오 년으로부터 깊어졌더니, 유림의 운수가 무인년으로 부터 쇠하게 되었다"며 "한 선비의 죽음으로 전 유림이 액운을 만났 다"고 전제하고, 이제 "진나라 비석과 한나라 책들 누가 맡아 연찬할 것인가"라며, 학문적 경도를 넘어 문화사적 좌절까지 탄식해 있다. 이 어 빛나는 "산, 신령한 영혼이 북방에 이는 듯하니, 천하가 글의 마루 라고 이른다.光嶽英靈起北邊 詞宗四海一辭然"며

古今流脈偕之道　　예나 지금 흐르는 맥이 도에 나아가고
門戶平除別是仙　　문호를 깨끗이 쓸어 놓으니 동파의 길이로다.
地脈堪徵姬氏邑　　지역을 자세히 살피니 주나라 고을이요
天心不偶永和年。　　천심은 우연찮게 왕희지만한 글 솜씨 주었도다.

〈소上 5수·4〉

라고 칭송했다. 그 마지막 수에서는 "나루터 뗏목이 언덕에 이르니[담 계의 仙化] 소재 문하의 제자라 칭하던 말 꿈만 같아라津筏遙遙到岸邊 蘇門稱 弟隔晨然"〈소上 5수·5〉며, 자못 스승의 죽음 이상으로 애도했다.

---

48 戊寅 ; 옹방강이 죽은 해(1818)

49 剌刷箋 ; 인쇄한 종이. 옹방강이 蘇軾을 지나치게 추존한 나머지 그의 문집을 복원한 다는 의미의 『復初齋集』을 간행한 사실을 말함

한편 자하가 청대의 대표적인 문인·학자들에 대해 합평한 「잡영 20
수」 중 13에서

閤毛王汪擅場殊	모·왕·왕은 각각 한 가지에만 능한데
惟有兼工竹坨朱	두루 공교롭기는 오직 주죽타 뿐이죠.
近日覃溪比秀水	근자에 담계가 수수[50]에 비교되어 지고
更添金石別工夫。	다시 금석학에까지 연구가 깊다하오.

〈申緯全集·1, 次韻篠齋夏日山居雜詠二十首〉

라 하고, 주하기를 "왕사정은 시는 능하지만 문엔 성글고, 왕완은 문
은 능하나 시에 약하며, 염약거와 모기령은 고증엔 능하나, 시문이 모
두 하승이다. 오직 주이존朱彝尊만은 모든 것에 다 능해 각 분야에서
이들을 능가하지는 못하지만, 여러 사람의 장점을 고루 갖추었다 하
는데, 이는 기효람의 말이다. 요즈음 옹담계가 고증과 시문을 모두 잘
하여 세상에서 주죽타의 후경이라 한다. 게다가 금석학에 정핵하니,
이는 주죽타도 미치지 못하는 바"[51]라 했다. 곧 자하의 담계에 대한
경도는 시학 그 이상의 것임을 알 수 있다. 바꿔 말하자면 자하의 담
계 추존은 시·서보다 주죽타도 미치지 못할 금석학, 곧 고증학 때문으
로 사료된다. 자하가 일생 시맹으로 삼아온 '유소입두'[余一生詩盟 在由
蘇入杜]론은 정작 청나라 이른 시기에 송락宋犖이 어양漁洋 왕사정王士禎

---

50 秀水 : 淸나라 秀水人 朱彝尊. 호 竹坨. 晚號 小長蘆釣魚師. 生平博通羣籍, 綜貫經史,
工古文及詩詞, 與新城王士禎 稱南北二大家.〈中文大辭典〉

51 "王士(禎)工詩 而疎於文, 汪琬工文 而疎於詩, 毛奇齡工考證 而詩文皆 下乘, 獨朱彝尊
事事皆工 雖未必凌跨諸人 而兼有諸人之勝, 此紀曉嵐之 說也. 近日翁方綱考證·詩文兼
擅其長 世稱竹坨之後勁, 而其金石精覈又非竹坨可及也."〈申緯全集·1, pp.471~472,
次韻篠齋夏日雜詠二十首, 13 自註〉

(1634~1711)의 업적을 존송조당尊宋祧唐[52]으로 규정하고 천명한 '송시를 배운 후에 당시를 배우는 것', 곧 '소식을 거쳐 두보에 이르는 것'이 시도의 정도'라 한 것을 경청할 필요가 있다. 이른바 시기 및 시론상으로 자하는 담계의 기리설보다 왕어양과 원매袁枚의 성령파적 기질에 더 가깝다. 기실 청조의 문풍과 담계의 '모소慕蘇,' 그리고 시의 이상경인 '두시杜詩'이기에 '유소입두'를 시학의 정도로 인식하고, 그 해법으로 전익다사轉益多師를 통한 변조의 가능성을 제기하며, 후일 담계의 시와 자하 시의 세찰을 통해 대비할 필요성을 제기해 둔다.

3. 大家의 변조

한시 비평용어로서의 정종·대가론은 명나라 고병高棅의 『당시품휘』에서 유래하나, 그 시학적 근거는 남송南宋의 비평가 엄우嚴羽의 『창랑시화』에서 비롯한다.[53] 워낙 엄우는 선禪을 빌어 시를 말하며 '묘오妙悟와 입신入神'의 경지에 든 시, 이른바 "지극하고 다 갖춰져 더 보탤 것 없는 한위·진 및 성당의 시'를 '제1의(第一義)'라 하고, '오직 이백과 두보가 그것을 해냈다"[54]했다. 시가 '묘오하고 입신의 경지에 들었다'함은 곧 선에서의 '열반'이자, 시에서는 '유한한 인간의 재주로 무궁한

---

52 손팔주는 왕어양의 영향을 입고 宋詩鼓吹에 공이 컸던 송락의 "근래 송시를 배우는 자는 그 骨理를 남기고 毛皮를 취하며, 그 精深을 버리고 陋劣을 모방한다."하고, 왕사진만이 이 폐를 구하였다고 칭도하며, 그의 『十種唐詩選』과 『唐賢三昧集』은 尊宋祧唐의 풍습을 挽回하는데 이바지하였으니, 참으로 시도에 유익하다고 찬사를 보냈다"라는 말을 인거해 이로부터 '유소입두가 시학의 정도로 굳어져 가고 있었다.'고 논했다. 〈신위 연구, 제8장, II · 1, pp.257~259〉

53 正宗·大家論은 金甲起의 「詩品格論으로서의 正宗·大家論」(한국문학연구 34집, 東國大 文化學術院, 34집, 2008, 6)을 참조할 수 있다.

54 嚴羽 ; 『滄浪詩話』「詩辯」

소재를 가장 진술하고 천연스럽게 묘사해낸 신묘한 경지' 즉 '입어신화入於神化'함이겠고, 고병은 이를 '정종正宗'이라 했다. 워낙 불가의 용어인 '묘오나 정종'은 '점진적 수련 끝에 깨달은 지혜가 종합 작용해 전체에 통하는 이치를 황연히 깨달음' 및 '석존으로부터 대대로 조사祖師들이 연면連綿히 전해온 바른 종지宗旨'〈불교대사전〉의 뜻이겠으나, 시학적 비평용어로 범박하게 비유하자면 '시학 전반에 대한 지극한 깨달음', 또는 '시학의 정수를 진술하고 천연스럽게 온전히 계승 발전시켜 옴'일 터이다.

한편 대가란 '부단한 독서 및 심오한 사유와 다작에 의해 집대성적 경지에 이른 작가'를 의미한다. 이 때 '변조'란 다양한 독서물의 전고典故·도습蹈襲이 아닌 체화體化된 지적 정서로 필요에 맞게 조슬祖述해 내는 능력에 다름 아니다. 예컨대 "두보는 시에서 실로 여러 사람들의 장점을 쌓아서, 때에 적절하게 하였다."고 전제하고, '소무蘇武와 이릉李陵의 고묘高妙함, 조식曹植과 유공간劉公幹의 호일豪逸·도잠과 완적阮籍의 충담沖澹·사령운과 포조鮑照의 준결峻潔·서릉徐陵과 유신分信의 조려藻麗함'을 체화하여 자신의 시에 '고묘한 격조·호일한 기상·충담한 취향, 준결한 풍자·조려한 태도 등 제가의 작품이 미치지 못하는 바'를 구유具有하였기에 두시杜詩의 두시다움이 있는 것이다. 만약 제가의 장점을 집대성하여 체화하지 못했다면 두보 역시 홀로 이러한 경지에 이르지 못하였을 것이니, 어찌 그 때에 알맞게 한 사람이 아니겠는가?[55]라고 시학의 집대성자임을 자못 공자가 '백이伯夷의 맑음과, 이윤

---

[55] 杜子美之於詩 實積衆流之長, 適當其時而已. 昔蘇武·李陵之詩 長於高妙, 曹植·劉公幹之詩 長於豪逸, 陶潛·阮籍之詩 長於沖澹, 謝靈運·鮑 照之詩 長於峻潔, 徐陵· 分信之詩 長於藻麗, 於是杜子美者 窮高妙之格, 極豪逸之氣, 包沖澹之趣, 兼峻潔之姿, 備藻麗之態, 而諸家之作所不及 焉, 然不集諸家之長, 杜氏亦不能獨至於斯也, 豈非適當其時故耶?〈蔡夢弼 集錄, 杜工部草堂詩話, 李炫壹 前稿 再引擧〉

伊尹의 책임감, 유하혜柳下惠의 조화로움'을 집대성하여 때에 맞게 처신함에 비유했다. 자하가 본 소식 역시 다르지 아니하였으니,

翕張開闔萬千態   뜻대로 온갖 자태 지으시니
氣魄昌黎後一人   기백은 퇴지 후에 오직 이 한분.
七律當家超上乘   칠율은 정작 상승을 뛰어 넘었으니
輞川禪悟少陵神。   마힐의 선오와 자미의 시혼을 체화했다오.

〈申緯全集, 3, 1248-9, 讀宋十家詩, 各題一絶, 蘇長公〉

라 했다. 소식이 한유의 기백과 왕유의 선미禪味, 그리고 두보의 시혼까지 체화하여 때에 적절히 조술하였음을 칭송했다.

　그렇다면 '유소입두'를 일생의 시맹詩盟으로 살아온 자하는 어떠한가? 김택영은 「신자하시집서」에서 "소식을 스승으로 삼고, 서릉·왕유·육유 같은 사람들의 사이를 출입하였다"했고, 손팔주는 『경수당전고』를 통독해 보면, 이들뿐만 아니라, "이백·두보·백거이·원호문·왕사정 등 당의 시인과, 황정견·원호문·우집·왕사정 등 송·금·원·청의 대가를 두루 익혔다"[56]했고, 창강은 부연하여 '변조의 으뜸이니 대가'라 했다. 이른바 제가의 장점을 체화하여 그 시는 "곱기도 하고, 소박하기도 하고, 환상적이기도 하고, 진실되기도 하며, 옹졸하기도 하고, 호방하기도 하며, 평담하기도 하고, 기험하기도 해서 천 가지 정과, 만 가지 형상을 뜻에 따라 두루 뭉쳐서 … 읽는 사람으로 하여금 눈이 어지럽고, 정신이 도취되어 온갖 춤사위가 바야흐로 펼쳐지고, 술의 오제五齊가 무르익는 듯"[57]하다 했다.　여기 '뜻에 따라'가 이른바

---

56 손팔주 ; 『申紫霞詩文學硏究』Ⅲ, 申緯의 詩文學的 淵源, p.34 참조

'때에 따라'에 다름 아니다. 일찍이 여승상呂丞相이 두보의 연보「발」에
이르기를 "그 필력을 살펴보니 젊어서는 예리했고, 장성해서는 거리
낌 없었고, 늙어서는 '엄嚴'하였으니, 문장에 묘하지 않았다면 이러한
경지에 이를 수 없었을 것"[58]이라 한 그 '엄함'이 바로 '마음먹은 대로·
뜻대로'임을 자작의 다음 시

爲人性僻耽佳句	내 천성이 괴팍해 아름다운 글귀를 탐내어
語不驚人死不休	시가 남을 놀라게 못한다면 죽어서도 마지않으리.
老去詩篇渾漫與	늙어 가매 시편들 한결같이 멋대로 붓에 맡기니
春來花鳥莫深愁	봄이라 꽃과 새를 대해도 깊이 생각지 않는다.
… 中 略 …	… 중 략 …
焉得思如陶謝手	어찌하여 시상이 도잠과 사령운 솜씨 같아서
令渠述作與同遊。	너로 하여금 글을 지으며 더불어 노닌다냐.

〈杜諺·3, 江上値水如海勢聊短述〉

에서 인증할 수 있다. '영거슈渠'는 '영여슈汝'니 도잠과 사령운의 솜씨처
럼 '막심수莫深愁'할 자신임을 과한 두보다.
　이상에서 자하의 '유소입두'는 이건창의 말대로 "두보와의 거리는 더
욱 멀어졌을[然去杜益遠矣]지라도 그가 지향한 시경詩徑은 소식과 두보
처럼 전익다사轉益多師에 의한 집대성과 그 체화된 자가일언自家一言으로
두시의 지경에 이르고자 전심하므로 '시에서 잃어버린 자아 찾기', 나

57　金澤榮 ; "…能艷能野 能幻能實, 能拙能豪, 能平能險 千情萬狀 隨意牢籠…使讀者 目
　　眩神醉 如萬舞之方張, 五齊之方醲 …"〈申紫霞詩集序〉
58　呂丞相跋杜子美年譜云 '考其筆力 少而銳, 壯而肆, 老而嚴. 非妙於文章 不足以至此.'
　　〈胡仔, 漁隱叢話後集. 李炫壹 4·3)(2) p.119 再引擧〉

아가 '시의 생명 찾기'를 성취시킨 500년 내의 제1인자임에 틀림없다.

Ⅲ. 문제의 정리

이가원이래 손팔주의 『신위 연구』를 필두로, 기존의 자하 연구는 정본인 『경수당전고』를 바탕으로, 이건창의 「자하시초발」 그리고 창강의 「신자하시집서」와 옹색한 「연보」에 의해 연구되어 왔다. 그의 초기 학시는 11·2세부터 이광려에게서 당시를 익혔으나, 순조 12년 (1812) 43세라는 적지 않은 나이에 연행하여 옹방강을 만나자, 느낀바 있어 전고 일체를 불사르고, 『경수당전고』소재 4069수의 시는 연행 이후 소작으로 알려져 왔다. 그러나 2003년 이현일의 『분여록』연구 결과는 많은 수정과 함께, 새로운 과제를 제시한 쾌거였다.

이에 본고는 자하의 시학, 특히 그가 시맹으로 인식한 '유소입두'론의 동인과 그의 진시론, 그리고 옹방강과의 관계를 작품을 통해 정리하고, 이어 시학용어로서의 정종과 대가, 특히 변조의 대가란 구체적으로 무엇인가에 대한 개념을 밝히고자 했다.

먼저 그의 당시에서 송시로의 전이는 연행 25·6년 전, 이미 18세라는 비교적 이른 시기의 일로 담계와는 무관한 일임이 작품을 통해 증명되었으며, 아울러 진작 이는 18세기 시대 문풍임을 논증했다. 아울러 그가 인식한 진시는 천편일률의 앵무지성이 아닌 '성정이 살아 있는 시', 그러므로 '생명이 있는 시'임을 예시로 증명했다.

다음 담계와의 만남은 실로 신천지의 발견, 적어도 자하에겐 숭모의 대상이었다. 그러나 시보다는 서화 및 비첩 등 고증학적 영향이 더

컸고, 진작 그로부터 '유소입두'운운의 시론적 담론은 발견되지 않는다. 물론 인간적 숭모는 3대에 걸친 교환이 증명하듯 심대하여, 차고大稿의 과제이기도 하다.

끝으로 정종·대가는 정통과 응용의 개념이다. 곧 정종이 '시학의 정수를 진솔하고 천연스럽게 온전히 계승 발전시켜 옴'이라면, 대가는 '부단한 독서 및 심오한 사유와 다작에 의해 집대성적 경지에 이른 작가'로 때에 따라 원용할 수 있는 조술력을 갖춘 작가라 하겠다. 한편 '변조'란 전익다사에 의해 체화된 지성적 자가일언自家—言으로 '시에서 잃어버린 자아 찾기,' 나아가 '시의 생명 찾기'라 결론하였다.

남는 과제로는 1)『경수당전고』의 확정본 재구와, 2)『분여록』소재 시와『경수당전고』소재 시의 비교 연구, 3) 담계와 자하의 학문적 교환交驩 등 몇몇 과제의 필요성을 제기해 둔다.

〈2001.12. 동국대학교 한국문학연구 24호〉

申紫霞의 「象山四十詠」攷

Ⅰ. 문제의 제기

자하 신위(1769~1845)는 창강의 말[1]대로 3,000년래의 제 1인자라는 익재 이제현 이래 조선조 500년 문예를 집대성한 대가이다. 삼절三絶이되 서書·화畫보다 승[2]한 시는 4,069수라는 양의 방대함은 물론, 그 호한하고 해박한 전고, 참신한 감각적 언어와 극도의 상징적 유추에 의한 영활성, 그리고 장강처럼 다함없는 시사 등은 진작 용부의 범박한 접근을 불허해 왔다. 특히 한국한시 약사에 값할 그의 이시논시以

---

1 김택영 ; "…吾東之詩 以高麗李益齋 爲宗, 而本朝宣仁間 繼而作者 最盛…大抵皆主豊雄高華之趣, 自英廟以下 則風氣一變…或主奇詭 或主尖新 其一代升降之跡 方之古 則猶盛晚唐焉. 惟申公之生 直接薑山諸家之踵 以詩畫書三絶 聞於天下, 而其詩…瑩瑩乎其悟徹也, 焱焱乎其馳突也…千情萬狀 隨意牢籠 無不活動 森在目前 使讀者 目眩神醉 如萬舞之方張 五齊之方醲 可謂具曠世之奇才, 窮一代之極變 而翩翩乎其衰晚之大家者矣"

2 『근역서화징』·五, 조선편. 申緯 ; "…其畫次於詩 而尤妙於墨竹, 中國人 爭寶之. 書又居畫之次 世稱三絶" 및 李在咸의 「紫霞墨竹歌」 "…詩則勝於書與畫 不意天壤之間有此人…" 참조

詩論詩의 결정인 「동인론시절구東人論詩絶句」 35수와, 「익재소악부益齋小樂府」에 등가할 「자하소악부」 40수, 나대羅代 죽지의 전형인 최치원의 「향악잡영」 5수를 이어 받은 「관극시절구」 12수 및 농요격인 「맥풍」 12장 등은 그가 얼마나 올곧은 주체의식과 화의식, 나아가 참된 목민의식의 소유자였는가를 웅변하고 있다. 그런 면에서 그는 분명 최치원의 개산이래 익재의 정화와 목룽의 란숙은 물론, 실사구시의 기궤첨신이라는 변풍까지를 완수한 거벽이었다.

　이제껏 자하에 대한 작가·작품론적 선고는 손팔주 교수의 『신자하시문학연구』(연구편)와 『신위전집』(자료편)이다. 3 저자는 연구편에서 자하 시문학의 연원을 이백·두보·백거이·원호문·왕사정 등 당·송은 물론, 금·원·청의 대가를 두루 섭렵했다고 전제하고, 그 밑그루를 다잡기 위한 비교문학적 검토로 일관하며 적실한 논시를 위한 시론의 탐색, 나아가 발·수신관계의 계보 캐기에 이어 5편의 연작시[후추류시 이십수·맥풍십이장·잡서·소악부사십수·동인논시절구 35수]를 통해 그 수용과 변용의 미학에 용심했다. 한편 자료편 전4권은 정경조鄭慶朝의 필사본 『경수당집』(16책 전 85권)을 중심자료로 삼고 서울대 도서관 소재 『경수당전집』, 규장각 소재 조병의趙秉儀 필사본, 편자 미상의 『경수당시선』 1책, 동국대 도서관 소재 『경수당시초』 1책 등을 모조리 비교 대조하여 그 이동異同을 밝혔는가 하면, 4,086수 전고에 구두를 첨하는4 열정을 보여 선고의 귀감을 보였다. 그러나 워낙 방대한 그의 작품 세계는 불가불 뜻있는 연구자들의 공동 연구를 요한다. 이에 본

---

3 저자는 자하의 작가 및 작품론적 접근을 위해 그의 생애와 시대적 배경은 물론, 시문학 연원을 唐·淸 詩論을 바탕으로 學杜·學蘇 경위 및 제작가들과의 수용과 변용관계를 천착하기 위해 원류론적 비교연구에 전심했다.

4 김갑기 ; 손팔주저 『신자하시문학연구』 書評, 청대신문 1984. 9

고는 그의 다작 중 극히 일부인, 그러나 40수라는 적지 아니한 연작 제영시 「상산 40영」의 내용 및 수사를 가늠하여 자하 시문학의 특징을 살피고자 하는 단편적 논고인 바, 그의 문학적 배경, 본론적 작가·작품론, 문학론 및 연보 등 원론적 사항 일체는 손팔주 교수의 『신자하시문학연구』에로 미룬다.

Ⅱ. 내용 분석

「상산사십영」은 상산(황해도 곡산의 이칭)의 40 경물을 소재로 한 제영시다. 곧 그가 순조 13년(1813·公 45세)에 옛사람의 제영구題詠句대로 "山水淸出習俗淳 一區民物似朱陳"〈신증동국여지승람·42, 곡산조〉같은 상산부사로 보임되어 참된 목민의 사표가 되었는가 하면5 공무의 여가에 보옥 같은 수작들을 창작하던 순조 15년(1815·공 47세) 임기 말기의 작이다.6 더욱 본 작품은 일찍이 추사 김정희도 그 '진여眞如의 시경詩境'과 '깊은 바다의 고래를 끌어 올릴碧海掣鯨' 문력은 추종이 불가하다고 찬탄한 바 있다.7

워낙 제영시란 자연의 경건성과 숭고미, 그 조화와 질서와 균형미를 인간의 탐미욕과 모방본능이 언어 매체에 의해 인위적 예술미로 범접한 촉물진정觸物陳情이다. 여기 '촉물'이란 문사의 시적 정서를 환

---

5 『申紫霞詩集』·一, 「題象山軍民錢糧蠲蕩啓下公事後」등 善政關聯 詩篇 참조

6 손팔주 ; 『신자하시문학연구』, pp.275~278, 자하연보 참조

7 『완당선생전집』·九, 詩. 「次紫霞象山詩韻」 "君從詩境卽眞如 文藻猶能證舊墟 已聞空山參雨雪 須碧海掣鯨魚 力追神韻尋無處 法本儒家學不疎" 참조

기시킬 일련의 물사物事[객관적 상관물objective correlative]를 접함이요, '진정'이란 작가의 선험적 인식이 대상에서 얻은 심상과 만나 언어 매체를 통해 창출해낸 예지의 언어 미학이다. 이른바 '닫힘의 성곽문화'가 아닌 '열림의 자연문화,' '결핍의 안달'이 아닌 '지족의 안분'을 누려온 우리네 제시영물題詩詠物이다. 이러한 제영시의 대체적 유형은 유흥상경이 주종을 이루고, 선미이상仙味理想, 회고상정懷古傷情, 영사詠史, 감계鑑戒, 풍자諷刺 등으로 대별되며, 회화성과 용사성을 그 수사적 특질로 한다.8 그렇다면 자하의 제영시인「상산사십영」의 내용과 수사는 어떠하며, 차이점은 있는가? 이점이 본고의 범박한 논제이지만, 궁극적으로는 자하의 시세계를 천착하기 위한 첫걸음이다. 먼저 내용 분석을 위해 그 유형을 도식화 하면 다음과 같다.

유형	遊興賞情	詠物	鑑戒	竹枝	傳說	傷情	諷刺	詠史	기타	계
首數	19	4	4	3	3	2	3	1	1	40

위 도표상의 유형 및 수수首數는 전혀 주관적 분류이므로, 견해에 따라 가변적임은 물론이다. 그러나 일정 편폭을 인정하더라도 대개의 제시영물이 그러하듯 영물시가 다수이되, 그렇다고 제영이 빠지기 쉬운 회고, 감상, 풍월 일색이 아닌 유형의 다양성은 곧 자하의 시적 사유의 폭과, 유추의 다양성을 방증하기에 족하다. 이제 그 수수에 비례하여 작품을 예시 분석하기로 한다.

---

8 김갑기 ;「文章修練과 樓亭文學」-제영시를 중심으로-,『韓國漢詩文學史論』, 이화문화사, 1998

1. 遊興賞景

'천성이 본디 자연을 사랑함性本愛丘山'을 웅변하며 천석고황을 핑계한 귀거래는 도잠을 앞세움이 상례다. 혹자는 "자연에 동화하여 맑아한 세월 보내고자 하는 뜻이 왜 없으랴만, 워낙 성군의 때를 만나 차마 훌쩍 떠날 수 없다.非無江海志 瀟灑送日月. 生逢堯舜世 不忍便永訣"〈杜詩諺解·二, 自京赴奉先縣詠懷 五百字〉는 충정에 빗댈지언정 자연은 언제나 우리의 영원한 고향이어서 그 아름다움을 탄상하고 침잠해 왔으니 유흥상경이 그것이다. 이때 자연미The Aesthetic of Nature란 "자연의 사상事象에서 체험된 미요, 문학상의 자연미란 그 체험된 자연미의 작품 속에서의 예술적 전환미를 뜻함"[9]은 물론이다. 곧 물상의 생명적 본질을 작자의 분망한 상상적 예지로 성령한 문예미학적 조명인 것이다[10] 자하의 「상산사십영」에 나타난 자연미 체험 인식과 그 예술적 전환미를 비롯해 내재한 의식 세계를 살펴 보기로 한다.

柳月漾溪黃　　버들 달은 누런 시냇물에 하놀이고
松雲屯嶺碧　　솔 구름은 푸른 마루에 서렸구나.
長官本不熱　　관부의 장은 본디 바자니지 아니해
應無暑可滌。　응당 씻어야 할 더위도 없다네.

〈二·滌暑樓〉

『신증동국여지승람』·42, 누정조의 「기」(李穡 지음)에 의하면 지주사 윤상발이 발심하고 김승귀가 완성한 척서루니, 이른바 '더위를 씻

---

9 정재호 ; 「가사문학에 나타난 자연관」, 고려대 대학원 박사학위논문, 1977
10 김갑기 ; 「한국제영시 연구」 교육부 학술진흥재단 지원 학술지원연구비, 1992

는 누대'다. 1·2구는 '柳月·松雲'이라는 자연 물상으로 평담서기하여 종용승지終容承之한 전경이다. 버들가지에 걸린 달, 그러니 황금의 유광에 뛰노는[漾] 달빛이 근경의 미동이라면, 솔가지에 서린 구름이 산마루의 푸르름을 잠궜다니[屯] 원경의 정태다. 영낙없는 배산임수의 터로 더위를 씻는 다락이라지만, 후정에서 작자는 본디 '안달하거나 바자니는 성품'이 아니라서 '씻어야 할 더위'가 없다 하므로 자하 본래의 불기不羈한 여유와 자재로움을 노래했다. 그러므로 오히려 관부의 무사함과 일민의 순속한 삶이 척서루의 의미를 배가하고 있음은 물론이다.

峯回露半規　　봉우리 감돌아 반쯤 구슬 드러나니
嶺疊隱修眉　　산마루 겹겹이라 긴 눈섭 숨었구나.
姿態方未已　　어여쁜 자태 바야흐로 마지 아니해
篷窓徙依時。　거푸집 창 옮기며 의지하는 때라오.

〈廿·峨眉山〉

뜸집배를 타고 거푸집 창으로 얼핏얼핏 스쳐 지나는 아미산 산봉의 정경을 이백의 "아미산에 가려 반쯤밖에 보이지 않는 가을 달峨眉山月半輪秋"을 아쉬워하는 심경으로 '徙依'하는 상경賞景에 팔린 작자다. 1·2구는 '峯回·嶺疊'으로 '半規·修眉'한 아미산의 수줍은 듯한 자태로 대우對偶시키고, 3구에서는 그 유야무야한 안쓰러움이 끝내 '요리 조리' 고개를 갸웃거리게 한다니 진작 유흥에 취한 작자임에 틀림없다.

花暖鷄鳴屋　　꽃이 따사로워 닭이 지붕 위에서 울고
江明犬吠園　　강이 밝으니 개가 동산에서 짖는구나.

有村皆錦浪　　마을이 온통 비단 물결에 둘렸으니
無處不桃源。　곳곳마다 도화원 아닌 곳이 없구나.

〈三一 · 桃花洞〉

　　이름조차 도화동, 그 화창한 봄날 '꽃이 조요로우니 어위겨운 장닭이 화초향花草香에 취해 지붕 위에서 길게 목청을 고른다'는 주경晝景으로 시상을 열고는 '휘황한 강달'로 시상을 이어받은 월야月夜, 그러니 제풀에 놀라 컹컹대는 '신선 집 개'로 천연한 대를 이뤘다. 이른바 시각과 청각이 아우른 정중동, 아니 태고의 전설 속 그 정밀경으로 함몰시킨다. 그러니 여기가 바로 선계다. 도연명의 「도화원기」는 또 웬 야단스런 사설이란 말인가. 언외에 함축된 자하의 시심은 그렇게 경에 취하고 흥에 노닐고 있다. 이 같은 도원경에의 유흥은 드디어 와선臥仙에로 유추된다.

候月月較遲　　달을 기다리니 유난히 늦게 뜨더니
蟾高免更遠　　높이 치솟자 옥토끼 더욱 멀어지네.
少焉千尺臺　　잠시 후 천 길 후월대에
人影水中偃。　사람 그림자 물속에 누었구나.

〈廿六 · 候月臺〉

　　'달을 기다리는 대', 그러니 사방이 탁 트인 물가 천길 누대, '기다리는 마음이 절실할수록 조바시는 마음'으로 시상을 일으켜 어느덧 선약을 방아 찧는 아스란 옥토玉免라니 월고현月孤懸으로 승접承接했다. 여기에 사람 그림자[人影]를 더불은 취월醉月의 선옹은 드디어 높은千尺 누대에 누웠음을 수중에서 발견한다니 시공을 넘나는 시정, 이것이 매임

없는[不羈]한 화자의 자하일상紫霞逸想이다. 5언의 단상에 소선蘇仙의 적벽 취흥과 「춘일취기언지」에 무녹은 태백의 취정, 그리고 「취옹정기」에 담긴 구양영숙의 취흥이 아울린 시정을 얻을 수 있다면 과장일까? 그러나 그러한 정조를 읽을 수 있어 좋음은 부정할 수 없는 이 시의 시맛이다. 한편, 유흥상경의 여가에는 일련의 영물이 배제될 수 없다. 예컨대,

拍拍仍汎汎　　푸득 푸득하다 그대로 두둥실 뜨고
溶溶復洋洋　　빙빙 돌다가는 다시 파랑에 한들대네.
將身比白鷗　　장차 이 몸도 흰 갈매기처럼
波上一浩蕩。　물결 위에서 한 번 호탕히 놀고파라.

〈卄九 · 白鷗灣〉

가 그것이다. 이른바 친화자연, 곧 멀리서 바라보는 자연이 아니라, 몰입하여 자연의 한 부분이 되므로 수순의 섭리에 이른다. 그러나 송강 정철의,11

風搖羽不整　　바람 일자 사르르 깃 헝클리고
日照色增姸　　햇빛에 어린 색태 더욱 고와라.
纔罷水中浴　　자멱질 마치고 막 나서자 마자
偶成沙上眠。　어느 새 사장에서 조숙조숙 조네.

〈松江原集 · 一, 白沙水鴨〉

---

11 김갑기 ; 『松江 鄭澈의 詩文學』 II · 3 · (3) 詠物, 이화문화출판사, 1997, p.159 참조

와 같은 작품은 정중동·동중정으로 물사의 일변일태를 영출詠出한 영물시다. 그러나 자하의 윗 시는 1·2구의 촉물觸物에 이은 3·4구의 진정陳情이 있어 유사 소재의 단상이되, 단순 영물이 아닌 자연 수순에로의 의지, 이른바 친화하고 몰입하려는 철학이 있다. 물론 자하의 다음 시는 제영이되, 다분히 영물류로 분문될 만하다.

柳橋古時柳   버들 다리라, 전전의 버들은
蔭周官道傍   그늘이 관청 길옆을 덮었구나.
挽斷亦已屢   꺾이고 끊이기를 이미 거듭 했거늘
那能如許長。   어찌 능히 저리도 쭉쭉 자랐는고.

〈八·柳橋〉

　　예로부터 버들가지는 이별의 정표로 나뉘었다.12 이른바 '절유折柳'는 '이별'의 이미지를 함축하고 있다. 대개 파릇파릇 풀빛이 돋아나는 봄은 이별의 계절인데다, 꺾꽂이가 가능한 버들가지는 이별하는 자들이 가져다 심어 다시 님 본 듯 더불어 함께 할 수 있고, 더욱 '버들'의 중국 음이 머물 '류留'와 비슷해서 '가지 말고 머물라'는 쌍관의 의미도 있다.13 한다. 자하 역시 이 같은 전통적 인습을 전제로 하되, 그러나 실실이 푸른[絲絲綠] 진경眞景을 완상타 못해 자못 자연의 섭리와 숭고미에 외경심畏敬心마져 자배字背에 갈무려 놓았다.

---

12 陽關三疊으로 일컫는 王維의 「送元二使(之)安西」의 "渭城朝雨浥輕塵 客舍 青青柳色 新"은 물론, 唐人 儲嗣宗의 "東城草雖綠 南浦柳無枝"〈贈別〉 및 金 克己의 "烟楊窄地 拂金絲 幾被行人贈別離"가 그런가 하면, 단가 "멧버들 가 려 꺾어 본내노라 님의 손대, 계시는 창밖에 심어두고 보소서, 봄비에 새잎 곳 나걷든 날인가도 여기소서" 등은 그 좋은 예들이다.

13 정민 ; 『한시미학의 산책』 한시의 정운미, 솔출판사, 1997. p.91 참조

한편 자하의 다음 시는 온전한 영물시로 예시될 수 있을 것이다.

山溜來雖險   산협 물 흘러옴 비록 험하나
官池到自平   관부 못 이르자 절로 평편해.
蔬畦助一漑   나물 두둑에 한 번 대어 돕고
餘力洗陶泓。   남은 힘으로 벼루를 씻어주네.

〈六·洗硯池〉

세시歲時에 7월 칠석을 전후해 농군은 호미를 씻고[洗鋤] 선비는 벼루[陶泓]를 씻는다. 산협을 굽돌아 관청 못에 이르기까지 지즐대며 채소밭에 관개도 하고, 여기 작은 못이 되어 잠시 물의 본성[自平]을 누리다가 이내 넘나는 그 여력으로 벼루를 씻는, 그러니 관부의 세연지를 노래한 영물시다. '산협을 굽돌아 흐르는 물[山溜]'이 모여 '관지官池'가 된 내력으로 시상을 일으키고, 물의 무한한 시혜施惠 본성을 양각한 소품이다.

이상 많은 제영시 중 지면이 허락하는 위 몇 수로 그 성향을 요약하면 유흥상경遊興賞景과 영물시로 정리된다. 유흥상경은 전경에 이은 후정에 작자적 의지, 혹은 주관적 진정陳情이 강한 편이고, 영물시는 외현적 물사 저 넘어 생명의 본질을 추구하려는 일변일태의 세찰細察, 감각적 영활을 통한 사실성이 치밀한 시적 자기 발현이라 하겠다.

2. 竹枝의 노래

당나라 때 민간 가요의 악부화로 비롯된 죽지·죽지사는 향촌의 경치·인정·풍속·담론·남녀 간 애정 등을 소재로 한 작품군의 범칭이다. 본고에서는 자하가 곡산에서 체험한 죽지류 화소를 포괄적으로 정리할 요량으로 명명해 보았다. 먼저 많지 아니한 남녀 간의 풍정을 시화한 예다.

趁市來帆檣　　저자 보러 오는 배들이 모여드니
迎門簇釵釧　　맞이하는 비녀와 팔지 많기도 해.
雖爲浿人妻　　비록 평양 사람의 아내 되었으나
數與郎相見。　자주 이곳 사내들과 서로 만난다네.

〈三六·摩河灘〉

평양의 위성 마하나루를 배경으로 펼쳐진 풍속도의 일단이다. 기방 풍류의 선장先場인 작자니 풍자랄 것까지는 아니고, 질탕한 저자거리의 풍정 정도의 죽지라 해서 좋겠다. 장이라도 서는 날, 거상巨商들의 상술과 풍류주색風流酒色, 그러니 몰려온 '帆檣'에 교태로운 '釵釧'으로 시상이 전개되었다. 그러나 이미 '浿人妻'이면서 자주 '與郎相見'함은 전혀 독자의 눈높이에 따라 이해할 일이다.

　다음은 황고黃姑할미가 거처했다는 황고만의 유래와 그 설화를 시화한 작품이다.

黃姑處幽獨　　황고 할미 그윽이 홀로 살며
明粧爲誰艷　　밝은 화장 누구를 위해 했던고.
不肯放溪流　　시냇물 놓아 흐르게 하지 않고
持作鏡澄澈。　가지고 거울의 맑음을 만들었구나.

〈卄四·黃姑灣〉

　황고만의 전설로 시상을 일으켜, 맑은 물에 얼굴을 비춰 누구에게
보일려고 '明粧했던고?' 라며, 진작 작자는 명경에 잠긴 자신의 얼굴
을 보며 황고의 작위作爲를 유추한 것이다. 제 3구는 결구의 '澄澈'한
거울로 승화시키기 위한 완전宛轉이다. 그러므로 '明粧'의 빌미, 나아
가 '황고만'의 전설적 뉴앙스와 '爲誰艷'의 생중스런 정조를 배가시킨
수작이다. '북두칠성이 걸린 고개'라는 「斗挂嶺」 역시 복령천茯苓泉의
신비한 영험에 대한 무구한 산민의 전설을 미화한 노래이다. 예컨대

靈泉漱茯苓　　신령한 물이 복령을 씻어 흐르니
飮者已諸病　　마신 사람 모든 병 없어진다네.
輕體捷於猿　　가벼운 몸 원숭이보다 민첩하니
捫參更歷井。　줄을 타고 기웃대며 우물도 건너뛴다네.

〈四十·斗挂嶺〉

가 그것이다. 복령을 씻어 흐르기에 영천靈泉이요, 그러므로 그 물을
먹으면 육신의 병은 물론 참학등선驂鶴登仙한다 했다. 그러기에 원숭이
보다 가벼운 육신이 되어 문참역정捫參歷井하듯 날랜 산민들의 그 능한
산거山居에 대한 미화인 줄 알겠다.
　다음은 영사시詠史詩라기 보다는 화소가 더 설화적인 「치마도馳馬道」
다. 이른바 태조 이성계가 잠저 시 수렵을 통한 기마술을 익혔다는 거
리, 바로 그 때 현비 강씨姜氏부인과의 로맨스로도 잘 알려진 전설의
배경지다.

風塵濟世主　　어지러운 때 세상을 건지는 임금은
神武眞天縱　　신령스런 무예 진실로 하늘이 내는 법.

山中人不識　　산 사람들이라, 알지 못했으리
雷影流飛鞚。　번개 그림자 나는 말고삐에 흘렀음을.

〈十八·馳馬道〉

1·2구는 건국주의 하늘로부터 부여받은[天縱] 신스런 무예[神武]라는 영웅적 담론으로 시상을 부연하고, 3구는 역시 '초인적 신기[神技]'라는 신성[神性] 가미, 이른바 건국 주에 대한 칭송의 극대화를 위한 완전이었다. 그러므로 결구의 작시 의도는 야사적 사소[史素]를 신이적 신화로 환치하므로 그 능한 송축의 한 마당을 노래했다.

기타 전설적 소재를 노래한 「알운정」 및 강마을의 무구한 풍정을 읊은 「문성진」 등이 있으나, 이상 남녀 간 애정·전설·영사적 담론의 시화로 요약한다.

3. 鑑戒의 정조

유흥상경과 죽지가 인정세태의 즉물적 정서라면 감계의 정조는 화자의 고격한 정신 활동, 그 지적 관념이 성녕한 지성적·도덕적·미적·종교적 정서의 메시지화, 이른바 정서의 훈고적 메타퍼를 상정한 개념이다. 물론 감계의 자전적 의미는 '지난 일을 심사하고 숙고해서 스스로 경계함'이니 계고[稽考]와 지결[志決]이 필수적이며, 따라서 퍼소나의 강한 의지, 곧 포괄적 가치관이 돋뵘은 물론이다.

먼저 작자의 불교적 자비 평등사상이 기저를 이룬 「용봉」을 예시하면,

溪水不敢唾　　시냇물에도 감히 침을 뱉지 못하니
非爲綠淨故　　푸르고 깨끗하기 때문만은 아니다.

草木猶敬止	풀과 나무도 오히려 공경 받느니
此意聞式輅。	이 말뜻 式輅에서 들었노라.

〈十三·龍峯〉

와 같다. 동양의 전통적 사유로서의 용은 존귀와 권위의 상징이다. 따라서 '용봉'은 '존귀한 사람을 높이 떠받듦'이란 비유적 의미로 쓰인다. 그러나 자하의 시대 심상에 대한 비판적 의식은 "미만한 물사物事, 그 어떤 것일지라도 저마다 존재 가치와 의미가 있으며, 고로 마땅히 받아야 할 대접은 받아야 한다"는 평등 논리로 시상을 일으켰다. '용봉' 뿐만 아니라, '溪山'이라 해서 그 이하의 대접을 받아서는 아니 된다. 그것이 단순히 '푸르고 맑기 때문만이 아니다'하므로 물성의 평등, 이른바 '용봉=계산'의 등식논리다. 3구에서는 『시경』「식로」의 '뽕나무와 가래나무'에 대한 '敬止'를 들어 '草木'에까지 부연 발전시켜 '龍峯=溪山=草木'으로 등식화 했다. 본제의 제 11수 「송백정」에서 "비록 탁탁하다는 칭예를 들었으나, 알괘라 동량재로 쓰이지는 못했다네.雖有濯濯譽 諒無棟樑用"를 감안할 때 색목과 당로에 따라 푸대접, 혹은 핍박받는 인물에 대한 자변自辯, 또는 그 부당함을 훈고한 작품으로 사료된다.

芙蓉本淨植	부용은 본디 깨끗한 식물이요
清水是空性	맑은 물은 곧 공의 심성이다.
潔身兼照物	몸을 깨끗이 하고 또 물상을 비추니
君子視爲政。	군자는 이를 보고 정사를 행하라.

〈四·淸水芙蓉閣〉

해주의 부용각에서 부용과 청수의 물성을 들어 정사, 곧 혼탁한 목민의 도리를 밝힌 감계장이다. 부용의 깨끗한 품자品姿, 맑은 물의 허허로움, 그러기에 조찰한 몸, 心如空物 應物無跡한 마음밭이기에 조물照物이랬다. 일원一源으로 비유된 청수淸水이기에 만상을 비출 뿐 때 묻지 않는다. 이것이 위정의 도리이자, 목민의 사표임을 자연이라는 대 스승으로부터 터득, 공감하고 훈고한 누정문학이라 하겠다.

이 밖에도「梧桐島」와「銀金嶺」등 몇 수가 더 있다. 먼저「오동도」는 "두 물줄기가 빙 둘러 모이는 곳의 한 작은 섬, 물길만 드세면 금방이라도 물 위에 동동 떠버릴 듯 하챦은二水濚洄處 梧桐島欲浮", 그러나 거문고의 좋은 재료[良材]라는 오동나무와 연상하여 이미 그을린 초미焦眉로 천하의 명기名器 초미금을 만든 채옹蔡邕의 고사를 빌어 "내 본디의 뜻을 펼치리라琴材雖已 古意吾當求"〈十四·梧桐島〉는 굳은 의지를 읽게 하므로, 지금 비록 미천하고 때를 만나지 못했을 뿐이니 모든 물사의 당연한 존재 이유와 가치, 특히 현재의 신분으로 사람의 인격을 재단해서는 아니된다는 강한 메시지를 닮고 있다.「은금령」역시 '貪泉'의 고사를 들어 청백리로서의 맹세를 다짐不妨遊宦子 到此猷貪泉하고 있다.

이상의 작품을 통해 우리는 자하의 자비불성을 바탕으로 한 겸허한 자연관과 애민 평등 논리를 읽을 수 있었다.

4. 諷刺

wit와 irony로 대변되는 사회적 문학 양식으로서의 풍자는 그 한 시대를 지배하고 있는 모순과 불합리성에 대한 작자의 비판, 교훈이 전제된다는 점에서는 감계와 유사하다. 그러나 전자가 계고적稽考的 자계自戒, 혹은 객관적 훈고라면, 후자는 현실적 공격형, 예컨대 보다 조소sardonic적이고 냉소cynicism적인 어조까지를 포함함으로써 우수憂愁의 미학을 지닌다.

五色非常雲　　항상 있지 않은 오색구름
靑龍古寺處　　청룡 옛 절에 서려 있구나.
至今讀書螢　　이제는 책 읽는데 쓰이던 반디
山中自來往。　산 중에 절로 오고 가누나.

〈十七·峉嵐山〉

　　참으로 드물게 오색 채운이 가람산 청룡사 옛 절터에 서렸다고 시상을 불러 부연[起承]하고는 차윤車胤의 면학고사의 대상물인 '독서형讀書螢'으로 완전하여서는 자거 자래하는 저들 미물의 신명神命이 곧 선비들의 본무인 면려 대신 입신을 위한 작당이나, 혹은 기회주의에 편승해 허송세월하는 시대의 모순과 불합리성으로 결구되었다. 모름지기 청룡사는 청운의 뜻을 품은 이 지방 젊은 선비들의 독서처였으리라. 그러나 지금은 텅 빈 고찰일 뿐 반딧불이만 제 세상 만났다고 자재로 이 날고 있다니 실로 예와 이제의 '반디 ; 선비'는 반어적 대조, 이른바 아이러니의 장치물로 대립되어 있다.

　　한편, 달이 고개에 오른 정도로 때를 짐작한다는 「월괘령」 시는 다음과 같다.

峽人防虎密　　골짜기 사람들 호랑이 많음을 피해
日暮早關門　　날 저물자 일찌감치 대문을 잠근다네.
獨有催租吏　　오직 세금 독촉하는 아전들만 있어

橫行挂月村。　월쾌 마을을 거칠 것 없이 설치누만.

〈三九·月挂嶺〉

　밤이면 달만 휑하니 산마루에 걸려 더불어 바라며 사는 아마도 하늘 아래 첫 동네 시메산골인 모양이다. 그러니 '득실거리는 호랑이'로 시상을 일으키고, 이어 날 저물자 곧바로 문을 걸어 잠금으로 호랑이를 피한다 했다. 그러나 전혀 작자의 메시지는 제 3구에서 반전된다. 호랑이보다 더 무서운 '아전[奸吏]'을 등장시켜 바야흐로 공포의 정적을 깨뜨리고, 쾌월촌 한 마을이 박살난다는 가렴주구의 현장을 차마 '횡행' 2자에 함축시켰다. 이른바 '虎 ; 吏'라는 '患 ; 惠'의 상대적 대조가 오히려 '虎 = 惠 ; 吏 = 患'이라는 아이러니로 환치된 현실이다. 이 시는 조선조 3정의 문란을 풍자한 다산의 사회시「엽호행」의,

… 前 略 …	… 전　략…
烹鷄殺猪喧四隣	닭 삶고 돼지 잡는다 온 마을 시끌벅쩍하고
舂糧設席走百堵	떡 치기다 술 자리다 발 붙일 틈이 없다오.
… 中 略 …	… 중　략…
原初虎害誰入告	애시당초 누가 호랑이 났다 고했단 말인고
巧舌喋喋受衆怒	입 빨라 구실 줬다 뭇 사람 원성 듣네.
猛虎傷人止一二	사나운 호랑이도 한 두 사람 해칠 뿐인데
豈必千百罹此苦	어이하여 온 마을 백성 모두 이 고생이람.
… 中 略 …	… 중　략…
生憎悍吏夜打門	가증스런 아전배들, 한밤에도 문 두드리니
願留餘虎以禦侮。	원컨대 남은 호랑이로 오는 관리 막고 지고.

〈丁茶山全書·一集·五卷〉

를 연상케 한다. 호환虎患으로 백성들의 삶이 불안하다는 보고를 받은 수령이 측은히 여겨 이를 잡게 했다. 그러나 엽호獵虎는 구실이요, 그로 인한 약탈의 피해를 노래한 사회 고발시다. 이른바 '官吏 〈 山民 〈 猛虎'라는 상식의 논리가 '山民 〈 猛虎 〈官吏'로 도착된 현실, 그러니 자애의 탈을 쓴 목민관은 호랑이보다 더 사나운 악마의 이미지로 군림해서는 무구한 백성의 삶을 유린해 있다.14 물론 이 같은 현실 비판시야 진작 무신란 후 관리의 수탈을 풍자한 진화陳澕가 「도원가」에서 "다만 와서 핍박하는 바깥 일만 없다면, 산촌의 가는 곳마다 온통 도화원但無外事來相逼 山村處處皆桃源"이라며, "이 시 뜻이 있나니 버리지 말고, 고을 기록에 적었다가 후손들 보게 하라此詩有味君莫棄 寫入郡譜傳兒孫"15고 훈고했건만, 자하의 「월과령」은 3정의 문란 바로 그 전초요, 다산의 「엽호행」은 그 예견된 참상의 예증적 웅변임에 틀림없다. 이 밖에도 自矜(선정의 의지 포함 ; 葫蘆泉 · 紫霞潭), 傷情(資孝寺 · 栢松亭), 仙味(候月臺 · 遏雲嶺) 등의 유형이 있으나, 중복 및 지면을 고려해 생략한다.

---

14 김갑기 ; 「喪失空間의 詩學」 II · 2, 노보대디, 그 二律의 假面. 『한국한시문 학사론』 pp.139 147, 이화문화출판사, 1998

15 陳澕 ; 『동문선』 · 六, 七言古詩, 「桃源歌」 "… 前略 君不見江南村 竹作戶花作藩. 清流涓涓寒月漫 碧樹寂寂幽禽喧 所恨居民産業日零落 縣吏索米長鼓門."

Ⅲ. 修辭 類型

1. 用事性

시학으로서의 용사의 의미망은 두 가지로 분별된다. 작시론적 측면과 비평론적 측면이 그것이다. 이른바 경사 및 고인고사, 명인명구에서 독특한 의미, 교훈적 사실, 혹은 그 시의詩意와 시어를 빌어 자신의 정조情操를 고양시키고자 하는 작시상의 한 수사법이자, 작품 평가의 준거로 삼아온 비평 용어이다. 수사법으로서의 용사는 전고에 의한 보조관념으로 원관념의 의미 확대, 또는 새로운 관념으로의 유추 등을 꾀함이요, 비평용어로서의 그것은 내처來處의 유무를 전제로 환골과 탈태의 여하에 따라 시격을 가늠함이다. 이는 한문화에의 종속논리이기 보다는 작시법이었으니, 한시문학의 종주인 중국에서도 마찬가지여서 경·전은 물론, 삼사三史와 제자백가, 시·소·고시가 다투어 '체상조술遞相祖述'16되었는가 하면, 굴屈·도陶에 이우 이李·두杜와 소蘇·황黃이 한결같이 원류론적 비평의 연원이었다.17 특히 당·송을 법받은 우리 시문학은 그 개화기라 할 려조는 물론, 난숙기인 조선조에서는 더욱 독서 원류, 학시계보 운운하기에 이르렀으니 용사법이 자하시의 특질만이 아님은 물론이다. 그것이 자하시의 수사적 특질이기 위해서는 남다른 그 무엇이 논증되어야 겠다. 그 남다름의 상징적 표현이 손교수께서 이른 바 '복구법覆句法'인 줄 안다. 명인명구를 환골

---

16 杜甫의 詩論詩格인 「戲爲六絶」·6. "未及前賢更勿疑 遞相祖述復先後"〈杜詩諺解·十六〉 참조

17 김갑기 ;「시조시학으로서의 용사」『한국한시문학사론』이화문화 출판사 1998, pp.313~340 참조

탈태도 없이 자작시에 거침없이 복구하고는 그 당혹스런 표절이 그대로 작시법이 됨은 자하이기에 가능한 자긍일 시 분명하다. 자하시에서는 복구법 외의 일반 용사도 그 다양함과 기상천외함이 불가불 난해성으로 특징지어 질 수 있다. 결론적으로 이 역시 한 시대의 독보, 혹은 독존이고자 한 심상적 자긍일까 한다. 다행히 본제의 40수는 5절이라는 영물 위주의 단상이므로 비교적 용사가 덜 소용될 법하건만 10수(小杉榻·龍峯·梧桐島·岢嵐山·峨眉山·紫霞洞·桃花洞·劍岩關·銀金嶺·月桂嶺)가 용사에 의해 쓰여지고 있다. 이미 앞에서 예시한 「가람산」의 "至今讀書螢 山中自去來" 역시 부유속사腐儒俗士들이 위기지학爲己之學이란 본무는 팽개치고 작당하는 시속 풍정을 고사성어 형설지공螢雪之功에 빗댄 풍자의 일단이요, 「용봉」역시『시경』의「식로」를 전거한 자하의 불교적 평등 논리를, 그리고 「아미산」또한 산자락에 가려 보일락 말락한 그 유야무야의 경을 이백의 "峨眉山月半輪秋"에서 환골탈태했다 할 것이며, 「월쾌령」의 작시 배경은『논어』의 '苛政猛於虎'에서, 「오동도」는 채옹의 고사에서, 그리고 「은금령」은 삽탐천을 각각 내처로 전고한 작품들이나 중복을 피하고, 본 항에서는 고인고사 하나씩만 추가하여 예시하기로 한다.

盤膝宜彈琴	책상다리 하고 앉으니 거문고 타기 마땅하고
橫肱可拄笏	팔을 내밀어 홀을 짚을 만 하구나.
元龍空百尺	원룡은 속절없이 저만 잘난 체 했다지만
於此寄傲兀。	여기 높히 앉으니 오만을 부릴 만하구만.

〈五·小杉榻〉

'조그만 삼나무 탑상'을 소재로 한 소품이다. 워낙 탑상 자체가 제왕, 혹은 귀인의 소용물이다. '책상다리'해 앉고 보니 일사逸士의 고고한 자품은 물론, 공후公侯의 위풍을 드세울 만하다고 시상을 일으켜 부연하고[起承]는 동한東漢의 만객慢客 진등陳登의 고사로 완전하여 '진등뿐만 아니라, 누구든지 이 삼탑에 앉으면 그렇게 될 수 있겠다.'고 결구하므로 소재의 전통적 속성과 현실적 의의를 전달하고 있다. 원룡은 진등의 자字다. 그는 재주도 다양하고 비범했다지만, 남을 업수이 여기고 저만 천하에 제일이라는 오만으로 살아 원룡고와元龍高臥란 성어를 남긴 인물이다.[18] 물론 보조관념으로서의 '元龍百尺'은 소삼탑의 위의가 '오올'의 상징이라는 원관념의 의미를 당위화 하기 위함이었다.

다음은 자신의 호와 같은 곡산의 자하담을 찾아 자못 탕왕湯王의 '소고사來蘇故事'에 빗대어 숙연은 물론 선정의 자긍까지 한껏 노래한 「자하담」을 예시하기로 한다.

爭名且置墩　이름을 다투어 또 돈대를 쌓으니
來蘇先有渡　'오면 소생한다'하여 먼저 건넌 자 있네.
我至紫霞潭　내 자하담에 이르고 보니
因之夙世悟。　인하여 전생의 인연을 깨닫겠구나.

〈卄八 · 紫霞潭〉

변새의 치적이란 서로 이름을 다퉈 돈대를 쌓는 일이요, 내남없이 선정을 다짐하며 숱한 벼슬아치들이 드났으리라. 그러나 굳이 "紫霞

---

18 元龍高臥 ; "元龍 東漢陳登字. 許汜見登 登輕之 自上大牀臥, 使汜臥下牀. 世因 以元龍高臥 爲慢客之詞."〈漢文大辭典〉

라고 이름한 내가 정작 여기 곡산의 자하담에 온 것은 실로 숙연임을 깨닫고 이어 선정에 대한 자부를 새긴다"는 문면의 행간에 충실코자 한다.[19] 여기 '내소'란 주지하는 바 걸桀의 폭정에 시달린 백성들이 '탕湯'의 갈백葛伯 정벌로 그 백성이 소생하듯 "어찌 유독 우리를 뒤에 정벌한다오奚獨後予"라고 원망하며 "우리 임금을 기다리나니, 우리 임금님 오시면 우리도 소생하리俟我后 后來其蘇"라고 외쳤다는 『서경書經』「중훼지고仲虺之誥」장의 용사로 보고자 한다.[20] 이때의 '내소'는 '숙세夙世'의 당위, 나아가 '俟予后 后來其蘇'에로의 이상 실현이라는 자긍에로까지 승화된다.

이 밖에도 세한후조歲寒後凋를 전거한 자긍과 현실적 자조自嘲[21]를 노래한 「백송정」등이 있으나, 중복을 피하기 위해 약한다.

2. 感覺性

수사상 감각성이란 서정적 쎈티sentiment가 아닌 파노포에이아phanoporia적 시, 이른바 상상력에 의한 시각화·조형성의 추구를 의미한다. 서구의 Pound. E나, 우리의 20년대 이장희, 30년대 김광균·정지용 등에게서 완성된 감각시는 20년대의 그 해묵은 감상적, 혹은 감정의 찌꺼기를 청산하고 순수한 감각, 투명한 시적 신선성이 높이 평가된

---

19 손팔주 교수는 그의 앞 저서 p.98에서 1, 2구를 "이름 다투어 謝家墩이 있었는데 蘇軾에게 먼저 蘇堤가 있었다."고 읽고, 순조 27년 작인 「崇陽有紫霞洞 李留守鍾運 因地見憶 有詩相寄 次禮謝答」 二首1의 " … 謝家墩與蘇家渡 名實相懸奈我何 …"로 그 내처를 삼았다.

20 『書經』第三篇 第二章「仲虺之誥」" … 葛伯仇餉 初征自葛. 東征 西戎怨, 南征 北狄怨 奚獨後予. 攸徂之民 室家相慶 曰 俟予后 后來其蘇.民之戴商 厥惟舊哉" 참조

21 『申紫霞詩集』·一, "誰將歲寒姿 換此風流種 雖有濯濯譽 諒無棟樑用" 참조

바 있다. 그러나 한시에서의 감각성은 전경후정前景後情이라는 시화일지詩畫一旨, 혹은 시중유화詩中有畫, 나아가 비잠동치飛潛動植라는 영활성이 진작 시각은 물론 공감각·조형미를 원론적 작시법으로 향유해 왔다. 시·서·화 3절로 일컬어진 자하에게서의 감각적 경향은 가히 언어예술의 극치라 할 것이다.

無物隔纖塵　　물상에 가는 티끌조차 없으니
栖神澄百慮　　정신을 가다듬고 온갖 생각을 맑혔구나.
一點破明瑟　　한 점이 명슬원못 수면을 깨뜨리더니
翠鳥銜魚去。　물총새가 물고기 물고 가는구나.

〈三·明瑟園池〉

정신을 맑가히 씻어주는 명슬원 못물, 조찰히 명상에 잠겼대도 좋을 어느 한 순간 난데없는 물총새란 놈이, 아니 내가 있음에도 아랑곳 않고 낙하하여 물고기를 낚아 채 가는 비잠飛潛, 그 순간적 파적破寂 이후의 새삼한 고요의 창출은 가히 감각의 극치라 할 것이다.

한편, '큰 언덕 비탈길' 그러니 민둥산 모래 언덕길을 노래한「대롱판」의,

隴板行人少　　언덕길이라, 길 가는 이도 적고
無風沙自驚　　바람조차 없건만 모래만 절로 놀라네
非關搖落候　　쓸쓸한 기후 때문이 아니라
浙浙有秋聲。　싸그락 싸그락 가을 소리 내는구나.

〈十五·大隴板〉

492 우리 古典詩歌 바로 읽기

는 사뭇 소삽한 유사流砂, 그 을씨년스런 사실성을 연상케 한다. 행인
도 드문 언덕 마룻길, 바람도 없건만 싸그락대는 명사鳴砂, 그것이 기
후 때문이 아닌 유사의 속성이자, 청각적 이미지다. 차라리 소우疎雨로
착인錯認한 나뭇잎 지는 소리[落木聲]이라면 추성秋聲이 거기에 맞다. 그
러나 이는 바람도 없는 언덕에 흐르는 물굽이처럼 일렁이듯 업드린
모래알들의 생음生音, 그것은 정녕 '소리 있음'의 청각화가 아닌 '소리
없음의 소리화'인 시인만의 창조의 영역, 이른바 자하의 감각만이 청
취할 수 있고, 언어로 조각해 낼 수 있는 시각의 청각적 상승이라 하
겠다. 그런 차원에서 다음 시 역시 자하의 감각적 우수성을 예증해 줄
좋은 시다.

三五盈盈海上來　　　보름밤 둥근 달 바다 위로 오르니
機頭硯面照徘徊　　　베틀 머리와 벼루 물에 비쳐 머뭇거리네.
憑欄幾處同看月　　　난간에 의지해 몇 곳에서 함께 저 달을 보는가
思婦心情又上才。　　지어미 그리는 정회의 글재주 더욱 돋뵈리라.

〈申紫霞詩集·一·閏六月十五夜 月極明十首〉

　달밤에 베틀에 앉아 베 짜는 여인의 님 그리는 정과, 객창의 시객詩
客이 담묵淡墨에 비친 달그림자를 보며 님 그리는 정회, 그러니 '기두연
면機頭硯面'은 '우상재又上才'의 상침이요, 자연의 달빛을 상상의 극치로
내 뻗힌 환상곡이다. 상·하, 원·근, 시·청각이 아울었다. 휘영청한
월광과 파르란 상부孀婦의 낭랑한 듯 처량한 베틀 소리, 고한孤恨에 젖
은 장부의 초췌가 눈에 삼삼한 진경을 연상하기에 어렵지 않다.

3. 肯否·反問法

자하의 다작 가운데 수사상 특이한 점은 손팔주 교수가 지적한 복고법覆句法 외에 긍부·반문법을 들 수 있다. 긍부는 '~인 듯 ~이 아니고' 혹은 '~할 듯 ~하지 않고' 형의 서술법이다. 물론 서거정은 일찍이 『동인시화』에서 '정히 좋은 어법이 아니다.定非佳語'라고 신라·고려조 문사들의 한 때 이러한 작시 경향을 부정적으로 논평한 바 있으나22, 자하 시의 적지 아니한 시수가 이 같은 수사에 의해 쓰여진 이상 그 수사의 당위성 여하는 차치하고라도 한 특질로 적시함에는 인색해야 할 이유가 있지 않다. 예컨대,

龍噓霧爲山　　용이 기를 내불자 안개가 산이 되고
霧罷山如故　　안개 걷히니 산은 옛 모습 그대로구나.
暖翠與浮嵐　　따사롭고 푸른 가운데 또 뜬 아지랭이가
橫天霧非霧。　하늘에 비끼니 안개인 듯 안개가 아니로구나.

〈十六·霧山〉

므로 달리 예시할 필요는 느끼지 않는다. 한편 반어법이란 선택적 반문이니 위의 예와는 다소 다른 일정 자긍의 의지가 강한 수사라 하겠다. 역시,

---

22 『동인시화』·上 "崔文昌詩 '含情朝雨細復細 弄艶閑花開未開' 高麗人 好用是語. 如吳學士學麟詩 '院院古非告 僧僧知不知' 朱文節寒碧樓詩 '水光澄澄鏡非鏡 山氣靄靄煙非煙'. 李文順 春日詩 '幽花浥露落未落 輕燕受風斜復斜'. 僧益莊洛山寺詩 '大聖住無住 普門封不封'畢竟定非佳語" 참조

參差罨畵溪　　높고 낮은 산이 그림 같은 시내를 가렸으니
重疊紫邏障　　자라장이 거듭 겹친 듯하구나.
倘許卜隣不　　혹 이웃으로 점치는 것을 허여할 건가 말건가
移家就昭曠。　집을 옮겨 밝고 넓은 곳에 터 잡고싶다.

〈卄三·紫邏障〉

의 경우다. 마을의 형상이 말 배받이 같이 생겼다 하여 이름한 자라장, 이곳에 넓게 터 잡아 살고 싶은데 자라장 산신이 '卜隣, 或不卜隣' 하며 짐짓 의아해 하지만, 그러나 내심 '아니치 못할 것'이라는 신념과 자긍에 차있는 작자의 의지를 읽을 수 있다.

Ⅳ. 문제의 정리 및 남는 과제

본고는 자하 시의 극히 일부를 접한 소회의 일단으로, 자하 시 번역의 필요성을 절감하며 작업하던 중 그 접근의 가능성을 시고試考해 본 것이다. 나름대로 이제까지의 논고를 요약하면 다음과 같다.

먼저 문제의 제고에서 선고 손팔주 교수의 성실한 업적을 개괄하고, 자하 시의 분담 연구의 필요성을 제고하며, 이 단문은 그 작업의 일단임을 밝혔다.

다음 제영시로서의 「상산사십영」에 대한 내용 검토를 위해 전체적 분류 도표를 제시하고, 그 대표적 유형을 1.유흥상경, 2.죽지의 노래, 3.감계의 정조, 4.풍자로 나눠 가능하며 작품 소개에 주중했다.

이어 자하시의 수사 유형을 1.용사성, 2.감각성, 3.긍부·반문법으

로 매김했다. 물론 손교수의 복구법은 기업급 되었을 뿐 아니라, 본고 대상작 40영과는 무관하기에 다루지 않았고, 특히 일반적으로 회화성, 혹은 사실성으로 논의되어온 수사론을 포괄적 개념으로 감각성이란 용어를 사용해 시도했다. 물론 용사성은 자하의 시 전편에 걸친 대표적 수사법이자, 그 난해성은 정평이 나 있다. 아울러 회화성, 혹은 사실성 역시 3절의 예인다운 특질이 있다. 그러나 무엇보다도 자하 시의 수사적 특질은 기논의 된 복구성과, 단순한 회화 사실성과는 준별되는 감각성이 심도 있게 천착되어져야 할 것으로 사료된다. 마지막으로 언급된 긍부·반문법은 자하 시만의 한 특질로 주목될 것이나, 그 문예적 성취보다는 자하 자신의 여유, 혹은 독존의 자긍심이 이뤄 놓은 나름대로의 성역일까 한다.

끝으로 남는 문제는 우선 광대무비한 작품에 대한 정확한 해석이 급무이며, 그러기 위한 전고典故의 정리, 무엇보다 풀이 후에도 이미지 연결이 되지 않는 난해성은 과제 중의 과제다. 특히 문학 연구의 절차상 작품의 올바른 이해를 통한 작자의 문학세계, 이른바 문학관, 문학사상 등의 정리가 있은 후 내용 분석, 수사 유형, 혹은 그 특질이 정리되어야 할 것이며, 궁극적으로 문학사상의 위상 정립이 확정되어야 할 것이다. 이런 일련의 작업은 뜻있는 연구자들의 분담 연구에 이어 공동 집필이 설계되어야 할 줄 안다.

〈2000.9. 청주대학교 교육과학 제14집〉

우리 古典詩歌 바로 읽기

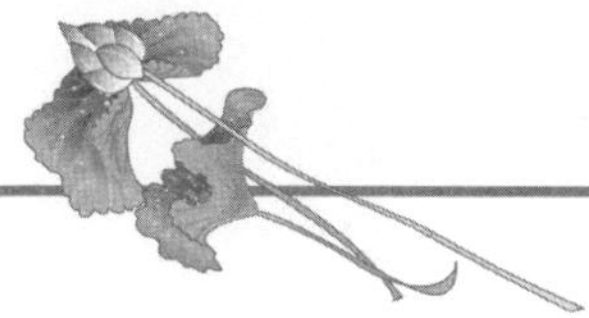

申紫霞 詩의 몇 가지 특징

I. 문제의 제기

한 작가의 숭엄崇嚴한 삶의 미학을 문자언어라는 매체로 시대 심상이란 순백의 캠파스 위에 이상이란 이념의 깃발처럼 재구한 예지叡智의 집적물集積物, 그것을 우리는 범박하게 문학예술이라 이름 해 왔다.

그리고 그것을 읽고 품평하는 이른바 작자의 의도와는 무관하게 문학행위를 한다. 더욱 한자로 기술된 난삽한 시문학일 경우는 번역부터가 반역이다.

특히 자하 신위의 시적 특질을 논하기 위해서는 그의 시문학 전집인 『경수당집』 소재 4,069수의 시와, 근자에 발굴 소개된 『분여록』 소재 494수의 작품1을 통람하고 다양한 비교 검토가 있은 후에나 가

---

1 1969년 李家源의 「紫霞詩 評攷」 이래 1983년 孫八洲의 『申緯 研究』까지의 자하 시 연구는 『경수당전고』가 유일한 텍스트였다. 그러나 03년 이현일이 『平山申氏大同譜』에서 『분여록』 전 4권 소재 494수의 작품을 학계에 소개한 바 있다.

능한 작업이다.

물론 자하 연구는 손팔주 교수에 의해 『신자하 시문학 연구申紫霞 詩文學 硏究』[연구편]와 『신위전집申緯全集』[자료편]2이 학계에 보고되었다. 그는 자료편에서 수종의 이본 대조는 물론 구두까지 첨했으며, 연구편에서는 자하 시문학의 연원을 이백·두보·백거이·원호문·왕사정 등 당·송은 물론, 금·원·청의 대가를 두루 섭렵했다고 전제하고, 그 밑그루를 다잡기 위한 비교문학적 검토로 일관하며, 적실한 논시를 위한 시론 탐색, 나아가 발·수신관계 계보 캐기에 이어, 5편의 연작시[後秋柳詩 20首, 麥風 12章, 小樂府 40首, 東人論詩絶句 35首] 연구를 통해, 그 수용과 변용의 미학응 밝히기에 전심했다. 이른바 자하 시의 원론적 접근을 위한 바탕을 마련한 셈이다. 그러나 아쉬운 바는 『평산신씨대동보平山申氏大同譜』에 수록된 『분여록焚餘錄』 소재 494수의 시를 노쳤고, 『경수당집』 번역도 요원한 채 몇몇 단편적 논고뿐이다.3 주지하는 바와 같이 창강 김택영이 중국 남통주에서 고우故友 최준경崔準卿이 필사한 『경수당집』을 3년여 동안 재가역완再加繹玩해 그 1/4로 정선한 『신자하시집』 전 6권 「서」에서 "자하는 삼절三絶로 천하에 이름을 떨쳤다"고 전제하고, 특히 "그의 시는 자첨 소식을 스승으로 삼고, 서릉4·왕유·육유 같은 사람들의 사이를 출입하였다'며, 그의 시 세

---

2 자료편 전 4권은 鄭慶朝의 필사본 『경수당집』(16책 전 85권)을 중심 자료로, 서울대 도서관 소재 『경수당집』 규장각 소재 조병의趙秉儀 필사본 및 편자 미상의 「경수당시선」 1책, 동국대 도서관 소재 『경수당시초』 1책 등을 비교 대조하여 그 이동異同을 밝혔는가 하면, 4,069수 전 편에 구두를 添했다.

3 이제까지의 신위 관련 논고는 손팔주의 『申紫霞 詩文學硏究』〈1994. 이우출판사〉 외에는 필자의 「申紫霞의 象山四十詠攷」〈1999〉, 「申紫霞의 詩論」〈01〉, 「紫霞 申緯의 詠物詩攷」〈04〉, 「紫霞 申緯의 詩學」-由蘇入杜論과 관련하여-〈09〉 외에 이현일의 학위논문 「紫霞詩 硏究」〈06〉 및 「申緯의 焚餘錄 硏究」〈03〉 「조선후기 고동완상의 유형과 자하시」〈04〉. 姜正瑞의 학위논문 「신위 시의 구조와 시의식」 및 필자와 정후수역 『國譯 申紫霞詩集』 전 6권 정도이다.

계는 "천 가지 정과 만 가지 형상을 뜻에 따라 두루 뭉쳐서, 살아 움직이지 않는 것이 없어 당장 눈앞에 있는 것과 같다. … 참으로 세상에 드문 기이한 재주를 갖추었고, 한 시대의 지극한 변체를 궁구해서 휠휠 나는 모습이 만년의 대가라 하겠다.'[5]며 극찬했는가 하면, 자신의 문집「잡언」에서는 '조선의 동파'라고 전제하며, 익재 이제현의 시가 공묘·청준으로 만상을 갖추었으므로 3천내의 제1대가이니, 가히 정종正宗으로 으뜸이요, 자하의 시는 신오神悟하고, 치빙馳騁하여 만상을 갖추었으므로 조선조 5백년내의 대가이니, 변조로서 으뜸이라 했다.[6]

그러나 본고는 그 심오하고 다양한 시 유형에 접근하기 위한 한 방편으로, 자하 시만의 남다른 내용적 특질로 1) 가문의식, 2) 삼절의 자오의식, 3) 분방한 풍류로 분문하여 검토하고, 수사적 특질, 용사관계 등 본격론은 후고에 기약한다.

Ⅱ. 가문의식

벌열閥閱의 가문의식이야 진작 고려 전기 4대 문벌門閥 이후 사대부 귀족사회에 상존해온 특권 의식이다.[7] 그 점에 관한한 평산 신씨平山申氏 자하도 남부럽지 않은 가문이다. 이른바 장절공壯節公 신숭겸申崇謙 (877~927)을 시조로 한 충절의 명문이다. 태봉의 기장騎將으로 918년

---

4 徐陵 ; 南朝 梁·陳 시대의 文人. 文筆에 능하여 分信과 並稱됨.

5 김갑기·정후수 ;『국역신자하시집』「서」, p.20, 이화문화출판사, 2003

6 "…宋之詩 若以東坡爲第一, 則吾韓之詩 亦當以申紫霞爲第一. 李益齋之詩 以工妙淸俊 萬象具備 爲吾朝鮮三千年之第一大家 是以正宗而雄者也, 申紫霞之詩 以神悟馳騁 萬象 具備 爲吾韓五百年之第一大家, 是以變調而雄者也."〈소호당집·8〉

배현경·복지겸·홍유 등과 궁예를 폐하고, 왕건을 추대해 개국벽상 공신開國壁上功臣이 되고, 이어 대장군으로 후백제 견훤의 대군과 927년 공산 전투 중 3중으로 포위당하자 변복으로 왕건을 구했다. 물론 자신은 휘하의 김락과 분투하다 장렬하게 전사하므로 삼중대광에 태사로 추증되고, 사후 태조의 묘정에 배향되는가 하면, 곡산 양덕사, 대구 표충사, 춘천 도포서원, 평산 태백산성사 등에 제향 된 장절공의 후예다.

중시조 문희공文僖公 개槪(1374~1446) 역시 고려 말 대제학을 지낸 집諿(~?~)의 손자로, 태조 2년(1393) 식년문과에 급제하여 벼슬이 좌의정(세종 20년)에 이르렀다. 이후 문희공파는 서울 귀족이 되었으며, 부 대승大升(1731~1795) 역시 영조 38년(1762) 진사 급제에 이어, 경연시 문과 괴갑魁甲으로 지평·정언을 거쳐, 영조 52년(1776) 승지, 정조 7년 성균관대사성, 홍충도 관찰사 역임, 동 8년 가선대부의 가자加資를 받았다. 이어 사헌부대사간·성균관대사성 등을 역임하는 등 누대에 걸쳐 학인·문인·장군·예술가가 배출되었으며, 따라서 그 외·처가 역시 위두지간韋杜之間이니 상론 대신 주로 약하고,8 작품으로 그의 가문의식을 벌충하기로 한다.

순조 13년(1813, 공 45세) 곡산부사에 피임被任되어 재직하던 중 승지

---

7 김갑기 ; "사대문벌이라 함은 1)해동공자의 칭을 받은 최충과 그 후예, 2)四子六孫이 권문에 오른 이자연과 그 후예, 3)고려의 三蘇이고자 했던 富 軾과 그 후예, 4),학문과 덕행으로 추존된 창원군인 崔惟淸과 그 후예, 이른바 고려 전기 爲政과 문예를 전장한 벌열을 통칭해 이른 말. 이자연의 후 예 仁老가 "僕先祖 世以文章 相繼, 紅紙相傳 今已八葉矣"〈파한집〉라고 기염을 토했듯이 이후 가문의식은 오랜 우리사회의 병리적 인습이 되었다."〈漢詩로 읽는 우리 文學史. 고려 사대문벌문학, 새문사간, 2007. 8〉 참조

8 자하의 慈堂은 영조 때 承旨를 지낸 李潤身의 손녀이자, 正言 永祿의 女며, 그의 처는 뛰어난 서예가로 예문관대제학을 지낸 曺命敎의 손녀이자, 초서와 예서에 뛰어난 서예가며, 草·石·竹을 잘 그린 지돈녕부사 曺允亨이다.

유람 차 찾아온 「족숙에게 준 절구 5수」 중 "우리 일문엔 선비도 많아, 요산요수의 법도를 알지요.吾宗儒雅盛 而愛好山水"〈一,·40,(57), 碧城贈玉溪族叔〉9만해도 이른바 "우리 집안이야말로 도덕군자[仁者]와 지혜로운 사람[智者]이 많아 요산요수樂山樂水의 법도를 제대로 안다"함이니, 그 내재한 자긍은 정작 범박치 않다 할 것이다. 그러나 「집안 장절공의 대구 동수산 영각 유허비에 글을 지어 쓰고, 다시 칠언장구의 노래를 지어 종친 여러 사람에게 보이다」의

統合三韓草昧初	삼한을 통합하던 처음 어두운 시기
桐藪之役龍困魚	동수산 전투 땐 용이 물고기에 시달렸다
公於是時漠紀信	공은 이 때 한나라 기신처럼
潰圍無恙還乘輿。	포위를 허물어 무사히 어가가 돌아오셨죠.
捨施佛家殉節地	시주하는 불가에서 이 순절지에 대해
何以報功宜遷於	무엇으로 공에 보답하겠는가 하여 향불을 드리니
香火千年屹影閣	향화는 천 년을 이어 오고 영각은 우뚝하게 솟았는데
英婆颯爽映綺疏。	뛰어난 영정 시원하게 비단 창에 비쳤었네.
…中略…	…중 략…
嗚呼大節公自敵天壤	아, 대절공의 위업은 천지와 함께 하시는데
影閣於公特筌蹄	영각이 공에게 한낱 방편일 뿐이란 말인가
鵠嶺靑松且不保	곡령의 푸른 솔도 보존하지 못했으니
遑問桐藪三招提。	하물며 동수산 세 사찰이겠는가.
繡出之身金鑄面	수놓아 나토신 몸과 황금으로 지으신 면모는
流傳書籍尙可稽	서적에 전해 있는 것으로 오히려 상고할 수 있다

---

9 이하 출전 표시는 김갑기·정후수역『국역신자하시집』卷一·원문 40면, 작품번호 (57), 제목의 요령으로 표시함.

七分公像化片石　　　칠 분쯤 그린 공의 초상은 비각 돌로 변했는데
此碑一出纏虹霓。　　　가 비가 나타나자 하늘 무지개에 얽혀 있도다.

〈五·241 (13) 家壯節公大邱桐藪影閣遺墟碑撰
并書訖 復以七言長歌 示宗中諸人〉

는 온전히 전 5단으로 짜인 조상신 송축의 노래다. 제 1단은 대장군으로 왕건을 도와 후백제 견훤의 군사와 대구 공산 전투에서 포위되어 위급할 때, 마치 한나라 기신[10]처럼 순절하므로 고려 건국의 1등 공신임을 상찬했다. 제 2단은 장절공의 순절을 기리기 위한 불가의 천 년 향화와 우뚝한 영각, 그리고 위무도 당당한 영상의 자태[英婆]를 노래했으며, 제 3단 8구(생략 부분)는 "부중의 하찮은 아전배들 방자하고 교활해서, 멋대로 분전을 갈취해 사찰이 폐허가 되었으니, 영각이 이로부터 다시 무엇을 할 수 있으리오. 자손들이 추모하는 마음으로 격문을 지어 올렸다오. 府中小吏恣豪猾 規作墳田寺爲墟. 影閣此時復何有 子孫追覺飛檄書"라고 시폐에 따른 훼철의 상심 및 자손들의 격문에 의해 다시 중수된 내력을 말하고, 제 4단에서는 거듭 '천지를 뒤덮을[敝天壤 : 敝는 '뒤덮다蔽'로 풀이]' 장절공의 공업이건만, '나라조차 지키지 못할 명운이었으니, 한낱 사찰의 불자인들 무엇을 할 수 있었겠느냐'고 위무하고, 결단에서는 '수놓은 영신과 황금 주면'[11]의 사적 및 칠분 영상과 새로 지어 세운 비석의 찬란함으로 일가의 영화를 새겼다.

　한편, 춘천부사 시절 「태사 묘에 추향秋享 드리고」 썼다는 시에서도 "내 천년 뒤 조상의 자취를 더듬는데, 어쩐지 송구스럽고 오싹한가.

---

10 紀信 ; 漢나라 장수. 項羽가 漢高祖를 滎陽에서 포위하여 사세가 위급할 때 한고조를 가장하고 항복하여 탈출케 하고, 자신은 항우에게 피살당한 절신.

11 金鑄面 ; 황금으로 조각한 얼굴. 전사한 신숭겸의 머리를 찾지 못하자, 왕건이 황금 두 상을 조각해 장사지냈다 함.

대대로 음덕을 입어 잘 됐느니, 사당 제향에는 의례 술을 올리는 법. … 아득한 자손들 비록 장절공과 세월은 머나, 효도와 공손한 마음 절로 인다.我履千載霜 胡然怵以寒. 福澤世襲蔭 堂斧等杯棬 … 苗裔雖日遠 孝弟方油然"〈二 · 079, (27), 太史墓秋享 恭述用復初齋集韻〉에서 '음덕을 베푸시는 조상신의 맞이함이 있는 듯[怵以寒]'함이 인因이라면, '효도와 공손함이 이는 듯[方油然]'함을 딱히 과果로 등식화할 일은 아니겠지만, 그러나 적어도 자하의 긍허하는 심상을 읽기엔 충분하다. 역시 같은 때 지어진 「학정 운에 차하다」의

家世絲綸掌	집안 내력은 대대로 사륜 벼슬을 맡았고
門庭韋杜南	가문은 위·두씨 남쪽의 글 잘하는 집안 같구나
消寒元九九	추운 걸 없애니 원진처럼 글 잘하는 사람 많고
開徑是三三	길을 쓴 오늘은 삼짇날 손님 맞던 백거이 풍류로다
… 中 略 …	… 중　략…
桄榔如準例	광랑 나무도 법이 있는 듯해서
摘葉自銘庵。	그 잎을 따 스스로 집 이름을 새겨야겠네.

〈二 · 080, (30) 次韻鶴亭〉

역시 가문의 영화를 자찬한 노래다. 대대로 사륜의 직을 맡아온 가문, 그러니 당대의 명문거족이랬다. '욕심내지 않고 만족할 줄 알며 즐겁게 사니[消寒]' 당대에 원화체로 통칭되는 원진[12]같은 문사의 집안이요, 풍류는 삼짇날 길을 쓸고 객을 맞던 백거이랬는가 하면, 처세는 북송北宋의 매처학자梅妻鶴子로 고산에 은일해온 처사 임포林逋랬으며,

---

12 元稹 ; 당대 후기의 재상·시인. 부패한 정치를 개혁하고자 꾀하다 실패하고, 누차 좌천당했으나, 그의 시는 원화체로 통칭되며, 백거이와 병칭되는 원백체를 이룸

문제 간門弟間 시회詩會는 동파의 두레13 같이 성하다 했으니, 실로 대단
한 자긍이다.

　다음은 두 아들의 문·무과 급제에 따른 가문의식의 일단이다. 편의
상 무과에 먼저 급제한 둘째 아들 명연命衍(1809~1886)에 대한 긍부矜負
와 권면부터 보기로 하자.

父子春塘繼榜聲	부자가 잇따라 춘당대 합격 소리 이어져
廻環二十七年情	돌이켜 보건대 이십 칠 년만의 감회로다
雕虫偶試屠龍手	나야하찮은 재주로 용 잡는 솜씨 부렸지만
投筆能成破的名	너는 붓 대신 무예로 이름을 드날렸구나
效力會看三箭定	힘써 노력하면 끝내 세 화살로 공을 이루리니
起家全勝一經橫	집을 일으키는데 경서 공부에 전념하는 것보다 낫지
惟忠與孝無文武	오직 충과 효에는 문무의 구별 없나니
莫把隆恩負世卿。	융성한 은혜 대대로 벼슬하는 국은 저버리지 말라.

〈三·159 (60) 兒子命衍十七 登謁聖武科 書此勉之〉

　춘당대春塘臺 어전에서 실시된 아들의 무과[謁聖武科] 급제(1825)가 자
신의 알성문과 급제(정조 23년, 1799)와 27년 만의 경사라 했고, 자신이
야 나뭇잎 갉아먹는 벌레와 같은 하찮은 재주[小技]였지만, 너야말로
과녁을 꿰뚫어 맞히는 당당한 실력으로 얻는 영광이라 했다. 이어 정
진하여 당唐나라 설인귀薛仁貴처럼 "세 발의 활로 세 사람을 죽이고, 천
산을 평정하리라"[三篇定天山]고 격려하며, '국은을 보답하는 길에 문무
가 따로 없음'으로 진충보국을 권면했다.

---

13 桃榔 ; 중국 남방에서 나는 나무. 桃榔閤는 소동파가 벗들과 즐겨 놀던 마을 이름. 나
　무 아래서 벗들과 만나 즐겁게 놀던 옛 두레놀이

한편 헌종 7년(1841) 「큰아들 명준이 진사시에 합격하여 관청에서 이름을 부르던 날 기뻐서」에서는 "옛 집안의 덕업이 나에 이르러 쇠한 줄 알았더니, 진사 합격 이름이 도리어 아들에게 있구나. 많은 경사 천년토록 남았음을 보겠고, 늙은이 오늘 하루만이라도 오래 산 것 다행스러워라.故家德業到吾衰 進士成名尙有兒. 餘慶千秋看未艾 殘年一日幸猶遲"〈五·223 (5) 伯子命準擧進士 唱名日 喜賦〉며 장절공 평산 신숭겸 가문의 덕업[故家德業]이 연면함을 감격해 하는가 하면, "맏이는 문과, 둘째는 무과라 해 무엇이 해로우랴, 때에 따라 재주와 힘을 다함에 본디 차이 없느니.伯仲何妨儒武異 用時殫竭本無差"〈仝上〉라고 권면은 물론, 스스로 '천년 남은 경사[餘慶]'에서 무한한 가문의식을 읽게 한다. 다음 역시 가문을 빛내는 두 아들을 대견해 한 「명준은 문관, 명연은 무관직을 맡았으니, 희롱조로 한 절구를 지어 두 아이에게 보인다」함이다.

紫電淸霜武庫	붉은 칼 빛 푸른 서릿발 기운 무고에서 나오고
虹光劍氣豊城	무지개와 칼 기운 풍성에 뻗혔도다
兩地讀兵讀律	두 입지 하나는 武經, 하나는 律書를 읽어야 하니
一時難弟難兄。	한 때 아우라 하기도 형이라 하기도 어렵구나.

〈六·288, (17) 命準典棘寺 命衍掌武庫 戲以一絶 示兩兒〉

워낙 '극시棘寺'란 문관, '무고武庫'는 무관의 직이다. 두 아들이 문·무양과에 급제했으니, 비유컨대 예장豫章의 풍성豊城 지방에 묻혔던 용천龍泉·태아太阿 두 보검의 기운[豊城劍氣]이 두우간斗牛間이 아닌, 장절공 문희공파 가문에 솟구친 셈이라 했다. 이른바 무경武經과 율서律書가 한 가문에서 성취됨을 '난형난제'로 미화한 시적 화자의 심상에 내재한 가문의식은 「홍원 군수 명연에게 부치다」의 "우리 아이 벼슬 복

그 고을에 빛나는데, 재주와 기개에 비해 나이는 이제 20여 세다. …
역말 하인이 와서 좋은 말 들려주는데, 우직한 백성들 엄한 정사 시작
부터 위의威儀가 있다 한다네.吾兒宦福耀州間 才氣纏年二十餘.… 驛使來時聞好語
頑民畏法尙嚴初"〈六·288,(18), 寄洪原守命衍〉에서 더욱 절정에 이르렀다 할
것이다.14

Ⅲ. 三絕의 自傲意識

풍고楓臯 김조순金祖淳은 일찍이 자하의 묵죽에 쓴 발문에서

자하 노우는 10여 세부터 이미 삼절의 경지에 들어 고금에 그 짝이 드므
니, 대개 하늘이 그 재주를 낸 것이다. 자하의 시는 스스로 그 묘함을 터
득해서 사람마다 가히 엿볼 수 있는 것이 아니고, 역시 기묘하고 맑고 빼
어나니 예운림과 심석전의 짝이 아니면 가히 더불어 상대할 수 없다.
(紫霞老友 自十餘歲時 已臻三絕 古今鮮有其匹 盖亦天生其才歟 紫霞之
詩 自創其妙 非人人所可窺, 畫亦奇妙淸秀 非雲林石田之儔 無可與對)

〈四·193. 附楓臯公紫霞墨竹跋〉

라 하고, "서예는 다소 시·화에 못 미친다 하나, 이 역시 그의 삼절을

---

14 생략된 함·경련은 다음과 같다. "관리로 변방에 나감을 자못 깃을 진 듯 가벼이 여기
고, 군인이 가는 행장에 또 문서함도 갖추었구나. 동풍에 말은 함경도 고개에서 야윌
테고, 가는 비 내리는 숙신의 터에 밭을 갈리라.… 吏役邊城如負羽, 武夫行篋且携書.
東風馬瘦咸關嶺 細雨人畊肅愼墟.…"

가지고 논한 것이니, 만약 한 가지씩 논하기로 한다면 역시 뭇 사람에 뛰어난 인물惟書藝差不反詩畫 然此就自家三絶而論 若專指而言 亦已絶於人矣"〈仝上〉이라고 극찬한 바 있다. 곧 그의 삼절 중 서예가 워낙 탁월한 시·화에 비해 다소 처진다 했다. 그러나 그것이 객관적 적평的評일지라도 자하 자신은 언제나 '내로란' 일대의 자긍에 넘쳐있다. 예컨대, 「뉘우치며」에서는

悔心辛苦役人書　　남에게 글씨 써 준 일을 괴롭게 뉘우치면서
童習難除到老餘　　어려서 익힌 솜씨 늙도록 없앨 수 없어 쓰고 있다
誓母歸來王逸少　　어머니에게 글씨 안 쓰겠다고 맹서한 왕희지도
倩書傲兀欲何如。　남을 대신해 글씨 쓰는 거만함은 어찌해야 하는가.

〈六·299, (29) 悔心, 三-1〉

라 했다. 자못 왕희지가 글 쓰는 일로 모친 봉양을 제대로 하지 못했음을 참회하며, 다시는 글씨 쓰지 않겠다고 무덤 앞에서 맹서하고도 [誓母], '나 아니면 누가 쓰랴'라는 오만으로 쓰지 않을 수 없었음을 자신과 동격으로 자긍하는가 하면, 그 2수에서는 "끝까지 안 쓰겠다고 작심하고도 팔 힘을 자랑하며, 글씨 잘 쓰는 것이 헛된 일임을 깨닫지 못하누나.到底設心誇腕力, 不知行墨有虛和"〈仝 三-2〉라 했다. 뿐만 아니라, 조강지처 조부인의 관자瑄字를 쓸 때도 초서와 예서로 정평난 외구外舅 조윤형의 글씨조차 인정하지 않았으나, 마지못해 외구의 서체로 썼다15는 일화는 더욱 득의만만한 자오自傲 의식을 읽게 한다.

　한편 그는 영·정조와 순조·현종 4대 간 왕실의 우악한 총애를 입

---

15 김갑기 외 ;『國譯申紫霞詩集』〈四·178,(11) 悼亡〉"公外舅松下公 自負善書, 而公不之許, 至是始用其體. 寫夫人瑄字." 참조

었다. 예컨대 「연일 대궐에서 글씨 써 올리라는 명이 내려와 절구 3수를 읊다」에서는 "박복한 나 어찌 이런 영광을 감당할 수 있으랴, 먹향기 수시로 임금님 안탑에 올려지다니.眇福何堪消受得 墨香時到御床前"〈六·312, (53), 連日有內下書役 吟成三絶句·1〉라고 감격해 하며, 이어

四朝宮殿姓名遍　　네 분 임금 내내 대궐에 이름 석자 두루걸렸으니
鬖綠恩光到雪顚　　다박머리 상투 임금님 은혜 받으며 허옇게 세었다오
擧筆不忘規諫語　　붓 잡으면 임금님께 간하는 충언 잊을 수 없어
臨池每憶柳誠懸。　　벼루에 임하면 매양 유성현을 생각하게 되지요.

〈소上·2〉

라 했다. 기해년(1839) 작으로 간기되었으니, 71세 때의 작이다. 성은에 보답하는 길이란 유성원[柳誠源] 같은 충언을 드릴 간신이어야겠는데, "고작 '시답잖은 시'나 끄적거리고, '하찮은 그림'으로 붓이나 마모하니, 성군께서 바라시는 양신도 양연도 제대로 못해 눈물만 흘릴 뿐惡詩萬首總堪刪 毛穎頭顱謾禿頑. 睿眷養身兼養硯 不堪榮寵只堪潸"〈소上·3〉이랬다. 더욱 「근래 대궐에서 글씨 쓰라고 시키신 일이 있어 매일 못에 갔다. 절구 2수를 짓다」에서도

西風鬢白對蘆黃　　서풍에 흰머리로 누런 갈대 마주 대하니
人與秋容老態忙　　사람과 가을 더불어 늙는 모양 바쁘구나
莫笑樞唧官太冷　　추함 직을 하찮은 벼슬이라 비웃지 마라
硯池還有內家香。　　벼루못엔 대궐서 내린 사향 묵향 있단다.

〈六·300, (31) 近有內下書役 日日臨池 作二絶句, 1〉

라 했다. 곧 벼슬은 하찮아 참판 정도지만, 임금께서 하사하신 문방사
우로 "우악하신 은총에 보답하느라 사향 먹에 의뢰한다.四方宣力非吾事,
報答隆恩託麝煤"〈소上·2〉고 기염을 토하는가 하면, 그 밖에도 많은 하사
품과 특식, 심지어 임종 직전엔 '우유와 녹용'까지 내리는 우악16을 입
었다 했다. 그러나 자신은 "한없는 은혜에 보답이라곤 한 치 붓뿐이
니, 태산만한 은혜에 기러기 털 같을 뿐.報答崇恩只寸毫 泰山何翅與鴻毛"〈六·
340,(94), 上命書進隸字 因賜臣家書童 貢扇 異數也〉인데, 인자하신 임금께
선 먹 가는 수고마저 배려해 서동까지 보냈음에 감복한 자하다. 실로
문하의 설화생雪華生이 이른바 "사해에 크게 이름난 자하 어른, 한 시대
예림의 스승으로 추앙되나니. 당나라 이백 같은 시가의 신선이요, 한
나라 동중선 같은 유가의 종장이시다. 양연산방 그윽하고 고요한데,
빛나는 어필 무지개처럼 대들보에 빛나네. 문장을 한 시대에 만나기
란 운수가 있어야 하고, 특별한 임금의 은총 고금에 흔치 않다오.四海
鴻名紫霞丈 一代藝林師表仰. 唐李太白詩家仙 漢董仲舒儒宗匠. 養硯山房幽且靜 煌煌睿墨虹樑上
文章際遇自有數 絶世恩寵今古曠."〈六·298, 附 原韻〉라는 예찬이 거기에 맞았다.
그러나 역시 자하의 삼절론은 다음의 두 작품으로 그 대강을 추지할
것이다.

… 前 略 …	… 전 략 …
森森動筆翰	우쩍 붓 놀리고 싶은 생각이 나니
已作胸中竹	이미 마음의 대가 그림으로 이뤄졌네
我竹雖無法	나의 대 그림 비록 정해진 법은 없으나

---

16 『신자하시집』권 6에만 해도 위의 예시 외에 「仲春二十五日 應 命書 御屏風. 是日 適
有佳酒 醉甚」〈六·321〉. 「御賜酪粥 恭紀一絶句」〈六·335〉. 「病中猥蒙聖上連日下問
因賜鹿茸 紀恩有詩」〈六·339〉 등이 더 있다.

圭臬簦簹谷　　　규범은 저 운당17 골짜기에서 법 받았지

持用當人惠　　　가 작법으로 남의 은혜에 감당할 만하니

眞同薄技鬻　　　참으로 하찮은 재주를 파는 듯싶어라

此中有禪味　　　가 가운데 자못 선가의 풍미 있으니

世法何拘束　　　세속 화법에 어찌 구속될 것인가

求似於不似　　　같은 것은 같지 않은 것에서 찾고

求生於已熟　　　산 것은 이미 익은 것에서 찾느니라

何處江南岸　　　어느 곳 강남 언덕에

脩脩萬竿玉　　　길고 긴 일 만 대의 옥이 있는가

相在驪黃外　　　대의 감상18은 검고 누른 형상 밖19에 있으니

得骨遺皮肉　　　뼈를 얻음20에 껍질과 살21은 버려도 좋다

以後皆可畧　　　이후 모두 간략히 그릴 수 있었으니

意得忘言足　　　뜻을 얻었으면 말은 잊어도 좋다

君看此尺幅　　　그대는 이 한 자 남짓한 그림을 보라

勢壓千尋竹。　　그 형세는 천 길 대숲보다 더 좋을 것이다.

〈三・126, (14) 尹彦國樞密 餉余竹筍 作「新篁解籜」一幀以謝
仍次香山「食笋」韻 自題幀側 부분〉

워낙 시・서・화를 일지一旨라 했고, 특히 서화는 서권기書卷氣와 흉중죽胸中竹의 나톰이랬다. 더욱 그 연원이 동파의 묵죽법[簹簹]임에랴. 세속의 필법 따위에 개의할 까닭 없이, 유구유신愈舊愈新22의 필법으로 기기횡일奇氣橫逸한 선미禪味, 아른바 그 유야무야有耶無耶하고, '있는 듯 없

---

17 簦簹 ; 참대의 한 종류. 이 시에서는 '東坡의 묵죽법'을 익힌 것이라는 자긍의 뜻.

18 相 ; 돕다. 점치다. 관상보다. 본 시에서는 평가・감상하다.

19 驪黃外 ; '검다'든가 '누렇다'는 등 외형적 형식미에 있지 아니함.

20 得骨 ; 진수를 얻다. 곧 '作意'를 얻다.

21 皮肉 ; 껍질과 살. 곧 외형적 형식미

고, 없는 듯 있는[色卽是空 空卽是色], 그러니 왕사정王士禎의 사벌등안捨
筏登岸이란 '오도悟道의 경지'를 전제로 자신의 '한 폭 묵죽 = 천 길 대숲'
이란 자오自傲로 결구했다.

　한편「첫 눈 내리자, 스스로 묵죽을 그리고 화제를 쓰다」에서는

… 前 略 …	… 전　략…
瀟湘一片碧	소상강 한 조각 대 푸른데
歷落十指飛	어설킨 댓잎 내 열 손가락에서 나는 듯
古人用筆無此法	옛 사람들 용필 법에 이런 법 없었나니
不似是似合天機	같지 않은 것이 곧 같은 것이니 천기에 합했네
棄之寧爲牛羊踐	버려서 차라리 소나 양에게 밟힐지언정
愼莫輕贈肉食肥。	삼가 고기 먹고 살찐 사람에게는 주지 않으련다.

〈五·243, (15) 十一月十四日 始雪自題墨竹〉

라며 예인의 정신적 숭고미를 드높였다. 고매한 '서권기와 어우러진
가슴 속의 대', 그 기이한 기상이 손끝에서 피어난다. 한낱 세속적 작
위作爲가 아닌23 천기의 발현이다. 무릇 천기란 '명리와 기욕嗜慾의 기
미마저 떨쳐버린'24 천부적 기질지성이다. 그러니 '버릴지언정 부유속

---

22 愈舊愈新 ; '古法을 따르되 더욱 새로워짐.' 崔星煥이 鄭芝潤의 法古創新한 시적 특질
　　을 평해 이른 "其爲詩也 不泥古法 而不遺古法. 攬舊作新 手隨心應 愈舊愈新 奇氣橫
　　逸".〈김갑기『韓國漢詩文學史論』身分上昇, 그 분만의 모노로그,－ 譯官四家論, II·2,
　　성령설과 묘오시, p.349 주) 20, 夏園詩鈔序〉 참조

23 古人用筆 ; 畵工의 용필법은 음양이 없으면 인정받지 못하나, 文人畵는 음양의 구분을
　　인정하지 않음.

24『柳下集』·9,「雪蕉集 序」"詩者小技也. 然而非脫略名利, 無所累於心者 不能也. 夢壯
　　氏有言曰 嗜慾深者 其天機淺, 歷觀 自古以來 工詩之士 多出於山林草澤之下, 而富貴歲
　　利者 未必能焉…." 참조.

사腐儒俗士들의 허영이나 채우는 노리개로는 주지 않겠다는 지적 자긍이다.

Ⅳ. 奔放한 風流

사대부에게서의 문필이란 한낱 작은 재주다. 그러므로 힘써 행할 바는 아니지만, 전혀 편폐할 수 없는 까닭은 풍교風敎에 이바지하기 때문이랬다.[25] 이른바 목민의 사명이 엄연한 사대부들이기에 풍류에 앞선 사명이 분명하다. 그러므로 그들의 문집에 해어화解語花들과의 풍류 시편 ─ 그마저 극소수이지만 ─ 외에 연정을 노래한 시편은 많지 않다.[26] 조강지처일지라도 고작 「애도의 시悼亡」편이 고작이다.[27] 그러나 자하의 문집엔 기녀들과의 수작, 심지어 동침 후 증시까지 여과 없이 산견된다. 이 역시 자하만의 분방한 풍류이자, 시적 한 특질이라 할 것이다.

華堂上壽綺筵張	화려한 마루에 비단 자리 축수의 잔 받자니
半百光陰太劇忙	50년 세월 너무도 빠르게 지나왔구나
溢浦毖琶逢白傅	일포에 비파 치는 백거이 같은 친구도 만났고

---

25 徐居正 ; "詩者小技, 然或有關於世敎, 君子宜有取之. 是焉可以小技 而小之哉"〈동인 시화·하, 47화〉참조

26 물론 정조 때의 문신 金鑢(1766~1821)의 『思牖樂府』〈潭庭遺稿 5·6〉류가 없진 않지만, 그 역시 유배지에서의 기녀와의 사랑 회고류다.

27 자하 역시 59세에 사별한 曺부인에게 「도망 육절」「도망 후오절」〈신자하시집·4〉이, 62세에 사별한 후부인 趙氏에게 1수〈동·5〉가 있다.

泰陽歌曲駐劉郎　태양 고을 노래하는 유우석을 불러 한잔 먹기도 했지
仲秋風月悲遊子　중추라, 바람 달 스산하고 나그네 회포 적적할 제
從古江山屬異鄕　예로부터 좋은 경개 별난 곳에 있는 줄 알았지
恒恐歡情兒輩覺　기뻐하는 정을 아이들이 눈치 챌까 두려워
尊前直欲減絲簧。　술 잔 앞에서 곧장 풍류를 줄이고자 한다.

〈二·079 (26) 五十生朝 口號〉

순조 18년(1818) 자신의 「50세 생일날 아침에 즉흥으로 부른 노래」
라 했다. 때에 자하는 춘천부사였다. 이순耳順의 나이에 돌아 본 인생,
심양의 강나루[瀋浦]에서 백거이 같은 풍류문사와, 낙양의 태양당 24
교에서 기생과 풍류로 유유자적하던 유우석劉禹錫의 멋도 부려는 봤다.
기망도 지난 중추, 비유하자면 계절과 자신의 연치가 비슷한데, "승경
은 멀리에만 있는 줄 알았더니, 춘주가 이리도 아름다운 줄 몰랐다"했
다. 잠간 돌아본 생의 회고다. 그러나 이 시의 안자는 전혀 '恒恐' 2자
에 있고, 그 원인은 '兒輩覺' 3자다. 물론 "늙은 아비가 '기녀들의 자태
와 재예를 지나치게 좋아함'을 눈치 챌까" 두렵다 했으니, 알뜰히 읽
어야 '풍악을 줄여야 할 이유[減絲簧]'가 보일 뿐 아니라, 이 시가 그의
분방한 풍류기질을 얼마나 적실하게 시사하고 있는가를 대변한다 할
것이다.

　다음은 헌종으로부터 6개월간 고희 사가賜暇를 받아 둘째 아들 홍연
의 임소任所인 함경도 홍원에서 북유北遊 중 만난 금아[관기로 추정]와의
「이별 노래」 3수 중 1과 3이다.

… 前 略 …　　　　… 전　략…

何處老翁來宴飮　　　어느 곳 늙은이가 와 술을 마시는가

金釵十二擁酣眠　　　금비녀 낀 12살 난 금아를 안고 취해 잔다

絲肉風流興全減　　　피리와 노래 풍류야 온전히 줄었으니

更那堪素手玉房前。　어찌 고운 손 방 앞서 거문고 타는 걸 견디랴.

〈六·308 (45) 琴娥別三疊, 1〉

함흥의 '북산루 아래 만세교 다리께, 맑고 곱게 개인 동짓달北山樓下萬歲橋邊仲冬天氣風月淸姸' 막 병으는 열두 살 매화 꽃술보다 여린 금아와의 작흥에 이은 춘정이다. '피리와 노래'야 예전 같을 수 없고, 다만 '섬섬옥수[素手]' 고운 자태를 감당치 못해 '동침'했단다. '那堪' 2자의 전달 심상은 시적 화자의 분방한 풍류, 아니 진솔함이랄까? 다음 그 3은 자하의 인간미까지 읽게 하는 흥미로운 작품이다.

… 前 略 …　　　　… 전　략…

柳枝凍折驛亭前　　　버들가지를 역루 앞에서 꺾으니

不堪持贈征鞭　　　　그걸 채찍으로 쓰라고 주는데 견딜 수 없다

… 中 略 …　　　　… 중　략…

血色羅裙休濺淚　　　빨간 비단 치마에 눈물 뿌리지 마라

侍郎華髮値衰年　　　시랑의 까만 머리털 허옇게 세었단다

詩筆尙能健　　　　　그래도 시 짓는 붓은 건장히 남아있어

呼寫小蠻箋　　　　　조그만 만전 종이에 글씨를 쓸 만해

付與琴心　　　　　　금심 삼첩이란 시를

三疊舞胎仙。　　　　세 곡조 신선춤 추는 금아에게 준다.

〈仝3〉

"말은 가자 울고 떠날 채비로 부산한데, 이별이 아쉬운 화자가 머뭇거리는 중 어언 석양의 내 피어오른다.馬嘶人語動 行色冉冉夕陽生暮烟"고 시상을 불러, '채찍으로 꺾어주는 버들가지', 그게 어디 채찍인가. '사랑의 징표인 줄 알기에 견딜 수 없다'했다. 그러니 "이별 후 그리울 걸 생각하면 벌써부터 암담하다.且置別後追憶 已在當時惘然"며, '너보다 더 서러운 나의 징표인 별부 3첩을 준다.' 했다. 이 3첩의 안자는 '舞胎仙' 3자에 있다. 간밤의 인연으로 '선아仙兒를 잉태하고 전별연에서 춤추는' 금아라 했다. '그 아이를 낳으면 호적에 올려 주리란 약속의 징표' 임은 물론이다. 이 점 분명 남다른 자하만의 인간미이자, 진정한 풍류객의 전형이라 하겠다.

V. 정리 및 남은 과제

자하 신위의 시문학 연구에 대한 간략한 연구사적 정리와 함께, 김택영 중편『신자하시집』전 6권에 수록된 약 1,000여수의 시를 대상으로 자하 시의 몇 가지 특징을 탐색하고자 했다. 이른바 보편적 작가·작품론으론 감당할 수 없는 양의 방대함 때문에 나름대로 자하 시의 두드러진 몇 가지 특징부터 밝혀, 이후 포괄적 담론에 일조하고자 함이다.

먼저 사대부 식자층의 가문의식이야 상존했지만, 평산 신씨 자하의 경우는 고려 건국주를 대신해 순절한 개국 1등 공신 장절공의 후예이자, 이후 천여 년을 누려온 가문의 영화, 특히 두 아들의 문·무과급제를 '용천龍泉·태아太阿 두 보검의 기운이 장절공 문희공파 가문에 빛난다.'하므로, 이른바 무경武經과 율서律書가 한 가문에서 성취된다며 '난형난제'로 미화한 시적 화자의 심상에 내재한 가문의식을 읽을 수 있다 했다.

삼절 역시 유소입두由蘇入杜를 표방한 시론은 물론, 화법[簑簧]까지 조선의 동파東坡이고자 했는가 하면, 옹방강을 위시한 청나라 대방가들과의 격의 없는 교유, 게다가 풍고공으로부터의 상찬도 남다른데, 4대에 걸친 왕실의 외호는 온전히 자하를 '삼절의 독보'로 격상시킨 바 있다.

끝으로 기방의 풍류야 자하만이 누릴 수 있었던 특권은 아니지만, 그렇다고 모든 사대부가 자신의 문집 속에 여과 없이 기록하지는 않는다. 특히 '옹감면擁酣眠·무태선舞胎仙'은 '차라리 한자이기에 다행'스럽다 하겠고, '자하이기에 가능했던 시적 특질인가' 한다.

남는 문제는 졸역 『신자하시집』에 이은 『경수당집』번역과, 신자하 시문학을 통람한 전저專著의 출현이다. 필자의 소 논고들이 일조에 값하는 영광을 입을 수 있길 기대한다.

〈2007.9. 한국사상과 문화 제39호〉

秋史의 「送紫霞入燕十首幷序」攷
-秋史의 近世文學史的 位相 定立을 위하여-

Ⅰ. 연구 목적 및 범위

송·명대 철리哲理 위주의 형이상적 이학을 '현실적 사실에서 진리를 찾고자 함[實事求是]'에 학문적 이상을 두며, '징험하지 않고는 믿지 않는[無徵不信]' 북학파의 고증적 학·예론이 17·8C 조선후기 학·예에 미친 영향은 적지 아니 논의 되었으나.[1] 심도 있는 상론의 필요성은 상존해 있다. 이른바 성리로 일관한 중세 문풍의 한계와 함께, 이용후생·경세치용 등 실사구시적 현실문학, 나아가 천기론적 문풍의 진작과 함께 조선풍·조선시 운동, 그에 따른 문예 담당층의 확대에 이어, 제 2의 문예부흥이라 할 평민문학의 시대를 맞이하는 계기가 되었음

---

1 日人 학자 藤塚鄰의 『淸朝文化노 東傳 研究』(日本, 國書刊行會, 1975)를 위시하여, 崔完秀의 『秋史 金正喜 研究艸』(지식산업사, 1976), 鄭玉子의 『朝鮮後期 文學思想史』(서울대출판사, 1990) 등 저서와, 鄭祥玉의 「阮堂 金正喜의 書法論」(1984, 동국대학교 석사논문) 등이 주목된다.

은 두루 아는 바다. 그러니 다소 영성한 우리 근세 문학사, 혹은 문화사의 근대화 과정을 벌충할 정신사적 개혁의 계기를 맞이한 셈이다.

본고는 세수 18년 연하인 추사(1786~1856)가 선배 자하(1769~1847)의 연행(1812)을 위해 선험자로서[2] 노자[贐]를 대신해 써 준 송시「송자하입연 10수 병서」를 통해 추사가 인식한 북학적 학·예론의 실상을 시로 읽고자 함이다. 나아가 이 같은 일련의 작업은 추사의 시·서·화에 대한 바로읽기 및 새로운 평가는 물론, 자하의 시문학, 특히 연행 이전 학당 시절의 작품집으로 알려진『분여록』과 연행 이후, 그러니 옹방강(1733~1810)[3]을 만난 이후 이른바 '유소입두'를 시맹으로 삼았다는 신고의 모음인『경수당집』소재 작품 대비를 통한 당시와 송시의 계선界線을 가늠하기 위한 예비 작업이다. 아울러 조선후기 근대 문학사, 나아가 문화사의 공백을 벌충하는 계기가 되기를 기대한다.

Ⅱ. 「送紫霞入燕 十首」의 창작 동기

추사와 자하는 조선조 후기를 대표할 만한 학·예인이자, 상호 외경으로 대한 듯하다. 먼저 자하가 신미년(1811)에 추사에게 부탁하며 보낸 시「촉추사김참판정희」에 "성대에 의연히[春容] 바른 소리 펴내니,

---

2 추사는 24세(순조 9년, 1809)에 冬至兼謝恩使 副使로 燕行하는 生父 戶曹 參判 魯敬을 陪行하였고, 자하는 45세(순조 12년(1812)에 정사 李時秀, 부사 金詵으로 구성된 奏請兼奏請使 書狀官으로 연행함.

3 翁方綱 ; 淸나라 고증학자. 시·서·화·금석학자. 호 覃溪·蘇齋.

두루 논평한 바 깊고 오묘하도다. 나 이제 영웅호걸 논평조차 게을러
져, 뜻 맞는 후생에게 부탁하노라"[4]라며 가외可畏의 후의를 표했는가
하면, 추사 역시 자하의 「상산잡영사십수」[5]를 차운한 「차자하상산시
운」에서,

君從詩境叩眞如	그대의 시 진여의 경지에 이르렀으니
文藻猶能證舊墟	그 문장 옛 터전 그대로 증명하고 있도다.
已聞空山參雨雪	훌륭한 솜씨는 하늘의 눈도 내리게 했고
且須碧海掣鯨魚	억센 힘은 푸른 바다의 고래를 끌어내리로다.
力追神韻尋無處	신통한 운치 힘껏 쫓고자 해도 길이 뵈지 않으니
法本儒家學不疎。	유가를 법 받아 이룬 경지 이다지도 깊은가.
… 下 略 …	… 하 략 …

〈阮堂先生全集·9〉

라 했으며, 상산 부사의 직을 마치고 돌아올 때 돌만 수레에 가득 싣
고 와, 그 중 하나를 주기에 받고 쓴 석권시에서도 "동파가 구화[6]를 읊
는 곳이요, 미불米市[7]이 무위에 도착한 때로다. 몇 년 동안 상산에서
해 온 정치는, 다스리는 실적 모두 이러했다니. 백성 보기를 돌 같이
보아 은혜롭고 자비로웠으리. 아! 나는 굳게 맺은 우정에 누가 미칠까

---

4 "昭代春容播正聲, 蒐羅揚扢有深情. 吾今捲矢論英雋 煮酒靑梅屬後生."〈申紫霞詩集·1,
屬秋史金參判正喜〉참조

5 金甲起 ;「申紫霞의 象山四十詠攷」청주대학교 교육과학 14집. 2000 참조.

6 九華 ; 壺中九華의 준말로 기이한 돌. 소식의「壺中九華詩序」에 호구인 李正臣이 이상
한 돌로 九峰을 쌓았는데, 그 영롱하고 婉轉함이 창문과 같았다. 나는 1백금을 주고 사
서 … 호중구화라 이름 짓고, 또 시를 지어 기록한다." 함을 용사함.

7 米老 ; 宋나라 襄陽人 米市. 자는 元章, 호는 海嶽外史. 문장과 한묵에 뛰어났으며, 山水·
인물화에 一家를 이룸. 특히 奇石을 좋아했다 함.

걱정되어, 돌을 대하면 항상 겁부터 난다. 공의 마음은 돌과 같이 단단해, 돌은 변해도 마음은 흩지질 않아, 글씨·그림, 또 시의 수이한 정신, 어찌 공의 칭예가 이뿐이겠는가"[8] 등이 그러하다.

그러나 추사가 「자하 신위의 연행을 보내며, 10수」의 창작 동기는 병서에 잘 드러나 있다. 이른바 "자하 선배가 만 리 먼 길을 지나 중국에 들어가면, 아마도 몇 천만 억 가지 진기한 경관과 진중한 구경거리를 대하게 되려니와, 그 중 한 분 소재 노인을 보는 것만 같은 것은 없으리라. 옛날 게를 말하는 자[佛者]가 이르기를 '세상에 있는 하고 한 물건들 내 다 보았으나, 부처만한 것은 없었다,' 했는데, 나 역시 이 행차에 그렇게 말하며, 다만 소재의 「천제오운첩」에 제한 절구에 차운[9]하여 노자를 대신하고, 그 밖에는 한 마디도 보탠 것이 없으니, 이것 모두는 소재에 대한 일이다. 이 시 한 수가 그 일의 한 가지를 증명할 수 있어서 필담의 줄거리가 될 것이니, 걸상을 마주해 바람 불고 비 오는 때와, 술잔 돌리고 시를 볼 때에 이로써 길을 아는 노마로 삼는 것이 가할 것"[10]이라 했다. 곧 대국의 '천 억만 가지 기이한 경관과 진중한 구경거리', 그 하나하나가 다 경이로운 볼거리겠지만, 몇 푼 노자보다 값지고, 비유하자면 불자에게 절대 선이자 가치인 부처 같은 학·

---

8 金正喜 ; "…坡公之九華 米老於無爲. 數載象山政 治理實在玆. 視民同視石 旣惠而旣慈. 自憐忝石交 對石屢發歎. 公心似石堅 石渝心不漫. 書畵夢詩髓 豈止證公案. …)"〈阮堂先生全集·9, 紫霞自象山歸 稇載而來皆石也. 戱贈一詩〉

9 天際烏雲帖 ; 淸나라 옹방강이 소장한 書帖. 곧 소동파가 42세 전후에 杭州에서 宋代의 名筆 蔡雍이 꿈에 읊은 "하늘 끝 검은 구름은 비를 잔뜩 머금었고, 누대 앞 붉은 해는 산에 비쳐 밝구나. 숭량 거사는 지금 어디 계신가? 靑眼으로 만 리 밖 사람을 다정스레 보누나.(天際烏雲含雨重 樓前紅日照山明. 崇梁居士今何在 靑眼看人萬里情.)"라는 시의 行體眞蹟을 보고 동파가 분전지에 휘호하였다. 이후 元·明의 八人이 題하여 帖을 이루었다. 이 사실을 광동성에 재임(1769) 중 복건성 鄭閭으로부터 들은 옹방강이 湖南 吳氏로부터 60金에 구입해 소장했다 한다. 그러니 채옹의 몽중 시 起句를 제목으로 한 시의 '明·情'韻을 추사가 차운한 송시 10수를 자하에게 준 전별시다.

예의 신지식인 담계를 뵙고, 그로부터 참다운 학문의 길을 배우고, 그가 소장한 수많은 진적을 견학하고 배워 오라는 당부와 함께, 노스승과의 필담의 자료, 이른바 길을 아는 '노마'에 값할 정보를 제공한 셈이다. 곧 선지식인으로부터 큰 가르침을 받고, 첨예한 신학·예에 눈떠올 것을 당부한 시라 하겠다. 추사는 자하뿐만 아니라, 연경으로 가는 조운경11을 위시한 몇 사람들에게도 담계를 찾아뵙고 문진問津할 것을 권유한 바 있다. 그렇다면 추사는 연행에서 어떤 선지자들을 만나 신학·예에 대한 어떤 감화를 받았으며, 누구와 교계交契했는가는 짚고 갈 일이다. 그러나 지면상 이별에 즈음한 소회를 노래한 작품 「아입경 여제공상교 미증이시정계 임귀불금창촉 만필구호」를 통해 그 대강만 가려보기로 한다.

Ⅲ. 淸朝 人事와의 交遊

　연경에서 교계한 여러 인사 중 판향12을 드릴 가장 큰 두 스승은 담계와 완원(1764~1849)13이다. 담계는 이국의 젊은 제자에게 단기 학습

---

10 紫霞前輩 涉萬里 入中國, 瑰景偉觀 吾不知其千萬億 而不如見一蘇齋老人也. 有 說偈者 曰世界所有, 我盡見 一切無有如佛者. 余於此行 亦云. 遂次蘇齋題天際烏雲帖絶句韻 以奉贐了, 無一語相涉, 惟是蘇齋宴事(缺) 一詩可徵一事 而 成筆話一段 對榻風雨之辰 飛觴劈箋之際 以此作知道老馬觀可耳.〈幷序〉

11 추사의 「送曹雲卿入燕」에 "松風石銚墨緣眞 一縷香煙念念塵. 萬里相看靑眼在蘇齋又是問津人.〈阮堂先生全集·10〉라 있다. 내게 길을 일러준 분이니, 그대도 꼭 찾아뵙고 문진하라는 권유의 시다.

12 瓣香 ; 禪僧이 남을 축복할 때 피우는 향. 一瓣心香의 준말. 세속에서는 숭배자에게 절하는 것, 혹은 계통을 이어받음의 뜻으로 쓰임.

522 우리 古典詩歌 바로 읽기

을 위해 '금석 진적을 많이 접하고, 그 감식안을 갖추는 일'이 선무라고 판단하고, 비장의 진품을 낱낱이 예거하며, 중국 금석의 진수14를 전수하는 외에, 자신의 석묵서루를 무상으로 출입케 하며, 한·송불분론漢宋不分論에 입각한 경학까지 정성껏 훈도하였다.

한편 고증학의 태두이자, 경학과 금석학으로 명성을 떨치던 완운대 역시 추사를 자신의 서재 태화쌍비지관으로 맞아 진장 금석자료는 물론, 경학·금석학 관계 서책 및 시문집을 열람, 혹은 기증했다. 그 밖의 많은 인사들은 대개 담계의 문도와 옹씨 형제15들이다.

추사는 왕정의 짧은 기간16 신학·예의 황홀경과 경이로움의 연속 속에 시를 잊고 살다가 석별에 즈음하여 그 섭섭한 심회를 "조선에 태어나 참으로 비루한데, 중원의 문사들과 교계하게 되어 이를 바 없이 감격하다"고 시상을 열며, "윤재 진심암의 소개로 담계와 완원을 뵙게 되었다"며 "담계와의 꿈같은 해후로 판향을 드리게 된 이후 오백년을 이날만 기억하리라"며 감격했는가 하면, '바다 같이 쌓인 경적, 금석의 창고에 든 듯한 감회'에 이어, 이분들의 '체경지수'에 감화되어 '심통점서'했는가 하면, '그림으로 천하에 소문난 주야운·고담준론에 뛰어난 서막·추수같은 심전에 옥같은 풍골의 금석학자 조옥수' 등, 그야말로 '문하의 하나같이 너무 잘 난 제자들, 붓만 들면 신이 집힌 듯'17하다

---

13 阮元 ; 자 伯元. 호 芸臺. 고증학의 태두로 경학 및 금석학에 뛰어남. 자신 의 서재 泰華雙碑之館으로 초대해 珍藏 금석자료는 물론, 自家의 經學, 金 石學·詩文學 관련 저술을 기증하며 환대. 특히 경학에 크게 영향을 받음.

14 예컨대「宋拓化度寺故僧邕禪師舍利塔碑銘」「東坡眞蹟天際烏雲帖」「宋槧注東 坡先生詩殘本」「唐寅畫蘇東坡像」「唐刻本孔子廟堂碑」「陸放翁書詩境石拓本」「漢中太守䣓郡開襃斜道碑」「漢畫武梁祠石像本」등의 진적을 친견함.

15 옹방강의 두 아들. 곧 古錢學에 밝은 樹培(자 宣泉)와 금석학에 해박한 紅 豆山人 樹崐. 이들과는 담계 사후에도 자하와 함께 우의를 함께 했음.

16 1809년 10월 출발해 익년 3월에 귀국했으니, 실제 체재기간은 50일 정도로 길지 않다.

했으니, 두보의 말대로 "일 만권의 책을 읽어제쳐 붓만 들면 붓 끝에 신이 잽힌 듯讀書破萬卷 下筆如有神"〈두언·19, 封贈韋左丞丈 卄二韻〉한 당대의 일류들이었다. 물론 추사나 이후 자하도 직접 만나 교계한 문사 외에 담계에 의해 그 문인들과 서신으로 교유한 인사도 적지 않으니, 오숭량(1766~1834)·섭지선(1779~1862) 등 헤아릴 수 없으나 지면상 생략한다. 이상에서 추사는 연행을 앞둔 자하에게 '몇 천만 억 가지 진기한 경관과 진중한 구경거리', 비유컨대 '불자에게 부처님 같은,' 이 시대의 참된 스승을 찾아뵙고, 바른 신학·예를 터득함이야말로 진정한 연행의 의의임을 일깨웠으며, 그들과의 원만한 만남을 위한 필담의 정보를 제공하고자 노작勞作 10수를 서증한 것이다.

Ⅳ.「送紫霞入燕十首」분석

서를 아울은 연작 10수의 내용은 서시격인 제 1수를 위시하여 우리에게 잘 못 알려진 북학의 진정한 학문·서예·화론, 그리고 시학 등에 대한 정보다.

---

17 ··· 樓前紅日夢裏明 蘇齋門下瓣香呈. 後五百年唯是日 閱千萬人見先生. 芸臺宛是畫中覯 余曾藏芸臺小照 經籍之海金石府 ··· 중략 ··· 化度始自墮蜳齋 攀覃溪阮幷作梯 君是碧海掣鯨手 我有靈心通點犀 埜雲墨妙天下聞 句竹圖曾海外見 況復古人如明月 却從先生指端現 翁家兄弟聯雙璧 一生難遺愛錢癖蓄古錢屢巨萬 靈芝有本醴有源 爾雅迭宕高一格 最憐劉伶作酒頌 徐邈聊復時一中 名家子弟曹玉水 秋水爲神玉爲髓 覃門高足劇淸眞 落筆長歌句有神 ···이하 별리의 정약 ···.〈완당선생전집·9, 我入京 與諸公相交 未曾以詩訂契 臨歸不禁悵觸 漫筆口號〉

一

墨雲一縷東溟外	먹구름 한 줄기 뻗친 동쪽 바다 밖에
秋月輪連臘雪明	둥근 가을 달 섣달 눈과 어울려 환하구나.
聞證蘇齋詩夢偈	소재의 시·꿈·게를 증거삼아 듣고 보니
苔岑風味本同情。	태잠[18]의 풍미가 본래 정이 같았다오.

제 1수 전 2구는 "개정 홍점전[19] 태사의 시어를 썼다"고 협주해 동지사로 연경에 다녀왔음을 밝히는 것으로 시상을 열었다. 곧 '먹구름 낀 동해 밖'은 중원을 중심으로 한, 아직은 미몽에서 깨지 못한 우리나라요, '섣달 휘영청 밝은 가을 달'은 '사행에서 터득해 온 문명의 서기'래도 좋다. 후 2구는 담계와의 꿈같은 해후, 그리고 그의 시몽게詩夢偈에 대한 증험의 감회가 이태동잠임에 감동함이니, 전편의 서시인 셈이다.

二

漢學商量兼宋學	한학에 송학까지 겸해 연찬하여
崇深元不露峰尖	높·깊은 연원 끝을 드러내지 않았네.
已分儀禮徵今古	이미 의례를 나눠 고금을 고증하였고
更證春秋杜歷添。	춘추를 고증해 두력의 주까지 덧붙였네.

제 2수는 담계의 학문, 특히 '朱子의 학설에 어긋나지 않는[20] 그의

---

18 苔岑 : 異苔同岑. 동지의 비유. 異苔는 각기 다른 이끼를 말하고, 同岑은 같은 모양으로 퍼져 있는 이끼를 말하는 것으로 비록 다른 이끼가 흩어져 있으나, 결국은 비슷한 모양으로 보인다는 데서 온말.

19 介亭 : 淸나라 洪占銓의 호며, 추사는 "用洪介亭太史詩語"라고 협주했다.

20 추사는 "先生經學以不背朱子爲正軌"라고 협주했다.

경학'의 높·깊[崇深]은 경지를 '가이없는, 혹은 모나지 않다[不露峰尖]'
고 예찬했다. 담계의 학문과 인품이야 추사도 '소재의 문하에 판향을
드린다蘇齋門下瓣香呈'〈全集·9, 覃溪書藏之北簃 扁其齋曰寶覃 仍此覃溪寶蘇齋
韻〉며, 담계를 만난 그 날로부터 "이 뒤 오백 년은 오직 이날만을 기억
하며, 수많은 사람들 중 선생을 뵙게 되었음을 생광스러워 했지만,五百
年唯是日 閱千萬人見先生"〈仝上〉후에 뵌 자하 역시

眞才實學訪其人　　실학의 참다운 학자를 찾아뵈오니
只有覃翁逈絶塵　　오직 속진을 맑게 떨친 담계 어른.
鏡古鑑今平漢宋　　고금을 거울삼아 한·송을 바루었으니
不將門戶立名新。　문호가 아니더라도 세운 공업 새로우리.

〈警修堂集·2, 出柵 次斗室扇頭韻 四首·2〉

라고 감복했다. '진실로 해박한[眞才] 실학자[考證學]'이신 담계옹, '곡학
아세'할 필요가 없기에 맑아한 품자로 한송의 제발과 비첩을 감식 고
승해 바루었으니, '문호(추종하는 무리, 혹은 학파 : 필자 주)가 대단해서가
아니라, 이미 성취한 공업만으로도 그 명성 더욱 새로우리라.'고 찬탄
했는가 하면, 옹성원의 초상화에 쓴 제화시에서는

坡翁轉世得覃老　　동파옹 세월을 뛰어넘어 담계옹 되었는가
後五百年無此人　　향후 오백년래 이 같은 분 나지 않으시리.

〈警修堂集·3, 題翁星原小照〉

라 했다.21 곧 오백 년래 다시 나지 않을, 그러기에 "온 나라 사람들이
담계를 일컬어 동파의 후신이라 한다.海內稱覃谿爲東坡後身"고 자주하였다.

후 2구는 그의 고증학적 위업을 『의례금고문고』·『춘추주보』 및 두예[22]가 엮은 『춘추좌씨경전집해』의 주석서까지 저술하였음을 시화했다.

三

混侖元氣唐沿晋	온전한 원기 당에서 진까지 거슬러 올라가니
篆勢蒼茫到筆尖	전자 필세 아득히 붓 끝까지 모였도다.
邕塔嵩陽拈一義	옹선사 탑과 숭양첩의 꼭 같은 뜻은
都從禊帖瓣香添。	모두 난정계첩[23] 字體에서 나왔도다.

제 3수는 담계의 기본 서체가 전자체임[24]과, 북파가 서법의 정도임을 고증한 서사적 쾌거를 시화했다. 곧 위 3~4구는 "당나라 이백약李百藥이 짓고, 구양순이 쓴 「화도사옹선사사리탑명[25]」과 동파의 「숭양첩[26]」 모두 「난정계첩」을 모본한 것임을 독자적으로 증명하였다"고 그의 고증학적 위업을 시화했다. 곧 「숭양첩」의 '君'자가 「난정계첩」 '羣'자의 머리글자임을 고증해낸 비체[27]라 했다.

일찍이 추사는 담계가 동파 죽은 지 705년 뒤에 발견된 「석종산기

---

21 金甲起 ; 紫霞 申緯의 詩學－由蘇入杜論과 관련하여－. 韓國思想과 文化 제48집. pp.19~20. 한국사상과 문화학회. 2009

22 杜預 ; 西晉의 名將이자 정치가(222~284). 吳를 쳐 큰 공을 세웠으며, 학문적으로는 『春秋左氏經傳集解』를 저술함.

23 禊帖 ; 왕희지의 『蘭亭禊帖』을 이름.

24 본 시 주 "蘭亭是篆勢 而先生筆法 專用篆勢"참조.

25 邕塔 ; 중국 化度寺에 있는 邕禪師의 舍利塔銘으로, 당 李百藥이 글을 짓고, 歐陽詢이 글씨를 썼다.

26 嵩陽 ; 「天際烏雲帖」의 다른 이름.

27 본시 주 "先生(옹방강, 필저주)云 見化度寺碑 益覺蘭亭眞義, 嵩陽帖君字 是蘭亭帖羣字上頭. 此皆蘇齋秘諦也"참조

첩」을 감정해 '왕희지의 「난정계첩」 필체'로 동파가 쓴 것임을 고증해
낸 그 첩면에

重拈七百五年苔　　칠백 오년 전 이끼 쓸고 보니
得自蘭亭篆勢來　　그 글씨 난정첩에서 나왔구나.
誰識淋漓元氣處　　뉘 알았으랴, 흠씬 무르녹은 이 원기
千年明月篆烟廻。　즈믄 산 밝은 달 전자 연기 감돌건만.

〈阮堂先生全集·10, 走題覃翁石鍾山記帖面〉

이라고 주필하여 감격한 바 있다. 이 역시 담계의 서법과 감식 안 및
고증학에 대한 외경과 존상의 시상이 동궤라 할 것이다. 워낙 추사는
"한·위이래 금석문자가 수 천종이나 되니, 종요[28]와 색정[29]으로 거슬
러 올라가자면 필히 북비를 많이 볼 것"을 옹·완으로부터 배웠다.[30]
그러므로 그는 담계의 서체로부터 문징명·동기창으로 거슬러 조맹부·
미불·동파를 거쳐, 해서의 준칙인 구양순의 「화도사용선사사리탑명」
「구성궁예천명」그리고 우세남의 「공자묘당비」등을 익힘으로써 북비
와 남첩[31]의 서체는 물론, 다시 거슬러 한예漢隸의 묘리까지 통달한,
이른바 독보적인 추사체를 낳았다.[32] 물론 위 의 시는 담계의 고증학

---

28 鍾繇 ; 三國時代 魏나라 潁川人. 字 元常, 諡號 成. 書에 능하며, 胡昭와 더불어 劉德
　　升에게 草書를 배움. 그의 글씨는 "나는 기러기가 바다에 희롱하는 듯하고, 춤추는 학
　　이 하늘에 노니는 듯하다" 했다. 世傳에 胡肥鍾瘦로 통칭되었다 함.
29 索靖 ; 晉 敦煌人. 字 幼安. 張伯英에게서 草書를 배움. 그의 글씨를 銀鉤蠆尾라 일컬
　　었다 함.
30 『阮堂先生全集·8』「答朴憲白問書」 참조
31 北碑南帖 ; 중국 書家의 南北派를 이르는 말. 淸나라 阮元이 書法의 流派를 南北 兩派
　　로 나누고, 東晋·宋.·薺·梁·陳은 南派, 趙·燕·魏·濟·周· 隋는 北派로 분류함.
32 최완수의 상계논문은 추사의 학예, 특히 서체편 이해에 크게 도움 된다.

자로서의 위업을 상찬함이나, 기실 자신의 서론을 시화함에 다름 아
니다.

四

詩境軒中風雨驚	시경헌 가운데 비바람도 놀랬으리니
南窓掃破鳳凰翎	남녘 창에서 봉황의 깃[33]을 그려냈다.
江秋史去留完璧	추사 강덕량은 갔으나 완벽첩은 남았고
黃小松來榻石經。	소송 황이도 왕림해 석경을 고증했다오.

제 4수는 담계의 서재 시경헌에 대한 정보로 엮었다. 자신의 천거
로 자하는 연경에 이르자마자 담계를 만나고자 할 것이고,[34] 만나면
심방할 서재다. 그러므로 먼저 제 1구의 편액 '시경' 2자는 육유[35]의
글자를 그대로 탁본해 걸었다 하고, 그러기에 '풍우경'이랬다. 물론 두
시 「이백에게 붙이다, 20운寄李十二白 二十韻」의 "붓으로 써 내리자 풍우
가 우는 듯하고, 시가 이루어지니 귀신이 흐느끼는 듯筆落驚風雨 詩成泣鬼
神"〈杜諺·16〉을 용사해 '훌륭한 필치'의 뜻으로 읽게 했다. 제 2구는
"남녘 창에 청나라 화가 양봉 나빙이 그린 묵죽화 「남창보죽도」가 있
다"고 소개하고, 이를 굳이 밝힘은 자하가 묵죽화를 잘 그리기 때문[36]
이라 했다. 이른바 담론, 혹은 필담의 화소를 제시한 정보인 셈이다.

제 3구는 자하도 일찍이 청송 성수침[37]이 소장하고 있던 송설체[38]

---

[33] 鳳凰翎 ; 대나무 잎
[34] 추사는 진작 담계옹을 만났을 때 이미 자하의 才學을 소개한 바 있다. 손팔 주의 신위
연구 제1장 Ⅳ·2 청조인사와의 교유, p.29. 태학사, 1983 참조
[35] 陸游 ; 宋나라 문인. 자 務觀 호 放翁. 일찍이 문명을 떨침. 일생의 시고를 劍南詩稿로
통칭함.
[36] 추사는 "有南窓補竹圖 是兩峰筆, 紫霞工寫竹 爲帖此語"라고 협주했다.

진적을 대자로 모사한 바 있었는데, 담계의 서재에 청나라 추사 강덕
량이 모사해 유증한 송설체의 잔자를 선생[담계]께서 친히 보완해 완벽
첩39이라 이름 한 또 다른 본이 있음40을 밝히고, 결구에서는 후한의
채옹이 어명에 의해 쓴 석경41을 청나라 고증학자 소송 황이가 고증
했음을 밝혀, 역시 필담의 자료에 값하게 했다.

五

樓前山日澹餘紅	누대 앞 지는 해 노을빛 맑아한데
快雪粉箋說異同	쾌설첩 분전은 이래저래 말도 많다.
萬里許君靑眼在	연경에 가면 반갑게 맞아주실 분 게시니
曾於扇底覓春風。	진작 부채에 點定해 주던 佳緣 만나시리.

　　제 5수 전 2구는 역시 담계의 탁월한 고증학적 감식안을 시화했다.
땅거미 내리기 전까지[餘紅] 석묵서루에서 진적 감식에 여념 없는 노학
자의 회억으로 시상을 불러, 「숭양첩」 곧 「천제오운첩」이 동파에 의
해 분전지에 쓰였음과, 왕희지의 「쾌설시청첩快雪詩晴帖」의 원본은 분
전지에 쓰이지 아니했으며, 제발이 모두 같은 종이에 쓰였음을 담계
옹이 고증했다42는 상찬으로 승구를 삼았다.

---

37 成守琛 ; 조선 학자(1493~1564). 자 仲玉, 호 聽松・竹雨堂. 서예에 능함.

38 松雪體 ; 元나라 초기의 문인 趙孟頫(1254~1322)의 서체. 그의 글씨는 晉唐을 宗으로
　　하고, 그림은 吳鎭 黃公望 王蒙과 더불어 四大家로 꼽힘.

39 完璧帖 ; 藺相如의 完璧故事에 빗댄 말로, 담계가 강추사가 준 조맹부의 글 씨첩의 殘
　　字를 보완해 완벽하게 만들었다는 의미로 붙인 이름.

40 본시 주 "紫霞嘗摹 示聽松堂所藏 松雪眞迹大字 及入蘇齋亦有一本. 先生剔損其殘字名
　　曰 完璧帖 江秋史所留贈."참조.

41 돌에 새긴 經書. 後漢 때 蔡邕이 어명을 받들어 五經을 돌에 새겨 大學 문 밖에 세웠
　　다 함.

이어 후 2구는 시상을 완전하되 죽림의 청안고사靑眼故事를 용사하며, 진작 자신이 「숭양첩」의 시의를 부채머리에 쓰고자 할 때 "글자의 포치를 자상히 일러주던 선배와의 가연,43 그 이상의 학연을 만나리라"며 시상을 맺었다.

六

百摹雨雪摠塵塵　　우설첩은 수없이 모방해도 그게 그거
又一九霞洞裏春　　또 이 구하동 속 봄바람이 짙었구나.
觀右誌傳松下供　　관우지는 송하의 정성에서 나왔으니
何如子固硏圖人。　　이것이 조자고가 그린 사람과 어떠하냐.

제 6수는 담계옹이 숭모해 마지않는 동파상의 시화다. 「우설첩」, 곧 동파와 관련된 「천제오운첩」 및 「쾌설시청첩」을 수 없이 모사해 담계옹에게 바쳤다 하고,44 2구는 그 중 막대 짚은 동파상 한 본에는 담계옹이 직접 "구하동이 열리자 막대 소리 들리는 듯하다."고 제시했다.45 이어 제 3구에서는 육겸정이 소장한 관우지46가 진본임을 고증하고,47 이어 결구에서는 송나라 조맹견(자 子固, 호 毅齋)이 자기의 벼루 뒷면에 그린 동파상과 '어떠하냐?'는 반문법으로 확증을 유도했다.

---

42 본시 주 "嵩陽帖 眞迹 是松粉箋 快雪帖所刻 非蘇齋本, 快雪帖原本非粉 箋與題跋泐然 一紙 皆有考證詳切" 참조.

43 본시 주 "余嘗摹畫嵩陽帖 詩意於扇頭鋪置 頗難爲紫霞所點定" 참조.

44 본 시 협주 "坡像雨雪詩本 皆摹攻蘇齋" 참조

45 본 시 협주 "坡像策杖一本 先生嘗題云'九霞洞開策杖聲來'" 참조

46 觀右誌 : 소식의 우측 목 뒤에 있는 혹을 사실대로 그린 그림. 곧 혹이 있 는 그림이 진본이다.

47 본 시의 협주 "陸謙庭有觀右誌本 先生定爲眞影"

七

東坡石銚今猶在	동파의 돌쟁개비 온전히 남아 있으니
圖壓蘇齋書畫船	소재가 소장한 그림 중 가장 뛰어난 것.
淮泗道中明月影	회·사의 길 가운데 밝은 달그림자는
松風夢罷尙涓涓。	송뢰에 꿈 깨자 정작 환희 보이는 듯.

제 7수의 전 2구는 담계옹의 서화선 소재 여러 골동 서화 중 수촌[48] 우동이 그려 담계옹에게 준[49] 동파의 돌쟁개비[茶銚] 그림으로 시상을 열고, 후 2구는 담계옹이 살던 회수와 사수의 달밤을 연상하며, 한없는 연모의 정으로 시상을 맺었다.

八

三百年來無此翁	삼백년 내 이런 분 다시 나지 않으리
石帆亭上聞宗風	석범정 위에 많은 제자 거느렸구나.
團成八月生辰日	팔월이라, 생신날 둥그러니 모여 앉아
祝嘏碧雲紅樹中	맑은 하늘 단풍 숲에서 祝壽하고 있구나.

제 8수는 담계옹의 생일을 축하하며, 만수무강을 기원한 시다. 기구에서 추사는 삼백년 내 다시없을 위대함으로 왕어양을 추숭했다. 워낙 석범정은 왕어양이 육유를 사모해 그가 살던 석범에 지은 정자이다. 그리고 「추림독서도」는 남운산초 문점이 왕어양의 생일을 축하하기 위해 그린 것인데, 지금 담계의 소재에 소장되어 있다. 그러므로 전 2구는 왕어양을 위한 찬의 말이다.[50] 그러나 후 2구는 현재 담계

---

48 尤水村 ; 淸나라 長州人 尤侗의 호. 자는 同人, 詩詞 및 문장에 능함.
49 본 시 주 "坡公石銚尙在尤水村家, 圖爲水村摹寄蘇齋" 참조

가 소장하고 있는 문점의 「추림독서도」에 빗대어 담계 문하의 장관을 찬양한 것이다. 이른바 추사는 '왕어양 못지않은 담계 문도의 성황을 그의 학·예의 위업 때문'이라고 비유법으로 승화한 것이다.

九

自從實際覿精魂	직접 뵙고 정신과 넋을 찾았으니
底事滄浪禪理論	어찌 창랑의 선리로 논할 것인가.
一世異才收勿聘	온 세상 기이한 재주 거둬 놓치지 않았으니
十年浮氣掃無痕。	십년 동안 부허한 기운 쓴 듯이 없어졌구나.

제 9수는 담계옹의 시론을 시화한 이시론시以詩論詩다. 기리설로 대표되는 그의 시론은 당대에 풍미하던 신운설의 신운이란 두시 "讀書破萬卷 下筆如有神"〈奉贈韋左丞丈二十二韻〉의 '神'과 "熟精文選理"의 '理'를 모두 '신운神韻'이라 하고, 이러한 신운을 얻기 위해서는 "먼저 자신에게 충실하고, 일일이 실지를 얻은 뒤에라야 된다"고 했는가 하면, "기리는 유가의 경전을 배우는 학문을 가리킨다. 그는 좋은 시는 학문에 의지해야 하고, 정통한 경학 이론에 바탕을 두어야 하며, 반듯이 "성정에서 말미암아 학문과 합치하는[由性情 而合之學問] 방향으로 이루어져야 한다"고 생각하였다. 시의 내용은 경전과 서적에 실린 정보를 담아야 할뿐만 아니라, 시법 또한 "옛 사람의 작품을 스승으로 삼아야 한다[以古人爲師]"는 것이다. 때문에 기리는 사실 의리[철학적 의리]와 문리[문학적 구성] 양자를 모두 포괄하는 것으로, "의리의 리는 문

---

50 詩文과 書畫에 두루 능하고, 호를 南雲山樵라 한 淸나라 사람. 본시의 협 주 "漁洋秋林讀書圖 爲文點所畫, 爲漁洋 生辰祝嘏而作 今藏蘇齋, 首句爲漁洋像贊語. 石帆亭是漁洋迹. 先生有小石帆亭著錄" 참조

의 리이고, 기리의 리다.義理之理 卽文理誌理, 卽肌理之理也〈言志集序〉라는 말로 대변할 수 있다. 그러므로 그는 다분히 학문적·실증적 논리로 왕사정의 신운설이 불러온 '공적空寂'의 폐단을 시정하고자 했다. 아울러 『소재필기』를 통해 '성정과 절실한 사경'의 중요성을 왕사정의 경우를 들어 비판하고 있다. 추사 역시 협주에서 "선생의 시론이 이와 같은데도 당시 미처 자세히 듣지 못했다가, 지금 자하가 가는 편을 인하여 또 들어 밝힌다"[51]했다. 그러니 성령이니 격조니, 더구나 엄우의 선리론 등은 한낱 부허한 논리로 치부된다.

　　　　＋

唐碑宋槧萃英華	당 비석 송참의 좋은 글씨 다 모였는데
漢畫尤堪對客誇	한나라 그림 더욱 손님께 자랑할 만하구나.
拱璧河圖曾過眼	공벽 같은 하도[52]는 내 이미 보았다만
雪鴻怊悵篆留沙。	雪泥鴻爪[53]처럼 모래에 남긴 게 안쓰러워라.

　제 10수는 담계옹 소장 온갖 금석 서화는 물론, 한대의 무량사상, 그리고 공벽 같은 하도에 대한 소개에 이어, 그러나 설니홍조일 수밖에 없는 역사유물에 대한 감상으로 맺었다.

　곧 제 1구는 당나라 우세남이 쓴 묘당비[唐 無德 9年 建立] 탁본과[54]

---

51 본시 주 "先生詩論如此 當時猶未及詳聞, 今因紫霞之行 又有以發明耳"참조

52 河圖 ; 伏羲 때 황하에서 나왔다는 龍馬의 등에 나타난 圖形. 洛書는 夏禹王이 홍수를 다스리던 때 洛水의 神鬼의 등에 쓰였다는 글로 洪範의 원리 가 됨.

53 雪鴻 ; 雪泥鴻爪. 눈 위에 남긴 기러기 발자취. 곧 사라짐의 비유. 소식의 시에 "인생도처에 어느 같은 곳을 알겠는가? 응당 나는 기러기가 눈 위에 발자국을 남긴 것 같구나. 눈 위에 우연히 발톱 자국을 남겼는데, 기러기가 눈 위에 어떻게 다시 동서를 헤아리겠는가. 人生到處知何事, 應似飛鴻踏雪 泥. 泥上偶然留指爪 鴻飛那復計東西."〈和子由榜池懷舊詩〉 참조

청나라 송참宋槧의 훌륭한 휘호, 송본 주석서들이 두루 잘 소장되었다[55]하고, 제 2구에서는 중국 산동성 가상현 무택산 한무씨묘 앞에 석실이 있으며, 그 석실 4벽에 옛 성현·제왕·충신·의사·효자·현부를 그려 새긴 무량사의 초상화는 더욱 값진 관심의 대상이라 했다.

제 3구에서는 두 손으로 잡아야 할 만큼 큰 보옥[拱璧] 같은 하도를 소재로 완전시켜, 결구에서 이 대단한 금석·서화라지만 유전된 것은 얼마나 희소한 것이며, 이 고동인들 결국은 또 소멸하고 말 것이란 상정傷情으로 시상을 맺음으로 대단원을 결사했다.

이상 10수의 작품은 추사가 병서에서 밝힌 바와 같이 참된 연행의 결실을 위해 초행자 자하에게 먼저 담계를 만날 것과, 그를 만난 후 접하게 될 담계의 서재 및 그의 진적 유물, 특히 그의 학문적 업적은 물론, 시·서·화 등에 대한 사전 정보를 제공하므로 필담으로나마 의사소통이 원활하도록 하고자 함에 그 목적이 있었고, 그것이 이른바 노마의 역할이 될 것임을 의도한 노작이라 할 것이다.

Ⅴ. 문제의 정리 및 남는 과제

본고는 17·8C 조선후기 학·예에 미친 북학파의 고증적·실사구시학이 우리의 영성한 근세문학·문화사를 벌충할 의식의 개화였다고 전제하며, 이 같은 북학의 학·예론을 한 시대의 신사조, 혹은 새 의식

---

54 본 시 주 "虞書廟堂碑 是唐時拓本." 참조

55 본 시 주 "청나라 시윤장이 주석한 소식 황산곡 진후산의 시문집 등 송본도 두루 보관 되었다고 주했다. 施注蘇詩及山谷后山諸集爲宋本."

의 패러다임으로 솔선한 추사의 학·예론을 선배 자하의 연행에 즈음해 서증한 송시 「송자하입연 10수병서」를 통해 읽고자 했다.

창작 동기는 병서에서 밝힌 바와 같이 청대 문물의 최절정기인 건·가년 간 경학은 물론, 금석 고증학 감식안의 1인자일 뿐 아니라, 수많은 진적과 해박한 관련 지식을 가진 담계를 만나라고 권유하고, 그와의 필담을 위한 정보를 제공하고자 쓴 작품이라 했다. 그 10수의 짜임은 크게 서시·본사·결사 3단 구성이다. 서시는 연행 사실과 담계를 만난 감회를 이태동잠이랬다.

본사는 먼저 담계의 심오한 학문 및 고증적 저술(2수), 담계의 기본 서체가 전자체임과, 서법의 정도를 제시하고(3), 이어 담계의 서실 시경헌의 편액 유래와 다양한 진적 자료의 가치(4), 담계의 고증학적 감식력을 상찬하고, 청안대지할 가연이 있음을 암시했다(5). 이어 다양한 동파상을 소재로 담계의 동파 숭모의식을(6), 동파의 돌쟁개비 그림과, 그의 고장 달을 연상하며, 담계에 대한 연모의 정(7)을, 문점이 왕어양의 생일을 축하해 그려준 「추림독서도」 그러나 지금은 담계의 서재에 소장된 「독서도」 앞에 담계의 생일을 축하드리며, 수연을 축수하는 제자들의 성황스런 모습(7), 이어 담계의 사실적 시 및 시론(8)을 제시하며, 10여년 청나라의 다소 혼란하던 시풍이 일사불란해졌다(9)하고, 끝으로 보옥같이 귀한 당비와 송참의 영화, 한대의 무량사상 등 진귀한 진적들은 또 얼마나 희소한 유물이며, 이것인들 언젠가는 설니홍조에 불과할 것이란 상정으로 결사했다.

이상 선험자의 사전 정보야말로 후행자 자하에겐 노자는 물론, 노마 이상의 값진 금과옥조였을 것이다.

남은 문제는 궁극적으로 담계를 발신자로 한 수신자 「자하와 추사의 시·서·화 비교론」을 목표로 하되, 우선 「추사의 담계 수용론」·「자

하의 담계 수용론」·「자하와 추사의 시·서·화 비교」 등 후고를 기대
한다.

〈2010.9〉

韓·中 戰爭詩攷

-安·史亂과 壬·丁倭亂을 중심으로-

Ⅰ. 문제의 제기

'병兵'은 오행五行의 금金이요, 오음五音의 상商이며, 관官의 형刑이자, 시時의 추秋다. 그러므로 화火·기器·정丁 등과 어울려 소삽하고 음산한 냉기, 이른바 살기殺氣를 지니는 상서롭지 못한 물건[不祥之物]이다.

'전戰'은 용병用兵이니 반인륜적 살생과 반문화적 파괴를 전제하기에 마지못할 경우에만 쓴다[不可而用之] 했다. 그러기에 이겨야 하는 전쟁이지만 백전백승이 반드시 최선은 아니며, 싸우지 않고 적을 굴복시킴이 최선1이랬다. 그러나 인간이 영위해온 역사는 승리를 위한 끊임없는 전쟁사였음을 증명하고 있는가 하면, 지금도 아니 또 다른 전쟁모의도 진행 중일 것이다.

이러한 전쟁을 소재로 한 문학, 이른바 전쟁문학은 그 수사의 사실

---

1 孫武;『孫子兵法』"… 是故 百戰百勝 非善之善者也. 不戰而屈人之兵 善之善者也"〈謀功篇〉참조

성이 사회문화사적 기술물인가, 예술적 문예물인가. 나아가 전쟁시의 경우, 그 시적 주체는 선무공작적 복무자여야[2] 하며, 전장戰場 밖의 전시 상황묘사는 전쟁 시일 수 없는가? 유감스럽게도 우리 문학사, 혹은 논쟁사는 '작자가 직접 전투상황을 목도하고 감정을 전달한 작품은 전쟁문학'으로, '전쟁으로 인한 전·후방까지의 인정세태를 아우른 것은 전시문학'으로 명명해야 한다[3]는 등 분분한 채, 실제 작품의 양은 물론, 논의도 충분하지 못한 편이다. 그러나 본고는 근·현세적 정치 체제도, 과학전도, 더구나 종군작가는 상상도 할 수 없었던 중국의 안·사란安史亂을 이시론사以詩論史한 두보杜甫의 시와, 우리의 임·정왜란을 소재로 한 전쟁시 고찰이다. 그러므로 동일 작가가 전장에서, 혹은 어제의 전장을 지나는 감회를, 때론 전쟁으로 인한 백성들의 참상을 노래했다. 그러므로 전쟁시란 범박한 용어로 통일하여, 그 주제유형 정리에 이어 수사학적 비교 및 비장미의 수용성에 주목하고자 한다.

---

2 1950년 6.25 당시 정훈국 편집실장 공군 소령 김기원은 전시판 『문예』지에 발표한 「전쟁과 문학」이란 글을 통해 종군문학, 혹은 루풀더-츄 등장의 필요성과 함께 작가들의 책무와 열정을 요청하며, 승전의식을 고취하는 국가관과, 동포애, 국민의식 함양 등 이른바 전쟁이라는 특수상황 아래에서의 문학이 정치 군사 목적에 부응하는 선무공작, 내지 대민 지원 활동에 투신할 것을 역설한 바 있다.

3 전 후 전쟁을 소재로 한 소설을 주 논의의 대상으로 '직접 전쟁을 목도하고 산 관찰과 감정을 전달한, 이른바 전장·종군문학을 진정한 전쟁문학이라' 하고(곽종원, 백철), 달리 전시문학은 '전장에서부터 한 인간의 내면세계까지를 공간세계로 하고, 전시에서부터 종전 직후까지를 시간대로 삼는 문학형식'(오현봉; 『한국현대문학의 사회학적 시고』, (형설출판사, 1990, p.270)이라는(임긍재·유동춘·성동민 등) 시·공간적 거리를 두고 용어상 이견이 있음이 사실이다.

Ⅱ. 전쟁, 그 야수의 유혹

"시비를 묻지 말라. 역사가 진실을 말할 것이며, 승패에 연연치 말라, 손 안에 놓인 한 낱 허영莫問是非身後定 從知勝敗掌中收"이건만,

蝸角爭名戰未休	가소롭다, 공명 탐내 전란 쉬지 않으니
幾人談笑覓封侯	그 몇 사람이나 큰 권세 행세하려나.
劍頭蠻血流千里	칼끝에서 듣는 피 천리를 흐르고
甲外鯨波沒十洲。	전쟁의 사나운 물결 온 천지를 뒤덮었네.

〈五山集·偶吟〉

라고 허영에 찬 인간의 살생행위를 저주해 왔다. 전쟁이란 본디 한 야수적 압제자의 허영, 그 무망한 공명심이 저지르는 죄악임에 분명하다. 차천로가 인지한 임란은 한 낱 무모한 지도자 풍신수길의 만용 때문이었고,4 정유재란 역시 그의 오만한 공명심 때문이었지만, 그 무자비한 살생의 결과는 실로 비극의 극치였다. 자가自家의 파멸은 물론, 동양 삼국의 역사의 심장에 비수를 꽂는5 만행이었음은 일본인 스스로의 기록물들이 증명하고 있다. 예컨대 그들의 월간지 『역사독본』 1970년 신년 특별호(15권 1호)는 "수길이 비록 66국으로 나뉘어 있던

---

4 풍신수길의 침략야욕은 1591년 황윤길·김성일 등 조선통신사를 통해 전해진 편지에, 자신은 '태양의 아들'이며, 자신의 '이름을 동양 삼국에 떨치고 싶은 게 소원'이라고 허풍을 떠는가 하면, 임란 중인 1593년 가을 필리핀에 보낸 편지에서는 예의 '태양의 아들'· '전 일본국과 고려국을 얻은 자신의 장수들이 마닐라까지 정벌케 윤허해 달란다'든가, '동서양을 아우르는 왕이 될 자신에게 필리핀 왕은 어서 와 항복하고 무릎을 꿇라'는 등 반이성적 야욕과 만행을 자행했다.〈김태준, Ⅲ.임진란을 통한 평화의 정신사, 『비교문학산고』 pp.264~273. 민족문화문고, 1985〉 참조

일본을 처음으로 통일했고, 그 무식한 욕망이 조선과 명나라까지 자기 통치권 안에 넣겠다는 야망에 불탔던 사나이다. 그러나 이 헛된 야망을 꺾은 사나이가 바로 이순신이었다."라 했는가 하면, H.B. Hulbert는 그의 『한국사』에서 "임란 중 이순신의 승첩을 희랍 시대 살라마스 해전에 비기며, 이순신이야말로 수길의 조선 정벌에 대하여 사형선고를 내렸다. 그리하여 원정의 대 기획은 분쇄되고, 그 후의 전쟁은 여러 해 더 계속되었지만, 그것은 다만 수길의 실망을 완화시키려는 일에 불과했던 것이다"[6]라고 혹평했다. 더욱 그는 "무학인데다 조선이나 중국의 문물에 문외한이었다"며, 사고 역시 '거의 왜구적倭寇的일 뿐만 아니라, 조선 민족의 애국심, 수군의 수준, 전술은 고사하고 수도 모른 채', 오로지 '탐병貪兵·교병驕兵·분병忿兵'으로 그 방약무인한 오만과 호전성 때문에 일어난 전쟁이었다.[7] 중국이라고 예외일 이유는 없다. '현종玄宗 역시 즉위 초엔 '치적과 공명'을 위한 변방 개척, 곧 영토 확장이란 명분으로 중원 천지를 비장한 주검의 거리로 초토화했었으니, 오죽하면 세상인심이 "진실로 아들 낳기를 꺼리고, 딸 낳기를 좋아한다.信知生男惡 反是生女好"〈杜諺·四·兵車行〉고 말할 지경이었겠는가. 두보는 그 참상을

---

5 역사가들의 공통된 의견처럼, 풍신수길은 개인적 만용으로 임진란 전쟁을 일으켰고, 자신의 체면 때문에 정유재란을 일으켰다. 물론 일본에서도 비교적 국제정세에 밝았던 정치가로 대마도 宗氏·소서행장·石田三成·平戸大名 등은 이 전쟁을 반대했다. 그러나 이 무모한 지도자의 그릇된 판단이 豊臣家의 파멸은 물론, 동양삼국의 역사에 아픔을 남겼다. 〈소上〉 참조

6 소上, 일본에서의 이순신의 명성, pp.274~282. 참조

7 德富猪一郎, 「朝鮮役」·下, 『近世日本史』〈소上〉 p.281 재인용.

邊庭流血成海水	변방 마을 전사자의 피 바닷물처럼 흐르건만
武皇開邊意未已	임금님 변방 개척 의지 마지않으시니
君不聞	그대 듣지 못했소,
漢家山東二百州	우리 산동 2 백여 고을이
千村萬落生荊杞	마을마다 엉겅퀴만 다북하다오.
… 中 略 …	… 중　락 …
君不見靑海頭	그대 보지 못했는가, 청해성 저 물가에는
古來白骨無人收	예로부터 해골을 거두는 이조차 없으니
新鬼煩寃舊鬼哭	새 귀신 원통해 하고 옛 귀신 울부짖어
天陰雨濕聲啾啾。	음산한 날, 비라도 올라치면 그 소리 처절하다오.

〈杜諺·四·兵車行〉

라고 진작 안·사란 이전에 한 압제자의 야수적 전황을 폭로하고 있다. '모황武皇'이 현종을 기휘한 풍간임은 물론이다. 공명심으로 벌충한 야망, 그 무모한 성취가 '무엇을 위한, 궁극적으로 누구를 위한 패륜이었으며, 그리고 유가적 평화논리에 얼마나 모순된 일인가'라는 원초적 물음 앞에서 정의롭기보다 반도덕적일 때 인간의 양심은 절망에로 함몰된다. 이윽고 현실정치에 싫증난 현종으로부터 전권을 위임받은 재상 이림보李林甫의 갖은 악행은 물론8, 명문귀족의 세력을 꺾고자 이민족, 혹은 오랑캐들을 변방 절도사에 중용했으니, 고구려 유민 고선지高仙芝를 비롯해 가서한哥舒翰·안록산安祿山 등이 그 대표다. 특히

---

8 개원 22년(734) 재상이 된 이림보의 만행은 개원 25년(736) 재상 장구렴 축출, 중서시랑 嚴挺之 축출, 천보 5년(746) 재상 李適之를 모함해 죽이고, 익년 제남 태수 李邕 등 正人을 없애는 외에, 異族番人의 중용, 현종의 애첩 武惠妃를 도와 趙麗妃 소산 태자 瑛을 살해하는 등 숱한 악행을 저지르고 천보 11년(752) 죽음.〈傅樂成著『中國通史·上』 신계하역, 「천보의 쇠퇴」 pp.50~51, 우종사, 1981〉 참조

현종과 귀비로부터 신임 받던 북적 안록산은 평로·하동·범양 삼도
절도사를 겸하는 특우를 입었고, 그 배경은 역시 든든한 이림보였다.
천보 11년(752) 시름 속에 죽어간 이림보의 후임으로 양국충陽國忠이
재상에 오르자(752년) 전도가 불안해진 안록산은 일신의 안위를 위해
양국충 토벌을 명분으로 하북 범양 일대의 호족 8,000여 기마병을 포
함한 15만 대군으로 난을 일으켜(755년) 1개월여에 낙양을 함락하고,
대연황제大燕皇帝를 참칭하며 군비를 정비하는 일방, 장안 공략을 획책
한다. 이후 반란군의 자중지란으로9 7년 3개월여 만에 끝나기까지의
전황이야 논할 바 없지만, 한 제국의 흥망을 가름하는, 아니 반인륜적
생명경시, 반문명적 파행의 역사를 초래한 전쟁의 명분이 기껏 무모
한 한 압제자의 야수적 욕망의 유혹 때문이라면 인간은 충분히 혐오
스런 존재일 뿐이다. 그러기에 신지식인으로서의 시인의 사명은 '정
의의 사자후'로, 혹은 '춘추春秋의 필법'으로, 때론 '평화의 복음'으로 인
류의 양심을 지켜왔다.

---

9 안록산과 사사명이 755년 河北 范陽 일대의 호족 15万을 이끌고 洛陽을 공략하여 1 개
월 여만에 함락하자, 의기양양한 록산이 대연무황제를 참칭하며 군비를 정비 장안 공략
에 나서려 하자, 중서시랑 엄장이 안경서와 이저아를 회유 록산을 제거(759), 다시 전권
을 쥔 사사명이 대연황제를 자처하며 장안공략에 나서자 아들 사조의가 父를 시해(761)
하고, 스스로 자결(763)하므로 안사란은 끝남.

Ⅲ. 모티프의 몇 유형

1. 비판과 풍자의 노래

과果는 인因의 유산이다. 과의 현실적 수습이 급하다고 인을 분석·대처하지 않은 처방은 방편일 뿐, 더 큰 과를 낳는다. 따라서 역사의 교훈은 전철을 밟지 않을 인의 치유에 있다. 전쟁이 인간의 무모한 허영이 낳는 결과라면 그 원인을 바로 인지하고 재발을 막기 위해 냉엄하게 비판 풍자한 선지자들의 유훈은 언제나 값진 교훈이다.

천보 12년(753) 3월 3일, 그러니 안록산의 난이 일어나기 2년 전 우승상右丞相 양국충의 형제자매들이 장안성 곡강지曲江池에서 봄 놀이하는 사치와 음탕한 추태를 풍자한 「여인행麗人行」의 하단을 보자.

… 前 略 …	… 전　략…
後來鞍馬何逡巡	맨 나중 말 타고 거들먹대며 오는 자
當軒下馬入錦茵	대청 앞에서 내려 금주단 밟고 들어가네.
楊花雪落覆白蘋	버들 꽃 눈 날리듯 흰 마름꽃에 덮일 제
靑鳥飛去銜紅巾	푸른 새 날아와 붉은 수건 물고 가네.
炙手可熱勢絶倫	손이 델만큼이나 대단한 세도가라
愼莫近前丞相嗔。	에비, 가까이 하지 말라 승상께서 노하실라.

〈杜詩諺解·四〉

제 1련 10구에서 양씨 가문 여인네들의 화려한 모습을 진술하고, 2련에서는 산해진미의 잔치 상 그 호화롭고 사치함을, 그리고 본 연에서는 기세등등한 양국충의 오만방자함과 형제간의 음란 패덕을 풍자

했다. '하준순'의 주체는 이를 바 없이 양국충이요, '양화'는 양귀비, '백빈'은 양국충과 음란관계에 있는 그녀의 사촌 동생 괵국부인을 비유했다. 특히 서왕모의 사자 '청조'가 '홍건을 물고 간다'함은 '양국충과 괵국부인의 패륜'을 상징하며, 그 대단한 세도에 '손이 덴다.'했으니, 풍자예술의 극치이자, 예술적 풍자란 이를 두고 이름이다.

안이 부패와 음란으로 썩으면, 시선을 밖으로 돌리기 위해 전쟁을 일삼는 법이다. 현종의 환심을 사기 위한 양국충과 북방계의 안록산을 등에 업은 이림보의 잦은 출병이 그것이니,

<table>
<tr><td>… 前 略 …</td><td>… 전　략 …</td></tr>
<tr><td>或從十五北防河</td><td>혹 열 다섯에 북녘 황하 변방을 지키러 가</td></tr>
<tr><td>便至四十西營田</td><td>나이 마흔에 이르러 서녘 둔전병이 된다오.</td></tr>
<tr><td>去時里正與裹頭</td><td>출정 때 면장께서 머리동일 천을 주었는데</td></tr>
<tr><td>歸來頭白還戍邊。</td><td>센머리로 돌아왔건만 또 다시 국경수비랍니다.</td></tr>
<tr><td>… 下 略 …</td><td>… 하　략 …</td></tr>
</table>

〈杜詩諺解·四·兵車行〉

변방 개척에 징발되어 가는 병졸과 보내는 가족의 울부짖음, 15세에 끌려가 40에도 둔전병 노릇을 해야 하는 기준도 원칙도 없는 병사행정, 그러니 '닥치는 대로 잡아다가 적당히 부려먹는 형국'에 다름 아니니 '생업'은 어찌되며, 또 '조세'는 누가 감당할 것인가. 정녕 두시는 작시 의도에 따라 자유자재다. 위정의 풍자를 타자 기술식, 혹은 장단고저長短高低의 '아니리'체로 사태를 풀되, 울음은 온통 독차지한 두보다.

앞의 두 예시에서 보듯 실로 "영화로움과 구차함이 지척간에 판이하다榮枯咫尺異"하겠으니,

… 前 略 …	… 전　략 …
況聞內金盤	하물며 대궐의 황금 소반은
盡在衛霍室	모두 인척들의 집에 가 있다 하고
中堂有神仙	안마루 대청에서 노래하는 미인들에게는
煙霧蒙玉質	안개 같은 비단 옷 옥 같은 살에 입혀졌다오
煖客貂鼠裘	손님을 따숩히는 옷은 고급 가죽옷이요
悲管逐淸瑟	구성진 피리소리 맑은 거문고에 맞추고
勸客駝蹄羹	손님 대접은 낙타 발목 곰탕에다
霜橙壓香橘	서리 맞아 노란 귤이 터질 듯 놓여 있다
朱門酒肉臭	고관들 집에서는 술과 고기가 썩어 문드러지는데
路有凍死骨。	길바닥에는 얼어 죽은 해골이 나딩굴고 있다.
… 下 略 …	… 하　략 …

〈杜詩諺解·四·自京赴奉先縣詠懷五百字〉

가 그것이다. 「북정」과 함께 두보의 대표적 기행시로 알려진 장편 사회시 전 10단 중 제 7단이다. 궐내의 금붙이까지 사가에다 옮겨놓았는가 하면, 후척后戚들의 사치와 향락이 극에 달했다. 백성의 피를 빨아먹는 상류층은 '술과 고기가 썩어나가고' 정작 '백성은 길바닥에서 기아에 허덕이다 얼어 죽어야 하는' 현실, 이것이 안록산란 직전의 대당제국의 사회상이다.

　이 같은 사회 풍조 속에 군비軍備와 연병練兵이 제대로 갖춰졌을 까닭이 없다. 더구나 지킬 의지가 없는데 천혜의 요새인들 어찌 견디며, 싸우지도 못하고 내준 성은 얼마였던가. 장안의 마지막 보루인 동관성마저 상주 대패相州大敗로 무너졌다. 동관성을 지나며 보고 들은 대로[所見聞事] 시로 역사를 논한以詩論史한 「동관리」는

… 前 略 …	… 전　략…
要我下馬行	말에서 내리게 하고 안내하는데
爲我指山隅	저쪽 산모퉁이를 가리키면서
連雲列戰格	아득히 구름에 잇닿은 전책은
飛鳥不能踰	나는 새도 능히 넘지 못한다나
胡來但自守	오랑캐 침략도 절로 막을 수 있으니
豈復憂西都	어찌 또 장안을 걱정하겠느냐며
丈人視要處	보십시오, 요새를 가리키면서
窄狹容單車	길 목이 좁아 필마가 겨우 갈 정도니
艱難奮長戟	사나운 용사가 장창으로 버티면
千古用一夫	천고에 병사 한 사람으로도 안심이라나
哀哉桃林戰	아, 지난 날 도림의 전투에선
百萬化爲魚	백만의 군사가 고기밥이 되었으니
請囑防關將	청컨대 변방을 지키는 장수들이여
愼勿學哥舒。	제발 가서한의 전철일랑 밟지 마시라.

〈杜詩諺解·四〉

고 풍자를 넘어 용병의 비법을 훈고한 충정이다. 견고하기 철옹성 같
은 동관성이건만, 이 전시에 '축성으로 군사들의 사기가 떨어져서는[兵
氣草草]'는 안 된다. 천시天時도 지리地利도 인화人和만 못한 것을. 이에
'士卒何草草'라는 무언의 풍자로 시상을 이어 아전으로 하여금 천고
의 요새임을 말하게 하고, 마지막 4구에서 패장 가서한의 실책을 들어
변방 장수들을 나무라는 구성이다. 이 도림전이야말로 현종의 분촉奔
蜀을 결단케 한 쇠미 일로의 패전사니, 천보 15년 6월 "哥舒翰與賊將
崔乾祐 戰於靈寶 大敗, 賊遂入潼關 玄宗奔蜀"이 그것이다. 건장한

용사 한 사람이면 지킬 수 있다던 천혜의 요새에서 백만의 군사를 물고기 밥이 되게 하다니. 이는 난공불락이라는 성곽의 견고함과 천혜의 요새라는 지세만 믿지 말고 군율을 다지며 가서한의 전철을 밟지 말라는 충정이지만, 기실은 사치와 부패, 爲政의 실패가 안록산 난의 원인임을 풍자한 무궁한 시문학의 뉴앙스임을 읽을 일이다.

임·병란 이전 우리 문원에 나타난 왜구 관련비판·풍자시 중 삼포왜란三浦倭亂을 소재로 한 이행李荇의 시 역시 장수들의 무능·비겁을 질타하고 있다. 예컨대,

… 前 略 …	… 전 략 …
薺浦南鎭雄	제포는 남도의 중요한 요지
士卒盡精悍	군사들 모두 정예하고 용감하거늘
守將一失律	수장들 하나같이 제 구실 못해
凶醜略無憚	해적들의 노략질 제멋대로 라네
一炬萬棟空	횃불 하나로 일만 민가에 불지르니
殺氣薄雲漢。	살기가 하늘에까지 번졌구나.
… 下 略 …	… 하 략 …

〈夏雨嘆〉

와 같이 경상도 웅천군 소재 薺浦의 水兵은 모두 정예하고 용감한데 兵을 통솔해야 할 將이 군율을 지키지 않고 도망쳐 기고만장한 왜구가 제멋대로 노략질은 물론, 居할 집마저 불지르는 등 비인간적 야만 행위의 원인을 제공했다고 비판하고 있다. 이어 그는 웅천성이 적에게 함락됐다는 소문을 듣고 쓴 시에서도,

聞道全城沒	들었노라, 온 성안이 적진에 빠졌다함을
終無一室遺	끝내 온전한 민가 한 채도 없다는구만
圍非懸布勁	도적의 포위 그리도 두렵던가
守異折恢炊	장수들 힘껏 싸우지 않았구나
小竪惟身計	일신만 생각하는 떳떳치 못한 장수들아
當刑不汝私。	응당 엄한 형벌 있으리라.
… 下 略 …	… 하 략 …

〈李荇·又聞熊川城陷〉

며 장수들을 자못 '어릿광대[小竪],' '제 일신만 챙기는 비겁한 자'로 매도하며 엄벌에 처할 무리라고 힐난하고 있다.

한편, 의주 行在에서의 선조대왕은 "변새의 달 빛 아래 통곡하며/ 압록강 강바람에 한숨짓노라. 조정 신하들아, 이 지경을 당하고도/ 이제도 다시 파쟁이나 벌리려느냐痛哭關山月 傷心鴨水風 朝臣今日後 寧復更東西" 〈龍灣書事〉며 동·서로 갈린 국론 분열에 외침의 책임을 묻고 있음은 위정의 책임자로서의 뼈아픈 공동 참회라 하겠다.

使名回答向何之	회답사란 무엇이며 어디로 보낸다는가
此日交隣我未知	원수와 친하자는 이 정책 알 수 없네
試到漢江江上望	그대 바라보게, 한강 강기슭을
二陵松柏不生枝。	왕들의 무덤에는 소나무도 자라지 못했네.

〈尹安性·送日本回答使〉

임란 후 1607년 일본과의 관계개선을 위해 呂祐吉 등이 回答兼刷還使로 일본에 감을 비판한 시다. 원수(오랑캐)와의 교린, 더구나 전란

으로 인한 국토의 황폐함을 들어 사대교린事大交隣이란 국정의 모순을
꼬집고 있다.

2. 위무와 督戰의 충정

체제 도전이란 반란적 내우內優이거나, 국체 부정에 의한 침략적 외
환外患을 막론하고, 시련의 몫은 언제나 무고한 백성이다. 전비와 노역
의 부담은 물론, 자신과 자손의 생명까지 담보된, 아니 인권이기 전에
짐승 같은 생명천시의 아비규환, 오늘의 이 지경을 초래한 쪽은 언제
나 정의롭지 못한 적이기에 불타는 적개심과 사필귀정의 신념은 전투
에 임하는 초심이다. 더구나 승리는 전쟁의 대전제다. 그러기에 '혼란
으로부터의 국민 계도', 나아가 '정의로운 민족혼'을 일깨워야 할 시인
은 일단 위무와 독전의 필설을 아낄 수 없다.

안록산의 난이 일어나자 두보는 부주鄜州에 처자를 둔 채 노자관을
거쳐 숙종肅宗이 즉위해 있는 영무靈武로 닫는 길[少留東家窪 欲出蘆子關]
〈杜諺·一, 彭衙行〉에 반란군에 잡혀 90여 일 동안 장안에 연금되었다. 그
기간에 「애왕손哀王孫」「비진도悲陳陶」「비청판悲靑坂」「춘망春望」「월야月
夜」 등 대작을 양산한다. 특히 성자신손聖子神孫에 대한 위무는 지극하
다. "당 고조의 자손이라, 콧마루가 높다랗고, 왕손이라 본디부터 보
통과는 달라. 승양이는 도읍에 있고 용은 야에 있으니, 왕손이여, 천
금의 몸을 좋이 보전하소서.高帝子孫盡隆準 龍種自與常人殊. 豺狼在邑龍在野 王孫善
保千金軀."라고 당부하며,

… 前 略 …	… 전 략 …
竊聞天子已傳位	듣자니 천자께서 이미 양위하셨다 하니
聖德北服南單于	거룩하신 덕이 북의 선우를 승복시키셨고
花門釐面請雪恥	위글이 얼굴에 문신을 긏고 설욕을 청해 오니
愼勿出口他人狙	첩자가 엿들을까 두렵소, 입 밖에 내지 마시오
哀哉王孫愼勿疎	슬프다, 왕손은 삼가 소홀히 굴지 마소서
五陵佳氣無時無。	오릉에서는 꽃다운 기운 없지도 않답니다.

〈杜諺·八, 哀王孫〉

라고 위무하고 있다. 워낙 창졸간에 닥친 반란이라, 식솔도 제대로 챙기지 못한 고관대작들의 피난길에 낙오된 왕손들이다. 그러기에 "허리에 산호 옥패를 차고 길에서 우는데, 이름을 물어도 막무가내로 대답 않고 종이라도 시켜달란다.腰下寶玦靑珊瑚 可憐王孫泣路隅 問之不肯道姓名 但道困苦乞爲奴"고 비감해 하며, 그 '찢기고 터진 살'을 더 아파한다. 그러나 '왕손의 체통을 지키며 잠시만 더 견디면 왕도회복의 날'이 오리라는 희망의 메시지를 전하고 있다.

한편 이시논사以詩論史의 대강으로 두시를 시사詩史의 위상에 치켜올린 「삼리」「삼별」 중 「신안리」의

… 前 略 …	… 전 략 …
莫自使眼枯	피눈물 짜내서 마르게 말고
收汝淚縱橫	보소, 눈물일랑 이제 거두시오
眼枯却見骨	슬픔이 지나치면 오히려 해로우리니
天地終無情	그렇다고 끝내 남의 힘만 빌리리오
… 中 略 …	… 중 략 …

就粮近故壘	군량미 넉넉한 옛 진영에 나아가
練卒依舊京	낙양 근처에서 훈련한다오
掘乎不到水	성곽의 못 물도 깊게 파지 않고
牧馬亦役輕	말먹이는 쉬운 일이라오
況乃王師順	하물며 관군은 포악치 않아
撫養甚分明	위무와 급식이 아주 분명하니
送行勿泣血	보낸다고 피눈물 흘리지 마소
僕射如父兄。	복야 장군은 자상함이 부형 같다오.

〈杜諺·四, 新安吏〉

는 빠른 왕도 회복은 물론, 다시금 순속한 조국 건설을 위해 민족 총화라는 선무공작을 방불케 한다. 위 시의 난해 처는 "眼枯却見骨 天地終無情"이다. 곧 '너나없이 전선을 지키지 않고 슬퍼만 한다면, 이 전쟁은 누가 치를 것인가?' '천지신명에게 대신 물리쳐 주기를 기대하지 아니할 바'엔 심기일전할 것을 권면하며, 이후 군무의 용이함과 복야 장군의 인품으로 위무하고 있다.

  다음은 반란군 진영의 쿠데타(안경서가 아비 록산 시해, 757)로 어수선한 틈을 타 생사를 결단코 장안을 탈출, 봉상에서 수복을 도모하고 있는 숙종의 행재行在를 알현하고 하사받은 좌습유 시절의 대표작 「북정」의 하단이다.

… 前 略 …	… 전　략 …
仰看天色改	우러러 하늘빛이 맑게 가셔진 것을 보니
傍覺妖氣豁	바야흐로 요사스런 기운 없어졌음을 알겠구나
陰風西北來	음산한 바람 서북으로부터 와

慘憺隨回紇	용맹스런 위글의 군사를 따라 불어온다
其王願助順	그 왕이 우리 임금을 돕고자 한다니
其俗喜馳突	그들의 습속은 말달리기를 즐기는 민족이라
送兵五千人	오 천 병사를 보내며
驅馬一萬匹	부마까지 더불어 일 만 필이 왔단다.
… 中 略 …	… 중 략 …
伊洛指掌收	이제 낙양 수복은 손바닥 거두듯 쉬우리니
西京不足拔	장안이야 족히 거리도 안되리라
官軍請深入	청컨대 관군은 적진 깊숙이 진격해
蓄銳伺俱發	날랜 군사를 모아 저들을 엿보며 함께 행동하라
此擧開靑徐	이번 거사로 청주와 서주까지 진격하면
旋瞻略恒碣	돌아서 항산과 갈석 고을까지 수복할 수 있으리라
昊天積霜露	하늘에는 어언 서리가 답쌓이고
正氣有肅殺	정의의 기운은 불의를 없앨 기미가 있다
禍轉亡胡歲	앙화는 오랑캐를 쓸어버릴 해로 옮겨가고
歲成擒胡月	대세는 오랑캐를 잡아 족칠 달이 되었구나
胡命其能久	오랑캐 명맥 어찌 오래야 버티며
皇綱未宜絶	왕실의 기강이야 끊일 줄 이시랴.
… 中 略 …	… 중 략 …
都人望翠華	서울 사람들 임금님 깃발 고대하니
佳氣向金闕	서기로운 구름 대궐을 향해 서렸구나
園陵固有神	동산 능에는 신령이 수호하고 계시고
掃灑數不缺	차례도 자주 거르지 않았다
皇皇太宗業	빛나고 빛나도다, 태종의 왕업이여
樹立甚宏達。	우람하도다, 나라를 세우심이여.

〈杜諺·一·北征〉

동파東坡의 지적대로 "시인이 있어온 이래 가장 위대한 시인[詩人以來 未有如子美者]"이었던 두보를 시인이기보다 더 훌륭한 정략가로 인식케 하는 바 있다. 그 철저한 봉유수관의 정치철학, 넘나는 휴매니티와 평화애호, 탁월한 경략, 저 "胡命其能久 皇綱未宜絶"에 넘치는 신념과 위무, 그리고 "皇皇太宗業 樹立甚宏達"로 조국의 만세를 외치는 광명에로의 확신, 그게 또 꼭 시로 휘갑되는 점 역시 그를 시인이래 가장 위대한 시인이게 한다.

한편, 일본에 대한 우리 선민의 인식은 왜구 그 이상이 아니었다. 임란 썩 이전 '삼포왜란' 당시의 의분을 노래한 이행李荇의 "악독한 놈들 쳐들어왔다는 소문 듣고, 정암진 나루까지 달려 왔노라.… 매복한 우리 군사들 이길 대책 있으리니, 적장의 목을 매어 끌고 오리라.以聞群醜發 走到古津濱 … 寢皮應有策 係頸不無人"〈容齋集·初五日 聞倭寇沿海 我城失守 馳到鼎巖津 問道路消息〉고 확신하는가 하면, 「유류음」에서는 "… 슬프다. 그대들 생각이 짧구나, 왜놈들이 어찌 우리를 죽일소냐. 오래지 않아 좀도적은 망하리라, 우리 군사들 질풍같이 달려온다. 늦어도 사흘이면 기쁜 소식 들려오고, 나라 안엔 승리의 노래 높으리라.哀哉汝無知 汝自絶命非小夷 小夷假息須臾期 風馳雷厲王者師 捷書剩得三日遲 廟廷行枀干夷詩 還汝居返汝貲 萬萬歲汝忽疑"는 폄하와 상대적 자신감이 그것이다.

그러나 근 1세기 후인 16세기 후반의 일본은 '방어와 공격'이라는 서구적 사유로 '열린 공존'이란 동양의 평화 지향적 가치를 유린하려 들었으니 임진·정유재란이 그것이었다. 이 때, 병자호란 때도 마찬가지였지만, 특이한 사실은 신민으로서의 승군僧軍의 참전이다. 이른바 승속불이僧俗不二의 법리에 따른 승병 모집과 출정이 그것이다. 예컨대 서산대사의,

愛國憂宗社	나라를 사랑하고 종사를 걱정하는 덴
山僧亦一臣	산 속의 중도 역시 같은 신하라
長安何處是	서울이 그 어디쯤인가
回望淚滿巾。	고개 돌려 바라보니 눈물만 쏟아지네.

〈淸虛堂集·一·無題〉

에 이어, 선조의 의주 파천을 접한 사명대사의 "우리가 이 나라 국토에서 편히 살기 수십 년이었던 것은 추호같이 작은 일일지라도 모두 임금님의 힘이다. 이 같이 위급한 때를 만나 차마 앉아 보고만 있을 수 있겠느냐.宣廟西行 抗議慷慨 語諸僧曰 我等生居國土 息食優遊 閱有年紀者 秋毫皆上力也 値此難危 其忍坐視"는 회유에 이어 「다시 적의 진중에 들어가며」에서

| 白首空吟子美句 | 이 나이에 속절없이 두보처럼 시구나 읊조리랴 |
| 中原將帥憶廉頗 | 중원의 장수 염파의 충정을 생각한다. |

〈四溟堂大師集·四·再入賊營〉

는 결의는 법통을 잇고자 하는 승려는 물론, 군·관·민 총화의 울력으로 다가온다. 진秦조차 넘보지 못했던 조趙나라 염파廉頗이고자 했던 대사, 그러니 우국충정이나 읊조리는 두보의 소극이 아니라, 가등청정과 2차의 만남에서 "네 목만이 우리 민족의 보배"[10]라며 분기탱천했던 의지의 결행이었다. 그러기에 진작

---

10 이종찬, 「四溟의 靖亂詩」, 『韓國佛家詩文學史論』, pp.307~308, 불광출판사, 1993

十月湘南渡義兵	시월이라 강남으로 의병들 건너노라니
角聲旗影動江城	나팔소리 펄럭이는 깃발 강성도 요란하다
匣中寶劍中宵吼	갑 속의 보검 한 밤에 우는 뜻은
願斬妖邪報聖明。	요귀를 베어 성은에 보답코자 함이라.

〈四溟堂大師集 · 一 · 壬辰十月義僧渡祥原〉

는 우국충정은 멀리 신라 호국불교의 법맥을 이은 세속오계의 '살생유택殺生有擇'이 전승된 승군의 독전督戰에 다름 아니다.

워낙 살생을 전제로 한 전쟁은 불자佛子의 몫이 아니다. 불자인 승은 본디 '위로 보리를, 아래로 중생 교화上求菩提 下化衆生]'을 이상으로 수도할 뿐, 병兵은 물론 장將과는 무관함이 그 속성이다. 그러나 그럼에도 불구하고 불법이 전래된 이래 국가와 불교의 관계는 언제나 호국 = 호법이라는 등식 관계였는가 하면, 철저한 배불의 조선조에서조차 불자는 의를 명분 삼아 승군僧軍·승장僧將으로, 때론 국가의 운명을 자신의 운명으로 삼는 중원의 염파 장수인가 하면, 생령을 구하고자 적국에로 사신 가는 장건張騫11이어야 했으며, 더러는 "피를 머금고 맹세하며 뽑아든 칼, 오랑캐 다 베어 임금 은혜 보답하리.同盟揷血抽寶劍 斬盡胡兵報聖明."〈虛白集 · 二, 在安州大陣 見邊報入城軍點以作〉라고 맹세하는 등 수많은 전쟁 시는 무슨 논리로 당위시 되며, 그 반상反常의 미학은 어떤 논리로 가늠될 것인가.12 아마도 청매 선사의 「책을 덮고」는 전생안락全生安樂이란 불국토 건설을 위한 승군의 이상적 법문이리라.

---

11 『사명당대사집』· 七, 「踰竹嶺」 "分身百億誰云妄 離幻飜成搏望侯" 참조
12 김갑기 ; 「僧將의 戰爭詩攷」 한국한문학연구회 제 20집. 1997, pp.307~308

學本爲修道	배움이란 본디 도를 닦기 위함이요
道本爲全生	도란 본디 중생을 온전케 하기 위함이라
全生安樂國	중생 안락의 불국토 건설에
何必轉千經。	굳이 일천 경전을 뒤적여야 하나.

〈靑梅集·下·置卷〉

불학의 근본은 수도요, 대승적 수도란 본디 사고四苦로부터의 중생 구제다. 그러기에 사홍서원의 제 1원이 '가 없는 중생 구제하고 지고衆生無邊誓願度'가 아닌가. 모든 중생의 붓다화[佛陀化]라는 이상실현과, 사바세계의 불국토화를 위해서도 국토는 진호되어야 하며, 그러므로 온 생명체[全生]가 안락할 수 있다. 그럼에도 불구하고 간악한 도적이 국권을 유린하고 어여쁜 백성의 생명을 도적질한다면, 한 줌 도적의 목숨도 생명 아님이 아니지만, 더 고귀하고 많은 생명의 보존을 위해서는 반율反律·반상反常도 의義의 명분으로 정당화되어야 함을 밝힌 법리적 유권해석인 셈이다. 그러므로 승군·승장의 '참진요사斬盡妖邪'는 살생이 아닌 호법이자, 호국의 미학으로 상승되고, 아울러 독전의 격려에 값한다.

따라서, 임란의 영웅 이순신의 "바다를 향해 맹서하니 어별이 감동하고, 산을 향해 다짐하니 초목이 알았다하네.誓海魚龍動 盟山草木知"〈陣中吟 二首·一〉라는 검명劍銘으로 산하 같은 충의를 다진 그 2수의,

二百年宗社	승평으로 다져온 2백년 종묘사직
寧期一夕危	하루 사이에 위기에 빠질 줄이야
登舟擊楫日	배에 올라 뱃길을 다그치며
拔劍倚天時	칼을 뽑아들고 천시를 살펴보니
虜命其能久	도적의 목숨 오래야 가랴

軍情亦可知	저들의 전략 알만하구나
慨然吟詩句	쓸쓸히 시구를 읊조리나니
非是喜文辭。	풍월을 즐겨서랴, 절의를 다짐이지.

〈李忠武公全書 · 陣中吟 二首 · 二〉

에 돋보이는 필승의 신념을 읽을 수 있다. '寧期~'는 "어찌 ~할 줄 알았겠느냐"는 반문이니 '설마'가 '무모한 현실'로 다가선 '다급함'이다. 워낙 전쟁은 '天時 · 地利 · 人和'의 三合이 관건이랬다. 지리는 물론, 천시도 우리 편이고, 가장 중요한 '인화 및 전술전략[軍情]도 보잘 것 없다[可知]' 하므로 휘하 장졸과 민심을 다독이는 크나큰 위무임에 분명하다. 그러나 "내 죽었다 말하지 말고, 계속 진격해 싸우라"던 유음遺音, 싸워 이기고, 죽어서 다시 산 충무공, "원수의 오랑캐 다 무찌른다면, 이 한 목숨 죽은들 무엇이 아까우랴.讐夷如盡滅 雖死不爲辭."던 전선의 노래는 끝내 시참詩讖이 되었다.

이상에서 살펴 본 위무와 독전의 시는 한 · 중을 막론하고 적에 대한 '不善 · 不義'라는 명분논리상 善 · 義의 승리가 전제된다. 이른바 우국충군憂國忠君은 신민의 본분이다. 따라서 필승의 신념으로 위무는 물론, 격려와 독전이 자못 선무공작적 복무의 차원임을 읽을 수 있다.

특히 중국 시에서 볼 수 없는 우리의 승군 모병 및 임전 독려는 전생안락이란 호국불교답게 호국=호법의 차원으로 승화되었음을 확인할 수 있다.

3. 참상과 연민의 의분

　전흔의 참상도 무망無望하긴 마찬가지지만, 무엇보다 비참한 것은 인간의 생명경시라는 죄악이다. 질병으로 쓰러진 생명도 가련하거니와, 무자비한 압제자의 욕망으로부터 생명의 고귀함은 인류의 양심으로 지켜져야 한다. 한·중 전쟁을 통해 저질러 진 생명경시의 참상은 이러하다.

孟冬十郡良家子	초겨울 열 고을 양가집 자제들
血作陳陶澤中水	죽은 피 진도의 못 물이 되었네
野曠天淸無戰聲	넓은 들 개인 하늘인데 싸워보지도 못하고
四萬義軍同日死	4만의 의군이 한 날 한 시에 전사했다오
仍唱胡歌飮都市	오랑캐 노래부르며 장안 술 퍼 마셔
都人回面向北啼	장안 사람들 얼굴 돌려 북쪽 향해 울며
日夜更望官軍至。	밤낮으로 관군의 수복만을 고대한다오.

〈杜詩諺解 · 四 · 悲陳陶〉

　안록산의 반란군과 전투다운 전투 한 번 해보지도 못하고 4만 여 양가 자제의 선혈이 진도 못물을 이루었다고 의분을 토하며, 이어 오랑캐들의 약탈과 만행을 꼬집는가 하면 어서 빨리 수복의 날이 오기를 고대하는 민정을 대신 헤아린 두보다.

… 前 略 …	… 전　략…
子孫陣亡盡	아들 손주 진중에서 모조리 죽었으니
焉用身獨完	어찌 이 몸 홀로 온전하길 바라리오

… 中 略 …	… 중　략 …
萬國盡征戍	천하가 모두 전쟁판이라
烽火被岡巒	횃불이 천하의 산하를 뒤덮었고
積屍草木腥	쌓인 시체로 초목은 온통 피비린내요
流血川原丹	흘러내린 피 내와 언덕을 붉게 물들였으니
何鄕爲樂土	어디인들 낙토가 있으리라고
安敢尙盤桓。	어찌 감히 주저하고 있겠는가.
… 下 略 …	… 하　략 …

〈杜詩諺解・四・垂老別〉

　　삼별 중 「늙은이의 이별」 장이니 '사사상합史事相合'한 아른바 "사실을 진술하여 바로 말하는敷陳其事 而直言之" 이른바 육의六義의 부체賦體다. 「석호리」의 지어미가 지략과 살신성인의 희생으로 지아비를 구했다면13, 「수노별」의 노옹은 "자식 손자 다 전쟁터에 끌려가 죽어버린子孫陣亡盡" 참상의 울분으로 지팡일 던지고 울부짖는 노처와 이별하는 실상을 직서했다14. 정남・중남은 모조리 전장에서 전사하고, 백골조차 거둘 이 없어 "그대 보지 못했는가, 청해 머리, 예로부터 거둘 사람조차 없어 딩구는 백골. 막 죽은 귀신 원통해 하고, 예 귀신들 곡하는데, 비라도 올라치면 처량도 하다오.君不見淸海頭 古來白骨無人收 新鬼煩怨舊鬼哭 天陰雨濕聲啾啾"〈杜諺・四・兵車行〉라 했는가 하면,

---

13 「石壕吏」, "暮投石壕村 有吏夜捉人 老翁踰牆走 老婦出門看 吏呼一何怒 婦啼一何 苦" 『杜詩諺解・四』 참조

14 浦起龍, 「垂老別」 "垂老別 行者之詞也, 石壕之婦 以智脫其夫 垂老之翁 以憤捨其家 其爲苦則同" 『讀杜心解』, p.25 참조

… 前 略 …	… 전 략…
夜深經戰場	밤이 이슥해 전쟁터를 지나려니
寒月照白骨	싸늘한 달이 하얀 백골을 비추는데
潼關百萬師	동관 길목을 지키던 백만의 군사
往者散何卒	지난 전쟁에서 어찌 그리 무참히 패해서
遂令半秦民	진의 반이나 되는 백성들을
殘害爲異物。	참혹하게 귓것이 되게 했더란 말이오.
… 下 略 …	… 하 략…

〈杜詩諺解 · 一 · 北征〉

라고 전쟁의 참혹한 죽임과 죽음의 현장을 고발하고 있다.[15] 전쟁으로 인한 참혹한 살상의 현장이 우리의 임·정란이라고 덜할 까닭이 없으니,

山雪河氷裏	눈 덮인 산 얼어붙은 강물 속엔
當年飮馬人	말에 물 먹이던 당시 사람들
黃沙餘白骨	누런 모래 벌엔 수습조차 못한 백골
腥草自靑春。	피비린내 먹고 자란 풀만 속절없이 봄빛이로세.

〈淸虛堂集 · 一 · 過古戰場〉

역시 두시와 전혀 다르지 않다. 서산대사로 더 잘 알려진 청허대사, 한 때 정여립의 모반사건 연루 운운하자, 놀란 선조대왕은 그의 시문집을 보고 새삼 대사의 시와 인품에 감복하여 묵죽화시를 하사했다

---

15 三吏 중 「동관리」의 "哀哉桃林戰 百萬化爲魚"와 같은 화소임.

하며, 임란 때 제일 먼저 대사를 찾게 되고, 대사 역시 승군을 맡아 팔도십육종도총섭이 되었다. 다음은 스승으로부터 도총섭을 승계 받은 사명대사의 시다.

… 前 略 …	… 전 략…
魚肉我民兮	어육이 된 우리 백성이여
相枕道路	길섶에 서로 베고 누웠도다
痛哭兮痛哭	통곡하고 통곡하도다
日暮兮山蒼蒼	날은 저물고 온 산은 음산한데
遼海兮何處	막막한 바다여, 예 어디멘고
望美人兮天一方。	님을 바램이여, 하늘 끝 먼 곳이로다.

〈四溟堂大師集·一·十月初三日雨雪寫懷〉

이 또한 승·속의 차별상을 무넌 대승적 보살행이자 철저한 호국·호법행이니, 청매선사의 "삼낙이 한날 한시에 적의 칼에 빼앗겨, 고기 덩이 된 백성 그 참상 어찌 다 이르료.三洛同時陷賊鋒 萬民魚肉慘何窮"〈青梅集·下·壬辰夏〉라는 연민의 자비심에 다름 아니다. 역시 사명대사의

兵後殘孫今始歸	전란에 남은 자손 이제야 돌아오고
荒山斜日冢纍纍	거친 산천 지는 해 무덤만 즐비하여라
舊時閭井塡荒草	한 때의 다복하던 마을 거친 풀 더미 되었으니
華表千年丁令威。	낯설어라, 천 넌만에 돌아온 정녕위 심정일레.

〈四溟堂大師集·一〉

562 우리 古典詩歌 바로 읽기

는 전란 후의 처절한 파괴상을 마음 아파한 시다. 마치 6·25를 겪은 강전섭의 전쟁이 할퀴고 간 황량한 철원의 비가_{悲歌},

한 때는 弓裔의 옛 都邑地였고
四萬 人口의 알뜰한 고향이었던 鐵原市가
이제는 무성한 雜草와
쨍쨍이 내려 쪼이는 햇볕들의
놀이터가 되어 있을 뿐이다.

　… 중략 …

彈痕에 찢긴 느티나무 한 그루
서 있지 않고
캐피텔라 소리를 記憶하는
電信柱 하나 남아 있지 않았다.

언제 이곳에도
와자하게 골목을 채우던
아이들의 웃음소리가 들렸으며
동구 밖에서 마을 처녀를 기다리는
사나이의 초조한 그림자가 흔들리고
있었던가.

〈강전섭·철원에서〉

와 그 전달 메시지가 너무나 방불하다. 강전섭의 6·25 황폐상을 다시 표의문자인 한자로 임란의 참상을 환치하면 동악 이안눌李安訥의 「4월 15일」이 될 것이다. 이 한 편으로 생명경시, 인간 환멸은 대변된다 할 것이다.

… 前 略 …	… 전 략…
驚怪問老吏	괴이히 여겨 아전에게 물어보기를
哭聲何慘怛	「곡소리가 저리도 슬프단 말인고」
壬辰海賊至	「임진년에 해적이 쳐들어와
是日城陷沒	가 날 이 성이 함락되었는데
惟時宋使君	그 때 우리 성주 송사군께서
堅壁守忠節	굳게 성문을 닫고 충절을 지키시니
闔境驅入城	온 골 백성들 성안에 몰려들어
同時化爲血	한날 한시에 죽어 귓것이 되었죠
投身積屍底	답쌓인 주검 속에 몸을 감춰
千百遺一二	어쩌다 한 둘이 살아 남아
所以逢是日	가 날을 맞게 되면
設奠哭其死	제상을 차려 죽은 넋 애도하죠
父或哭其子	아비가 아들을 곡하고
子或哭其父	아들이 아비를 곡하고
祖或哭其孫	할아비가 손자를 곡하고
孫或哭其祖	손자가 할아비를 곡하고
亦有母哭女	어미가 딸을 곡하고
亦有女哭母	딸이 어미를 곡하고
亦有婦哭夫	지어미가 지아비를 곡하고

亦有夫哭婦	지아비가 지어미를 곡하고
兄弟與姉妹	형제와 자매
有生皆哭之	산 자 그 누구도 울지 않는 이 없죠」
蹙頞聽未終	이맛살 찡그리고 듣다 못하여
涕泗忽交頤	문득 눈물이 주르르 턱에 흐르는 데
吏來前致詞	아전이 앞에 나와 아뢰는 말이
有哭猶未悲	「울어 줄 사람이라도 있는 집은 낫지요
幾多白刃下	온 집안이 한 칼에 꼬꾸라져
擧族無哭者。	울어 줄 이 없는 넋은 또 얼마랍디까」.

〈東岳集·八〉

장황한 대로 전문 대부분을 인용하므로 보충 설명을 약하려 한다. 제목의 「四月 十五日」은 임란 때(1592) 동래부가 함락된 날이다. 이때 동래부사 송상현과 함께 성문을 닫아걸고, 온 백성이 충절을 다 바쳐 장렬히 순국한 전쟁의 비극사를 이시론사以詩論史했다. 이는 물론 두시 「삼리」·「삼별」의 효체니, 후고 수사적 비교에서 상론하기로 한다.

Ⅳ. 결론과 남는 문제들

오랜 역사 민족으로 수많은 전쟁을 체험해 오면서도 전쟁문학은 그 양은 물론, 연구사도 논쟁사도 영성한 편이다. 따라서 6·25를 소재로 한 문학, 그도 주로 현대소설 장르 쪽에서 '전쟁문학' '전시문학' 운운할 뿐, '고전시가' 관련 논의는 진전이 없는 줄 안다.

　본고는 문제의 제기에서

1 중국의 안·사란을 소재로 한 두시와 우리의 임·정유재란을 소재로 한 시편을 '전쟁시'란 범박한 용어로 비교 정리하고자 했으며,

2 전쟁이란 압제적 통치자의 무모한 야망·공명심이 불러오지만, 그 결과는 역사의 가슴에 비수를 꽂는 인류 문명적 비극이라 전제하고, 안록산의 경우와, 풍신수길의 경우를 예시했다.

3 전쟁시 주제의 유형 중

① '비판과 풍자의 노래'에서 현종 초기의 변방개척, 양귀비를 위시한 后戚들의 호화 사치 음란 패덕 등 총체적 부패와 잦은 출병, 안일에 젖은 수장들의 직무유기 등이 안록산란을 전후한 비판 풍자인데 비해, 우리의 임란은 워낙 생래적으로 폄시해 온 倭寇인데다 수장들의 용렬한 대처, 그리고 오랑캐와의 선린에 강한 비판의식이 잠재해 있음을 읽을 수 있었다

② '위무와 독전의 충정'에서 한·중을 막론하고 적에 대한 不善·不義라는 명분논리상 善·義의 승리가 전제된다. 특히 중국 시에서 볼 수 없는 우리의 승군 모병 및 임전 독려는 衆生安樂이란 호국 불교답게 호국 = 호법의 차원으로 승화되었다 했다.

③ '참상과 연민의 의분'에서는 전흔의 무망한 참상도 그러하지만, 특히 무자비한 압제자의 욕망으로부터 인간생명의 고귀함은 인류의 양심으로 지켜져야 한다고 강조했다.

4 남는 문제로 지면상 다루지 못한 주제의 ④ 우시연민, ⑤ 옥중 恨情, ⑥ 영웅을 기린 상찬류'와 한·중 전쟁시의 수사론적 비교로서의 용사론 및 '병자호란 관련 전쟁시'등은 後稿로 미룬다.

〈2004. 한국동서비교문학저널〉

僧將의 戰爭詩攷
-全生安樂國, 그 反常의 美學-

Ⅰ. 문제의 제기

'병兵'은 오행의 금金이요, 관官의 형刑이며 때[時]의 가을[秋]이다. 그러므로 '火·器·丁' 등과 어울려 소삽하고 음산한 냉기, 이른바 살기殺氣를 지닌다. '장將'은 '용병用兵'이니 추상같은 호령, 일사불란한 거느림으로 살기의 부림이다. 그러기에 종교적 계율인 십계명Ten-Commandment이나 사미십계沙彌十戒 어디에도 살인, 혹은 살생을 전제한 반율反律·반상反常의 당위는 없다.[1] 그것이 출세간出世間, 혹은 출출세간出出世間的 아라한, 또는 보살행을 자임하는 승장僧將의 경우라고 해서 미화될 소지는 더욱 없다.[2] 기실 비구소승계의 계본 90종의 파일착波逸捉Pacittiya 중 제 61·62조는 중생을 죽이거나, 심지어 물속에 유충이라도 있는 줄 알며 마시는 행위조차 금하는가 하면, 사파라이四波羅夷[parajika 斷頭罪,

---

1 십계명 제 6조 ; "살인하지 말라." 및 사미십계 제 1조 "중생을 죽이지 말라" 참조
2 서산대사와 같은 시대 같은 門派인

또는 不共住罪] 제3조 역시 불살생계이다. 특히, 전진戰陣과 승려의 관계
는 자못 엄해서 그 48조는 "전진은 가서 보지도 말라"했고, 그 50조엔
"불가불 2~3 숙宿하더라도 전투하는 것을 보거나, 유군遊軍의 象馬力
勢를 보아서는 안된다"고 하였다. 대승보살계인 십중금十重禁·사십팔
경계四十八經戒의 제1조 역시 불살생계임은 소승계와 다르지 않다.[3] 그
러므로 불자인 승려는 본디 '상구보리上求菩提 하화중생下化衆生'을 이상
으로 수도할 뿐 '병'은 물론, '장'과는 더욱 무관함이 그 속성이다. 그
러나 그럼에도 불구하고 불법이 전래된 이 래 국가와 불교의 관계는
언제나 호법護法 = 호국護國이라는 등식이 유지되었는가 하면, 철저한
배불의 조선조에서조차 불자는 의義를 명분삼아 '승군·승장'으로, 때
론 국가의 운명을 자신의 사명으로 삼는 중원의 염파廉頗 장수 인가 하
면[4] 생령을 구하고자 적국에로 사신 가는 장건張騫이어야 했으며,[5] 더
러는 "피를 머금고 맹서하며 뽑아 든 칼, 오랑캐 다 베어 임금 은혜 보
답하리同盟揷血抽寶劍 斬盡胡兵報聖明"라고 맹서해 있는 4,000여 의병대상
허백당許白堂의 전쟁시[6]는 어떤 논리로 당위화 되고, 그 반상反常의 미
학을 가늠할 것인가?

---

3 김동화 ; 「사명대사의 사상」『불교학보』제 8집, 동국대학교 불교문화연구소, 1971. pp.144
~150 참조
4 『사명당집』·4.「再入賊營」의 3·4구 "白首空吟子美句 中原將帥憶廉頗" 참조
5 『사명당집』·7.「踰竹嶺」의 3·4구 "分身百億誰云妄 離幻翻成博望侯" 참조
6 『許白集』·2,「在安州大陣見邊報入城軍點以作」의 結聯

Ⅱ. 국가와불교 —全生安樂國

'군신간의 의義도, 부자간의 친함도 모르는 이단.無君無父之敎'이라는 유가의 폄하에 "불교의 심오하고 원대한 교리사상을 몰이해한 소치" 라고 매도하며, "유가의 국가관. 혹은 윤리관으로는 도무지 미치지 못할 고매한 이상을 지녔다"는 불가의 논리 중 우선 대 국가관은 어떠한가? 무엇이 소·대승의 계율을 초월하여 진호국가, 혹은 호국법회에 몰두하는 현신불교이게 하는 논리인가?

「왕론품王論品」에 따르면 "제왕은 백성으로 나라를 삼아야 한다"고 전제하고, "민심이 안정되지 못하면 나라가 위태로우리라"며, 고로 "제왕은 언제나 백성의 어려움을 보살피기를 어린아이와 같이 해서 마음에서 떠나지 않도록 할 것.王者得立 以民爲國, 民心不安 國將危矣. 是故王者 常當憂民 如念赤子"〈大薩遮尼乾子所說經, 第九〉을 훈고하고 있다. 이는 실로 민본사상의 유가 논리와 다를 바 전혀 없다. 이른바 민이 없는 나라가 있을 수 없고, 백성이 없는 임금이 존재할 수 없음이다. 그러므로 우민憂民을 여적자如赤子해야 천심인 민심이 함께 하여 여민동락與民同樂하는 이상경이 전개될 수 있다. 같은 논리로 중생을 떠나서 부처가 존재할 것인가. 또 중생을 저버린 수도자의 '上求菩提 下化衆生'이 무슨 의미가 있으며, 가능하기나 할 것인가? 더욱 모든 인류의 붓다화라는 중생 구제와 사바세계의 불국토화, 곧 불국정토의 신현을 위해서도 국가는 진호되어야 하고, 모든 중생은 안락해야 한다. 그럼에도 불구하고 만약 간악한 도적이 국권을 유린하고, 어여쁜 백성의 생명을 노적질한다면 한 줌 도적의 생명도 생명 아님은 아니지만, 더 고귀하고 많은 생병의 보존을 위해서는 '반율·반상도 義의 명분으로 정당화 되어야 할 것이다. "여래께서 이 세상에 오셨던 것은 이 중생을 구세하려는 것이었기" 때문이다. 물론 부휴浮休 선수善修나 정관靜觀 일선一善 선사의 원론적 갈등과 고뇌가 없을 수야 없었지만,

… 前 略 …	… 전 략 …
魚肉我民兮	어육이 된 우리 백성이여
相沈道路	길섶에 서로 베고 죽었도다.
痛哭兮痛哭	동곡하고 동곡하도다
日暮兮山蒼蒼	날은 저물고 온 산은 음산한데
遼海兮何處	막막한 바다여. 어디멘고
望美人兮天一方。	님을 바램이여, 하늘 끝 먼 곳에 계시네.

〈사명당대사집·1, 十月初三日雨雪寫懷〉

라는 참혹한 살육의 지경이 되고 보면 산문山門에서의 수도는 한낱 소아적小我的 방편일 뿐이다. 그러기에 청매靑梅 선사는 「책을 덮고」에서

學本爲修道	배움이란 본디 도를 닦기 위함이요
道本爲全生	도란 본디 중생을 온전케 하기 위함이라.
全生安樂國	중생의 온전이 곧 불국정토이거니
何必轉千經。	굳이 일천 경전을 뒤적여만 하나.

〈靑梅集·下, 置卷〉

라고 반문했는가 하면, 사명대사 역시.

白首空吟子美句　　이 나이에 속절없이 두보의 시구나 읊조리랴
中原將帥憶廉頗。　　중원의 장수 염파의 충정윤 회억한다.

〈사명당대사집』·4.「再入賊營〉

며 강적 진秦조차 넘보지 못했던 조趙나라의 염파이고자 한 대사, 그러
니 우국충정의 시구나 읊조리는 두보의 소극이 아니라, 가등청정과의
2차 만남에서 "네 목만이 우리 민족의 보배"라고 분기탱천하던 적극적
사명감을 노래하고 있다. 역시 사명대사의 「죽령에 있을 때 어떤 노유
가 산승임을 알아보고 도나 닦으라기에 답했다」는 시는 썩은 선비의
무사안일을 통박한 불가의 명쾌한 대승적 논리라 하겠다. 예컨대,

西州受命任家裔　　서주에서 명을 받아 가업을 이었으니
庭戶堆零苟不容　　퇴락한 집[산사] 안에 머물 수 없었오.
無賴生成逃聖世　　부질없이 살아남아 성세를 노피하여
有懷愚拙臥雲松　　어리석게 구퓨 솔에 누웠을 수 있으리오.
山河去住七斤衲　　오가는 산하 일곱 근 장삼이요
　宇宙安危參尺節　　우주의 안위는 석자의 지팡이에 달렸네.
是我空門本分事　　이것이 우리 공문의 본분인데
有何魔障走西東。　　어느 마귀가 동서로 내닫는 발길을 막으랴.

〈사명당대사집·七, 在竹嶺 一儒老識山僧 不得停息 以拙謝之〉

라 했음이 그렇다. 선조 8년(1575) 봉은사 주지를 사양하고 묘향산에
들어 청허淸虛의 문하에서 참학參學하여 법맥을 잇고, 동왕 25년(1592)
임란 시 선조의 의주 파천을 접하고, 충의를 발휘하여 승군 수백을 모
아 순안으로 가7 제도의 승병을 총섭하던 서산대사로부터 의승도대장

義僧都大將을 승계 받았으니 가업을 이은 것이다. 산문의 운송雲松에 누워 성세를 도피하기보다는 도탄에 빠진 생령을 구제함. 그것이 현세적 부귀와 명예를 위함이 아닌 공문의 본분이기에 명분보다 숭고한 실천적 자비행인 것이다.

정묘란에 이어 병자호란 때 安州에서 크게 활약한 의승대상 허백당 虛白堂 명조明照(1593~1661) 역시 그의 「진중에서 느껴워」에서 창생과 법도를 지키기 위한 용전勇戰임을,

爲國行權孰我先	나라 위해 권세 부림, 나와 어느 것이 우선하나
三年獨宿障江邊	삼 년 동안 홀로 장강 갓을 지키노라.
腰間佩劍誠何事	허리에 찬 칼 정녕 무얼 하잔 건가
一爲蒼頭一爲天。	만백성 위함이요, 법도를 지키렴이지.

〈허백집·二, 陣中書懷〉

라고 노래하고 있다. '창두蒼頭'는 곧 만백성이요 중생이며, '天'은 '君·國·佛法'이래도 좋다. 문제는 국난 타개와 전생안락에 유·불이 따로 있단 말이며, 있다면 난세의 오늘이 있기까지 유로자儒老者가 이룩한 무엇이 있단 말인가. 여기에 염파가 되고 장건이 되어 전생安樂을 이룩해야 할 사명을 불태운 승장들의 반상反常의 미학이 꽃피는 논리의 당위가 있었다.

---

7 『行蹟』; "宣廟西行 都城守失, 只見班衣陸梁之影. 大師齒禁齗戟手 抗義募集數百僧 亟赴順安郡, 諸義僧皆來 會有衆數千矣." 참조

Ⅲ. 승장의 전쟁시 —反常의 美學

파란만장한 민족사였기에 수많은 국난을 겪어야 했고, 때마다 슬기와 용맹으로 극복한 명장대첩이 있었지만, 승군·승장이란 어휘는 조선조 임란 이후에야 등장한다. 워낙 승군이란 비정규군인데다 유사시라도 '승도를 모아 군(정규군)에 편성'시키거나. 고려 숙종 9년에 윤관尹瓘의 진언에 따라 "승도를 모아 항마군降磨軍(일종의 상비군)을 조직하였고, 고종 19년에 쳐들어온 몽고군의 도원수都元帥 철례탑撤禮塔을 처인성에서 사살한 김윤후金允候도 승군, 또는 승장이라 하지는 않았다. 그러다가 임란 이후 의병과 함께 봉 기한 스님들을 의승군이라 하고, 그 최고 장수를 의승군대장이라 하였으니 임난 때 3대 의승장이라 하면 송 운 유정, 기허당 영규,뇌묵당 처영을 비롯해 청매 의엄을 들 수 있고, 호란胡亂 때의 대표적인 승장으로는 벽암 각성, 허백당 명조, 회은 은준, 그리고 문장대가로까지 평가받던 백곡 처능을 들 수 있다. 이들 중 본고에서는 서산. 청매. 사명. 허백, 백곡의 작품들을 대상으로 전쟁문학. 그 시적 특질을 살펴보고자 한다. 승장 개개인의 약력 및 활약상은 김영태 교수의 「조선시대의 승장에 대 하여」에 상고되었으므로 중복을 피하기 위해 생략한다.

1. 報國

나라는 백성의 집이다. 그러므로 집을 지켜야 할 의무에 유·불, 승·속의 차별이 있을 수 없다. 국은 곧 군이다. 따라서 운수승이야 '구름 낀 볕뉘도 쬔 적 없다'지만 신민臣民의 충정은 있는 법이다. 그러기에

임진년 선조대왕의 의주 파천을 접한 사명대사는 충의를 발현하여 여
러 스님께 이르기를,

> 우리가 이 나라 국토에서 살며 편히 살기 수십 년이었던 것은 추호같이
> 작은 일일지라도 모두 임금님의 힘이다. 이같이 위급한 때를 만나 차 마
> 앉아 보고만 있을 수 있겠느냐.
>
> (宣廟西行 抗議慷慨, 語諸僧曰 "我等生居國土 息食優遊 閱有年紀者
> 秋毫 皆上力也, 值此難危 豈忍坐視)　　　　　　　　　　〈石藏碑文〉

며 곧장 수백 승려를 모아 급히 순안에 이르자, 여러 의승들이 모여
무리가 1,000여 명에 이르렀다 하고, 때에 청허대사가 조정의 명으로
총섭제도승병을 맡았으나, 고령으로 대사에게 위탁하여 드디어 대중
을 통솔하고 체찰사 유성룡을 쫓아 명나라 군사를 도와 다음해 정월
평양성을 회복 하였다.[8] 함은 불이법문不二法門의 참다운 충정 바로 그
것이요, 조국애의 열정, 나아가 의승군 참전의 당위화, 그리고 민족
생사의 선택적 사명 제고라는 전쟁문학, 그 시적 당위의 논리화이기
도 하다. 그러기에 청매선사의,

三洛同時陷賊鋒	삼락이 한 날 한시에 적의 칼에 빼앗겨
角聲旗影動江城	나팔 소리 펄럭이는 깃발 강성도 요란하다.
匣中寶劍中宵吼	갑 속의 보검 한밤에 우는 뜻은
願斬妖邪報聖明。	요귀를 베어 성은에 보답코자 함이라.

〈사명당대사집·一, 壬辰十月領義僧渡詳原〉

---

8 「石藏碑文」; "卽募數百僧 赴順安 則諸義僧 皆有會有衆數千矣. 時清虛以朝令 總攝諸道
僧兵, 辭以托痾師以代 遂統大衆 從禮察使柳成龍 協同天將. 明年正月 破平壤…" 참조

는 충분과 기개와 지결志決은 그것이 현세적 명분이거나 영달을 위한 살생이 아니라, 살생의 원흉을 삼제하므로 어육의 고해로부터 만백성을 구제하려는 자비행인 것이다.

　누구를 위하고 무엇을 하자던 십년의 참선이었던가? 자신의 시 「치권」에서 밝힌 대로 "도란 중생을 온전히 구제하기 위함이요, 중생의 온전이 청정불국토"이건만 '삼락'이 동시에 '적의 칼날[賊鋒]'에 함락되고, '만 백성[萬民]'이 '어육魚肉'이 된 참극을 앉아서 볼 수만은 없기에 석장대신 창을 잡았으니 염정불이染淨不二의 법력이자, 큰 자비의 실천행이다. 송운대사의 원력은 또 어떠한가. 삼십만 대군을 살수에 수장시킨 우리나라 최초의 승전시인 을지문덕乙支文德 역시 「여수장우중문」 시가 적장을 집어삼키고 남을 기개라지만, 이 역시 한 밤에 표효하는 분충이 요사한 적을 참살하고도 남아 정작 보국의 의지는 물론, '멈춰야 할 곳에서 멈출 줄 알면 죽음을 면하고, 가히 장구하리라.知止不殆 可以長久'라는 『도덕경』의 요체를 함축해 있다 할 것이다.

羽檄傳馳星火速	별똥처럼 날아드는 격문과 전갈
義僧招集次第行	의승을 불러 모아 차례로 사열하다.
長旗幟影掀山岳	나부끼는 깃발에 산악도 흔들리고
角唄高低動江城	퍼져나는 나팔소리 강마을 뒤흔든다.
精練高操連九旬	고된 전법훈련 석 달째 계속되고
巡更木鐸過三更	순찰하는 목탁소리 한밤을 지새운다.
同盟揷血抽寶劍	피를 머금고 맹서하며 뽑아든 칼
斬盡胡兵報聖明。	오랑캐 다 베어 임금 은혜에 보답하리.

〈허백집·二, 在安州大陣見邊報入城軍點以作〉

역시 허백당의 현장감 넘치는 전쟁시문학이다. 빗발치는 격문과 전
갈. 삼엄한 군율. 산악도 강성도 뒤흔들리는 깃발과 고각의 위용. 각
고의 훈련, 이 모든 소재적 현장성이 '참진호병斬盡胡兵'하여 성명에 보
답코자 함이라 하므로 기개와 의지는 이미 적을 무찔렀고, 그 시적 텐
션은 전쟁문학의 압권이 되었다.

2. 傷情

산문을 떠나 '효의孝義'와 '안민보국安民保國'이라는 충정9으로 원문轅門
에 뛰어드는 승장, 난마亂麻같은 심서는 산승이기에 더할 것이다.10

전쟁문학으로서의 '상정'이라면 '전흔 뒤에 전개되는 삶의 궤적',그
참담 처절, 이른바 비인도적 현상 고발. 혹은 그 극복의 의지로 승화
되는 시적 정서를 의미하나, 본 항에서의 '상정'은 전쟁시의 주체이자
없을 수 없는 산승의 비장미, 특히 생민의 참상, 참혹한 현장, 그리고
난후의 황폐화에 대한 비감 및 전사한 선우에의 애도 등을 포괄하기
도 한다.

龍旌西指禁城空　　임금님 의주로 파천하서 궁궐은 비었고
文武衣冠道路中　　길을 가득 메운 문무의 행차.
日暮遼雲是何處　　날 지문 아득한 구름 여기 어딘고
草衣回首淚無窮。　머리 돌린 상삼에 한 없는 눈물.

〈사명당대사집·四, 聞龍旌西指痛哭而作〉

---

9 『허백집·二』;「館習鎭書懷」3·4句 "全體揚名全孝義 安民保國切忠情" 참조

10 『사명당대사집』;"旅遊心緒亂如麻　落日空瞻北去鴉　誰道山僧無顧念　夢魂頻度漢江
波." 참조

　임란 후 선조께서 의주로 몽진했다는 소식을 듣고 통곡하며 쓴 시다. 실로 임란을 소재로 한 시의 압권으로 통칭되는 이호민李好閔의 "착막한 임금님 마음 강물만 굽어보고, 처량한 대신들 시름 속에 날이 저문다.天心錯莫臨江水　廟算凄凉對夕暉"11를 연상케 하는 참담이다. 여기에 산문이 아닌 원문에의 충의, 아니 소아小我가 아닌 대아에로의 대승적 자아 실행이 분루를 분충으로 승화시키는 비장미가 있다.

綸說飛來募義兵	의병 모으란 어명이 날아와
壯士糾合四千名	규합한 장정 4천여 명.
江邊只見旌旗色.	깃발만 펄럭이는 강 뚝
城上唯聞羽檄聲	화살만 윙윙 나는 성채.
溝壑塡委誰最恨	구렁을 메운 시체 누구의 한이며
道途狼狽我心驚	놀라와라, 거리미다 딩구는 주검.
百詳樓下淸川水	백상루 아래 청천강 물조차
長帶餘悲徹夜鳴。	긴긴 슬픔 묻어 안고 울어 밤길 예도다.

〈허백집·二, 丁卯正月元日領義僧入安州大鎭接戰〉

　사명대사의 앞 시가 임란 시 의주 몽진을 소재로 한 것인데 비해, 허 백당의 이 시는 정묘호란 때 강화도 파천의 참담을 시화한 것이다. '의병 모집의 비보'에서 전황의 화급함과 '4,000여 의승 규합'에서 피 끓는 조국애와 호국의지, 아니 대승적 자비행이라는 불자의 의지를 읽을 수 있는가 하면, '정기'와 '우격'의 빛·소리에서 소삽한 공감각을, 그리고 '구학'과 '거리'를 가득 메운 주검들, 저 금수 같은 인간성의 말

---

11 『오봉집·四』「龍灣行在聞三道兵進攻漢城」 5·6句 참조

살적 비애, 그것을 대신해 밤도와 울어 예는 청천의 유정수로 감정이 입했다. 그리고 이어서,

<table>
<tr><td>… 前略 …</td><td>… 전　략 …</td></tr>
<tr><td>陣雲舒卷愁無盡</td><td>개였다 흐렸다 하는 전진의 구름 끝없는 시름</td></tr>
<tr><td>角唄高低恨不窮</td><td>구성진 저 호각 소리 한없는 안타까움이로다.</td></tr>
<tr><td>願抱龍泉誅賊藪</td><td>바라건대 용천검 뽑아들고 적의 무리 베어</td></tr>
<tr><td>宸襟回復大明宮。</td><td>다시금 우리 임금 대명궁으로 돌이 오게 하리다.</td></tr>
</table>

〈仝上, 丁卯初八日入安州鎭 聞龍旌西指江華島痛哭而作〉

라는 당위와 신념으로 비장을 시화했다. 일락배락하는 전운과 그에 따른 희비, 희살짖는 호각 소리, 이 모두가 낙토를 앗아간 수한愁恨이다. 그러므로 청천의 맑은 물 섭리대로 흐르고, 대명궁의 성주 국권을 회복케 함, 이것이 호국이요 호법이며 중생의 안락한 삶을 누리게 함이니 이른바 불자 '상구보리 하화중생'이라는 대아지 본분사인 것이다.

<table>
<tr><td>山雪河氷裏</td><td>눈 덮인 산 얼어붙은 강물 속엔</td></tr>
<tr><td>當年飮馬人</td><td>말에 물먹이던 당시 사람들 시체.</td></tr>
<tr><td>黃沙餘白骨</td><td>누런 모래 벌엔 수습조차 못한 백골</td></tr>
<tr><td>腥草自靑春。</td><td>피비린내 먹고 자란 풀만 속절없이 봄빛이로세.</td></tr>
</table>

〈청허당집·一, 過古戰場〉

휘는 휴정休前(1522~1604)이요, 청허淸虛라고 호한 서산대사의 옛 전쟁터를 지나는 감회다. 일찍이 정여립鄭汝立의 모반사건(선조 22년 1589)에 사명대사와 함께 화가 미치게 되자 놀란 선조대왕은 청허의 시문

집을 보고 새삼 대사의 시세계와 인품에 감복하여 묵죽화와 시[12] 한 수를 내려 위로하였고, 대사 역시 묵죽화를 통해 성군의 마음을 읽는 군신 이상의 인간적 신의를 맺게 되어, 3년 뒤 임란 때 선조는 대사를 찾게 되고, 대사 역시 승군을 일으켜 70의 고령에도 팔도십육종도총섭이 되었던 것이다.

한편 대사에게는 칠언고시 「싸움터의 노래」가 있으니,

… 前 略 …	… 전　　략 …
兩兵交功香莫分	양 군의 접전 아득히 분별할 수 없고
忍通大聲波欲渴	비통함 참는 울부짖음 파도도 말랐다.
霜劍如林飜日色	햇빛에 섬뜩이는 서릿발 같은 칼날들
斬盡千頭如一髮	머리카락 베듯 쳐버린 일천여 목.
茫茫碧海驚魂泣	아득한 푸른 바다 놀란 혼백의 울음
夜月寒波照白骨。	차운 모랫벌의 백골 비추는 싸늘한 달빛.
… 後 略 …	… 후　　략 …

〈청허당집·一〉

이 그것이다. "당시 해전하던 때를 생각하면 나는 듯 질주하던 함정들 하늘의 독수리 같았다.憶曾當日水戰時　萬艇飛海如天鷴"는 회억으로 시상을 열고, 육지전보다 더 참혹하고 어려운 해전. 비명과 호령에 묻혀버린 파도소리, 넋을 빼고 혼을 부르는 칼날에 쾌도란마하듯 떨어지는 도적의 목, 실로 귀신도 울고 백골도 소름치는 아비규환의 현장성, 이른바 그 소재적 사실성과 비유의 적절성으로 시적 긴장을 고조시켜서는

---

12 이종찬 ; 『한국불가시문학사론』「청허의 시」"棄自毫端出　根非地面生　月來無見形　風來不聞聲." 및 "瀟湘一枝竹　聖主筆頭生　山僧香宿處　葉葉帶秋聲." 참조

"그대 듣지 못했는가, 태평이 오래면 인심이 사나와 게으르고, 방자·안일해져, 하늘이 벌을 내린다君不聞太平日久人心頑 放逸懈怠天亦罰"고 훈고하므로 이제도 귀에 쟁쟁한 고덕대승의 유음을 듣는 듯하다.

「옛 전쟁터를 지나며」역시 직접 진두지휘했던 승장으로서의 전흔의 터, 거기 백설을 이불삼아 수습치 못한 시체며, 이리 저리 뒹구는 말 못하는 백골의 원한, 아니 문드러 썩어가는 육신을 자양삼아 아이러니컬하게도 무성히 자라난 풀. 여기 원혼으로 사원 백골도 그 당시엔 '이 풀보다 더 푸른 청춘'이었더라는 잔인한 전쟁에의 증오와 고발, 나아가 실현되어 야 할 전생안락국에의 염원이 함축된 전쟁문학의 백미라 하겠다.

兵後殘孫今始歸	전란에 남은 자손 이제야 돌아오고
荒山斜日冢纍纍	거친 산천 지는 해 무덤만 뮤성듭성.
舊時閭井塡荒草	한 때의 다복하던 마을 거친 풀 더미 되었으니
華表千年丁令威。	낯설어라, 천 년 만에 돌아온 정령위 심정일레.

〈사명대사집〉

永崇宮殿藜三尺	아스란 궁전엔 잡초만 무성하고
虹霓門樓已成煬	무지개 같던 문무는 재가 되었네.
億萬人家何處去	하고 한 백성의 집들 어디로 가고
春風燕子說興亡。	바람탄 청제비듭민 흥망사 조잘대네.

〈허백집·二, 丁卯焚煬後彼招入平壤〉

전자는 사명대사의 임란 후 사회상 고발이요, 후자는 정묘호란을 겪은 평양성의 폐허 및 그 참상을 묘사한 허백당의 시다. 무참히도 파괴되고, 철저하게 요절당한 전흔 위엔 다시 삶의 궤적이 그려질 것 같지 않다. 돌아온 잔손殘孫도, 그것을 바라보는 두 작자도 시간은 다르다지만 상황은 일반이어서 어쩌면 조국의 산하 같지 않다. 천년 만에 학이 되어 고향에 돌아온 정령위마냥 낯설기만 한 현실, 무엇을 할 수 있는가? 전무대책! 저 무정한 자연의 섭리에나 맡길 일인가. 아니다. 이제라도 국가의 안위와 국력 배양에 전심하므로 또 다른 재앙을 막아야 한다. 여기에 의승장들의 새로운 책무가 따랐으니 수많은 축성은 물론, 군수물자 비축 등 진실로 몽매에도 잊지 못하는 산사에로의 귀향은 푸념처럼 부르짖는 노래가 되었다.

　다음은 안주 절도사 남이흥南而興과 방어사 김준金俊의 전사비보를 접한 허백당의 상도시傷悼詩다. 상정傷情을 주제로 한 전쟁시적 화소를 편의상 풀이 만 곁들여 부기해 둔다.

掃盡凶奴正塞外	흉노를 쓸어내고 막아야 할 국경 밖에서
骨爲塵土臥他鄉	육신은 흙이 되어 타향에 누웠구려.
軒門未遂平生志	군문에서 평생의 뜻 이루지 못하고
化蝶春前自斷腸。	봄도 오기 전의 나비되어 애간장 끊누나.

〈허백집·一, 哭安州節度使南而興戰死〉

胡塵竟作靑丘沒	오랑캐의 선진 끝내 이 강산 뒤덮혀
塞外天山掛一弓	변방 밖 하늘산에 한 활을 걸었노다.
鐵石忠心何處在	철석같은 님의 충정 어디 있단 말인고
淸川殺氣射神虹。	청천강에 어린 살기 하늘 무지개 뚫누나.

〈仝上, 哭防禦使金俊俊戰死〉

3. 交隣

　그 지극한 정성으로 임금 은혜를 갚고자 하늘에 맹서하고 원수를 보복하여, 종묘사직을 걱정하고 생령을 구제하여 힘껏 중흥의 계획을 도운 것이 곧 진혜眞慧가 아닌가. 한 돛단배로 바다를 건너가 왜왕을 굴복시켜 수천의 포로를 고래와 악어의 아가리에서 탈출시킨 것이 곧 대자비가 아닌가. 이것이 '무상보리無上菩提 반야종법般若宗法'이 되며 뢰정雷霆도 범할 수 있고, 금석도 관통할 수 있어 철액鐵額인 치우蚩尤도 감히 더불어 강함을 다투지 못하는 것이다.13

　『분충서난록』을 편찬한 신유한申維翰의 「발」 중 사명대사의 유불 융합적 호국행적의 위대함을 칭송한 부분이다. 실로 대사야말로 "육조의 문답으로 수많은 생령을 구하였으니, 그 공을 표창하자면 기린각에 그려질 것이요, 그 자비를 말하자면 금모사자金毛師子14라는 유최기兪最基의 「진찬」과 같이 전진의 용장이자, 외교의 귀재였음은 다음의 시편들이 증명한다.

盛世多名將	성세라 이름난 장수들 많다지만
奇功獨老師	기이한 공이사 오로지 스님 차지.
舟行魯連海	노중련의 바다를 배 타고 가
舌聘陸生辭	육가의 언변으로 담판 내시리.
變詐夷無厭	변덕은 오랑캐의 타고난 버듯
羈縻事恐危	어설킬 일 생길까 두렵기도 해.
腰間一長劍	허리에 비껴 찬 한 자루 장검

---

13 『한국불교총서』 9 ; 「신각송운대사분충서낭록발」 참조
14 같은 책 「진찬」 참조

今日愧男兒。　　오늘도 장부 구실 못해 부끄러울 뿐.

〈芝峯類說 文章部·六, 贈四溟山人往日本〉

난 후 선조의 명을 받고 통신사로 도일渡日할 때 이수광이 대사의 시 「謹奉洛中諸大宰乞渡海時」에 응해 쓴 시다. "성세라, 내로라는 인물이야 많다지만, 우뚝한 공이야 스님 홀로 독차지"라는 칭송으로 시상을 열고, 진秦의 노중련 같은 지조와, 한漢 고조高祖 도와 천하를 평정하고, 뛰어난 말솜씨로 조越 지방을 한에 병합시킨 육가의 외교술로 독대하여 일본을 복속시켜 달라는 당부로 부연했다. 아울러 오랑캐의 변덕에 유의해야 한다는 조심으로 경련을 삼고는 왜적을 일거에 쳐 없애지 못한 부끄러움으로 결구하므로 대사에 대한 정중한 예도를 갖췄다.15 실로 "중생을 구제하기 위한 자비의 배로 석장을 휘날리며 서울을 떠나"16에 왜왕을 설복시키고 수천의 남녀 포로 구제조차 대사의 또 다른 법력과 교린술에 의지할 수밖에 없던 당시 상황을 읽게 한다.

임진 년(1592) 여름 금강산 유점사에 내침한 왜적의 퇴치 및 고성의 아홉 군이 화를 면한 것 등은 대사의 도력道力에 힘입은 바였겠지만,17 일본에서의 선린 외교적 성취는 법력에 못지않은 교린의 업적으로 인정되어야 할 것이다. 특히 好佛倭將 덕천가강을 위시하여 일본 승려 圓光元佶長老, 承兌西笑長老 玄蘇, 宿蘆 선사 및 일반 추종자들을 감화시킨 시편을 통해 교린 문학적 특징을 살피기로 한다.

---

15 김갑기 외 ;『한문학사』第三部 第二章. 조선후기 한문학 2.1. 임란의 체험과 그 시적 수용. pp.364~365 참조

16『한국불교총서』9.「분충서난록」소재 鄭斗卿의 渡海詩 "慈航本欲濟衆生飛錫飄然出漢城 蓮社禁期陸生舌 湯休別怨退之恨" 참조.

17『조선금석총람』하. 許筠撰 「해인사석장비문」"飛錫人高城 則賊將三人俱加禮遇. 師以書勸其勿嗜殺 則三將刑皆供手受戒…" 참조.

邐來衰鬢逐年華	젊은 날 쫓기다 이제는 센 머리
又泛南溟八月槎	또 다시 남녘 바다 팔월의 뱃길.
곡비折腰非我意	팔짱 끼고 허리 굽힘 내 뜻 아니건만
奈何低首入讐家。	어째서 머리 숙여 원수의 나라에 가야한담.

〈사명당대사집〉

선조 36년(1603) 어명을 받고 서울에 왔다가, 익년 국서를 갖고 일본으로 가던 8월, 부산 앞바다에서의 작이다. 개인적[小我]으로야 본디 산인인 작자가 산문을 날 리도 없거니와, 항차 원수의 나라이겠는가. 그러나 피아의 피폐한 백성을 위해[大我] 박망후博望侯가 되기로 작심한 이환離幻이라, 정작 인욕의 비장미로 승화된 출정의 심회다.

無位眞人沒形假	정체 없는 참사람 형체도 없어
尋常出入面門中	이목구비 어디나 항상 출입하지.
倘能一念回機了	만약 한 생각 기미를 돌릴 수 있다년
踏斷電光流水聲。	번갯불을 밟고 물소리 잘라 내야지.

〈사명당대사집·7〉

어느 일본 승려가 대사에게 법어法語를 청하기로 써준 시다. '무위진인'을 수도에 전념하여 일체 차별상을 초월한 경지라 할 때 '面門', 곧 오관은 이목구비라는 별상別相을 뛰어 넘어 이미 총상總相으로 인지된다. 그러므로 무상한 출입이 가능하니 굳이 '언어다. 문자다'라는 매임에서 벗어나 이심전심以心傳心이면 되는 것이다. 하필 언어나 문자에 의지해 터득한다면 그것은 교학敎學이지 선지禪旨가 아니다. 선지야 번갯불을 밟고 물소리를 자르듯 일체의 생각 자리를 끊는 것, 이른바 절여망연絕慮忘緣에 있다는 격외의 선지를 불립문자不立文字이건만, 불가불 문자에 의뢰하자니 초절의 난삽을 떨었다. 화두와 같은 진리의 선학에 대오大悟했을 왜승, 이것이 바로 선린외교요, 교린문학인 것이다.

一大空門無盡藏	크나큰 공간 다함없이 쌓였어도
寂知無臭又無聲	냄새 없고 또 소리 없음을 이윽히 알라.
只今聽說何須問	이제 무엇을 듣고자 다시 묻는가
雲在靑天水在甁。	구름은 하늘에 있고 물은 병 속에 고인 것을.

〈사명당대사집·7〉

일본의 관백 덕천가강의 아들이 스님에게 선학에 대한 가르침을 청해 오기에 써준 시란다. 고승의 인덕과 큰 자비행에 감복된 원수국 관백의 아들이지만, 지금은 참학參學의 문생門生일 뿐 피아의 감정이 없다. 오직 공경과 자애의 스승과 제자로 말을 여위는 이심전심의 심법으로 선학 입문에 몰두해 있다. 그러니 불교에 귀의해 있던 관백 덕천가강과의 강화수교는 물론 1,500여 남녀 포로 귀환은 온전히 대사의 열정적인 우국충정과 보살행 같은 중생구제 정신이 그의 넘나는 도풍道風. 고격高格한 교린문학의 감화와 결합되어 이뤄낸 결실이라 해도 지나친 말이 아니다. 이는 일본 승려 承兌와의 교계가 증명한다 하겠다. 곧

雨餘庭院淨沙塵	비 개인 뜰악이라 티끌조차 씻겨 맑아한데
楊柳東風別地春	버들에 이는 실바람 색다른 봄 정취
中有南宗穿耳客	그 중에 귀 뚫린 남종의 선객
世間皆醉獨醒人。	온 세상 다 취해도 홀로 깨인 그대.

〈사명당대사집·7〉

라는 작품이 그것이다. 아직은 오랑캐일 수밖에 없는 남종에 그나마 동풍 같은 천이객穿耳客, 몽매 중에 깨인 수도자이기에 체재 중 유독 많은 애정과 수답을 남겼고, 귀국 후 찾아온 그에게 미쳐 다 귀환치 못한 포로 송환 문제를 당부한 점 등 대사의 선린외교에 실질적 도움을 주었던 사실 역시 그의 남다른 법력과 함께 교린문학이 성취한 결과라 할 것이다

4. 영원한 山人

九華仙洞鹿成群	구화산 신선굴서 사슴과 떼지어
四十三年管白雲	흰 구름 더불기 사십 삼년.
歲晚誤爲征戍子	늙마에 어쩌다 그릇 출정한 군사로
鬢絲如雪走轅門。	눈발같이 흰머리 휘날리며 군문에 치닫노.

〈사명당대사집·7〉

산인이라 함부로 나지 않아, 고로 이끼에 묻힌 오솔길[山人不浪出 古徑蒼苔沒],**18** 거기가 바로 사슴과 백운과 산승이 절려絶慮하고 망연忘緣해 더부는 곳이다. 선사는 43년을 그렇게 살다 신민의 충의와 자비행의 실천이라는 가업을 받들고자 군문에 나서 공업을 오로지 했을 뿐만 아니라, 현세적 봉작도 유혹도 많았지만**19** 의마경비는 워낙 바라

---

18 김갑기 역주 『三韓詩龜鑑』 소재 이규보의 「北山雜題 四」, p.152 참조

19 선조 26년 3월 평양 소서행장의 군사를 격파하고, 도원수 권율을 따라 영남 의령에 주둔할 때 당상관의 직을 받았고, 동왕 27년에는 승려 劉秉忠 姚廣孝를 들어 "백리의 땅을 맡겨 삼군의 지휘권을 주겠다"는 선조의 회유가 있었는가 하면. 동왕 30년엔 가선대부의 직계와 동지중추부사의 직첩을. 그리고 동왕 38년엔 가의대부 및 어마와 비단 등을 하사 받기도 하였다.

는 바가 아니었다.[20] 그러니 위란에 처한 국운이 한스러울 뿐 마음은
언제나,

　　… 前 略 …　　　　　　… 전　략 …

城隅落照看廻鳥　　　　성 모퉁이 날 저물자 돌아오는 새를 보고

天外歸心望去雲　　　　변방에서 돌아가고픈 마음 떠가는 구름만 바란다.

掃塵妖氛定何日　　　　언제나 오랑캐의 요망한 기운 쓸어 없애고

撥灰金鴨細香焚。　　　금압로 재불 뒤적이며 향불 사룰고.

〈사명당대사집 · 3, 己亥秋奉別邊注書〉

를 고대하고 있다. 물론 푸른 구름 속에서 황학과 더불어 범패소리를
들으며 그대와 마주 앉은 금압로리니 한음좌상과 수답한 시

　　… 前 略 …　　　　　　… 전　략 …

身落遐荒頭已白　　　　몸은 먼 변방에 있어 머리 이미 희었고

夢得靑桂月空姸　　　　꿈에 청계를 찾으니 달빛만 속절없이 곱구나.

何時黃鶴碧雲裏　　　　언제쯤에나 푸른 구름 속에서 황학과 더불어

淸焚燒香臥洞天。　　　맑은 범패 소리에 향 사루며 신선골에 누을고.

〈사명당대사집 · 3, 萬景臺上漢陰左相〉

와 한 꿰미다. 쌍문당에서 담상공譚相公의 시에 차운한

---

20 『사명당대사집』 三, 「過鐵州」의 3 · 4구 "衡峰燒芋眞吾願 管路乘肥豈我宜" 참조

百歲三分已二分　　한 생을 3분하여 이미 그 2분이 지났건만
祗今行止更如雲　　지금의 이 행보 다시 뜬 구름.
何時高臥崇山室　　어느 때나 숭산의 재실에 높이 누워
鶴唳猿啼半夜聞。　한밤에 학 움음 납의 파람 듣어볼고.

〈사명당대사집·4, 雙雲堂次譚相公韻〉

도 한결같은 산인이 마음 그대로다. 남달리 당대의 진신석학 및 제일 문사들과 교유가 많았던 대사이다. 따라서 윗 시편들은 고를 달리하여 상고할 일이기에 약하거니와, 당시 승장들의 한결같은 시심을 살피기 위해 시대 별로 약술하기로 한다.

江含旗影動　　강물은 깃발 그림자로 출렁이고
山帶劍光高　　산은 칼 빛 받아 더욱 높아라.
却憶曾捷息　　문득 예전에 몸담았던 곳 생각하니
天峰片月孤。　온 산봉우리 외로운달.

〈청매집·하, 法興陣 二首〉

청매선사의 산인 심이 전진戰陣의 현실을 잊고자 짝 잃은(?) 천봉의 고월을 향해 있다. 2수 중 첫째 수에서는 "전진에 나온 후 알 수 없는 산문의 소식. 허리에 비낀 삼척의 칼 어루만지며 황혼이 물든 서녘 하늘로 머리 돌린다.自動干戈後 鄕關信不傳. 腰橫三尺劍助 回首暮雲邊"이라 했으니 '산림의 선객이고자 하는 심회'는 허백당과 다르지 않다. 예컨대

髫年薙髮入雲房　　어린 시절 머리 깎고 산문에 들었거늘
元帥璽書取利聲　　원수의 직책으로 명리의 소문 따를 줄이야.

全體揚名全孝義　　가 몸 이름 날림은 온전히 효와 충 때문이니

安民保國切忠情　　백성의 안성 나라 보전 간절한 충정이라.

雖然不作山林客　　비복 그렇다 하나 산림의 선객이 되지 못한다면

也是難俊佛淨行　　부처님의 청정행을 따르지 못하리.

何日手傾滄海水　　어느 날에나 저 창해수기우려

一洗眞僧大將名。　참다운 중으로 대장의 이름 씻을까.

〈청매집·3, 館習鎭書懷〉

가 그것이다. 산문에 들 제 여래의 청정행을 따르고자 함이었지 명리
를 추구함이 아니었다. 도적이 강역을 유린하고 창생을 주검에로 몰
아넣기에 '안민보국, 이른바 효의孝義라는 현세적 충정과, 중생제도라
는 자비행의 실천일 뿐이다. 그러나 산림선객山林仙客이 본분이기에 어
서 빨리 오랑캐 무리 쓸어내고, 창해의 맑은 물로 피먹은 대장군의 이
름조차 씻어 내고자 하는 진심, 이것이 한결같은 의승장의 초세적 시
심이었음은 17세기의 큰 스님이자 남한산성도총섭이었던 백곡白谷의
경우도 다르지 않다. 아무리 곱 씻어 봐도 웃지못할 운명인가? "웃어
야 하나, 나의 사람됨을, 온갓 비방 불러도 허물도 많다."고 시상을 열
고는 "3년 동안의 녹이 자리. 백일도 못되는 도총섭 업무"였지만 분에
맞지 않는 벼슬살이, 그 모를 남들의 구설도 구설이려니와, 천성이 싫
어서 "벼슬이란 본디 본분에 맞지 않는 것, 급히 석장을 날려 산중으
로 가리라.官業未曾同彼物　急須飛錫向嶙峋"며 훠이훠이 독목교를 건너는 신
기가 자못 향그럽기만 하다.

　산인이기에 녹라월과 흰구름, 황학과 젠나비 소리를 벗 삼아 숭산
에 누워 선정삼매에 처함이 삶의 본성인 승장들이다. 그러므로 진충
의 발현인 전쟁 시 중에도 유가의 속절없는 귀거래가 아니라, 진심에

서 표출되는 산문에로의 향수는 현실 극복의 원동력이었다 해도 과언
이 아니다.

IV. 문제의 정리

　살생을 금지하는 종교, 특히 불가가 살생을 전제로 하는 승군, 승장
으로 아득한 상대부터 호국 = 호법이라는 등식개념으로 국란에 적극
참여한 그 반율·반상의 당위 및 승장들의 전쟁시를 주제별로 정리하
고자 하였다.

　먼저 국가와 불교의 관계에서 불가의 대국가관이 유가의 민본사상
에 못지 아니 철저해서 '우민적자憂民赤子 소리어심小離於心'할 것을 훈고
해 있으며, 이는 곧바로 불자의 이상경인 '상구보리上求菩提 하화중생下
化衆生'의 요체임을 밝혔다. 따라서 여래의 오신 뜻인 중생제도의 실현
이 수도자의 자비행인데, 만약 불국토에 간악한 도적의 무리가 정토
를 유린하고 살생을 일삼는다면, 더 큰 살생을 막고 생령을 구제하며,
국토를 보전하기 위해서 반율反律·반상反常도 의義의 명분으로 당위화
됨을 입론했다. 이른바 '도본위전생道本爲全生 전생안락국全生安樂國'이 그
것이요, 그러기 위해 렴파이고자 하고, 박망후이고자 한 우리의 승군
이요, 승장이었던 것임을 논증했다.

　다음 승장의 한시를 반상의 미학이라 하고 주제별로 '1)보국, 2)상
정, 3)교린 4)영원한 산인심'으로 나눠 고찰했다. 특히 1), 2)항에서는
선투지휘자가 직접 쓴 작품을 통해 소재의 현장성 및 전흔 위에 전개
되는 삶의 궤적 등 전쟁문학적 특징을 탐색하고자 했다. 한편 사명당

을 중심으로 한 3)교린항에서는 대사의 성공적인 선린외교가 법력에 감화된 바도 크겠지만, 그들과의 많은 수답시가 문학적 효용으로 일조하였을 것임을 인정하고자 했다. 끝으로 4)영원한 산인심은 유가의 속절없는 귀거래가 아닌 산인의 영원한 노스탈자로서의 본향을 추구함이라 했다. 그것은 워낙 산문을 나지 않음이 수도자의 본령이되, 안민보국安民保國 때문에 낭출浪出한 것이기에 귀향은 곧 종전이요. 중전은 중생구제라는 자비행의 결실이자, 새로운 낙토, 나아가 정토구현이란 구도자의 염원을 가꿀 수 있기도 하기에 말이다.

남은 과제로는 「승장의 전쟁시」라는 논제가 장수로 전쟁에 참여한 승려의 전쟁을 소재로 한 시로 제한될 수밖에 없어 선승의 선시적 특질은 물론. 배불 속에서의 유불교유, 특히 양란을 통한 의승군·의장들의 활약에 따는 불교의 위상 제고 및 당대 문사들과의 문예·문학사상의 인식 등을 미처 다루지 못했음이다. 특히『분충서난록』을 중심으로 한 불교의 대국가관, 불자의 호국·호법 논리 및 「서」「발」「찬」 나아가 「도해시渡海詩」에 나타난 유가의 불교에 대한 새로운 인식 등은 후고에 미룰 수밖에 없다.

〈1997. 한국한문학연구 20집〉

우리 古典詩歌 바로 읽기

大圓禪師의 詩世界

Ⅰ. 머리말

『대원집』은 조선 후기의 승려 대원大圓 무외無外(1714~1791) 선사의 시문집이다. 동문同門 고족高足 도원道圓이 편집하여, 입적 후 10년이 되는 1801년(순조 1)에 양양襄陽 신흥사神興寺에서 간행된 1책 전질 본이다. 책 첫머리에는 취송거사翠松居士가 쓴 「대원대사문집서大圓大師文集序」가 수록되어 있다.

한편, 아세아문화사 간(1977년) 『건봉사 본말사적乾鳳寺 本末事蹟』「신흥사사적新興寺史蹟」[1]편에는 유언호兪彦鎬가 찬하고, 조윤형曹允亨이 쓴 대사의 비명 「유명조선국대원당대선사비명병서有明朝鮮國大圓堂大禪師碑銘幷序」가 수록되어 있어, 이렇다 할 문헌적 기록이 없는 선사의 행적을 유추할 수 있는 값진 자료로 사료된다.

---

1 韓國學文獻研究所編 『韓國寺志叢書 第三輯』〈乾鳳寺本末事蹟〉 1977, 亞細亞文化史刊. 참조

판목은 현재 신흥사에 전하고 있으며, 그의 문집은『한국불교전서』
제 9책(p.791b~801c)과 동국대 도서관 소장『대원집』이 전해지고 있
다. 본고는 이를 저본으로 선사의 시 세계를 1. 불교시, 2. 승속간 교
류시, 3. 산수시에 스민 선취, 4. 감계 및 풍자시로 나눠 작자의 시세
계를 고찰했다. 물론 많지 아니한 문 역시 작가 및 작품 이해에 도움
이 되는 대로 원용하여,『대원집』독해에 이바지하고자 한다.

Ⅱ. 선사의 道統 및 대원집 管窺

대원당大圓堂 대선사大禪師는 1714년(숙종 40)에 나서 1791년(정조 15)
에 입적한 조선 후기의 선승禪僧으로, 성은 남평南平 문씨文氏이며, 속명
은 전하지 않는다. 대원은 선사의 호이며, 법명法名은 무외無外이다. 본
디 고려 강성군江城君 익점益漸의 후예로, 부父는 수원壽遠이며, 모母는 김
씨金氏라 하나2, 자세한 행적은 생략한다.

어려서부터 흙이나 돌로 탑을 만들고, 예배하기를 즐겨 하는 등 불
사佛事 아님이 없었다3하며, 막 자라 성동成童이 된 무신년(1728)에는
김일경金一鏡의 여당 이인좌李麟佐의 무리들이 밀풍군密豊君 탄坦을 추대
하여 병화[戊申國亂]를 일으키자,4 15살 어린 나이로 남한산성을 방어
하는 데 공을 세워 포상을 받기도 하였다 하니5 불자佛子로서의 남다

---

2 "師法無外, 號大圓堂 本文姓, 高麗江城君益漸之後,父壽遠, 母金氏"〈仝上, 有明朝鮮國
　大圓堂大禪師碑銘幷序〉
3 "爲兒嬉戲 皆作佛事 見者異之"〈仝上, 有明朝鮮國大圓堂大禪師碑銘幷序〉
4 國史大事典：李麟佐의 亂 참조. 1972, 百萬社刊.
5 翠松居士；"…且師生十五 値戊申亂應募, 入南漢守城, 至其難 已賞勞…".〈大圓大師文集序〉

른 숙연宿緣은 물론, 불의不義에 대한 정의감 역시 예사롭지 아니했음을 읽게 한다.

한편, 유언호가 찬한 「대원당대선사비명」에 의하면 "과거에 급제한 후로는 벼슬하기를 권유받았으나, 끝내 힘써 사양하고,6 돌아와 문득 생각하기를 '사람이 만물 중에 가장 빼어난 것은 신령스런 이름이 있기 때문'이니, 어찌 일신을 얽매어 정신을 잃을 수 있겠는가."7라 했다니, 정작 일찍이 출가出家의 뜻이 있었음을 알 수 있다. 이에 부모가 이를 만류코자 배우자를 선택하여[擇對] 장차 날을 가려 혼례를 치르려 하자, 밤에 몰래 설악산 신흥사新興寺로 달려가, 일암日庵 선사를 은사로 모시고 승려가 되었다 한다.

일암 선사가 함께 강론하며 대원 선사의 탁월함을 인정하고 심인心印을 전수했으니, 그 계통은 설암雪巖·월저月渚·편양鞭羊으로부터 청허淸虛에 이르기까지 연결된다. 그러니 대사는 육세조사六世祖師인 셈이다. 그 뒤 선禪과 교敎를 함께 닦고, 불경佛經과 유가의 서[經典]를 탐독하였으며, 은사의 뒤를 이어 후학들을 지도하였다. 이들 도통道通은 한결같이 선·교禪·敎를 통섭한 화엄종파로 교학敎學에 치중하며, 국란國亂에 살신성인한 의승義僧이었음을 알 수 있다. 중년에 이르러 눈을 붙이기 어려워져 면벽面壁 수련을 통해 마음을 다스리고, 빛을 열어 안을 비추므로[廻光返照]8 행동은 고되나 도는 날로 더욱 높아져, 드디어 우뚝한 학문이 일대 총림이 되었다 한다.9

---

6 翠松居士 ; "…師登科, 又有富人願嫁以女. 師皆棄去而祝髮 此非人世出家者 流之所能辦.…."〈大圓堂大師集序〉

7 "忽自念人之最於物者 以有靈名也. 其可緣形役 喪吾神珠乎."〈仝上, 有明朝鮮 國大圓堂大禪師碑銘幷序〉

8 廻光返照 ; 자기 본래의 모습을 되돌아보고, 반성하여 수도함. 자신의 지혜의 빛을 발하여 자신을 반성하고, 진실한 자신을 되돌아 봄. 〈불교대사전〉

신해 년(1791) 7월 설악산 극락암에서 임종할 때 여러 문도들을 불러놓고, "나는 곧 죽을 것이다. 너희들은 하찮은 예로 나를 얽지 말라" 하고 입적하니, 세수 77세, 법랍 59년이었다. '다비茶毘하는 날 밤 서광이 하늘에 뻗혀 여러 날 사라지지 않았다.'하며, '문도 혜원慧遠이 사리 한 과를 얻어 부도를 세워 안치하였다.'한다. [10]

익년 규장각 제학 유언호는 「대원당대선사비명」에서 일찍이 대원 선사에게 유무有無에 대해 묻기를 "대원 선사여, 당신네 도는 무위無爲를 종宗으로 삼는데, 현양顯揚하고 큰 것을 기린다고 스님에게 무엇이 남겠는가?"하자, 선사는 "무無라는 것은 삼천대계[11]에서 편히 지어낸 헛된 영화일 뿐이요, 유有라는 것은 진실로 망령된 것입니다. 모든 경계는 있는 곳을 따라 힘을 쏟을 것이 바로 인간의 도입니다"라 했다[12]고 전하며, 이어 "원의 용모는 예스러우나 기는 맑고, 천축의 법전을 두루 익혔으나, 마음을 오로지하고 일삼는 바는 옛 사람이 이르는 '그 산은 보지 않고, 그 나무 보기를 바라는 것과 같은 인물'이었던가"라 하며, 명에 이르기를[13],

---

9 "中年苦眼眚 於是面壁心灰 開光內照 行益苦 道益尊 蔚然學一 叢林之宗."〈仝上〉

10 "今上辛亥七月乙酉 寂于雪嶽之極樂庵 壽七十八 臘六十. 於化謂衆曰'我將行矣. 某以彌文累我.' 旣焚火 有光燭天 移日不去. 門僧慧遠 得靈珠一顆 爲浮圖以藏之 云.〈仝上〉

11 三千大界 ; 三千大天世界. 고대 인도인들의 세계관에 의한 전 우주. 수미산을 중심으로 하여 그 주위의 4大州가 있고, 그 주변에 九山八海가 있는데 이것을 우리들이 사는 세계이며, 하나의 小世界라 함. 위로는 色界의 小禪天에서 아래로는 대지 아래의 風輪에 까지 이르는 범위를 말함. 〈佛敎大辭典〉

12 "余仍詰之曰'圓, 爾道以無爲爲宗 顯揚褒大 何有於師哉'. 圓曰'以爲無也 則三千大界 便作空華, 以爲有也 則眞妄皆境. 隨所在而致力 亦人之道也."〈仝上〉

13 "圓貌古而氣淸, 編習竺典 專心所事 殆古所謂不見其山, 願見其木者歟. 遂爲之銘曰"〈仝上〉

赴亂逃賞	난리에 나아가 포상에 연연치 아니함은
淸虛之道兮	청허의 도요.
因性早覺	성품으로 말미암아 일찍 깨닫기로는
月渚之道兮	월저의 도로다.
五祖傳印	오조가 인을 전하였으니
臨濟之宗兮	임제의 마루요.
由戒入定	계로 인하여 선정에 듦은
水止鑑空兮	조요론 물에 허공이 비췬 듯.
雪山嵯峨	설악의 우뚝함이여
寶珠玲瓏兮	보배론 구슬처럼 영롱하여라.
於千萬劫	천겁 만겁토록
皎皎靡終兮。	밝고 밝아 가이없도다.

〈仝上, 有明朝鮮國大圓堂大禪師碑銘〉

라고 대원 선사의 학덕과 오롯한 도품道品을 상찬하였다.

『대원집』 소재 시·문을 그 형식과 문체별로 도식화해 보이면 아래와 같다.

詩					文			
五言			七言		書	疏	記	慰狀
絕句	律詩	排律	絕句	律詩				
14제 15수	3제 4수	1제 1수	80제 89수	17제 18수	5편	2편	2편	1편
115제 126수					10편			

〈텍스트 : 한국불교전전서 · 9〉

일반적 현상이지만, 대원 선사의 한시 역시 칠언이 84%, 오언이 14.8%이며, 칠언절구가 전체의 70%를 상회한다. 이 점 역시 과작寡作이기 때문이기도 하겠지만, 그마저 작시가 본업이 아닌 마지못할 승속간의 교유, 그리고 조요론 사념, 혹은 자연과의 일체화라는 여기餘技의 일환이기 때문이리라.

문 역시 승속간의 서書가 대부분(50%)이고, 소疏 2편, 기記 2편 외에 상사上舍 이형익李衡翼에게 보낸 위장慰狀 1편이 전부다.

이상의 시를 그 주제별로 한두 수 예시하며 관련된 문을 아우르기로 한다.

Ⅲ. 작품 세계

1. 순수 불교시

『대원집』은 이미 전제한 대로 조선 후기의 대원 선사 무외無外의 시문집이다. 워낙 선禪이란 "직지인심直指人心 견성성불見性成佛, 교외별전敎外別傳 불립문자不立文字"를 종지宗旨로 한다. 이른바 의사의 전달 수단으로서의 문자[言語]를 거부한다. 그런 선사들의 시문이, 특히 불교 전성기인 고려조보다 조선 후기에 와서 적지 아니 간행된 까닭은 무엇인가. 그리고 그들 시문의 일반적 특징은 어떠하며, 대원의 시문은 어떤 특질을 갖는가?

주지하는 바와 같이, 조선의 건국과 함께 시행된 배불숭유의 국시하에서 불교는 더 이상 독존의 사상 체계를 수립하거나, 합리적 논리를 펴지 못하고, 신유학의 이념과 체계를 인정하며, 공존의 대응책을 마런해야 했다. 이화己和[14]의 「현정론顯正論」 및 「유석질의론儒釋質疑論」이 유불불이론儒佛不二論의 논리체계인, 바꿔 말하자면 '유와 불이 둘이면서 둘이 아니라, 궁극적으로 상통함을 밝힌 점 등이 그것이다. 이처럼 유학에 동조하면서 공존의 발판을 찾자니, 유가의 수기문학隨記文學인 시가의 수창은 필연적 요건이 되었다. 이점이 조선조 불가 시문학이 양적으로 팽창하게 된 이유의 하나라면 하나다. 이종찬은 한시의 경우

　　① 고려조 유학의 수용 및 그로 인한 유가들의 사회 진출,
　　② 그에 따른 불자들의 사회적 동화,
　　③ 국제적 인식의 요구

등을 제시하며, 교리의 대중화를 위한 영가류咏歌類와, 선적사유禪的思惟의 방편으로 한시를 원용하게 되었고, 그러므로 우리 문학의 넓이와 깊이를 가져왔다는 입론[15]도 그 맥을 달리함이 아니다.

　이 때 선사禪師의 '직지인심'이란 논리보다 '선어적禪語的 함축', 이른바 '깨달음〔頓悟〕'의 구호인 '할喝'이 문사文士의 '이심전심'이란 '상징적 묘오妙悟로서의 시어詩語'라면 선승의 오도송悟道頌은 '선의 시적 수용이요', 문사의 시는 유유자적한 생활의 경지를 선적으로 표현한 '시의 선적 함축'이어서, '선은 시의 옷을, 시는 선의 사유'라는 상보적 미학을 공유함[16]이리라. 물론 시를 쓰는 것이 불가의 목적일 수는 없다. 그러

---

14 己和 ; 佛敎大辭典 및 관련 문헌에는 己和로 전해진 득통(호), 함허(당호)라 한 조선의 승려나, 이종찬은 그의 『韓國佛家文學史論』에서 己和의 정당성을 충분히 논설하였고, 필자 역시 공감하는 바 己和로 정정했다.

15 이종찬 ; 佛家의 漢詩, 『韓國文學硏究 入門』, pp.230~235. 지식산업사, 1982.

16 시와 선의 관계는 이종찬의 『한국의 선시』(고려편) 「선시론」〈1983, 이화문화출판사. pp.20~30〉을 참조할 수 있다.

므로 묵암黙庵 선사는 "본디 선을 알려는 것이지, 시가 아니다."라고 불가의 작시 자체를 변호하기도 했다. 그러나 절려망연絶慮忘緣, 불립문자不立文字하되, 돈오頓悟의 전달은 역시 매체를 필요로 한다. 언어를 거부하는 공언묘오空言妙悟의 선상禪想, 이는 곧 문사의 시적 상관물에서 얻어진 심상心象·시상詩想과 다를 바 없다. 이 점이 '이선유시론以禪喩詩論의 근거인 셈이다. 그러나 견성성불見性成佛을 방편으로 삼는 선사의 시는 형식과 논리를 초월한 극도의 상징, 혹은 역설과 반어 등 선시禪詩의 형태로 나타난다. 이처럼 불가의 시가 사대부 문학의 규범성을 거부한 측면에서는 다분히 방외인 문학이나, 도가적 피세문학과 맥을 같이 한다.

그러나 조선조 후기 선사들의 시는 유가와의 공존을 위한 시적 수창, 곧 권력의 비호를 기다려, 혹은 상층 사대부와의 교계를 빌미로 다수 창작되었고, 더러는 피세은둔의 현실적 안위, 그러므로 물아일체적 친화자연이란 삶의 미학을 주조로 한다. 달리 말하자면 불국토 재건을 위한 혁신, 또는 민중불교의 중흥을 위한 열정보다는 열화 같은 성리性理 문풍에 우선은 동화할 이유가 당시 불교 및 불교문학의 한계라 하겠다.

그런 점에서 대원 선사도 예외일 수는 없었으니, 승(약 23수)·속(약 30수)간의 수창시가 순수 불교시(약 24수)보다 많고, 친화자연적 산수시(약 24수)가 불교시와 대등한 비중을 차지하고 있다. 예컨대,

境從心現似非空　　육식이 마음을 쫓아 나타나 공 아닌 듯하나
心若不生境即空　　마음이 만약 일지 않으면 육식이 곧 공이지.
又復覓心無處得　　또 다시 마음을 찾아도 얻을 곳 없다면
方知諸法本來空。　바야흐로 모든 법이 본디 공임을 알리라.

〈偶吟〉

는 공왕空王으로 통칭되는 부처님 가르침의 종지다. 경境境이란 육근(六根 : 眼·耳·鼻·舌·身·意)이 육경(色·聲·香·味·觸·法)에 의해 일으키는 육식(見·聞·嗅·味·觸·知)의 요별 작용了別作用이라 한다. 곧 인간의 마음이 이 대상을 상대하여 더럽혀지기 때문에 진塵이라고도 한다. 그러므로 위의 시는 제법무상·제행무상이 심인성心因性이라는 불교적 대심성관, 이른바 일체개공一切皆空의 시화詩化라 하겠다.

綠水元無綠	푸른 물은 본디 푸른 것 아니요
靑山亦不靑	푸른 산 역시 푸른 것이 아니네.
松風非是韻	솔바람 또한 솔의 소리 아니요
鶴唳豈曾聲。	학의 울음이 어찌 학의 소리랴.

〈偶吟〉

물과 산이 '푸르다'함은 비본질적 외현일 뿐, 그대로 '물은 물이요, 산은 산인 것'인데 인간의 '독선', 혹은 '알음아리'일 뿐이라는 형이상적 대물인식對物認識이다. 그러니 바람에 윙윙대는 소나무, 그것이 어찌 솔의 소리인가. 바람 소리는 아닌가. 그러나 어디 또 바람이 있는가? 학의 울음이란 아집 역시 알음아리일 뿐이다. 자못 한유韓愈의 「송맹동야서送孟東野序17」의 의장意匠을 취한 듯한 본성론적 인식을 읽게 한다.

물론 이상 2수 외에도 불자 간 교유시편에서 더 읽히긴 한다. 그렇다고 달리 소개할 오도적悟道的 역작은 얼른 찾기 어려워 다음 산수시에서 선취시를 함께 읽기로 한다.

---

17 「送孟東野序」 "大凡物不得平 則鳴, 草木之無聲 風撓之鳴, 水之無聲 風蕩之鳴, 其躍也 或激之, 其趨也 或梗之, 其沸也 或炙之, 金石之無聲 或擊之鳴, 人之於言也 亦然 …." 〈韓昌黎集 卷十九〉

2. 승속간 교유시

대원 선사의 많지 아니한 시편의 약 50%를 점한다. 먼저 도반 여 대사와의 만남과 그 우의友誼 및 내재한 선미를 노래한 「여 대사 시축 운에 따라 쓰다」부터 예시하면,

湖南千里雲遊客　　　호남이라, 천리 길 떠도는 나그네
方今金剛萬瀑廻　　　금강산 만폭동에서 막 돌아왔구려.
對坐同吟禪偈罷　　　마주 앉아 함께 게송 읊기 마치자
滿山花發道心開。　　온 산에 꽃 피고 도심조차 열리네.

〈次如大師軸中韻〉

와 같다. 아마도 지리산 어느 산사에서 금강산의 여러 도량을 휘돌아 대원 선사의 암자에 이른 모양이다. 탁발托鉢과 운수雲水 수행이야 선 가의 행각수행行脚修養이거니와, 오랜 고담高談에 이은 게偈는 온전히 탁 트인 돈오경頓悟境, 이른바 신천지의 열림의 묘오경妙悟境이다. 그러기 에 온산에 '꽃이 피고, 마음도 열렸다.' 했다. '발發과 개開'는 '열림·깨 침', 곧 '각覺·오悟'에 다름 아니니, 불가의 말로 인과因果, 혹은 연기緣起 의 묘법이라 해서 망발은 아니리라. 보다 범박하게 매듭하자면 만남 과 헤어짐이란 일상 속에 절로 스며진 조요론 불교적 사념의 나톰이 천연스럽게 노정된 단상이다.

爲求賢友南行去　　　어진 벗을 구하기 위해 남쪽으로 가니
大道玄微問向誰　　　대도大道는 현미한데 누구에게 물을까.
智異龍潭如得見　　　지리산의 용담龍潭대사를 보게 된다면

當知嶺海有明師。　　영남 바닷가에 어진 스승 있음을 알리라.

〈送性上人之方丈〉

「성 상인이 지리산으로 가기에」라는 구도자에게 준 전별시다. 심오한 불도佛道, 더구나 박해의 현실 속에서 '뉘게 물으리[問向誰]'라는 한 마디는 어쩜 절규일 것이다. 때에 마침 구도의 운수행각에 오르려는 성 상인에게 용담龍潭 선사를 심방할 것을 권유한 시다. 용담(법명 조관慥冠1700~1762의 호)은 19세에 태허太虛 취간就侃에게서 구족계를 받고, 영·호남의 명사를 찾아 선·교를 겸수했으며, 견성암에서 「기신론」을 읽다가 득도, 1749년에 상월霜月에 의발을 전수받아 염송의 요지와 원교·돈교의 묘법을 선양한 당대의 학승이었다 위의 시편이 도반과의 교유시라면, 「지나는 유람객의 시운에 따라」 쓴 다음의

淸音一曲客能賞　　맑은 소리 한 곡조 감상하는 길손
無乃書生是子期　　그대 서생은 종자기鍾子期 아닌가.
半日同遊酬唱罷　　반나절 같은 놀이 수작이 끝나니
東林好月上萬枝。　동쪽 숲 반가운 달 가지 위에 오르네.

〈次遊客韻〉

는 유가에게 준 시다. 자신의 피리 소리를 듣고 내방한 유객이 종자기라면 자신은 백아伯牙다. 그러나 피리는 인因에 불과하다. 과果는 흉금을 튼 반나절에 이은 '한 밤의 지샘[月上萬枝]'이란 승속간의 교유다. 그의 또 다른 「나그네 시에 차하여」의 "그대는 서울 나그네, 나는 기내의 승려라. 우연히 시로 좋이 담론하니, 안타깝소, 어찌 이제야 만났담.君是洛陽客, 我爲畿內僧. 邂逅談詩好, 如何見未曾"은 정작 지방관 「현수 노 서

생에게 바친」시

住筇麾塵再登樓　　지팡이 멈추고 먼지 떨치며 다시 오른 누대

前後園林正晚秋　　앞 뒤 동산 나무 숲 정히 늦가을.

雁自北翔黃葉塵　　기러기 북에서 날자 단풍도 지고

風從西起碧雲收　　서녘서 이는 바람 구름도 걷히네.

主翁獨坐多閑寂　　주인 혼자 앉아 한적키만 하더니

鄰老時來共翫遊　　마실 노인 때로 와 같이 노닐지요.

一座淸談消永多　　마주 앉아 청담으로 긴 밤 지새우니

方知儒釋是同流。　알겠노라, 유·불이 한 가지 흐름임을.

〈奉呈峴叟老生〉

이 그 본지인 셈이다. 현수는 현서 이형익峴西 李衡翼이며, 특히 현서에게는 그 아들의 참척慘慽을 애도한 위문까지 지어 위로한 각별한 방외 인사다. 「숱한 외로움[多閑寂]」을 「늘 찾아와 벗하는[共翫遊]」 정분 이전에, 유불불이儒佛不二의 인因의 과果임을 천명하렴인 줄 알겠다.

3. 산수시에 스민 禪趣

담원의 시는 지나치게 평담하다. 특히 산수를 노래한 시는 자연스런 필치가 오히려 핍진해서 한 폭의 진경산수화 같은 맛을 읽게 한다. 그러기에 취송 거사는 그 「서」에서 이점을 정확하게 적시해 시심의 지남指南을 제시해 주고 있으니,

대저 그 운치 있는 말은 비록 율법으로 애써 하지 않더라도 선지禪旨의 삼
매에서 정법안장正法眼藏을 깊이 얻었음은 가슴이 시원하여 막힘이 없었
기에 일삼는 것이 이러하고, 터득함이 또한 이러하다.[18]

가 그것이다. 예컨대,

九節清流曲曲飛　　아홉 구비 맑은 물 굽이굽이 흘러내리니
人言此景嶺東稀　　사람마다 이 같은 경관 영동에 제일이라네.
咫尺難分人語響　　사람의 말소리 지척에서도 분별할 수 없어
是非聲絕頓忘歸。　시비의 소리 오지 않아 돌아갈 줄 모른다네.

〈白蓮洞九節瀑〉

라 했다. 구절폭포를 노래한 산수시다. 1·2구에서 제 1강산의 구절
폭포를 '관동빈冠東濱'으로 미화하고, 최고운崔致遠의 "바윗서리 섯돌
며 깊은 골 마주 울려, 사람의 시비 소리 지척에서도 분별의 의경을
들어 신비화한 순수자연시다. 그러나

曉鐘聲罷上高樓　　새벽 종소리 끝나자 높은 누대 올라,
海日看來最勝遊　　일출의 장관 보는 거야 더없는 놀이.
本地光明天際色　　마음 밭 밝은 빛 곧 동녘하늘 빛인데
水城遐眺卽瀛洲。　물나라 아스란 저기 바로 신선의 고장.

〈水城看海日〉

---

18 翠松居士 ; "雖不必强以律法 而於禪旨三昧 深得正法眼藏. 惟其胸中爽然無滯礙故, 所
　事如是 而所得又如是也, 少加刪正 并記其跡以爲序."〈大圓大師文集 序〉

이라고 노래한 「수성에서 일출을 보며」에서는 단순한 일출의 장관을 노래하되, '본지[心地]의 밝은 빛, 그것이 바로 해 뜨는 동녘의 빛'이라니, 마음 밭[心田·本地]이 맑고 밝아야 '부처님의 종자가 바르게 심어질 수 있다.'는 심인心印의 시화임에 분명하다. 한편,

<blockquote>

蓬山自是好林泉　　봉래산은 제낭 좋은 산수인데,

仙洞烟霞物外天　　선유동 내는 세속 밖의 별천지라.

貝葉常翻花雨裏　　꽃비 내리는 속에 항상 경전 넘기고

龍神呵護寺門前。　용신은 절의 문 앞에 와서 보호하네.

〈幽居〉

</blockquote>

는 봉래산 선유동은 늘 '꽃비 내리는 도량[별천지]'인데, 호법護法의 신인 용신의 외호에 의함이라는 제석사상帝釋思想이 내재한 단상임이 분명하다. 끝으로,

<blockquote>

泉石冷冷雨霽初　　돌샘은 상큼하고 비는 막 개었는데

風光浩浩筆難書　　풍광은 호한해 붓으로 쓰기 어렵네.

此中靈境重玄處　　이 가운데 신령하고 현묘한 곳은

雖在人間亦淨居。　비록 세속에 있으나 정거천이라오.

〈雨後偶吟〉

</blockquote>

는 「비 멎은 후에 우연히」 지은 시란다. '냉랭'한 물소리는 비 온 후의 실경이요, 조찰이 씻긴 풍광이야 황홀경 그 자체이리니, 필설로 감당치 못할 '호호'가 거기에 맞다. 그 '신령하고 현묘한' 지경을 굳이 정거천에 비유함은 화자의 심상에 내재한 불가적 심인心印임에 주목해야

대원의 시 맛이 멋스러워짐 또한 시 감상의 요령이다. 정거란 정거천淨居天의 준말로 불환과不還果를 증득한 성인이 태어나는 하늘나라다. 곧 욕계의 모든 번뇌를 끊고, 천상에 태어나 다시는 욕계欲界에 돌아오지 않는 위位, 거기가 바로 자신이 수도 정진하는 도량이라 하므로 체화된 화자의 선취를 읽을 수 있다. 이처럼 선사의 시편 속에는 언제나 체화된 선취가 무르녹아 있음을 부정할 수 없다.

4. 鑑戒 및 풍자시

선사의 시 가운데 감계시가 많은 편은 아니다. 그 중 비교적 유가의 음주가무와 관련될 듯한 색을 경계戒色한 시편이 있어 유가와의 좋은 대비일 듯하다.

外面飾以桃花妍	얼굴은 복사꽃처럼 예쁘게 꾸몄다만
皮內是何都是血	피부 속은 어찌 온통 피로 가득한가.
禍甚於蛇人莫知	재앙이 뱀보다 심하건만 사람들 모르고
幾令豪傑墮生滅。	호걸들 몇이나 윤회에 떨어지게 했던가.

〈戒色〉

라 했다. 워낙 여색을 경계한 문예물이야 설총薛聰이 신문왕神文王을 풍간한 「화왕계花王戒19」를 위시하여, 백락천의 「병중 15수」중 계색과 관련한 시는 그가 68세까지 데리고 있던 번소樊素와 소만小蠻이란 두 소첩을 놓아 보내며20 쓴 「별유지別柳枝21」를 순화한 고려의 문호 이

---

19 『三國史記』;「列傳·六」薛聰참조

규보와, 그 460년 후 조선의 유명천이 다시 이규보 시를 차운한 「색마」 시가 있어 대비 된다. 곧

自顔和好猶堪喜　　방실대는 저 아양 싫기야 할까

彼面雖好奈我何　　비록 귀엽고 예쁘나 내 어쩌랴.

多向美人終蠱惑　　흔히들 미모엔 끝내 홀리나니

男兒誰免誤於魔。　남정네 그 뉜들 색마에 빠지지 않을꼬.

〈동국이상국집 10 · 色魔〉

吾年七十且三多　　내 나이 칠순하고도 셋이나 많으니,

雲雨巫山奈夢何　　무산 운우를 꿈엔들 생각이나 하랴.

止水微瀾元不起　　고인 물 조요론 마음 본디 일지 않나니

暮年寧復惑妖魔。　늙마에 어찌 다시 요망한 색마에 현혹되랴.

〈퇴당집 5 · 南遷錄, 色魔〉

가 그것이다. 백운 시의 기구는 제목 「색마」에 걸맞게 '그릇 색마에 빠질[誤於魔]' 남정네들의 고혹스런 유혹의 이미지로 시상을 불러 '유猶' 1자의 마지못할 춘정이 승구의 '내하奈何'로 직핍되므로, 수로垂老의 심법心法을 무구하고 진솔하게 이어 받았다. 전구에서는 사내들의 일반 속성으로 시상을 돌려 자신은 물론, 뭇 남정네들에게 '색마에 몸을 그르

---

20 『東國李相國後集』· II 「次韻和白樂天病中十五首竝序」…"但所缺者 樊素小蠻耳. 然二素亦於公年六十八 皆見放 卽何與於此時哉"및『退堂集 · 五』의 〈偶閱白傳集 年六十八 放樊蠻二姬. 吾年適然 相戲占一絶〉의 "香山六十八皤然 始放樊姬斷舊緣 堪笑此翁遲見事 吾曾獨宿二三年" 참조

21 白樂天 ; 兩枝楊柳小樓中 嬋娜多年伴醉翁. 明日放歸歸去後 世間應不要風。〈白樂天詩後集 · 十六〉

쳐서는 아니 됨'이라는 결구의 주제를 유도했다. 이른바 지계自戒이자, 감계적 훈고가 정감어린 흥미와 함께 공감으로 전해오는 수작이다.

한편, 퇴당은 연치의 많음으로 시상을 일으키되, 운우지정 따위는 꿈에서조차 초연했다고 부연하므로 시적 감흥을 반감했다. 물론 조선조의 재도문학, 예컨대 '지수止水'의 그 오롯한 상징성은 진작 도덕학의 표상처럼 전해온다. 그러니 '이 나이에 어찌 색마에 현혹되겠느냐'는 강한 의지로 맺음하기 위한 전구의 자부는 필연적이다. 이른바 '좋이 잘 닦인 마음[心田]이라 미동도 없다'는 '영寧' 1자의 자긍이 바로 그것이다.

다음은 인간의 부도덕과 탐욕을 풍자한 감계시다.

雁守含蘆戒　　기러기는 갈대 잎 무는 계율 지키고
鳳持避粟廉　　봉황은 곡식 피하는 청렴을 지녔지.
所嗟人不若　　안타까워라, 중생은 이 같지를 못해
長在醉中淹。　나날이 취중에 잠겨 있구나.

〈偶吟 2수, 2〉

기러기의 '본능적으로 지키는 계율'과 봉황의 청렴함, 이른바 "오동나무 가지가 아니면 깃들지 않고, 대나무 열매가 아니면 먹지 않는非梧桐不棲 非竹實不吞 고고함"이 있어 나름의 본분을 지키거늘, 만물의 영장이란 인간만이 탐욕과 알음아리의 번뇌 망상을 떨치지 못하는 우를 권계한 감계시이자 풍자시다.

다음은 용사법에 의한 태평연월의 비유이다.

昔被龍文畫采衣　　옛날 용의 무늬 채색 옷 입었더니
時淸無處可宣威　　시대가 좋아 위엄을 베풀 곳 없구나.
秖向平田芳草裏　　다만 평평한 들판 봄풀 속에서
漫然閒臥睡依依。　부질없이 누워 제냥 졸고만 있구나.

〈芳草睡牛〉

「풀밭에서 조는 소」를 소재로 성세를 찬양했다. 용문채의龍文采衣는 『사기』「전단전田單傳」의 용사다. 전국시대에 "연나라와 제나라가 싸울 때, 제나라는 국토를 거의 빼앗기고 즉묵卽墨만 남았었다. 제나라 장수 전단田單은 군사를 재정비하고 성안에서 소 천여마리를 구해 비단으로 싸고, 그 위에 용의 무늬를 그린 후, 뿔에 창을 매고 꼬리에 짐승 기름을 달아 갈대를 묶어 밤에 성 밖에서 연나라 군대를 향해 꼬리에 불을 붙이니, 소가 뜨거워 연나라의 진으로 달려가 닥치는 대로 받아 넘어뜨리니, 연나라 군사가 놀라 모두 도망쳐 버렸다. 이리하여 제나라는 국토를 수복하였다"[22]한다. 그러나 본 시에서는 '지금은 그런 전쟁이 없어 한가히 풀밭에서 졸고만 있다'는 승평을 구가한 작품이다. 이 밖에도 승속간의 숱한 송별시·탄로·만시 등이 있으나, 지면상 생략한다.

---

[22] 『史記·列傳』; 田單列傳 참조.

IV. 문제의 정리

　『대원집』은 문 10편, 시 115제 126수로 묶인 소책자다. 문 역시 승속간의 서書가 대부분이고(50%), 소疏·기記가 각 2편, 위장 1편이 전부다. 시 또한 절구 94제 104수(오언 14제 15수, 칠언 80제 89수), 율시 20제 25수(오언 2제 4수, 칠언 17제 18수)에 오언 배율 1제 1수가 전부이다. 그러므로 형식면에서 칠언절구가 주를 이루며, 율시는 오언보다 칠언이 많으나, 충분히 논의하지 못했다.

　불가의 문집이 불교전성 시대인 고려조보다 성리 문풍 시대인 조선조에 성행된 소이는 독존의 사상 체계를 수립하기 보다는 신유학의 이념체계를 인정하며, 공존의 대응책을 마련하기 위한 방편 때문이라 했으며, 그 결과 승속간의 많은 교류 시는 '유불불이'라는 시대적 방편의 일환이라 했다. 이어 산수 친화적 시편이 다수 읊어졌을 뿐 불국토 재건을 위한 혁신, 혹은 민중불교의 중흥을 위한 열정이 적었던 것은 불교, 혹은 불교문학의 한계라 했다.

　대원 선사의 시문학에 나타난 수사적 특징은 자연스런 수사미가 정작 핍진한 공감을 배가시킨다 했으며, 특히 산수시 및 교류시편에 스며진 색조는 굳이 선시라기보다는 중세에서 근·현대로의 이행이라는 범박한 평이성, 혹은 대중성, 곧 체화된 교리의 선미가 참다운 대원 선사의 시 맛을 실감케 함을 읽을 수 있었다.

〈2011.4. 동국대학교 불교학보 제57집〉

우리 古典詩歌 바로 읽기

生態論的 詩學

-「성북동 비둘기」를 위하여-

I. 생태학 담론

19세기 후반 생물·생물지리학 연구의 필요상 독일인 학자 E. Häckel이 처음 사용해 쓰기 시작한 Ecologie는 이후 여성 생물학자 Rachel Carson의 『침묵하는 봄Silent Spring』(1962)에서 Ecology生態學로 원용되어 왔다. 이른바 우주 공간에 미만한 생명체들의 환경, 또는 그 것들을 둘러싸고 있는 환경 사이의 관계의 유형 및 유기체들의 상호 의존성에 관계하는 과학[1]으로 동·서양간 학적 비중은 물론, 학제간 공동의 화두話頭가 되어 온 지도 이미 적지 않은 시간만큼 성취와 인 식의 변화에 기여한 바 역시 크다 하겠다.

이는 물론 '자연 환경의 지속적 보전'이란 이상론과, '자연개발에 의 한 이익 창출'이란 현실적 경제 논리라는 그 범박한 상충론 이전에 이

---

1 박이문 ;『문명의 이해와 생태학적 세계관』. 당대 1988. p.162 참조
　고용섭 ;『연기의 자비와 생태학』. 연기사, 2001 참조

미 폭발적 인구 증가, 그에 따른 인간 중심주의로 파괴된 생태 피라미트, 산업화 이후 대량생산과 무절제한 소비, 무엇보다 가공할 파괴력과 살생 무기, 더욱 신의 능력에 도전하려는 새로운 과학기술의 발달 등, 그 끝없는 인간의 욕망에 의한 '인류 공멸로부터의 인간 구제'라는 절박한 위기 의식을 불러왔기 때문이다. 이러한 위기의 원초적 계시는 이미 두아미쉬-스쿠아미쉬족 추장의 「시애틀 연설문」[2]에 예고된 바였다. 살생의 이기를 앞세우고 '경계와 공격'만을 능사로 서부 개척에 혈안이 될 때부터 자연은 황폐화되기 시작했고, 인간은 발가벗은 나목이었다. 그야말로 '죽임'이 '죽음'으로, '나'인 '그것들'을 '식민지화함'으로 '스스로 식민지인'이 된[3] 슬픈 역설적 현실은 추장의 예언대로 '삶의 끝이자, 죽음의 시작' 바로 그것이었다.

더욱 'N. Copernicus적 혁명[4]'으로 명명된 사유의 신 패러다임, 곧

---

2 김종철편 ; "… 백인은 어머니인 대지와 형제인 저 하늘을 마치 양이나 목걸이처럼 사고 약탈하고 팔 수 있는 것으로 대한다. 백인의 식욕은 땅을 삼켜 버리고 오직 사막만을 남겨 놓을 것이다. … 우리는 우리 땅을 사겠다는 그대들의 제의를 고려해 보겠다. 그러나 제의를 받아들일 경우 한 가지 조건이 있다. 즉 이 땅의 짐승들을 형제처럼 대해야 한다는 것이다. … 짐승들이 없는 세상에서 인간이란 무엇인가? 모든 짐승들이 사라져 버린다면 인간의 영혼은 외로움으로 죽게 될 것이다. 짐승들에게 일어난 일은 인간들에게도 일어나게 마련이다. 만물은 서로 맺어져 있다. … 우리가 우리 아이들에게 가르친 것을 그대들의 아이들에게도 가르치라. 땅은 우리 어머니라고, 땅 위에 닥친 일은 그 땅의 아들들에게도 닥칠 것이니, … 만물은 마치 한 가족을 맺어주는 피와도 같이 맺어져 있음을 우리는 알고 있다. 인간은 생명의 그물을 짜는 것이 아니라, 다만 그 그물의 한 가닥에 불과하다. 그가 그 그물에 무슨 짓을 하든 그것은 곧 자신에게 하는 것이다.… 덤불은 어디 있는가? 사라지고 말았다. 독수리는 어디에 있는가? 사라지고 말았다. 날랜 조랑말과 산양에 작별을 고하는 것은 무엇을 의미하는가? 삶의 끝이자 죽음의 시작이다.…" 〈『녹색평론선집 1』「편집자 해설」〉. 녹색평론사. 1998, pp.18~19

3 김혜순 ; "인류 전체가 타 생명에게 겨눈 제국주의의 총부리는 이제 인류 전체에게 돌려졌다. 〈죽임〉이 〈죽음〉을 향해 되돌려진 것이다. 우리는 바로 〈나〉인 〈그것들〉을 식민지화함으로써 스스로 〈식민지인〉 이 된 것이다. 이 커다란 역설 속에서 나는 산다. 〈「환경과 몸 ; 불교여성 시의 몸」. 대산문화재단, 「2000 년을 여는 젊은 작가」〉. 『현대시학』, 10. p.207 참조

계몽주의이래 신 중심의 사유로부터 인간 중심의 사유로 옮겨진 서구의 가치관은 합리주의란 미명 아래 철저하게 해체된 우주관, 이른바 이원론적 사고의 틀, 곧 R. Descartes의 "나는 생각한다. 고로 존재한다cogite ergo sum"는 사유[心·이성]와 존재[身·자연]의 이분법이 '생명의 심신 동일성[心身一如]'을 부정하므로 유기체적 생명체계의 이해가 원천적으로 봉쇄되었을 뿐만 아니라, 사유의 주체인 나[인간]와 하등 피조물[자연]이란 이분법으로 우주의 질서 자체를 대립과 극복이란 혼란 속에 휘몰아 넣었는가 하면[5] John Locke의 노동설[6]은 노동의 신성성을 빌미로 자연을 소유물화 하므로, 서양 문명의 상징이라 할 근대성modernity은 결국 1) 탐욕에 의한 소유와 욕망의 무한 증대를 갈구하는 아미노적 탐욕, 2) 자연과 인간을 별개로 양분한 분별심, 3) 왜곡된 인간 중심주의라는 무명의 아집으로 '서양 : 동양·백인 : 흑인·남성 : 여성·지배 : 종속'이란 3대 유형으로 특징지어 진다.[7]

---

4 "E. Kant는 계몽주의이래 신 중심의 사유로부터 인간 중신이 사유로 옮겨가는 패러다임의 변화를 사고방식의 ' N. Copernicus적 혁명'이라 명명하였다. 〈고영섭지음 『연기와 자비의 생태학』. 연기사, 2001. p.53〉 재인용.

5 그들 사유의 철학적·종교적 배경에는 유태·기독교 창세기의 인간 중심적 사상, 곧 "하느님께서는 그들[아담과 이브]에게 북을 내려주시며 말씀하셨다. '자식을 낳고 번성하여 온 땅에 퍼져서 땅을 정복하라. 바다의 고기와 공중의 새, 땅 위를 돌아다니는 모든 짐승을 부려라'〈창세기 1 ; 28〉" 및 "하느님이 노아와 그 아들들에게 복을 내리시며 말씀하셨다. '많이 낳아 온 땅에 불어나거라. 들짐승과 공중의 새와 땅 위를 기어다니는 길짐승과 바닷고기가 다 두려워 떨며 너희의 지배를 받으리라'.〈창세기 9 ; 1-2〉 등 '신을 닮은 인간 창조' 운운하며 소유와 지배권을 전제로 인간은 목적, 자연은 수단으로 인식케 한 데 있다고 할것이다.

6 그는 자신의 『시민정부론』에서 "사람들에게 이 세계를 하나의 공유물로서 부여한 신은 또한 그것을 생활의 최대의 이익과 편의에 도움이 되게 이용할 수 있도록 이성도 부여해주었다"고 전제하며, "대지와 인간 이하의 모든 피조물들은 만인에게 공유물이지만, 사람만은 자기 자신에 대해서 소유권property을 갖고 있다.… 그의 신체와 손이 하는 노동labourdms은 고유하게 그의 것his이라 할 수 있다."〈최인숙, 서양철학에서 본 자연. 동국대 불교문화연구원, 제2회 불교생태학세미나 자료. pp.96~97〉 참조

　한편, 동양 사유의 패러다임은 Descartes나 Newton식 이분법이기 보다는 '연기론에 의한 생명현상의 전일적全一的 연속성·순환성·관계성' 하에서 관념해 온, 이른바 일원론적 동일체로 출발한다.[8] 혹자는 '유가적 합리주의가 인간의 자연성을 파괴하여 명리에 집착하거나, 국가 이데올로기에 복무하는 인간형을 창출하였다면' 도가 사상가들은 '생명의 내적 질서에 순응하는 자유롭고도 자율적인 至人의 인간상을 동경'했다며, '생명의 시스템식 활동'과 무관한 듯 피력하고 있으나,[9] 다소 속단일까 싶다. 원전 유학 및 조선 후기 낙론의 '인물성동론'은 도가의 '무위자연'이나, 불가의 '연기'까지는 아니더라도 '도법자연道法自然', 혹은 '동체대비적同體大悲的' 수양은 물론, 그 덕목을 실천해 왔다. 물론, 장자莊子의 「소요유」나 양주楊朱의 '생명주의'[10] 및 불가의 연기와 동체대비는 서구의 반성적, 혹은 대안적[11] 녹색운동 이전의 생활철학이자, 실천덕목이었다. 예컨대,

---

7 김종욱 ; 「불교생태학과 포스트 모더니즘」, 『불교평론』 가을. 통권 16호, 범종사, 2003. pp.243~263

8 물론 F. Cafra의 상호의존적 인식 및 Lynn White. A.W.Watts. A.J.Toynbee 등의 기독교식 자연인식에대한 반론이 없지는 않았다. 주7) 최인숙의 같은 논문 4, 「새로운 자연관」 참조

9 송희복 ; 『생명문학과 존재의 심연』, 「책머리에」 1998, 좋은날.

10 楊朱의 死生觀은 '삶과 죽음은 생명질서의 자연한 전개 과정'이며, '모든 존재는 평등하게 생명의 질서를 구현한다'는 생명주의 사상가로 재평가되고 있다. 〈송희복 전게서 「책머리에」서 재인용〉

11 서양의 몇몇 윤리, 혹은 철학자들(예컨대 H. Küng이나, E. Kant 등)에 의해 '상호 인격체로서의 존중' 및 '상대 배려를, 그리고 P. Singer는 「the Tower of Hanoi」에서 '전체론적 사유'를 그 대안으로 제시했지만, 그 역시 이미 동양에서는 『논어』의 실천 덕목이었고, 더욱 7~8C 신라 화랑도의 「세속오계」는 그들의 행동강령으로 생활해 왔다.

이름과 몸은 어느 것을 더 친히 할 것인가. 몸과 재물은 어느 것이 더 중
요한가. 얻는 것과 잃는 것은 어느 것이 더 나를 병들게 하는가? 그런 까
닭에 지나치게 재물에 연연하면 반드시 크게 허비하게 되고, 많이 저장하
면 반드시 많이 잃을 것이다. 족한 것을 알면 욕됨이 없고, (그쳐야 할 곳
에서) 그칠 줄 알면 위태하지 않아 장구할 것이다.

〈도덕경 · 44장〉 12

라는 노자의 일갈一喝은 자못 우리 유가의 잠언으로 '지지헌止止軒'이란
재실명에 회자되기도 하였으니, 대저 뜬구름과 같은 '명리'며, 원성과
증오를 헤아리지 않고 쌓아둔 '재화'가 아닌가. 멈춰야 할 곳에서 멈출
줄 아는 지혜는 욕되지 않다. 억지로 명리를 구하지 않으니 비굴할 까
닭이 없고, 남의 것을 탐하지 않으니 앗을 필요가 없다. 그러므로 원
망도 공격도 없을 뿐 아니라, 언제나 마음은 편안하다. 저 서구의 근
대화 이후 자신들의 이익만을 위해 자연환경은 물론, 다른 생명체에
행사해 온 온갖 폭력, 필요에 따라선 조건 없는 희생을 강요하며, 저
들의 탐욕 충족에 혈안이 되어 무분별한 살생 · 환경오염 및 파괴는 물
론, 끝내 자원 고갈의 현실을 초래한 것과는 실로 대조적이다.

죄는 욕심이 많은 것보다 큰 것이 없고, 화는 족함을 알지 못하는 것보다
큰 것이 없으며, 허물은 남의 것을 앗고자함보다 더 큰 것이 없다. 그런
고로 족함을 아는 족함이야말로 상족이다.

〈仝上 · 46장〉 13

---

12 『老子』; "名與身孰親, 身與貨孰多, 得與亡孰病. 是故甚愛必費, 多藏必厚亡. 知足不辱
知止不殆 可以長久. 참조
13 『老子』; "罪莫大於可欲 禍莫大於不知足 咎莫大於欲得. 故知足之足 常足矣" 참조

618 우리 古典詩歌 바로 읽기

   대저 '채워도 채워도 차지 않는 주머니'가 '가욕可欲'이요, 그러므로
남의 것을 '앗지 않고는 못 견디는 인간의 욕심'이 '욕득欲得'이다. 만족
할 줄 아는 사람은 망녕되히 구하지 않고, 안분하기에 스스로 즐거우
며, 나의 즐거움이 남의 즐거움으로 환치된다. 한편,

나에게 세 가지 보물이 있어 그것을 소중히 간직한다, 첫째는 자애요, 둘
째는 검약이며, 셋째는 감히 천하에 앞서는 일을 하지 않음이다. 자애로
운 고로 능히 용감할 수 있으며, 검소하기에 능히 넓을 수 있고, 감히 천
하에 앞서지 않기에 능히 기국을 길러 남의 어른이 될 수 있다.

〈도덕경·67장〉14

는 지극히 크고 밖이 없어 그 무엇과도 비교할 수 없는 도체道體에 대
한 언급이다. 지극히 평범한 진자연인의 도다. 어찌 자비로운 마음으
로 용기를 배양하려 하지 않으며, 검약한 도로 富力을 기르려 하지 않
고, 오로지 탐하고 넓은 것만을 도모하여 사치하고 낭비할 것이며, 무
엇을 위해 앞을 다툴 것인가. 이것이 동양인의 생활철학이다. 거기엔
경계가 없고, 경계가 없는데 공격이 있을 까닭이 없다. 그러므로 파괴
도 희생도 살생도 없다. 정작『장자』의

천지의 유구함이 나와 함께 살아 있고,

만물의 다양함도 나와 함께 하나가 된다.

이미 하나인 이상 또 달리 말이 있을 수 없다.

〈莊子·齊物論 二〉15

---

14 『老子』; "我有三寶 持而保之. 一曰慈, 二曰儉, 三曰不敢爲天下先. 慈故能勇 儉故能廣
    不敢爲天下先 故能成器長" 참조

라는 共存共生이거나, 아예

> 언젠가 장주는 나비가 된 꿈을 꾸었다. 훨훨 날아다니는 나비가 된 채 유
> 쾌하게 즐기면서도 자 기가 장주라는 것을 깨닫지 못했다. 문득 깨어나
> 보니 틀림없는 장주가 아닌가. 도대체 장주가 나비가 된 꿈을 꾼 것일까.
> 아니면 나비가 장주가 된 꿈을 꾼 것일까. 장주와 나비에는 반드시 구별
> 이 있을 것이다. 이러한 변화를 물화라 한다.
>
> 〈莊子 · 齊物論 32〉[16]

는 현실적 유토피아. 그러니 이미 차별과 상대의 차원을 무늬고, 별상
別相을 여읜 총상總相으로서의 일여지경一如之境이 있을 뿐이다. 이러한
도의 경지는 바로 '타자를 전제하지 않는 어떠한 고유한 실체로서의
나는 존재할 수 없다'는 '존재와 존재', 혹은 '존재와 환경 사이의 무수
한 인연의 협동성에 의해서만 존재한다.'는 불교적 '연기관'에 입각한
동체대비니, 이른바 서로의 존재의미를 부여하는 가운데 평등관계를
드러내므로 우주적 질서를 유지하는 화엄사상의 요체이자, 보살도의
실천이다. 예컨대 보현보살의 원행품인 「수희공덕가隋喜功德歌」의

聖凡眞妄莫相分	부처와 중생, 진심과 망심 분별치 말라
同體元來普法門	본디 같은 몸체니 가없는 법문이지
生外本無餘佛義	중생을 여읜 부처 의미 없고
我邊寧有別人論	나 외에 어찌 남이라고 달리 논하리까

---

15 『莊子』 ; "天地與我竝生 而萬物與我爲一 旣已爲一矣 且得有言乎" 참조
16 "昔者 莊周夢爲胡蝶, 栩栩然蝴蝶也. 自喩適志與 不知周也. 俄然覺 則蘧蘧然周也. 不
　　知周之夢爲蝴蝶 與 蝴蝶之夢爲周與. 周與蝴蝶 則必有分矣. 此之謂物化". 참조

三命積集多功德　　3명의 많은 공덕을 쌓아 모두웁고
六趣修成少善根　　6취의 작은 선근을 닦아 이루웁니다
他造盡皆爲自造　　남이 지은 업 다 내가 지은 업이거니
總堪隨喜總堪尊。　모두 기쁘게 따르고 높이 받드웁니다.

〈普賢十願歌·5〉[17]

는 바로 그 서원을 노래로 풀이한 강창에 다름 아니니, 직심直心·심심深心·대비심大悲心[18]이란 원융무애한 회향심廻向心인 것이다.

우리는 「성북동 비둘기」를 위한 생태론적 시학을 위해 진정한 보살행, 그 감격적인 회향심의 일단을 읽을 필요가 있다.

彼鴿畏鷹故　　저 비둘기 매를 두려워하는 고로
連翮來歸我　　내 품에 날아들어 의지하려 하네
雖口不能語　　비록 입으로 말은 하지 못하나
怖泣淚盈目　　겁에 질린 눈물 눈에 가득하니
是故於今者　　이러한 까닭으로 내 지금
宜應加救護。　곧 보호해 줌이 마땅하리.

〈신수대장경 4권〉[19]

---

17 양주동 ;『고가연구』「보현십원가·5」"迷悟同體ㅅ / 緣起ㅅ理ㄹ 차지보곤 / 부텨 衆生 뭇드록 / 내 몸 안딘 눔 이시리 / 닷가샤란 頓部ㅅ 내 닷골손뎡 / 어드샤리마락 나머 업곤 / 어느 人의 善들사 / 안들 깃흘 두오릿고 / 아으, 이라 너겨 녀든 / 嫉妬ㅅ 무슴 닐도올가."라는 「수희공덕가」의 최행귀 한역가. 참조

18 元曉 ;"信成就初發心者 發何等心. 略說有三種 云何爲三. 一者直心 正念眞如法故, 二者深心 樂集一 切諸善行故, 三者大悲心 欲拔一切衆生苦故…〈大乘起信論疏記會本〉참조

19 이만 ;『불교생태학연구를 위한 원전자료 수집 및 정리 연구』「4, 신수대장경 4권」 p.83 참조

　　이는 물론 『육도집六度集』 「포시무극장, 살파달왕본생」의 "비둘기
가 날아와 목숨을 살려 달라함에 이미 내 그 청을 받아 들였노라. …
왕이 '좋다'하고 곧 스스로 자신의 넓적다리 살을 베어 저울에 달아 비
둘기의 무게와 같게 하여 주려하였다. 그러나 아무리 베어 달아도 비
둘기의 무게가 더 무거워 온 몸의 살을 다 베어 달았지만 무게가 같아
지지 않았다. 살을 베어낸 자리의 아픔이 한량없었지만, 왕은 인자한
마음으로 진실로 비둘기를 살려내고자 원하였기 때문에 다시 측근 신
하에게 명하였다. '그대는 어서 나를 죽여라. 골수를 저울에 달아서
비둘기의 무게와 같게 하여 매에게 주라'…"[20]를 시화한 것이지만, 그
무극한 보살심은 동체대비만으로 설명이 가능하겠는가. '나 = 매 = 비
둘기'의 등식은 수행의 영역이니, 미당의

내가
돌이 되면

돌은
연꽃이 되고

연꽃은
호수가 되고,

내가
호수가 되면

호수는
연꽃이 되고

연꽃은
돌이 되고.

〈서정주문학전집 · 1, 내가 돌이 되면. 전문〉

---

20 이봉춘 ; 仝上, 『육도집경 · 3』 "王曰, "鴿來以命相歸, 已受其歸 … 王曰 大善, 卽自割
髀肉 秤之令與鴿重等, 鴿踰自重自割如斯 身肉都盡未與重等 身肉都盡未與重等 身瘡
之痛爲無量 王以慈忍心願鴿活 又命近臣曰 爾疾殺我 秤髓令與鴿重等" 참조

라는 연기적 이미지, 결국 '나·돌·연꽃·호수'라는 사상四相, 그 각각의 별상을 초극한 총상으로서의 우주 인식, 이른바 절대진리일 수 없는 분별지의 망상을 뛰어 넘는 불이법문이다.[21] 그러나 '비둘기〉나〈 매 ⇒ 생명 투척'은 신심信心의 완성을 위한 희생이다. 매의 먹이가 될 비둘기의 생명은 물론, 비둘기의 생명 구호로 인한 매의 주림까지 보살피기 위해 자신의 생명을 투척하는 보시행은 일체중생, 나아가 만유에 대한 회향심이자, 생명존중의 나눔이요, 구호에 의한 보살의 생태적 의지 실천의 담론이라 할 것이다.

그밖에도 불자의 행동 수칙인 사미십계·십악의 죄를 짓지 않는 삶·인과응보·윤회설 등 불교생태학에 나타난 생명존중 및 자비사상은 궁극적으로 '환경 친화적 삶·생태적 삶'을 통해 현생의 행복을 미래의 공업共業으로 사유하는 이 시대의 마지막 가치이자, 희망임에 분명하다.

Ⅱ. 임규와 김광섭의 시적 거리

시학으로서의 '시적 거리'는 범박한 담론 거리가 아니다. 적어도 시적 주체의 전 체험과 상상력이 언어로 빚어낸 창조 현상[작품]과 소비자 사이의 수용미학 − 도취·의미·전통·상황은 전문적 비평의 한 영역이다.[22] 본고에서의 '시적 거리'란 일제 강점기의 시인이자, 우국

---

21 김갑기 ; 『韓國漢詩文學論』「禪詩의 國文學的 位相」, Ⅲ. 선시의 시학과 국문시가, pp.206~216. 이화문화출판사. 1998. 참조
22 '시학의 거리'에 대한 자세한 진술은 蔡洙永의 『한국문학의 거리론』 Ⅰ.詩의 距離論을 참고할 수 있다. 1987, 시인의 집

지사였던 임규(1867~1941)가 성북동 청룡암 미륵당에서 적지 않은 세월 칩거하며, 성북동 일대의 자연미를 노래한 문집 『북산산고』[23] 소재 몇몇 한시작품과, 역시 성북동에서 기거하며 창작 활동을 한 김광섭(1904~1978)의 후기 대표작 「성북동 비둘기」 사이의 '물리적 거리[時的 距離]', 곧 한 세대 남짓한 시차時差 간(37년)의 가공할 생태파괴, 그 정황 검증을 위한 설제다.

임규는 익산 군수 정기우鄭基雨의 아전 출신 중인이다. 군수의 아들 정만조·정병조의 책 읽는 소리를 듣고 사서四書·삼경三經을 깨쳤다는 천재로 알려졌으며, 이후 큰 뜻을 품고 도일渡日, 게이오대학[慶應義塾] 경제과를 졸업하고, 육당 최남선의 권유로 귀국(1908. 4), 신문관·광문회 등에서 많은 국학 관계 신간 서적을 발간했다 한다. 이로부터 육당의 모든 학문적 지원은 그 배경이 임규였다 하며, 허공 신익희·고하 송진우도 그의 제자였다 한다. 일본 문법의 대가였던 그는 주시경과 『훈민정음』에 관한 많은 논쟁을 벌렸던 한글학자이기도 했으며, 『조선어사전』 편찬에도 남다른 열정을 쏟았다 한다.

평생 조국의 독립을 위해 고군분투해 온 그[24]는 3·1운동 48인 중의 한 사람이며, 육당 최남선이 자신의 일본인 처 집에서 「독립선언서」를 탈고하자, 또 제일 먼저 모토요시 총리대신 집에 찾아가 "민족

---

23 『北山散稿』는 작자가 말년에 성북동 청룡암 미륵당에 거처하며 당대의 명사인 만해 한용운, 위창 오세창, 위당 정인보 등과 시대 조류 및 자연을 소재로 노래한 작품들을 백농 최규동의 권유에 의해 형식이나, 연대순 없이 기억에 의해 기록된 작품 모음집 수준의 저서다. 그 1차 정리는 1941, 2차 후집은 1944년에 정리되었다. 이후 임규에 대한 작가론적 언급 및 작품은 그의 문하 권우 홍찬유 선생님의 증언과 지도에 의해 완역된 정후수 교수의 『국역북산산고』에서 가렸음을 정중히 밝혀둔다.

24 73세 때 청용암 말사 미륵당에서의 마지막 작으로 추측되는 「將離漢城 諸友會于彌勒堂 釀酒贈別」에서 "칠십 평생에 오직 눈물만 있고(나라의 독립을 보지 못해 흘리는 눈물)/ 삼천리 강토 안에 나 홀로 집이 없구나.(七十多年惟有淚 三千餘里獨無家) 등 많지 않은 유작 중 우국의 정한이 산견됨

자결주의 원칙에 의하여 조선의 일은 조선인이 알아서 해결할 터이니, 일본은 즉시 총독부 문을 닫고 헌병을 철수하라"고 호통을 친 인물이기도 하다. 이런 야사 같은 실화는 그의 사후인 1963년 독립유공자로 표창되고, 1977년 건국훈장을 추서받았다.

그러나 필자가 주목하고자 하는 바는 그의 신분이 중인이었다거나 천재성, 사우관계, 혹은 항일투사로서의 열성도 등이 아니다. 김광섭보다 37년 먼저 나 완숙한 창작활동기인 노년을 두 작가가 공히 성북동이란 동일 배경지에서 써 남긴 작품 속의 생태 변이, 그 생태학적 시학의 가능성을 탐색하렴이다.

Ⅲ. 작품의 이해와 분석

성북동 산에 번지가 새로 생기면서
본래 살던 성북동 비둘기들만이 번지가 없어졌다.
새벽부터 돌 깨는 산울림에 떨다가
가슴에 금이 갔다.
그래도 성북동 비둘기는
하느님의 광장 같은 새파란 아침 하늘에
성북동 주인에게 축복의 메시지나 전하듯
성북동 하늘을 한 바퀴 휘돈다.

성북동 메마른 골짜기에는
조용히 앉아 콩알 하나 찍어 먹을

널쩍한 마당은커녕 가는 데마다

채석장 포성이 메아리쳐서

피난하듯 지붕에 올라앉아

아침 구공탄 굴뚝 연기에서 향수를 느끼다가

산 1번지 채석장에 도로 가서

금방 따낸 돌 온기에 입을 닦는다.

예전에는 사람을 성자처럼 보고

사람 가까이서

사람과 같이 평화를 즐기던

사랑과 평화의 새 비둘기는

이젠 산도 잃고 사람도 잃고

사랑과 평화의 사상까지

낳지 못하는 쫓기는 새가 되었다.

〈金珖燮 · 성북동 비둘기, 전문〉[25]

이산[26]의 후기 작품 경향은 잘 알려진 대로 "관념의 세계가 예술적으로 세련 · 승화되어 관조와 각성의 원숙함"으로 평가된다. 물론 본 시는 "작가의 후기 대표작으로 평화의 상징인 비둘기를 통해 자연의 평화스러움과 아름다움을 동경하며, 동시에 현대 도시인과 문명의 산

---

25 월간문학, 1968년 11월호

26 이산 김광섭(1904~1978)의 작가 · 작품에 대한 재론은, 특히 비전문가인 필자의 경우 결례일 듯하 므로 기전문 서적에 정리된 부분 중 일부를 전재하는 것으로 독자의 편의에 비받고자 한다. "초기 에는 만주사변의 시대적 상황을 배경으로 불안 · 고독 · 허무 의식의 시를 주로 발표하고. 해방 후 에는 민족문학 쪽에 가담, 좌익문학에 대항했으며, 후기에는 관념의 세계가 예술적으로 세련 · 승 화되어 관조와 각성의 원숙함에 다다랐다."〈한국의 명시 · 오현경편저〉 참조

물인 공해에 대한 강한 비판의식"을 그 주제로 함과 동시에, 자연미에 대한 현대적 향수, 아니 비둘기로 하여금 전 지구적 생명의식을 환기케 한, 이른바 전 인류의 시대적 고민을 앞 서 노래한 선각자의 사회시인 셈이다.

1960년대 성북동 일대의 택지 개발 사업으로 비롯된 일대의 도시화, 문명화에 대한 비판의식은 박남수의 「새」[27]와 또 다른 시각의 지성파 시로 시사적 위상을 확립하고 있다. 전 3 연의 중심 화소는

제1연 ; 성북동 산에 번지가 새로 생기면서

인간의 자연 파괴로 인한 비둘기의 보금자리 상실

돌 깨는 소리에 떨다가 금이 간 비둘기의 가슴

그래도 아침마다 축복의 메시지를 전하는 비둘기의 선회.

제2연 ; 이미 인간에 빼앗긴 성북동 골짜기

포성에 쫓겨 인가 지붕에 피난하듯 쫓겨 난 비둘기

구공탄 굴뚝 연기에서 느끼는 옛날에 대한 향수에 젖음.

제3연 ; 성자와 같던 인간들과 함께 평화를 즐기던 비둘기

이젠 평화로운 산[보금자리]과 선한 인간마저 잃고 쫓기는 신세가 됨.

---

[27] 김광섭과 함께 지성파 시인으로 통칭되는 박남수의 「새」는 '순수의 가치 옹호와 추구'라는 시사적 의미를 갖으며, 「성북동 비둘기」와는 또 다른 문명비판 시라 하겠다. 그 전문은 (1)"하늘에 깔아 논/ 바람의 여울터에서나/ 속삭이듯 서걱이는/ 나무의 그늘에나, 새는/ 노래한다/. 그것이 노래인 줄도 모르면서/ 새는 그것이 사랑인 줄도 모르면서/ 두 놈이 부리를/ 서로의 죽지에 파묻고/ 다스한 체온을 나누어 가진다. (2) 새는 울어/ 뜻을 만들지 않고,/ 지어서 교태로/ 사랑을 가식하지 않는다. (3) 포수는 한 덩이 납으로/ 그 순수를 겨냥하지만,/ 매양 쏘는 것은/ 피에 젖은 한 마리 상한 새에 지나지 않는다."와 같다. 〈김현승저·한국현대시 해설〉

와 같다. '산자락에 새로 생긴 번지'는 상대적으로 '비둘기의 보금자리 상실'을, 자연 파괴의 상징이자 문명의 암시인 '돌 깨는 소리'는 타 생명체의 '놀란 가슴을 찢는 청각'으로 각인되지만, 본디 평화와 자유의 상징인 비둘기는 예의 '하느님 광장 같은 성북동 새파란 아침 하늘 ― 늘 그러했던 성북동 일대의 푸른 산의 시각적 이미지― 을 축복의 메시지나 전하듯' 휘 돈다는 패러독스, 그 눈물겨운 절규는 결국 인간의 몫으로 돌아올 것임을 시적 주체는 예언했다. 인간의 무지와 욕망에 '빼앗긴 성북동 골짜기,' 매운 화약 냄새와 포성에 피난하듯 쫓겨 인가 지붕에 앉아 보지만, 화약 냄새와 포성보다 더 독한 구공탄 연기에서 새롭게 느껴지는 지난날에의 향수, ― 그건 분명 파괴되기 전 삶의 터전에 대한 향수지만, ― 인간이 점령한 그 어디에도 인간 외의 생명은 존립이 허여되지 않는 모양이다. '보금자리를 잃고, 그 어디에도 안주할 수 없는 비둘기'는 어쩔 수 없이 다시 빼앗긴 성북동 산 1번지 막 따낸 '돌의 온기에 입부리를 닦는다 ― 자연의 체취에 대한 그리움 ―'는 참상은 '사랑과 평화'를 운위하던 인간에 의한 것이기에 더욱 '처절한 배신'으로 환치된다. 자못 "덤불은 어디 있는가? 사라지고 말았다. 독수리는 어디에 있는가? 사라지고 말았다. 날랜 조랑말과 산양에 작별을 고하는 것은 무엇을 의미하는가? 삶의 끝이자, 죽음의 시작이다."라는 저 시애틀 추장의 연설문을 연상케 한다.

『육도집경』의 '비둘기 〉 나 〈 매 ⇒ 생명 투척'이라는 보살행과는 물론, 임규의

時聞窓畔落孤砧	때로 창가에 외론 다듬이소리 들려나고
盡日人家在綠陰	온종일 사람 집은 숲 그늘 속에 있구나.
蝴蝶弄晴花巷靜	나비는 꽃 핀 골목 맑은 종요롬을 희살짖고

鵓鳩呼雨竹園深	비둘긴 깊은 대나무 정원에서 비 부르누나.
四隣相忘無聲樂	사방 이웃은 서로 잊어 노래 소리 안 들리고
一境如眠太古心	한결같은 경치는 자는 듯 태고의 마음을 품었네.
寄形物外悠然坐	몸을 세상 사물 밖에 붙이고 고요히 앉아
賦得山居也自吟。	산에 사는 즐거움을 제냥 지어 읊조린다.

〈山居·18수 중 8〉

와도 전혀 다른 변화에 경악하게 된다. 그렇다. 자연은 소유의 대상이 아니다. 다만 자연에 안겨 즐길 뿐이랬다.[28] 녹음, 곧 숲은 전 생태계의 생명의 터전이다. 인간은 숲에 의지해 살 때 모든 것을 얻을 수 있다. 숲이 황폐화된 땅에서는 그 무엇의 생존도, 얻음도 기대할 수 없다. 죽음 외에는.[29] '맑은 꽃 핀 정원을 나니는 나비'와 '깊은 대나무 숲에서 비 부르는 비둘기,' 거기가 바로 만유萬有가 함께 숨 쉬며 살아가는 공존의 터이자, 태고의 섭리다. 마치 고려 중기의 전원시인 김극기의

草迫遊魚躍	개풀 밑엔 물고기 튀나고
楊堤候鳥翔	버들 둑엔 철새들 나니네.

---

28 『중아함경』 제79 「有勝天經」에 "… 그 중에서 광천은 한 곳에 나서 있으면서 '이것은 내 것이다. 저것도 내 것이다'라고 생각하지 않는다. … 다만 가는 곳을 따라 거기에서 즐길 뿐이다. 財主 有三種天 光天 淨光天 遍淨光天. 於中光天者 彼生在一處, 不作是念 此我所有 彼我所有… 但光天隨其所住 卽樂彼中" 『불교생태학연구를 위한 원전자료 수집 및 정리 연구』 「1, 신수대장경 1권」, 윤영해, p.15 참조

29 『중아함』 제107 「林經」 "世尊告諸比丘, 比丘者 依一林住 我依此林住 或無正念 便得正念, 其心不定 而得正心, 若不解脫 便得解脫, 諸漏不盡 而得漏盡, 不得無上安穩涅槃 則得涅槃, 學道者所須衣被·飮食·牀榻·湯藥·諸生活具. 彼一切求索 易不難得. 彼比丘依此林住." 〈『불교생태학연구를 위한 원전자료 수집 및 정리 연구』 「1, 신수대장경 1권」, 윤영해, p.5 참조

耕皐菖葉秀	봄갈이 두렁엔 밋밋한 창포
饁畝蕨芽香	들참하는 밭이랑엔 고사리 내음.
喚雨鳩飛屋	비 부르는 비둘기 지붕에 모여들고
舍泥燕子飛	개흙 문 청제비 들보로 날아드네.
晚來茅舍下	날 저물자 초가의 사랑방에 와
高臥等義皇。	베개를 높이 베고 누우니 태고 적 일민일세.

〈三韓詩龜鑑·上, 田家四時·1〉[30]

라는 저 무구하고 순속한 시상과 전혀 다르지 않다. '창포 잎' '고사리 내음' 속에서 들참하는 '농부와 그 지어미'는 영원한 우리네 어버이상이다. 봄비가 오려고 날씨가 꾸물거릴라치면 음산한 기운에 아직 온기가 남아 있는 지붕 '굴뚝께로 모이는 비둘기' 그래서 우리 속담에 "비둘기가 굴뚝께로 모여들면 비 온다"를 시화한 정감이 그립기만 하다.

게다가 강남서 돌아온 제비는 초가 추녀에다 등지를 틀고 인간과 더불어 살며, 또 본능적으로 어김없이 새끼 치는 저 태고적 공존의 삶, 그야말로 자연의 대 코라스요, 그 경건성에 대한 찬양가에 다르지 않다. 이른바 프랑스 수학자 E. Lucas가 고안한 '하노이 탑the Tower of Hanoi'을 원용한 P. Singer의 전 우주적 생명 중시관,[31] 곧 공존공생을 위한 윤리론적 가치관의 하모니라 할 것이다.

불과 30년 전 김광섭의 집과 100여 m 거리 남짓한 성북동 일대의

---

30 김갑기 ;『譯註三韓詩龜鑑』卷上 17. 김극기의「田家四時」, 이화문화출판사. 1998, p.128 참조

31 물론 인간 중심이 아닌 범우주론적 생명의식이야 진작 불교의 여러 경전에 밝힌 바다. 예컨대 율장 四分律은 1. 흙을 이기고 나무와 쇠똥을 모아 태우지 말 것이며, 2. 누에 고치 솜으로 침구를 만들지 말 것이며, 3. 스스로 건 남을 시켜서 건 땅을 파지 말 것, 4. 살아 있는 초목을 함부로 베지 말 것 등이 그것이다.

천지개벽, 그 산자락의 자연 생태를 대신해 차지한 인간들의 물화物化가 문명의 이름으로 미화될 수는 없다. 재앙처럼 팽창하는 인구 증가와 생존의 수단이 되어버린 과학문명을 앞세워 어느 사이에 인간은 먹이 사슬의 최 상부에 놓이게 되었고, 그러므로 인간이란 종Species이 환경을 오염시키고, 자연을 파괴하는 원흉이 되므로, 수 천 만년 유지돼 온 지구 생태계의 피라미드는 그 균형을 잃기 시작했으며, 그러므로 인류와 함께 생존해 왔던 동식물의 무수한 종들이 해마다 서서히 사라지고 있다. 이런 생태계 파괴는 급기야 우리 인간이라는 종의 생존까지 위협하게 되었다.[32]는 논리는 이상의 전 후 시편들에서 시사하는 바와 같다. 역시 임규의

過盡三春雨未開　　한 봄 다 지나도록 개이지 않으니

落花門逕半靑苔　　꽃 진 문 앞 길 반은 푸른 이끼로구나.

山堂晝寂書聲歇　　산 집이라, 고요한 낮 글 읽는 소리 그치자

時有幽禽自往來。　무시로 그윽한 산새들 멋대로 드나드누나.

〈山堂〉

는 아직도 자연과의 끈끈한 교감이 정겹다. '꽃잎 진 문 앞 이끼 낀 오솔길'은 '화사한 봄날을 희롱하는 나비[蝴蝶弄晴]'와, '비 부르는 비둘기[鶻鳩呼雨]'를 짝할 물리적 공간이요, 책 읽는 소리 멎은 '한낮의 여적[晝寂]'이기에 '그윽한 산새[幽禽]'들과의 무시론 정신적 친화는 드디어

---

32 김성철 ;『불교생태학연구를 위한 원전자료 수집 및 정리 연구』「2, 신수대장경 2권」, p.23 참조

古人來見我	친구들이 와서 나를 찾으나
微意不成辭	나의 뜻 말로 다 이를 수 없네
蟻鳶同一物	개미와 소리개 같은 생명체인데
何用愛憎爲。	누구를 사랑하고 누구를 미워하랴.

〈病中述懷·5수 중 5〉

라는 장주莊周의 '호접몽'의 경지를 방불케 한다. 워낙 '미의微意'란 '하찮은 나의 뜻'으로 '微志'의 개념이나, 본 시에서는 '유·무정체有·無情體, 나아가 만유萬有에 대한 세세한 배려'로 읽을 때 세속 방문객과의 '불성사不成辭'라는 문법이 맞는다. 곧 '개미와 소리개'를 별상이 아닌 총상으로, 나도 물론 분별상일 수 없기에 '애愛·증憎'의 변별이 있을 수 없는 물아일체요, 불교생태학에서 이른바 동체대비의 절대 사랑·생명존중의 보살행에 이른다.

이상 성북동 일대의 동일한 자연 물사物事를 시화한 임규와 김광섭의 시적 편차는 바로 세대라는 길지 않은 시적 거리에서 이루어졌으면서도 상상할 수 없는 시적 편차를 느끼게 됨은 다름 아닌 자연파괴에 의한 생태계 파괴 때문이요, 나아가 인류 공멸의 미래상이자, 전 인류의 공포라 할 때, 인간 중심의 사고, 혹은 실존적 사유라는 미망의 패러다임에서 속히 깨어나야 함은 물론, 구호성 대안이 아닌 실질적 의식 개혁, 나아가 우리의 삶의 전통 속에 내재한 습성과 낯설지 않은 삶의 패턴을 찾아야 할 때임을 인식하게 된다.

Ⅳ. 문제의 정리 및 남는 과제

문제의 정리 ; 본고는 박남수와 함께 지성파 작가로 불리는 이산 김광섭의 문명 비판적 시 「성북동 비둘기」의 생태학적 담론, 그 가능성을 가늠하기 위한 일 시론이다.

워낙 생태학의 궁극적 목표는 생태계 내 모든 존재들의 건강한 생존이다. 그러기 위한 최우선적 기본 과제는 법계무진연기론法界無盡緣起論에 입각한 상호의존적 공동체 인식과, 동체대비적 생명존중이다. 유·무정의 생명체는 물론, 무생명체까지도 전 우주 구성의 동등한 일원으로서의 고유한 존재 가치는 그 어떤 것의 피조물이 아니었던 것처럼 구속되지 않을 자연한 독자성이 인정되어야 한다. 그러나 그럼에도 불구하고 그릇 인식된 인간 중심적 사유와, 산업화 사회의 발전, 기계문명의 위력 앞에 스스로 무력해진 인간은 이제 전 인류공멸이라는 생태 문제의 위기에 직면하게 되었다.

필자는 김광섭의 「성북동 비둘기」를 이러한 현대 문명 앞에 인간의 무명無明을 스스로 자학한 선지자적 절규로 인식하며, 그 실상을 바르게 읽기 위해 한 세대 전, 동일 지역의 자연을 노래한 임규의 한시와 고려조 김극기의 전원시 「전가사시·1」을 동시 대비했다.

이상을 요약 정리하면 다음과 같다.

1 동·서간, 학제간 화두가 된 생태학은 발생론상으론 자연의 자연성33을 부정하고 '신의 인간 선택 창조설[창세기]'에 의한 이원론적 사유와, 노동가치설에 의한 자연의 개인 소유화가 무관할 수 없는 1차적 원인이겠지만, 일원론적 전통 사념을 고수해 온 동양도 자연

파괴와 그에 따른 생태 위기에 함께 직면해 있음은 인간 무명의 아
집이 낳은 위기다.

2 불가의 법계무진연기와 동체대비사상을 바탕으로 하는 생명존중·
환경친화적 삶은 현생의 행복을 미래의 공업으로 사유하는 이 시
대의 마지막 가치이자, 희망이다.

3 「성북동 비둘기」의 화자 김광섭의 메시지는 저 인디안 추장의 "짐
승들에게 일어난 일은 인간들에게도 일어나게 마련이다"라는 예언
적 절규에 다름 아니다.

4 함께 대비된 임규의 「산거」나 「산당」의 시정은 정작 13세기 전반
고려의 산수 시인 김극기(생몰 년대는 미상이나, 이규보보다 약 5년 앞서
출생한 듯)의 시정과 유사할지언정, 30년 후 김광섭의 시정은 상생
은 물론, 패자의 추방, 사랑과 평화를 운위하던 신망에 대한 배신,
끝내 공동상실이란 앗고 앗기는 생존경쟁의 터로 황폐화되어, 역
시 추장의 "만물은 서로 맺어져 있다"는 경험론적 연기담을 읽는
듯한 섬뜩함을 느끼게 한다.

5 이 같은 현상은 바로 다름 아닌 자연 훼손에 의한 생태계 파괴요,
나아가 인류 공멸의 미래상이자, 전 인류의 공포라 할 때, 인간 중

---

33 본디 부처가 깨달은 진리는 붓다의 주관이 개입된 인위적이고 작위적인 것이 아니라,
객관성과 보편성, 일반성과 세계성을 지닌 본래 그러하고, 스스로 그러한(法爾自然) 진
리 그 자체란 뜻이다.〈박경준, 「불교적 관점에서 본 자연」, 『자연, 환경인가 주체인가』.
제2회 불교생태학 세미나 자료집 p.25〉참조

심의 사고, 혹은 실존적 사유라는 미망의 패러다임에서 속히 깨어 나야 함은 물론, 구호성 대안이 아닌 실천적 의식 개혁, 나아가 우리의 삶의 전통 속에 내재한 습성과 낯설지 않은 삶의 패턴을 찾아야 할 때임을 인식하게 된다.

남는 과제 ; 모든 생명체의 바람직한 생태환경, 이를 위해 우리 모두는 새로운 의식과 낯설지 않은 삶의 패러다임을 구축하고 실행하는 일, 그것이 함께 인식되고 실천되어야 할 남는 과제다. 필자는 그 대안으로 먼저 '자기를 자기답게 가꾸는 자기 사랑'의 실천, 그리고 그 사랑을 남[他者]에게 '자기에 대한 사랑과 꼭 같이 베푸는 배려'의 필요성을 강조하며, 그 좋은 귀감은 민족적 지도 이념으로 인화와 자비, 생명존중과 심신 수련에 의한 자기 수양으로 풍월도의 상징이었던 화랑정신의 부활 및 시기와 질투가 아닌 이해와 관용의 미덕, 근검과 절약을 실천하며, 오롯한 기상으로 민족의 자존을 지켜 온 조선조 선비 정신의 생활화 등 정신적 혁신의 필요성을 제안한다.

〈2004. 한국문학연구 27집〉

文化空間으로서의 寺刹

I. 문제의 제기

한시 연구 영역으로서의 제영시題詠詩 연구는 미처 괄목할 경지에까지 이르지 못한 것이 사실이다.[1] 더욱 사찰제영시란 사찰연기설화나 기記·상량문上梁文 등 산문에 비해 낯설기만 해서 학문적 관심이나, 심도 있는 논의가 없었던 것이 학계의 현실이다.

더욱 사찰은 불자의 수도 도량이란 고정관념 외에 '사찰문화, 그도 사찰제영시를 통해서'라는 논제는 분명 논자의 부담 못지않게 독자에게도 생경할 줄로 사료된다. 그러나 일정한 목적, 또는 이상 실현을 위한 활동 및 생활양식과 내용이 있는 한, 인간의 내적 정신활동의 소

---

[1] 제영시 연구는 필자의 「제영시고」 −경포대 제영시를 중심으로− 〈최승순박사 회갑기념 논총〉 1987·「한국제영시연구」, 학술진흥재단 연구지원. 1988, 외 몇 편의석사논문이 있고, 근자에 사찰제영 관련은 임종욱의 『산사에 가면 시가보인다』, 〈이회출판사, 2001〉와 「藝術史의 차원에서 불교를 인식한 許筠」, 그리고 필자의 『詩로 읽는 사찰문화』〈2010, 제이앤씨〉 등이있다.

산인 문화는 의·식·주를 비롯한 학문·예술·도덕·종교 등 그 어떤 외적 문명에 선행하는 법이다. 무엇보다 동양정신문화의 기저로서의 불교사상, 그리고 불자의 역할은 가히 주도적이었으며, 그들의 생활공간은 사찰이었다. 따라서 문화공간으로서의 사찰은 세속문화에 비해 경이로울지언정 전혀 논외의 대상이 아니다. 오히려 고도의 예술 경지에 쉬 접근하지 못했거나, 경원시했을 뿐 속사부유俗士腐儒의 경박, 혹은 위선을 감복케 한 예술의 진경眞境을 읽을 수 있다.

본고가 사찰제영시를 통해 문화공간으로서의 사찰 면면을 점증하기 위해, 먼저 '제영시와 사찰제영시'의 개념, 혹은 그 위상 정립의 필요를 느낌은 아직 적잖이 생소한 학술용어이기 때문이다.

Ⅱ. 題詠詩로서의 寺刹題詠詩

Stoa학파의 Chrysippos는 "미美야말로 모든 대상의 존재 이유"라 하고, 자연의 만상은 "미를 목적으로 해서 태어나 있다"[2]고 했다. 물론 그 생성 변화와 운행은 스스로 무언의 질서 속에서 행해진다.[3] 이른바 무위자연의 도가 바로 그 질서요, 자연은 또 도의 모체다.[4] 여기에 자연의 경건함과 숭고함이 있고, 그 조화와 질서와 균형의 미는 그러므로 매체에 의한 인위적 예술미가 범접할 수 없는 초절적 대미大美인 것

---

2 白琪洙 ;『美의 思索』제 2장, 제1절 「1」 ② 미와 자연, p.66. 참조. 서울대학교 대학교 양총서10. 1986

3 『莊子』; "天地有大美 而不言, 四時有明法 而不議, 萬物有成理 而不說."〈造化遊〉

4 『老子』; "有物混成 先天地生, 寂兮寥兮 獨立不改 周行而不殆. 可以爲天下母, 吾不知其名 强子之爲道…人法地, 地法天, 天法道, 道法自然" 참조

이다. 그러므로 자연미는 인간과 대립적, 혹은 객관적 대상물일 수 없다. 인간은 용케도 탐미욕과 모방본능을 타고나서 자연의 순리를 따르고 존숭尊崇하는 가운데 체험된 미적 감동을 표출할 줄 알기 때문이다. 아마도 촉물진정觸物陳情의 시학詩學은 그 대표적 형태일 것이다. 여기 '촉물'이라 함은 작자의 시적 정서를 환기시키는 일련의 물사物事[객관적 상관물objective correlative]를 접함이요, '진정'은 시적 주체의 선험적 인식이 대상에서 얻어진 심상心象과 만나 '언어 매체'를 통해 창출해낸 예지의 미학美學이다. 이 때 특히 제영시에서는 '객관적 상관물을 어떻게 파악하며, 무엇을 말하기 위해 어떤 수사법을 원용했는가는 관심의 요체일 것이다.

'닫힘의 성곽문화'보다는 '열림의 자연문화' 속에서 '결핍의 안달'보다는 '지족知足의 안분安分'을 누려온 우리네 고고한 삶의 철학은 배산임수의 명소를 터 잡아 누정樓亭을 차리고, 부앙하여서는 자연에 침잠하거나, 물색에 동화하여 '산 절로 수 절로'란 수순의 도를 살았다. 여기에 합자연의 상찬賞讚과 영회詠懷가 따르는가 하면, 인간과 역사의 무상한 영고성쇠에 따른 차탄嗟歎이 있어 이를 자연의 물사와 교감해 왔으니, 일컬어 '영시제구詠詩題句'가 그것이다. 곧 경물을 소재로 하되, 그 '가시적·현실적 액자'를 상상의 공간에로까지 유추케 하는 결구의 다양성으로, 단순한 서경시만이 아니게 하는 시적 tension이 있다.

무엇보다 제영시의 시학적 특징은 '그 시적 흥취가 그 지역의 경치와 맞아서 그 진경을 그대로 묘사함은 물론 역사, 포괄적으로 '문화적 궤적'이 관류해 있으므로, 그 수용미학은 배가할 것이다. 그러기에 일찍이 임경任璟(조선 숙종 때의 문신)은 "예로부터 시인이 누대에 붙이는 시는 짓기가 어렵다 했다. 글귀를 만들기 어려운 것이 아니라, 그 누대에 꼭 맞게 짓기가 어렵다"[5] 했다.

누정 제영시의 남상이라 할 최호崔顥의 황학루 기행과, 그 제영 「등황학루登黃鶴樓」 시에 뒤질세라, 금릉의 봉황대에 올라 「등금릉봉황대登金陵鳳凰臺」 시를 남긴 이백은 물론, 두보의 시작 황금기인 50대 후반 동정호의 장관을 우주의 대문大文으로 읽어낸 「등악양루登岳陽樓」 등은 저들 누정문학의 대표작이자, 우리 제영시의 원류임에 분명하다.

한편, 사찰제영시란 사찰을 소재로 한 '영시제구'다. 그러므로 사찰제영시 역시 제영시의 작은 갈래임은 임경의 『현호쇄담』 상기 인용문에 이어지는 다음 예문에서 알 수 있다.

"나무 그림자는 물 가운데서 보고, 종소리는 양쪽 언덕에서 들려 온다"가 「금산사」를 노래한 명구가 되고, "누대에선 창해의 뜨는 해를 보고, 문 앞으론 절강의 조수 드나드네"가 「영은사」의 절창이 되는 것은 대개 그 흥취가 그 땅의 경치와 맞아서, 그 진경을 그대로 그려냈기 때문이다. 김황원의 「부벽루」 시에 "긴 성 한 편으론 치렁한 강물이요, 넙넙은 들녘 동편엔 가뭇가뭇 산이로구나"를 서거정은 일찍이 대수롭지 않게 여겼다. 그러나 이 누에 올라 그 경치를 읊어보고야, 그 경치를 그림 같이 묘사한 것임을 깨닫게 되었다.[6]

라 했음이 그것이다. 이른바 그 대상이 누정이든 사찰이든 제영시의 '제영시 다움'은 '그 흥취가 그 땅의 경치와 맞아서, 그 참다운 모습을 실경 그대로 그려냄'에 있다 하고, 사찰 제영으로 「금산사」「영은사」

---

[5] 任璟 ; "自古詩家 以題詠爲難, 非作句難 難其相稱也." 〈현호쇄담〉

[6] 仝上 ; "樹影中流見, 鐘聲兩岸聞' 爲金山寺之名句, '樓觀滄海日, 門對浙江潮' 隱靈寺之絶唱 蓋趣與境會 寫出眞景也. 金黃元浮碧樓詩 '長城一面溶溶水 大野東頭點點山' 徐四佳 嘗歇看, 然登斯樓 詠斯景則 始覺其模寫如畫 …" 〈仝上〉

를, 그리고 누정 제영으로 「부벽루」를 함께 제영시적 명작으로 시사했음이 그것이다. 따라서 사찰제영시를 제영시와 포괄적 동일 개념으로 인식하되, '사찰 및 불교리' 혹은 '불사 관련 시'라는 하위 개념으로 정리하고자 한다.

Ⅲ. 문화공간으로서의 사찰

1. 儒佛不二의 詩·書·畵 공간

산사는 유·불간 격의 없는 만남의 공간이었고, 당대의 식자인이었던 그들의 만남에는 삼절[시·서·화]의 고급 문화예술이 향유되었다. 워낙 '시는 소리 있는 그림이요[有聲畫], 그림은 소리 없는 시[無聲詩]'라 했으니, 이른바 '시중유화詩中有畵, 화중유시畵中有詩'가 그것이다. 더욱 서화야 채옹蔡邕의 팔분법八分法이래 동궤同軌니, 그러므로 시·서·화는 일지一旨랬다.

먼저 이인로의 시 「이 벗에게贈四友, 倣樂天四首」 4의 기·함련을 통해 유불 교유상을 살펴보면,

支遁從安石	지둔도 안석과 종유하였고
鮑照愛惠休	포조도 혜휴를 아꼈지 않았나
自古龍象流	예로부터 고승의 무리들은
時與麟鳳遊。	수시로 거유들과 노닐었다네.

〈삼한시귀감·상〉

와 같다. 화자의 협주대로 '불가의 벗 종령空門友 宗聆'에게 준 시다. 천축인으로 동진東晉을 대표한 고승 지둔과, 진조晉朝는 물론 동양 삼국을 풍미했던 사안謝安7의 종유, 부섬하고 빼어날 뿐만 아니라.8 표일한 문사9로 남송南宋을 대표하던 포조와, 남송의 시승 혜휴10와의 종유를 들어, 예로부터 불가[龍象]와 유가[麟鳳], 곧 시[儒家]와 법[佛家]이 둘이 아님[不二]을 역설[詩法不相妨 古今同一丘]〈예시의 경련〉한 것이다.

고려조는 물론, 조선조 척불의 국시는 "만국萬國히 즐기거늘 성성聖性에 외다 터시니, 백천불찰百千佛刹을 일시一時에 혁革ᄒ시니."〈용비어천가, 107장〉라고 악장에 올려 찬양했지만 치국의 방편이었고, 따라서 다소 환신宦臣들의 어설픈 변명, 곧 '승려를 좋아해서가 아니라, 산을 좋아해서'11 라는 의도적 홀대가 없지도 않았으나, 조선의 건국주 태조의 아들 양녕대군의

山霞朝作飯	산 노을로 아침밥 짓고
蘿月夜爲燈	등라에 걸린 달로 등불 삼아
獨宿空巖畔	홀로 넓은 바위에서 잠을 자니
惟存塔一層。	오히려 탑 한 층 남았구려.

〈題僧軸〉

---

7 安石 ; 晉朝의 謝安. 문필, 특히 行書에 능했다 하며, 朝臣의 현달을 버리고, 동산에 높이 누워「東山高臥」음주·부시·사죽으로 일생을 즐김. 주련에 '文章北海聲名重 絲竹東山歲月長'은 유명한 대련으로 전함.

8 『宋書』 ; "鮑照文辭贍逸, 爲前軍參軍" 참조

9 杜詩 ; 「春日憶李白」에 "白也詩無敵 飄然思不群. 淸新分開府 俊逸鮑 參軍."〈杜諺·卄一〉 참조

10 『靑丘風雅』 ; "俗姓湯, 善屬文. 宋世祖 命還俗." 참조

11 沈守慶 ; 僧人求詩於縉紳及儒生 以爲持身之寶, 謂之詩軸 蓋僧之高風也. 明公巨卿 尙皆題之 礪城頤最多, 余亦善題, 非愛僧也, 乃出於愛山也.〈견한잡록〉 참조

는 홍만종의 협주대로 "귀인의 시도 이와 같다.貴人詩 乃如此"라 했듯이, 왕족이면서 오히려 재가승의 차원조차 넘난 호불의식이다.

그러기에 성리학이 극성하던 16세기, 유가가 보내 온 시에 답한 보우普雨 선사의 답시는,

儒釋相從是古風　　유불이 서로 쫓음은 예로운 풍습,
太顚方丈依韓公　　태전 방장도 한공에 의지했다죠
當時山月明如燭　　그 때의 산과 달 촛불처럼 밝은데
獻納淸詩寄土窟。　　헌납께서 맑아한 시 토굴까지 보내셨네.

〈虛應堂集〉

라며, 태진太顚 선사와 한유韓愈가 더불어 노닐던 산달[山月] 아래 지금 보우와 윤헌납(未詳)의 상종이 고풍 그대로임을 전제하고, 이어 그리운 정을 진솔하게 노래하고 있다.

이처럼 유불 간에 수증된 수많은 시편 중 시서화와 관련한 몇 작품을 가려 문화 공간으로서의 사찰, 그 위상을 살펴보기로 하자.

공민왕(1330~1374)이 내원당(궁궐내 사찰) 대선사 구곡 각운에게 보현보살과 달마의 상을 그린 두 권의 화첩과 '구곡각운龜谷覺雲'이란 선사의 법호 4자를 친히 그리고 써서 하사했다. 이에 도은 이숭인(1349~1392)이 하시賀詩 3수를 썼으니12 당대의 예인 공민왕의 서화에 도은의 시가 아울은 이른바 선림禪林의 보배라 하겠다.

12　內願堂大禪師　龜谷雲公蒙賜御筆普賢達磨肖像二卷, 龜谷覺雲四大字, 以詩爲賀三首
　　〈槿域書畵徵・상〉

1

稽首善男子　　머리 조아리는 선남자는
粲然騎六牙　　하얀 육아의 코끼리를 탔구나
問他蘆葉上　　여보시오, 갈대잎 탄 달마님도
趣味亦同耶。　취미는 아마 마찬가지리.

육아백상六牙白象[신통력의 상징]을 탄 보현보살과, 갈대 잎을 탄 달마대사達磨大師의 그림을 시화한 일련의 제화시다

2

卷舒自無心　　구름은 무심히 걷혔다 펴졌다 하고
吐納安汝止　　거북은 숨을 내쉬었다 들이마셨다 하네.
何須此爲名　　무엇 때문에 이것으로 이름 붙였나
師道固應爾。　스님의 도가 본래 그래서라네.

섭리에 따라 '걷혔다 펴졌다'하는 구름, 생리처럼 '내쉬었다 들이마시는 호흡' 그처럼 순리에 따르는 대사이기에 각운·구곡일 뿐이라는 당연한 법호풀이다. 한편

3

經筵足暇日　　경연에 한가한 날이 많아
宸翰灑餘淸　　우리 님 붓에 맑아한 기운 서렸구나
圖書四軸妙　　네 족자에 묘한 그림과 글씨
餠錫一生榮。　병석에 일생의 영화 흐뭇하여라.

〈도은집, 槿域書畵徵〉

는 그 [3]으로 공민왕의 두 초상과 휘호 '구곡각운龜谷覺雲' 4자에 대한 도은의 찬시니, 곧 제화題畵 및 제서시題書詩이자, 넓은 의미의 사찰제 영시인 셈이다.

다음은 동일 서화에 대한 이인복李仁復(1308~1374)의 찬시다.

仰看奎星照禪林	우러를수록 규성의 문채 선림을 환히 비추니
新賜圖書冠古今	새로 내리신 그림과 글씨 고금의 으뜸이로다.
八法旣均眞得體	팔법이 골고루 나타나 참 법을 얻었고
二師猶肖可傳心	이사와 꼭 닮았으니 마음 전할 만하네.
粃糠顧陸天機妙	그림의 천기 묘하기도 하니 고·육은 쭉정이요
臣僕鍾王筆意深	글씨의 조화 이리도 깊으니 종·왕은 심복일세.
留鎭山門有榮耀	가 서화 산문에 걸면 더 없는 영광이리니
上恩奚啻重千金。	상감의 은혜 어찌 천금으로 비할 뿐이리오.

〈동문선·15, 槿域書畵徵〉

공민왕의 서화는 동국 제일이라 일컬을 만하니, '관고금冠古今'이요, 따라서 두 스승[보현보살과 달마]의 초상 역시 팔분법의 진체라 했다. 그러므로 고개지顧愷之와 육탐미陸探微의 그림이래야 예술미적 가치로 따지자면 한 낱 쭉정이일 뿐이며, 종요鍾繇와 왕희지王羲之의 필의도 신분관계로 비유하자면 심복에 불외하다 했으니, 이 서화야말로 내원당의 영화이자, '천금이 오히려 싸다'한 서화평이자, 사찰문화로 평하자면 국보급인 셈이다.

다음은 회암사檜岩寺 벽상에 걸린 석釋 원경圓鏡의 휘호13를 보고 금나라 사신이 쓴 제서시다.

王子膏粱氣半存　　왕자의 고량 기운 반쯤 남아 있고
山僧蔬笋尙餘痕　　산승의 나물 죽순 흔적 남아 있구나
顚張醉素無全骨　　미친 장욱과 취한 회소의 완전한 골격 없으니
却恨當年許作髡。　자못 한창 당년에 산 승이 된 것 한스럽구나.

〈여지승람·11〉

곧 금나라 대정大定 연간[世宗의 연호 : 1161~1189]에 두 사신이 들렀다
가 원경선사의 필적을 보고 한 사람은 '귀인의 글씨'라 하고, 한 사람
은 '산채와 죽순기가 있는 산인의 글씨'라 하자, 사실을 말했더니 서로
맞았다고 좋아하며 썼다고 한다. 워낙 원경선사는 왕족이었다.14 그
러나 왕희지 이후 신풍격新風格의 초성草聖. 혹은 해법楷法이 정미精美하
며, 더욱 광초狂草로 잘 알려져 장전張顚으로 통칭[尤長於狂草]되는 장욱
張旭(7세기 후~8세기 중반)과 당나라 승려이자, 서법가로 장욱의 광초를
계승 발전시켜, 장욱과 함께 전장취소顚張醉素로 통칭되는 회소懷素 전
장진錢藏眞(725~785)의 전골全骨이 없음은 젊은 나이에 산문에 들어 정
진하지 못한 때문임을 안타까워했다.

　다음은 보제사普濟寺 벽상에 그려진 귀일歸一 스님의 노송도를 노래
한 이규보의 제화시15이다.

---

13 회암사는 고려 중 懶翁이 창사를 시작하여 제자 覺田이 공역을 마쳤 다. 서역 승 指空
이 보고 "산수 형세가 天竺國 阿蘭陁와 같다" 하고, 고려 왕자 중 원경의 글씨가 남루
동서 벽과 서편 다락에 남아 있다"하였다. 금국 사신들이 이 글씨를 보고 이른 말인가
보다.〈여지승람 11〉

14 "釋 圓鏡 王子僧. 圓鏡筆跡 在檜岩壁上 大定間 金使入 觀書跡 一人曰 '貴人筆', 一人曰
'山人筆 蔬笋之氣 頗存'. 傍有一僧 以實告 皆喜其言中 乃題詩曰…."〈槿域書畵徵·상,
고려시대〉

15 "普濟住 老規公 使山人(釋)歸一 畫老松于廳事之壁, 雖盛夏見之 若爽氣襲人 者, 禪師
請予作贊."〈근역서화징·상, 고려시대 〉

… 前 略 …	… 전 략…
吾師來寓	우리 스님 여기 와 살 적에
心掛蒼壁	마음을 푸른 벽에 걸고 싶어했지
倩人名手	이름난 화가의 손을 빌어
寫此蒼官	이 소나무를 그리게 하니
蕭然方丈	쓸쓸한 이 절간이
化作靑山	변하여 온통 푸른 산인 양
蔦縈蘿繞	담쟁이 새삼 넌출 어설키고
老幹龍盤	늙은 줄기 용처럼 서렸구나
不雪不霜	눈 서리 내리지도 않았는데
淸風吹寒	맑은 바람 스산히 불어드네
君子之居	군자의 거처하는 곳
何有崇庳	높고 낮은 땅 구별 있으랴
境之喧靜	환경이 시끄럽고 고요함은
在人非地。	사람에 달린 것 땅이 무슨 관계람.
… 下 略 …	… 하 략…

〈東國李相國集·19〉

신라 진흥왕 때 황룡사의 벽화 「노송도」를 그린 솔거率居[16]를 연상케 하는 귀일 선사의 보제사 벽화 「노송도」요, 이를 제화한 이규보의 시다. 평담한 사실의 진술이 창연한 고사의 전설처럼 전해 온다. 과장도 수식도 없는 지사진실指事陳實이 오히려 고즈넉한 비경을 유추케

---

16 率居(?~?) ; 신라 24대 진흥왕 때의 화가로 황룡사 벽화 「노송도」를 위시하여, 분황사의 「관음보살상」, 단속사의 「유마거사상」 등을 그려당시 '神의 솜씨를 가진 화가'로 찬사를 받았으나, 지금은 모두 전하지 아니함.

하는 인과因果랄까? 귀일 선사가 담은 「노송도」의 '소리 없는 시'를 이규보는 다시 '소리 있는 그림'으로 환치해 맑은 송뢰를 그렇게 전하고 있다.

무수한 사찰제영시 중 사찰이란 문화공간에서 승속불이僧俗不二의 만남, 그리고 그 만남으로 향유된 고급한 시·서·화의 예술미, 그 탐색의 가능성으로 찬란한 사찰문화를 만끽했다.

2. 무용과 음악의 조화경

고즈넉한 산사를 휘감는 이내와, 정적의 깊이를 퍼 나르는 풍경소리, 그 하늘한 율동과 가녀린 선율만 해도 산사는 이미 가없는 신비의 조화경이다. 거기에 정작 "검은 장삼에 붉은 가사를 걸치고 하이얀 고깔 쓴 채 느린 사위로 장삼을 늘어뜨리고 머뭇거리는 듯, 또 뿌리다가 타령과 굿거리장단에 북을 어른 다음, 황홀한 법고놀이에 이르는 절정",[17] 그 "휘어져 감기우고, 다시 접어 뻗는 손이/ 깊은 마음 속 거룩한 합장인 양하고,/ 이 밤사 귀또리 우는 삼경인데/ 얇은 사 하이얀 고깔은 고이 접어서 나빌레라."〈조지훈·僧舞 부분〉라는 해탈염원의 악무樂舞까지 곁들인다면, 산사는 그 어디보다도 고격한 고전적 문화공간인 것이다.

다음은 허균이 산사에서 연행된 영산재에서 천룡주악天龍奏樂과 십이약차十二藥叉[18]의 군무를 참례하고, 그 장관을 문예미로 승화한 「천룡

---

17 張師勛 ;『國樂大辭典』'僧舞' 참조, 세광음악출판부. 1984
18 十二藥叉 ; 藥師의 十二神將 '궁비라·벌절라·미기라·안저라·알이라·산저 라·인다라·파이라·마호라·진달라·초도라·비갈라'로 모두 약사여래에 속 하며, 行者를 수호한다 함. 〈불교대사전〉

주악인제운상상인축_{天龍奏樂引題雲上人軸}」이다.

乾闥婆王鼓似雷	건달바[19]왕의 북소리 우레 같은데
靈山會罷乘龍回	영산회[20] 마치자 용을 타고 오시네.
… 中 略 …	… 중 략 …
拜獻天樂陳嵒宮	하늘 음악 올려 암궁에 벌여놓으니
聲雜波濤響澎湃	파도 소리 어울려 그 울림 웅장한데.
人天來會百億軀	인간 천상 모두 모여 백억의 몸이 되니
六道雜遝群龍趨	육도[21]가 뒤섞여서 뭇용이 달리누나.
微風吹動寶羅網	산들바람 불어와 나망이 나부끼니
衆音微妙穿金衢	뭇 소리 미묘해 황금 거리 꿰뚫는 듯하고.
曼陁天女散花雨	만다라의 천녀들 꽃비 흩뿌리니
十二藥叉皆起舞	12야차 모두 일어나 두둥실 춤을 추네.
笑掉法螺開桓因	웃으며 법라[22] 불고 환인을 열어놓으니
山河大地俱微塵	산하와 대지가 모두 다 가는 먼지로다.
霜鍾鯨吼八方震	종소리 웅장하여라. 팔방이 진동하고
魚梵吟風來隱隱	목어에 스치는 바람 소리 은은히 들려오네.

---

19 乾闥婆 ; 인도 신화의 요정 gandharva의 음역. 天龍八部 중의 하나로, 緊那羅와 함께 帝釋天을 모시고 음악을 연주함. 일명 하늘의 樂士, 하늘에서 음악을 연주하는 神. 〈불교대사전〉

20 靈山會 ; 석존이 중인도 마갈타국 왕사성 부근의 기사굴산 「靈鷲山」에서 『법화경』을 설법하던 會座.

21 六道 ; 중생의 業因에 따라 윤회하는 6가지의 길. 지옥도·아귀도·축생도·아수라도·인간도·천상도. 〈불교대사전〉

22 法螺 ; 卷貝의 끝에 피리를 붙인 악기의 일종. 사람을 모을 때 부는 소라패, 혹은 부처님의 융성한 설법을 비유하기도 하며, 修驗道에서는 惡獸를 쫓는 法具로 산중 수행 및 법회에서 사용한다 함. 〈불교대사전〉

百千種樂皆備俱　　갖가지 음악을 모두 갖추었는데
何必身遊佛國土　　어찌 몸이 불국토에 노닐 까닭 있으랴.
　…中略…　　　　　　…중　략…
天宮無間一念移　　하늘 궁전 간격 없다 한 생각 옮겨지면
片言爲懺波羅夷　　한 마디 말에 바라이23가 참회되느니.
禪門宗旨只一乘　　선문의 종지는 오로지 일승일 뿐24
攝心不動如須彌。　섭심하여 흔들림 없기를 수미산처럼 하리라.

〈惺所覆瓿藁 附錄, 蛟山憶記詩〉

　　영산회의 불보살을 찬양하는 노래도 상영산·중영산·세영산·가락
덜이 등의 곡이 변주되고, 이어 삼현환입三絃還入·하현환입下絃還入이
첨가되는 등 다양해, 작자가 들은 곡이 무엇인지 그 곡명을 위의 시만
으로는 알 수 없다. 그러나 '하늘나라의 악신 gandharva의 지휘 아래
줄풍류의 거문고를 위시해 법라法螺며 종소리 등 온갖 악기가 갖추어
진 데다 파도소리까지 아울었다' 하니, 장엄한 음악이 연행되었음을
읽을 수 있다. 더욱 '천상의 보살들이 모여 음악을 듣고, 천녀天女들은
꽃비 뿌려 축원하며, 12 야차가 군무를 펼쳤다'하니, 실로 웅장한 군
무群舞, 그 찬란한 종합 불교예술로 '산하대지가 모두 하찮아 보이는
거대한 변화'가 이 무악舞樂과 함께 펼쳐졌다. 그러니 '여기가 바로 전

---

23 波羅夷 ; 불자가 지켜야 할 계율 중 가장 엄하게 금한 규율. 이 계율을 어기면 승려로
서의 자격 상실은 물론, 축출되는 四波羅夷. 곧 살생·투도·邪 淫·妄語. 비구니는 '摩
觸·八事成重·覆障他重罪·隨順披擧比丘'를 더하여 8바라이라 함.

24 一乘 ; 一佛乘. 『법화경』『승만경』, 특히 『법화경』에서 강조한 사상으로, 중생을 인도
하는 방편은 유일하고 진실한 가르침뿐이라는 뜻. 곧 사람은 자질이나 능력에 따라 성
문·연각·보살 등 三乘의 실천법이 있으나, 이 모두는 일승으로 歸一한다는 대승불교
의 유일하고 궁극적인 진리. 〈불교대사전〉

생안락의 불국토인데 어디가 또 찾을 것인가'라며, 시인은 그 황홀한 감격의 메시지를 전해 준다. 지난 날 선악의 기로에서 갈등하고 번민했던 온갖 고뇌로부터 한순간 해탈케 한 것 역시 음악의 힘이랬다. 과거의 잘못이며 죄업, 업장을 모두 씻고 참회의 도량을 연 것 또한 이 음악이었다. 이렇게 음악을 통해 화자는 때 묻은 마음의 정화를 이루게 된 것이다.[25] 이 마음을 잘 다잡아[攝心] 수미산처럼 굳건히 할 것을 다짐하는 것으로 불교 종합예술의 대미를 맺었다.

3. 불교예술의 진수, 佛畵

산의 취미翠微에 사찰이 놓이면 만상은 영활하는 생물이 되고, 날 듯이 날렵한 사찰 추녀의 곡선미는 동양 건축미학의 극치다. 게다가 고격한 화불畵佛은 물론, 울긋불긋 곱게 단청한 탱화는 불교미술의 진수다. 그러므로 건축미학의 극치와 불교미술의 진수가 만난 산사는 숭엄한 불교예술의 총화인 셈이다. 자고로 불화에 능한 사람이라면 중국의 오吳·이李[26]를, 우리나라에선 이장군 4대, 그 중에서도 증손 이정李楨[27]이 제일이라고 전제하고,[28]

---

25 林鍾旭 ;「藝術史의 차원에서 불교를 인식한 許筠」 참조.『온지논총』제 14호. 온지학회, 2006, 6

26 吳李 ; 唐나라 화가 吳道子(약 685~758)와 北宋의 화가 李公麟(1049~1106). 道玄은 道子의 본명. 인물·조수·草本·臺閣에 능했으나, 특히 佛畵·道釋畵에 뛰어남, 공린 역시 인물·鞍馬·佛道像에 뛰어났다 함.

27 李楨(1578~1607) ; 자 公幹, 호 懶翁. 曾祖 小佛·祖父 陪連·父 崇孝 모두 불화에 능했으나, 특히 4대 중 고손 이정은 어려서부터 명성을 떨쳤으니, 장안사 벽화도 13세 때 작이라 하며, 30에 요절함.〈槿域書畵徵·4, 鮮代編 中〉

28 前略部分은 "古來幾人能畵佛 道玄已仙公麟沒. 東方最稱李將軍 其孫阿 尤奇絶. 長安 粉壁深潭潭 楨也畵時年十三." 과 같다.

… 前 略 …	… 전 략 …
元氣淋漓壁猶濕	천기가 넘쳐흘러 벽면 오히려 축축한데
日月照耀煙雲含	해와 달 밝게 비추자 내와 구름 서리네.
給孤獨園金布地	급고독의 동산29엔 금가루 땅에 뿌려있고
祇陀之林薝蔔氣	지타의 수풀30에는 담복의 향기 자욱해라.
亭亭彩暈射初曛	뭉게 이는 채색 기운 아침 햇살 비쳐들자
功德莊嚴不思議	장엄한 그 공덕 이루 다 생각할 수 없어라.
諸天列侍趍龍神	제천왕31 빙 둘러 서 있고 용신이 달려오니
衆香縹緲天樂陳	뭇 향기 자욱하고 하늘 음악 울리는 듯.
妙諦已囑舍利子	묘체는 모두 사리자32에게 맡겨두고
拈花微笑知何人	꽃을 들고 빙긋이 웃은 자33 그 누구런가.
華鯨吼地鐵鳳舞	화경은 고함치고 철봉34이 펄펄 날아드니
空外天花散如雨	공중으로부터 하늘 꽃35 비 오듯 흩날리네.
寶座暫轉紫金山	보좌는 잠깐 자금산에 옮겨 놓은 듯
奕奕兜羅爲誰竪	빛나고 빛나는 도라꽃 뉘를 위해 심었더냐.
就中灌頂孰醍醐	그 가운데 누가 제호로 관정하는가36

---

29 給孤獨園 ; 중인도 사위성에 있는 동산. 급고독은 사위성 장자로 석가의 설법으로 불법에 귀의, 祇陀太子의 원림을 사들여 설법지로 만듦.

30 祇陀之林 ; 給孤獨園의 땅은 급고독 소유였으나, 나무와 숲은 지타태자 소유였으므로 이른 말. 곧 '祇樹給孤獨園.'

31 諸天 ; 제천은 33천이니, 제천왕은 그 하늘을 맡은 왕들이요, 龍神은 八部衆의 하나로 불법 수호신.

32 舍利子 ; 석가의 십대제자 중 한 사람. 舍利佛・舍利弗多.

33 拈花微笑 ; 석가가 영산회상에서 꽃을 꺾어 보이자, 迦葉만이 그 뜻을 알고혼자 빙그레 웃었다 함. 拈花示衆. 不立文字・教外別傳・以心傳心 등의 근거.

34 華鯨・鐵鳳 ; 梵鐘과 쇠로 만든 봉황새. 華鯨은 범종의 異名이고, 철봉은 장대 끝에 달아 지붕 위에 꽂는 것.

35 天花 ; 하늘이 부처의 조화에 감동하여 상서로 내리는 꽃. 〈유마경〉

白衣大士摩尼珠　　백의대사의 마니주37까지 걸어주었네.
瀾飜萬偈法螺舌　　물결이 뒤집히듯 온갖 게송 법라 소리
六趣盡度群魔誅　　육취 사라지자 뭇 마귀 항복하는구나.
偉哉意匠信豪縱　　거룩하다. 그 의장 실로 호한하고 웅장해
細看毛髮森欲動。　자세히 보니 머리카락 쭈삣 일어나려 하네.
　　… 下　略 …　　　　　　　… 하　략 …

〈槿域書畵徵, 朝鮮時代·中, 長安寺壁李楨畵影像及山水歌〉

라고 부처를 중심 한 화판을 문자로 입체화한 허균(1569~1608)의 찬화 시인 셈이다. 이정과는 세속 나이 9년 차이인데다, 30이란 한창 당년 에 이미 선화한 그와는 "나이와 직위를 생각지 않고 서로 좋아했으며, 불도와 도교를 말할 때마다 마음과 가슴을 시원하게 해주곤 했다"며 무던히도 슬퍼했던 망년의 지기38였기에, 그의 13세 때의 유작을 대 한 감회는 남달랐으리라. 그러기에 그림을 대한 일성—聲이 '천기가 넘 쳐 나고, 해와 달이 비치면 상서로운 내와 구름이 서리는 신비경'으로 미화했다. 이어 염화시중을 전제한 아름다운 동산과 향기 넘치는 지 타의 숲에 영롱한 햇살이 어우러지자, 용신과 제천들이 천상의 악율 에 맞춰 하강하고, 영산회상의 염화미소가 장안사 벽상에서 교외별전 으로 재현되어 있다 했다. 범종이 울리고 철봉이 춤추며 포효한다. 하

---

36 醍醐灌頂 ; 제호는 五味의 하나. 가장 맛좋은 우유·良藥. 佛性의 비유. '제 호 관정'은 '지혜를 넣어 줌'의 비유

37 摩尼珠 ; 용왕의 뇌 속에서 나온 여의주. 악을 버리고, 탁수를 맑게 하고,재난을 피하게 함. 곧 '般若智慧'의 상징

38 許筠 ; "…僕踈寯少檢 與之同調故 忘其年位 相愛最深. 別未幾而遽隔 明幽 嗚呼哀哉. 每念其談禪蔾玄 冷然醒我心胸 有得於丹霞佛龕之旨 輒 爲之廢食…."〈槿域書畵徵, 鮮 代篇, 中·李楨〉

늘에선 꽃비 내리고 온갖 게송과 법라 소리, 그야말로 야단법석이다. 실로 '호한하고 웅장한 의장에 모골이 송연하다'했다. 그리고 이 모두가 천불 및 팔부대중의 외호와, 이정 개인의 웅재雄才의 결실이라 상찬하고, 그것이 또 기구한 운명의 인과因果[39]임으로 대단원을 맺었다. 허균의 『성소부부고』권 1에는 5언고시 「팔각전견화불」이 보인다. '언제 누가 그린 정화인지 알 수 없다' 했고, 또 미쳐 어느 사찰 팔각전의 화불인지 확인하지 못한 채 소개하면 다음과 같다.

"엄연토다, 황금빛 몸매, 채색한 붓끝마다 비춰나는 빛. 하늘 용 서서히 강림하고, 깃대와 일산 섞여 펄럭인다. 호법 신령 좌우에 벌려, 눈 부라리며 마주 섰네.儼然紫摩軀 彩毫光炯碎 龍天來走趍 幢蓋雜環佩 左右護法神 努眼耿相對"〈八角殿見畫佛〉라고 그 장엄상을 시화하고, 이어 '작자에 연연해하지 말고, 소중한 문화예술품의 가치를 바로 알고 후손에 전해줄 책무를 훈고 하는, 이른바 문화재 보전의식을 일깨운[40] 진정한 문화인이자, 앞선 지식인이었음을 알 수 있다. 지면상 충분한 작품을 예시하지 못했지만, 사찰제영시에는 불교예술의 진수인 사찰의 건축미·사찰 내 불화를 노래한 많은 시가 있다. 그러므로 산사는 한낱 산승들의 수도공간일 뿐만 아니라, 고격하고 웅장하며, 찬란한 종합문화공간임을 알 수 있다.

---

39 仝上 ; "…妙年媗染最超倫 能幻紫摩秋毫末. 槙乎槙乎抱才雄 盛名之下 其途窮…" 참조.

40 許筠 ; "…雖曰非道玄 的在新羅代. 物古藝亦殊 觀之自心快. 莫較吳與 羅 寶之毋欲壞."〈惺所覆瓿藁·一〉참조

Ⅳ. 문제의 정리

본고는 사찰제영시를 통해 사찰이 단순한 불자의 수도 도량일 뿐만 아니라, 유불불이의 '만남의 터'이자, 우수한 종합문화공간이었음을 논증하고자 했다. 먼저

1 제영시와 사찰제영시의 개념 및 위상관계를 임경의 시화에 근거해 제영시의 포괄적 하위개념으로 정립하고,

2 이 같은 작시 배경으로 당대의 식자층인 이들 승속간僧俗間의 교유는 호계삼소虎溪三笑의 미담으로 이어왔으며, 숭유억불이란 성리性理 국시의 조선조에서도 한낱 지도 이념이었을 뿐, 부단한 교유로 고급한 시·서·화의 창작공간이었음을 논증했다.

3 아울러 사찰은 해탈염원의 승무는 물론, 바라춤, 영산재 등 다양한 불교의식에 따른 각양의 무용과, 그에 곁따르는 음악의 시연 장이었음을 사찰제영시를 통해 읽을 수 있었다.

4 끝으로 천재 화가 이정과 귀일 대사의 불화 및 신라 시대 작자 미상의 불화 등을 통해 엄숙 장엄한 불교미술의 진수를 읽으며, 산사의 그윽함만큼 무궁한 문화의 보고이자, 찬란한 문화 향유의장임을 공감할 수 있었다.

〈2006.12〉

우리 古典詩歌 바로 읽기

찾아보기

■ 인명색인

■ 서명색인

『書名』「作品名」

ㄱ

「佳人」	183
「江南詞」	250
「江上値水如海勢聊短述」	296, 466
「江村」	88
「客至」	168, 215
『劍南詩稿』	448, 498
「憩炭軒村二老翁携酒見訪」	85
「經世遺表」	414
『驚修堂全藁』	447
『警修堂集』	525
『谿谷漫筆』	354
「季氏」	146
『古歌研究』	48
『高麗史』	70
『古文眞寶』	98, 182
「古柏行」	186
『孤山遺稿』	170, 172
「高原驛」	94
『孤竹遺稿』	251
「過古戰場」	560, 578
「過連峯館河橋」	102
「過松江墓有感」	183
「過趙承訓墓」	371
「過鐵州」	325, 326, 587
「觀劇詩絶句」	470
「館習鎭書懷」	589
「蛟山憶記詩」	648
『龜城錄』	262

「菊圃集序」	358
「屈原不宜死論」	172
「歸去來辭」	92
『槿域書畵徵』	469, 642, 643, 644, 651
「近有內下書役 日日臨池 作二絶句」	508
「琴娥別三疊」	514
「麒麟窟」	335
「棄馬歎」	386
『箕城道中』	385
『記言』	266
「寄淵兒」	412, 428
「寄李白二十韻」	174
「寄李十二白二十韻」	528
「寄二兒」	442
「己亥秋奉別邊注書」	587
「寄洪原守命衍」	506

ㄴ

「老人一快事」	443
「綠天館集序」	346
「論詩絶句」	347
『冷齋夜話』	169
『冷齋集』	323, 347
「洛下生藁」	449
「蘭亭禊帖」	526
『南川錄』	294
「老人一快事」	348

○

■ 일반색인

ㄱ

가나안	45
感發懲創	106
江湖詩人	203, 230
開國壁上功臣	500
居敬窮理	139
乾鳳寺	593
乞米帖	295, 409
劍南派	448, 498
見性成佛	598, 600
潔己悔責	64
戒色	607
古董玩賞	452
工妙淸俊	499
館閣	354
貫道之器	343
桃榔	504
掛眼故事	192
掛眼東門	171
掛瓢故事	192
怪力亂神	332
敎外別傳	598
龜谷覺雲	641
九華	519
國風格	46, 323
給孤獨園	650
汲長孺	420
騎箕	460
機頭硯面	492
耆老	70

肌理說	458
己卯士禍	135
箕星	460
屋下架屋	344
岢嵐山	484, 488

ㄴ

洛誦詩社	344
南朝	448, 498
南畵	448, 498
來蘇故事	489
老更成	96
穠纖富麗	193

ㄷ

獺祭魚	238
대세지보살설	54
桃林戰	432

ㅁ

摩尼珠	651
望雲之情	279
梅妻鶴子	293, 503
慕蘇	116, 195
慕齋集	143
睦來善	273
穆陵盛世	193
武昌魚	248

■ 기타 영문 색인

저자소개

김갑기 金甲起

江原 江陵市 詩洞 産(別名: 一步)
東國大學校·同 大學院 卒業(文學博士)
前 清州大學校 漢文教育科 教授
現 東國大學校 國語國文學科 教授

著書
三韓詩龜鑑[譯註]
松江鄭澈의 詩文學
漢文學史(共)
韓國文學概論(共)
漢詩로 읽는 우리문학사
詩로 읽는 寺刹 문화 等

우리 古典詩歌 바로 읽기

우리 古典詩歌 바로 읽기

초판 인쇄 | 2011년 7월 30일
초판 발행 | 2011년 8월 10일

저　　자　김갑기

책임편집　윤예미

발 행 처　도서출판 지식과교양
등록번호　제 2010-19호
주　　소　서울시 도봉구 창5동 320번지 행정지원센터 B104
전　　화　(02) 900-4520 (대표)/ 편집부 (02) 900-4521
팩　　스　(02) 900-1541
전자우편　kncbook@hanmail.net

ⓒ 김갑기 2011 All rights reserved. Printed in KOREA

ISBN　978-89-94955-35-3　93810　　　　　　　**정가**　46,000원

이 도서의 국립중앙도서관 출판도서목록(CIP)은 e-CIP홈페이지(http://www.nl.go.kr/ecip)에서
이용하실 수 있습니다. (CIP제어번호: CIP2011003519)